靠山

铁流 著

人民文学出版社 PEOPLE'S LITERATURE PUBLISHING HOUSE

青岛出版社 QINGDAO PUBLISHING HOUSE

图书在版编目（CIP）数据

靠山/铁流著．—北京：人民文学出版社，2021
ISBN 978-7-02-016535-3

Ⅰ．①靠… Ⅱ．①铁… Ⅲ．①纪实文学—中国—当代 Ⅳ．①I25

中国版本图书馆CIP数据核字（2021）第109199号

责任编辑　赵　萍
责任印制　宋佳月

出版发行　人民文学出版社
社　　址　北京市朝内大街166号
邮政编码　100705

印　　刷　三河市中晟雅豪印务有限公司
经　　销　全国新华书店等

字　　数　488千字
开　　本　710毫米×1000毫米　1/16
印　　张　37.5　插页4
印　　数　1—30000
版　　次　2021年6月北京第1版
印　　次　2021年6月第1次印刷

书　　号　978-7-02-016535-3
定　　价　79.00元

虚构的东西，
远远没有现实生活精彩。
更不比那些已经发生
和正在发生的
真实事件震撼人心。

忘记了过去就意味着背叛。
在历史的长卷中，
有无数的画面
都值得今天乃至明天的人们
去不断追忆和怀念。

>>

于沂南县采访支前模范明德英的女儿李长花

于沂南县采访支前模范王换于的孙女于爱梅

于日照市莒县前横山村采访为八路军抚养孩子的妇女崔立芬

于莒县采访孟良崮战役华东野战军小号手

水采访祖秀莲的女儿张恒修，当年她和母亲一起照料了八路军伤员　　于烟台莱阳市西陡村采访支前模范唐和恩的儿子唐振明

于烟台莱阳市西陡村采访支前模范唐和恩的二儿子唐振民

采访支前模范董力生的女儿
张爱民。我母亲是江苏沭阳
搞县城郊板桥董香墩庄人。
她1934年出生，长着一双大脚
板子，到沭良前沿的时候
区长不同意她此去，可她坚决
记如何百姓，结果她还立了功
她支前推的车子，被中国
革命历史博物馆收藏，在
沭阳城里的时候，她亲
眼水见到董香的，而我母亲
的名字还是区长好习班给
会书记写出的

作者采访手记

目录

引子　苏区干部好作风

一

　　1933年的11月，虽然已经进入了初冬，可天气依然很热。这天，兴国县长冈乡长信村的妇女刘长秀背着一捆柴正行走在乡间的小路上，忽然听到几声马叫，她抬起汗津津的脸望去，迎面来了一群骑马的人，是红军。刘长秀横背着木柴，因为路窄，她怕挡了路，就把木柴放在路旁，自己坐在田埂上歇息。一位身材魁梧留着长发的红军率先下了马鞍，满脸笑着和刘长秀打招呼："大嫂，是背不动了吗？"刘长秀急忙从田埂上站了起来，说："背得动，背得动，我怕挡了你们的路，你们先过吧。"大个子红军说："大嫂，你坐下，我也坐下，咱们一边休息，一边说说话。"身边一个战士急忙道："大嫂，这是毛主席。"毛泽东看了那个战士一眼："陈昌奉哇，就你多嘴！"刘长秀听说后，一下子站了起来："你就是毛主席呀？可见到你了！都说你不是凡人呢！"毛泽东笑了，挥挥胳膊说："大嫂，你看我三头六臂吗？"刘长秀摇摇头。毛泽东又问："会腾云驾雾吗？都不是。"毛泽东让刘长秀坐在身边，"家里有几口人呀？"刘长秀道："一大群人呢，娃他爹当红军走了不长时间，大娃又去了。"毛泽东听了很高兴，双手朝着刘长秀作了个揖道："一家出了两个红军，不容易呀，我得感谢你们全家对革命的支持呀！"刘长秀本来就是爽朗性格，快言快语，见毛主席没有架子，话也多了起来，"红军和老百姓本来就是一家人，不说两家子话，干革命是自己家的事。"毛泽东笑了："大嫂，你这话说得好哇！很有道理！"刘长秀说："是红军让我们全家人吃上了饭。"

红军来江西兴国之前，刘长秀家房无一间，地无一垄，丈夫和儿子在大地主宋小宝家当长工，一家人就睡在地主的牛棚里。红军一到，刘长秀远远地看着那些女兵，觉得很好奇。后来女兵发现了她，热情地和她打招呼，刘长秀颠着小脚就跑，女兵就在她后边一口一个大嫂地叫着，有个女兵赶上来，看她面黄肌瘦的，把身上的干粮都给了她。女兵还对她说："大嫂，其实我也像您一样，也是穷人。从今以后，红军给你撑腰。"刘长秀听了半信半疑，不久地主宋小宝就被打倒了，她家不仅分了粮还分了房。刘长秀拉着丈夫的手连声问："娃他爹，这是真的吗？这是真的吗？"丈夫笑了，说："这么大个房子摆在你眼前，能不是真的吗？"

1931年的春天，长冈乡闹起了粮荒，本来就贫穷的刘长秀家更是雪上加霜，一时无米下锅，全家只得以野菜南瓜充饥，正当刘长秀愁眉不展时，乡苏维埃政府主席谢昌宝带着人送来了几斗米，谢昌宝头戴一顶斗笠，对刘长秀的丈夫邹大朋说："这是咱们从公略县买来的，家家户户都很困难，你们先吃着，政府会再想办法的，无论如何也不能让你们饿着肚子！"刘长秀连连点着头，竟一时不知说什么好。等谢昌宝他们走了，刘长秀抓起一把米放在手里反复端详着，对全家人道："为了让咱们吃饱肚子，跑那么远的路去买米。共产党真好，什么都替咱们想到了。"孩子见了大米，都眼巴巴地看着，大声嚷着要吃大米饭。刘长秀笑着说："咱们可都托共产党的福了。"说完，她挽起袖子，开始淘米下锅。第二年，也正是国民党部队连续围剿红军的时候，红军要扩红，已经习惯了枪炮声的刘长秀一点都没犹豫，把只有15岁的独子邹成彬送进了红军队伍。转过年，国民党的围剿更加猛烈，刘长秀对丈夫邹大朋说："崽他爹，咱们跟着共产党，跟着红军，才能吃上饭，你也当红军吧，去打白狗子，也是保护咱们的家。"后来，这对父子都牺牲在了战场上。邹家顶梁柱走了，乡苏维埃的干部来得更勤了，不是帮助种地秋收，就是帮着干家务，谢昌宝见刘长秀的女儿腿上长了疥疮，立马把乡卫生员带了过来，可治了几次也不见好。谢昌宝听说一味草药能治，就赶到山上去寻药材，右脚小趾不小心被毒蛇咬了一口，谢昌宝见脚趾变黑了，只得一刀把小指头切掉了。到了傍晚，谢昌宝才忍着疼痛一瘸一拐地回到刘长秀家。他让刘长秀把药草煮了，抓紧给孩子洗一洗。刘长秀对谢昌宝说："可惜了你的脚指头！"谢昌宝笑着说："值得，值得！"

刘长秀在毛泽东面前又旧话重提，毛泽东说："大嫂，这都是共产党应该做的！"毛泽东吸了口烟接着问刘长秀："大嫂，这些年，我们办起了列宁学校，你的娃娃上学了吗？还有你也去扫盲了吗？"刘长秀高兴地说："红军来以前，很多娃都没书念，以后就多了，连我的娃都去吆。这里列宁学校就办了好几个，为了让老百姓有个玩的地方，还搞了个什么部。"陈昌奉插话道："是俱乐部。"刘长秀连连点头："是这个部，其实这个部不搞也行，让我们吃饱饭就已经很知足了，还能再包我们玩？"毛泽东听了，大笑起来，说："大嫂，这个要求可有些低喽！将来，你还能坐着车到大城市去玩呢。"刘长秀听了很高兴，笑了笑道："我已经四十多了，还能赶得上？"毛泽东接着她的话茬说："赶得上，赶得上！所以你也得识字学文化呀。"刘长秀急忙道："对了，乡里还开了好几个夜校扫盲呢。"说到这里，刘长秀有些不好意思了："我这把年纪了，又是个女人，就没去参加扫盲。"毛泽东摆摆手说："这可不行，一是男女平等，二是多识字心里才明。将来穷人还要当官管理社会，没有文化可不行哇。"刘长秀睁大眼睛问："穷人也能当官？"毛泽东听了哈哈大笑起来，他看了看远处说："将来天下是穷人的，穷人怎么不能当官？"说着，他好像想起了什么，低头默默地吸着烟，一会又抬起头道："1928年初，我们打下了遂川县，成立了工农兵县政府，我们没有让土豪劣绅当县长，而是选了一位农民，他叫王次淳，前几天还在地里挑大粪，转眼就当了县长，泥腿子当县长，这是自古都没有的事，我们共产党人做到了。那天，我还亲手把工农兵县政府的大印交给了他。"

毛泽东说到这里，面色凝重起来，他停顿了一下，又接着道："这是个很优秀的同志，后来参加了红军，又当了红七军军需处的副处长，可惜最后死在了自己人的手里，想来令人痛心哇！"回忆往事，毛泽东不禁有些伤感，陈昌奉见状，急忙把水壶递了过来："主席，喝点水吧！"毛泽东摇摇头，点上一支烟吸了一口，表情也舒展开来，他看着刘长秀，笑道："大嫂，你说，这不就是一个很好的例子嘛！"刘长秀点点头："这在过去可都是不敢想的事。共产党真是好，什么事都替穷人想到了。毛主席，你说咱们老百姓能不拥护红军吗？！"毛泽东听得很认真，又问她："咱们苏区的干部好吗？"刘长秀连声道："好着呢，好着呢！"她一下子就提到了谢昌宝，边说边伸大拇指，最后还唱起了《苏区干部好作风》：

哎呀嘞——
苏区干部好作风，
自带干粮去办公，
纳着草鞋干革命，
夜打灯笼访贫农。

陪同毛泽东调查的临时中央政府秘书长谢觉哉听了带头鼓起掌来，他对刘长秀说："唱得好听，一看就是发自内心的。"刘长秀不好意思地笑了笑，说："乡亲们都会唱，我也学着就唱了。"毛泽东说："这说明了咱们苏区干部在老百姓心目中位置很高呀，你提到的这个长冈乡苏维埃主席谢昌宝确实是个好同志！"

太阳隐到山里去了，远处慢慢暗淡下来。毛泽东看着远山道："夜色马上就来了，咱们该启程了。"他扭头看看路旁的那捆柴，对陈昌奉说："这捆柴可不轻呀，你帮大嫂背回去吧。"刘长秀连忙说不，毛泽东说：

"你刚才还说咱们是一家人嘛。"刘长秀急忙道："平日里我背的比这些还多呢。"说完，她背起了柴，临走又说："毛主席，什么时候你到我家喝碗茶？我们全家人都盼你来。"毛泽东道："我会的，到时候咱们再好好说说心里话。"望着刘长秀远去的背影，毛泽东感慨地说："这位大嫂说得多好！什么时候咱们都得把人民放在心上呀。"

刘长秀回到村子，顾不上烧饭，就跑到乡亲们家里说了她遇上毛主席的事。还一五一十地讲了毛主席和她说的话，一边用手不停地比画着。这个故事被村里人一代代传下来，一直传到了今天。

陈昌奉晚年还常和身边人说起1933年11月毛主席和刘长秀的一番对话。每一次陈昌奉都会说："毛主席心里总是装着老百姓，装着民众！"

毛泽东一直重视着民众的力量。《湘江评论》1919年7月创刊的时候，毛泽东在创刊宣言中说："世界什么问题最大？吃饭问题最大。什么力量最强？民众联合的力量最强。"秋收起义失败后，毛泽东和朱德在井冈山开辟了第一块农村根据地，在民众的支持下，队伍日渐壮大。从1927年10月到1930年2月，在短短两年零四个月的时间里，尽管牺牲了4.8万余人，却有力地开辟了中国革命的新局面。井冈山被国民党占领后，1929年的1月14日，毛泽东、朱德、陈毅率领红四军主力到了赣南，第二年就有了赣南和闽西根据地。

二

自1931年年初开始，中共中央就开始酝酿在苏区成立中华苏维埃共和国临时中央政府的事，后请示共产国际，远在莫斯科的王明建议，把中华苏维埃共和国临时中央政府成立时间放在1931年11月7日。因为十四年前的这一天，也就是1917年11月7日，是俄国革命者发动武装起义日，史称十月革命。俄国十月革命胜利后，建立了俄罗斯苏维埃联邦社会主义共和国，简称苏联，从此有了自己的社会政治制度。中国共产党二大以后，提出了建立"苏维埃政权"模式，根据地称"苏区"，也陆续成立了各级"苏维埃政权"。

中共中央决定把成立大会放在江西省瑞金县叶坪村，会场布置等任务交给了赣西南苏维埃政府。毛泽东专门把苏维埃政府主席曾山找来，对他说："这是一项重大政治任务，可不能出现任何纰漏！"曾山大声道："毛委员，我们保证万无一失！"毛泽东笑了："对了，这可是在你的地盘上呀！"曾山不敢马虎，又专门和瑞金县委书记邓小平进行了细致研究。两人分手时，曾山道："毛委员说是在我的地盘上，让我不要出现任何问题，那瑞金可是你的地盘，你得下个保证。"邓小平微微一笑，用力点点头。

会前要先举行阅兵，地点选在什么地方？曾山和邓小平看了几个地方，都不是很满意。突然，邓小平指了指村东那片树林对曾山说："咱们在那片树林里如何？里面有一片空地，能容纳很多人，也便于隐蔽。"说着，两人就走进了树林。曾山四处看看，笑道："这片林子好像就是为这次大会做准备的呀！"到了晚上，曾山与邓小平一起，带着一帮村民和战士，连夜把阅兵检阅台搭了起来。中共成立中华苏维埃共和国临时中央政府的情报，早在前几日就摆在了蒋介石的案头上，蒋介石看了，把呈阅件狠狠摔在了地上，大声吼道："共产党这是犯上作乱，坚决不能让他们得逞。"后来空军侦察机和情报人员又不断报告，中共已经在福建长汀布置了会场，会议于1931年11月7日举行，蒋介石命令空军不惜一切代价轰炸。蒋介石还不知道，这个会场，就是当年打入国民党中央组织部党务调查科，给大特务徐恩曾当机要秘书的钱壮飞亲自布置的。钱壮飞出生在浙江湖州一个富贵家庭，祖辈为商，他钟爱书画，还涉猎演艺。20年代末，钱壮飞不仅投资了一部电影《燕山隐侠》，还同女儿一道出演了电影中的角色，钱壮飞亲自设计的一张电影海报至今还藏于世。这以后不久，他的影迷们发现，这位俊朗的电影人消失得无影无踪了。

1929年冬，徐恩曾被委任为国民党中央组织部调查科主任兼上海无线电管理局局长，徐恩曾还没有忘了一直被他看好的钱壮飞，他找到这年三十三岁的钱壮飞，让他加盟调查科，并委以机要秘书重任，钱壮飞觉得事关重大，说再考虑考虑。徐恩曾有些不高兴，他呷了口红酒说："小老弟，你可有点不识抬举了，这可是一个飞黄腾达的差事，我给谁他都得感恩戴德。我为什么偏偏选中你？一是我看重你这个人的无线业务，二是你这些年对我没有二心，安排你的事都给我办得很好，我不提携自己兄弟提携谁？"钱壮飞点点头，连说明白。二人分手后，钱壮飞马上向上级党组织做了汇报，周恩来知道后说："这是一个难得的好机会。"很快，钱壮飞就坐在了南京国民党中央组织部党务调查科的办公室里了，中共中央特科借此良机，也把共产党员李克农、胡底派往南京，钱壮飞把他们一一都安排到了特务机关。1931年年初，中共中央特科负责人顾顺章受命护送张国焘和陈昌浩前往鄂豫皖苏区，顾顺章完成任务后，没有及时返回，而是于4月底到了武汉。好色的顾顺章一时把持不住，又找了个女人，可他囊中羞涩，不能给喜爱的女人穿金戴银，那女人噘着嘴巴有些不屑，顾顺章道："你等着，我保证让你心里开花。"他亲了这个女人一口，随即出了房门。顾顺章在共产党队伍中不是等闲之辈，还担任中央政治局候补委员，早年曾和陈赓一道到苏联进行过特工训练，他脑子精明，很快就学到了一身好本事，尤其是魔术表演，是他的拿手好戏。不长时间，顾顺章就站在了汉口新市场游艺厅的表演台上，下面的人开始没把这个又黑又矮的小个子看在眼里，打着唿哨让他滚下台来，顾顺章也不生气，轻笑几声，顾自表演起来，一经出手，果然不凡，众人都给他连连鼓掌，顾顺章放声大笑，还向人们招手致意。这个时候，台下一双眼睛早就盯上了他，这个人就是顾顺章的部下尤崇新，不久前已经叛变。顾顺章摸了摸口袋里的钱，双手作了个揖扬长而去，尤崇新却老远跟上了他。早在前些年陈赓就断言："此人一贯吃喝嫖赌，我敢打赌，只要我们不死，早晚就能见到他叛变。"顾顺章被捕后，果然变节，短暂的恐慌后，他很快冷静下来，他对特务说:"马上送我去见蒋总裁,我有重要事当面禀报。"顾顺章还专门嘱咐:"在我去南京之前,千万不要让南京方面知道,等到了再说,否则泄了密抓不到大鱼。"国民党武汉绥靖公署行营侦缉处处长蔡孟坚,哪里按捺得住,随即把这一消息电告了南京。正在调查科值班的钱壮飞接到密报,马上拿出早就备好的密码对电文做了翻译,电文中说:一名共产党重要人物落网,名字是黎明,云云。

顾顺章有多个化名,常用的是顾凤鸣、黎明、化广奇,钱壮飞当然知道黎明就是顾顺章,他大吃一惊。电报说今晚就用船押送顾顺章。钱壮飞算了一下时间,现在就必须把顾顺章叛变的消息通知上海,否则驻上海的中共中央机关和中央有关领导就会危在旦夕。当夜大雨如注,钱壮飞让女婿刘杞夫马上乘火车赶往上海通知党组织,刘杞夫走后,钱壮飞坐立不安,生怕女婿路上有意外,为了以防万一,保证万无一失,他又冒雨登上了开往上海的火车。周恩来因为及时得到情报,亲自指挥了各路人马转移。钱壮飞由于身份暴露,去了中央苏区。

就在中华苏维埃共和国临时中央政府成立前两天的晚上,毛泽东把钱壮飞叫到了身边,等钱壮飞坐下后,毛泽东边给他倒水边说:"壮飞同志,为了中华苏维埃共和国临时中央政府成立大会如期顺利进行,我们得给蒋某人摆一个迷糊阵了,你是这方面的行家,你去当这个导演如何呀?"钱壮飞心领神会,问:"这个阵放在什么地方合适?"毛泽东道:"从各方面看,就摆在长汀吧,让他老蒋把气撒到那里去,你得尽快行动。"钱壮飞笑了,站起身说:"好!我马上行动!"1931年11月5日上午,钱壮飞等人在福建长汀选了一处既隐蔽又容易暴露的地方作为假会场,6日上午开始行动,周围的老百姓听说后都来帮忙。中午不久,一个能容纳上万人的露天会场就布置完毕了。周围还插满了迎风飘扬的红旗。

连日来阴沉的天空,在7日上午,竟一下子变得晴朗起来。太阳照在叶坪村上,也把阳光洒在了那片树林里。这个时候,身穿中山服的毛泽东和朱德、项英、任弼时、王稼祥、彭德怀、陈毅、曾山，已经站在了检阅台上。红军总政治委员毛泽东宣布阅兵开始，中国共产党领导的革命队伍历史上第一次阅兵拉开了序幕。随着朱德总司令的命令，队伍高喊着口号从检阅台前陆续走过。紧接着，红军总参谋长叶剑英请朱德总司令检阅部队，骑在高头大马上的朱德总司令从队伍前走过。此时，国民党的一队轰炸机出现在叶坪村上空，扔下几颗炸弹后向福建长汀飞去，几声响后，毛泽东向空中看了一眼，笑道："这算是'蒋总统'为我们中华苏维埃共和国临时中央政府成立送上的礼炮吧？等一会呀，长汀那边就热闹了。"此话后不长时间，长汀会场被国民党空军飞机炸成了一片火海。

中华苏维埃共和国第一次全国代表大会，在叶坪村谢家祠堂如期举行，在610名各界代表的热烈掌声中，中华苏维埃共和国临时中央政府诞生了。大会通过了《中华苏维埃共和国宪法大纲》《中华苏维埃共和国土地法》《中华苏维埃共和国劳动法》以及与教育相关的《列宁小学组织纲要》《扫盲识字条例》等法规达十余部之多。20日下午，按照大会程序，在中华苏维埃共和国中央执行委员会第一次全体会议上，毛泽东当选为中共中央执行委员会主席和中央人民委员会主席，项英、张国焘为副主席。中华苏维埃共和国定都瑞金，瑞金更名为"瑞京"。历史选择了这座地处闽、赣交界名不见经传的小县瑞金，从此瑞金成了年轻的中国共产党作为管理国家政权的第一块试验田。毛泽东说："这块试验田必须是以人民为基础的。"毛泽东的话在《中华苏维埃共和国执行委员会布告》第一号中得到了体现："他的基础，是建筑在苏区和非苏区几万万被压迫被剥削的工农兵士贫民群众的愿望和拥护之上的。"

打土豪分田地，在井冈山就深得民心，1928年年底，在井冈山这第一块根据地上，诞生了中共历史上第一部土地法——井冈山《土地法》。1929年年初，红四军刚到赣南、闽西不久，毛泽东在兴国就主持制定了兴国县《土地法》。井冈山《土地法》中有一条："没收一切土地。"在兴国县《土地法》中做了修改："没收一切公共土地及地主阶级的土地。"当年，闽西地区就有60多万农民有了自己的土地。老百姓对红军的支持，一下子增加了。为了探索民众和革命的关系，发动更多的民众支援革命。毛泽东在苏区做过多次调查，1930年9月，毛泽东再次来到兴国调查，从1929年至今，他已经是第三次调查兴国。他在《兴国调查》中写道：

> 一九三〇年九月，红军第一方面军从打长沙回到江西，十月初打开吉安，进到袁水流域，兴国送来了许多农民来当红军，我趁此机会做了一个兴国第十区即永丰区的调查。找了傅济庭、李昌英、温奉章、陈侦山、钟得五、黄大春、陈北平、雷汉香八个人开调查会。调查的时间是一九三〇年十月底，开会的地点，是新余县之罗坊，开了一个星期的调查会。永丰区位于兴国赣县万安三县的交界，分为四个乡，旧凌源区为第一乡，洞江区为第二乡，山坑区为第三乡，江团区为第四乡，以第二乡之永丰圩为本区政治经济中心。
>
> ……

《兴国调查》全文洋洋万言，大到死人情况，小到老百姓的油盐酱醋，枝枝叶叶，毛泽东都调查得很细。比如他提到被调查人李昌英时，介绍道：

> 李昌英
>
> 十区一乡彭屋洞人。
>
> 六个人：自己四十八岁，耕田；妻也四十八岁，心气痛，只能煮饭，洗衫衣，供猪子；儿子二十岁，耕田，很笨不会算计；媳妇二十岁，每天弄柴烧，不能耕田；女儿十二岁，今年六月嫁出去了，嫁到四十里的吴姓；第二个儿子三岁，今年四月死了。现在只有四个人吃饭。

自己有三十谷田，借老弟李昌芬二十石谷田……

……

　　毛泽东在《兴国调查》中还提到："过去讨老婆非要钱，现在完全没有这个困难了。死了人也不用钱了，中农也和贫雇农一样有话语权了。"等等。在中央苏区，兴国支援革命很突出，1932年7月，兴国县被中央局授予模范县。"苏区干部好作风"就是从这里传出来的。在国民党围剿严峻的形势下，仅有20多万人口的兴国县，就有5万多人参加了红军。1933年下半年，蒋介石又准备发动第五次围剿，兴国县老百姓听到中华苏维埃临时中央政府号召支援红军的消息后，都纷纷捐款捐粮，刘长秀的丈夫就是这个时候报名参加红军的，兴国是模范县，模范县的长冈乡是模范乡，毛泽东听了后很感兴趣。当时，中华苏维埃第二次全国代表大会召开在即，毛泽东决定组成一个中央政府检查团赴长冈乡调查，很快，他就和临时中央政府秘书长谢觉哉率队出发了，检查团就住在乡里的列宁小学。长冈乡人口1600人，有437户人家，当红军和在苏维埃政府工作的就有320人，占全乡青壮年男子的80％。听到这个数字后，毛泽东说长冈乡真是不简单。在列宁学校的一间房里，他们先召开了一个基层代表会，里面有贫农主任、赤卫队队长、村民代表等。乡苏维埃主席谢昌宝也来了。毛泽东就是这时候对谢昌宝有了印象，还问了他参军的问题，谢昌宝说："长冈很多家庭一家子就出了好几个红军，邹大朋家父子两个都是红军。"谢昌宝嘴里的邹大朋，就是刘长秀的丈夫。就像兴国调查的对象一样，八个农民代表坐在八仙桌旁，和毛泽东等人展开了热烈的对话，从晚饭后开始，会议持续到了半夜还多才结束。从一开始，很多农民都闻讯赶来，他们就趴在窗前听，有时听到高兴处，还热烈鼓掌。谢昌宝道："主席，我让他们走。"毛泽东摇摇手说："大家喜欢听，就让他们进来嘛，这里有很多板凳，坐得下，听听大家的意见多好哇。"谢昌宝出去把大家叫了进来，开始大伙儿都还有些局促，可毛泽东几句话，让他们一下子都放松下来。后来他们听着听着，还不时插嘴，谢昌宝急了，让他们只拿耳朵听。毛泽东说："让大家多说说嘛。"

第二天，毛泽东就开始走访各家各户，无意中来到了农民马荣海家，前几天马荣海家里的老房子烧掉了，刚盖起了新房子，他握着毛泽东的手，指着谢昌宝说："幸亏有乡苏维埃，要不我这一冬天恐怕住不上房子了，他们给我家拉来了房料，又帮着盖起来了。"谢昌宝道："你别急着表扬我，这是咱们互济会的作用。"毛泽东赞许地点了点头："只有苏维埃的干部把老百姓当成家人了，群众才会把咱们的政权当作自己的生命来维护。"毛泽东穿着草鞋在长冈乡用了七天时间搞调查，很多事是他在田间帮着农民挖红薯、种油菜时听说的。农村妇女刘长秀，是在毛泽东从群塘赶往火叉塘调查的路上与她相遇的，并有了这段故事和一番对话。毛泽东离开长冈后，于1933年12月写就了《乡苏工作的模范（一）—— 长冈乡》，后来更名为《长冈乡调查》。

毛泽东记住了刘长秀这位普通的农妇，1934年1月22日，第二次全国工农兵代表大会在瑞金沙洲坝召开，毛泽东把刘长秀说的"共产党真好，什么事都替我们想到了"这句心里话，用在了他所做的报告结论中。在大会上，毛泽东特地表扬了长冈乡苏维埃政府主席谢昌宝，赞扬道："兴国的同志们创造了第一等的工作，值得我们称赞他们为模范工作者！"说完，毛泽东代表中央政府，把"长冈模范乡"奖旗郑重授给了谢昌宝。

时隔没几个月，谢昌宝被调到兴国县担任苏维埃政府军事部的副部长。后来在一次战斗中，谢昌宝拿着铁皮喇叭向堡垒的国民党兵进行喊话宣传时，被敌人击中牺牲。年仅24岁。刘长秀得到消息后，跑到他坟头大哭了一场。此后多年，刘长秀都常去烧纸祭奠，直到晚年走不动为止。

红军离开苏区开始长征时，八万多的中央红军中，就有二万多的兴国人。1937年10月，英国伦敦出版了美国记者埃德加·斯诺的《西行漫记》，刘长秀的话在他的著作中有这样的描述："在我们的模范县兴国，我们有300多所小学，约800名教师……我们从兴国撤出时，文盲已减低到全部人口20％以下。"后来另一位叫史沫特莱的美国女记者在看完《西行漫记》后，对中国共产党领导的这场革命充满了好奇和向往，这位印第安人也想写一本像《西行漫记》一样的书，于是在1937年的年底，她来到延安进行深入采访，写出了《伟大的道路》。在书中她说："中国工农红军长征前，国统区适龄儿童入学率20％不到，中央苏区的入学率已经接近了60％。"

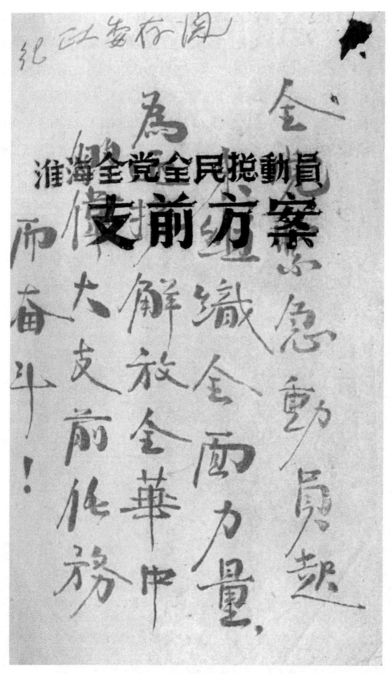

注：档案照片选自《淮海战役支前档案选编》

第一章
征途漫漫

一　长征前夜的故事

1

1934年的11月初。

连绵的细雨已经持续了数日，随后的几天，雨中还夹杂了越来越密的雪花，这让即将迈入冬天门槛的潇湘一些地区，气温陡然下降了许多，让往日郁葱的灌木丛和挺拔的毛竹都透出了一股寒气。

在清晨寂静的山间，穿行着一支队伍，正深一脚浅一脚地踩在泥水中，步履中带着疲惫和艰辛。他们都是衣衫褴褛，身上的穿着，在这样的日子，好像显得过于单薄了。脚上的草鞋，因为翻山越岭和长途行军的缘故，已经破乱不堪。虽然很多人都头顶斗笠，身披蓑衣，可身上的衣服还是湿透了。

这是中国共产党领导下的中央红军一部。

中央红军各路人马从渡过于都河后开始，就突破了国民党设下的两道封锁线。1934年11月2日夜，红一军团二师六团接到师长陈光下达的战斗命令后，团长朱水秋、政委王集成带领六团官兵雨夜奔袭，攻克了国民党陈济棠部的广大仁化城口。中革军委原打算一举夺下仁化城口后，当夜再拿下湖南汝城，汝城与仁化接壤，陈济棠布下的80里封锁线就在两城之间地带。任务落在了红三军身上，军团长彭德怀亲自指挥，谁知汝城固若金汤，部队一时很难推进，彭德怀不信邪，骂了几句，跑到迫击炮前撸起袖子放了几炮，一发臭弹，那几发响过后，威力太小，也没能炸开城墙口，再打，炮手说没炮弹了。彭德怀道："这小炮弹就像给他们挠痒痒。"

最后只得放弃攻城计划。

当夜，中央红军只得从汝城一路向南，由天马山西行，黎明时分，雨停了，不远处还是黑黝黝的群山。1934年11月5日，按照朱德发出的命令，中央红军主力等各部，挑着家当，抬着辎重，沿着先头部队用鲜血和生命开辟的通道上，向湖南宜章走去。

各路红军还在延寿的层层山峦中攀行，先头部队红九军团就与前方守敌发生了火拼，在拼死激战中，仙人崖终被九军团一部攻下，后又失手。军团长罗炳辉急红了眼："不把它夺回来，大部队怎么过？！"罗炳辉一声吼："不怕死的跟我上！"他四下看看，从一个牺牲的战士旁拾起一杆枪，带着一千人马冲了上去，一番拼杀，仙人崖又被夺回。先头部队刚到山下时，中央红军主力等各部正从仙人崖上走过。如织的细雨又覆盖了崇山峻岭，还有走在崎岖山路上的这支饥寒交迫的队伍。

前方就是坐落在南岭九峰山中脉的瑶族乡了，那些刚刚从苏区雩都（今于都）参军的战士，还频频回头望着，其实，他们已经离开于都很远了。

2

中国工农红军是在残酷的第五次反"围剿"失败后，被迫离开中央苏区江西红都瑞金的。江西的于都，是中央红军长征的出发地，也是他们离开苏区时的最后一地。1934年9月中旬，毛泽东先期来到了这里，41岁的中华苏维埃共和国主席毛泽东，因为受到博古、李德等人的排挤，已经是"人微言轻"，在军事上也失去了发言权，可这位从韶山冲农家走出来的一大代表，虽失意却依然矢志不渝。

自国民党对中国工农红军发起第一次围剿开始到第四次围剿结束，蒋介石的如意算盘都一一落空，而红军在朱德、毛泽东等人的指挥下，与数倍于红军的国军对阵，取得了四次反"围剿"的胜利。前三次围剿，蒋介石投入了10万、20万、30万的兵力，中央红军为4万余人、3万余人、3万余人。在兵力悬殊的劣势下，中央红军在前两次反"围剿"中，歼灭国民党军队4万余人，江西省主席鲁涤平和军政部长何应钦损兵折将，铩羽而归。

蒋介石大为恼火，又兴兵30万，任命拍了胸脯表了决心的何应钦为前线总司令，为了不再重蹈覆辙，他还特地派出了德、英等外国军事顾问，国民党军队装备精良，兵强马壮，又10倍于对方，最终还是在一直没有得到休整补充的红军面前损兵1万多人。蒋介石是不置红军于死地不甘心的，1932年5月，蒋介石再次谋划围剿苏区和红军，为了以示决心，他不仅亲自出马担任鄂豫皖三省"剿匪"总司令，还让自己的爱将陈诚担任主攻任务。为了更加保险，蒋介石把自己的嫡系部队12个师交给了陈诚。战前又嘱咐再三，让陈诚一定不要辜负他的厚望。1933年1月，雄心勃勃的蒋介石赶赴南昌又出任赣粤闽边区"剿匪"总司令，现场指挥这次围剿，蒋介石投入了近40万人的兵力，采用"分进合击"战略。尽管毛泽东这次被排除在外，朱德、周恩来运用前三次反"围剿"的经验，指挥中央红军约7万人与其拼杀，敲掉了蒋介石嫡系部队近三个师，俘获国民党连同五十二师长李明、五十九师长陈时骥1万余人。蒋介石闻听自己的嫡系受到重创，不禁痛心疾首，大骂陈诚无能，让他脸面全无，如何让他服众。陈诚在总裁给自己的手谕中看到："此次挫败，凄惨异常，实有生以来唯一之隐疼。"蒋介石的心情可见一斑。读罢蒋的手谕，陈诚也犹如掉进了冰窖一般，心里顿时一片灰暗。朱德总司令高兴地对周恩来说："打垮了陈诚的部队，四次围剿也算告结束喽！"中央红军在前四次反"围剿"中取得的胜利，是与毛泽东、朱德等人正确的战略战术分不开的。自1932年受到"左"倾领导人排挤的毛泽东基本"赋闲"，毛泽东后来这样回忆：

> 一九三二年(秋)开始，我没有工作，就从漳州以及其他地方搜集来的书籍中，把有关马恩列斯的书通通找了出来，不全不够的就向

一些同志借。我就埋头读马列著作，差不多整天看，读了这本，又看那本，有时还交替着看，扎扎实实下功夫，硬是读了两年书……后来写成的《矛盾论》《实践论》，就是在这两年读马列著作中形成的。

蒋介石发动第四次围剿失败不久，很快就从他所谓的"隐痛"中恢复了元气，着手发动第五次围剿，这次他集兵百万，几乎把家底端了出来，战术上也与以往的不同，采取的是"堡垒主义"。蒋介石在给部下训话时说："前几次国军失利，是我之不幸，诸位之不幸，更是国家的不幸。这次我们集重兵，以堡垒之战，把共匪消灭之。"大敌当前，博古、李德主张"御敌于国门外"，用阵地战对抗蒋介石的堡垒战，毛泽东听说后，很吃惊，坚决反对"两个拳头打人"和"御敌于国门外"。他说："两个拳头打人使的是蛮劲，打不好还把自己都跌倒了，最后跌得个鼻青脸肿。"博古听到这话后很不高兴，让毛泽东不要过问军事上的问题了，李德自有他的主张。毛泽东很气愤，大声吼道："这是以卵击石，以软碰硬，是在拿着全军指战员的性命在下赌注！"双方交战后，红军一路全力拼杀，可步步损失惨重。1934年4月中旬，红军打响了保卫广昌的阻击战，血战数日，最后还是以广昌失守告终，红军伤亡5000多人。时隔不久，坐落在广昌以东的建宁也很快被攻陷，随着几个根据地的相继失守，中央苏区南北屏障顿失，中国共产党人用血肉之躯铸就的中央苏区危在旦夕。十万火急，中共中央、中央军委提出了两个方案，一是继续留在苏区坚持游击战争。二是将主力撤到另一个战场。中央苏区是红军赖以生存的根本，群众基础好、牢固，有人提出留下打游击，不能把自己的大本营丢了，可是面对蒋介石的100万大军，固守苏区已经是根本不可能的。

毛泽东正患着严重的疟疾，连日的折磨，使他高大的身躯都佝偻下来，消瘦的面庞泛着蜡黄。9月底，毛泽东刚到于都不久的一个夜晚，周恩来就打来了电话，问毛泽东身体怎么样了，毛泽东说："浑身乏力，苦不堪言呀！"周恩来道："你要好好保重。"周恩来说到这里话锋一转："形势对我们越来越不利，我们已经无法扭转战局了，再打下去我们真是血本无归了。"毛泽东道："覆巢之下岂有完卵？再不改变战略战术，红军就有灭顶之祸了。"周恩来说："博古同志已经致电共产国际，等他们的指示。"毛泽东道："不能等下去了，非常时期就得用非常的办法，我们不能坐以待毙。"周恩来说："你说得很对，必要的情况下我们是应该有自己的打算的。你先摸摸雩都的地形、河流等情况，以备我们将来之用。"

随着战局的发展，毛泽东也在思考着红军的出路和命运，一旦红军陷入绝境后路在哪里？国民党军队的第一道封锁线设在赣州信丰、安远一带，从于都走近路不足100公里。于都地处中央苏区腹地，有30多万人口，是中共中央赣南省委、中华苏维埃共和国赣南省政府所在地，这里的群众觉悟高，是中国工农红军有力的支持者。在地形上，于都位于苏区腹地，一路向北80余公里有兴国，东则有瑞金，路程与兴国相近，即使离于都较远的宁都、石城也不足100公里。再说中央红军主力在这一带驻守、战斗，得令后能够快速集结，以达到向西转移的目的。

9月18日清晨，年轻的警卫员陈昌奉刚让毛泽东吃上药，就催促他休息，说天都快亮了，该眯一会了。毛泽东皱了皱眉头道："走，咱们看看贡河去！"陈昌奉一怔："贡河？什么贡河？"毛泽东道："雩都河。"陈昌奉急急说："主席，您都病成这样子，该好好睡一觉了。"毛泽东咳嗽几声，有气无力地说："形势如此，我还能睡下去吗？"陈昌奉站在那里一时没动。毛泽东火了，眼睛瞪着陈昌奉："听到了吗？马上去！"陈昌奉知道，这要是在往日，主席发起来火，声震屋宇，如今他实在没有力气喊了。陈昌奉见状，不忍心主席再发火，急忙说了声"是"，就一路跑出去备马了。

毛泽东在于都月余，就住在赣南苏维埃政府办公地何屋的东厢房里，毛泽东拄着棍子走出何屋的时候，一缕阳光透过薄薄的晨雾照在他憔悴的脸上，他仰首看了一眼天空，双眉紧锁。多年以后，陈昌奉还十分清楚地忆起这一幕。陈昌奉把毛泽东扶上马，两人打马向于都河奔去。

秋天的于都河波光粼粼，河流不急，一路舒卷着蜿蜒东去。毛泽东站在河岸的高点，点上一支烟，深深吸了一口，四处看着，他久久凝视着远处、河面，还有对岸。雨季过后的于都河，没了往日的喧嚣和恣肆，河面上三三两两的渔船正在忙碌着，不时还传来艄公的号子，那号子悠长而有韵味，随风飘得很远。陈昌奉深深吸了一口气，刚要说什么，见主席双眉紧蹙，脸上时阴时暗。他知道，病重的主席还在担忧着红军的出路。

陈昌奉从地上捡起一块小石子投进了河里，随着一声响，毛泽东自言自语道："水好像不是很深呦。"旁边一位老人听了这话，道："这个季节，水深的地方也得几尺呢，要是雨季，那可就深多了，水又急！"毛泽东若有所思地点点头，伸手把烟蒂丢进了河里，陈昌奉问："主席，我们是不是准备要过河？"毛泽东说："将来不失为一条路哇。"说着，他递给老人一支烟，又给他点上，随后走了走，说："我们回吧。"

毛泽东回到何屋，匆匆吃了几口饭，就让当地干部找来了几个老船工，船工李声亮是个壮汉，二十多岁的年纪，说话声音很大，毛泽东笑笑说："李声亮，李声亮，声音又大又洪亮，你这大嗓门可真是名副其实呀。"李声亮摸摸头，不好意思地笑了。毛泽东问他："你说一说，你这一条船能载多少人？过河一般得需要多长时间？"李声亮回答："主席，我的船最多能装十几个人。有的船小，也就载七八个人。这过河么，要是摇得快，不用一个时辰就到对岸了。"一个船工插嘴道："水急的时候可不行！"

靠山

李声亮晚年还经常跟后人说:"毛主席拉着我的手,问寒问暖,一点架子都没有。他病得厉害,有时候站都站不稳,可他那匹马还让给别人骑。中午吃饭的时候,警卫员买了只鸡炖了给他补身体,后来听说有个军医病了,毛主席二话不说,让警卫员端着鸡汤送给军医。中午就和我们一起吃红糙米饭,他病得一点胃口都没有,吃了几口就咽不下去了。旁边的警卫员年龄不大,不到20岁的样子,心疼得直擦眼泪。"

1933年9月30日,博古终于收到了共产国际的复电,共产国际同意红军主力转移。时隔没有几日,远在于都的毛泽东就接到了中央通知,让他马上回瑞金,有特别任务。夕阳西下,夜色就要降临,毛泽东吩咐陈昌奉马上出发,陈昌奉道:"您这身体还不行,怎么说走就走,要走就是急的呢?"毛泽东意味深长地对陈昌奉说:"我们是该行动了!"毛泽东一行人在夜色中马不停蹄赶回了瑞金,周恩来向毛泽东传达了红军准备转移的决定。10月中旬,在中央红军即将离开苏区的时候,中共赣南省委在于都郊区谢家祠堂召开了一次各级干部会议,研究支援红军转移的事宜,会前省委领导先请毛泽东给大家说几句话。秋日的几缕阳光透过祠堂的门窗,斑斑驳驳地洒在里面。大家的目光都聚在毛泽东的脸上,苏区就这样不存在了?革命还有几分希望?中华苏维埃还能生存多久?人们都想从毛泽东宽阔的额头上找到这些答案。

作为苏维埃共和国主席的毛泽东心情也和大家一样沉重,红军前几次反"围剿"胜利后,中央苏区不仅更加牢固,红军队伍也与日俱增,最后发展到了八万多人之众,这一切都还历历在目,可如今苦心经营的中央苏区眼看就不复存在了。毛泽东大口大口地吸着烟,他看了大家一眼,最后说道:"同志们,此时大家的心情我很理解,可摆在我们面前的严峻形势大家也都看到了,为了保存我们的家底,我们必须要走出去。你们这些留下来的同志,要积极依靠群众开展斗争,大家不要怕,困难只是暂时的,当年南昌起义、秋收起义失败后，很多人都以为我们的革命走到了尽头，可我们后来不仅在井冈山站住了脚跟，还发展了我们的队伍。"说到这里，毛泽东停了，他用力挥了一下大手，随后提高声音大声道："请大家相信，我们是一定要回来的！"尽管毛泽东最后这句话讲得斩钉截铁，可一些人脸上还有些茫然。回来？什么时候能回来？想必这是每一位与会者心中的一个问号。

3

1934年10月的一个中午，工兵营营长王耀南和政委刘子明急急来到了红三军团四师的师部。政委黄克诚看到他们，笑着说："看你们满头大汗的。"说着，他迎上前与他们一一握手。正在军用地图前凝神沉思的洪超师长好像一下子醒了过来，他招招手让大家坐下，开门见山地说："我们马上就要向雩都集结了，下一步很快就会有行动，中革委给了咱们工兵营一项在雩都河架桥的任务，具体情况总参作战局的人会告诉你们的，这样你们工兵营就先行一步了，尽快赶到雩都做好一切必要准备。"王耀南、刘子明起身立正，齐刷刷地说了声："是。"黄克诚示意让他们坐下，他扶了一下架在鼻梁上的眼镜说："部队准备连续用4个晚上渡河，为了便于隐蔽，每晚部队过后，天亮前就必须把浮桥撤掉，这就意味着要反复搭桥数次之多。任务重，也有难度，你们要做好动员，要集思广益想办法，这几个月你们在山上修工事，啃了不少硬骨头，这次也不轻松。部队能不能顺利过河，全靠你们了，相信你们会交出一份满意的答卷！"

王耀南拍着胸脯说："完不成任务拿脑袋来见！"洪超师长笑道："你的脑袋要是没有了，将来怎么喝酒？我可不要你的脑袋！好！你们回去准备吧。"王耀南摸摸肚子说："师长，我跟刘子明可是空着肚子来的。"黄克诚笑了："怎么？临走了还得讹一顿饭呀？"黄克诚说完马上让警卫员去准备。王耀南见师长迟迟不说话，故意在他面前咳嗽几声。师长大声道：

"你不用这个样子，今天绝对没有酒，等你们任务完成了，我管你够，保险让你小子尿尿都带着一股酒味！"一句话把大家都逗笑了。

工兵营赶到于都时，已是深夜，总部作战局的作战科长聂鹤亭还有几个人早就等候在城南的赖公庙了。聂鹤亭方脸，面腔黝黑，他握了握王耀南、刘子明的手说："太阳还没落我们就过来等你们了，可终于来了！"王耀南看着眼前宽阔的河面问："这河可是够宽的呀！准备在什么地方搭桥？咱们先抓紧研究一下吧。"聂鹤亭笑道："王营长真是急脾气呀。"说完，他就直奔主题了："这次共搭5座浮桥，赖公庙附近必须有一座，这个河段不仅宽，水流还急，最硬的骨头就交给你们来啃了，同时你们还要负责勘测其他几个架桥点。今晚你们先好好睡一觉，明天咱们就开始勘测。"

急行军过后，战士们都很疲惫，大家一躺下就进入了梦乡。王耀南睡意全无，借着微弱的灯光，他在纸上写写画画，几乎一夜未眠。第二天天刚有亮色，他就和作战科长聂鹤亭等人赶到了于都河进行勘测。站在河边，聂鹤亭指着河底说："昨天我们先下去探了一下，河底是沙石的。"王耀南点点头，让战士们对河道进行测量，时隔不久，于都河的有关数据摆到了大家的面前："最大水流速为每秒1.2米，水深1到3米，河最宽处是600多米。"聂鹤亭看了一眼对岸，又扭头望着王耀南，问："王营长，有把握吧？"王耀南回答："当年我在矿井第一次搞爆破时，我父亲就这样问过我，我大声告诉他老人家，有把握！这次同样也是这样，我跟师长是下了保证的。"说完，他看着河面很久没有出声。聂鹤亭道："王营长，你们主要负责要在10月16日7时前完成任务，这桥还必须要牢固，还有炮车和骡马通过。"王耀南说："我们保证完成任务。"

王耀南1911年出生在江西萍乡，祖辈以制造鞭炮为生，他父亲以及祖父都曾是矿井里的爆破能手，王耀南自小就耳濡目染。10岁那年，为了生计，他就跟着父亲去安源煤矿挖煤并学习爆破。1921年秋天，毛泽东来到了安源煤矿，刚到这里第二天，他就随大家下到了井下，工友们很意外，对这位身穿长衫的年轻人一下子亲近了许多。这时候的王耀南还没有大名，毛泽东笑吟吟地问眼前这个又黑又瘦的童工："小兄弟，你叫什么名字呀？"王耀南抹了一把汗道："我叫冬伢子。"毛泽东一怔，随后大笑起来："咱们有缘分呢，你叫冬伢子，我叫石三伢子！看来咱们都是一棵藤上的苦瓜喽！"话音刚落，工友放声大笑。毛泽东握着王耀南的手，给大家讲起了革命道理，王耀南瞪着一双眼睛，听得格外认真。毛泽东1922年第四次再到安源的时候，王耀南已经成了一名勇敢的儿童团员，随后参加了9月的安源煤矿工人大罢工。

王耀南性格刚烈，如一匹脱缰的野马，从他跟着毛泽东参加秋收起义起，可谓是战功累累，又因其秉性，口无遮拦，曾被降职八次，后又因表现出色，屡屡获得擢升。他逢山开路遇水搭桥，屡建奇功。红军总参谋长刘伯承对王耀南评价甚高："只要王耀南有烟抽，红军没有过不去的坡；只要王耀南有酒喝，红军没有过不去的河。"毛泽东称他为"工兵专家"。1955年9月，王耀南被授予少将，成为开国将军。

工兵营营部就设在赖公庙，天刚亮，王耀南就和其他营领导站在了河边。清晨的于都河上，已经开始有船往来，王耀南、刘子明、聂鹤亭等人刚登上岸边的小船，船老大就摇橹了。王耀南对聂鹤亭说："昨晚我们初步商量了一个方案，用渔船做桥坐，再在上面铺上板子，浅水区就直接打桩了。"聂鹤亭说："这样很好，咱们分头发动老百姓，让他们也助一臂之力。"凑巧的是，摇船的竟是李声亮，他听了二人对话，说："用船搭桥是个好办法，到时候我们都来。"王耀南看着李声亮说了声："谢谢。"李声亮道："为了咱们穷人的事，不用谢！昨天晚上就有干部告诉我了，为你们出力我们很高兴！"他往手里吐了几口唾沫，用力摇几下橹，高兴地对王耀南道："前些天毛主席还向我问起渡河的事呢！"王耀南听了很高兴，问李声亮："他身体怎么样了？"李声亮叹了口气："看样子还很弱，走路有时都不稳。"王耀南听了很沉重，板着脸再没说话。

4

李声亮拉着王耀南他们在于都河两岸跑了大半天，累得李声亮满头大汗。王耀南对李声亮说："大哥，你对于都河了如指掌，看看在什么地方搭桥更合适，帮着我们多参谋参谋。"李声亮撩起衣襟擦了把脸道："王营长，我从小就泡在于都河，就是闭上眼也能把这里上上下下走一遍，我带着你们先看一看。"李声亮沿着河岸来来往往走了几个地方，最后王耀南选定了搭桥的地点，有潭头圩（龙石嘴）、花桥、赖公庙、大坪心（龙门山）、峡山圩（孟口）。王耀南问李声亮："你觉得如何？"李声亮连声道："很好，很好！"傍晚时分，船缓缓靠到了岸上，王耀南从口袋摸出几张钱塞给李声亮，李声亮坚决拒绝，他挥挥手，最后摇船慢慢消失在夜幕中。

搭桥前期准备工作在紧锣密鼓中进行着，王耀南准备调用渔船搭桥，到时候渔船一字排开，再在上面铺上木板。众多船家听到红军要于都河上搭桥的消息后，无须动员，就纷纷响应。重要的是，浮桥得需要大量的木板，王耀南派兵四处寻觅。如何能在有限的时间内把浮桥搭好？作为这次架桥总指挥员的王耀南一时心里还真没有底，他决定先练练兵，王耀南专门选了一处水深河宽的地方搭桥。动手前，王耀南先做了动员，他大声说道："一个个都给我瞪起眼来，这就是一场实战，谁要是关键时刻当稀泥，别怪我王耀南不客气。"大家都知道王耀南的火药脾气，一点就着。

夜幕刚至，于都县政府的几位干部和船老大李声亮，就带着几十艘渔船赶了过来。王耀南一声令下，大家马上动了起来。晚上的水流好像比白天急了许多，让每条船的船帮对船帮在激流中横向并排在一起并不是易事，艄公们虽然个个都使出了看家本领，却很难让每条船在桥轴线上。为了不暴露目标，火把又不能点得太多，几盏马灯也起不了多大作用。王耀南有点急了，大声吼着："都动动脑子！"一边的刘班长道："营长，河这么宽，船又这么多，两边指挥的就是把嗓子喊破了大家也听不清。"王耀南点点头，指着远处的旗语兵说："这小旗再怎么摇，也看不清呀！"听刘班长说到马灯，一旁的李声亮不由重复了一下，突然说："王营长，咱们隔几条船挂上一盏马灯，看看马灯在不在一条线上就可以了！"王耀南大笑："这个办法好！真是三个臭皮匠赶上诸葛亮！"很快马灯挂上了，王耀南和刘子明各站一边指挥，几次调整后，木船基本上在一条线上了。接着，战士们先在几条船上铺上了木板。

聂鹤亭陪着中革委副主席周恩来赶到了搭桥现场，这个时候，王耀南陪着周恩来在铺好的木板上走了几步，周恩来问："我们要搭5座浮桥，船不够怎么办？"王耀南道："这我们都已经有打算了，渔船我们只用在深水区做桥脚，为了避免晃动，我们加了杉杆桥桁。"周恩来点点头，伸手摇了摇杉杆，觉得很牢固，满意地点了点头，接着他又问："那浅水区怎么办？"刘子明回答："直接下木桩当桥脚，再铺上板子。"周恩来说："看来你们还是动了一番脑筋的。"王耀南笑了，说开始老是弯弯曲曲的，随后他讲起了马灯测桥的事。周恩来点点头："渔民兄弟提的这个办法好呀！"他看了一眼正在忙碌的渔民道："什么时候我们都离不开老百姓呀！"周恩来环视着河面，颌下的长须在微风中飘动着，远处一片沉寂。周恩来沉思片刻道："王营长，为了不暴露目标，咱们晚上过河，天一亮就得把桥撤掉，第二天晚上过河前，再把桥恢复起来，一切都越快越好，有了第一次搭桥的经验和基础，第二次应该就容易多了，可必须在快字上下功夫，要争分夺秒，还要想到国民党的飞机来了怎么办，如何应付。这些你们可一定要考虑周密呀，不能眉毛胡子一起抓，到时候就会乱了阵脚。"王耀南和刘子明听了，都高声答应着，王耀南说："我们马上想想办法。"周恩来指了指王耀南的脑门："这就对了，遇上事要用这里多想想，不能逞一时之勇，兵贵神速，数万大军是等不起的。"王耀南道："周副主席，我们一定考虑周密，保证大军顺利渡河。"周恩来见前面的船都没铺上木板，就问："我们搭这5座桥，不仅需要大量的船只，还得大量的木板，这些你们都得提前考虑好，千万别做临时抱佛脚的事！"

周恩来四处看了看，走到哪里，就先开口问候一下战士和渔民，脸上时刻都含着微笑。旁边的警卫员魏国禄捅了一下王耀南的腰部，轻轻说："看到了吧？首长对你们很满意呀！"王耀南瞪了一眼魏国禄："去你个小子，别嬉皮笑脸的。"王耀南看着周恩来的背影，不禁暗暗叹服他的细心，他对刘子明道："撤了桥再搭的时候只有迅速找到原点才能节省时间呀！"刘子明说："在岸边做个记号如何？"王耀南道："这样也行，可不如在河面上做个记号快呀。"王耀南找来各连连长开碰头会，也让李声亮和几个渔民参加了，大家一时难开茅塞，连长刘幸福吸了几口烟，道："船都撤了，接下来再去找原来的位置还不等于大海捞针？咱们又不是神仙，也不是孙猴子。"王耀南火了："你这就是废话！脑袋是用来想事的，不是用来当夜壶的！"刘幸福笑了："营长，你可是拍着胸脯下了决心以后不再讲粗话的。"王耀南一愣，随即把帽子往船板上一摔："这是老子从娘胎里带出来的，就这样了！"大家听了，一阵大笑。王耀南摆摆手："好了，说正事！"刘子明说："水浅的地方，都打上了木桩，这记号很明显，可水深的地方船走了，可真不好办。"李声亮轻轻地拍着船帮，拍了几下一下子停下了，他说："船离不开绳索和锚，咱们在原来的地方放上锚，在绳上挂上浮标，这样不就一目了然了吗？"王耀南拍着李声亮的肩，连声说好。

二　江上穿呀穿梭忙

1

搭桥的船只基本落实了，可还需要大量的木板和绳索，工兵营专门成立了材料征集组。早饭过后，刘子明就把征集组集合了起来，他说："同志们，这桥搭起来得600多米，多长的桥就要铺多长的板子。昨晚我听老表们说，这附近已经没有树可砍了，咱们只能到家家户户去征集，记住，要让老表们自愿，谁也不能强征，谁也不能违反群众纪律。我们各小组开展大比赛，看谁会动员，材料征集得多。这就像我们之前的扩红一样，既要数量多，又要质量好。"

在县城一隅，有一个老字号的酱油铺，虽小本生意，可红红火火，这与店主刘赞唐的为人分不开，刘赞唐做人坦荡，乐善好施，明白事理。红军一到于都，他就给红军挑去了两桶酱油，还提出让红军到家里住。工兵营的刘班长和几个人就住到了他的家里。昨天刘班长和战士们说起木板的事，被刘赞唐听到，他思索片刻，目光落到了自家的房门和房梁上。

这座透着客家风格的屋子，建于清末，有20余间，进门两井三厅，是祖辈一代代传下来，刘赞唐的公爷（爷爷）尤为看重，他告诉后辈，这刘屋一砖一瓦，一木一梁，都得爱护。刘赞唐摸着厚实的屋门，看着笔直的房梁，脸上泛着犹犹豫豫的神色，最后终于下了决心。他招来几个乡邻帮忙，先把屋门都卸了下来，刘赞唐数了数，有20余副，接着又把几张床板掀了下来，随后他找来一把锯，让几个后生锯下根房梁来，一个后生说："这可不行，祖屋的房梁怎么敢锯下来呢？"刘赞唐道："给红军架桥，要是祖上有灵的话，会同意的！我妹郎也是红军，更得帮助他们！"

这时候刘班长带着几个战士经过一处瓜棚，一位40多岁的汉子边忙碌边唱着歌：

当兵就要当红军，

处处工农来欢迎。

官兵士兵都一样，

没有人来压迫人。

这个汉子看到红军，就向刘班长连连招手，刘班长定睛一看，是几天前刚认识的一个赵姓瓜农，他们急忙跑了过去，刘班长问："老表，要帮忙吗？有事尽管说！"老赵指着瓜棚说："同志哥，帮我把这瓜棚拆了吧，门板拿去搭桥！"刘班长看看瓜棚，见上面爬满了秧子，结着一些大大小小的南瓜。就连忙说："这些瓜还没长大，使不得，使不得！"老赵道："你们搭桥要紧，顾不得那么多了！"说着挥起砍刀把秧子都砍断了。刘班长心疼得直跺脚，不停地说道："太可惜了，太可惜了！"最后他挥挥手，几个战士开始动手拆瓜棚。老赵不声不响地捡了几个大瓜，说："中午你们都到我家吃南瓜去。"

就在红三军团第四师工兵营紧锣密鼓地准备在于都河上架桥的时候，中央红军大部已经集结在了于都待命。8.6万余人的中央红军队伍中，赣南籍的就达6万人之多。20多岁的红军战士华钦材回到叶坪乡华屋家中的时候，他的母亲满脸都是笑，说："快去看看吧，你媳妇这几天就要生了。"华钦材跑到妻子身边，摸着她高高隆起的腹部，不禁开怀大笑。悄悄话没说几句，同样是红军战士的弟弟华钦梁赶来告诉他，部队晚上5点集合赶赴于都。仅有43户人家的华屋，就有17位壮士成了红军，曾当过华沙区宣传部部长的华钦材，让弟弟把大家都叫到后山上去。不一会工夫，17位华氏红军兄弟很快就来到了离华屋不远的后山上。华钦材手里拿着一把铁锹，指了指地上的松树苗道："咱们很快就出发了，现在大家一起栽下这17棵树，每人一棵，每一棵代表着自己，等全国解放了咱们再来树下相见，一个都不能少！"

树都栽好了，一株株小青松立在了山坡上。乡亲们都来了，华钦材的母亲搀扶着临产的儿媳，17个战士和他们的家人都立在树前。华钦材深深看了一眼父老兄弟，指着身后刚刚栽下的17棵青松高声说道："乡亲们，我们就要走了，你们多保重。这17棵松树，就是念想，守着咱们的华屋，见松如见人！将来有一天，我们这些人谁有幸活着回来，谁就帮着照顾牺牲兄弟的父母，照看这17棵松树。"华钦材话音一落，大家齐声喊："见松如见人！"言毕，17位红军战士都举起了右手，共同给所有的家人行了军礼。华屋人都两眼含泪，华钦材的妻子哭倒在婆婆的怀里。华钦材上山的时候，带了一坛米酒和一摞碗，弟弟华钦梁把米酒一一倒在碗里，17个华氏兄弟端起碗在各自栽下的树下洒下一些酒，随后都仰头将酒一饮而尽。小松树在秋风中摇曳着，好像一下子有了灵性。

多少年以后，华质彬的儿子华丕恢还对1934年秋的那个夜晚记忆犹新，夜晚，大雨，斗笠，蓑衣，背影，是刻在他脑海中一生都不能忘记的情景。时任中华苏维埃共和国政治保卫局文书的华质彬，听到军号声，看看窗外，外面是疾风急雨，他穿上蓑衣，背起长枪，戴上妻子递过来的斗笠，就冲了出去。妻子撕心裂肺地喊："孩他爸，你要记着回来，还得给咱们儿子娶媳妇。"妻子踉跄几步，滑倒在水洼中。华丕恢这年9岁，他哭喊着追出门外，可父亲很快就消失在了夜雨中。这时华丕恢还听到旁边一声喊："下这么大的雨，快回家去吧！"华丕恢听出这是华钦材的声音。

17位华氏兄弟是冒着滂沱大雨离开的家乡。华质彬是他们中年龄最大的，年龄最小的只有15岁，名为华崇宜。华屋的乡亲和后人记住了17个战士临走时的嘱托："见松如见人。"他们时常来到后山上，那17棵松树是被他们看着一年年长大的。华钦材走后第三天，他的孩子就出生了，妻子抱着孩子刚走上山坡，双眼里就噙满了泪水，她走到第一棵松树下，刚喊了一声钦材，泪水就簌簌落了下来："钦材，我给你报喜了，咱们的伢子生了，是个男伢子！你可说好了，到时候要回来的！"从此以后，岁岁年年，华钦材的妻子都带着儿子到松树前站一会。有一次，华从祁一时找不到阿妈，寻到后山，见阿妈正抱着那棵松树大哭，就跑过去扯着她的衣襟也跟着哭，阿妈看看树，又看看儿子，抹一把眼泪说："小崽，这棵树就是你阿爸，跪下磕头。"华从祁急忙道："阿妈，你胡说，人家的阿爸都是活的，我的阿爸怎么能是树？"母亲一个巴掌打到华从祁脸上，又一下子抱住树，哽咽着说："小崽，以后它就是你阿爸了。"

　　华钦材是在腊子口一役中牺牲的，那天下午的战斗格外激烈，一颗炮弹落在了他的身边，华钦材顿时被炸得面目全非，弟弟华钦梁冲上前一把把他搂进怀里，连声哭喊着哥哥，华钦材嘴里不停地冒着血，他断断续续地告诉弟弟："将来你要是能活下来，告诉你嫂子让她无论如何都要改嫁。"说完就闭上了眼睛。华钦梁没能把哥哥的话带给嫂子，时隔不久，他牺牲在一次阻击战中，还是一位幸存下来的战友，后来告诉了华屋，可华钦材的妻子一生没有再嫁。

　　后来全国解放了，坡上的那17棵松树已有碗口粗壮，与其他树一起，汇成了一片林海。华钦材的儿子也已长大成人，可华钦材及弟弟华钦梁他们，却没有如约集合在树下，17棵苍松最后都成了烈士的化身。华屋后人把华钦材、华钦梁等17名烈士的名字，用红漆书于木牌，一一悬挂每棵松树上，树下都置有一碑，刻有烈士生平。每到清明祭奠，华从祁都和烈士的后人，把木牌上的名字细细描红，从没间断！

2

刚刚结婚不足3个月的新娘刘淑芬，同众多的于都女人一样，正一边在为即将远行的红军编草鞋，一边等着红军丈夫。这一刻，刘赞唐带人给红军送门板了，家里很静，新房里只有淑芬编草鞋时发出的窸窸窣窣声，淑芬不时向外张望着，一阵脚步响，丈夫肖文童快步走了进来，边走边说："这房门怎么都没有了？"淑芬听到熟悉的声音很高兴，连忙站起身迎了出来："你回来了？"门都摘下来送去河边了！肖文童点点头："我们今晚就得离开了。"这还是两人婚后第一次见面，淑芬顾不上听丈夫说什么，一下子抱住了他。肖文童说："淑芬，红军马上要离开这里了。""什么？"陶醉在幸福中的淑芬一下子睁大了眼睛。肖文童道："所有的红军都要离开苏区了，我们是今晚出发。"泪水从淑芬清澈的双眼里进涌而出，她带着哭音问："什么时候回来？"肖文童说："也许很快，十天半月的就回来了，也许很慢。"淑芬追着问："慢到什么时候？"肖文童望着泪眼婆娑的妻子迟疑了一下，最后回答："也许很长时间。"淑芬哽咽着，拉过丈夫的手放在自己日渐隆起的腹部上，说："等孩子生了，你也回不了家？"肖文童抚摸着淑芬的肚子，高兴地说："咱们有孩子了。"淑芬点点头，一下子哭出了声。

1934年10月17日下午，于都河赖公庙附近的河段已经聚集了很多军民，5时左右，工兵营长王耀南抬腕看了一下手表，高声下达了搭桥的命令，在其他河段搭桥的兄弟部队在这一刻也都动了起来。瞬间平静的于都河就沸腾起来，数百艘渔船向着指定的目标移动起来。夜幕降临了，岸边、河面点起了少许的马灯、火把。晚上20时左右，在30公里的河段上，5座浮桥已经搭起来了，早已集结在于都的红军开始陆续过河，上万的男女老幼涌到北岸送行，刘赞唐把篮子里的熟鸡蛋、糯米团一一塞到几个红军小战士的口袋和行囊里："孩子，路上吃，路上吃。"

火把映照着一张张离别的画面，在岸边的一棵榕树下，淑芬紧攥着肖文童的手，亦步亦趋。出征急，肖文童不得不拉开妻子的手，说："同志们都上桥了。"说着快步向前赶去。淑芬追上肖文童，又一把拉住他，伸手从自己耳朵上拽下一只耳环，塞到肖文童的手里："把这带上，看到它就看到了我！"肖文童答应着，把耳环装进口袋里，很快就消失在了人群中。淑芬一直立在岸边，像雕塑一样，凝望着浮桥上的红军，动也不动。刘赞唐走到淑芬身边，陪着她站了很久，天凉了，他拍拍淑芬的肩，轻声道："时间不早了，回家吧。""回家？"淑芬机械地讷讷着。这一年，淑芬仅22岁，还是花一般的年龄，芳华芳香。她一生都记得这个日子——1934年阴历九月十一。

有谁能想到，这个被一位普通农村妇女铭刻在心的日子，后来作为中国工农红军长征开始的日子，被写进了中国共产党和中国革命的历史。

这一天换算成公历，正是公元1934年10月17日。就在这一夜，中共中央、中革委、中华苏维埃共和国政府各部，趁着夜色，从于都东门渡口踏上了浮桥。此刻，从梓山山峰渡口出发的红一军团先头部队人马，已经出现在了于都河南岸。右路前锋红三军团、红八军官兵，傍晚时分就已经集结在了南门渡口和西门塔脚下渡口。人们手里的火把还没有打起，一轮明月已经悬挂在了天空。红一军团第一一师第一团团长杨得志回首望去，对面的灯笼火映红了半边天。他摸摸口袋里的糯米团子，这是刚才一位大娘塞给他的。杨得志将军后来这样回忆："寒气很重了，我们回首眺望着对岸打着灯笼、火把为红军送行的群众，心里不禁有股暖融融的感觉。"

一部分红军是摆渡过河的，等官兵陆续上船后，张营长一挥手，李声亮、李声仁和众多船工就用力摇起了橹，摇橹声顿时响起一片。船小水急，载人过多，李声亮、李声仁他们使出了浑身解数，摇得很吃力，可又不能松气，一会工夫大家都大汗淋淋的。很多渔船上，大都是兄弟、父子同船，有的是夫妻同舟。李声仁的妻子立在船舷，照看着站立不稳的战士。众多红军被渔船送上了南岸，还有众多的红军在北岸等候，李声仁、李声亮他们又摇橹返回，来来往往到了大半夜，摇到这时，除了疲惫，还有难挡的饥饿，李声仁的妻子抓一把生米塞进丈夫嘴里，再给他灌几口水。一夜间，仅李声仁、李声亮他们就运送了红军上千人。为此，厄运也落到了他们身上，时隔不久，于都被国民党部队占领，敌军四处捕捉夜送红军过河的船工，带头的李声亮、李声仁被挂了号，二人无处躲藏，只得将渔船托付他人，一家老小远走他乡，解放后才回归乡里。李声仁一生都与当年送红军的那条船相伴，耄耋之年才把船橹传与子孙。后这条装满了传奇的渔船，被他的儿子李明荣献给了中央红军长征出发纪念馆。

凌晨过后，部队停止过桥、渡河，至6时，浮桥全部拆除，所有的木板都被隐蔽起来。数百艘渔船，化整为零，慢慢散去。于都河又恢复了往日的平静，太阳升起来了，给河面镀上了一层柔和的光。18日下午5时左右开始，河上、两岸，人头攒动，渔火点点。红军和于都的老百姓在罗坳孟口、渔翁埠等渡口再次搭起了浮桥。是夜，右路后卫红八军团、左路后卫红九军团，从这两个渡口分别踏上了漫长的万里征途。

中央第一野战纵队、第二野战纵队1万余官兵今晚将从东门渡口过河。难得短暂的空闲，王耀南站在渡口和刘子明刚说了几句玩笑话，前边就传来一阵争吵声，二人三步并作两步赶了过去，见是刘班长还有何立斌正和一位老大爷在争吵着，刘班长弯下腰刚要去搬脚下的木板，老大爷就一把推开了他，王耀南借着灯光仔细端详，眼前的这位大爷认识呀。他姓曹，前几天还专门送来了门板和床板。王耀南心想是不是刘班长他们强征曹大爷家的板子了，惹得老人不高兴，就瞪着眼训起了刘班长他们，刘班长想张口辩白，王耀南根本不给他机会，曹大爷张了张口，可也根本插不上嘴。王耀南吼完了，转身对曹大爷说："大爷，对不起，您前几天就已经送来很多材料了，他们不应该再去找您要这些板子。"曹大爷急了，大声说："同志，你搞错了，这些板子不是刘班长他们要的，是我和这几个细伢子抬来的，可刘班长不同意，要给我们送回去。"王耀南一下子明白了，不禁看了刘班长一眼，刘班长说："营长，这下我可以发言了吧？"刘子明一听笑了："你说说。"刘班长道："营长，下午曹大爷见桥上几块板子不平整，就把自己的寿材板送来了，咱们怎么能用他老人家的棺材板呢？这不就吵起来了。"王耀南说："大爷，这几块板子虽有些不平，可问题不大，就不用您的寿材板了，这板可不是一般的板呀，就相当于您老人家百年之后的房子。"曹大爷说："王营长，没有你们红军，就没有苏维埃，我们一家人也早饿死了，这几块棺材板算什么？再说，你别看我七十多岁，可身体还硬实着呢，能再活个十年八年的，要是你们不收，是不是就觉得我不中用了？该早早地躺在棺材里去了吧？"王耀南听了，一句话都没说出来，只是不停地摆手。刘子明忙说："老人家，您不要着急，您这身体好着呢，怎么能不中用了呢？"

　　这个时候，周恩来和警卫员魏国禄走到渡口，听到吵嚷声，快步走了过来。看到工兵营长和一个老人正在大声说着什么，周恩来有些生气，大声喊道："王耀南，你这是干什么？部队马上就要过桥了，你却在这里和这位大爷争吵！"说着周恩来走到曹大爷面前，轻声道："老人家，您有什么意见和我说说，我来批评他。"王耀南急忙说明原委，曹大爷看了一眼周恩来，猜想眼前这个留着长胡子的人肯定是位大首长，就一把拉住周恩来手道："我看这地方低下去一块，同志们走上去不踏实，就把这板扛来了，可他们就是不同意。你们红军为了穷人命都敢不要，我这几块寿材板算什么？你给评评理，是不是这样？"周恩来见老人态度很坚决，紧紧握着他的手，用力晃了晃，动情地说："老人家，咱们中国人自古以来都很看重身后的事，这寿材板可不一般，您这份心意太深厚了，我们真有点承受不起呀！"曹大爷摇摇头："首长呀，红军和老表就是一家人，如今你们遇到难处了，我们还能眼睁睁地就这么看着？说什么也不能给我送回去，要不我曹老头今晚就躺在这桥上了！"周恩来笑了，随后说："好，老人家，我答应您！"老人闻听高兴万分，像个孩子一样大笑起来。周恩来接着又说："不过，我也有个条件，用了您的寿材板，您得收下我们的钱。"曹大爷听了，一下子生气了，说："首长，这是把我当成外人了，要是买的话我就不给你们了。"说完，扭头气呼呼地走了。周恩来转身对王耀南和刘子明说："老人的钱我们一定要付给他，这样吧，你们把钱给苏维埃的同志，让他们转给老人家。"

周恩来面对着沙滩上越来越多的老百姓，看着大家依依不舍的神情，不禁感慨万分，他对身边的人说："这次转移，于都的老百姓对我们支援很大呀！"旁边的作战科长聂鹤亭道："光粮食就给了我们七万九千多担，相当于三十万于都人三年的口粮。每个战士行囊里都装着四天的口粮，还有两双草鞋，算下来于都的女人给我们打了几十万双草鞋。"说到这里这位作战科长又报出这样一串数字："这些日子，红一军团在于都补充兵员2600人，红三军团补充了2600人，红八军团是1900人，红九军团1300人，红五军团1300人，另外其他部队也有补充。"周恩来道："仅从你们统计的数字来算就是9700人呀！"言毕，周恩来沉默了，随后动情地说道："于都人民真好，苏区人民真亲呐！"

3

在红一军团长长的兵员补充名单上，段九长的名字就位列其中。那天晚上，于都县铜锣湾村的段九长，没经动员就找到红军要求扛枪。红一军团在兴国高兴一带与国民党军队鏖战不久，就接到了中革委撤出战斗的电令，红一军团军团长林彪、政委聂荣臻即率部转移，不久就到达了于都，军团部就驻扎在铜锣湾。

靠山

部队刚到不久，于都很多青壮年跑来要求参军。最初，聂荣臻政委觉得第五次反"围剿"以来，红军伤亡很大，敌人占领于都近在眼前，苏区的老百姓日子肯定是不好过，特别是那些军属，更是危险重重，充实兵员会有一定难度的，可是严峻的现实并没有挡住于都人民对红军的支持和帮助。家家户户都拿出了并不宽裕的粮食，男女老少也都忙着给红军打草鞋。

段九长就是在这个时候报名参军的，连长张大力问他多大了，他粗声粗气地说39岁了。连长开玩笑说："这个年龄不行，都得抱孙子了。"段九长急了，扯着嗓门道："你可别觉得我年龄大，就我这身体，小伙子都比不上。"段九长说着亮了亮自己的两个拳头，那拳头黑黑的，就像两个铁锤一样。接着又吼了几声，声震八方。张大力打量了段九长几眼，人高马大的，再看那肩背，真是虎背熊腰，活脱脱就是那个黑旋风李逵。张大力越看越喜欢，大声道："是个机枪手的苗子！"段九长听说让他扛机枪，很高兴，可最后没能扛上机枪，被调到毛泽东、周恩来身边抬发报机了。毛泽东说："这发报机就是咱们红军的耳朵，你们莫把它丢了，莫把它损坏了，更不能让敌人炸了。"段九长听毛主席这样说，又看看发报机，这可了不得，就拍着胸脯表决心，死了也要保护好它！长征路上，有10名战士专门保护发报机，一路上，穿过炮火硝烟，爬雪山走草地，最后只有两人把68公斤重的发报机抬到了延安，这两勇士都是于都人，一个是段九长，二是谢宝金，其他8位战士先后倒在了被敌人围追堵截的路上。谢宝金也是大个子，身高一米八有余。行军路上，谢宝金专门做了一个竹排，起初大家不知他有何用意，到了草地便派上了用场，谢宝金把发报机放到竹排上，用绳子拽着走，确实省力了许多，尤其是过沼泽地时，减轻了重量，避免了危险。后来在延安宝塔山下，朱总司令指着段九长、谢宝金，笑着对周围的人道："这两个大个子，历经千难万险，硬是把我们的发报机抬回来了，可是立了一功的！"

段九长说自己幸亏有这个名字，九为大，长又是长长久久，命大。全国一解放，50多岁的段九长说自己这个年纪了，得向后转回家。一如他当年参军的念头一样，回家的愿望也很强烈。领导问他："那你回去干什么？这个年龄得有个好去处了。你选吧！"段九长说："我什么都不会，可种地是内行，还是当农民踏实。"后辈至今提起他进京见毛主席时还说他傻，段九长到北京在毛主席身边待了几天，回来的时候仅带了瓶酒，其他钱物一概不要，众乡亲都说他没脑子，那金銮殿上要啥有啥，怎么也能带些贵重的东西回来的。段九长眼一瞪道："毛主席可不是过去的皇帝老子，他的衣服上还打着补丁呢！"后来毛泽东听说段九长全家人还挤在一间草棚里，就着人给他汇来了300元钱，一家老小平日里哪见过这么多钱，都喜出望外，手把手算算，除了盖几间房子，还剩下不少，全家上下欢天喜地，唯有段九长闷闷不乐，毛主席平日里多忙啊，还惦记着自己这个小兵，这该给他添了多大麻烦，更重要的是毛主席这么节俭，这300元可不是小数目。段九长自己打算，等房子盖起来了，还剩下100多元钱，他到邮局又把这些钱退回了北京。煮熟的肥鸭子飞了，哪有这样的事？全家人心疼不已，很长时间都不愿意和他说话，他也在乡里落了个"段傻子"的绰号。

4

1934年10月18日，当段九长和谢宝金双双抬着发报机跟着队伍向于都河北岸前进的时候，已经出了东门的毛泽东和他的警卫员陈昌奉等人，正沿着河岸走着，河水翻滚着从身边而过。毛泽东行装很简单，一把雨伞两条毯子加一条被单，还有一挑子书。陈昌奉觉得主席用了很久的九层挂包无论如何得带上，正和警卫员吴吉清商量时，毛泽东突然道："不带了，要轻装上阵，不过，那个书挑子可是我的宝贝，你们可不能丢下了！"

月亮已经升上了高空，天上繁星点点，皎洁的月光洒在于都河上，也洒在每一个人身上。王耀南正在浮桥上来回查看着，忽听身边的刘子明说："毛主席过来了。"王耀南抬头一看，一群人正迎面向他们走来，为首的是那个个子高大而又熟悉的身影，是毛主席，王耀南心里一热，和刘子明急忙迎了上去。他们刚敬完礼，毛泽东的一只大手就伸了过来："你们是逢山开路，遇水搭桥哇，这几日你们是最辛苦的！"王耀南紧紧握住毛泽东的手："主席，您瘦了！"王耀南觉得自己一肚子话要说，他低下头，声音一下子哽住了。毛泽东知道王耀南这时的心情，他拍拍王耀南的手缓声道："你这位同志，什么时候变得柔情啦？我们两个叫伢子的见了面应该高兴才对呀！"王耀南听毛泽东这样说，一下子笑了。

毛泽东深有感触地说："1921年，也是这个季节，我到安源煤矿的时候，你还是个娃娃，后来跟着我参加了秋收起义，上井冈山，一晃多年过去了，你都是营长了呀！"毛泽东看着河面上的浮桥问："你们这次任务，用的船只和材料少不了，没有违反群众纪律吧？比如，这些船只吧，造一条要100块大洋，要是给人家搞坏了，人家还得去造，既耽误了打鱼生产，又不能饿饭，算下来怎么也得要去掉30多块钱吧？这样我们得赔人家130多块才对，不能仅仅按价赔偿的。"王耀南频频点头："主席，您算得可真细呀。"毛泽东笑了笑，点点头说："当年我是帮我父亲算过账记过账的，算盘子我也打得很好，在这方面谁也糊弄不了我。你们可要记住，牵扯到老百姓的利益好处，就应该算细账的，绝对不能让老百姓吃亏，以后一定按照实际损失补给老百姓的。"王耀南道："主席，您放心，我们都是这样做的。当年咱们上井冈山路上，饿得不行了，有人偷了老百姓几个红薯，您让我们赔偿了，还要求以后不能拿老百姓一个红薯，后来规定了'三条纪律，六项注意'，'三条纪律'一不拿工人、农民、小商人一点东西，二打土豪要归公，三一切行动听指挥。'六项注意'一上门板，二捆禾草，三讲话和气，四买卖公平，五借东西要还，六损坏东西要赔。"毛泽东点点头，满意地笑了。到了桥头，他看着王耀南："营长同志，现在可以过桥了？"于是迈步上桥，他边走边指着两边的木桩说："一个篱笆三个桩，一个好汉三个帮，我们有了老百姓这根桩，革命才能取得胜利，群众的利益你们一定要放在心上。"王耀南、刘子明同时点点头，目送着毛泽东远去。

毛泽东立在南岸的一棵苗壮的榕树下，和附近的几个战士打了个招呼，随后转身看向河面，此时，中央第一野战纵队的官兵已经上了浮桥，正迎面而来。毛泽东吸了一口烟，抬头凝视着远方，远处的山峦、树木，黑黝黝的，可近处的在月下轮廓还隐约可见。秋风吹拂着毛泽东的长发，他一动也不动地在想着什么，这一刻，毛泽东连同走过这座浮桥的周恩来、朱德、博古、张闻天等人，恐怕都还没有想到，他们自此踏上了一条漫长的道路，开启了举世闻名的二万五千里长征。毛泽东又看向北岸，在那里，前来为红军送行的于都百姓站满了河滩，这时候对岸响起了歌声，声音越来越大：

> 送红军到江边，
> 江上穿呀穿梭忙。
> 千军万马渡江去，
> 十万百姓泪汪汪。
> 恩情似海不能忘，
> 红军啊，红军！
> 革命成功早回乡。

毛泽东听着，目光很久也没有离开，随后他自语道："送君千里，终有一别呀！"毛泽东说得很慢，也很清晰。站在毛泽东身边的陈昌奉，借着火把清楚地看到，毛泽东眼里闪着泪光。陈昌奉也在看着对岸人群，他还在想着那个不舍得他们走的房东大娘，握着他的手，几乎流了一天的眼泪。房东大娘是不是也站在送行的人群里呢？

可是，陈昌奉想不到，在对岸的那棵榕树下，有一个哭成了泪人的女人，她不是那个房东大娘，是那个叫淑芬的美丽新娘。就是在昨天晚上，也是这个时候，她的丈夫踏着明亮的月光走了，这个女人觉得，看到了每一个红军战士，就仿佛看到了那个走远了的他。淑芬对着长长的队伍，不停地挥着手。中央红军各部连续两夜渡过于都河后，余下总后卫红五军团三十四师、十三师等部于19日、20日夜，又从于都罗坳鲤鱼、罗坳石尾等渡口踏上浮桥出发了。只有刘赞唐知道，自己的亲人刘淑芬那几天每夜都站在了东门渡口边上，直到看到红军全部离开了于都。

中央红军从于都渡河出发，30多万的于都父老共同守住了这个生死攸关的天大秘密。在于都县段屋乡寒信村各姓的祠堂，都赫然摆放着两本家谱。家谱又称族谱，承载着一个家族的世系繁衍，神圣而又庄重，家族都视其为宝书而加以保护。而在寒信村，在各姓祠堂中，与传统家谱并列在一起的，是一本有着数百个名字的英烈谱。屈指数一数，一个村庄竟有数百个红军烈士。寒信村各姓人都互相约定，把这本英烈谱一代又一代地传下去，谁也不能忘了本。

中华苏维埃共和国临时中央政府机关报《红色中华》，在红军长征前夕曾发表了一条《勇敢坚决当红军》的消息：下肖区七堡乡第三村的农民杨显荣，有八个儿子，他响应"扩红"号召，让八个儿子都报名参加了红军，就是在第五次反"围剿"最惨烈的时候，他依然把儿子送上了战场，这位年老的父亲和他的老伴，到最后也没有见到这八个孩子。

三 映山红开满山

1

太阳刚刚落山，远处的山峦就披上了一片金红。当华屋17位壮士1934年10月17日聚在于都梓山山峰坝渡口等待渡河时，送行的人群中，一个身着红衣衫的女孩尤为显眼，她就像那赣南山上阳春里盛开的映山红一样秀丽，她边走边急切地问着："同志哥，刘亚楼政委的队伍来了吗？刘亚楼政委的队伍来了吗？"站在一旁的华钦梁告诉她："都已经到了，你找谁？""我找谢志坚，他是刘政委的警卫员。"华钦材问："你叫什么名字？找他有事？"女孩急急回答："我叫春秀，我找他……"春秀说着含羞一笑，脸上一片绯红。看样子她心里很急，接着又张口说道："后天就是他和我结婚的日子，可他又要走了，同志哥，这可怎么办？"华钦材见状急忙说："你看，刘亚楼政委就在那边的河滩上，我带你去。"华钦材指了指远处。春秀高兴地说："太好了！找到政委就找到他了。"春秀如释重负。

这时候，谢志坚正站在一块耸起的沙丘上四处张望着，他终于发现了那个熟悉的身影，他高声喊着："春秀，春秀！"他的声音越来越大。人群中突然闪出一个女孩，循着喊声看了看，一怔，随之向旁边的一个红军战士点点头，快步跑了过去。谢志坚跳下沙丘，一把抓住女孩的手："春秀，我可找到你了！"春秀紧紧盯着谢志坚的脸，只是流着泪，一句话都说不出。谢志坚说："放心吧，红军不长时间就会回来的，到时候咱们就结婚！"春秀用力点点头，刚要说什么，部队就出发了，春秀急匆匆地把一双草鞋塞到谢志坚手里。

谢志坚踏上浮桥，回身向春秀挥挥手，很快就消失在队伍中，春秀在欢送的人群中，张口唱起了那首民谣：

> 打双草鞋送红军，表我穷人一片心。
> 亲人穿起翻山岭，齐心协力打敌人。

行军路上宿营时，谢志坚才顾上细细端详这双草鞋，这一看，让他泪流满面。春秀在这双草鞋里，编进了她多少心思和柔情啊。草鞋通常是用稻草编的，为了让草鞋耐磨又柔软，春秀用的是她精挑细选的黄麻。在春秀的纤纤手指下，编得精致又结实，鞋尖上还特地拴上一个粉红淡绿相间的绣球。

1936年9月，谢志坚跟着大部队来到了甘肃通渭、静宁一带。在一次战斗中，谢志坚被一颗手雷炸成重伤，他昏迷了几天几夜，刘亚楼见谢志坚这样，不禁心疼落泪，他觉得谢志坚再这样随部队走下去就没命了，就安排谢志坚留在了静宁，临走，刘亚楼对刚刚醒过来的谢志坚说："记住，你小子必须给我活下来，将来还要继续给我当警卫员呢！"躺在担架上的谢志坚，咧咧嘴没说出话来，最后点点头，泪水一下子涌了出来。刘亚楼不忍心再看，扭过头挥挥手，等担架员抬着谢志坚走远了，他才转过身目视着担架消失在一箭之遥的山坳中。

山路弯弯，夜幕降临时，谢志坚被抬到了一个叫苟家村的小山村，拐了几个弯，来到了一户人家，接着就听到担架员喊苟大爷，声音很亲热。灯光下，苟大爷应着，和一位女孩凑到担架前看了看，接着吩咐道："快把同志抬到炕上。"苟大爷虽年逾六十，可身子还很结实，说话嗓门大，性格也很豪爽，他见谢志坚有些不好意思，就大声说："你就踏踏实实住下来，好好养伤。"苟大爷话还没说完，那女孩早就麻利地拿过了一块热毛巾，没几下就把谢志坚的脸擦得干干净净的了，她冲谢志坚嫣然一笑，又风一般地走了。苟大爷也笑了，点上一杆长烟袋，吧嗒吧嗒吸了几口说："我这女子叫山花，手脚麻利着呢，走起路小跑，照料人仔细着呢！""爹，你又在夸我？"苟大爷没说几句话，山花已经端着一碗荷包蛋走到了炕前。第二天，苟大爷就出门给谢志坚找来了郎中，那些日子，苟大爷家里都飘着中药味。谢志坚伤口慢慢愈合了，脸上也有了血色。郎中说："到底是年轻，再好好养养，就能下地干营生了！"

谢志坚在山花悉心照料下，身体日渐好转，先是下了炕，又能出屋门了，不久就站到了远处的山岗上。身体好了，谢志坚却愈发变得不安。在一个个清冷的夜晚，他立在山坡上，借着明亮的月光，把长刀舞得虎虎生风。苟大爷父女俩就站在那里向远处望着，苟大爷吸着长烟杆说："这娃有心事哩！"说着，他看看远处，又道："看来鸟要归林，虎要归山了！"山花看了一眼爹，一声不响，仰头看看伸手可摘的星星，快步走了。山花早就看出，这个壮得像牛牯一样的男人急着要去找红军哩。是啊，谢志坚梦里都要喊刘政委好几回呢。

夜深人静时，谢志坚拿出那双挂着绣球的草鞋，看看摸摸放下，再拿起来贴在鼻子上嗅嗅，反反复复好几回，晚上躺在炕上刚刚入睡，春秀就会在梦里笑吟吟地款款走来。声声叫着阿哥，一下子就把谢志坚叫醒了。谢志坚把这双草鞋视为信物，视为春秀。长征刚开始的路上，脚上的草鞋磨破了，他找来绳子连连又穿上，双脚挂满了血泡，他也没舍得穿那双柔软的黄麻草鞋。血战湘江，攻打娄山关，四渡赤水，一仗连着一仗，他也把鞋子保管得好好的。1935年5月，巧渡金沙江时，站在岸上，谢志坚想到了家乡的于都河，想起了那晚队伍走过浮桥的情景，还有身着红衣衫向

靠山

他招手的春秀，他穿上了那双黄麻草鞋，脚底软软的，心里也热热的，时隔不久，又强渡大渡河，谢志坚心想凶多吉少，就是死了也和这双草鞋在一起，他摸出鞋子再次穿上。

　　谢志坚听着南飞大雁的鸣叫声归心似箭，他干起活来屋里屋外像陀螺一样在转，苟大爷和山花都看在眼里，他们都知道谢志坚人在山沟沟里，可心早就飞远了。终于有一天，谢志坚开口了："大爷、山花，我得找队伍去了！"苟大爷看着远处，在一块石头上磕磕烟袋锅子："尕娃子，你的心思我们父女早就看出来了，是鱼总得到水里的，可这山连着山、岭连着岭的，你怎么走呀？"谢志坚道："我从小在山里长大的，难不住我。"苟姓父女俩终拗不过眼前这个后生去找红军的心切，为他打点了行装，在一个清晨把他送到了山岗上，谢志坚给父女俩深深鞠了一躬，哽咽着说："大爷、山花，是你们救了我，我一辈子都忘不了！"苟大爷拍拍他的肩："孩子，天高路远，路上可小心点。"谢志坚点点头，转身向不远处的一道道黄土梁上走去，黄土梁上的小径像羊肠一样，蜿蜿蜒蜒伸到了远处的山脚下才消失。谢志坚走着走着，听到口袋里有轻微的响声，摸出来一看，竟然是个布团，里面装着几块银元，大爷和山花什么时候放进去的？自己怎么没有发现呢？谢志坚回头看看，苟大爷和山花还站在光秃秃的山岗上看着自己，他的眼睛一下子湿润了。

　　谢志坚刚走到山脚下，就被几个国民党兵抓住，为首的大个子说他是红军，谢志坚说我不是，是到镇上做小本生意的。大个子道："你这口音就不对，前些天我们抓了几个像你这样的人，都是受了伤的红军，放在老百姓家里养着。"另一个瘸着腿的兵上来就把谢志坚身上摸了个遍，接着又把他的行装打开一一查看，最后发现了那几块大洋，两个兵咯咯笑着，把大洋装进了他们的口袋。国民党兵押着谢志坚一路向西，瘸子兵走得有些累，指指前边的人家，道："咱们到村里打打牙祭，找口吃的吧。"谢志坚抬头一看，眼前竟是苟家村，不禁心里一喜。

国民党兵刚闯进一个石院，大个子就扯着嗓子喊："有人么？"一个壮汉从房子里走出来，看到眼前情景一愣，又见谢志坚被他们押着更是大吃一惊。谢志坚急急说："大壮哥，这几个老总一口咬定我就是红军，你给说说吧。"叫大壮的男人反应很快，忙不迭地说："你这是干什么去了？我今天还想让你帮着抬几块石头呢！"谢志坚道："我准备到城里去做点小生意，要待些日子呢。"大壮点点头，就招呼几个兵坐，又让老婆马上生火做饭。

瘸子兵一屁股坐到了炕头上，大个子让其他几个兵看着谢志坚，大壮说要抓只鸡，就走出了屋子又借机溜出了家门。一会工夫，苟大爷搬着一坛酒走进了院子，跟在后边的山花手里还抓着一只大公鸡。听到外面响声，那几个兵端起枪就冲到了院里，苟大爷看到谢志坚，就黑下脸来，放下酒坛子，上去就给了谢志坚一个耳光子："好小子，就你这个本事还想去做生意，我的那几块袁大头是不是让你偷去了？给我，给我！"苟大爷这一阵吼让那几个兵都愣住了，听说银元，瘸子兵下意识地摸摸口袋嘿嘿笑了笑。苟大爷转过身，给几个兵鞠了个躬道："老总，这是我女婿，幸亏你们把他给我带回来了。"大个子兵瞪着眼说："什么女婿，他是红军伤病员，共党分子！"山花一听急了，大声说道："他是我男人，可不是什么军。"说着就狠狠捣了谢志坚一拳，对谢志坚吼道："爹不让你去，你偏去！"瘸子兵见了又嘿嘿地笑，笑着笑着又道："你说他是你男人，来！你给我亲亲他的嘴嘴！"山花一怔，两朵红晕飞上了脸颊，她看看谢志坚，上前抱住他，湿润的双唇一下子贴在了谢志坚的嘴上，明亮的阳光照在这对年轻人的脸上，也洒在了山花长长的睫毛上。

苟大爷笑笑，对几个兵说："老总，今天我把这坛子陈年老酒提来了，还抓了一只大公鸡，好好慰劳一下你们，要不是你们，我这女婿又该去闯祸了！"谢志坚忙道："爹，我口袋里几块银元让他们拿去了，你说怎么办？"苟大爷一瞪眼："这算什么话？老总们平日里辛苦，就算是给老总们用来装酒了。"说着又从口袋里摸出几块大洋，一一递给几个兵手里。大个子把银元装进口袋，哈哈笑了，他拍着瘸子兵的肩膀道："这小子我怎么看也不像个红军，误会了，误会了，咱们也不是不懂事理的人呐，还是把这小子还给这妹子吧！"瘸子兵反应也很快，乜斜着眼说："算了，都是乡里乡亲的，咱们总不能活活拆散了这对小夫妻吧？！"

这天夜晚，一位党组织负责人和村农会干部急急来到了苟大爷家，那位戴着眼镜的中年人对谢志坚说："国民党匪徒这些日子正四处搜查掉队的红军，很难走得出去，静宁县委要求大家就地参加革命，千万不要再出去找队伍了，这是组织决定，一定要遵守！"说着，他站起身来，与谢志坚和苟大爷握握手："我们还要到下一个村庄去，那里也有我们的同志。"

来人走后，苟大爷一直都在炕头上默默抽烟，好像有话要说，可又开不了口，最后他看看谢志坚，哈哈笑了："志坚，我老汉从来都是开着天窗说亮话，什么事都直来直去，从不闷在心里。"他磕磕烟袋锅子，又接着道："上级也说了，你就留下来吧，可留下来咱们就有留下来的打算，现在风声很紧，白狗子像狗一样到处嗅，为了保险，你还是在这里落户结婚吧。"谢志坚一听愣住了，他道："大爷，结婚？跟谁结婚？"苟大爷点点头，看看坐在一边一声不吭的山花，说："是，结婚，我把山花嫁给你。不瞒你说，山花从小就定了娃娃亲，那孩子的爹和我是过命的兄弟，当年他救过我一命，我得破了这一规矩了，明早我就和他说去！"苟大爷看看谢志坚，又看看山花，把烟袋往肩上一搭，说："你们说说话吧，挑个日子赶紧就办了。"他响响地咳嗽一声，走出了屋门。屋里一下子静了下来，谢志坚呆坐着一直没有出声，他心里五味杂陈。山花看看谢志坚，眼里闪着柔情，灯光映着她红红的脸，她开口道："志坚哥，不能让你的命没了，我听我爹的，你给春秀姐写了好几封信，她都没有回音，许是她嫁人了哩，要是往后她还等着你，你就别要我了，我答应你，说话算话！"谢志坚听山花这样说，感到一股热浪从心里滚过，他望着眼前这个像山涧水一样清纯的姑娘，不禁鼻子一酸，泪水一下子涌满了眼眶，他说："山花，你们一家子都是好人，可你都和人家定亲了，这怎么好呢？"山花叹了口气道："这样就为难俺爹了。"她见谢志坚一脸为难，又笑笑说："你就放心吧，俺爹会把这事办好的。"晚上，山花一直没睡着，心里一阵隐隐地痛，她觉得对不起那个已经爱了自己多年的好后生。

凛冽的寒风过后，一场大雪随之而来，西北山区连绵的群山和黄土梁子，一夜之间都被大雪覆盖了，放眼望去，往日贫瘠而又棱角分明的黄土梁子，显得格外地丰腴。1935年冬天的这个雪日，远在大西北小山村的红军战士谢志坚和山花姑娘喜结连理。山花先于一日住到了同族的婶婶家里，当一轮红日跃上山顶的时候，村里骤然响起了欢快的唢呐声，大红轿子抬着山花从远处走来了，红轿子前前后后左左右右簇拥着苟家村的男男女女，老老少少，厚厚的积雪上很快就落满了深深浅浅的杂乱脚印，轿子刚落到苟大爷的屋前，鞭炮声就响了，寂静的苟家村像烧开的热水，一下子沸腾了。山花身着红红的袄，红红的盖头，红红的盖头上还绣着一对比翼双飞的彩鸳鸯。她被谢志坚用一根长长红绸子牵着，迎着一缕阳光，走在雪地里，红红的山花显得格外夺目。从这天开始，谢志坚这位江西老表，就成了大西北苟家村的女婿了。

2

1951年的一个春日，谢志坚回到了家乡。他的行囊里，除了一些杂物，还装着那双珍藏已久的草鞋。这个时候，他伫立在于都河畔，看着它熟悉的模样，乡情就像翻滚的河水一样撞击着谢志坚的心房。梅雨时节的于都河，河满水深，水流湍急，比往日多了几分野性和喧嚣，谢志坚蹲下

靠山

身捧起水一下子贴在了自己的脸上。

　　一位老船家冲着谢志坚喊："你站在这里可很久了，有什么好看的？上船吧，别看我船小，当年可送过红军哥哩。"一句不是很经意的话，让谢志坚泪流满面，当年那个别离的情景一下子跳出了他的脑际。春秀，你在哪里？谢志坚立在船头，心里不停地在问。家乡的映山红开得灼灼，开得鲜艳，这个季节，少年志坚都会到山上采一束送给春秀。那个船家见谢志坚一直没有说话，就道："你不信吧？毛主席我都见过，还和他一起吃过红糙米饭呢。"谢志坚从回忆中醒了过来，他问："老人家，您叫什么名字？"船家道："李声亮！1934年秋天，红军有的是从桥上过的，有的是我们摇着船送过去的。"谢志坚听了，一下子握住了李声亮的手："我就是当年的红军，回老家来了。"李声亮很高兴，哈哈笑着，笑出了一串串泪花子。

　　夕阳刚落山，幽静的小山村就镀上了淡淡的夜色。谢志坚走在田埂上，耳旁还响着山花的话："到了老家，记着一定去看看春秀姐。"谢志坚对山花的大度很感激，放下行李，和家人热热地说了一会话，他就往春秀家走去，离春秀家越近，谢志坚的心就跳得越厉害，还未进家门，他就忙不迭地喊春秀，叫阿妈。春秀妈从房里走出来，看看谢志坚，下意识地摇摇头，谢志坚一步上前，紧紧握住春秀妈的手道："阿妈，我是谢志坚啊！"老人眯起眼细细端详，看着看着，不禁老泪纵横："阿崽，你可回来了，你还活着呀？！"谢志坚说："回来了，阿妈，我回来了！"老人抚摸着谢志坚悲喜交加，她哽咽着说："你回来了，可——可春秀没了，没了呀！"谢志坚闻言一个趔趄差点跌坐在了地上，他喊了一声春秀，泪水一下子模糊了视线。老人哭着说："你走了不长时间，她就参加了革命，说你去革命了，她也要革命。天天在外面跑，你们红军前脚刚走，白狗子就来了，杀了好多好多的人。开始我不同意她到外面跑，她说跟着共产党才能过上好日子，临死还喊着你的名字，一口一个志坚哥叫着，可怜的阿秀呀！"谢志坚再也站不稳，蹲在地上放声大哭。春秀娘讷讷着说："她活着的时候不知到渡口去了多少次，她一直盼着你回来，不知为你打了多少双草鞋，都是黄麻的，我可怜的春秀，就是神仙也得疼惜她啊！"

翌日清晨，谢志坚爬上了山坡，远远就看到了春秀芳冢，"春秀，春秀，我来了。"谢志坚仿佛听到了春秀一声声清脆的"志坚哥"，他的泪水就掉出了眼窝。他刚把那双珍藏了快二十年的草鞋摆在春秀坟前，忽听到远处一声声喊："秀呀！秀呀！你志坚哥来看你了！你志坚哥来看你了！"原来是春秀的阿妈听到消息也踉踉跄跄地赶来了，边走边一路叫着。太阳升起来了，红艳艳的，谢志坚对着春秀的坟头深深鞠了三个躬，他转过身，抬眼看去，那满山盛开的映山红，被早上的阳光映照得格外鲜艳，格外的红。多少年前，也是在这样的一个季节，少年志坚都会到山上采一束映山红送给春秀。恍惚中谢志坚突然听到："志坚哥，采一把映山红给我！"春秀脸上挂着汗珠，正笑吟吟地看着他。

3

像春秀一样站在于都河渡口盼郎归盼子回的女人何止她一人？渔民李声亮作为江上渔者，几乎一年四季出没风波里，他就常看到，在当年自己送红军的那个渡口，有一个年轻的女人时常出现在那里，遇上梅雨季节，戴着斗笠，一站就是一个多小时。李声亮心想："当年她的亲人不知是不是我送过对岸的。"每次他都停下撒网，对着渡口鞠几个躬。

那个头戴斗笠站在雨中的女人是刘淑芬。

刘屋离于都河上的那个红军渡口有两公里之遥，从送走丈夫踏上浮桥那时起，每次心里难受，刘淑芬都会跑到丈夫离开的那个渡口上，河上白

靠山

帆点点，远处树木葱茏，她想看得更远，可叠嶂的山峦挡住了她的目光。眼睛看得有限，心可以走得更远，淑芳的心翻山越岭走了一遍又一遍，也没有发现那个男人。

淑芬站在渡口，喊着丈夫名字的时候，她都会抚摸着隆起的小腹，让肚子里的孩子一遍又一遍地叫阿爸。这时候，她就会开口唱起那首至今还被人们传唱的歌谣：

> 打双草鞋送红军，
> 表我穷人一片心。
> 亲人穿起翻山岭，
> 齐心协力打敌人。

那歌声被霏霏小雨浸润着，湿湿的，从淑芬嘴里唱出来显得竟有些悲凉。初春的一天，淑芬拖着已经有些笨重的身体去担水，一下子滑倒在地，流产了，淑芬肚子瘪了，心也瘪了。她躺了几天，还没恢复体力，就又跑到渡口，她抱着榕树没说几句话就放声大哭。离渡口不远的那棵榕树，在1934年10月17日那个夜晚，给了这对新婚夫妻短暂的相聚，那晚，月光透过榕叶的罅隙，斑斑驳驳地洒在他们身上，让这一幕显得更加柔情和缠绵。从那时候开始，这株榕树就成了淑芬记忆的闸门，她每走上渡口看着它，回忆就一下子泛滥了，那晚与丈夫分手的情景，瞬间重现。这个可怜的女人甚至觉得，于都河畔的这棵榕树就是自己的化身，年复一年，日复一日，岁岁年年，朝朝暮暮，替她守候在这里，一直等着那个没有回家的男人。她每次都反复抚摸着这棵榕树，好像要从它纹理和褶皱里找到什么。有时候，等待和失望，更好像是一对孪生兄弟，他们如影随形，可谁也不向对方妥协。淑芬就尝到了这样的滋味，等待得越久，失望的煎熬就愈发地严重。五十年代初的一天，于都县民政部门的工作人员来到刘家，给淑芬送来了一张烈属证，上书一句话："北上无消息"。这一年，刘淑芬已经年近四十。她跑到渡口旁的榕树下几乎枯坐了一夜。她反复念叨着："怎么就北上无消息了呢？怎么就北上无消息了呢？"

数年过后的一个傍晚，刘家来了一位客人，自称叫王大明，先对着淑芬深深鞠了一躬，嘴里说道："嫂子，我来晚了啊！"他握着淑芬的手，连连自责。随后他从包里拿出一枚耳环递到淑芬手里，淑芬低头细看，又急急从耳朵上摘下唯一的一只银耳环放在手心里端详，不禁一下子哭出了声。王大明告诉淑芬，他是肖文童的战友，肖文童是打腊子口的那一仗牺牲的。

王大明说："文童临闭眼托我把耳环交给你，说了你的名字，说了个江西，又说了个'于'就走了，这些年我一直在找你，不把这耳环放到你手里，我对不起战友，以后死了也没脸面见他。"王大明哽住了。淑芬把耳环一下子贴在脸上，亲了又亲："文童，这么多年了我可见到你了啊！"淑芬呜呜哭着，泪流满面，灯光映着她满头白发，泪水打湿她手里的银耳环。

从1950年深秋刘淑芳收到烈属证以后的每一年清明和元宵节的晚上，淑芬都会在那株榕树下，点亮一排香烛。香烛把淑芬的满头青丝映成了斑斑白发，直到她老去。刘赞唐的儿子喊淑芬姑婆，他常对来访的人说："姑婆一辈子都没离开这老屋。她说守在这里，就能听到肖文童的声音。"

四 比银元还贵重的情意

1

连续几日，都有隐隐约约的枪炮声从远处的群山里传过来，后来慢慢就没了。这个时候，盈洞兰山村大埂里的村民雷观林，正站在自家门口向远处看着什么，天空下着很大的雨，雨水落在他斗笠上，发出很响的声音。前几天的枪炮声，让这位四十多岁的山村汉子有些稍许的不安，他不时走出家门看看，作为大埂里有点脸面的人物，雷观林是有这个责任的，他透过雨帘，向远处看去，群山好像都浸泡水里。南岭九峰山由东蜿蜒至南，东有延寿，向南伸展到广东境内。雷观林所站的位置，恰位于九峰山中脉。大埂里并没有几户人家，向上溯源，祖上都是广东人，数年前为躲战乱隐于此，并没有繁衍多少人。连绵的群山，一望无际的森林，曾让这个人迹罕至的地方给了村民有力的庇护，也为冲破国民党封锁线的工农红军，搭起了一道天然屏障。

1934年11月6日的这天中午，站在自家门前的雷观林，在经意或不经意中，为自己的家族留下了一段令后人值得骄傲的历史。正当雷观林眯起眼睛张望的时候，一群人马向这里走来，雷观林急忙躲在墙角。人群走近了，他听到有人喊："主席，前边有住家！"接着他又听到有人说："同志们，不要惊动老百姓。"胆大心细的雷观林前几年曾见过红军，听到这样说，再仔细看他们的模样，断定来人是红军，他就从墙角处走了出来，雨竟然一下子停了，雷观林抬头看看天空，几步迎上前去："红军同志，你们从哪里来？"一个腰里挎着匣子枪的年轻战士道："我们是从延寿过来的。"雷观林往后看看，有些红军抬着大块头的东西，扁担都压弯了。还有几个受伤红军，被人搀扶着，站在寒风里有些瑟瑟发抖。雷观林很吃惊，不禁问："山上的小路有的就挂在峭壁上，比羊肠子还细，你们这是怎么过来的？"雷观林感到不可思议。一个长头发的大个子红军听他这样说，笑笑道："在红军面前，没有过不去的火焰山！"雷观林热情相邀："这一路走过来，你们肯定都累了，到家里喝口热水，吃口热饭吧！"一个长胡子红军说："这位老表，我们就不进去打扰你的家人了，你看看，这天公作美，雨也停了，我们就在你家门口稍作休息一下，要是可以，还麻烦你烧些热水给我们喝一喝，可好？"雷观林急忙道："你们是穷人的队伍，到了门口不进家怎么能行？水要喝，饭也得吃呀！"雷观林态度很坚决，一边说着抓住一个红军战士胳膊就往家里拉。一个腰带上别着手枪的粗壮汉子看看长头发的红军笑笑说："老毛，咱们恭敬不如从命吧。"几个人说说笑笑地进了屋。雷观林吩咐了妻子儿子生火做饭，说着就往外走，边走边小声问那个挎着匣子枪的年轻红军："看那几个红军，应该都是大官吧？"那个年轻红军笑了："那个长头发的大个子是毛主席，长胡子的是周副主席，声音很粗的是朱德总司令。""真是毛主席？！"雷观林又惊又喜，一下子喊出了声。

雷观林跑到附近的山上，让躲在山洞里的几户村民马上回家给红军生火做饭，雷观林德高望重，村民们说声好，跟着雷观林回到了村庄，还站在门前的一群红军很快就被村民领到了各家各户中。雷观林全家一时上下都忙碌起来，警卫班的战士也挽起袖子，有的帮着做饭，有的忙着挑水。雷观林和刚才那位年轻红军说了几句话，这才知道他叫吴吉清，是毛委员的警卫员。雷观林看看大家，问吴吉清："怎么有些同志的嘴都肿了，你的手指也是破的？还有那两个抬东西的大个子。"吴吉清笑道："过山路的时候，怕打瞌睡滚到山下去，就一口口地吃辣椒，把嘴就辣肿了。没有辣椒的就咬手指头，咬得血淋淋的。"雷观林看着眼前一张张年轻的脸，不禁自言自语道："你们可都还是些孩子啊。"说着，这个壮实的汉子不禁鼻子有些发酸。他找来几块布头，用剪子剪成条子，给几个战士一一把手指包了。又把平时不舍得吃的一瓶香油从墙上拿来，倒了些在碗里，给战士抹在肿胀的嘴上。他说："这是土法子，抹上能消肿。"雷观林见两个大高个子正在捆绑一个大物件，他看了一眼没说什么就走开了，一会他拿来了一根绳子，说："你们的绳子不都烂了，还是用这根吧，这是用黄麻拧的，结实！"两个大个子点点头，很高兴。雷观林问："你们一路上翻山越岭的，怎么不把这么重的东西扔了？"其中一个说："这可是宝贝呢，用它才能指挥千军万马！"原来这是发报机，两个大个子一个就是段九长，另一个是谢宝金。

毛泽东抽着烟，开口问雷观林这个村的情况，有几户人家，靠种什么为生。雷观林一一作答。毛泽东笑笑说："你们祖上当年为躲战乱来到这里，今天我们是和国民党捉迷藏转到了这里。"雷观林点点头叹口气道："这里都是些山岭薄地，种点稻谷、红薯，全家五口人有时还吃不饱肚子呢，什么时候能走出这片大山过上好日子就好了。"毛泽东说："大哥，我们这支队伍，就是为咱们穷人寻找幸福之路的。"说话间，雷观林二十多岁的二儿子为客人端上了热水，他手脚麻利，眉宇间透着一股英气，眼睛还不时盯着警卫员陈昌奉看。毛泽东看出了他的心思，笑着问他："是不是想参加红军？跟我们走吧，不过这得问问我们朱总司令同意不同意了。"朱德哈哈一笑道："我当然很欢迎喽！"雷观林的儿子一脸喜悦，连声说好。毛泽东对雷观林道："大哥，我们的队伍很欢迎这样的青年人的，让他跟我们走吧。"性格豪爽的雷观林面露难色，他一时不忍心拒绝，最后张了张嘴道："毛委员，我祖上三代单传，到了我这里才一下子养了三个后生。有这三个儿子，本来让他走没什么的，跟着你们我也放心，可大儿子身体不好，小的还太小，在这大山里谋生，家里没有一两个壮汉不行，现在大大小小的活都离不开他呢。毛委员，我这真有些不好意思了。"雷观林满脸窘态，一时不知说什么好，只是尴尬地搓揉着双手。雷观林的二儿子听了父亲的话，明亮的双眼一下子暗淡了，他噘着嘴走了出去。周恩来见状急忙说："我们的队伍当兵自愿，再说种好五谷杂粮也是好事嘛！"

饭做好了，土屋里弥漫着一股米香。雷观林急忙招呼大家吃饭，朱德端着碗，嗅了嗅，高兴地大声说："十多天没吃过这样的米饭了。"雷观林说："你们来得正是时候，这是刚打的米。"朱德一笑道："这就是来得早不如来得巧呀！"话音刚落，大家都开心地笑了。一顿饱饭，让每个人的脸上都有了精气神。雷观林对妻子悄悄吩咐："把缸里的几斗米全部给同志们带上，对了，还有那担红薯。"妻子急忙说："留下红薯吧，要不家里就断粮了。"雷观林道："咱们在家里再怎么也能想出办法来，他们天天在路上，后面还跟着白狗子，找粮都很难，你看看这些同志，一个个都面黄肌瘦的，有些还都是孩子，咱们看着心里都不好受呀！"毛泽东见雷观林给红军准备了粮食，急忙让负责伙食的司务长付钱，司务长看了看粮食，从肩上褡裢里摸出了数块大洋，雷观林连连摆手，坚决不收，两人你来我往，最后雷观林把司务长推了出去。这时，中央纵队一部已经在山坡上列队了，毛泽东、周恩来、朱德一一和雷观林握手，毛泽东拍着雷观林的手道："大哥，谢谢你了，让我们吃上了一顿香喷喷的米饭。"他指了指篓子里的粮食接着说："临出发了还给我们带上这么多的粮食，这真是吃不了兜着走呀！"一顿饱饭竟让红军说了这么多感谢的话，雷观林听得鼻子有些发酸，他突然想到了什么，说声等等，拔腿就往家中跑，不一会他赶了回来，一手提着一串红辣椒，一手拿着那一小瓶香油，他气喘吁吁地说："这辣椒你们能用上，嘴肿了再抹上香油！"一番话让大家湿了眼眶。

雷观林目送着红军走远，才转身回家。妻子急急告诉他，红军又把钱留下了，给偷偷地放在盆子底下了。雷观林听了，急得直跺脚，抓起钱就冲出了门外，远处只有山和树木，雷观林叹口气，算了，他们走远了，已经赶不上了，雷观林捶打着自己的胸脯，竟一下子急出了两眼泪水。从这以后，他每天都出门看看，就在第三天下午的时候，果然走来了三个受了轻伤的红军，有个包着头，有个吊着胳膊，雷观林急忙迎上去："同志，快到我家里吃口饭，前几天毛委员从这里经过了。"红军战士听了，又惊又喜，那个包着头的红军说："大哥，我们真是饿了！"雷观林家的锅里这几天一直热着红薯等红军来吃，红薯还是从邻居家借来的。雷观林不好意思地说："缸里没米了，只能让同志们吃红薯了。"三个红军不等雷观林说完，抓起就吃。雷观林急忙道："慢点吃，慢点吃，这东西噎人，别噎着。"一个年轻的红军还满脸稚气，他拿起红薯就咬了一大口，听了雷观林暖心的话，鼻子抽动了一下，眼圈都红了，他急忙低下头去。雷观林刚忙碌了一阵，就张口问他们掉队的事，吊着胳膊的红军道："我们撤退的时候，家当都带出来了，不让扔，山上的小道太窄，拥塞在那里得一步一步地向前挪，后面追兵赶上来就打，我们这些断后的，死了不少人。"

那个包着头的红军看看雷观林欲言又止，雷观林道："兄弟，你有什么话就直说吧，我能办到的肯定办！"包着头的红军又看看雷观林，终于说："大哥，我们三个人穿着这身军装一看就是红军，半路上如果遇上白狗子肯定就没命了，能不能给我们找身衣服换上？"雷观林说："怪我大意了，一时没想那么多。"他转身进了里间，让妻子找出了三套旧衣服，等红军换衣服的时候，雷观林的妻子把锅里红薯拿出来用小篮子装好，准备让红军带上。等三个红军走后，雷观林对妻子说："我把红军给的那些银元都偷偷装进他们衣服口袋里去了。"雷观林一夜未眠，嘴里反复念叨着那三个红军追上大部队了没有。

天刚亮，他就急急把两个儿子喊起来，说："咱们出门去，到前边找找那三个伤员，看看他们怎么样了。"大儿子说："他们早就走远了，咱们怎么找？"雷观林道："无非就是那几条小路，咱们分头跟上去看看，我放心不下。"儿子们听了，都起床穿上了衣服。外面雨声很大，三人都摘下了挂在墙上的斗笠，雷观林的妻子从锅里摸出几个红薯一一塞进他们父子几人的口袋里，一边说道："这山山岭岭的可很难找呀，说不定他们赶上大部队了。"雷观林说："跟上去看看，万一在近处遇上难处了。找找放心，要不挂在心上不踏实。你们两个后生记住，眼睛看细点，别光盯着小路，四下里都要看到。"雷观林说着，拉开了屋门，一股寒气蹿了进来，雷观林不觉打了个寒战，父子几人说声走，很快就消失在清晨的雨雾中。

南方的初冬，天气还是像小孩子的脾气一样，说变就变，中午过后，原本阴云密布的天空，一时雨停云散，朦胧的群山显得清晰了许多，慢慢地，阳光又同往日一样洒在了山坳上，等到夕阳的余晖渐渐暗淡的时候，雷观林的两个后生都先回到了家中，雷观林的妻子站在门前一直眺望着远方，最后眼睛累得又酸又涩了也没看见雷观林的身影。夜色越来越浓，天地间一片寂静，全家人急了，雷观林的妻子哭出了声。两个儿子点上火把走出家门寻找，他们一路喊叫着，最后在一个山坡小道上听到了有人微弱的回应，正是雷观林。雷观林回来的路上，脚下一滑，跌倒后滚到了山坡上，腿都摔断了，见到儿子，雷观林艰难地笑了笑，松了一口气说："你们总算找来了，要不我就死在荒郊野岭上了。"雷观林趴在儿子的肩上，还问："你们一路上没看到他们吧？"两个儿子都回答："没有。"雷观林又问："看仔细了？"儿子又答："能看到的都看了。"雷观林疼得哼哼两声，自言自语道："红军下一站是文明司，听说都要到那里集合，那三个同志应该会找到他们的。"雷观林又嘟哝几声，呼呼睡着了。两个儿子听到鼾声，一下子都笑了。雷观林对自己没同意儿子去当红军一直耿耿于怀，晚年更不能释怀，闭眼之前，他留下遗言，让后代一定要去参加红军，几个儿子都把雷观林的遗言视为家训，后来他的长子和次子各自把两个儿子都送到了部队上，雷观林的孙子雷济阳上过战场杀过敌立下了赫赫战功。

2

　　1934年11月7日，毛泽东、周恩来、朱德率领中央纵队红军一路向文明司走去。翻过一座山，部队在山坡上原地休息，毛泽东坐在一块石头上，点了一支烟，吸了几口，对旁边的周恩来和朱德说："我们这支队伍，一刻也离不开人民群众的支持，一路上，本来就很困难的老百姓对我们接济了不少，国民党处处诬蔑我们，把我们说成土匪，甚至是什么洪水猛兽，不明真相的群众闻之四处躲逃，看目前这种形势，我们还得要继续走下去，前路茫茫，我们得开口说话哇，让更多的人知道我们，了解我们，同时也支持我们。"周恩来说："对，行军路上，也是宣传我们主张的好时机。"朱德道："是啊！这一路肯定很艰难，缺衣少吃，天气会越来越冷，沿途我们还得需要老百姓的帮助呀！知道我们的人越多，支持我们的就越多。"毛泽东说："可否由我和朱老总联合发一个红军宣言，把蒋介石的嘴脸和我们红军的使命公布于世？"周恩来和朱德点点头，一致赞同。当晚，毛泽东借着房东微弱的灯光，挥笔写下了三个递进式的标题：出路在哪里？出路在哪里？？出路在哪里？？？

　　工人，农民，兵士以及一切劳苦的民众们！

　　万恶的国民党军阀蒋介石、陈济棠、何健（键）等，不但把我们中国出卖给帝国主义，使你们变为帝国主义强盗的奴隶牛马，而且他们自己也拼命的屠杀你们，压迫你们，剥削你们。你们整年整月做着苦工，然而你们总是养不活你们自己和你们的父母妻子儿女。苛捐杂税，是你们永远还不清的，修堡垒筑马路等各种兵差劳役是永远做不完的。再加上地主、资本家、高利贷、土豪恶棍，对于你们的残酷剥削，使你们倾家荡产，出卖妻子儿女，也还不清他们的田租和债款。

你们是在忍受着饥饿、疾病、寒冷与痛苦，你们像牛马一样死在道路田野里，没有一个人来埋葬你们。

你们不能反抗，不能说一句不满意的话。国民党军阀、民团、警察、流氓恶棍，会如狼似虎一样，鞭打你们，杀死你们，砍你们的头，把你们放到监狱里。他们还要说你们是"共匪"，要杀你们的全家老少。国民党军阀、地主、资本家都威吓你们，说"共匪"是"杀人放火"，是"共产共妻"。他们要压迫你们出钱、出力、出性命去帮助他们"围剿共匪"，要你们组织民团、守望队、铲共团，防堵"共匪"。但是你们自己还只是听到人家骂共产党，骂苏维埃红军，你们自己还没有看到过共产党、苏维埃红军是什么东西。

你们要知道共产党、苏维埃与红军的主张，你们就会赞成他们！他们主张：

我们穷人，我们工人、农民、兵士以及一切劳苦民众，不要再受帝国主义国民党豪绅地主资本家的剥削与压迫，我们要大家团结起来，武装起来，暴动起来，打倒帝国主义，推翻国民党豪绅地主的统治，建立我们工农自己的军队，工农兵自己的政府，这种工农自己的军队就是红军，这种工农兵的政府就是苏维埃政府。

我们要立刻取消一切国民党政府的苛捐杂税与兵差劳役，取消一切高利贷，没收地主阶级的一切土地财产，分配给贫苦的农民，工人实行八小时工作制，增加工资。我们要使每一个工人农民有衣服穿暖，有饭吃饱，取消强迫的雇佣兵役制，改为自愿兵役制。把土地分给士兵，改善士兵的生活，不准打骂士兵。保障工农群众言论、集会、结社、出版、罢工等一切自由的民主权利与男女的完全平等。

亲爱的兄弟姐妹们！共产党所主张的苏维埃红军，就是你们的出路。你们不但不要反对苏维埃红军，而且还要拥护苏维埃红军，在一切方面帮助我们苏维埃与红军得到胜利！

亲爱的兄弟姐妹们！你们的出路就在这里，我们贫苦工农大家要齐心，要团结，拿我们的菜刀、锄头、大刀、木棍、鸟枪、快枪，以及一切武器暴动起来，发展游击战争，去杀尽国民党军阀官僚，号召白军士兵杀死他们的长官，哗变到民众方面来，一同来革命，实现共产党的主张，创造工农自己的红军，工农自己的苏维埃政府。

亲爱的兄弟姐妹们！坚决的为了你们自己的出路而斗争！不要惧怕卖国贼刽子手国民党军阀，不要惧怕豪绅地主资本家。他们那里只有少数人，我们这里有着千百万的工农群众。我们还有我们自己的红军与苏维埃政府的帮助，我们一定会胜利，我们一定要胜利，我们无论如何要胜利。

苏维埃中央政府主席　毛泽东

中国工农红军总司令　朱　德

十一月七日

红军在文明司休整时，文告得以大量印刷，一位年轻的女红军，把一张宣传单贴在了五一村村民朱武昌房子的东北角上。时隔二十多年后，湖南省中共郴县县委在发出征集革命文物动员令不久，良田乡一位叫黄传才的农民把一张珍藏已久的长征宣传单上交给了国家，这张已经泛黄的长征文告，就是当年毛泽东和朱德联合发布的红军宣言书，现收藏在湖南省博物馆。

五　三个红军妹子

1

1934年11月6日，就在瑶族汉子雷观林全家热情招待红军的时候，红军的先头部队已经进了汝城的文明司。文明司这一地名来由颇深，公元1352年，广东连州刺史罗俸世任上期满，携家眷还乡江西吉水，一行人途经此地时，罗刺史见这里群山环抱，山明水秀，便心旌摇动，决意留在这里颐养天年，遂把此地取名为"文明"。几百年后曾经被罗刺史赋予了诗意和深情的文明司，却是用初冬的冷雨和寒气来迎接这支红军队伍的。

这一天，与群山相傍的文明司沙洲村在雨中显得格外安详和静谧，一位背竹篓的瑶民从山坡上狂奔而下，一路冲进了村里，他边跑边扯着嗓子喊："不好了，来大兵了，快跑呀！"沙洲村的沉静被随之而起的一片狗吠打破了，接着孩子的哭声也弥漫开来。那位报信的瑶民还在拍一些住户的门时，一些村民已经开始往附近的山上跑了。有个村民冲着那瑶民喊："朱兰芳，大家都知道了，你快回家看看吧！"朱兰芳听了，这才转身向家里跑去。

朱兰芳远远看到妻子朱徐氏正背着不足一岁的幼儿在门口张望着，旁边几岁的儿子则紧紧拽着妈妈的衣襟。朱徐氏这年二十多岁，她看着丈夫气喘吁吁的样子，大声道："你带着老大抓紧走！"朱兰芳虽是男子汉，可他的脾气也像他的名字一样柔，他知道妻子裹了个小脚跑不动，又有一个奶娃。他已经听惯了妻子的吩咐，自己说多了也没用，就点点头拉着孩子

靠山

走了，朱徐氏在门口站了一会，就看到有队伍进村了，她急忙关上了门。街上没一会儿就站满了人，朱徐氏从门缝里看看，这些当兵的都穿着粗布军装，一个没戴斗笠的兵帽子上还挂着红五星，领子上缝着红布条，人很多，可都规规矩矩的。朱徐氏怕当兵的敲门，心咚咚地在跳，走路也蹑手蹑脚，背上的孩子忽然哇一声哭了，朱徐氏惊出一头大汗，外面的红军听到孩子哭声，就轻轻地敲门，说话也轻轻的："屋里有人吗？我们有几个伤员，能给点热水喝吗？"朱徐氏也不应答，把孩子抱进怀里，把奶头一下子塞进了孩子的嘴里，哭声戛然而止。外面的红军说："我们是红军，放心吧，我们是穷人的队伍，是和穷人一条心的，开开门吧。"

朱徐氏细细听着，还没动，一阵脚步声响，敲门的红军走了，朱徐氏又从门缝里看，红军还在小雨中站着，有的累了，就坐在墙角一隅。朱徐氏就想，这些人怎么这样老实，不像过去的兵，来了就把村里闹得鸡犬不宁，谁家开门晚了，不是骂就是用脚踹。朱徐氏把门轻轻拉开一个口，伸伸头往外看看，一个年轻的红军看到她了，对着她一笑说："大嫂，村里都锁门了，你还在家呀？"朱徐氏一下子又缩回脑袋，这时门外突然响起了歌声，是女人唱的，歌声婉转动听，朱徐氏竖起了耳朵：

穷人和红军本是一条心，
为了受苦人才穿上了军装！
劳苦大众都起来吧，
咱们一起去打蒋匪军！
……

歌声让朱徐氏紧绷的神经松弛下来，她伸手摸摸脚下的水壶，水还热，她一把提起走了出去，对街上的红军说："天冷了，喝点热水吧。"几个红军围了过来，摘下挂在腰上的缸子倒水，都一口一个大嫂地叫，叫得她心里很熨帖。朱徐氏转过身，看到自家的稻草堆有几个受伤的红军，他们没有把稻草堆散开，只是小心翼翼地靠在上边。那个刚才敲门的红军看到她很高兴："大嫂，谢谢你过来送水。"他摘下斗笠，指指自己身上的军服军帽又道："大嫂，我们是红军，是为劳苦大众打天下的，不是国民党白狗子。"朱徐氏脸一红，又看看他的红五星、红领章。

朱徐氏循着歌声又往前走了几步，一眼看到了三个女红军，一个在唱，一个在挥舞着两手，一个在静静地听。她们都留着短发，腰里扎着皮带，看上去威武又俊俏，举手投足都洋溢着青春的气息。第一次看到女兵，朱徐氏睁大了眼睛，她觉得女兵真好看。歌声停了，朱徐氏还没醒来，那三个女兵笑了，齐刷刷地喊了声"大嫂"。

朱徐氏心里热乎乎的，她背着孩子颠起小脚一路向山上走去，边走边喊："他们是红军，他们是好人，快回来吧！"村民闻听，都向村里赶去。朱兰芳手牵着儿子，从一块山石下走了过来。朱徐氏看到，有的村民试探着打开了门，有的红军正在给村民挑水。雨虽然停了，可湿气寒气混杂在一起令人难以抵挡，那三个女红军还在，朱徐氏迟疑了一下，走上前去道："小妹妹，都到我家吧，屋里有炉子，暖和着呢。"她的神情很坚决，说着就拉着一个女红军的手。三个女红军都点点头，各自背起了行囊，说说笑笑地来到了朱徐氏的门前。朱徐氏看一些红军坐在湿漉漉的地上，赶忙让丈夫抱一些稻草给他们坐。

朱徐氏家并不宽敞，进门就能看到一张木床摆在墙边，床体还有暗暗的红漆，一看就是当年的婚床，床面连张席子都没有，只是铺了一些稻草，上面放着一床破棉絮。屋里暖暖的，这对三个连日冒雨行军的女红军来说，感到了莫大的满足，她们坐在床边，一时陶醉在这难得的温暖中。朱徐氏见烤火盆的火旺了，就让女红军把湿衣服脱下来烘烤，这时朱兰芳也烧开了满满一大锅热水，朱徐氏抬头看看女红军，她们肩靠肩睡了。朱徐氏轻轻道："妹妹，妹妹，不要睡了，洗个热水澡吧。"女红军醒了，听到洗澡，都很高兴。那个唱歌的女红军问："大嫂，在哪里洗？"朱徐氏指指墙角的大木盆："就在木盆里洗，这还是我结婚那年他找人做了给我洗澡用，算是他对我的好。"说到这里，朱徐氏脸红了。她往灶膛里加了把火，笑着说："他们家里穷，没有好的给我。"一边的朱兰芳也不说话，只是嘿嘿地笑。三个女红军听了，都笑了。朱徐氏把热水舀进木盆里，转身看一眼丈夫道："妹妹们要洗澡了，你还待在这里干什么？"朱兰芳不好意思了，啊啊着赶忙走出了屋子。朱徐氏道："他这人就这样，不说不知道。"屋里又是一阵大笑。

沐浴后的女红军，洗去了征尘和疲惫，就像出水的莲花，女性的柔情和妩媚一下子显露了出来，她们各自认真地给对方梳理着一头乌发，又互相端详着，战乱年代并没有让女人失去爱美的天性。朱徐氏静静看着她们，看着看着一下子哭出了声，三个女红军转过身来，都怔住了："大嫂，你怎么了？"朱徐氏抹抹眼泪说："你们都这么小，要是在家里还得阿爸阿妈疼着，可小小的年纪就跑出来了。我心疼你们。"三个女红军听到这里，眼泪一下子涌了出来。那个打拍子的女红军说："大嫂，这个社会太不公平，富人剥削穷人还随意欺负咱们穷人，你看你家，连床被子都没有，等将来咱们打倒了国民党这些白狗子，打倒了那些剥削穷人的富人，咱就能过上好日子了，到了那个时候，你家的床上不仅有了新被子，还有厚厚的褥子呢。要砸碎这个旧世界，总得有人先出头，革命不分老的少的，不分男的女的。"朱徐氏点点头。

这时候，朱徐氏也知道了三个女红军的名字，唱歌的姓张，打拍子的姓李，个子最矮的姓于，她们都说了自己的名字，可是朱徐氏没有记住，只记住了她们的姓。朱徐氏说："我不识字，你们的名字我也不会写，就叫你们张红军、李红军、于红军吧，还是叫妹子亲。"三个女红军都笑了，说："叫什么都行。"一边说着话，朱徐氏也做好了饭，是南瓜汤，里面还有隐隐约约的米粒。朱徐氏不好意思地说："家里没粮了，明天让娃他爹想办法。"她们端起碗，一股香气就飘进了鼻孔里。于红军道："大嫂，真好吃呀，又甜又香。"朱徐氏听了，很高兴。晚上，朱徐氏把两个孩子放在床上一角，张红军打开自己的被子，对朱徐氏说："咱们一起盖吧。"这床印有蓝花的粗布被子，针脚细密，一丝不苟。朱徐氏拿起一角，反复细看着，不禁连声说道："这布可真好看！"张红军说："这是我妈给我缝了结婚的，还没进洞房，我就参加了红军。每次我盖上它，就想起了妈妈。"说着，她的声音一下子小了下去。李红军看她一眼："你得好好带着它，这是你一辈子的念想。"张红军点点头，把被子盖在朱徐氏身上，朱徐氏一把拿开，急急说："你们盖着，盖在我身上就脏了。"张红军道："大嫂，咱们都是一家人呀，一家人还这样吗？"说着她又盖在朱徐氏身上。一床被子盖不过四个人，可挤在一起也暖暖的。房里漆黑一片，她们躺在这张小床上，热热地说着话，三个女红军慢慢地进入了梦乡。朱徐氏一点睡意都没有，听着她们轻微的鼻息声，朱徐氏感到很满足，她起身想好好看看和自己睡在一头的于红军，可看不清，她就低下头在她脸上亲了亲，她还想再去亲亲张红军和李红军，怕有响声惊醒了她们，只得作罢，她透过墙壁上的小窗看着外面，天应该放晴了，窗外有一丝微亮。这一夜，朱兰芳是在门前的草垛里度过的。

第二天下午，先头部队要出发了，三个女红军打起行装，张红军看看床上的破棉絮，又看看两个年幼的孩子，伸手就拿起了床头上的一把剪刀，她的手在被子上停留片刻，一刀剪了下去。朱徐氏和李红军、于红军一时都愣住了，李红军一把拽住张红军："你疯了？好好的被子把它剪了干啥？"张红军说："我剪一半留给大嫂家。"朱徐氏一听急了，她拦住张红军："我们不能要，不能要呀！妹妹，你这一去还要走很远的路，天冷了，说不定哪天就下大雪了，你一个女娃子，没有被子盖不行，再说这两个妹子也都没有被子，你得和她们一起盖呀！"张红军急了，道："我们再想办法。"说着她对李红军、于红军说："你们两个拉住大嫂。"两人听了，相互看看，一起把朱徐氏拉到了一边。张红军又剪了下去，剪着剪着，她两眼的泪水滴在了手上，落在了被子上。朱徐氏急得直跺脚，最后放声大哭。

2

沙洲村这一刻热闹起来，很多老百姓都出来为红军送行。一些墙壁上，还刷着标语，有的上面写着："红军是穷人的队伍"，有的是："打土豪分田地！"朱徐氏和丈夫带着孩子把三个女红军送到村口的时候，大部队已经过了那片田埂。张红军不让再送了，朱徐氏还依依不舍，说什么也要再送送她们。一行人浅一脚深一脚地穿过泥泞的田埂，抬眼看看，部队已经到了山脚，朱徐氏看看渐渐暗下来的天气，对丈夫说："等妹妹赶过去，那些人该爬山了，你把她们送过去吧。"张红军她们不同意，朱徐氏道："你们是女娃，得小心些！"听着朱徐氏这样的口气，三个女红军一下子抱住她撒起娇来，接着哭成了一片。战争让军人已经没有了性别之分，对她们来说，只是战士！这久违的撒娇，对她们来说，已经变得陌生和遥远了。朱徐氏像哄孩子一样，轻轻地拍着她们的后背，抚摸着她们的短发。她细细地看看她们说："咱们可是说好的吆，可要记住回来的。"张红军用力点点头："大嫂，等革命胜利了，我们一定来看你，到时候给你带一床漂亮的花被子来！"朱徐氏听了笑笑："我等着你们，可得好好的回来吆。"她说不下去了，低头摸摸自己的孩子，随后摆摆手，带着哭音对丈夫说："你好好地把妹妹们送过山去。"三个女红军抹着泪水，给朱徐氏敬了个军礼，接着都转过身去，向前走了。朱兰芳对妻子说："你们在这里等着我，咱们一起回家。"朱兰芳和三个女红军在越来越浓的夜色中走远了，朱徐氏还一动不动地凝望着，她想着三个女红军的模样，心里一时空空的。刚才还有一丝微亮的天际很快就消失了，黑夜把天地间万物都裹了进去。朱徐氏的孩子都哭闹着要回家。前边的山并不高，以朱兰芳的脚力，早就应该回到朱徐氏和孩子们身边了。朱徐氏喊了几声，可没有朱兰芳的回音，她决定先带着孩子回家，她想丈夫很快就会与往常一样，笑吟吟地站在家门口的。

躺在床上，盖着三个女红军留下的半截被子，朱徐氏一直听着门声，几乎一夜未眠。到了天亮，朱徐氏迷迷糊糊中突然打了个激灵，接着一下子坐了起来。她知道，丈夫一夜没有回来。她急急穿上衣服，看了眼熟睡的孩子，很快走出了家门。清晨的山野，弥漫着一股雾气，她穿过泥泞的田埂，在昨天晚上分手的地方呆呆站了一会，又向山脚下赶去，她眼睛左右张望着，幻想着丈夫正从前方迎面而来，汗涔涔的一下子就站在了自己面前，可是山野很静，根本就没有脚步声响起，也没有一个人行走。朱徐氏一口气爬上了山，太阳出来了，她站在山顶四面看着，又大声喊丈夫的名字，那尖厉的声音在山谷里一阵阵回响着，声音过后，大山又恢复了宁静。朱徐氏又破口大骂着："你这个死鬼，说好要回家的呦，怎么不见踪影了？你躲到什么地方去了？"这个女人边哭边骂着，突然觉得心里就像山中的无底洞一样，一下子变得空荡荡的了。朱徐氏回到村里，把丈夫的事一五一十告诉了公婆，两位老人听说儿子一去无归，顿时慌作一团，婆婆放声大哭，骂儿媳不知天高地厚，公公白了儿媳一眼，急急跑到了族长家禀报，族长一听大惊，赶忙让人招来一群本族后生进山寻找，连续数日，他们翻了一座又一座山，嗓子都喊破了，朱兰芳还是踪迹全无。

朱徐氏坐在床边怔怔地发愣，扭头看着床上那半截被子，心里也七上八下的，要是以后白狗子看到了，还不要了全家人的命。她越想越后怕，突然站起身来，把被子卷成了一团，她看看火盆，想烧了，又想把它扔

靠山

了，这些念头一出来，她的心就像被刀割一样疼，三个女红军妹妹也好像一下子站在了她的眼前，她觉得自己这样做对不起妹妹们，辜负了她们的一片好心。想想在寒冷的夜晚，红军妹妹们只盖着半床被子御寒，朱徐氏的泪水就涌了出来。她想，说什么也不能把这被子烧了，扔了，要是以后红军妹妹来了，她们问："大嫂，那半截被子还在吗？"自己怎么有脸告诉她们？

红军在文明司短暂休整后，开始向宜章等地转移，国民党部队很快尾随而至。几声枪响打破了沙洲村的宁静，国民党清乡团已经进了村子，各种混乱声彼此起伏。朱徐氏正要给孩子做饭，一阵敲门声盖过了孩子的哭声，外面吵成一片。朱徐氏刚把门拉开一条缝，门就被踹开了，几个国民党兵闯了进来，他们盯着朱徐氏，一个兵问："大白天关什么门？心里有鬼吧？你有没有给红军做过事？"朱徐氏摇摇头。那几个兵四处翻腾着，一个兵干脆趴在了地上往床底下看，又用长枪在里面划拉几下，最后拽出了一床被子来，那兵把被子抖搂了几下，又看了一眼床上的破棉絮道："这半截被子怎么看也不是你家的，是不是红军给你留下的？！说！"朱徐氏还是摇头，另一个兵看她不语，骂了几声，上来就打了朱徐氏一枪托子，疼得她一屁股坐在了地上，孩子吓得哇哇大哭起来。

国民党兵在家家户户折腾了一阵，又把男女老少都赶到了村中那座青砖结构的祠堂里，一个国民党军官抖搂着那半截被子吼道："哪个告诉我谁参加了红军，又是谁为红军做了事，我就奖他10块白花花的大洋，谁要是敢隐瞒，老子就毙了他！"大家都沉默不语。那个军官把被子摔在脚下，吩咐人烧了，朱徐氏哭着说这被子是捡的，不是红军送的，跑上前就抢，被一个兵一脚踹倒在地上。那军官恼怒了，拔出手枪说："你敢要红军的东西，不想活了？！"朱徐氏的公公急忙大声喊道："老总，这是她捡的，捡的呀！"一个大耳朵兵划了几根火柴，最后终于把被子点着了，火苗在被面上爬动着，由小到大，慢慢燃烧起来，那半截被子蜷缩着，上面的兰花也渐次凋零了，祠堂里开始弥漫着一股刺鼻的烟味，最后越来越浓。朱徐氏眼睁睁地看着被子烧成了黑乎乎地一团，心疼不已，不禁放声大哭。末了，他们又让朱徐氏跪在冰凉的地上，以示惩罚，身后还有一个兵看着她，朱徐氏要是动一动，就抽她一鞭子，直到他们离开沙洲村时，朱徐氏差不多跪了大半天，因为时间太久，她竟站不起来了，幸亏被邻居背回家中。邻居说："为了一截被子，你真是不要命了。"朱徐氏在邻居的背上呻吟着，一边道："红军都是好人！这些白狗子也是兵，跟红军没法比！"朱徐氏呻吟几声，又自言自语道："你想想，有一床被子也要剪一半给穷人的人，能不是好人吗？天底下哪有这样的好人吆。可惜让这些坏人给烧了，烧得我心疼呀！"说着说着，朱徐氏哽咽起来，最后呜呜大哭起来。

沙洲村的人们经常看到，这以后的每一年，朱徐氏都要到田埂边站一会。她已经把那天傍晚和女红军分手的地方，牢牢地记在了心中，刻在了脑海里。每次出来，她在田埂上停留片刻后，又踮起小脚，顺着当年丈夫送红军妹子远去的羊肠小道，一步步地走了下去，这好像是她必须要完成的任务一样。到了山脚，她会坐下来喘几口气，再开始爬山。每一次，她在山顶上都要站很长的时间，像雕塑一样凝望着远处。春去秋来，寒来暑往，她背驼了，腰也佝偻了。有一年她再站在山顶上的时候，手里已经多了一根拐杖。

3

严格地说，湘江之战是一个分水岭。中央红军渡江不久的一个夜晚，报务员报告，来自苏联的信号中断了。从1931年10月开始，时年30岁的中共驻苏联共产国际代表团的团长王明，一直遥控指挥着比他小几岁的中共总负责人博古。1934年12月的一天，远在莫斯科的王明从电报中得知，中央红军已过湘江，可之后不久，报务员报告与中共中央失去了联系。自此以后很长一段时间，王明对红军的去向和踪迹再一无所知。历史机缘巧合，就在王明为他无法再遥控指挥急得团团转的时候，1935年1月15日，遵义会议召开，在会上，他和他的莫斯科中山大学同学博古不仅受到了严厉的批判，被他们视为马克思主义理论"土包子"的毛泽东，却当选为中央政治局常委。中国革命的命运，也由此得以转变。

　　1935年10月深秋，中央红军就如同去年这个季节踏上于都河的浮桥一样，也是在这个时间踏进了陕北大地，西北高原上粗狂和特有的干燥烈风迎面而来，从那一道道黄土梁上，偶尔传来几声牛羊叫。虽是正午，可大风卷起的尘土遮天蔽日，让灰蒙蒙的天空暗淡了许多，队伍很快就走上了沙圪子路，脚下碎石杂乱，兀立两旁的黄土梁子，由于缺少植被，被雨水经年累月地冲刷后，布满了坑坑沟沟。前方就是吴起镇了，目的地近在眼前。远处西北汉子唱起了信天游，粗犷而悠长的声音绕过几道黄土梁子，传到了这支疲惫的队伍里。公元前400年，魏国大将吴起曾屯兵于此，吴起镇由此而得名。1935年10月19日下午，红军先头部队一部已经驻扎在了吴起，这天晚上，毛泽东夜宿吴起，看着窗外的夜空，毛泽东对警卫员说："你们还记得吗？一年前，就是在这个时间，这个夜晚，我们的队伍正从于都浮桥上走过呢。"说完，毛泽东的脸上露出了轻松的笑容。他吸了几口烟，扭头问陈昌奉："小鬼，这次长征我们损失很大，牺牲了绝大多数的同志，可它的作用和意义是非常巨大的，你说说看，意义在哪里啊？"陈昌奉给毛泽东搪瓷缸子里倒满水，想了想说："我们宣传了自己，发动了群众。"毛泽东点点头："不错！还有呢？"陈昌奉摸摸脑袋，再也说不下去了，这时正好吴吉清走了进来，毛泽东让吴吉清说，陈昌奉把毛泽东的问题重复了一遍。吴吉清想了想道："我们锻炼了自己，比以往更坚强了！"毛泽东挥挥手："你们说得都没错，都是动了脑筋的，可还不够。"说完，毛泽东深深吸了口烟，自语道："长征的意义可不仅仅是这些呀！"说着他又看看站在自己面前的警卫员："你们还记得咱们出发不久我和朱老总联名发布的长征宣言书吗？"陈昌奉和吴吉清点点头，说记得。陈昌奉道："我的背包里还存着一沓呢！"毛泽东把烟蒂扔在一边，拿起毛笔，大声道："已经是今非昔比了！"说着，他让陈昌奉拿出自己不久前写的那首诗词，细细看着：七律·长征

红军不怕远征难，万水千山只等闲。

五岭逶迤腾细浪，乌蒙磅礴走泥丸。

金沙水拍云崖暖，大渡桥横铁索寒。

更喜岷山千里雪，三军过后尽开颜。

同样在这天晚上，在另一个住处，中国工农红军总政治部宣传部部长陆定一和总政治部白军工作部部长贾拓夫，在马灯下，二人就着花生米，喝着陕西浓烈的老白干，你一言我一语，写就了这首以后在红军各部队传唱的《长征歌》：

十月里来秋风凉，中央红军远征忙，

星夜渡过雩都河，古陂新田打胜仗。

十一月里来走湖南，宣临兰道一齐占，

冲破两道封锁线，吓得何键狗胆寒。

十二月里来过汀江，广西军阀大恐慌，

四道封锁线都突破，势如破竹谁敢挡。

一月里来梅花香，打进贵州过乌江，

连占黔北十数县，红军威名天下扬。

二月里来到扎西，部队改编好整齐，

发展川南游击队，扩大红军三千几。

三月打回贵州省，二次占领遵义城，

打坍王家烈八个团，消灭薛吴两师兵。

四月里来向南进，打了贵阳打昆明，

巧妙渡过金沙江，浩浩荡荡蜀中行。

五月里来泸定桥，刘文辉打得如飞跑，

大渡河天险从容过，十七个英雄姓名标。

六月里来天气热，夹金山上还积妇，

一四两个方面军，懋功取得大会合。

七月进入川西北，黑水芦花青稞麦，

艰苦奋斗为那个，为了抗日救中国。

八月继续向前进，草地行军不怕冷，

草地从来无人过，无坚不摧是红军。

九月出发潘州城，陕甘支队东北行，

腊子口渭河安然过，打了步兵打骑兵。

二万五长征到陕北，南北红军大会合，

粉碎敌人新"围剿"，红旗插遍全中国。

历史为中国工农红军长征留下了这样一串数字：

红一方面军86000余人，1934年10月自江西于都出发，行程2.5万里，1935年10月到达陕北吴起小镇后，还剩下7000多人（也有6000多人之说）。仅湘江一战，中央红军就战死3万多官兵。红五军团麾下的三十四师和红三军团第六师的十八团，全员战死。当地至今还流传着"三年不饮湘江水"，"十年不食湘江鱼"。

红二方面军21000余人，1935年11月从湖南桑植县出发，行程2万余里，1936年10月结束长征来到宁夏将台堡时，还有11000余人。

红四方面军近10万之众，是1935年3月从四川苍溪县塔山湾踏上了长征之路的，他们行程1万余里，1936年10月在甘肃会宁与兄弟部队会师时，还有12000余人。

红二十五军有2980余人，1934年11月由河南罗山县铁铺乡何家冲开拔，行程不足1万里，1935年9月就到了陕北，是几路队伍中，最早完成长征的。在陕西永坪镇与刘志丹会师后，有3400多人。

可是我们应该知道，长征路上，沿途还有众多的人加入到了这支队伍中，估算下来，各路红军相加，应该有三十万之众，到达目的地时，总计还有3万余人。这就说明，有20多万的红军官兵永远留在了千山万水中。

4

中央红军在吴起镇数日休整后，于1935年10月30日离开了这个古老的小镇，中途洛甫、博古与中共中央机关赶往子长县瓦窑堡，毛泽东、周恩来、彭德怀则率部继续前行，大部队11月6日上午到达了甘泉县象鼻子湾村。

虽然距立冬还有两天的时间，可漫天大雪已经提前到来。这时候，徐海东、刘志丹、程子华领导的红十五军团如期而至，毛泽东一一握着几位红军将领的手，指着飞舞的大雪说："瑞雪兆丰年，上天用这种方式欢迎咱们胜利会师了！"在象鼻子湾村北不远的树林里，毛泽东站在土台上扳着指头高声说："从江西瑞金算起，我们走了一年多时间。我们每人开动两只脚，走了两万五千里，这是从来未有过的真正的长征。我们红军的人数比以前是少了些，但是留下来的是中国革命的精华，都是经过严峻锻炼与考验的。留下来的同志不仅要以一当十，而且要以一当百、当千……今天在这里我们又与十五军团胜利会师了。讲到长征，请问有什么意义呢？我们说，长征是历史记录上的第一次，长征是宣言书，长征是宣传队，长征是播种机。自从盘古开天地，三皇五帝到于今，历史上曾经有过我们这样的长征吗？十二个月的光阴中间，天上每日几十架飞机侦察轰炸，地下几十万大军围追堵截，路上遇到了数不尽的艰难险阻，我们却开动了每人的两只脚，长驱二万余里，纵横十一个省。请问历史上曾有过我们这样的长征吗？没有，从来没有的。长征又是宣言书。它向全世界宣告，红军是英雄好汉，帝国主义者和蒋介石等辈则是完全无用的。长征宣告了帝国主义和蒋介石围追堵截的破产。长征又是宣传队。它向十一个省内大约两万万人民宣布，只有红军的道路，才是解放他们的道路。不因此一举，那么广大的民众怎会如此迅速地知道世界上还有红军这样一篇大道理呢？长征又是播种机。它散布了许多种子在十一个省内，发芽、长叶、开花、结果，将来是会有收获的。总而言之，长征是以我们胜利、敌人失败的结果而告结束。"毛泽东在雪地里第一次讲到了二万五千里，这个数字自此就传开了。

象鼻子湾村只有5户人家，男女老少闻讯跑了出来，都站在一边看，时年不到60岁的村民贾有旺听说在讲话的人是毛主席，一下子瞪大了眼睛，他说："可见着真人了！"天气很冷，贾有旺见战士们都穿着单薄的衣服，就让老伴回家烧姜汤，找衣服，其他村民也跑回家准备去了，队伍散开后，家家户户就拿来了衣服，端出了姜汤。后来贾有旺逢人就说象鼻子湾是风水宝地，是贵地，次年他的孙子出生，便给孙子起名为"贾贵生"。后来他对孙子说："就在你出生的前一年，毛主席来了，就站在咱家门前的土台子上，挥着手在讲话呢。那些红军也不是凡人，那天老大的雪，让人睁不开眼睛，手冷得都得抄在袖子里，红军穿的衣服很单薄，有的裤子还破了，腿上的肉都露出。还有些女娃，脸也冻紫了，可立在大雪里，都纹丝不动！我看有个女娃子疼得直捂肚子，就让你奶奶给她端来了一碗姜汤，还把你奶奶的一件棉袄给了她。"

1982年，一位叫汉森的美国记者，读了斯诺先生的《西行漫记》后，决意要重走长征路，他从于都出发不久，就体力不支，最后拖着两条肿胀的双腿，被人送到了北京。老红军开国上将杨成武在会见他时，还是对他的精神给予赞许，这位美国记者说："这天路的艰险真是无法想象，面对着它，我只能当一个逃兵。"杨成武哈哈一笑道："你还只走了个开头呢！"时隔几年，中国记者罗开富再走长征路，临行前报社总编安岗给他约法三章：一是全程每一米都必须是徒步；二是必须按长征统一时间进行；三是必须走原路；四是要与中央红军主力一样同时到达吴起镇。

　　1985年10月19日，也就是在50年前中央红军到达吴起镇的这个时间，42岁的记者罗开富，披着雪花走进了吴起镇。罗开富从1984年10月15日出发，历时368天，成为徒步全程原路走完长征的世界第一人。他启程不久就遇上梅雨，不小心滑倒在山路上，左腿膝关节骨折，可他没有打退堂鼓，身体刚见好就启程了，手里的挂棍很快就磨短了，一路换了好几根，中途他干脆换上了铁手杖，快到终点时，罗开富的铁手杖竟然磨掉了足足寸余。途经一条小河时，他和一位村民说了几句话，村民告诉他："长征路马上就结束了，过了这条河，眼前就再也没高山没有河拦你了，就一路放心走吧。不用天黑，你就能在吴起镇端起酒杯了！"罗开富低头看看布满灰尘的衣履，摸摸粗糙的脸，浑身上下一阵轻松，他鼻子一酸，眼睛竟有些迷离了。到了目的地，罗开富称了称体重，整整瘦了十几公斤，还染了一身的病。尽管这样，罗开富深知，他这次和平年代的长征，无论如何都无法与50年前那场决定中国革命命运的长征同日而语。

六　心　愿

1

1984年11月7日，也就是50年前红军一部离开沙洲村的那天，罗开富重走长征路来到了沙洲村，开完座谈会后，细心的他发现，一位裹着小脚的老妪总是不远不近地跟着他，他快她就赶得急，他慢她的步子也缓下来。罗开富因为忙于采访，一时没顾上招呼她。直到最后，这位负责任的热心记者和老人面对面地坐到了一起。由此，他记录下了一段令人荡气回肠的故事。这位老人就是朱徐氏，罗开富来沙洲村采访当年红军的故事，几天前就在村里传开了，朱徐氏误以为是红军来了，高兴得几天都没吃好饭，没睡好觉，她对孙子朱分永反复说："要是那床被子还在就好了，要是那床被子还在就好了！"朱分永就安慰她："奶奶，红军肯定记着呢！"朱徐氏突然哭了，她撩起衣襟擦擦泪："多少年了呀，我可盼来了。"

朱徐氏知道罗开富不是红军后，心一下子凉了，她看看罗开富，试探着问："同志，你能见到红军吧？"罗开富点点头道："大妈，我能！"朱徐氏听了，面部一下子活跃起来，眼里也燃起了希望，她一把拉过罗开富的手，紧紧握着："你一定帮我问问红军，三个红军妹妹早前可是说好了的，等把国民党打败了那天，她们就回来看我的吆。我不是盼着她们给我送什么被子的，我是想看看这三个妹妹还活着没有吆。"说完这话，朱徐氏像一个受了委屈的孩子，呜呜哭了起来。罗开富和在场的人一时无言以对，都抬手抹着泪。

罗开富提出要去看看当年三个女红军睡过的床，朱徐氏点点头，她边走边道："对了，就是你来的这天孩子的爷爷送女红军走的，怎么这么巧？"陪同罗开富的乡干部说："罗记者是按照红军出发时间和经过路线一步步走的，重走长征路。"朱徐氏停下脚步看看这位干部，也没明白他说的是啥。朱徐氏又往前走，边走边指着远处的山道："我让他把三个妹妹送过前边的山就回来，说得好好的，可他没有听话，好多天才回来。他说不放心，又把队伍送出去了老远。"

看罢当年的小屋，还有那张已经褪了漆的木床，罗开富走了出来，朱徐氏还在嘱咐他："同志，别忘了给我问问红军吆。"罗开富握住老人那双布满了褶皱和老茧的双手，用力点点头。告别朱徐氏，罗开富回头看看，老人还立在门前佝偻着腰向他执着地挥着手，那手势像是在不断地提醒着他，不要忘记了托付。初冬的寒风，撩乱了老人丝丝的白发。也就是在这一天，在这个山区寂静的雨晚，新闻记者罗开富挥笔下了《三个红军姑娘在哪里》的报道，尘封了50年的半床被子的故事，才被世人所知。人们也才知道，那个叫朱徐氏的小脚女人，原名叫徐解秀。

罗开富没有想到，他的这篇报道，不仅引起了社会的共鸣，还牵动了一些老红军的心，当年的女红军战士邓颖超、康克清、蔡畅看了报纸后坐不住了，她们仔细商量后，开始分头寻找三个女红军的线索。徐解秀不知道，在这支远去的队伍里，不只是这三个女红军，还有一千多位红军姐妹。她也不知道，她们和众多的男性红军一样，会经受怎样的考验。除了国民党军队立体式的围攻堵截外，在他们面前，还有残酷的环境。那天夜晚，面对着罗开富那篇《三个红军姑娘在哪里》文章，邓颖超读了一遍又一遍，夜已经很深了，她的眼睛还没有离开这个标题，泪水不时落在报纸上。那个远在湖南沙洲村叫徐解秀的妇女，一直在她眼前晃动着。还有那三个红军姐妹，此时又在哪里？她们也许已经不在人世了。邓颖超自言自语着，长征路上的一幕幕情景，让她痛苦揪心。

1935年8月，红军到达川西若尔盖地区，放眼望去，一片灰蒙蒙的水草

靠山

之地。很多战士都觉得这就像家乡长着水草的河河沟沟，一时并没有把它放在眼里，可是，这里并不是一般意义的草地，实则是一片令人心惊胆战的魔鬼地带。若尔盖高原上的墨曲河和葛曲河常年从这里流过，河道如两条扭曲的长蛇，蜿蜒曲折，犹如枝繁的树木一样，枝枝节节，横生出无数大大小小的岔河，经年累月的水草下，都是淤泥沼泽，一旦陷入沼泽，很难出手施救，只能眼睁睁看着对方被淤泥吞没。红军到达此地时，恰遇雨季，草地如一片泽国。周恩来的夫人邓颖超骑着马正走着，天空突然划过一道惨白的闪电，随之一声震耳的霹雳自天而降，马受到惊吓前蹄扬起，把邓颖超掀翻在泥潭里，向导曾经反复嘱咐，掉进泥潭里不要慌更不要挣扎。那匹马不知就里，四蹄并用，腾起一阵阵泥浆，后来再也无力。邓颖超眼巴巴地看着它一点点地消失在泥潭中，不禁难过地哭出了声。后面的战友赶上来后，急忙抛出绳子，邓颖超拽着绳头，前边的战友一齐用力，才一寸一寸地把她缓缓拉了出来。天气时好时坏，一会晴天，一会又大雨如注，本来就身患疾病的邓颖超又发起了高烧，身边的战友都觉得她走不出草地了，可邓颖超硬是熬过了整整七天七夜的行军，走出了这片魔鬼之地。

天边有了一抹亮色，雨过天晴，太阳慢慢升了起来，趴在马背上的邓颖超抬头一看，前边有一座房子，她的身上陡然有了力气，她干脆从马上滚下来，最后一步步爬到了房前。这栋房子上下两层，下面是开放式的，专门用来喂养牲口的，邓颖超还没爬到二层，就觉得一阵头晕目眩，最后一下子栽进了粪堆里。几头牛还在悠闲地吃草，不时打着几声响鼻。邓颖超被这清脆的声音叫醒了，她挣扎几下，却也没有爬起来，随后而来的红军总政治部副主任李富春的妻子蔡畅，还有女红军夏明、陈琮英、刘英急忙把她搀起来，看着一身粪便的邓颖超，大家都落泪了，一个男兵背起邓颖超，接着有人敲开了房东的门，女主人叫宋阿英，见是红军，急忙把他们让进来，屋里生着火盆，暖暖的，大家七手八脚给邓颖超脱了衣服，阿英端来热水给她擦干净了身子，又给她盖上被子，一碗姜汤让邓颖超缓了过来。蔡畅把脸紧紧贴在邓颖超额头上，流着泪说："小超，我们都以为你熬不过这一关了。"邓颖超微微一笑:"大姐,革命没成功,我哪有资格去见马克思?"大家听了都笑,可又笑出了泪花。

在这支没有性别之分的队伍中,女性会经受更多更大的痛苦,每次来例假了,甚至怀孕了,她们都恨得牙根疼。这些女红军,拖起发抖的双腿,忍受着腹部一阵阵坠痛,在凄风苦雨,或是迎面而来的暴风雪中,一步步走下去。中央红军干部休养连战士邓金花,被痢疾折磨得瘦骨嶙峋,连长动员她就地留在老百姓家里养病。当时规定,留下的人员每人给8块大洋,作为今后的生活费。邓金花听了,急得哇哇大哭,摇着手喊道:"连长,我坚决不要这大洋,就是死也要死在队伍里。"

行军路上,杨尚昆的夫人李伯钊和几个女红军把牛皮鞋底都煮着吃了,还连连笑称美味,大家你一言我一语,凑成了一首又一首打油诗:"牛皮鞋底六寸长,草地中间好干粮;开水煮来别有味,野火烧后分外香。两寸拿来熬野菜,两寸拿来做清汤;一菜一汤好花样,留下两寸战友尝。"女红军姜秀英两个脚趾冻烂了,行走困难,缺医少药,再这样下去就很危险,她拔出刺刀让战友刘兰帮着割掉,刘兰眼含泪水,几次都没有下得去手,刘兰道:"你走不下去了,就领8块大洋吧。"当时,8块大洋成了留下的代名词。姜秀英说:"我把这口气就留在行军路上了,直到死了那一天!"部队正好经过一个村庄,姜秀英从老乡家里借来一把斧子,先让刘兰和几个战友摁住她的腿,扳住她的脚,自己咕咚咕咚喝下几口烈酒,又喝一口喷在脚趾上,接着扬起斧子,手起斧落,两个脚趾被姜秀英活生生地砍掉了,姜秀英大叫一声晕了过去。在这样的苦难境地,女红军没有一个要求留下的,她们还喊出了这样的口号:"不掉队,不带花,不当俘虏,不得八块钱。"红四方面军妇女运输连连长王泽南,在过雪山的前夜,就编了一个顺口溜作为战前动员:"裹脚要用布和棕,包得不紧又不松;到了山顶莫停留,革命道路不能停。"王泽南连同一些与自己一样裹着小脚的女战士,凭着"三寸金莲"三过雪山草地,被誉为"红军奇人"。可是,还有很多女红军战士,把花一样的年华永远留在了巍峨的雪山、茫茫的草地,还有漫漫

靠山

征途上。徐解秀记忆中的那三个女红军命运如何？邓颖超一直在不断搜寻着，据她身边的工作人员回忆：那些天她一直坐在电话机旁不时听着各方反馈，可是从四面八方汇总上来的线索没有三个女红军的消息，因为谁都不知道她们的名字。有人提出，三个女红军有没有随着西路军走了？

2

1936年深秋，中国工农红军长征结束后，为了打通西北通道，顺利接受苏联援助，保卫河东红军主力无恙，红军一部在陈昌浩、徐向前率领下西渡黄河，挥师河西走廊。西路军当时二万一千余人，非战斗力人员近半，主力中还有数千人的大刀队，而对手马步青、马步芳拥兵几十万，他们装备精良，其精兵个个彪悍善战，双方鏖战数月后，没有后援的西路军最后弹尽粮绝，兵败河西。尽管马家军损兵5万余人，可西路军也付出了惨重的代价，7000多人战死沙场，12000多人被俘，其中有6000多人被活埋、枪杀、烧死，西路军妇女团等近两千名女红军除了牺牲的外，余者几乎都落入两马之手。在甘肃省高台县政府大院内，有一株古槐，树龄已经三百余年，至今根深叶茂，枝蔓垂地。《甘肃通志》对此有专门记录：此树乃清顺治十五年所植。苍槐之前立有一碑，上面刻有"红军槐"三个草体大字。

1937年元月初，高台县被西路军第五军夺取，数日后，马步芳纠集数万人精兵包围了高台县，马步芳扬言不夺回高台誓不为人，而西路军红五军军长董振堂手下只有3000余人。董振堂战功显赫，长征路上，他率红五团一路殿后，担任后卫，曾被誉为"铁流后卫"。高唐之战，董振堂率部数千人拼死固守，红军激战几昼夜，最后高唐复又落入马家军之手，守城将士牺牲十之有七，敌人把军长董振堂、政治部主任杨克明的头颅割下来后，悬挂在城墙之上。被俘的红军护士长张菊美破口大骂马匪，遂被绑在了这棵古槐上，马匪让她投降，张菊美冷笑几声，说宁死了也不投降。随后，她突然大声喊道："阿妈，我才15岁呀！"她喘了几口气，又大声说：

"阿妈阿爸，女儿告诉你们一声，我先走了，来生再好好孝顺你们！"马匪大怒，举起锤子把一根锋利铁扦砸进了张菊美的身体里，鲜血顿时喷涌而出，张菊美疼得咬碎了牙齿，咬烂了舌头，骂声也慢慢变得含混不清，鲜血染红了她的粗布衣裳，又一寸寸洇在树身上。马匪还不想让张菊美马上死去，他们嬉笑着，仰起脖子喝几口酒，扯起嗓子哼几句酸曲，再向张菊美的身体里砸铁扦，直到张菊美的声音慢慢没有了，头也缓缓垂在了胸前，才停了下来。最后见张菊美还尚有一丝气息，他们又剥光了她的衣服。大西北耀眼的太阳照在张菊美血肉模糊的身体上，凛冽的寒风裹挟着沙粒一阵阵袭来，她慢慢地闭上了眼睛。周围有老百姓央求把张菊美抬到地里埋了，马匪不许，说死了还要暴尸三日。半夜里，一位叫陈怀福的老人，偷偷把一件羊皮袄遮在张菊美身上。三天后的大早，陈怀福带着几个后生抬着一口薄棺材来到古槐旁，张菊美的下身已经被野狗啃得露出了白骨，在场的西北汉子们无不落泪、痛骂，一个年轻后生脱下自己的上衣盖住了张菊美的下身。这年夏天，古槐在暴雨中被雷电击中，枝干伤痕累累，陈怀福老人说，那个女红军活活被折磨死了，这棵老槐树恐怕也熬不过今年了。翌年春到，这棵被烈士鲜血浸润过的古槐，竟又复活，在春雨中冒出了新芽。

3

1991年冬，九十多岁的徐解秀安然离世，弥留之际，她把儿孙都招到床前说："老屋留下，屋里都保留原样，让朱家留着这个念想。还有那三个妹妹，她们的年纪也都很大了，腿脚肯定也不灵了，来不了啦。她们是好人，我不怪她们哟。"徐解秀喘了几口粗气，又自语道："一床被子也要剪一半给穷人的人，能不是好人吗？是真真的好人。"徐解秀看着墙上那个小窗，慢慢合上了眼睛。窗外雪花飞舞，天地间白茫茫的。徐解秀直到去世，竖在她心里的问号一辈子也没有拉直。

同样也是这一年，为了兑现三个女红军当年的许诺，记者罗开富受邓

靠山

颖超等几个老红军的委托，带着一床崭新的被子专程赶到了沙洲村。临行前，几个老红军让罗开富代他们向徐解秀问候，感谢她当年帮助了红军，他们会继续帮着找那三个女红军的。朱分永见到罗开富，流着泪摇摇头说："罗记者，我奶奶刚走了，没有几天的事。"罗开富闻言，如五雷轰顶，泪水一下子涌了出来。朱分永领着罗开富来到了徐解秀的墓前，坟头不高也不大，就像身材不高的徐解秀。看着看着，罗开富双眼被泪水遮住了，他恍惚中仿佛看到，徐解秀颠着小脚，正从远处笑吟吟地走来。罗开富跪在了坟前哽咽着说："徐妈妈，太对不起您了，我来晚了，没能让您盖上这床被子，这可是三个女红军姑娘的心愿呐！"

坟前的被子是蚕丝的，轻柔细滑，白底的被面上，绿叶映衬着红花。这是老红军带着那三个年轻女红军妹子的眼光和心意去挑选的。田野上一片苍凉，寒风吹在这座新隆起的坟头上，徐解秀的孙子朱分永好像听到奶奶说："这被子可真好看啊！"

1990年9月，长征中年龄最大的女红军，全国人大常委会副委员长蔡畅离世。之后，康克清和邓颖超等一些老红军，还一直托人寻找那三个女红军，就在徐解秀驾鹤西去的第二年，全国政协主席邓颖超、全国政协副主席康克清也相继辞世。

新歌曲

D調
2/4 **民 工 謠** 月亮詞曲

```
‖: 5 3 5  6 5 6 1·  5 — ｜ 1 6 5  3 5 ｜ 2 — ｜
```

拿起了	換 身	衣	叫聲	我的	妻
打起了	担架	床	叫聲	我的	娘
說動身	就動	身	婆娘	送出	門

```
5 3 5  6 5 ｜ 3 5 3 2 ｜ 2 5 ｜ 5 6 ｜ 5 — ｜
```

在家	努力	把田	種	我去	做民	工
我今	英勇	上前	方	爲的	打老	蔣
家中	一切	莫掛	念	有我	兩個	人

```
6 · 1  2 ｜ 5 · 1 2 ｜ 2 3 5 6 5 2 ｜ 1 — :‖
```

做民	工	眞	光榮	三月勝利回家	中
打老	蔣	不	久長	蔣匪就要消滅	光
兩個	人	有	章程	保證穿吃還餘	剩

第二章
血沃大地

一 婆媳俩

1

同远在沙洲村的徐解秀一样，沂蒙山深处东辛家庄的王换于，也有与徐解秀类似的心事，她在等一个人，一个曾托她保护一份重要名单的人。她站在院子里，看着眼前那棵石榴树，石榴树已经碗口般粗了，长得很茁壮，在茂密的枝叶中，正盛开着鲜艳的花朵。那年的一个冬日，她在石榴树下接过重任。大儿媳张淑贞看看婆婆，说："娘，一大早你就站在这里，院子里风大，快到屋里去吧。"王换于不语，细小的双眼微闭着。张淑贞见婆婆纹丝不动，不敢再言，蹑手蹑脚走过她身旁。儿媳不知，有一事一直压在婆婆心里。王换于出了家门，向不远处的汶河走出，林中的槐树已经挂满了雪白的槐花，一阵阵清香弥漫在空气中。这一年的王换于，虽已年逾五十，可腰板还很直，虽是这般年龄了，又是小脚，可走路每一步都稳健有力。她站在汶河岸边，凝望着眼前这座并不高的山。春天的汶河水并不大，浅处清澈见底，水面上还透着淡淡的寒意。王换于自语道："大兄弟，你怎么一去就没有音讯了，不是说好很快就来拿的吗？男人吐口唾沫就是根钉，我等着你。"此时的王换于，就跟那个经常站在田埂上的瑶族女人徐解秀一样，正为一个约定牵肠挂肚呢。

顺着曲里拐弯的汶河由东向西北方向走下去，就到王换于的娘家岸堤柳行岔村了，王换于姊妹六人，她最小。那时候的妇女罕有名字，家人就直呼她小六子，叫来叫去，小六子就好似成了她的大名。王家是出了名的赤贫户，哥哥倒插门去了汶河岸上的圈里村，姐姐为了生机也都早早出了阁。从小喝汶河水长大的小六子，长着一张好脸盘，平日里虽吃糠咽菜，可也有一副好身板。一百多斤的重担上了肩，她背也不驼腰也不弯。清光绪三十年（公元1907年）阳春三月的一天，原本是晴朗的天空，突然出现了一片云彩，遮天蔽日的，从远处向柳行岔村一路飘来。小六子的父亲王进升病重躺在床上，他抬头看看窗外，说："刚才外面还明晃晃的，怎么一下子就阴沉下来了？该下点雨呲呲庄稼了。"小六子娘正在翻针线筐，听说有雨就急急跑到了院里，抬头一看，那片云彩已经挂在了头顶，还带着一阵风，发出阵阵响声，一会工夫，云彩就跌落下来，有块飘到了院子里的树上，眨眼工夫树头的叶子就没有了，只剩下光溜溜的枝干。小六子娘大吃一惊，她又觉得头上不知落了些什么，伸手一摸，抓了一把，放到眼前一看，满手的蚂蚱。"我的个亲娘呀！"小六子娘一声叫，才知那片云彩是蚂蚱，她跑回屋里，拍打着腿说："他爹，不好了，闹蝗灾了，刚才天上飞的是蚂蚱，不是云彩。"王进升听了一惊，看看窗外，外面一片明亮，他拍打着床沿，长叹一声："今年怕是要闹饥荒了，这可咋办？！"柳行岔一下子嘈杂起来，街上的孩子吆喝逮蚂蚱烧着吃。老两口正叹着气，小六子跑回了家，脸上汗涔涔的，她急急说："俺正往地里挑粪，一片东西落下来，眨眼工夫麦苗就没有了，满地都是蚂蚱，俺就抄起钩担赶，可赶也赶不走。"小六子说完，还没等爹娘接荏，又风风火火走了。小六子娘看着闺女的背影道："看咱闺女的身子都长开了，得让媒人给她寻觅个婆家了，要不闹开饥荒，还跟着咱们挨饿。"王进升点点头："是花总得要结果，是地总得要种庄稼，嫁了吧。"

　　小六子从地里挑着粪桶回到家的时候，村里的媒人王三嫂已经坐在了娘的面前，三嫂见她就咧着嘴笑，小六子道："什么事把你喜的？嘴都咧到耳朵根子了。"小六子的娘说："你三嫂要有喜酒喝了。"二人拍着巴掌大笑。小六子知道是说自己，咕咚喝了几口水，抹抹嘴："我听娘的。"说完抬脚就到了院子。刘三嫂兀自笑了，说："小六子说话不拖泥带水，将来到了婆家，是个做主的主儿！"

1907年寒冬的一个早晨，王家热闹起来，门上也贴上了大红喜字。太阳刚在东山上露出半个脑袋，一顶花轿已经把小六子抬出了村外，唢呐声在寂静的早上格外响亮。小六子掀掀轿帘，看大哥在人群里走着，小时候自己就常趴在大哥厚实的背上，从今天起自己就是于家的媳妇了，小六子眼睛有点潮潮的湿，可想着自己很快就跟那个陌生的男人生活了，脸上又挂上了对未来的憧憬。太阳越来越亮，一缕缕阳光，给眼前这片寒冷的大地镀上了一层暖色。轿子沿着汶河一路向东南走去，唢呐声吸引了不少的看客。当轿夫抬着花轿踩着唢呐声颤悠悠地向前赶的时候，小六子心中的那个男人于泮，正在院子里招呼着客人呢。于家在东辛庄是殷实人家，房子就几十间，还有着几十亩地和一片果园。

于家的好日子曾让村里多少人红过眼，可于家也有短处，这短处在于泮身上，于泮前几年就结过婚的，但妻子进门不久，一场大病就离世了。看着同龄人都人丁兴旺，于泮有点心灰意冷，拖到三十有余，他还孑然一身。于老爷子急了，对老伴说："看他像根杆子一样整天杵在那里我就着急，得赶紧再给他找个人口，要不咱们出门都比左邻右舍矮半截！"于老爷子越说火气越大，一烟袋锅子砸在门框上，把门框磕了个大坑。老伴看了心疼，又不敢发火，只是轻声说："看你，这门框得罪你了？让你发这么大的火气。"两人正拌着嘴，院里就响起了脚步和女人说话声："大娘，这一大早村头那棵老槐树上的喜鹊就喳喳叫，赶都赶不走，我掐着指头数了数，是你们于家有大喜呀。"说话间，村里的刘媒婆就一阵风似的走了进来，见了于家二老，她双手拍了个响巴掌，眉毛都笑弯了："有福之人不用忙，无福之人傻转晃。"说完，她扑通一声就坐在了炕沿上："大娘，俺于泮兄弟的大好事来了。"说着又咯咯笑了，指着自己的鼻子说："俺就是一只报喜的喜鹊呀！这不，柳行岔那边有一个小丫头，年方二八，鼻子眉眼的长得周正着呢，要模样有模样，要身板有身板。"于家二老正听得起劲，刘媒婆话锋一转："俺大兄弟这个样子，就是不知人家那头愿意不愿意当个填房呀！"说完叹口气，再不言语。于老爷子当面被揭了伤疤，面露愠色，正要动怒，老伴扯了一下他的衣襟，连忙笑道："他大嫂子，你就费心好好给说道说道吧。"说着打开柜子，拿出一包桃酥摆到了刘媒婆面前："一会你拿回去给孩子吃，这事你给撮合成了，过年我买个猪头送你。"

于泮听了这桩婚事他满心欢喜，可转念一想，又有了心事，他抽了一口烟，闷声闷气地道："别去费心了，人家是黄花大闺女，我又这样，年龄还比她大了十几岁，肯定行不了。"于泮娘看儿子蹙着眉毛，急忙说："媒婆说了，她去给撮合撮合。"话没说几天，一桩婚事成了。于家趁热打铁，选了个定亲的日子，在一个夏日，于泮用独轮车推着一袋谷子和一刀肉进了王家的门。于泮站在农家小院里，朴实得就像山地上的一株红高粱。小六子看看他，含羞一笑，转身把一盆清凉的水端了过来："满头的大汗，快洗洗吧！"声音干脆利索，于泮听了，觉得很顺耳。

2

唢呐声响在了东辛庄的大街小巷，花轿停在了于家的门前。鞭炮声中，于泮从口袋里抓了几把喜糖抛到了高空，在阵阵笑声中，大家你推我搡地哄抢起来。在大家热切的目光里，小六子红红的盖头，红红的袄，红红的鞋子，红红的扎裤脚带子，被搀着走了几步，又踩着小板凳，上了杌子，一双小脚还没落地，右边的女人嘴里就念道："一步一登高，日子步步好。"接着又迈过一个火盆，那女人还是振振有词："双腿跨过火盆子，日子一辈比一辈的红火。"另一个女人紧跟着道："红红火火，红红火火。"小六过了一关又一关，最后被搀过了婆家的门槛。院子里很快就响起了主婚人悠长的声音："一拜天地，二拜高堂，夫妻对拜。"仪式过后，主婚人大手一挥："进入洞房！"

在一片喜庆中，于泮用一个红布子牵着小六子走进洞房，那刘媒婆扯了一下于泮娘的衣襟道："俺那个娘咪！"随后就眉飞色舞地说："你看看这新媳妇的肩膀多圆，这身子多浑实，一看就是干庄稼活的好料！乖乖，你再看看她那大腚，俗话说得好，女人腚大，一生就仨。保准给你生一大窝子！俺可是为于泮兄弟费了不少口舌的。"于泮娘已笑得合不拢嘴，拍打着刘媒婆的肩说："忘不了你的好，忘不了你的好！"小六子还没坐下，旁边挎篮子的就往床上撒开了花生栗子枣，嘴里像唱戏一般唱道："一把花生，一把枣，送子观音早送到，一把栗子，一把枣，大的领着小的跑。"小六子听了抿抿嘴，没忍住，一下子笑出了声。

五九六九，沿河看柳。七九河开，八九燕来。环绕在东辛庄的汶河水已经解冻，村前村后的柳树抽出了新芽。于泮娘掐掐指头，看看窗外，对老伴说："日子可过得真快，这都好几个年头过去了，梁上的燕子都抱了好几窝燕子了，怎么儿媳妇的肚子也不见动静？这地里活家务事，她里里外外都是把好手，可盼天盼地，就是还没下一个蛋。这老于家是怎么了呀？老大家进了门是这样，老二家还是这样！"于老爷子眼一翻："你以为生个孩子就像拿块土坷垃这么简单？慢慢熬吧！"于老爷子说完长叹一声。

旧时的农村妇女大都没有名字，到了婆家后前边都冠以夫姓，小六子姓王，像中国千千万万个妇女一样，成了媳妇的小六子，从此也有了一个约定俗成的代号，叫于王氏。即便这样，这个代号也没人叫起，因为于泮排行老二，婆婆都喊小六子老二家的，等小六子将来有了儿女，她又有了一个新的称呼："孩他（她）娘"。

生活在沂蒙山深处的于王氏，外面的世界好像与她没有任何的关系，她的所有心思都放在了家里和田里，她只知道一个人活着离不开房子、吃饭和穿衣。她出生在清光绪十三年，知道北京城里有个皇帝，后来隐隐听说，朝代没有了，有了国民党，又有了共产党。这些事就像从于王氏耳边掠过的一阵风，她毫不在意，她在乎的是地里庄稼的长势，那只黑老母鸡今天下蛋了没有。后来，她更在意的是自己的小腹鼓起来没有。

1912年初春的一个早晨，正在吃早饭的于王氏忽感到一阵恶心，接着一股酸水漾到了嗓子眼，于王氏跑到院子里就是一阵干咳，于泮慌了神，急忙跟了出去。于泮娘小脚迈得也快，三步两步到了媳妇眼前。前几天她就见媳妇不想吃饭，心里早就有了谱，这会她看了看干呕的儿媳，巴掌一拍："谢天谢地，老二家肚子里有喜了！"于老爷子听了，一烟袋锅子磕在板凳脚上，大声道："老于家的祖坟冒青烟了！"接着用力咳嗽一声，声震四方。

这一年深冬的一个夜晚，于家的院子里终于传出一声刺耳的婴儿啼哭。已经有些年头没站在街口的于老爷子，一大早就衔着长杆子烟袋站在了门前的碾旁，他不时用力咳嗽着，每有邻居走过，他都说："于泮有儿子了，那嗓门哭起来能穿透屋顶，我出来找个清净。"

没有几日，于王氏的嫂子、姐姐，还有东辛庄的左邻右舍，都提着东西来到了于家，于家在这个寒冷的冬天，格外有脸面。

数年过去了，1931年的冬天，犹如当年那个冬天小六子被一顶花轿抬到了于家一样。在这个上午，又一顶花轿落到了于家的门前，唢呐声还是响个不停，不同的是于王氏和丈夫于泮坐到了当年公公婆婆的位置上，接受儿子于学翠、儿媳张氏的施礼。张氏是马牧池西官庄人，个子不高，小巧玲珑，说话从不拖泥带水，一双小脚走路像一阵风。于王氏喜在心里，对老伴说："这老大家有我的影子。"张氏本来姓李，祖籍蒙阴界牌，她父亲少时因家中贫困，讨饭一路到了西官庄，被一户没有子嗣的张家收留，从此易姓为张。

踏进于家门槛的张氏，和她的婆婆于王氏一样，从此也有了代号叫于张氏。1933年的7月盛夏，于王氏抱上了孙子，于学翠摸摸儿子粉嫩的小脸，喜滋滋地问母亲："娘，起个什么小名好？"于泮也像他爹吸烟的架势一样吧嗒着嘴里的烟袋锅子，最后吐出一口烟道："前些年我到日照县去推盐巴，老远就看着有条河，一眼望不到边，咱家门口的汶河都没法跟它比，后来才知道那是海，我看这孩子就叫海吧！"于王氏把"海"重复了几遍，说："这小名好，将来不缺水。"说完逗着怀里的孩子，一口一个"海"地叫开了。

当于王氏1933年7月还沉浸在人丁兴旺的喜悦中时，中国共产党领导的山东省委，因组织部部长宋鸣时投敌，又一次遭受了重创。

二　至暗时刻

1

还是在1933年2月，刚到济南出任山东省临时省委书记不足半年的任作民，按照事先计划，在一个寒冷的夜晚，去给入党积极分子讲课。他身着长衫，一副教书先生的模样，乘着夜色，穿过几条小巷，来到了一座平房前，根据约定的暗号，任作民敲了几下门，里面一时没有应答，他突感气氛不对，转身拔腿就跑，门一下子开了，早已埋伏在屋里的几个国民党特务蜂拥而至，把任作民按倒在地。任作民道："你们堂堂几个大汉，还用得着这样伺候我吗？"特务听了，都松开了手，任作民站起身，拍打了一下身上的尘土，整理了一下衣服，看看那几个人，不禁哑然笑了，随口说道："刚出牢门口，又落豺狼手！"

任作民出生在湖南湘阴，他的父亲任绍霖是同盟会员，早年在日本留学期间就追随孙中山，后被中山先生派到山东，任省民军司令部秘书长。受父亲影响，任作民也很早就走上了革命的道路。1922年1月，在刘少奇、罗亦农介绍下，任作民加入了中国共产党，他入团入党时间，几乎与他的堂弟任弼时相差无几，两兄弟还曾双双留学苏联。大革命失败后，任作民被派往河南任中共河南省委宣传部部长。1928年春天，国民党特务突然包围了省委书记周以粟的家，正在周家里商谈工作的任作民也一同被捕，在监狱里任作民受尽了折磨，可他咬紧牙关，一直没有暴露身份，受刑一年后被释放出狱，没想到几年后，他在山东再次被打入了监狱。

在狱中，任作民带领狱友进行了几次绝食，也随时设法打听着外边的消息，很快又有一些党员被送进监狱，包括省委临时负责人张北华。这天上午放风的时间又到了，大家都拥到了并不宽敞的院子里。任作民在太阳底下正享受着这短暂而又难得的时光时，有人在背后扯了一下他的衣襟，他转身一看，不禁大吃一惊，站在自己面前的竟是张北华，张北华悄悄告诉他说："宋鸣时叛变了，全省几百个党员没能躲过这次搜查。"任作民抬头望了望天空，一声长叹："没想到他的骨头这么软，这么不经打。"张北华道："也许还没动刑他就跪下了。"任作民道："党在山东的火种，是王尽美和邓恩铭同志培育起来的，我们一定不能让叛徒破坏了。"

早在1921年年初，王尽美就和邓恩铭在济南成立了共产党早期组织，同年7月，王尽美和邓恩铭双双作为一代代表，远赴上海出席了中共第一次全国代表大会。王尽美原名叫王瑞俊，回到山东后，为了明志为共产主义奋斗的决心，便改名为王尽美，他对挚友邓恩铭道："为了咱们共同的事业，我必将尽善尽美。"说完，借着微弱的灯光，挥毫写下了一首诗："贫富阶级见疆场，尽善尽美唯解放。潍水泥沙统入海，乔有麓下看沧桑。"

英雄多舛，不久王尽美就身染肺结核，且越来越严重。1925年7月，在家乡莒县（现诸城）大北杏村养病的王尽美，身体每况愈下，咯血加重。莒县地下党组织马上把王尽美送到了青岛医院，到了8月，一度昏迷。18日这一天上午，王尽美醒来，一缕阳光透过窗子照在他蜡黄的脸上，王母见儿子睁开了眼睛，愁眉终于展开了，"快，喝点水。"王尽美摇摇头，对着母亲张张嘴，可一点声音都没有，王母急忙把耳朵贴在他的耳边，王尽美气若游丝，声音微弱，他断断续续地道："娘，你去告诉陈文其同志，让他把负责同志找来，我有话要说。"王母抹着眼泪，点点头，颠着小脚急急走了。陈文其刚刚入党不久，常来照顾王尽美。下午，他和青岛支部负责人王复元等人匆匆赶到了病房。王尽美见大家来了，一丝微笑凝固在嘴角边，他有气无力地说道："我不行了，走前……走前想和同志们说几句话。"大家面含悲戚点了点头，拿出纸笔。王尽美用尽全身的力气道："我想不到自己会死在病床上，作为战士，本是应该死在战场上的。"他合上眼睛平静了一会，对陈文其道："文其同志，你记录一下。我希望全体同志要好好工作，为无产阶级和全人类的解放及共产主义的彻底实现而奋斗到底。"说完，王尽美气喘不已，额头上也布满了细密的汗珠，他咳嗽几声，一口鲜血吐在了胸前。陈文其把王尽美的话记录在纸，王尽美示意他拿过来，随后，他咬破手指，把带血的手指摁到了纸上。大家看了，无不落泪。王复元道："尽美同志，组织上决定把你送到北平治疗，你可一定坚持下去呀。"王尽美摇摇头："咱们经费这样困难，不要再为我破费了。"

到了傍晚，王复元对陈文其说："你留下来，有什么事马上通知我。"说完，转身和其他人离开了病房。等大家走了，王尽美就像孩子一样，一直攥着母亲的手没有松开。凌晨，他的眼睛竟然慢慢亮了起来，脸上也泛起了一丝血色。他两眼热切地看着母亲，一字一句地说："娘，儿子不孝了，这些年，没能在家中好好地伺候您一天。"说完，王尽美眼里涌出了泪水。王母抚摸着儿子的脸，摇摇头道："儿呀，你干的都是大事，娘不怪你！只盼着你好起来，到时候能陪娘好好说说话俺就很满足了。"王母还没说完，就一下子哽住了。灯影里，王尽美看着母亲的满头白发，伸出手，想摸摸，王母急忙把头低下来，可他的手还没触到母亲的发丝，就一下子闭上了眼睛。王母泪如雨下，抓过儿子的手一下子放在了自己满头的白发上。王尽美直到去世一只手还紧紧攥着母亲的手，陈文其用了很大的力气才分开。王母枯坐在一旁，一遍遍抚摸着儿子的脸，自言自语道："儿子啊，你才27岁呀，怎么说走就走了呢？小时候，你站在家门口，一个算命的见了你，说这孩子天庭饱满，大耳朵，是个富贵命，以后能长

靠山

寿，俺还给了他一把花生呢，算命先生这是胡说八道呀！"

据青岛大学附属医院院志载："1925年8月19日，中共共产党的创始人之一，党的第一次全国代表大会代表王尽美因患肺结核，病情恶化，医治无效，在本院三等病房不幸逝世。"现在青岛大学附属医院的前身就是当年王尽美住院的青岛医院。1925年前后，即墨县时年17岁的李健人曾追随王尽美、邓恩铭等人进行革命活动。晚年时对过去还记忆犹新，他后来回忆说：

......

1923年底，孙中山在广州发表文告，要从帝国主义手中收回海关关税。《胶澳日报》刊载了这条消息。我看了以后，感到很对，就写了一篇拥护这项主张的文章投到《胶澳日报》，被发表了。就是这个偶然机会，我结识了邓恩铭。邓恩铭当时在该报担任副刊编辑，他在发表我的文章后面登了一个启事，约我去谈话。邓恩铭见到我时，说我的文章写得好，写得对，希望我常去谈谈，并说以后找我。

1924年春，在职业学校担任书记（文书）工作的孙秀峰来找我，叫我到他的宿舍去。在那里我见到了邓恩铭，还有我的同班同学梁德元。邓恩铭给我《响导》《中国青年》等一些书看，还给我一本社会主义青年团的章程。约一个星期后，我们又见面，邓恩铭问我赞不赞成，我说赞成。从此，孙秀峰便经常召集我、梁德元、付若杞（我的同班同学）到他那里开会，布置任务，叫我们在学校里推销《响导》。

......

我是由邓恩铭、延伯真介绍加入中国共产党的。在这以后又加入了国民党。我记得大约在1924年九、十月间，在海水浴场附近胶济铁路高级职员宿舍的院子里，国民党召开了一次会议，这次会议好像是成立国民党市党部。参加会议的国民党方面有刘次萧、蔡自声、孟鸣言等，我们方面有王尽美、邓恩铭、延伯真、孙秀峰、王象午、梁德元、付若杞和我，还有胶澳中学、铁路学校的一些学生，大约有二三十人。当时，天还比较热，我们围着几个圆桌坐着，喝着汽水，吃一些茶点、瓜子一类的东西。会上，王尽美讲了话，并向孟鸣言等人介绍说："林礼周、付若杞、梁子修等都是国民党员。"我就是这样加入了国民党，自己没有履行手续，以后也没有和国民党方面的人接触。

会后不久，邓恩铭带我去济南，走得很急，我都来不及向学校请假。在济南南关国民党办的一所小学里，见到了王尽美、尹宽、王辩、王复元和王平一。这时尹宽刚调到济南不久，担任宣传工作，负责编一个刊物，王尽美病在床上，他半开玩笑地对我说："你像一个大姑娘，不像布尔什维克。"还说："你入党了，成了党员，除了团的工作，今后还要关心党的工作。"

自从公立职业学校团小组成立后，组织分配我们的主要任务是发现、培养进步学生，扩大团的组织，我当时是学生自治会的体育部长，经常以这个合法身份到国民党办的胶澳中学和私立青岛中学活动，联络了一些进步学生。同时延伯真还介绍我到西镇小学附近接近学生贺启元，不久，我便介绍他入了团。以后，贺启元又发展了几个团员，在西镇小学成立了团小组，由贺启元任组长。

1925年初，王尽美到青岛宣传国民会议促成会时，在邓恩铭的家里，他对我说："青岛学生应该有个组织。"并叫我拉起这个组织来。我起草了宣言和章程，王尽美作了修改，还送给国民党市党部的鲁佛民、孟鸣言、刘次萧看了。于是我便在公立职业学校、私立胶澳中学和青岛中学等校中联络进步同学，成立了青岛新学生社，社员约有二三十人。后来还发展到私立青岛大学，彭明晶、李士毅等也参加了。

……

1925年5月29日，反动军阀出兵镇压了四方纱厂工人的罢工运动，次日，上海又发生了五卅惨案。青岛党团组织立即着手发动青沪惨案后援运动。当时分工由我做学生工作，组织发动学生到市内、商店、机关和码头募捐，并将募集的捐款、物资送到四方。在那里我见到的人有李慰农、孙秀峰、王象午、卜韶庭、傅书堂、孙义昌等。

此后，我被学校开除了。当时在党的领导下，以国民党的名义发起成立了"各界联合会"，我以新学生社代表的身份参加了该会。开会时，我们几个人提出："不仅要反对英帝国主义，青岛是日本帝国主义霸占的地方，也要反对日本帝国主义。"但商会会长等亲日派不同意反日，说："日本是友邦，和上海惨案没有关系。"我站起来发言，说得很尖锐，得到了四方工会代表、胶澳中学代表的支持。会后，亲日派就对职业学校施加压力，说我是赤化分子。6月在放暑假之前，职业学校自治会开会，高级班学生李莘主持会议，他说："学生会的人为什么不代表学生会，而以新学生社的名义去参加后援会，林礼周是赤化分子，大家要群起而攻之。"我在会上坚持自己的主张。会后，李校长找我谈话，要我离开学校回家，答应毕业考试在家里答题，可以照发毕业证书。也就在这个时候，家里来人强迫我回家结婚。我就这样离开了青岛。

1925年8月间，我回到青岛，得知王尽美病重，已住进青岛医院。我去探望时，王复元、陈文其、王平一也在场。不久王尽美就逝世了，我的心情极度悲痛。

老人的这份记忆的原件，现珍藏于现中共青岛市委党史研究院。

王尽美是遗腹子，家境贫寒，父辈都是佃农。王尽美的父亲尚在幼时，爷爷就去世了，接连的不幸落在了奶奶身上，她满含希望养大的儿子，竟在新婚不到四个月也去世了。王尽美出生时，奶奶抱在怀中反复端详，喜不自禁，说："看这孩子的模样，往后就是王家的希望，长大后一定让他识文断字。"王母记住了婆婆这句话，可到了王尽美读书的年龄，家中却无力供他。村里地主见他伶俐，就让他来家中给儿子伴读。王尽美模样可爱，少年聪慧，私塾先生很是欢喜，伸手摸摸他的脑袋，沉吟片刻，给王尽美取了个名字叫王瑞俊，他笑笑道："瑞是祥瑞之意，俊乃是俊才！"

1925年8月的一天，一辆拉着灵柩的骡车迎着夕阳的余晖向莒县大北杏村走来。那些日子，王尽美的妻子常带着两个幼子站在村口张望，她幻想着有一天婆婆和丈夫出现在不远处，正朝着她和孩子们招手呢。王尽美的妻子低头想着什么，小儿子来信（乳名）突然喊道："马车！马车！"王尽美的妻子抬头看看，感到心一阵嗵嗵地跳，她牵着两个儿子的手迎了上去，骡子车近了，婆婆看到他们，带着哭音道："来信他娘，来信他爹没啦……没啦！"王尽美的妻子一下子就看到了骡车上的棺材，又听婆婆这样说，两眼一黑，哭倒在地上。

王尽美有两个儿子，大的7岁，小的仅3岁，兄弟二人跪在棺材前磕了几个头，在一片哭声中，众乡邻一齐动手，把棺材抬到了地里，葬了王尽美。王尽美的妻子终日以泪洗面，王母大声道："来信他娘，人已经死了，活着的人还得活，光顾着掉泪咋能行？"说着她指指眼前的孩子，说："把他们拉扯成人，才对得起来信他爹！"儿媳一脸愁容，摇摇头道："娘，家里如今就剩下咱三个女人，以后拿什么过日子呀？"婆婆咬咬牙说："怕什么？咱们娘仨合起来难道还顶不过一个大老爷们？活人不能让尿憋死！让你奶奶在家看孩子做饭，咱娘俩把外面还有地里的活都扛起来！"王尽美奶奶撩起衣襟擦擦眼角的泪道："俺只要还有一口气，就能和你们娘俩把这个家顶起来！"自此以后，王家三代寡妇有主里有主外的，分工有序，共同支撑着这个风雨中飘摇的家，谁承想，屋漏偏遇连阴雨，王母的婆婆没能熬过艰辛和劳累，很快离世。儿媳悲伤过度，几年后也郁

靠山

郁而死。没了相助，王母佝偻着腰，独自挑起了这个家。后来，在共产党员王翔千、臧克家及姑祖母的资助下，王尽美的两个儿子都顺利地完成了学业。

1935年的清明，王母把孙子带到了王尽美的墓前，春日里的风吹着老人一头白发，她站在儿子的坟前，还未说话，泪水就落了下来。老人带着颤音说："儿呀，娘又来看你了，今年不同了，你的两个儿子都走你的路了。"两个风华青年抹抹眼泪，给坟头添上新土，在地上重重磕了三个头。王母伸出一双干枯的手，摸着两个孙子的头道："只要不给你们的爹丢脸，奶奶干什么都值得。"王母声音不大，可在孙子听来，如雷贯耳。

不久，王尽美的长子王乃征和次子王乃恩都入了党，在战争年代都有不俗的表现。

1949年10月的一天，几个人穿过玉米地向北杏村走来。深秋的田野，丰收在望，一些农家，已经开始收玉米棒子了。那位走在前面身着中山服的人，是山东团省委的张建华。他们到了村里，在村干部的陪同下，转过一个胡同，向王尽美家走来。

还是这不久之前的全国政协第一届会议上，毛泽东接见了山东的代表。毛泽东先谈到了山东的早期党组织，他问山东省政协主席马保三："你知道王尽美同志吧？"马保三点点头。毛泽东吸了口烟，好像在回忆着什么，随后他道："当年开一大会的时候，我们都叫他王大耳朵，王尽美是一个很好的同志，很有才华，山东的早期党组织建设，王尽美功不可没呀！现在我们胜利了，更不要忘记了像王尽美这样的同志，还有那个少数民族代表邓恩铭，当时出席一大的时候，还是一个在校的学生，也不幸牺牲了，都是英年早逝呀！你们要注意多收集他们的遗物，让更多的后人记住他。"马保三道："请主席放心，我们一定要把王尽美和邓恩铭同志的遗物搜集好。"毛泽东点点头，又问："王尽美还有什么亲人吗？"马保三回答："他的母亲还健在，另外还有两个儿子都参加了革命。"毛泽东动情地说:"她培养了一个好儿子呀!一定要照顾好老人,让她安度晚年。"

马保三就是当年给王换于夜送重要名单的人,也是王换于久等的人。马保三回到山东后,立刻把毛泽东的要求向山东省委做了汇报,省委把这一任务交给了团省委的张建华。王母听了张建华的来意,连声问:"毛主席还记着他?毛主席这么忙还记着一个死了的人?"张建华用力点了点头。王母泪流满面,一下子哭出了声,嘴里说道:"我得告诉我儿一声,我得去告诉我儿一声。"王母平静下来,她颤巍巍地站起身,自语道:"我一直藏在那里,走,咱们去找找。"老人说完,带着张建华他们来到了那栋破旧的祖屋,她弯腰拿起脚下的一把铲子,铲掉了糊在墙面上的泥巴,一个几指宽的墙缝露出来,王母伸手从里面摸出一个小布件,慢慢打开,里面包着王尽美的一张遗照,短发、大耳、宽额,还有一双明亮的眼睛。王母带着哭音道:"这就是俺那个可怜的儿呀,很多年没看他!"说着,眼泪簌簌掉下来,有几滴落在了照片上。

这是王尽美留在世间的唯一照片,后来山东方面把照片翻拍后连同有关材料送到了中南海,住在丰泽园菊香书房的毛泽东,细细端详着这张照片,脱口道:"没错,没错!就是他,是王大耳朵!"说完这话,毛泽东起身走到窗前,看着外面茂盛的树木,很久没有说话。过了一会,他对站在身旁的秘书田家英说:"今天的和平是多少人用生命换来的呀!"

2

在1925年的上半年,邓恩铭和王尽美就组织了两次大罢工,一是青岛胶济铁路工人大罢工,再就是青岛纱厂工人大罢工。王尽美住院后,邓恩铭到青岛医院和王尽美匆匆见了一面,当日就离开青岛赴济南担任中共山东地方执行委员会书记。邓恩铭没能见王尽美最后一面,闻听王尽美离世的消息,邓恩铭泪流满面,在大明湖畔几乎枯坐了一夜。邓恩铭到济南

靠山

没有多久，山东省执行委员会就在这一年的初冬遭到了破坏，他也不幸被捕。入狱不久，就得了肺结核，后以保外就医的名义，被党组织营救出狱。身体刚见好转的邓恩铭，又被党组织任命为青岛市委书记，在1926年夏季，他来到青岛，着手恢复这里已经瘫痪了的党组织。

1927年5月，中国共产党在武汉召开了第五次全国代表大会，会议结束的第二天，再次当选为党的总书记的陈独秀，把山东省委组织部部长王复元叫到了住处，陈独秀打开柜子，接着拿出一沓钱放到了王复元的面前，陈独秀道："复元同志，这是你们山东党组织活动经费，一共1000元，你点点数目，带回去吧。"王复元笑了笑："不用点了，错不了。"说着就把钱装到了自己口袋里。王复元坐在他面前，想听他还说些什么，可陈独秀很久都没有开口，顾自抽着烟，眉宇间透着失落。王复元知道，在中共"五大"上，陈独秀受到了代表们的批评，可能正为此闷闷不乐。王复元见天气阴暗下来，急忙说："独秀同志，看样要下大雨了，如果您没有什么指示的话我就先走了！"陈独秀站起身来，看看窗外，从桌子下拿出一把雨伞，说："带上吧，我们的经费紧张，节约着用。"王复元接过雨伞，匆匆离去。

陈独秀对党的经费，非常看重，每次发放经费时，他常说："不当家不知柴米油盐贵，你们一定要节约着用！"在这之前，中国共产党的经费都由苏联提供，在中共"三大"上，陈独秀就党费问题还专门做过说明："党的经费，几乎完全是我们从共产国际得到的，党员缴纳的党费很少，今年我们从共产国际得到的约有一万五千，其中有一千六百用在这次代表大会上。"因为经费的问题，陈独秀在共产国际代表马林面前不知费了多少口舌。

到武汉出席这次会议的邓恩铭并没有和王复元一起返回山东，而是和毛泽东一同去了武昌农民运动讲习所。还是在前几日，毛泽东就和邓恩铭相约，让他到讲习所给学员门讲一课。当天晚上，讲习所就已经坐满了学员。毛泽东先开场白，他笑吟吟地说："邓恩铭同志是我在中共一大上认识的，他和外号叫王大耳朵的王尽美同志，很早就在山东创立了党的早期组织，是一位有经验的工人运动的组织者和领导者，我特地把他邀请到咱们讲习所传经送宝，让他讲一下山东的工人运动。"在热烈的掌声中，邓恩铭羞涩地笑了笑，开口讲了起来，他说："山东的革命运动，是用牺牲换来的，从没有和反动势力妥协过，我们的王尽美同志，战斗到了最后一刻。"邓恩铭接着提起了王尽美最后的遗言，毛泽东听了，带头鼓起掌来。

1927年的中共"五大"，是在蒋介石大肆屠杀中国共产党人下召开的，各地都笼罩在白色恐怖下。从1927年3月到1928年上半年，就有31万共产党人和革命群众被杀害。远在武昌的邓恩铭归心似箭，在讲习所讲完课的第二天，他就踏上了归程。这天晚上，王复元来到了邓恩铭的住处，两人握了握手，都坐了下来。王复元欲言又止，最后终于开口道："恩铭同志，我犯了一个不可饶恕的错误，请组织上处分我。"邓恩铭看了他一眼："复元同志，有什么事不要放在心里，犯了错误就应该马上向党组织坦白。"王复元深深叹了口气："这也怪我，大意了！"说完，他话锋一转："恩铭同志，在回来的路上，我把中央给的1000元活动经费丢了。"邓恩铭一下站起身，拍着桌子生气地道："复元同志，你怎么这样不小心？你可知道，这么一大笔经费对我们来说意味着什么？"王复元见邓恩铭动了肝火，连忙站起来认错。邓恩铭严厉地说："王复元同志，最近有些同志就向我反映过你的问题，希望你有则改之无则加勉！"王复元点点头，连连称是。

几天以后，王复元向邓恩铭递上了自己的检讨书。可在昨天晚上，他一边写着检讨，还把那1000银元摆在床头看着，被同住一屋的地下党员魏强推门进来时差一点发现，匆忙中一块银元落在了脚下。王复元有些慌乱，最后尴尬地说："不小心从口袋里掉出来了。"魏强扫了一眼，发现桌子上摆着一沓纸，上面写着"检讨书"三个大字。在邓恩铭的印象中，这个比自己小一岁的王复元聪明好学，干事勤快麻利。还是前些年的时候，王复元还是省立第一中学的电工，邓恩铭恰恰是在校学生。有一次，邓恩铭正给进步学生讲旧中国的出路在哪里，电灯突然熄灭了，邓恩铭很着急，这时一位年轻人从座位上站起来说："应该是灯泡坏了，等一下。"说完就急急走了，一会工夫他拿来一个灯泡，很麻利地换上了，屋里又亮了起来。邓恩铭很高兴，握了握他的手，这位年轻人道："我叫王复元，是这里的电工，你讲得很好，我很乐意听！"

邓恩铭从此记住了他，后来一些革命活动王复元都积极参加。王复元读过几年书，也聪明好学，平时他常来教室里听课，写得一手好字。在报社当校对时，还写了一些文章发表在报上。邓恩铭见了，很是高兴，特地把他推荐给了王尽美。王复元加入中国共产党后，王尽美见他有主见，能独当一面，就把他派到了张店火车站从事地下工作。王复元能说会道，很会发动群众，时间不长，他在张店火车站就发展了多名党员。

1924年的一个春日，王尽美拖着病体来到了张店火车站，他若无其事地四处看了看，随后向不远处的天主教堂走去，到了教堂前，他并没有进去，只是若无其事地打量了几眼这座哥特式的建筑，就信步走进了一条胡同。在一处旧房内，王尽美见到了王复元，王复元看了一眼面色苍白的王尽美，高兴地说："这里的工人革命积极性很高，就像烈火遇上干柴一样。"说着，给王尽美倒了一杯水放到他面前。王尽美坐在凳子上，听王复元这样说，疲惫的脸上露出了欣慰的笑容，他喝了口水，说："复元同志，你的工作很有成效！"王复元把发展党员的情况说了一遍，王尽美道："张店火车站是交通要道，又是联结淄川、金岭两大矿区的交通枢纽，党的作用可以通过这里辐射到矿区和铁路沿线，那将是一股多大的工人力量呀。"王尽美说到激动处，话语一下子加快了，最后发出一阵剧烈的咳嗽，他急忙拿出手绢捂住嘴。王复元说："你该好好休息一阵了。"说着又转身给王尽美倒水，王尽美趁机拿开手绢，见上面沾着鲜血，他擦擦嘴角，把手绢急忙装进口袋里。王尽美又喝了几口水，平静地说："没事，还是老毛病，睡几觉就好了。"王复元点点头，急切地说："是不是应该在张店车站建立党小组了？现在这里已经有我、李青山、邹光中等十几名党员了。"王尽美道："完全可以，就由你任党小组长。"王复元听了，不禁喜笑颜开。王尽美对这位当年和自己创办《济南劳动周刊》的年轻人，又多了几分器重。翌年，张店火车站成立了党的支部，王复元出任党支部书记。1925年8月，站在王尽美病房里的王复元，已经是中共青岛市委书记了。

邓恩铭从王复元的检讨书里看到更多的是狡辩，拉黄包车的魏强把那天晚上王复元的反常表现也告诉了邓恩铭，邓恩铭对他说："你要多留意此人。"王复元受到批评，心里有些不忿，这天傍晚，他的胞兄王用章来到了他的住处，王复元炒了几个菜，几杯酒下肚，王复元拍着桌子说："邓恩铭算什么东西，我在一中的时候，他还就是个学生，还在我面前装腔作势。"王用章是地下交通员，时任中共山东省地方委员会候补委员，他斜了弟弟一眼道："你要小心点，别让他抓到了你的尾巴，这个小个子南方佬可不好对付！"王复元冷笑几声，端起酒杯一饮而尽。

深夜，酩酊大醉的王复元正打着呼噜，突然喊道："老子就是拿走了这1000元，能把我怎么样？"这话恰被刚刚在外面拉黄包车回来的魏强听到了耳里。不久，王复元见邓恩铭不再追究，胆子愈发大了。1928年1月初，王复元冒着细雨，跑到了山东省委秘密印刷点——石印局，一下子从这里拿走了2000大洋。石印局是省委印刷所，除了日常业务外，还担负着出版山东党组织《红星》内刊等。到了中旬，王复元答应把印刷所的钱补上，《红星》临近出刊，负责人王强急了，这天下午，他把情况报给了邓恩铭，邓恩铭火了："他有什么权利从你这里拿钱？"王强道："王部长说要到上海中共中央汇报工作，急需钱，先让我给他用着，回头他再补上。"话还没说完，王复元乐呵呵地走了进来，他见气氛不对，急忙收住了笑容。邓恩铭板起面孔，严厉地问他："到上海需要这么多钱吗？再说现在去上海的行程已经取消了，你马上把钱还给印刷所！"王复元为难地说："我看好了一处房子，就先用这钱把它买下来了，以后我会尽快还给组织的。"邓恩铭气愤至极，竟一时没有说出话来。

当天晚上，邓恩铭就就召开了党的会议，他把王复元的所作所为刚说完，大家就开始七嘴八舌批评他，王复元见势不妙，低头一声不吭。邓恩铭说："在座的每一位同志都知道，还是在1926年，我们的党就向全体党员发出了《坚决清洗贪污腐化分子》文件，我们的党是坚决不允许蛀虫存在的。"邓恩铭说着，从桌子上拿起一份文件，下面我给大家把重要的部分念一遍，邓恩铭看了王复元一眼，高声念道："最显著的事实，就是贪污行为，往往在经济问题上发生吞款、揩油的情形。如有此类行为者，务须不留情地清理出党，不可令留存党中，使党腐化，且败坏党在群众中的威望。尤其在比较接近政权的地方或政治、军事工作较发展的地方，更易有此现象。"

省委常委、省委工人部部长傅书堂挽了挽衣袖，拍着桌子粗声粗气地吼道："马上开除出党，不能让他坏了咱们的风气！"省委常委刘子久气愤地说："我们的革命队伍中不能有这样的害群之马。"邓恩铭放下文件，正了正架在鼻梁上的平光眼镜，环视了大家一眼，最后高声道："我提议撤销王复元中共山东省委组织部部长职务，同时将他开除出党，同意的请举手！"王复元大吃一惊，不禁浑身打了个激灵，他抬起了一直低垂的头，睁大眼睛看着大家，黑瘦的脸上布满了愤怒。所有的人都举起了手。王复元再次低下头去，他双手抱着脑袋，十指插进凌乱的头发里反复搓揉着。

邓恩铭刚要开口讲话，王复元腾地站了起来，他狠狠看了大家一眼，大声道："我早就看透了，跟着共产党干是没有出息的，此处不留爷，自有留爷处。"说着伸出指头点了点邓恩铭，咬牙切齿地说："你好好等着吧！"说完扬长而去。

王复元成了中共反贪史上第一个被开除党籍的人。

王复元被开除党籍的第二天上午，正在大街上拉黄包车的魏强突然看到一个熟悉的身影，他急忙停下身来，魏强看清了，那人是王复元，他走进了国民党济南党部。魏强知道此事非同小可，拉起黄包车跑去。到了夜晚，他才找到了邓恩铭，听了魏强的话，邓恩铭道："他这是去找宋耀华去了。你马上通知其他同志，让他们注意防范！再就是你不要拉黄包车了，王复元认识你，你在大街上跑太显眼，随时都有危险，同时你在暗处随时观察王复元的动向。我判断，他很有可能要叛变！"

此时，王复元已经和国民党济南党部一个叫宋耀华的大特务坐在了一起。王复元站在宋耀华面前，喋喋不休地说完自己的遭遇后，突然又道："我要和共产党划清界限，从今以后为您效劳。"宋耀华在宽大的办公桌前来回踱着步，从他一对圆圆的镜片中，透出了一丝狡黠的目光。他不时摸一摸光滑的下巴，偶尔停下来问几句话，并不急于表态，只是配合着王复元演说般的话语点几下头，唔唔几声，或者打几个真真假假的手势。最后他走到窗前，右手扶着金丝眼镜腿，朝着窗外嘿嘿笑了几声，终于开口道："感谢你和我说了这么多话，你可是共产党的重要分子呀，前程光明似锦，怎么说反目就反目了？"

王复元见宋耀华虚虚实实，不冷不热的样子，有些恼火。他下了楼，直奔哥哥的住处。作为地下交通员的王用章，开了间酱油铺子做掩护，见弟弟来了，他看了一眼伙计，就推门进了里间。王复元道："这宋耀华真不是东西，我本想投奔到他的门下，没承想，他转身给了我一个冷屁股。妈的，等我把邓恩铭这些重要人物名单拍在他桌上的时候，看他还能再拿腔捏调阴声阳气的。""你疯了？"王用章一巴掌打在王复元的脸上，王复元怔住了："你打我干什么？"王用章怒道："平日里你脑子灵活，怎么现在成了一盆糨糊了？邓恩铭刚处理了你，你就跑到宋耀华那里给人磕头，他能信你吗？再说我还在共产党这边，你就去搂宋耀华的大腿，你哥怎么办？你倒是痛快了，你哥还不像个风箱一样里外受气了？"王复元瞪着眼一时没说出话来。王用章拿出香烟，递给王复元一支，自己点上了一支，他猛地吸了口，最后仰脖子，缓缓吐出了几个烟圈来。王复元吸了几口闷烟说："你就没有想过要退出共产党？蒋介石对共产党可是恨之入骨呀！从去年到现在，杀了多少人？血流成河呀！吸到鼻子里的空气都带着血腥味。你还能撑多久？我看你这是屎壳郎垫床底，硬撑！"王用章点了点头："我确实也不是铁打的，有时候躺在床上想想也吓得睡不着觉呀，可干了这些年说反水就反水？共产党也不是吃素的呀！将来要是共产党得了天下，你我还怎么活？怎么对得起老祖宗？还不让后人戳破了脊梁骨？！"

王复元一时没有吭声，不置可否地嗯嗯几声。

3

作为中共"一大"代表的邓恩铭，在山东影响很大，是国民党逮捕名单上的重要分子。1927年9月，中共中央已经考虑到了邓恩铭的安全，山东省委其他负责人也强烈要求把邓恩铭调离山东。中共中央曾打算让刘少奇到山东担任省委书记，可是，刘少奇当时身患疾病，最后也没能成行。为了减小目标，尽力保护邓恩铭，根据中央指示，中共山东省委在坊子于1928年2月召集会议，选举卢福坦为新一届省委书记，常委卢福坦、王云生、刘子久。邓恩铭再次担任青岛市委书记。

就如邓恩铭判断的一样，果不其然，在1928年的11月，王复元、王用章兄弟二人，在一个阴沉沉的冬日，和宋耀华坐到了一起。等他们走出酒店，迎着天空飘下的雪花，三个人借着酒劲，开心地大笑起来。

宋耀华凭着如簧的巧舌，说动了王用章，他们还有一个计划，准备明天和盘托出。

1928年11月12日，也就是三王在酒馆密谋的第二天，王复元和宋耀华联合发表了"反共宣言"。这时，山东地区很多共产党员对王复元的公开叛变还蒙在鼓里。

也就是在这一天，王用章把自己的名字改成了王天生，他对弟弟王复元说："我是上天生的，从今以后就要活出一个新样子来了！"

1929年年初的夜晚，济南的天气还异常寒冷，寒风呼啸着，偶尔有几片雪花，零零落落从空中飘下来。夜晚的街头显得格外冷清，偶尔有三三两两的行人，在暗淡的街灯下，匆匆走过。

还是在前一年的四五月间，各路军阀又发动了混战，山东的张宗昌哪里抵挡得住蒋介石和冯玉祥的各路大军？日本政府见蒋、冯部队进了济南，不禁垂涎三尺，借口保护侨民，随之把天津、济南驻军一部调往泉城，蒋介石不敢与日军对抗，只得命令北伐军撤离济南，日军更是肆无忌惮，在济南城横冲直撞，无恶不作，一时间，人心惶惶，都唯恐灾难降在自己头上。商埠纬中路这一带，原本都是密集的商店，生意兴隆，可这一阵，一到夜色降临，大部分商户就歇业关门了。余修急匆匆地走在路上，他脖子上搭了一条围巾，不时被风撩起来。对这个刚刚参加革命，一腔热血的年轻人来说，这样的夜晚算不得什么。余修现在在中共山东省委秘书处从事文秘工作，还是在这几年前，年仅15岁的余修不仅是胶澳中学团支部书记，还兼着共青团青岛地委委员，后来胶澳中学的校长得知余修经常参加革命活动后，担心有朝一日会殃及学校，就让他退学了。

余修的父亲鲁佛民是大律师，其和长子鲁伯峻都是中国共产党的早期党员。有很长一段时间，山东省委机关就设在鲁佛民的府上。余修被退学后，组织上考虑他回济南更合适，就把他调到了省委，余修到济南后，除了秘书处的文秘杂务，还担负着团省委宣传部一些工作。商埠纬一路因为商铺林立，平日里人多嘈杂，余修觉得住在此处更好隐身，就在胡同里租了一间房子作为住处和联络点。

靠山

胡同里因为没有路灯，显得比街道黑暗了许多，有些人家的窗户里，还闪着一缕亮光。余修快步走到自己的住处，打开门进了屋子，他张口呵了呵冰凉的双手，划一根火柴点上煤油灯，灯光渐渐明亮起来，充满寒气的屋子好像有了一丝温暖。

余修喜欢文学，平日里也喜欢写一些小文，他的公开身份是《济南日报》的副刊编辑。在这个寒气逼人的夜晚，这位17岁的年轻人打开一本俄国小说，很快就沉浸在人物的命运中。突然，一阵急促的敲门声响了起来，余修问了一声谁，外面的人说："是我。"余修听外面的声音很熟悉，但不是平日里那个戴着眼镜的团省委书记顾作霖，急忙拉开了门，原来是邓恩铭。他点点头，一步迈进了屋里。

"邓书记，你怎么来了？"余修很高兴。邓恩铭笑了笑，拍了拍余修的肩膀，两人并排坐在了床沿上。邓恩铭道："王复元叛变了，你知道吗？"余修大吃一惊，一下子站了起来："我还不知道呢，他怎么能叛变呢？他这一叛变，我们的损失就大了！"余修说着，脸上有些慌乱，他突然想起了什么，急忙说："邓书记，你不是在淄博吗？怎么回来了？王复元对您太了解了，您不应该回来呀！这样太危险了！"邓恩铭示意余修坐下来，余修喘着粗气又坐在了邓恩铭身边，邓恩铭轻轻拍拍余修的肩："老弟，不要紧张。这个时候我是不能藏起来的，现在济南还在日军手里，王复元他们还不敢明目张胆抓人，趁这时候我得先尽快通知其他同志转移，王复元认识你，对你的身世和现在活动都非常熟悉，你也得马上转移，到青岛吧，把王复元叛变的消息告诉青岛同志，王复元从大革命失败后，就情绪一度低落，还贪污公共款，这样的人不仅早晚要离开革命队伍的，还会坚决与我们为敌的！"邓恩铭说着站起身来。余修大脑一片空白，显得有些不知所措，邓恩铭看着余修的眼睛："你还年轻，这样的事将来也许会经常发生的，你先收拾一下，把房子退了，要尽快启程。身上有钱吗？"余修摇摇头，邓恩铭镇静的目光让他放松下来，脑子也清晰了许多，他说："明天我再想办法。"邓恩铭从口袋里掏出一张10元交通银行票子，塞到余修手里："这是路费。"说完，又拍了拍他的肩，转身拉开门走了。

邓恩铭的身影很快就消失在黑夜中，一阵大风穿过了胡同。

余修没有想到，自己与邓恩铭这一面竟是永别。

余修第二天夜晚，就搭上了开往青岛的火车。他后来写下了一段文字，记录了自己在1929年年初离开济南赶赴青岛时的情景：

就在我离开济南这天的黄昏时分，特意邀请了几个当时我认为信得过的所谓好朋友，找了一家小饭馆吃饭，饭后他们六七人一同到济南车展来为我送行。我若无其事似的和他们呼兄唤弟非常亲热地交谈着，一同走到车站候车室的门外，找一个避风处躲在朋友围起的半圆中，自己面向候车室，注目透过玻璃门窗，仔细察看候车室里的动静。我装出一副惜别的凄怆样，说自己不忍心和大家骤然分手，在室外多交谈一会儿，并说我有位密友，叫S女士的约好开车前来相晤，不妨在此稍等，我还假意托付大家，我离济后对S女士多多照应。他们都信以为真。……我像是在等候着什么，表情尽量镇定，但内心里觉得十分尴尬。

其时，我已经发现候车室通向月台出口处，有一个检票员的身后，站着一个细高个的中年人，那不就是叛徒王复元吗？他黑瘦的脸膛，我是十分熟悉的；他正贼眉鼠眼，目光注视着每一个从他面前走出来的旅客。这不明明白白地告诉我，他是在搜捕现在要出走的革命同志吗？……我不时两眼盯着王复元的举动，度时如年似的时间一分钟一分钟地度过。说也奇怪，就在临开车十分钟工夫，不知何故，王复元忽然不见了，当时，我没有丝毫的迟疑……拉下帽檐，硬着头皮，快步走过检票口。

从余修的叙述中，让人们感觉到了这位还缺乏经验的年轻人，在突然而降的危险面前，心灵上经受的波动。尽管他刻意营造的这种"掩护"，可明显带有一种年少的"天真"，但最后他还是顺利地躲过了这一劫。

邓恩铭没有想到，他眼中的这位小老弟，在1956年8月，出任了山东省副省长。

1929年1月19日，也就是腊八节的第二天下午，邓恩铭急匆匆地在济南六大马路上走着，虽然立春已在眼前了，可寒冷还没有一点要退却的意思，阴沉的天气，好像给济南这座暗藏着杀机的城市，更增加了几分寒气。再过些日子就是春节了，要是在往年，街上的商铺早就热闹起来，心急的市民已经开始置办年货了，可是现在，随着春节的临近，商铺门前还是冷冷清清的，门前的幌子在寒风中单调地飘动着。

邓恩铭不时在商铺门前驻足一会，好像要买什么一样，漫不经心地四处看着，随后再往前走去。这段时间，他被省委派往淄博矿区负责本地区党的工作，王复元叛变后，邓恩铭考虑到济南很多党员和干部他都熟悉，必须第一时间通知他们转移，就匆匆赶回了济南。就像邓恩铭说的一样，王复元确实不敢公开四处抓人，他每次行动，除了捕共队的人，总要带上一两个日伪警察当幌子，借口日伪警察公干，做自己的事。就在邓恩铭通知余修转移的第三天上午，王复元带着几个日伪警察和"捕共队"的特务，包围了余修的住处，一把冰凉的"铁将军"挂在门上，他命人破门而入，却一无所获。

为了邓恩铭的安全，省委书记卢福坦马上让他离开济南，邓恩铭嘴上应着，可他并没有转移，还是穿梭在济南的大街小巷。有些党员，都是邓恩铭单线联系的，他知道，多通知一位党员，党就少受到一份损失。

这天中午偏后，省委一位叫杨一辰的干部告诉邓恩铭，说外地有几个党员下午四时要到省委宣传部开会。邓恩铭一听就火了："都火烧眉毛了，还要召集会议？"杨一辰道："听说前些日子就通知下去了，现在告诉他们也来不及了。"邓恩铭抬腕看看手表，抬脚就走。杨一辰急了，一把拉住邓恩铭："邓书记，您现在的处境是最危险的，您不能去！这样，我本来还要去通知其他同志的，我先去拦住他们。"邓恩铭道："不要争了，我作为一个领导，不能把危险留给你们。"说完推开杨一辰的胳膊，大步走出了房间。

邓恩铭在他们约定的开会时间提前来到了省委宣传部一座平房前，他打开门走了进去，埋伏在周围的王复元，见是邓恩铭，不禁大喜，他一挥手，带着特务们冲了进去。

邓恩铭被押出房门的时候，他看看围观的人群，故意停下了脚步，他大声喊道："王复元，你这个叛徒，我邓恩铭没想到你的脊梁骨会这样软，将来有一天你会受到人民应有审判的！"

王复元并不在意邓恩铭的态度，他脸上挂着笑，一副心满意足的样子。

人群里，几个到省委宣传部开会的党员看到了这一幕，他们知道有情况，就悄无声息地离开了。

这一天，还有山东省委秘书长何自声、团省委书记宋耀亭等十余人被捕。当时和邓恩铭匆匆分手的杨一辰，被叛徒王天生带领的另一路人马抓住。

1929年的1月，济南警察局拘留所的警察，陡然增加了许多，往来的警车也比以前密集了，不时有一些犯人从警车上被押下来。邓恩铭刚被关进冰冷的囚室不久，又一辆警车响着警笛开进了院子，邓恩铭急忙走到窗前，透过铁窗，看到那些从车上走下来的人，大都是些熟悉的面孔，看着，看着，他的眼睛突然睁大了，那不是杨一辰吗？本来邓恩铭没让他去省委宣传部冒这个险的，可没想到他最后也未能幸免。

那一年的冬天好像格外漫长，交春过后，寒风还吹了好一些日子。可

靠山

进入了四月，不知不觉中，天气就变得越来越暖了，路边的杨柳也都都冒出了新芽，冬天总算是已经过去了，人们都舒了一口气。对拘留所的囚犯来说，这温暖的春天也多多少少让寒气逼人的囚室温暖了一些。今天，他们正三三两两地站在院子里，沐浴在和煦的春风里，还有这难得的阳光。对他们来说，大自然的一切，好像都已经久违了。他们仰望着蓝天，慢慢享受着这难得的片刻。

邓恩铭向四周看了看，最后和杨一辰漫不经心地走到了墙角边。邓恩铭道："前几天，我们在监狱里已经成立了党组织，准备组织一次越狱！"杨一辰听了很高兴："太好了，我们那个囚室里面，关了十几个土匪呢，个个都是好汉，但头脑都很简单，我给他们讲了不少革命道理，大家都很尊重我，将来可以把他们发动起来。"邓恩铭点点头："这样很好，但一定要可靠！"杨一辰说："我会和他们继续交心的。"

当天晚上，杨一辰又和同监李殿臣说了很长时间的话，李殿臣道："老弟，你说话句句在理，俺听你的，有什么就吩咐吧。"杨一辰道："咱们等下去只能是死，还不如想个越狱的法子，放风的时候，我和几个狱友商量了一下，他们都赞成我的意见，你呢？想不想一起干？"李殿臣听了，不禁大喜，他晃着两条粗壮的胳膊说："娘的，我早就想出去抻抻筋骨了，关在这笼子里多憋屈。我这帮兄弟都不是吃素的，到时候我带着他们打头阵！"

哪知李殿臣早就按捺不住提前行动了，4月19日晚，一个正在说笑的土匪突然倒地不起，接着嘴㖞眼斜，口吐白沫，身体剧烈抽搐起来。这土匪长得五大三粗，外号叫骆驼，其他土匪见了，都一齐喊："不好了，骆驼羊角风犯了，骆驼羊角风犯了！"李殿臣上来就掐骆驼的人中，骆驼愈发折腾得厉害，一边的杨一辰看出了端倪，急忙把李殿臣拽到一边："还没做好准备，你怎么就提前行动了？"李殿臣道："你们老是不见动静，我早就等不及了。"正说着，两个狱警哗的一声打开铁门，骂骂咧咧地走了进来，李殿臣见了一声喊："动手！"话音未落，几个壮汉饿虎扑食一般，把两个狱警按倒在了地上。事发突然，杨一辰知道不能再等了。因为前几天他就察觉到，随着越狱的临近，有的同志显得很不正常。这时，杨一辰看了共产党员李宗鲁、朱霄一眼，遂跟着动手了。

几个人抬起骆驼冲出了囚室，嘴里一路嚷着："有人犯羊角风了，马上抢救呀！"第一道门的狱警早有人被买通了，到了第二道门，一个守警凑上前来察看情况，见骆驼牙关紧咬，双眼紧闭，说要报告上司，这时骆驼突然伸双手揪住了他的脖子，接着用力一扭，这个守警哎呀一声倒在了地上。杨一辰和另外几个人，把另一个狱警打倒在地上。

一群人最终冲出了拘留所，消失在夜色里。寂静的马路上，很快就响起了警笛声和密集的枪声。

最终，中共党员除了杨一辰脱险外，杨宗鲁、朱霄等人又被从外面押了回来。

李殿臣等土匪大半成功越狱。抗战时期，李殿臣参加了革命，不久后牺牲在杀敌的战场上。

监狱经历了这次变故，监狱长刘强明一下子提高了警惕，连续数日，一切都风平浪静。刘强明注意力几乎都在邓恩铭身上，邓恩铭旧疾又犯，身体日渐羸弱，走路都一摇三晃的，刘强明看他这样子，悬在半空的心渐渐落了下来。

在邓恩铭被捕的数月里，中共山东省党组织经受了暴风骤雨。仅省委书记就多次更换。邓恩铭被捕不久，中央立即把王复元、王天生熟悉的重要领导干部调离了山东，其中就有省委书记卢福坦，还有重要成员刘俊才、丁君羊。关键时刻，山东省委工人部部长傅书堂代理了书记。

卢福坦后来在1931年1月7日中共六届四中全会上当选为中央政治局

候补常委，两年后叛变投敌。

不足两个月，傅书堂又身份暴露了，被派往苏联学习，原中共青岛特支书记武胡景赶到济南主持省委工作，为了让中央了解山东局势，与武胡景一同来省委工作的青岛市委书记王进仁，很快启程到中央驻地上海去了。王复元、王天生的破坏性越来越大，也就是拘留所发生第一次越狱的那天晚上，王复元和王天生逮捕了临时主持省委工作的武胡景和秘书长蓝志正，几天以后，团省委书记宋占一、宣传部长刘一梦等人也被特务陆续送进了监狱，中共福建省委书记刘谦初受命到了济南，担任中共山东省委书记。

邓恩铭亲眼看到越来越多的同志被关进监狱，不禁心急如焚。在囚室里，他对武胡景说："看目前的形势，我们必须要尽快组织第二次越狱。"武胡景瘦瘦的脸上伤痕累累的，他摸摸肿胀的脸颊说："夜长梦多，是应该尽快组织。"邓恩铭道："我们先成立一个领导小组，我初步考虑了一下，有你我，还有王永庆、何自声、纪子瑞这几位同志，你觉得如何？"武胡景说同意。何自声说："这次一定要万无一失，否则，不会再有更多的机会了。"

每个囚室都行动起来，开始准备了棍棒和硬器，外面的党组织还派人以探监为由，送来了钳子、铁锤等工具。放风的时候，武胡景见大树旁有一堆石灰，就装了两口袋带回了囚室。这个时期，监狱还允许犯人与家人有书信来往，武胡景积攒了不少信封，带人把石灰一一装进了信封里，又写上地址、姓名放于信插中，狱友见了，会心一笑，都把写有自己名字的信件带回囚室里。领导小组根据每位同志的身体强弱做了搭配，还把大家疏散后的路费都考虑到了。何自声见经费紧张，就托狱警卖掉了自己的金兜链，最后得钱100元，全部分给了大家。不久，又有人手绘了越狱线路图。

这天大家正在放风，王永庆从一个与他关系不错的狱警那里得知，日军在济南制造了惨案后，受到了国内各界人士的唾弃和口诛笔伐，英、美、法等国对日本独占山东早就急红了眼，这次借势群而攻之，迫于压力，日本和国民政府双方签订了《解决济案大纲》。日军撤出济南，让蒋介石大喜所望，他的手很快就伸到了山东。狱警对王永庆道："国民党很快就要接收这里的监狱了，他们要先拿政治犯开刀。"说着指了指何自声的背影说："这个人听说是你们上头派来的，还要单独押到南京审判呢。"放风的时候，王永庆马上把这一消息告诉了邓恩铭，邓恩铭对大家道："看来咱们得提前行动了，要不他们就该动手了。"何自声急忙说："如果时机不成熟就继续等，不能因为我把时间提前了。"武胡景说："等下去还是这样子，不如提前了。"

1929年7月的21日，是星期日，这天大部分狱警都休息了。晚饭刚过，一些狱警就聚在一起猜拳饮酒，有的开始打牌赌博。一切还都像往日一样，囚犯也自由了许多，囚室里偶尔传出一阵阵嬉笑声，甚至还夹杂着一两句骂人的话。每晚都会有两个狱警对各个囚室例行巡视，离熄灯哨吹响还有一会时间，走廊里就传来了开门声，两个狱警一前一后来到囚室，一间、两间，当他们就要到第三间的时候，走廊里响起了三下有节奏的敲门声，越狱的同志都明白，行动即将开始了。第四间囚室关着重要的犯人，两个狱警打着呵呵走了进来，嘴里说着客气话，正寒暄着，邓恩铭使了个眼色，早已准备好的王永庆和几个壮汉，打着哈哈走上前来，接着迅速出手，扬起手里的短棍把两个狱警打晕在地上。早有一人拾起地上的钥匙串去开其他囚室的门了。

王永庆身强力壮，他把棍子插在腰间的布带子上，架起邓恩铭就走。第二队是敢死队，夺下第一道门后，第二道门的狱警已经有了准备，他们大声嚷嚷着，刚把枪端起来，对面就抛来了一阵沙土和石灰，狱警猝不及防，一下子被眯住了双眼，接着又落下一顿棍棒，都被打得人仰马翻。

十八位中共党员刚冲出监狱大门，就分散开来，向远处跑去。监狱里顿时哨声大作，紧接着一队警察蜂拥而出，犹如一张大网，向四面撒去。邓恩铭身体虚弱，再加上刚又扭伤了右脚，虽有王永庆搀扶，可没跑多远，就已经大汗淋漓，气喘吁吁，再也迈不开步子了。远处传来一阵脚步声，接着就有人喊："看到你们了，再跑就开枪了！"邓恩铭喘着粗气说："永庆同志，其他同志都已经跑远了，你不要管我，要不咱们一个也逃不掉。"王永庆道："我不能扔下你不管。"说着就蹲下身来："快，我背上你！"邓恩铭不肯，王永庆把邓恩铭一把搂在背上，起身就跑。枪声响了起来，邓恩铭回头一看，在暗淡的街灯下，有几个警察紧跟在后面，边追边放着枪，子弹在身边乱飞。王永庆脚步越来越慢，邓恩铭急急说："快放下我，快放下我！"王永庆已经顾不上回话，喘着粗气，还是一个劲地往前跑。邓恩铭用尽全身力气，从王永庆的背上挣脱下来，他从口袋里掏出自己的路费，一把塞给王永庆："把这拿上，我用不着了，你快跑！"王永庆急得声音都变了："邓书记，我们死也要死在一起。"邓恩铭大声道："王永庆同志，我们越狱是为了什么？还不是为了保存我们共产党的火种吗？你马上离开！"邓恩铭用力把王永庆推开，自己转身迎面走了过去。

王永庆看着邓恩铭瘸着腿走向警察，泪水一下子涌了出来。警察并没有因为逮住了邓恩铭而作罢，另外几个人对王永庆还是紧咬不放，王永庆跑着，见有一条小巷闪在眼前，转身拐了进去。不远处正亮着一盏马灯，近了才知是一个西瓜摊，有几个赤背的汉子正在挑瓜，王永庆急忙蹲在摊前，正好卖瓜的老汉旁边有顶草帽，王永庆道："这帽子好，我试试。"伸手就把帽子戴在了自己的头上，警察围上来，他们看了眼瓜摊，大声问道："老头子，刚才有个人跑进了胡同，哪里去了？"老汉心里已经明白了几分，用手指了指："往前跑了！"警察听了，又一路追了下去。王永庆摘下草帽，给老汉鞠了一躬："大爷，谢谢您老了。"老汉拿起草帽又给王永庆戴在头上，轻声说："快走吧，一路小心些！"

据史料记载，王永庆脱险后离开了山东，后担任中共大连市委书记，他在大连期间不仅发展了多名党员，还多次领导了工人大罢工。后竟被错误地列为"右倾分子"。虽然最后被开除了党籍，撤销了他的省委候补委员，可革命热情丝毫没减。1933年因汉奸出卖被捕，最后被敌人杀害。

十八位越狱者，最后只有武胡景、何自声、李宗鲁、蓝志政等八人脱险，而邓恩铭、纪子瑞、张福林、王凤岐等十人，其中包括第一次越狱没有成功的朱霄，陆续又被军警从外面带回了监狱，一个个都被打得皮开肉绽，第二天早上，监狱长刘强明就命人把这十人绑在了监狱院子里的木桩上，说是要暴晒三日，不给水喝不给饭吃。济南的七月，已是酷热难当，强烈的阳光照在他们身上就像被架在火上炙烤一样。邓恩铭咯血越来越严重，到了第二天上午，他就晕了过去。邓恩铭是要犯，刘强明知道他万一有个三长两短，上头肯定会怪罪他的，只得让人把邓恩铭从木桩子上解开，架回了囚室。

这些日子，纪子瑞一直照料着病重的邓恩铭，从昨日开始，邓恩铭就高烧不退，奄奄一息，纪子瑞见了，心急如焚，他扬起浓眉，对着门外的狱警破口大骂。狱警对纪子瑞有些打怵，堆着笑脸，说马上就报告上司。一会工夫，给送来了几片药。纪子瑞是山东胶南里岔人，早年在青岛四方机车车辆厂做木工。他疾恶如仇，好打抱不平，在工人中很有号召力，后来被邓恩铭发展为中共党员。纪子瑞比邓恩铭年长几岁，平日里都是像兄长一样关心着邓恩铭。

纪子瑞守着邓恩铭几乎一夜未眠，每隔一会就往邓恩铭嘴里滴几滴水。晚上下了一夜的大雨，到天亮时终于停了下来，慢慢云开雾散，一缕阳光透过窗户照进囚室，洒在邓恩铭惨白的脸上，纪子瑞伸手摸了摸邓恩铭的额头，已经退烧了，纪子瑞不禁一阵欣喜。邓恩铭微微睁开眼睛，刚要说什么，就发出一阵剧烈的咳嗽，一口鲜血从嘴里涌了出来。

靠山

三 行 动

1

1929年2月的上海，尽管已经是初春，可空气里还夹杂着一丝寒气。马路两旁粗壮的榕树，在和煦的春风里，显得富有生机。路上很热闹，人力车夫为了生机，在一刻不停地奔跑着。王进仁是在夜幕降临时找到中共中央住处的，这位土生土长的崂山人，少小就在四方机厂学徒，出徒不久去了沧口钟渊纱厂(现青岛国棉六厂前身)打工。王进仁心灵手巧，很快就成了车间的技术能手，工厂主很看重他，给他涨了薪水，后来工厂主发现王进仁不仅参加了罢工，竟然还是工人的主心骨，担心他有朝一日会招来麻烦，就开除了他。

王进仁在前一年的五月初就到了上海，一路辗转，身上早已经分文全无，为了填饱肚子，同时也是打探消息，他去了码头扛大包。有一天染病高烧，他咬咬牙还是又坚持上了码头，一件大包刚扛到半路，突然一阵头晕目眩，最后从高处跌了下来，一下子摔断了右腿。

从此以后，大上海弄堂里的人们，经常看到一个瘸着腿的青年人，身着破衣烂衫，在沿街乞讨，额头上凌乱的长发，几乎遮住了他的双眼。谁能想到，眼前这位面庞消瘦一脸污垢的乞丐，竟是中共山东省委临时负责人王进仁。他一边乞讨，一边寻找党组织，晚上就露宿在街头。

某一夜晚，当中共中央负责人周恩来向王进仁伸出双手的时候，他又把刚刚伸出的手下意识地缩了回来，是啊，他的手太脏了，就像刚刚摸过灶膛一样。周恩来微笑着又上前一步，一把拉起王进仁的手紧紧握着说："进仁同志，你一边讨饭，一边找我们，可真是不容易呀！"王进仁瘦长脸，本来就身体单薄，连日的艰辛奔波，让他的面庞瘦得更是如刀削一般，他望着周恩来亲切的面庞，像个受了委屈的孩子一样，泪水一下子涌了出来。

听完王进仁关于山东党组织的汇报，周恩来浓眉紧蹙，一时没有讲话，当听到王复元叛变革命的消息后，周恩来腾地站了起来，他大声说："王复元兄弟二人的叛变，确实给我们党带来很大损失，尤其是王复元，还是党内的腐败分子，为了党的纯洁性，我们更不能容忍，必须马上除掉这两个叛徒，否则，你们山东的党组织还会遭受更大的破坏，也不利于今后开展工作！"王进仁道："这样最好了，请中央派人帮助我们。"周恩来点点头。

1927年大革命失败后，中共中央机关由武汉迁至上海，为了应付突发事件，保证党中央的安全，1927年11月，中共中央成立了中央特别行动科，简称中央特科，由周恩来直接领导指挥。1928年6月18日，中国共产党在苏联莫斯科近郊兹维尼果罗德镇"银色别墅"召开了第六次全国代表大会，会上，向忠发当选了中央政治局主席兼中央政治局常委会主席，周恩来当选为中央政治局委员、常委、常委会秘书长。7月11日，会议结束后，周恩来就动身返程，回到上海不久，他就马上着手成立了中共中央特别任务委员会（简称特委），原有的特别行动科归属特委，特委由向忠发、周恩来、顾顺章组成。特科主要任务是锄奸、搜集情报和派人潜入敌营等，下设总务、情报、行动、通讯四科，简称一科、二科、三科、四科。总务科就像今天一个单位的办公室一样，负责联络、后勤等事务，二科是情报科，由化名王庸的陈赓担任，陈赓的祖父陈翼琼是曾国藩麾下的名将，功夫了得，陈赓深得祖父家传，1925年东征陈炯明时，他当过蒋介石的侍卫。三科专门锄奸，被称为"红队"和"打狗队"，科长就是后来变节投敌的顾顺章。周恩来当年曾以"伍豪"为笔名发表文章，在隐蔽战线的战斗中，他都以"伍豪"名义。这次，把暗杀王复元的行动命名为"伍豪之剑"。

为了除掉原中共山东省委组织部部长，周恩来做了周密布置，他对陈赓和顾顺章说："你们两个科务必配合好，确保万无一失。"顾顺章有点自负地笑笑，说："一定手到擒来！"陈赓有些不屑地看了顾顺章一眼。周恩来很快就发出了锄奸命令，"伍豪之剑"高悬在了叛徒王复元、王天生的头上。

春节过后不久的青岛，年味还没有减多少，正月十五的红灯笼，悬挂在了家家户户的门上，紧接着，正月十六的庙会也开始了。崂山太清宫的下院海云庵，正面为大殿，东西两端配殿呼应，钟楼、鼓楼与那株粗壮的银杏树相映相衬，使这座建于明朝的古建筑更显得厚重肃穆。海云庵落成之初，开始还大都是附近的村民、渔民来进香祈福，后也有了远方来客，而且人数每年剧增，久而久之，便有了远近闻名的海云庵庙会。

早饭过后，庙会就形成了阵势，海云庵被人潮慢慢包裹了。戏台子几天前就扎好了，这边唱的是即墨的柳腔，那边台上是高密的茂腔。民间杂耍你来我往，让各有喜好的庙客眼花缭乱。很多人都边走边看，还边啃着一串串用料不同的冰糖葫芦，冰糖葫芦是每年庙会的主要内容，有的在地摊上卖，还有的扛着冰糖葫芦，走着叫卖，那木棍顶端绑着一捆齐整的麦秸，上面插满了一串串摇摇摆摆的冰糖葫芦，小贩一路走，一路喊："冰糖葫芦了，冰糖葫芦了！"随着一声声有韵味的叫卖声，那棍子上方的冰糖葫芦也牵走了大人小孩的目光。红心萝卜也是每年庙会上的一道景观，皮有白的、绿的、紫红的、粉红的，切开了，也都透着鲜鲜的红。

在茂腔戏台前的人群中，有几位汉子，一边吃着红心萝卜，一边在看着戏，偶尔还不自觉地四处打量几眼周围的面孔。其中一个身着长衫的人，身材健硕，头顶短发，一张轮廓分明的方脸膛，两条长眉，眼睛虽然不大，可炯炯有神。他就是中央特科三科的队员张英。

张英原名马宗显，1902年生于潍县。少时有一次跟着父亲从一家武馆走过，刚好武馆师傅在门前喝茶，他看了张英一眼，就脱口说道："这小子真是块天生练武的料。"说着，他走上前来，也不管对方有什么反应，上来就抻了抻他的胳膊，又摸摸他的脚踝，最后说："小子，来我武馆吧，要不就可惜你这身板了。"张英正不知所云，他的父亲马上道："小子，还不快给这师傅跪下！"张英听了，就稀里糊涂地跪倒在地上。师傅这一句话，张英自此走上了习武之路，练就了一身好功夫。1923年寒冬，张英告别父老，成了西北军的一名新兵。训练不久，恰逢冯玉祥到此，那天天气昏黄，尘土飞扬，冯玉祥眯着眼睛对传令兵道："去，把里面那个最直溜的兵给我叫来。"传令兵顺着冯玉祥手指的方向看去，见新兵队伍里有的弓着腰，有的驼着背，都松松垮垮的模样，唯有一个兵，就像一棵挺拔的青松立在那里一动不动。传令兵跑到队伍前，把那个兵拽了过来。听说眼前的人是个大官，这兵更是抖起了十分的精神。冯玉祥围着他转了一圈，抬头问道："叫什么名字？哪里人？"张英胸脯一挺，大声道："报告长官，俺叫马宗显，是山东人！请长官训示！"冯玉祥一下子笑了："训示？好，太好了！"冯玉祥拍拍马宗显的肩膀："我看你这眉宇间有一股英气，还不如换一个名字，就叫张英吧！如何？！"马宗显愣住了："报告长官，男子汉大丈夫，行不更名，坐不改姓。"那传令兵急了，一脚就向马宗显踹去，马宗显稍一扭身，顺势飞起右脚，眨眼工夫，那传令兵就飞了出去，倒在了几丈开外。

冯玉祥一下子怔住了，随后仰天大笑，笑毕道："小子，还有两下子呀，你跟我走吧！"冯玉祥说完，扭头就走，刚走几步，又转过身来说："记住，以后别老是俺俺俺的，要说我。"马宗显说声是，不好意思地笑了。就这样，刚当兵没多日的张英，成了冯玉祥的贴身警卫。冯玉祥也

靠山

是有意培养马宗显，不久就任命他为中尉排长下放到部队带兵，两年过后，他又派马宗显到苏联基辅红军军官学校骑兵班学习。临行前，冯玉祥说："好好学，别给老子丢脸，将来我就把骑兵队交给你了，这可是重任！"冯玉祥没有想到，马宗显到苏联不久，就加入了中国共产党。学成归来后，马宗显并没有回到西北军，而是直奔上海而去。周恩来见他武艺超群，又智勇双全，就让他去了中央特科三科。就这样，马宗显成了一名专门锄奸的红队队员，同时还负责周恩来的安全。为了开展工作，顾顺章让他起个化名，马宗显想起过去冯玉祥给自己起的名字，遂用"张英"，周恩来知道后，说这名字对你来说名副其实。在中共山东省委临时负责人王进仁与周恩来会面的第二天，周恩来就把锄奸任务交给了张英。没出几日，张英和王进仁以及他的助手王昭功就乘船来到了青岛。

这天晚上，三人就和青岛市委书记王景瑞见面了，简单寒暄过后，王景瑞说："张英同志，目前青岛还在北洋政府手里，王复元的手一时还没有伸过来，估计这里很快就是国民党的了，到时候他很快就来了，咱们先做好准备，等他一到，咱们就关门打狗！"张英道："他一时不过来，咱们就多一分损失，我们还是赶到济南吧，来一个上门打狗！"王景瑞道："马上就逢海云庵庙会了，王复元很喜欢高密茂腔，听说他还要带着一个女人来听戏呢。"张英道："这是一个好机会！"张英说着看了一眼王景瑞，又接着说："我们出发前，为了路上安全，都没有带家伙过来，得想办法搞几支。另外，我们还都不认识王复元呀！"张英话音未落，站在王景瑞身后的一位长相俊朗的年轻人马上道："我认识他！"王景瑞点点头："对，王复元是他的入党介绍人。"

这位年轻人叫徐子兴，即墨大吕哥庄人，生于1899年1月，是中共青岛市支部委员。他浓眉大眼，双目中透着一股灵气。张英不禁多打量了他几眼。王景瑞说："让他配合你们行动。"张英一把握住了徐子兴的手说："子兴同志，这太好了！"王进仁说："我们要尽快行动！"

张英、徐子兴他们在海云庵庙会上转了几天，可是一直没有发现王复元，王昭功对张英说："我先回济南摸摸他的行踪吧，狗改不了吃屎的，他肯定要出来活动。"张英同意王昭功的想法，说："对，这样也为咱们下一步的行动计划有个准备。你一定要小心，王复元对咱们的一举一动太了解了。"

其实，王昭功是中共山东省委的保卫干部。他1903年出生在潍县（今潍坊市奎文区）茂子庄村，后来考上了济南省立甲种商业学校，读书期间就经常参加共产党组织的秘密活动，毕业后回到家乡开展革命工作。王昭功敢打敢冲，有一股子虎劲，在当地百姓中很有声望。大革命失败后，中共潍县地委执委建立了革命武装，王昭功成了赤卫大队的大队长，他带人砸过税局子，在一个月黑风高之夜又把地主王全干打死在床上，还顺手拿走了他压在枕头底下的手枪。王全干是国民党的铁杆，他的死很快震惊了整个潍县。后来，中共山东省委选拔保卫干部，刘子久点了王昭功的名，于是他就去了济南。王昭功前脚刚走不久，国民党的潍县县长就派人抓走了他的父亲和两个弟弟，最后王昭功的父亲被枪杀在狱中。王昭功得到消息的时候，正在上海接受中央特科三科的锄奸训练，听到这一噩耗，对着家乡方向磕了三个响头，直磕得鲜血淋淋。随后不久，他就随张英回到山东执行锄奸任务。

2

傅书堂是在一个春寒料峭的夜晚离开高密的。那天晚上，站在院子里的傅书堂，抬头看看夜空中的那轮明月，对妻子李淑秀道："月亮越来越圆了。"说完他沉默了一阵，又声音低沉地说："我这一去，至少得有个几年。"李淑秀听了，心好像被丈夫的话狠狠拽了一把，她看着夜空，月光落在她脸上，她又低头看看襁褓里的婴儿："孩子他爹，你就放心走吧，这家交给我。"说着她声音有些变了，一下子把脸贴在了襁褓上。

院子里一下子静了下来，傅书堂看看父母，扑通跪在了二老脚下，他磕了几个响头，站起身来，对弟弟妹妹们说："照顾好咱爹咱娘！你们要好好跟着共产党走下去，再苦再难也要永不变心！"

在高密北关一带，甚至更大的范围内，打铁锔盆的傅家是有些名声的，外人都叫傅家为"傅锔炉子"，谁家有打铁锔盆的事项了，都会说："去傅锔炉子吧！""傅锔炉子"成了傅家的代名词。傅书堂并没有打算继承祖辈传下来的衣钵，父亲傅炳勋对此耿耿于怀。1919年春天，14岁的傅书堂高小刚毕业没几日，就在父亲的呵斥声中跑到了高密火车站找活干，工头看他还小，就把他派到了车头房，车头房聚了一帮像他一般大小的孩子，还有摞得一人高的盆子，他们这些人是专司擦车的。每到了擦车的时间，孩子们就人手一盆一布，盆里还盛着水，接着一窝蜂似的拥上去，等散去后，车皮擦得锃亮了。傅书堂力气大，勤快聪明，还关心小伙伴，不久就成了领头的。他和邓恩铭一见如故，不久邓恩铭就介绍他加入了共产党。1925年春天，胶济铁路工人全线大罢工不久，又发生了青岛日商纱厂大罢工，领导人就是邓恩铭、李慰农和傅书堂等人。罢工受到镇压后，5月1日，傅书堂到广州参加中国共产党举行的首次全国劳动代表大会时，向时任中华全国总工会副委员长的刘少奇报告了青岛的工运情况，刘少奇听了很高兴，对他说："你们的经验很好，将来你们还要发动更多的工人加入到我们的队伍来。这次我跟你到青岛去，看看你们那里的形势。"傅书堂听了非常高兴。

大会一结束，刘少奇就与傅书堂到了青岛。富有斗争经验的刘少奇很快就察觉到了笼罩在青岛上空的火药味，但也为这里工人斗争的热情而振奋。时隔不久，军警砸碎了挂在各工会门前的牌子，在刘少奇的领导下，青岛纱厂工人遂举行第二次罢工。傅书堂率领四方机厂1700多名工友发起了游行，队伍举着牌子喊着口号，如长龙般一路到了中山路大窑沟，胶澳（青岛）警察厅长陈韬带一干人马拦住了游行队伍，陈韬举着枪吼道："谁要是冲过去，我就让谁丢了吃饭的家伙（脑袋）。"面对黑洞洞的枪口，工人放慢了脚步，傅书堂高大威猛，外号叫傅大杠子，他不信邪，几步就走到了陈韬的面前，瞪着眼站在那里犹如铁塔一般。傅书堂挥手高声喊道："你们和日本人一个鼻孔喘气，和日本人穿着一条裤子，还有那北洋政府，都一块来欺负中国人！我们工人拼死拼活地干，到头来养家糊口都很难，我们都强烈要求涨工资，这有错吗？我们工人是人，不是牲口！"大家都跟着喊起来："工人是人，不是牲口！工人是人，不是牲口，承认工会！给我们涨工资！打倒军阀，打倒帝国主义！"陈韬吼道："傅书堂，我告诉你，张宗昌张督办说了，出头的椽子先烂，出头鸟就要先打！"陈韬话音刚落，有个警察冲上前来抡起警棍劈头盖脸砸在了傅书堂的头上，傅书堂顿时血流如注，其他几个警察架起傅书堂就往警车里拉，工人纠察队队长纪子瑞见势不妙，喊了声警察打人了，带着人涌了上来，双方你来我往，最后工友又把傅书堂给抢了回来。是军阀张宗昌勾结日本人镇压了这次工运，酿成了史上有名的"青岛惨案"。被王尽美称为"工人运动好苗子"的傅书堂，一时无处藏身，只得在一天夜里潜回家乡高密，后来跟着父亲以打铁为掩护，继续从事革命活动，不久就成立了高密县党组织，傅书堂担任党支部书记。

傅书堂走后没几天，一位叫丁惟尊的年轻人来到了傅家。丁惟尊是日照县（今日照市）人，早年跑到青岛求学，在青岛职业中学毕业后不久，就被高密火车站录用了，成了一名铁路工人，那时候，共产党在高密火车站比较活跃，带着工人常搞一些运动。这年丁惟尊刚刚20岁，自己一人独身在外，形影相吊，倍感孤单，他也加入到了运动中，每天下来，感到很充实，慢慢就对革命有了热情，王复元来高密时，见丁惟尊聪明精干，又有一股子革命劲头，就介绍他加入了中国共产党。傅书堂在高密开展活动时，丁惟尊也很积极，是傅书堂家里的常客。每次见了李淑秀，他的嘴都很甜，一口一个大嫂地叫着。李淑秀见丁惟尊上门，很高兴，急忙倒了碗热水，端到他面前，问道："俺孩他爹咋样了？"丁惟尊高兴地说："嫂子，你放心吧，他已经安全离开了！"李淑秀长长舒了口气："这些日，俺的心都一直悬在半空里，这下可好了。"丁惟尊道："是组织专门让我来告诉你的，另外，还交给你一项任务，要把这两支手枪送到青岛去。"丁惟尊说着，从后面腰里摸出两支匣子枪来。李淑秀点点头，把枪放在了被子下。丁惟尊沉默了片刻，搓了搓手，低声问："大嫂，玉真不在家吧？"李淑秀看着丁惟尊，突然意识到了什么，笑着说："她还没下工呢。"丁惟尊端起水喝了几口，不好意思地笑了。

3

傅书堂妻子和弟弟妹妹都是在傅书堂的影响下支持革命的，大妹傅桂兰，二妹傅玉真，三妹傅秀云，还有弟弟，都是傅书堂的好帮手。特别是傅玉真，胆大心细，行事果断。傅书堂的父亲傅炳勋虽大字不识几个，但对子女念书却从不含糊，他对子女们说："你们只要脑子开窍，我砸锅卖铁也供你们读书，可你们要是像咱家猪圈追不肥的猪，那我也没办法了。"玉真上完小学后，本想继续读下去，可傅炳勋再也无力供养，玉真见无所不能的父亲也没了主意，不禁伤心大哭，最后也只得辍学。穷人家没有闲人，玉真为了给家里分担困难，13岁就到网子作坊里打工，有时体力不支，手脚慢了就被工头揪住辫子摔到门外。有一次，刚从青岛回到家中的傅书堂见妹妹鼻青脸肿回来，不禁大怒，赶到作坊把那个瘦脸工头结结实实地揍了一顿。玉真第二天一大早再去上工的时候，才知自己已经被开除了，她一下子哭倒在地上。

傅书堂回到家乡不久，傅家炉子就成了高密党组织的活动中心。玉真除了站岗放哨，夜里还跟着哥哥一起刻蜡版印刷宣传单，半夜里又和姐姐桂兰一起去贴传单。高密大集人气很旺，十里八乡的人都来。每到大集的前一晚，玉真就把埋在后院里的传单取出来，用两个包袱包了，姐妹二人一人挎一个包袱披着夜色赶到集市上，分头把传单贴到树上、墙上，还有每一个角角落落里。第二天，满集市的人就看到写有各种内容的宣传单了。有一天，傅书堂带回来一本《共产党宣言》，他对玉真道："小妹，这本书是教给人革命道理的，前些年王尽美来青岛的时候，就专门讲起过它。可这书太少了，咱们印一些。"玉真接过书端详着，思忖片刻道："这书有点大，放在身上不好藏，咱们把它印成巴掌大小，口袋袖子里都能装，多好！"傅书堂摸摸玉真的头，哈哈笑道："真是个鬼丫头。"当时，山东《共产党宣言》的油印版，就出自他们兄妹之手，刘少奇来青岛的时候，傅书堂还专门送给他一本。不久，青岛的共产党员，每人都拿到了《共产党宣言》的油印袖珍本。

　　1927年，十六岁的傅玉真已经出落成了亭亭玉立的姑娘，一笑一颦，浑身上下散发着青春的气息。丁惟尊每次到傅书堂家，都会多看玉真几眼。玉真也感觉到了这个年轻人火辣辣的目光，她的心里荡漾一阵阵甜蜜。

　　就在这一年，傅书堂当上了中共山东省委常委，还兼任着工人部部长，为了协助傅书堂，李淑秀和傅玉真也一同到了济南。傅书堂在普利门外大窑后专门租了一处房子，门口右手挂一牌子，上书"张公馆"。这时候，傅书堂已经化名张山峰，当了车队队长。傅玉真见了，就和他开玩笑："哥，你不是常说行不更名坐不改姓吗？要是让咱爹知道了，他不打你才怪？"傅书堂哈哈一笑道："为革命死了都无所谓，还怕改姓？爹不会生气的！"在这期间，玉真负责送情报，李淑秀专门保管文件、枪支。每次有情报传来，玉真拿了个棉花棒蘸了药水一抹，空白的纸上就显出一行行文字来。

四 姑嫂锄奸

1

1929年的3月，惊蛰过后没几天，民间俗称的二月二龙抬头就到了。这天早上，李淑秀和玉真就迎着温暖的朝阳登上了开往青岛的火车。小脚的李淑秀怀抱孩子，同样是小脚的玉真提着点心盒子。火车开动了，先是慢吞吞的，出站后打着响，跑得越来越快。玉真探出头看了看，火车像条长龙一样行驶在原野上，窗外的树木一晃而过。田野上的麦苗也已经返青了，春天的脚步也像眼前的火车一样，在人们不经意间加快了步子。这是姑嫂二人第一次坐火车，惊奇中又感到新鲜，她们一路说说笑笑，偶尔玉真那双美丽的眼睛还向身旁和过道瞟几眼。

路途并不遥远，目的地在人们的春困中到了，都是约定的车次和时间，当傅玉真和李淑秀走出车站的时候，徐子兴就笑吟吟地迎了上来，嘴里喊道："弟妹、玉真！"大家握了握手，徐子兴若无其事地接过了玉真手里的点心盒子。玉真低声问："大哥，咱们去什么地方？"徐子兴指了指不远处的两辆人力车说："车都等着咱们了，坐车过去。"

两辆人力车拉上三人，一前一后飞奔而去，行至四川路一小院，车子停下来，徐子兴先下了车，伸手把钱递给车夫，又向为首的那个车夫使了一下眼色，就带着姑嫂二人走到一处房子前，他打开门，大家走了进去。徐子兴道："这是刘子久同志让我给你们租了这个房子，生活用品都准备好了，从今以后你们就住在这里吧，特务已经盯上了你们的家。"玉真点点头，打开点心盒子，两把匣子枪露了出来。

夜晚，月明星稀，处在城市边缘的四川路，寂静一片，远处偶尔传来几声零散的鞭炮声，这可能是那些调皮的孩子过年攒下来的鞭炮，如今又拿出来放了。这时，几个男子来到了四川路玉真的住处，前边的人轻轻敲了三下门，声音一长两短，门开了，大家闪身而进。

来人是中共青岛市委书记王景瑞，还有张英，大家还没说几句话，门又响起了，玉真急忙打开门，徐子兴和一个年轻人跨了进来，玉真觉得他有些面熟，正看着，这位年轻人笑着说："老乡，怎么忘了？中午的时候你可是坐过我的车呀！""是你呀！"玉真扑哧笑了。徐子兴也笑笑，说："他叫田泗，是高密人，还是你的老乡呢！"玉真点点头，急忙给大家倒水。徐子兴坐下后就对王景瑞道："刚刚得到的消息，王昭功被敌人抓住了，还有一位是省里的同志，最近王复元很猖狂。"张英闻言，从凳子上一下子站了起来："没想到王昭功同志这么快就被他抓住了，看来王复元真不是吃干饭的呀，他一时不来，我们就上门去找他，必须尽快除掉这个大叛徒！"

王景瑞听了徐子兴的话，抽了口烟，看着张英道："看来你得尽快赶到济南去了，王复元这对兄弟一日不除，我们随时都有损失。"说完，王景瑞转身对淑秀、玉真说："现在那边查得很紧，只有夫妻才能租房住上客栈，为了能够顺利除掉叛徒，得找一位女同志和张英扮上夫妻一起去完成这个任务。"王景瑞说着，目光落在了玉真的脸上。玉真看看王景瑞，脸一红，道："王书记，要是你们觉得我合适，我就去，绝不含糊！"王景瑞摇摇头："本来是有这个打算的，可你站在张英面前更像个小妹妹。"说着，他看了张英一眼。张英点点头："是这样！"玉真一听急了："那可怎么办？"李淑秀突然道："对了，俺们家的桂兰合适，让桂兰去吧，她个头高，身子也比玉真粗，肯定和张同志般配！"玉真拍拍手，连声说道：

"对，对，她还真行，我怎么一时没想到呢，明天我就回去把她叫过来。"

王景瑞看了张英一眼，笑笑，说："这样就太好了！"

张英对玉真说："那就辛苦你跑一趟了，你姐姐会同意吗？"玉真道："她肯定同意，我们虽然不是党员，可也是革命的积极分子呢！"

玉真回到高密叫姐姐傅桂兰的时候，并没有告诉她给张英当妻子的事，玉真知道，姐姐面皮薄，害羞，有时候被男人看一眼，脸就能红上半天，要是知道让她去干这事，也许说什么都不会跟着她走了。

在这天晚上，当这个叫傅桂兰的姑娘被几个男人上下打量的时候，竟然窘得一时不知该怎么办才好了，她先是两手交织在一起搓揉着，后又把背上那条黑油油的大辫子拽到胸前扯来扯去的。王景瑞见她这样，笑笑说："桂兰同志，你不要紧张，也不要害羞，玉真都和你说了吧？"桂兰一时没明白王景瑞说的是什么，就摇摇头。玉真扑哧一声笑了，说："让你给张英同志当老婆呢。"桂兰脸色一下子变了，瞪着玉真道："在人家面前，你这是胡说什么呢？"王景瑞见是这种情形，知道桂兰还不知就里，就对她说："桂兰同志，张英同志是中央派来执行锄奸任务的，王复元叛变后，出卖了我们很多的同志，这里面就包括你的哥哥，如果不把他尽快除掉，会有更多的同志受到伤害。"说到这里王景瑞停顿了一下，又接着道："刚才玉真同志说得不准确，可不是让你去当张英的妻子，是假扮他的妻子，当然了，要一定装得像，越像越有利于完成任务。你还有你的嫂子、妹妹虽然都不是党员，可这些年一直都在帮着我们做事，我代表党组织感谢你们！"

桂兰看了张英一眼，欲言又止，脸一下子变得绯红了，她低着头一时没说话，玉真急了，说："姐，平日里干革命你可是很积极的，怎么这回这么不干脆了？可真有你的，是让你去当假老婆，又不是真的！"桂兰照着玉真的胳膊拧了一把，疼得玉真直吸气。

张英见状说："我看也不要难为桂兰同志了，我们再想想别的办法。"

桂兰听了，一下子抬起头，含着眼泪说："我去！"

2

1929年4月的一天，张英和化名单娟的桂兰到了济南，人力车拉着这对年轻人一路向前赶着。春风已经吹绿了马路两边的杨柳，张英身着长衫，戴着礼帽，桂兰搭在背上的那条粗黑的辫子不见了，脑后绾了一个大大的发髻，一看就是个刚刚出阁不久的新媳妇。人力车拐进一条街后，又走跑了没多远，就在悦来客栈停下了，二人下了车，走进客栈里。孤男寡女独处一室，桂兰既紧张又害羞，一时不知该怎么办才好，张英显得也有些局促，但很快就平静了一下，他倒了一杯水放在桂兰手上，轻轻说："桂兰，你不要紧张，你就是我的妹妹。"桂兰看看张英，眼前这个粗壮的男人朴实亲切，眉眼中还带着笑，就像自己的哥哥傅书堂一样。在张英转身忙着开箱子的时候，这个还待字闺中的少女不禁偷偷打量了他几眼。

清晨，窗外的鸟叫声越来越多，也越来越响亮，桂兰一觉醒来，发现躺在地板上的张英已经不在房里了。这个时候，张英已经早早地来到了济南剪子巷铁匠铺，正和一位粗壮的汉子说着话，那汉子叫赵大锤，是张英村里的，赤着个上身，脖子上还挂着件厚厚的围裙。他一边抽着张英给他的烟，一面伸出铁钳从炉火夹出一截烧红的铁块放在铁砧上，旁边的徒弟扬起大锤就砸了起来，那声音在寂静的早上格外刺耳。

赵大锤敲着小锤，就像是给徒弟伴奏一样，手在忙活，可嘴也没闲着，他说："兄弟，听说我来济南没几年你就当兵走了，算算时间也不短了，你爹你娘肯定也天天念叨你呢，弟媳一个人在家操持着日子不会容易的，这兵就不当了？回家看看了没？过了这些年，我老家也没什么人了，也就没再回去，多年没见老家的人了。"张英沉默了片刻说："铁打的营盘流水的兵，不当了，我这刚从外边回到咱山东，还没回去呢，有时候想一想，真对不起他们。"赵大锤放下锤子，又说："该回去看看了，这日子一晃就过去了，可别留下遗憾。"张英说了声是，又递给赵大锤一支烟，赵大锤用火钳点了，美美吸了一口说："我在济南待了好多年了，也多多少少认识几个人，有啥让大哥帮忙的，你就开口！"张英笑笑说："大哥，这些年我在外面漂泊够了，还是觉得咱们山东好，以后就在济南落脚了，你弟媳也从老家来了，我琢磨着得抓紧寻条生计了，现在还没地方住，就打算租个房子，可到处盘查得紧，没有担保的不行。"赵大锤向掌心吐了口唾沫，又抡起了锤子，嘴里说："这国民党不是善茬，弟妹要是不来，你住不下，房子也没敢租给你的，就是这样，还得有个坐地户担保呢。兄弟，你别为难，大哥给你当这个保，这点事我要是办不了，就白在济南城混了这些年了。"说完，他扯起围裙擦了把汗，徒弟则夹起那截被锤打过的铁块伸进水桶里，只听"刺"的一声，一股白烟蹿了上来。

赵大锤给张英写好了保书后，张英就离开了剪子巷，接着又去了几个地方，下午才回到了悦来客栈，他敲了敲门，门开了，他刚走进去，一张大网把他突然罩住了，接着上来几个大汉把他扑倒在地上。张英面对猝不及防的袭击，一时有些蒙了，他挣扎着抬起头，周围站着数个便衣和军警，桂兰也被绑了，嘴里塞着枕巾，双眼含着泪，脸都憋红了。张英立刻明白了什么，只是他想不到自己这么快就被捕了，这是才到济南的第二天呀！领头的特务松了一口气，笑着说："王队长说你是一个会飞檐走壁的人物，没想到一张渔网就把你擒了！为了拿你，费了我们多少心机呀！"

张英自然不知道，在昨天下午，王复元带着捕共队的队员直奔纬七纬八路间的八卦楼省委秘书处，省委秘书张子英正在急急忙忙地焚烧文件，门被撞开了，特务一头闯了进来，他们见地板上正燃烧着一堆纸，立刻明白了什么，急忙冲上前去三脚两脚就把火踩灭了，特务伸手拿来一根棍子在火堆里翻腾了几下，从里面找到了一张纸条，上面是张英来济南的时间和悦来酒店的房间号。特务在房间里又翻腾了一阵，见再没有什么有价值的东西，就押着张子英走了。王复元看到这张纸条时，不禁仰头大笑，笑得淋漓尽致。

看来，张英就是被王复元按图索骥找到的。

张英和傅桂兰被五花大绑地押出了悦来客栈，周围都是很多看热闹的人。桂兰的发髻在挣扎时散了，长发披在了肩上，被迎面而来的春风缭乱了。警车把他们一路送到了济南三元宫看守所，国民党济南党部主任黄僖棠闻风赶来，马上提审了张英，张英被上了手镣脚镣，站在那里冷眼看着，一言不发。

黄僖棠笑了笑，让身旁的女秘书给张英端来了一杯茶水，张英也不客气，接过来一饮而尽。黄僖棠慢悠悠地说："你是周恩来身边的人，我们不会为难你的，只要一五一十地好好交代，今晚你就自由了，往后就留在我们济南党部，要什么有什么，绝对不会亏待你的。"张英大笑，大声说："你真是狗眼看人低呀！我马宗显是个一口唾沫砸一个坑的汉子，岂能受你蛊惑！"黄僖棠阴下脸来，跷起着二郎腿说："马老弟，你还年轻，来日方长，千万不要感情用事！"

黄僖棠命人把张英又关进了牢，接着又来到了另一间屋子，一个看守正朝桂兰吼着："还不快招，是不是又想吃鞭子了？"黄僖棠看了一眼桂兰，马上道："胡闹，这么漂亮的一个女人你们也下得去手？"警察局长郭大鹏走到黄僖棠身边，悄声对他说，刚刚才抽了几鞭子，就疼得不行了，估计再来几下就招了。黄僖棠听了，喜上眉梢，慢悠悠地走到桂兰身边说："这就对了，一个女人家怎么能跟着共产党起哄呢？"说着他和善地问桂兰："你叫什么名字呀？"桂兰道："单娟！"黄僖棠又问："这个共党分子是你什么人？"单娟说："他是俺男人！"黄僖棠干笑几声说："你没有说实话，还有，只要你交代出共产党的重要分子，马上就放了你，我也看出来了，你只是受共产党一时蛊惑听从他们摆布的，对你们这样的人，特别又是女人，本党是区别对待的。"单娟带着哭音说："他就是俺男人，他不是共产党，俺也不知道你说的重要分子是什么。"黄僖棠生气了，说了声嘴还很硬呀，接着用力一挥手，一旁的看守心领神会，他把鞭子伸进水桶里泡了又泡，接着又抽出来在空中甩了几下，一声声噼里啪啦的闷响从桂兰头顶上滚过，鞭子上的水被抖落下来，纷纷落到桂兰的头上、脸上和身上，桂兰捂着脸，惊恐地大叫着，一股液体从桂兰的裤腿里流了出来，黄僖棠看在眼里，喜在心里，他不温不火地说："小姑娘，看你细皮嫩肉的，怎经得起这蘸了盐水的鞭子抽呀，早交代了早免于皮肉之苦呀，否则连命都没有了。"旁边的一个叫宋子文的看守，一直冷脸看着桂兰。桂兰低下头沉默一会，又抬起头来说："俺都说了，他就是俺的男人，他不是共产党，俺也不是，其余的俺什么都不知道。"黄僖棠眼一瞪，大着嗓门说了声打，那看守早就按捺不住了，一鞭就抽在了桂兰的背上，桂兰发出一声尖厉的惨叫。一下、两下，鞭子像密集的雨点一样落在桂兰的身上，一会工夫，桂兰已是皮开肉绽，鲜血染红了她的衣裳，她慢慢晕了过去。宋子文揉了揉眼睛，转过身去。

一盆凉水又浇醒了桂兰。

黄僖棠又让她说，桂兰一声不吭，她头垂在胸前，头发散乱在脸上。

"给我继续打！"黄僖棠狠狠说完这话，先抬脚走了。宋子文看了一眼黄僖棠的背影，低声对郭局长说："我看这女人胆子很小，刚才尿都吓出来了，这么打都不开口，看来她确实什么都不知道，要不早就招了！"郭局长抬眼看看桂兰，点点头道："我看也是，共产党是拿着这个女人打掩护罢了。"说完他摆摆手，又吩咐道，"先关起来再说！"

三元宫看守所终于在夜色中慢慢平静了下来，张英坐起身来，摸着伤痕累累的胳膊，抬头看着窗外，外面月色皎洁明亮。看守来给他送饭了，张英复又躺在地上，故意发出一声声痛苦的呻吟，看守把碗放在牢门前，看了张英一眼说："起来吃饭了，你要是早招了，还能受这份罪？！"张英不说话，还是大声"哎呀"着。到了半夜，张英说肚子疼，喊着要出去大便，看守走过来哼了几下鼻子，眼也不睁地说："你他妈的怎么这么多事？！"张英道："管天管地，你小子还管人拉屎放屁了？你再不开门我就把屎拉到里面了！"说着，就要去解裤腰带。狱警听了，睡意全无，几步就赶到了门前，说："娘的，你真是个活宝，快去快回！"

　　门开了，张英扶着墙壁一步步向外挪着，嘴里说道："兄弟，我被你们打得走不动了，你就不能扶我一把吗？"看守眼一瞪："啥？你怎么不说让我找顶轿子抬着你去呢？"张英叹口气："再慢了就拉到裤子里去了。"说着，步子就快了。张英走进院子，回头看看，那看守正站在远处抽烟，嘴里还哼着小曲。

　　张英虽受了一些刑，可凭着他深厚的内功，并没有伤着筋骨。他到了墙角，没有解腰带就蹲在了地上，接着伸手从鞋底摸出一根铁丝，几下就捅开了脚镣，转眼间又打开了手镣。他深吸了一口气，一个旱地拔葱，飞身跃上了院墙，眨眼工夫就落到了墙外。

　　等张英跑出了很远，三元宫庙内才传出一阵尖厉的哨声。

　　他仰首看看天空，月明星稀，他松了一口气，又大步向前赶去。

　　据当年参加审讯张英和傅桂兰的地下党宋子文回忆："张英是条响当当的硬汉子，怎么打也宁死不开口。我好像记得光用杠子就压了他三次，还灌了不少辣椒水。他是个练家子，要不后来就枪毙他了。尤其让我敬佩的是那个叫单娟的同志，开始她很害怕，都吓哭了，疼得也不停地叫，我担心她撑不住会招的，可没想到她最后还是经受住了考验。后来听说她叫

靠山

傅桂兰，傅书堂的妹妹，还不是一名党员。"

张英当夜就赶到了赵家铁匠铺，赵大锤见他衣服破了，上面还有血迹，不禁吃了一惊，急急地问他："兄弟，你这是咋了？"张英说："大哥，我落难了，今晚得在你这地方住一夜，明天我就离开。"赵大锤道："看你这一身伤，怎么会是这个样子？"张英说："和一帮人谈生意没谈拢，就动手了，没关系，都是些皮肉伤。"赵大锤道："我这里还有点治皮外伤的药，先抹上点，明天咱们再想办法。"第二天上午，赵大锤找来了郎中，给张英处理了一下伤口，重的地方又给他做了包扎。等郎中走后，张英道："大哥，我得尽快离开济南，来日咱们再见。"赵大锤赶忙让老伴给张英找了身衣服换上，又塞给他几张票子，送张英走了。

3

1929年4月末，刚刚返回青岛没几天的张英，在李村路得胜里见到了王景瑞，张英面色苍白，还没说几句话，就从凳子上歪倒在地下。王景瑞急忙把他扶到床上，问："张英同志，你这是怎么了？除掉王复元了吗？"张英叹口气道："说来惭愧呀，我和桂兰刚到济南的第二天就被捕了，最后我从他们的看守所里逃了出来，也不知桂兰现在怎么样了。因为我的大意，没能及时除掉王复元，还连累了桂兰同志，请组织上处分我吧。"王景瑞说："张英同志，你先不要自责，我看你身体很虚弱，得先抓紧找个地方给你养伤，听子兴同志说，你逃出来后，济南、青岛两地的特务和军警都在搜查你，医院是不能去的了。"

王景瑞沉思片刻道："另外，不知桂兰姑娘能不能过了这一关呀？你被打得这样，她恐怕也轻不了呀！"王景瑞皱起了眉头，看了一眼张英说："我们不能不做最坏的打算，万一傅桂兰顶不住，我们还会有损失的。

这样，先把她的嫂子和妹妹转移了，其他同志也都要注意些。"

两人正说着话，外面传来了敲门声，响了三下，接着又是猫叫声，一长两短。王景瑞一下子站起来，高兴地说："是王科仁同志来了！"王景瑞说着，急忙打开屋门，两位老朋友的手紧紧握在了一起。

王科仁是青岛浮山后村人，与王进仁是同村，王进仁还是王科仁的入党介绍人，后来王科仁被调到中共山东省委担任交通员。看来他有急事，跑得满头大汗的，还没坐下他就急急忙忙地说："景瑞同志，我是来传达省委指示的。"他咕咚咕咚喝了几口水，又对王景瑞道："组织决定让你到淄博工作，要尽快动身，你走后，先由曹克明代理书记。再就是根据情报，王复元近期就要来青岛了。"王景瑞说："科仁同志，我会尽快赶到淄博的。国民党马上就接管青岛了，这个叛徒无缝不钻，他也该来了。"躺在床上的张英高兴地道："兔子敲门，送肉来了，太好了！"王景瑞说："你先抓紧把身体养好了再说。"说到这里，他扭头对王科仁道："张英同志受伤了，我们正打算给他找个地方养伤。"王科仁笑了："他受伤的事省委也知道了，我这次过来，也是说这事的。我有个姐夫，在金指一郎家做饭，把你送到他家养伤如何？这日本人也喜欢中国武术，他肯定会同意的！"张英有些疑惑："金指一郎？"王景瑞道："他是邮政局局长，这太好了，藏在他家也安全！"王科仁道："省委书记刘谦初同志让我给张英同志当助手，争取早点除掉这个叛徒！"说到这里，王科仁面色沉重下来："听打入敌人内部的同志说，傅桂兰同志最后还是撑住了，什么都没有说，最后竟被警察局的局长送到了他的老家诸城，说是给他的瘸腿儿子当媳妇，这小子太缺德了！"张英听了连声说："我对不起她！对不起她！"说完一阵哽咽。房里静了，大家再没有说一句话，只是都感有一股说不出的难受滋味涌上心头。

王景瑞到淄博还没几个月，就遭到国民党特务的逮捕，之后在济南被关押了五年，后因病重被家人保释出狱。这时他已经与党组织失去了联系，身体刚见好后，他就拖着病体四处寻找党组织，他对家人说："傅桂兰不是党员都能挺住，何况我还是个男子汉大丈夫呢！要是我叛变了，找个地方躲起来了，将来傅桂兰知道后会怎么想？！"

王景瑞不知，就在他1933年年初寻找到党组织并恢复了党籍的时候，那个远在诸城的女子傅桂兰，已经化作了田野上的一座芳冢。

解放后，已经担任轻工业部办公厅副主任的王景瑞，对家乡党史办的来人说："我这一辈子最对不起的就是傅桂兰同志，她太可惜了！"说完这话，王景瑞已是泪流满面。

金指一郎就住在青岛八大关一处独门小院里，这天中午，身着日本和服的金指一郎对张英的到来有些疑惑，他觉得眼前这位英气逼人的年轻人背后应该不简单，一时有些犹豫，王仁科的姐夫曲学尧见状急忙指着旁边的王仁科说："局长，这位兄弟是我小舅介绍来的，自己人，错不了。另外，他也是个练家子，你不是让我找一个这样的人吗？我正四处打听着，人就上门了，这就是来得早不如来得巧。前些日子他跑生意受了点伤，等他养好伤你们切磋一下。"金指一郎闻听，很高兴。一边说着幸会，右手突然伸了过来，张英明白他的用意，胳膊一挡，用指头弹了一下他的手腕，金指一郎疼得嘴角都歪了，张英又顺势握住他的手道："还请局长多多关照。"金指一郎这一探，知道张英的功夫绝不是皮毛，立刻眉开眼笑，说："您就安心住下来吧，以后咱们好好切磋一番。"就这样，张英留在了这位日本人家中。王科仁也时常相伴左右，跟着张英学到了一些功夫，手里的双枪也能百发百中。张英对他说："你很有悟性，锄奸的时候就能派上用场了。"王科仁听了，双手一抱道："谢谢师傅！"两人相视一眼，哈哈大笑起来。

绵绵的细雨已经连续下了三天，这个季节本来就潮湿。青岛，现在变得就像刚从大海里捞出来的一样，到处都湿漉漉的，那些用石板铺就的旧街道，泛着青色，好似长出了青苔一样，王景瑞就是踩着这样滑溜溜街道走上大马路的，随后他很快离开了雨中的青岛，向着他新的工作岗位而去了。王景瑞刚走没几日，王复元就带着随从来到了青岛。作为原中共山东省委组织部部长的王复元，自然知道，青岛一直是共产党活动频繁的地方，只是，在这座各种力量交织的殖民城市，他的手迟迟还没敢伸过来，国民党从日本人手里接管青岛那天，王复元心花怒放，他对哥哥王天生说："大哥，我做梦就等着这一天了，从今以后，青岛也是咱们的天下了，咱们随时能去，也随时能走，让青岛的共党分子尝尝咱们兄弟二人的厉害。"

　　王复元还没出站口，右手就贴在腰间，他知道，对这座复杂的城市，自己还不能掉以轻心，共产党随时随地都会要自己命的。他瞪着那双小眼睛，正四面看着，突然发现了人群中的徐子兴，王复元从腰里拔出手枪，对几个随从说："盯着前边那个小子！"话音未落，令王复元没有想到的是，徐子兴竟然冲着他一笑，径直走了过来。王复元大惊，枪口一下子对准了他。徐子兴道："王部长，我是徐子兴呀，你不认识我了？"王复元看他一眼道："不要再叫我部长，你可是共党重要分子呀，怎么？自投罗网来了？"徐子兴握着王复元的手说："我称呼您部长，是没忘了您对我的栽培呀。老话说得好，识时务者为俊杰，以后我还是跟着您干。今天，我就是专门来接您的。"王复元听了，枪口一下子顶在徐子兴的胸口上，他警觉地说："您是给我来灌迷魂汤的吧？共产党这两下子我还能不知道？"徐子兴亲热地道："王部长，您可是我的入党介绍人呀，现在这种局势，我能不给自己找条好路吗？什么时候我都跟定您！"王复元笑了，他收起手枪说："共产党现在就是秋天的蚂蚱，蹦跶不了几天了，您这是聪明之举，跟着我绝对没错。"

丁惟尊的到来让玉真感到一阵喜悦，她已经很久没有看到丁惟尊了。在这个春日的夜晚，丁惟尊的突然出现，让这位早就对他心生好感的年轻姑娘心里，漾起一阵阵甜蜜。丁惟尊放下手中的水果，迎着玉真的目光，热辣辣地看着她。玉真莞尔一笑，双颊泛起了淡淡的红晕。

傅玉堂走后没有多少日子，丁惟尊也离开了高密，到了青岛铁路局印刷厂当了一名排字工人。来厂里没多久，他就从王景瑞那里知道了傅玉真的住处。这天一下班，他就赶了过来。这个夜晚，这对情投意合的年轻人，在李淑秀的撮合下，订下了终身。

丁惟尊非常高兴，很快在青岛云南路汇兴西里找到了一处房子，房子一门两间，一间作为新房，另一间李淑秀居住。不久，丁惟尊就和傅玉真举行了婚礼。

王复元初到青岛，徐子兴就投在了他的门下，这让王复元高兴万分，他突然想到，丁惟尊也是自己介绍入党的，为何不把丁惟尊拉到身边来呢？在一个阴沉的黄昏，他让手下把丁惟尊请到了中山路的一家酒馆。丁惟尊见到王复元时，一阵心惊肉跳。王复元笑笑，给他倒上了一杯酒，说："小丁呀，我们应该很久没见面了吧？当年我是很看重你的，来，喝了！"丁惟尊端着酒杯急忙站起身来，恭恭敬敬地说："部长，是有些日子没见面了，感谢你当年对我的提携，我敬你。"说着碰了一下王复元的酒杯，一饮而尽。

王复元放下酒杯，招招手让他坐下，手下给王复元斟了酒，又给丁惟尊倒上，王复元推心置腹地说："现在国共形势一目了然，天下是国民党的了，1927年，老蒋一下子就砍掉了多少共产党的脑袋呀，那真是血流成河，你我能在这里喝着小酒，那是上天给咱们的福分呀，如今军阀算是都完了，老蒋的江山越来越牢固，共产党也只能在背后里搞些小活动，喊喊口号，说不定哪天就被赶尽杀绝了。"说到这里，王复元看看窗外，故作神秘地道："知道吧？徐子兴也跟着我干了，他是聪明人，能看出个眉眼高低来，现在这情况，要是还一门心思地跟着共产党干，那就是死脑筋了！"说完，王复元点了点头，身旁的随从把一个钱袋子放在了丁惟尊面前。王复元道："这是100块大洋，以后随时都会有的。"丁惟尊听说徐子兴叛变了，不禁吃了一惊，王复元看在眼里，他又端起酒杯直视着丁惟尊说："小丁，我听说你找了傅大杠子的妹妹做老婆，那娘们我见过，俊着呢！有这样的好媳妇，再有个好日子，你就全了，来祝贺你。"说着用力碰了一下丁惟尊手中的杯。丁惟尊见状，急忙说："我一切都听大哥的！明天我就宣布和共产党脱离关系，从今以后就跟着大哥奔前程了！"王复元摇了摇头："不行，你还得耐心地留在他们身边，随时向我提供他们的情报。"丁惟尊把酒干了，头就像鸡啄米一样点着，说："我听您的吩咐，听您的吩咐！"

1929年7月15日，调到山东没几个月的中共山东省委书记刘谦初被捕，山东省委再次遭到破坏，由于济南形势严峻，为了避其锋芒，共青团山东省委和青岛市委紧急商定，在青岛市组成了临时山东省委，成员有曹克明、党维蓉、徐宝铎。

这天夜里，省委交通员王科仁参加了在青岛的中共临时省委第一次会议。曹克明问刘科仁："张英同志的身体怎么样了？王复元已经在青岛了，咱们要想办法尽快铲掉他。"王科仁说："他的身体已经恢复得很好了，昨天我们还商量了一下行动方案，就等着下手的机会了！"曹克明道："抓紧想办法弄清王复元的行踪，这次不能让他活着离开青岛了。"王科仁说："这小子猴精，外出都前呼后拥，一直还没找着机会！"

4

丁惟尊回到家里后，把徐子兴骂了一顿，说他叛变了革命，不得好死。玉真也很愤怒："真没想到徐子兴这个样子，听我哥哥说，徐子兴干革命很积极。他在邮政局上班，一个月就能拿几十块钱，日子应该过得不错，可家里还经常揭不开锅，原来是把一部分钱都交给组织当活动经费了。有一次，家里断顿了，他把一件平时不舍得穿的衣服送到当铺换了点钱，最后才有了米下锅。他做事也很勇敢，怎么骨头就一下子变得这么软了？！"丁惟尊叹了口气："刀架在脖子上，有几个不眨眼的？"玉真瞪了他一眼："你可千万别学他这样子，往后不知会有多少人戳他脊梁骨呢！"丁惟尊连忙说："你小看我了，我可是个响当当的男子汉，要不你怎么会看上我！"玉真柔情地看了丁惟尊一眼，脸上泛出了幸福的笑容。

傅玉真没有想到，自己深爱着的丈夫，一边花言巧语，信誓旦旦，可背后把自己知道的党组织秘密，都源源不断地提供给了王复元。1929年的盛夏，蝉鸣如潮，正在路边行走的中共青岛市委军事特派员田泗，突然被两个路人拦住了去路，为首的竟是自己的同学李庆霖。田泗狠狠瞪了他一眼，冷冷一笑，说："李庆霖，你这个叛徒，你今天终于盯住我了！"面对田泗愤怒的目光，李庆霖有些慌张，他说："连徐子兴都投靠他们了，咱们还硬撑啥？"

这一幕，恰恰让人群中的李淑秀看在了眼里。

田泗本来也是配合张英锄奸的，早上丁惟尊谎称让他到四川路五号同一个人接头，最后中了李庆霖和特务于兰亭的埋伏。二人把田泗押到青岛市警察局，局长朱斌训大喜，田泗指着李庆霖和于兰亭道："局长大人，这俩人想立功邀赏想疯了，我不叫田泗，也不认识他们，我姓张，叫张丰收。"李庆霖气得直瞪眼，嘴里说道："局长，我们是同学，扒了他的皮我也认识他。"说着他踹了一脚田泗，指着他道："你连我都不认识了，真会装！你是不见棺材不落泪，你等着吧！"说着他凑到朱斌训面前耳语了几句，快步走了出去。

田泗没有想到，李庆霖最后竟把丁惟尊带来了，朱斌训道："丁惟尊，这人你认识吗？"丁惟尊笑笑："他？就是把他化成灰我也能认出来。朱局长，他叫田泗，参加过什么广州起义，在黄埔军校读过书，是共产党的铁杆分子！他左腿有块伤疤，是他参加起义时被枪打的！"朱斌训听了一挥手，一旁的警察上来就脱去了田泗的裤子，果然有处伤疤。朱斌训见了，放声大笑，对丁惟尊说："你也算是立了一功。"正当丁惟尊洋洋得意时，田泗一口浓痰吐在了他的脸上："你这个叛徒，真没想到让你给算计了，你不会有好下场的！"

丁惟尊回到家时，已是深夜，见玉真和李淑秀坐在那里等自己，姑嫂二人看到他，都板着脸，丁惟尊有些愕然，随后生气地说道："田泗这小子也叛变了，你们可能没想到，是直接到警察局自首的。"玉真白了一眼丁惟尊说："你早上刚去找过他，怎么这么快就叛变了？"李淑秀说："他自首？好像是被特务抓走的吧？"丁惟尊见面前这两个女人话里带刺，不禁脱口说道："你们是在怀疑我吧？"玉真说："没做亏心事，不怕鬼敲门！"说着两眼紧紧盯着丁惟尊，丁惟尊笑笑道："我是没做亏心事，怕什么？"说完，一下子躺在了床上。

在丁惟尊回来之前，玉真姑嫂议论着，二人回忆起这段时间以来丁惟尊的一些举止，都觉得有些不正常。田泗明明是在大街上被捕的，丁惟尊为什么睁着眼说瞎话呢？玉真听着丈夫的一阵阵呼噜声，辗转难以入眠，难道他对共产党有二心了？是他听别人说的，还是有意在撒谎？聪明的玉真越想越不安。想起丈夫平日里对自己的好，玉真心里一阵绞痛。

1929年8月初的一天的傍晚，青岛市委书记党维蓉来到大康纱厂找到了傅玉真。王景瑞调离青岛后，由曹克明代理市委书记，不久中共中央就派了党维蓉来青岛担任市委书记。党维蓉是陕西人，身材高大，时年才21岁。他见玉真从厂子里走出来，这位陕西汉朝她挥了挥手，几步就走到了马路旁的一棵大树下，玉真紧跟着也赶了过来。党维蓉看看玉真，欲言又止，最后还是很快就开口了："玉真同志，据我们的同志讲，丁惟尊叛变了，你得有个思想准备。"连日的猜测最后竟是真的，她只觉得一阵头晕目眩。玉真低下头咬着嘴唇一时没有说话，最后她带着哭音说："党书记，这是真的吗？"党维蓉点点头。"是真的！"党维蓉本来还要说什么，可他见玉真眼里裹着泪珠，就沉默了。玉真道："党书记，有啥事您就说吧，我是坚决不会和这个叛徒站在一起的。"党维蓉道："玉真同志，我们已经对丁惟尊做出决定了。"玉真睁着一双泪眼看着他，党维蓉说不下去了，他的家乡陕西口音竟一时变得越来越浓，甚至有点拿腔捏调了。党维蓉平静了一会，终于说道："我们决定马上除掉丁惟尊这个叛徒，希望你和你的嫂子配合好，我知道这样做对你来说太残酷了。我们党是绝对不允许一个党员背叛人民，并与人民为敌的！"玉真听了，如五雷轰顶，两腿一软倒了下去，党维蓉见了，急忙扶住她。玉真放声大哭，她突然意识到了什么，一下子收住了哭声，抬头看看周围，捂住嘴哽咽起来，两个肩头剧烈地抽搐着。

党维蓉眼里也闪着泪光，他咳嗽了几声说："最近，丁惟尊出卖了我们很多同志，有些同志已经牺牲了。对他一日不除，就会后患无穷。过几天张英同志会来联系你的，你一定要配合好。另外，一定要保密，有什么事我会和你单线联系的。"玉真平静了下来，她擦了擦眼泪，说："党书记，放心吧，丁惟尊叛变了革命，就不是我的丈夫了，就算是我多我娘，我也听从组织决定，坚决把这个叛徒消灭掉。"党维蓉点点头，说："你这样说我就放心了，你和你嫂子一定注意安全，要保护好自己。要是哪天我有事了，跟你接头的人会说，明天出海吗？你说，海上风大，不出了。"

第二章　血沃大地

149

党维蓉说完，抬头看了看周围，快步离去了。

　　大雨终于从阴沉的天空落了下来，密集的雷声好像就响在头顶上。站在树下的玉真，浑身上下很快就被浇透了，她仰着头，目光呆滞，任由雨水和泪水在脸上流淌着。连玉真自己都不知道是怎么走回家的，看到她这个样子，嫂子李淑秀不禁大吃一惊，刚要开口问她，玉真却扑通一声倒在了地上，李淑秀急忙把她扶在床上，又给她换上衣服。

　　躺在床上的玉真醒了过来，她怔怔地看着李淑秀，大声哭道："嫂子，丁惟尊这个狗东西果真叛变了！"说着一下子扑进了李淑秀怀里。李淑秀轻轻地拍着玉真的后背，难过地说："我就知道会有这一天，没想到还真是来了，这个狗东西，可把俺玉真害苦了。"玉真哽咽着说："组织上要我和张英杀了他，一日夫妻百日恩，何况他对我这么好，嫂子，你说我怎么下得去这个手呀！"

　　姑嫂二人相拥大哭。

　　丁惟尊回家了，见傅玉真躺在床上，就从口袋里掏出了一个发卡，温情地说："老婆，你看我给你带回了一个什么？你肯定会喜欢的！"玉真一时无语，可心里恨恨的，她想起了党维蓉临走时嘱咐自己的话："在丁惟尊面前一定要装出无事的样子，不要打草惊蛇。"玉真转过身来，强颜欢笑地看着丁惟尊，问他："你能给我买什么好东西？"丁惟尊晃了晃手道："你看，发卡，我看着很漂亮，就给你买回来了。你脸色怎么这样难看？怎么了？病了？"丁惟尊说着，伸手试试玉真的额头，又给玉真倒了一杯水。接着又说："好像有点低烧，喝了这些水，再睡一觉就好了。"李淑秀敲了敲门走进来，手里端着一碗姜汤，她说："喝了这碗姜汤，出出汗就好了。"说完，她看了丁惟尊一眼，扭头走了。丁惟尊道："还是嫂子细心呀。"玉真喝了姜汤，转过身去，泪水夺眶而出，她想对丁惟尊破口大骂一番，可又忍住了，双唇被牙齿咬出了一个个深印。

玉真第二天上班走的时候，站在门口犹豫了一下，回头对李淑秀道："嫂子，这几天让他吃得好一些。"玉真说不下去了，站在那里一时不动。"好……好……"李淑秀带着哭音答应着。一连几日，玉真的心都交织在理不清的矛盾中，她盼着张英的到来，可又希望他来得晚一些。每一个夜晚，对玉真来说都是痛苦而又漫长的。她曾经一次又一次地憧憬着未来，想着在不久的日子，很快就会有宝宝的，一个、两个甚至是多个，每想到将来一个个美好的日子，玉真对丈夫就充满了浓浓的爱意，可如今，她面对着丈夫睡梦中的那张原本可爱的脸，现在感到既憎恶又气愤，可她还是忍不住地看了一遍又一遍。

从《中共青岛地方史》中知道："丁惟尊是在8月10日夜被处死的。"

这天中午，玉真正在车间里来回忙碌着，一个姐妹过来告诉她，说有人找你。本来一句很平常的话，可在玉真听来不啻一声炸雷，她知道是什么人，也知道对方是为什么事而来。顿时觉得脑子里一片空白，又感到很茫然。后来玉真回忆："我知道这一天肯定会来的，当时，我只觉得自己的两腿都不听使唤了，很久才走出车间，又一步步挪到大门口的。"

来人果然就是党维蓉提到的张英，他低声对玉真说："见到你我就想起你的姐姐，我没有保护好她。"玉真听了一阵难过，她轻轻说道："张大哥，这不能怨你，现在也不知道她怎么样了。"张英说："她很勇敢，没有出卖我们的同志，可是……"玉真看了张英一眼，急忙问："她怎么了？"张英难过地说："她被那个警察局长送回老家给他儿子做媳妇了。"玉真泪水迸涌而出，捂着脸哭了起来。张英轻轻拍了拍玉真抽动的肩膀，说：

"玉真妹妹，不要难过了，我们还要谈正事呢。"玉真听了，慢慢停止了哭声，抬头看着张英。一连串的打击，对这个年轻的女孩来说，确实有些残酷了，先是亲爱的姐姐桂兰，如今不知身在何处，又会受到什么样的摧残和折磨，紧接着又是亲爱的丈夫叛变革命，而且即将要受到应有的惩罚。张英说："玉真同志，关于除掉丁惟尊的事党书记已经告诉我了，组织上决定，我们今天晚上就动手，你一定要沉住气，想方设法稳住他。"玉真不置可否地点了点头，她有些麻木了。张英见她这样，有些着急了："玉真同志，你这个样子可不行，你想一想桂兰的遭遇，再想一想那些被出卖的同志……"玉真听了张英的话，好像一下子醒了过来，她说："你放心吧，我一定配合你们除掉丁惟尊。是在家里动手吗？"张英道："把他引到外面去，在家里动手会连累你们的。"张英说完，很快就走远了。玉真在烈日下站了很久，两眼茫然。

玉真的双腿就像灌了铅一样地沉重，她流着泪，一步步终于走回了家。这时嫂子正要炒菜，她走过去说："嫂子，让我来吧，今晚我亲手给他炒几个菜。"李淑秀见状，问："玉真，看你失魂落魄的样子，咋了？"玉真伤心欲绝地说："组织上说了，今晚就要送他走。"李淑秀伸手给玉真理了理散乱的头发，说："妹子，早晚都会来的，别难过了。"一会，丁惟尊回来了，见桌子上摆了几个菜，就说："这不过节不过年的，怎么搞了这么多菜？"玉真笑了笑说："你这些日子很累的，好好养养身子吧。"说完，玉真还给他倒了一杯酒。丁惟尊见了，很高兴，用筷子夹了口菜放到嘴里，又喝了口酒，吧嗒着很享受的样子，张英来的时候，丁惟尊躺在床上已经昏昏欲睡。玉真强忍住泪水，对张英道："你们说话吧，组织上的事我不能听，我到嫂子的房间去了。"

张英走到床前，对丁惟尊说："惟尊同志，中央派人来了，要找你了解一些情况呢，专门让我来通知你，咱们走吧。"丁惟尊坐了起来，端详了张英几眼，复又躺下，嘴里说道："我又不是什么负责人，找我能了解什么？"张英说："你有文化，对问题看得也透，自然就想到你了。"张英笑笑说："很快就结束了，耽误不了你睡觉的。"丁惟尊推托道："我头有些疼，让别的同志去吧。"玉真知道丁惟尊会找理由不去的，她从嫂子房间走了过来，故作轻松地对丁惟尊说："快去吧，中央同志召集的会你怎么能不参加呢？"丁惟尊听妻子这么说，就坐了起来："对，我忍着疼也得去，不然咱对不起组织。"

丁惟尊跟着张英走出了家门，消失在夜幕中，虽然脚步声远了，可玉真还站在门前倾听着，最后她转过身扑在床上放声大哭。李淑秀顾不上玉真，她敲开邻居孙玉亭的门，对他说："玉亭大哥，要是有人问起来丁惟尊的事，你就说他一夜都没回来，可千万记住了。"孙玉亭也是工运积极分子，平日里对姑嫂二人照顾很多，他听了这话，怔了一下，用力点点头说："我明白了！"

夜幕越来越浓，街道上空无一人。两人行至滋阳路口，更是漆黑一片，丁惟尊有些不安地问："张英同志，怎么到这里来了？黑咕隆咚的！"张英道："就在前边的房子里，另外，明天市委要组织游行，到时候你也要参加。"丁惟尊听了这话，放心了，继续跟着张英往前走。进了小巷不远，张英突然道："丁惟尊，你这个叛徒，你的末日到了，我代表人民处死你。"说完，枪口一下子对准了丁惟尊的胸口，还没等丁惟尊反应过来，张英就扣动了扳机，一声枪响，丁惟尊倒在了地上。张英蹲下身来，把手指贴到丁惟尊的鼻下一会儿，随即起身离去。

第二天清晨，一帮警察就赶到了傅玉真的住处，领头的叫金旺，开口道："丁惟尊被共产党杀了！"说着两眼盯着玉真和李淑秀，玉真听了，心里顿时五味杂陈，不禁放声大哭。邻居们一个个都围了上来，有的说：

"两口子平日里恩恩爱爱的，这下可苦了玉真了，多好的丫头呀。"孙玉亭对一个警察瓮声瓮气地道："这两口子关系好着呢，恩恩爱爱的。"金旺横挑鼻子竖挑眼的，嘴里嚷嚷着，最后玉真和李淑秀还是被带到了警察局，无论警察局长朱斌训怎么问，姑嫂二人只是哭。朱斌训火了，一把拽住玉真的头发："你家都是什么人去过？"玉真哭着说："就是王复元去过一次，其他的再没人来了。"朱斌训又问："你知不知道丁惟尊是共产党员？"玉真摇摇头："我一个妇道人家，从来不敢问男人的事，他有事也不告诉我。"说完又哭。李淑秀道："俺孩子还在邻居家里呢，快放俺回家吧！"

警车把姑嫂二人送到家中，王复元也在车上，进了家门，王复元对着丁惟尊的照片鞠了三个躬，嘴里说道："你们看到了吧，共产党就是这样六亲不认的，连自己人都杀，咱们得替他报仇呀。我和你哥哥傅大杠子是好朋友，我还是丁惟尊的入党介绍人，你们落难了，我不能坐视不管，从今以后，你们两个的开销都由国民党济南党部负责了，玉真，你以后就到党部上班吧！"玉真摇摇头："丁家怎么能让一个寡妇抛头露面呢？我的命可真苦呀。"说完，玉真啜泣起来。王复元又转头对李淑秀说："傅大杠子去了苏联就连一点音讯都没有了吗？快写信让他回来吧，苏联那边的共产党也都不是什么好东西，可别把小命再丢到国外了，他要是有什么消息，你们就马上告诉我，我会善待他的。"李淑秀道："他这一走就没影了，等他来信后俺就去信让他回来。"

狡猾的王复元暗地里让工厂开除了玉真，以逼她去济南国民党济南党部。这样，一家三口很快就断了顿儿，组织上派王臣亭给送来了钱。王臣亭说："这点钱太少，是买不了多少粮食的，我们再想办法。市委的领导说了，绝不能饿着你们。"玉真和李淑秀很感动，可又坚决拒绝了，玉真道："这里三天两头都有特务，千万不要往火坑里跳了。"王臣亭没再说什么，急急走了。玉真和淑秀商量，为了不给组织添麻烦和连累其他人，姑嫂二人决定离开这里。

靠山

丁惟尊被除后，王复元行动更加谨慎，每次露面，都有两个随从紧跟左右，来去神秘。张英和锄奸队员王仁科、牟鸿礼都没见过王复元，必须尽快搞到他的肖像。这天中午，打入王复元内部的地下党员，在邮政局几个工人的帮助下，终于找到了王复元的照片。这位地下党员就是青岛市委委员徐子兴，他立刻派人把王复元的照片送到了青岛市委。

张英看了一下照片，说："虽说有点模糊，但王复元的大体模样咱们都清楚了，一有消息，马上行动。"说话间，玉真匆匆来了，她对张英道："王复元明天下午还要到我家。"张英听了，一拍桌子："太好了，想办法拖住他。"

王复元一直对傅书堂"念念不忘"，他知道这是一条大鱼，他曾对徐子兴说，一旦把傅书堂争取过来，或者是抓住他，咱们的前途会更加光明。这天中午，王复元果然来到了玉真家里，除了两个随从，还有几个军察。张英、王仁科、牟鸿礼坐在马路边的茶馆里正悠闲地喝着茶，一边等待时机。玉真给嫂子使了个眼色，说到对面的茶馆里打些水过来给客人喝。她提着水壶来到茶馆，若无其事地走到张英身边，低声说："刚才你们看到了吧？那个穿白绸子衣服的就是王复元。"张英喝了口水，思索片刻道："今天很难动手，我们先撤了！"

可是，当张英再次寻找机会时，王复元已经返回了济南。王复元叛变后，讲派头也摆阔气，他走之前，特地在青岛中山路110号新盛泰皮鞋店登记定做了一双皮鞋，又在四方路实业所量身定做了一套西装。回到济南后，他对此还念念不忘，情妇也整日闹着要到青岛看风景，可王复元顾忌到青岛暗藏的"杀机"，又不敢轻举妄动。恰恰这时徐子兴来济南邮政局办事，夜里请王复元吃饭，几杯酒下肚后，徐子兴道："王队长，从今往后青岛就是您的天下了。"王复元翻翻眼："怎么说？"徐子兴并不急着回答，又端起酒杯来。王复元说："你别拐弯抹角的，说吧。"徐子兴笑笑道："青岛的共产党起内讧了，张英被杀了。"王复元一下子来了精神："啥？娘的，这太好了！"说完，王复元又看看徐子兴："不可能吧？怎么会出这事？"徐子兴道："听说共产党中央派来的人和当地的不和，张英也是那边来的，所以他们就动手了，中央来的人也脚底下抹油，溜了！现在他们群龙无首，个个泥菩萨过河，谁也顾不上谁了。"王复元听了，不禁大喜："这太好了，我还正想去呢。"

徐子兴回到青岛后，马上报告了青岛市委。

王复元听了徐子兴的话，果然动了心思。他要带着情妇到青岛走一走，还要把定做的皮鞋和西装取出来。只是，他来青岛的时间、车次几个心腹都不知道。

张英派锄奸队员分头守在火车站、四方路实业所，几个拉黄包车的地下党员等候在旁，一有风吹草动拉上队员就能出发。张英率王仁科、牟鸿礼在皮鞋店一隅蹲守。

1929年8月16日，王复元带着情妇和两个随从在青岛火车站出站口现身了，一个队员负责跟踪，另两个队员坐上黄包车分头向皮鞋店和实业所赶去。

王复元出了站口，四下看了看，接着说道："咱们先到四方路实业所一趟，把西装取了。"说着就和情妇上了一辆黄包车，两个随从每人一辆黄包车，一个在前开路，一个殿后。王复元看看马路两旁，都有军警来回走动着，心里一下子踏实了许多，他伸手就把黄包车的帘子拉上了。

当随从拿着西服安然走出实业所的时候，王复元露出笑容，他迫不及待把西装穿在了身上，接着又上了黄包车，在去皮鞋店的路上，他没有再把黄包车的帘子拉上。在他看来，青岛的共产党确实像徐子兴所说的一样，已经奄奄一息了。

上世纪20年代的青岛中山路，商业气息就已经很浓厚了。在这条并不宽阔的马路两旁，是鳞次栉比的店铺，每天都有很多的人进进出出，各类商贩的叫卖声此起彼伏。1922年12月10日，时任鲁案善后督办的王正廷在青岛总督府大楼，代表中国终于从日本人手里接下了青岛的主权，这座由小渔村成长起来的殖民城市回归不久，这条马路就易名为山东路了。到了1929年5月22日，为了纪念革命先驱孙中山先生，又改为中山路，直到今天。

王复元赶到中山路，直奔新盛泰。王复元和情妇都下了车，一路繁华的街景，让王复元情妇高兴得手舞足蹈。一直跟踪的锄奸队员只听王复元说道："走，先去把皮鞋取了，这次也给你定做几双，让你穿上美一美。"

青岛有不少的老字号，除了中山路的新盛泰皮鞋店、盛锡福帽子店、亨得利表店，还有北京路的谦祥益服装店。在青岛人眼中，如果一个人头顶盛锡福帽子，脚上再蹬着新盛泰皮鞋，身着谦祥益的衣服，手腕上戴着亨得利手表，那就是很有身份的人了。王复元今天再穿上皮鞋后，就是这样响当当的人上人了。

王复元春风得意地走进新盛泰店里，看到店老板和一个顾客正说着话，还有两个客人正在为挑选什么样子的鞋子争论着。见王复元来了，店老板忙说："王队长，您先到会客室稍等一下，皮鞋已经做好了，一会就拿给您。"王复元呵呵几声，指着情妇说："老板，等会也给她定做几双。"店老板连声说好，一会就办。王复元很高兴，转身就向会客室走去。王复元没有想到，正在热烈讨论鞋子的客人，就是张英和王仁科。这时，牟洪礼已经把在了门前。王复元进了会客室还没坐下，身后陡然响起一声喊：

"王复元！你的死期到了！"王复元浑身打了个激灵，还没等他转过身来，王仁科抬手就给了他三枪，王复元应声倒地。张英双枪左右开弓，两个随从也被击毙。王仁科担心王复元未死，又上前确认，随即和张英快步离去。枪声过后，新盛泰店前，聚集的人越来越多，警哨一阵阵响个不停。

丁惟尊刚死不长时间，中共地下党又很快除掉了叛徒王复元，这令国民党济南党部、青岛市党部的特务们大为震惊。连续几日，国民党青岛市的市长吴思豫家都不敢回来，带着老婆孩子躲在了军舰上，警察局一干人员都受到了处罚。

翌日，全国发行量最大的上海《申报》在显要位置发表了消息：自首共党王复元十六日下午六点二十五分在中山路被人暗杀，中三枪，当时殒命，凶手逃逸，云云。

之后张英又赴济南，打算伺机除掉王复元的哥哥王天生，但王天生工于心计，与弟弟王复元行事迥异。自从他叛变后，大都躲在幕后，行踪飘忽不定，尤其是王复元命丧青岛后，他更是谨小慎微。张英多番寻找，竟都没有他的下落。直到1957年，王天生才被群众揪出，由于连惊带吓，当年就病死在了济南的监狱中。

1929年的初冬，寻找王天生未果的张英回到上海复命。周恩来很高兴，对他说："你的任务完成得很出色。另外，你不要回特科了，组织上对你另有安排。"不久，张英被派往鄂豫皖革命根据地，出任红三十二师长，化名刘英。

张英离开家乡时，名字是马宗显，后来化名张英。牺牲前，又更名为刘英。正是因为这样，他的去向曾一度成谜，连他的结发妻子马张氏都不知丈夫是生还是死。1960年，潍坊有关部门征集革命史料，潍北是当年革命斗争火热的地方，征集办主任陈慕虹专门到了潍北双杨店镇寻找线索。在接下来召集的老党员会上，说起往事，老党员们都如数家珍。一位老党员道："往北不远的马家村，就出了个厉害人物，这个人叫马宗显，听说当年他在青岛还杀过大叛徒王复元。"作为党史工作者，陈慕虹自然知道王复元，可不了解王复元后来是怎么死的。他一下子来了兴致，竖起耳朵准备刚要听一听原委，可老党员说他就知道这些。陈慕虹记住了马宗显这个名字，回去后多方查找打听，史上确有中共特科红队人员到青岛锄奸一事，此人叫张英非马宗显。一晃到了1961年夏天，陈慕虹骑车去了马家村，进了小巷，找到了马宗显家，可院门紧闭，邻居说："娘俩一大早就去地里干活了，也该回来了。"正说着，邻居突然向远处一指："这不，那娘俩来了。"陈慕虹打眼看去，老人佝偻着腰，满头白发，旁边那个病恹恹汉子想必就是她的儿子马玉泉了。听说县里来了人，张氏慌得不行，忙往家中让，落座后，陈慕虹就开口提起了马宗显，张氏听了，撩起衣襟抹开了眼泪，她哽咽着说："他是1920年走的，我至今都记得清清的，现在一想起来就在眼前。那年冬天，俺和他结婚没几天，他就说要去当兵，这话说完没两天，他就没影了。孩子他爹是个牛脾气，说啥就是啥的。他走时俺也还没怀上孩子，婆婆急得直瞪眼，说俺是不下蛋的鸡，俺有什么办法？幸亏他走后没几年回来过一次，这才怀上这个儿。"张氏看看马玉泉，呜呜大哭："俺对不起这个儿，他有病，家里又穷，到现在也没给他说上个媳妇。俺盼着他爹回来，盼了几十年呀！至今俺也不知他干的到底是共产党还是国民党的差事，俺也不敢去问政府。要是他干了不好的事，俺去说那不就是苍蝇豁了鼻子没脸了呀，就这样一年又一年过来了。"陈慕虹道："大娘，据我们初步了解，马宗显参加的应该是共产党。"张氏听了，高兴地说："这就好，这就好！"陈慕虹问："大娘，他还有别的名字吗？"张氏道："俺记得他那次回来时说改了个名字叫张英，俺公公听了脱了鞋子就打他，说他出去几年怎么就把祖宗给忘了。"

陈慕虹离开马家后，一连几天，心里都很沉重。为了帮助这对不幸的母子，陈慕虹多方奔走，最后给马玉泉找了一份工作。陈慕虹一直没有停止寻找马宗显，可马宗显青岛锄奸后又到哪里去了呢？二十年后，陈慕虹才知马宗显当年辞别山东去了鄂豫皖革命根据地，当了红军师长，可是，费尽周折查找红军团以上的干部，竟然都没有马宗显或张英的名字。

原来，1932年年初，在一场恶战接近尾声的时候，骑在马上的张英被流弹击中了头部，由于大脑神经中枢受损，他很久不能说话。同年10月，组织上把张英送到了上海治疗，他痊愈后返回武汉时被捕，很快就被国民党枪杀。那年他才30岁。

1980年10月，中央军委接到潍坊党史办求助信函，时隔不久，潍坊党史办就收到了"军办信发字(80)第320号"信函，回文简要介绍了马宗显的一生并给予了很高的评价。从中知道，马宗显、张英、刘英都为同一个人。后来家乡专门立碑纪念，徐向前元帅特地为自己这位爱将题写了碑文："赤胆忠心，刘英烈士千古。"

陈慕虹端详着军委的回信，禁不住老泪纵横，最后长舒了一口气说："虽然我们寻找了二十年，可为了刘英烈士，值得！"陈慕虹突然想起了什么，又急急说："马上给他家里报喜！"可当陈慕虹他们来到马家村时，才知张氏母子早已去世了，陈慕虹闻听泪如雨下，他对同事道："你马上去买些纸钱。"同事一时不解，问："做什么？"陈慕虹道："到坟头烧些纸钱把喜事告诉他们娘俩，要不他们合不上眼睛的！"

张氏和儿子的坟头相拥着，就犹如他们在世时相依为命一样。

一缕青烟在旷野中升了起来，九月的天空一片湛蓝。

5

锄奸队的王昭功被关进监狱不久，徐子兴就借口来看他，王昭功很生气，往他脸上啐了一口痰。徐子兴擦擦脸，说道："王昭功，你这是不想活了吗？"说着，一下子握住了王昭功的手，又很快塞到他手里一个东西。然后狠狠瞪了王昭功一眼，气咻咻地走了。王昭功找了个角落，打开徐子兴手里的纸团，上面写道："省委同意第二次越狱。"王昭功这才知道，徐子兴还是自己的人。

在邓恩铭等人组织的第二次越狱中，王昭功本来是有希望脱险的。那天夜晚，正在疾跑的王昭功，突然看到邓恩铭向几个军警走去，他几步就赶了上来，还没等他开口，枪声响了，王昭功受伤倒在了地上。

狱中的共产党再次越狱，激怒了国民党济南党部的头头。1929年8月4日，一批共产党员在济南南圩门外被杀，其中就有王昭功。这一年，他26岁。

拉黄包车的地下党田泗是在叛徒王复元、丁惟尊被除一个月后被枪杀的。自从王复元死后，国民党青岛市长吴思豫和那些被处理的警察、特务，对青岛共产党组织更是恨之入骨。吴思豫对警察局局长说："凡是共党分子，能杀则杀，绝不手软。这是杀鸡给猴看，以儆效尤。"为了震慑共产党和老百姓，杀田泗的时候，是大张旗鼓的。警察一边敲着锣，一边大声喊："当局要处决共党分子田泗了！"那锣声在大街小巷响着，起起伏伏地响了很长时间，有个警察把手里的锣都敲破了。据当时在场的老百姓说田泗死得很惨，胸口被子弹打成了筛子眼，最后还把头割下来示众。

傅玉真姑嫂二人转移后，辗转多地，不久就与党组织失去了联系，只得和嫂子冒险回到家乡。1932年的秋天，玉真决意要寻找姐姐桂兰，她来到诸城数日，终于在一个秋风瑟瑟的下午找到了郭局长的老家，一个年轻的丫鬟开了门问："你找谁呀？"玉真道："我找傅桂兰，她是我姐姐。"丫鬟闻听，很是惊讶，重复了声："傅桂兰？"她突然意识到了什么，一下子捂住了自己的嘴，眼泪紧跟着流了下来。她向后看了看，说："你先等一会儿。"说着转身回去了，不长时间丫鬟又匆匆走出门来，把玉真拉到旁边，从怀里摸出一个手巾，打开后是一缕头发。丫鬟哭道："少奶奶已经死了！"玉真听了，一屁股坐在了地上，号啕大哭。

丫鬟蹲下身子安慰道："姐姐，你声音小点，别让他们听到。你姐姐自从结婚后，整天愁眉苦脸的，从没见过一次笑模样。"傅玉真不会知道，姐姐桂兰到了郭家后，不让出门，不让回老家，还经常受那个瘸子丈夫的打骂，最后愁肠百结，郁郁而死。临闭眼前，桂兰让贴身丫鬟剪了一缕头发，嘱咐她将来一定交给前来寻亲的娘家人。玉真哭着，把头发装进自己口袋里："人埋在哪里了？"丫鬟摇摇头："他们半夜里偷偷埋了，谁也不知在什么地方。"玉真再也控制不住自己，腾地站起身来，大声喊道："他们郭家太欺负人了！"说着一路冲进了郭家的院子里，跟他们理论，郭瘸子听说是傅桂兰的妹妹，先是一愣，最后吼道："这臭娘们自从来到我家，没给我一天好脸色看，她死了是她命薄，命贱！"玉真听了，气愤交加，她扬起手要打郭瘸子，郭瘸子一声喊，几个壮丁架起玉真，把她摔在了门外，玉真被跌得鼻青脸肿的。随后门咣当一声关了。

玉真买了厚厚一摞烧纸，夜里到郭家门前烧了，嘴里念叨着："姐啊，我苦命的姐呀，妹妹也不知道你的坟头在哪里，你要是有灵，就自己来拿纸钱用吧。"玉真说不下去了，泪水扑簌簌地落在燃烧的纸里。秋风越来越大，把还夹杂着火星的灰烬慢慢吹散了，又卷到了空中。

玉真跪在地上，磕了三个响头，接着站起身来，很快消失在夜色里。

162

靠山

傅玉真这次诸城之行，意外地与原中共高密县委监察委员马馥塘相遇了。马馥塘是傅书堂的朋友，过去常到傅家开会，国民党开始大肆搜捕共产党时，马馥唐被调往诸城邮政局工作。生活总会有着这样或那样的巧合，就像是专门设定的一样。在傅玉真准备返回高密当天，突然看到了正在匆匆行走的马馥塘，她连忙喊了几声，马馥塘停下脚步，见是玉真，先是惊讶，后是喜悦。一对年轻人他乡相遇，心意相投，不久就走到了一起。后来，玉真跟随丈夫参加了山东人民抗日游击队第四支队。解放后，玉真在水电水利部工作，1997年10月17日离世，享年86岁。

6

李淑秀无论如何都没有想到，自己的丈夫，被同志们称为傅大杠子的傅书堂，一走竟有数年的时间。其实，傅书堂也没有想到。傅书堂最初的每一封来信，都是高密邮政局的地下党张玉堂送到傅家，渐渐地邮政局引起了特务的注意，后来的信件就被国民党高密县党部截获了，傅家由此劫难不断。特务知道傅家上下都支持共产党后，竟把傅书堂年迈的双亲抓进了监狱。当时玉真、淑秀还躲避在他乡，几个特务听说傅书堂三妹傅秀云还上学，又赶到学堂带走了她，还是少年的秀云在监狱里受了不少皮肉之苦，连惊带吓，时间不长就精神失常了。

傅书堂的父亲傅炳勋出狱后，偷偷托人给儿子写了一封信，让他从今以后再也不要给家里写信了。也许因为此，或是其他原因，从此傅书堂再无音讯。每当月亮升空的时候，淑秀都对孩子念叨："你爹当年就是在这样的月亮底下走的。"说完这话，淑秀就会盯着月亮看半天。年年如此，在她的絮叨中，孩子也渐渐长大了。淑秀还不知道，这时候，远在苏联的傅书堂蒙冤被关进了监狱，1943年才被释放，后来苏方安排一个叫列别杰娃的护士与傅书堂结了婚。1955年，离开家乡26年之久的傅书堂带着战斗民族的妻子回到了高密，傅书堂以为淑秀早已不在人世，两人相见唏嘘不已。傅书堂走时只有24岁，归来已经年过半百，皱纹都爬满了面庞。

淑秀一直记着丈夫那句话，跟着共产党走没错。她参加了锄奸，送过情报，后来还掩护了众多抗日壮士。1940年寒冬，她带着儿子去送情报，儿子一脚踩空，摔死在山沟里，从此她孑身一人。婆婆不忍心，对她说："老大家，那个东西走了这些年，死不见人活不见尸，你快找个人嫁了吧，别等他了。"淑秀眼泪汪汪地说："我活是傅家的人，死是傅家的鬼。"一年又一年，淑秀都无怨无悔地侍奉公婆，不离不弃，那头原本乌黑的头发，也慢慢熬成了银丝。

当傅书堂顶着白发走进家门的时候，傅母抱住他一下子哭出了声，哭着哭着，她发现儿子后面竟还站着一个高鼻梁满头金发的女人，老人吓了一跳，问："老大，你这是从哪里领来的？咱这地场儿可没长得这样的。"列别杰娃张开双臂抱住傅母，喊了声"妈"，竟然还叫了一声"娘"。傅母一下子明白了，她把淑秀叫到面前，又一下又一下地捶打着儿子的后背，哭道："你看看你这媳妇，头发差点都白了，你咋就这么狠心？你咋就这么狠心？"列别杰娃看看淑秀，一脸的沧桑，她好像麻木了，还低头忙碌着，无一句怨言。列别杰娃不禁心生感动，她对傅书堂说："傅，她是最值得你爱的女人，你应该和她生活下去，要不你对不起她。"

列别杰娃很快就离开了中国。

临别，她拥抱了淑秀，很久都没有放开。

五　血　祭

1

老辈的济南人，多少年后，还在口口相传发生在1931年4月5日的那件事。每每有人说起来，都会提到一句话：那场面，太惨了！他们说到的那件事，是山东国民党政府对共产党人的又一次杀戮。

邓恩铭第二次被捕后，再没有第一次那样幸运了。他被上了脚镣手铐，每隔几日，都会被严刑拷问一次。他的堂弟媳滕尧珍每次去探监，都见邓恩铭脸上有皮鞭抽打的伤痕，有时旧伤未愈，又添新伤。1930年的秋天未过，滕尧珍就给邓恩铭亲手缝了棉衣送到了监狱，可当她寒冬来到监狱时，看到邓恩铭还是穿着那身破乱不堪的单衣，滕尧珍一下子急了："大哥，你为什么不换上那件新棉衣？"邓恩铭晃了晃手上的手铐子笑着说："尧珍，是它不让我穿呀！试了几次都不行，你看滑稽吧？是国民党太滑稽了！"说完哈哈笑了。尧珍听了，想跟着堂兄笑，可嘴角动了一下，怎么也没有笑出来。她鼻子一酸，强忍住就要夺眶而出的泪水。后来滕尧珍回忆："看到这种情况，我的心其实比针刺还难受。回来后，我又给他赶缝了一套棉衣。这次特地把裤脚衣袖都裁破了，钉上了按扣，这样他穿起来就方便了。"

滕尧珍一直觉得1931年4月4日那天夜里很奇怪，她一晚上都没有睡意，天还不亮就起身给邓恩铭炒了几个南方口味的小菜，再用盒子装了急急往监狱赶，可她前脚刚迈进监狱的大门，一个狱警老远就朝她喊："你这会儿还来干什么？"滕尧珍道："今天是清明节呀，我给大哥送些吃的。"那狱警挥挥手："你还送啥？犯人邓恩铭已经不在人世了。"滕尧珍急忙说："你胡说什么？前些日子我还给他送棉衣了呢。"狱警不耐烦了，道："什么前些日子？就是昨晚上把他送走的，还有一帮共党分子。"滕尧珍愣住了，喊了声大哥，泪如雨下，盒子也掉在了地上。滕尧珍把几盘菜摆在马路上，放上筷子，又拿出酒杯酒壶，倒上满满一杯酒说："大哥，弟妹特地给你炒了几个咱们老家的菜，你要是在天有灵，就吃一点，喝一点，一路走好啊，大哥！"滕尧珍说完，扬手把酒洒在了路边。

回来的路上，尧珍突然想到，清明本是祭奠亲人的日子啊。

那一夜，被国民党山东省政府主席韩复榘下令枪杀的除了中共一大代表、前中共山东省委书记邓恩铭外，还有省委书记刘谦初，临时省委书记吴丽实，省委常委党维蓉、雷晋笙、刘晓浦，省委妇女书记郭隆真，省委秘书于清书，共青团省委书记宋占一，共青团省委常委刘一梦等二十二名中共重要人物。

邓恩铭上路的前夜，留下了一首诗："卅一年华转瞬间，壮志未酬奈何天。不惜唯我身先死，后继频频慰九泉。"后来有一位地下党，把邓恩铭留下的诗辗转送到了滕尧珍手里。

刘谦初也给爱妻张文秋留下了一封遗书："望你不要为我悲伤，希你紧记住我的话，无论在任何条件下，都要好好爱护母亲！孝敬母亲！听母亲的话！"1930年6月，张文秋抱着刚刚出生没几个月的女儿去监狱给丈夫报喜，刘谦初摸着孩子粉嘟嘟的小脸，真是又惊又喜，一下子笑出眼泪。张文秋还是第一次看到丈夫落泪，她急忙说："给孩子起个名吧。"刘谦初沉吟片刻，道："就叫思齐吧，我们都是从湖北来到山东的，山东也称齐鲁，让我们的女儿将来永远记住这里。"

后来张文秋把丈夫留给自己的那封遗书拿给女儿看，张文秋流着泪道："你爸爸在信里连写了三个母亲，母亲指的是党啊！"后来长大成人的刘思齐成了毛泽东的儿媳。

刘谦初是山东平度人，原名刘德元，1897年出生。刘谦初的父亲刘禄是当地贤达，很有脸面，儿子虽然刚刚出生，可他就给予了厚望，特地给儿子起了个"光"的乳名。刘谦初少年聪明，在私塾读书时能举一反三，老先生很喜欢他，25岁的刘谦初考进了燕京大学，后来参加了北伐，加入了共产党。

这群革命者是在济南市的纬八路侯家大院被处决的，也是在这一天的清晨，一位叫刘坤的六十多岁老汉背着粪篓从这里经过，看到成群结队的野狗进进出出的，他也跟着赶了过去，没走几步，他就"嗷"的一声停下了，连连退后了几步，在刘坤的眼前，横卧着一具具尸体，一洼一洼的血在寒风中都已经凝固了，而那群野狗正扑在他们身上啃咬着。

解放后，指挥这次行刑的张大春被公安人员抓获，他交代了一些细节。1931年4月4日深夜，严格说已经是凌晨三点钟左右，刑车把邓恩铭、刘谦初他们拉到侯家大院后，军警又把他们一个个赶下车来，四处一片漆黑、寂静，刑车上的一对大灯开着，两束刺眼的光束射在邓恩铭、刘谦初他们身上。这时，女共产党员郭隆真突然喊开了口号："打倒国民党，打倒蒋介石！"声音尖厉，尤为响亮。邓恩铭、刘谦初等人，白天受过酷刑，嘴都肿胀得厉害，再也发不出声来，张大春见郭隆真这样，火了，对旁边的人道："先把这娘们拉回刑车上去！"接着他一挥手，一阵枪声响过后，张大春跟着验尸官一一查看了尸体，只有中共山东省委秘书长刘晓浦还有一口气，他爬到离自己几步远的刘一梦身边，艰难地伸出手，给刘一梦整了整衣服，又摸着他的脸说道："增容呀，是叔叔把你带出来革命的，相信你不会怪叔叔，因为你也是一个坚强的革命者，咱们叔侄二人到那边再见面了。"验尸官看看张大春，张大春没有说话，对着刘晓浦脑袋补了一枪。

刘晓浦、刘一梦，是亲叔侄，出生在沂水县九区（今为蒙阴县）垛庄村，刘家是垛庄远近闻名的大户，叔侄二人，都贵为"燕翼堂"少主。燕翼堂为何物，乃是古建筑的堂号，垛庄的燕翼堂和安徽黄山市徽州区的燕翼堂最为有名。一家起于清代，一家起于明朝。山东的刘姓燕翼堂，由清代乾隆皇帝御赐。当年刘家土地就有数千亩，在全国很多地方都设有商号，号下油坊、酱园、布庄百货不计其数。到了30年代，刘家即便实力大不如从前了，可还有雇工、家丁若干。刘晓浦和侄子刘一梦被捕不久，他的哥哥刘云浦背着重金赶到了济南，探监那天，刘云浦先看了侄子，又见了弟弟，他对弟弟道："这次花多少钱也要把你和增容赎出来！"刘晓浦摇摇头说："二哥，这不是绑票，这是蒋介石在疯狂地镇压我们共产党人，可不是用钱就能赎出来的，不要再往里搭钱了，在反动派眼里，我和增容都是重犯。"刘云浦急忙说："弟弟，他们告诉我，只要你们自首就自由了，二哥再给他们送上钱，就平安无事了。"刘晓浦说："二哥，你糊涂呀，反动派想让我们叔侄二人叛变，这是永远办不到的，你回去吧，我死后，一家老小就拜托二哥照顾了，你告诉他们，我是被反动派枪杀的，让他们长大了一定跟着共产党革命！"刘云浦叫了声四弟说："你可真犟呀！"说完掩面而泣，随后他扑通跪在了地上，给弟弟磕了三个头，带着哭音道："二哥在这里就算是送你了。"接着站起身来，抹着眼泪走了。刘晓浦不知，二哥刘云浦和家丁来济南，还专门带来了两架骡车，两口棺材。

4月6日夜，刘晓浦、刘一梦牺牲第二天，刘云浦花重金买回弟弟、侄子尸体离开了济南，数日后才回到垛庄，十里八乡的人听说后，都带着纸钱赶来吊唁和帮忙，刘云浦双手作揖，含泪高声说道："谢谢十里八乡

靠山

的父老乡亲们了！今天我刘云浦留下话，共产党不取得胜利，我们刘家绝不出殡！"众人闻听，无不落泪，一一下跪磕头行礼，后来刘云浦把弟侄遗体浮厝于刘家燕翼堂家庙中。

当时，刘晓浦28岁，刘一梦则26岁。"燕翼堂前燕，归来血沾衣。"刘一梦还是个作家，他在自己一篇反映农民暴动的小说《雪朝》末尾写到了这样一群被枪杀的革命者："霎时，他们都睡在雪地下了，腿还颤动着，像要挣扎的样子。朝阳射在他们的身上，洁白的雪地沾浸上了他们头部流出来的鲜血。他们还直睁起眼睛向着太阳的冷凄的红光……"

人生总是这样富有戏剧性，在他写了这篇作品不久，他就和一群革命者慷慨赴死了。

刘禄听到儿子牺牲的消息后，口吐鲜血卧病不能起床，是乡亲们用骡车把刘谦初尸体拉回了乡里。

中共济南特支书记胡允恭后来回忆：

> 4月6日傍晚，我们自东而西按时前去，缓步向纬八路刑场走去。凭借着夕阳的残光，我们清楚地看到21位战友的遗体(省妇委书记郭隆真因高呼口号，在狱内被杀害)纵横倒卧在草地上，流出的鲜血已成赭色。他们的面部表情有的怒睁双目，有的口大张开。由此可以想见，他们在临刑时是何等的愤怒、壮烈，肯定是在高呼口号中倒下的！目睹战友的遗容，我们每个人的心中都燃烧起一团熊熊烈火。可是，大家都按照预先的约定，把怒火强压在心头，谁也不吭一声。但是离开刑场不远，姚第鸿就按捺不住，悲愤地哭出声来。我怕有密探跟踪，暗中捏了他一下，即指挥大家散去。现在回忆起来，这种场面，不是身临其境，是难以体会到当时的情感的。

2

1931年9月的一个夜晚，中共青岛市委书记汤维亭来到了徐子兴的家。自1923年8月邓恩铭任中共青岛市委书记到1931年9月，已经有21任书记，10人先后牺牲，汤维亭是刚刚上任的，连他一时也说不清自己是第几任了。绝大多数书记的任期都是以月来计算的，有的甚至不足一个月就被捕了。1931年的2月，颜世彬受命任山东省委常委兼青岛市委书记，3月末的一个上午就被捕。山东省委马上决定由王公博等三人临时主持青岛市委工作，可下午三人就同时被捕了，从4月到9月初，青岛市委书记一直是空白的。

徐子兴的妻子李毅看了一眼来人，问："你找谁？"汤维亭道："大嫂，我是代表组织专门过来看望你们的。"李毅一脸悲戚："他已经不在了。死了。"她自言自语着："都说他是叛徒，说他干尽了坏事，他不是这样的人，我自己的男人我知道，也最清楚。"汤维亭道："大嫂，对徐子兴的事，我们是知道的。"汤维亭说着，从自己口袋里摸出一个信封，从中抽出一张纸递给李毅。李毅看到，纸上写着这样几句话：同志们：为了尽快除掉叛徒，青岛市委决定特派徐子兴同志打入敌人内部。我本人并以青岛市委负责人的名义给予证明。下面写的时间是1929年3月25日。证明人是王景瑞。

李毅一字一字看完，已是泪流满面，她开口道："徐子兴啊，你该受了多大委屈呀！"说完，抱住身旁的一对儿女，放声大哭。

让李毅没有想到的是，自己作为徐子兴的妻子，到这时才得真相，她悲喜交加，张了张口，却什么也没有说出来。李毅在徐子兴的影响下，虽然不是党员，可也积极支持革命，经常同那些革命者的妻子一道，参加各种游行。

徐子兴加入王复元的捕共队后，众人唾弃，李毅和孩子走在院子里，身后都有邻居指指点点的，不知吃了多少白眼，受到了多少辱骂。不仅门上时常被人抹上粪便，还经常有一摊摊的尿。有天早上李毅打开门，眼前竟摆着一个花圈。徐子兴每次回到家中，李毅和孩子也都冷眼相望。只有在深夜，徐子兴才能俯身亲一亲睡梦中的孩子。

对坚强的共产党员徐子兴来说，1931年的春天是残酷的。他自从1929年年初打入国民党内部，到1931年4月被捕，向中共党组织提供了多份重要情报，很多党员由此逃过了厄运。久而久之，徐子兴的行踪也引起了王复元的哥哥王天生的怀疑，可王天生一直不动声色，只是站在暗处悄然观察着徐子兴。1931年4月，中共中央派交通员郭强来山东传达有关指示，郭强乘船来到了青岛，他刚下船就和前来迎接的徐子兴对上了暗号，两人一前一后走着，郭强被几个特务拦住了去路，郭强被捕了，徐子兴却安然无事，他快步走着，很快就消失在人群中。后来他跟人说起此事，才知道并不是自己多么幸运，是王天生欲擒故纵，放长线钓大鱼。然而，徐子兴有勇有谋，特务跟踪了几日，都一无所获，王天生觉得这样下去，不仅两手空空，最后恐怕连徐子兴也"石沉大海"了，他下令收网，徐子兴很快就被送进了监狱，王天生知道，徐子兴这样的人，不是上大刑就会轻易招供的，为了逼迫徐子兴就范，他又让人把李毅和孩子抓来，李毅一见丈夫，泪就下来了，她捶打着丈夫的后背："你呀，你呀，你怎么这样糊涂！你不跟着共产党干了，又投靠了这帮子人，现在他们也翻脸了，你里里外外不是人呀！"徐子兴听了，说："我没有做对不起祖宗的事！"王天生让李毅交代徐子兴的事，李毅道："自从我嫁到徐家那天起，婆婆就不让我问男人的事，管男人的事，他做了什么我都不知道！"说完，李毅就哭倒在地上，孩子也跟着哇哇大哭。

王天生拷打徐子兴，让他交代中共青岛市委书记的下落，徐子兴道："我早就投靠你了，在共产党眼里，我早就是叛徒了，说不定哪一天，我的下场也和你的弟弟一样，他们的秘密我怎么能知道呢？"王天生吼道：

"你是假投靠，想在我面前使障眼法，你还嫩了些。"徐子兴冷冷一笑说："信不信由你。"无论王天生怎么动刑，怎么拷问，徐子兴就一句话："莫名其妙。"王天生无奈，只好押着徐子兴回到了济南。

1931年8月的一天，李毅抱着幼子来济南监狱探监，隔着铁门格子，她伸手摸了摸丈夫消瘦的面庞，泪水无法止住。徐子兴抬头道："不管外面的人说我什么，我是对得起自己良心的。我生是党的人，死是党的鬼！"徐子兴看着孩子，摸了又摸，抬起头时，泪水落在地上，他沉默一会说道："将来你要告诉孩子，他们的爸爸没有为祖宗丢脸！还有，你再找个人家。"李毅摇摇头说："孩子他爹呀，现在还说这话有什么用呀。"

两人一时无语，最后李毅放下孩子，突然跪在了地上，她给徐子兴磕了三个头，一岁多的孩子见了，也学着妈妈的样子跪在那里磕了个头。狱警吼着说到时间了，李毅抱起孩子没走了几步，又一下子回过头来，大声喊道："徐子兴，我生是你老徐家人，死是你老徐家的鬼！等你上路那天，我和孩子来送你！"

李毅后来一直记得很清楚，她和孩子离开济南那天是8月19日。清晨突然而降的暴雨，像无数条鞭子一样抽打着刚驶出车站的火车，李毅看看车窗，雨水像帘子一样挂在了窗上，挡住了视线。她又看看怀里的孩子，忽然觉得想哭，她一下子捂住了自己的嘴。

李毅不知道的是，就在这个清晨，她的丈夫和21个党里的人，被押送到了济南千佛山下，他们一下刑车，就被如注的大雨浇透了全身，徐子兴开口唱起了《国际歌》，众人也跟着一齐唱起来，歌声和雨声交织了在一起，愈来愈响亮。

一阵枪声过后，他们晃动了一下身子，随后纷纷倒在了地上，鲜血喷涌而出，很快就被雨水吞噬了。

六　徐庄之约

1

当身体瘦弱的任国桢1930年3月的某一天站在青岛街头上的时候，他不禁长舒了一口气，从出发那天起，一路辗转，已经大半个月过去了，他知道，接下来还有更严峻的考验摆在自己面前。还是前一年的8月21日，一大代表陈潭秋奉中央之命主持改组了中共临时山东省委，任命王进仁、曹克明、党维蓉为临时省委常委，王进仁担任书记兼组织部部长，任命党维蓉为宣传部部长兼青岛市委书记，曹克明是巡视员。可是两个月的时间还没到，党维蓉等人就被捕了，青岛一直是斗争的前沿，不能一日无书记，王进仁提议临时省委任命锄奸队员牟洪礼担任青岛市委书记。时隔不久，中央给山东派来了吴丽实，12月10日这天，在济南又重新组建了山东临时省委，吴丽实担任书记，时间到了1930年2月8日，曹克明变节，出卖了临时省委，吴丽实等8人不幸被特务抓住，侥幸脱险的王进仁在山东已经很难落脚，被调往了天津。中共中央随后又派来了任国桢和汤汝贤。

任国桢知识分子出身，先前在他的家乡任中共满洲省委候补常委。他是在上海中央干部训练班学习时被派往山东的。这位四十多岁的东北汉子，个头有些瘦小。此时，他提着简单的行李，行走在海边，风不是很大，空气里还夹杂着淡淡的海腥味，嗅着这种陌生的味道，曾经在哈尔滨《东方早报》当过编辑的任国桢，突然觉得这座城市对自己来说既陌生又遥远。

　　年轻的青岛市委书记牟洪礼很快就和任国桢接上了头。牟洪礼住在一间很狭窄的小平房里，除了一张单人床，几乎连个放板凳的地方都没有，两人盘腿坐在硬板床上，任国桢以大哥的口吻说："小兄弟，你可真能凑合呀。"牟洪礼不好意思地笑了笑说："在码头上扛一天大包，身体早就散架子了，回来就像一头死猪一样，往床上一躺也就什么不知道了。"任国桢听了，有些心酸，继而哈哈大笑起来。这一夜，他在这张小床上，几乎是和牟洪礼摞成摞睡的。

　　任国桢急需租间房子，一是立足，二是将来可以作为省委机关。他和牟洪礼在街头分手后，就走街串巷看了几户房子，但每个人的口径几乎都是一样的，没有眷属不租。任国桢苦笑不已，晚上对牟洪礼说："眷属，眷属，你嫂子还在大东北拖着个大肚子呢。"任国桢看着窗外渐渐暗淡下来的天说："时间不等人啊！"牟洪礼那张娃娃般的脸上也充满了焦虑，他低头想了想，突然说："要不先给你找一位女同志吧，你们假扮夫妻，这样问题不就解决了嘛。"任国桢一怔："这怎么能行？"随后又说："情况紧急，只能这样了。"

　　没有几日，一个叫孙肇修的女共产党员来到了任国桢的身边。这位后来化名陈少敏的年轻女性，当时已经28岁，同那个年代众多女性一样，很早就加入了共产党。孙肇修的父亲早年参加过辛亥革命，由于作战勇猛，破格当上了连长。辛亥革命失败后，他回到家乡寿光种地。孙父读过一些书，耕种之余还教了些学生，肇修就随家父读书识字。后来遇上灾荒，父亲哥哥相继死去，孙肇修虽是女儿身，但行事果敢，风风火火，她知道待在家中只能饿死，就决定去青岛寻找活路，这年她才十三岁，身无分文，一路乞讨，硬是步行了二百多公里到了青岛。孙肇修发动妇女很有一套，曾是邓恩铭的得力助手，多次参与领导工人罢工，虽年龄不大，可老成持重，周围的人无论年龄大小，都热热地叫她陈大姐。

任国桢握着孙肇修的手道："肇修同志，难为你了！"孙肇修很豪爽，她大声笑了笑说："为了革命，命都可以不要，这点事情算什么？"有了孙肇修的配合，任国桢在青岛陵阳路顺利租到了房子。任国桢以假夫妻开展工作的同时，也多次写信给远在东北的妻子，可是，家中音讯全无。任国桢身体不好，每次犯病，孙肇修都问寒问暖，悉心照料。慢慢地，他们的心靠在了一起，这对假夫妻很快成了一对革命伉俪。1930年3月12日，中共山东临时省委在青岛陵阳路成立。任国桢任书记，汤汝贤和牟洪礼为委员。

1929年中末期，中共中央陆续接到了来自共产国际的四封信，要求中共领导的革命要大刀阔斧迅速行动起来，不能缩手缩脚。1930年1月11日，在中共中央政治局会议上，通过了接受共产国际指示的决议。几个月以后，周恩来远赴苏联，向莫斯科的共产国际汇报中国革命的问题。中央政治局常委兼宣传部部长李立三，在日益高涨的革命热情鼓舞下，起草了《新的革命高潮与一省或几省首先胜利》，中央政治局很快通过了这个激进冒险的决议。

远在山东的中共山东临时省委也被这种热情撞击着。这天夜晚，任国桢得知，由于人力车行大幅度涨租，众多车夫已经和他们剑拔弩张，1000多个车夫即将到市政府请愿。任国桢听到消息，觉得机会来了，这是一股不可忽视的力量。他对孙肇修说："为了发动这股力量，我也去当一当车夫。"孙肇修急忙说："你这身体能行？"任国桢道："不行也得行，不和这些兄弟们打成一片，不把他们当成自己人，群众决不会跟你走的。"第二天上午，任国桢一番乔装打扮后，就去车行租了辆人力车。第一次拉车，再加上他身体不好，刚开始跑起来歪歪扭扭的，差一点撞到一棵梧桐树上，一些车夫见了就笑："你这样拉车，两条腿跑细了也挣不出吃的来，根本就不是拉车的料。"一个叫瘦猴的车夫就教他，任国桢聪明，很快就掌握了要领，可跑了一上午，只学会了拉车，没学会拉人。中午任国桢扒拉了几口饭，又跑到车站码头蹲活，其他车夫都眼尖耳敏，能说会道，老远看到客来，几步迎上前去道："先生，您看好了，我人高马大，腿快脚稳，路上再多沟坎，我拉起车来保险没颠簸，您只管舒舒服服睡一觉，睁开眼来就到了！"任国桢初来乍到，不会揽活，且客人又见他长得干瘦，两条腿细得像麻秆，没有一个愿意上他车的。一天下来，竟没拉上一个客。

孙肇修晚上下工回来，见丈夫早就躺在了床上，知道他这一天累得不轻。刚要开口说话，任国桢先开了腔："跑了一天，就溜腿了，连根毛也没拉着。"孙肇修说："这样下去不行，要是特务见你这样空着车跑来跑去，时间久了还能不引起他们的怀疑？"任国桢说："也是，路上确实有些人在注意我了。"他看看妻子，笑了笑又道："你明天先坐坐我的车，打个掩护。"孙肇修听了，扑哧一声笑了："亏你想得出来啊！"任国桢道："结婚的时候你连个花轿都没坐上，这下算是补上了，一举两得。明天你也要打扮一下，得像个坐黄包车的模样。"

第二天上午，这位中共山东省委书记，就用黄包车拉着妻子上路了。七月的青岛，湿热难当，孙肇修见丈夫不一会就跑出了大汗，累得气喘吁吁的，连说："停车，停车。"任国桢急忙道："记住你的身份，你是坐车的，要坐得像模像样！"任国桢身体一直虚弱，在刺目的烈日下，腰更佝偻了，嘴里大口喘着粗气。坐在车上的孙肇修，看到丈夫后背弯成了弓状，汗水也湿透了衣服，泪水不禁一次又一次地涌出了眼眶。

一路上，很多车夫都热情地向任国桢打着招呼，瘦猴还嘱咐他悠着点。孙肇修知道，丈夫已经融入这个奔走的群体里了。

7月21日，在中共山东省委和青岛市委组织下，1000多个人力车夫举行了罢工，大街小巷再无一辆人力车。任国桢混杂在车夫中，一起大声喊着口号。此时，马路上已经没有一辆人力车。瘦猴跑过来跟任国桢说："大哥，有的车行已经同意咱们的要求了，你可真行。"任国桢道："这可不是我一个人的力量，只要大家团结起来拧成一股绳，他们就会害怕的。"

罢工第二天，一些车夫被抓进了监狱，孙肇修还有徐子兴的妻子李毅等人，又发动了众多的车夫家属起来抗议。孙肇修后来回忆：

> 1930年，董汝勤、李文美（即李逸秋，又名李毅）和我组织人力车夫家属去请愿。对此事，省市委均无指示。我们晚上开会研究，白天由李文美通过院内住户串联，在德平路以南一个一个地发动家属，组织请愿。这次斗争，发动家属请愿是起了作用的。请愿时，伪市长的代表（可能是秘书长）出来讲话。他讲的大意是：为照顾你们的生活，被捕的人很快就放出去。最后他答应，在人放出来以前，一天一户发4角钱。一位七八十岁的老太婆，经动员参加斗争后，说："还得联合起来。一天还给我们发4角钱呢。"对这次家属请愿警察局没有镇压。对家属请愿一事，省委当时有过报告，那是任国桢写的，任国桢还分析了斗争胜利的几个原因："一是捕去的人力车夫还得管饭，二是家属请愿，每户每日还得发四角钱（发了一周左右），再就是租车的人多，其中老人力车夫力量不小，车行得依靠他们租赁人力车。"

这天下午，任国桢拉起人力车又跑上大街查看情况，刚转过一个弯，忽听有人在喊："黄包车，黄包车！"任国桢循着声音抬头看去，见马路旁的一棵树下站着一个人，正向他连连招着手，是徐子兴。任国桢赶了过去，拉起徐子兴就跑。徐子兴道："你得和少敏同志马上转移，张国亭叛变了，晚上他就带着捕共队的人到你家去。"说话工夫，到了一座楼前，徐子兴下了车，匆匆走了。

任国桢撩起搭在脖子上的毛巾擦了几把汗，四处看了看，拉起黄包车就往家中跑去，他必须在最短的时间里把窗台上那盆花搬下来，这是向其他同志发出的危险信号。任国桢再走出家门的时候，街上的军警陡然增多了，他还要通知几个同志，同时，他还担心着妻子，万一她一时大意进了家门怎么办？任国桢很快就到了徐子兴家，可徐子兴已经跟着捕共队走了。

任国桢没有想到，他刚离开家时间不长，王天生的捕共队在张国亭的带领下就提前到了他的家，特务敲敲门没见动静，在一边埋伏起来。

陈少敏快到家的时候，夜色已经罩住了这座城市，走着走着，一个人拦住了去路："陈大脚，你不要回家了，有特务在你家楼下！"陈少敏见是邻居张二英，一下子停下了脚步，她急忙问："我家老任呢？"张二英说："回了趟家就走了。还有几个邻居在别的路口拦着你呢，快走吧！"陈少敏心里一热，挥挥手转身快步走了。

1930年11月，中共山东省委再次遭到破坏，任国桢和陈少敏成了国民党的眼中钉，中共中央把他们调往北平。1931年11月的一天，陈少敏正兴致勃勃地在给出生没几个月的女儿缝衣服，一位同志来告诉她，任国桢被捕牺牲了。陈少敏闻听，手中的剪刀一下子掉在了地上。

后来陈少敏把孩子托付给母亲抚养，只身又投入了革命，毛泽东赞她是"白区的红心女战士，无产阶级的贤妻良母"。在战场上她也表现不凡，是抗日战争和解放战争中的一位响当当的女将。1937年春，陈少敏被组织派到延安中央党校学习。与同班同学涂正坤相爱结为夫妻。涂正坤曾担任过湘鄂赣省委书记，长征中结发妻子朱引梅所在部队被包围，自此再无音讯。相同的命运，惺惺相惜，让这对饱受磨难的人走到了一起。可谁都没有想到，新婚没几日，涂正坤突然收到了朱引梅的来信，说她命大，虽然被打了一枪，但没有伤着要害，最后被一场大雨浇醒后，从死人堆里爬了出来，很快就要赶到延安与他团聚了。涂正坤看了信又惊又喜，可一下子又坠入了两难的境地。他把信拿给陈少敏看，陈少敏沉默良久，最后快言快语地说道："老涂呀，你别犯愁，朱引梅还活着，这是天大的好事，虽说咱们结婚了，可她和你结婚在先，我和你结婚在后，咱俩就此分手吧，要不我对不起引梅同志。"涂正坤叹着气，手足无措地一遍遍摸脑门。陈少敏朗朗笑道："看你这样子，怎么一下子变成娘们了？过去我娘说我，你这孩子不光是脚大，心也很大。放心吧，是我乐意的，我是在党的怀抱里长大的，死都不怕，这点压力算什么？"涂正坤听了，释然了许多。陈少敏又笑笑，卷起了自己的被子。涂正坤心里五味杂陈，把陈少敏送到了集体宿舍，很多人都不知就里，一路上都指指点点。有人问："涂正坤，刚结婚还没热乎够怎么就分居了？"涂正坤一声不吭。陈少敏则昂首挺胸，笑着和同学们打招呼，嘴里回道："革命不能光卿卿我我！"嘴里虽然这样说，可站在窑洞里，透过窗户看到涂正坤远去的背影时，她再也控制不住自己，泪水一下子涌了出来。

朱引梅来到延安后，听说了涂正坤和陈少敏的事，深受感动，专门到陈少敏面前表达了谢意。谁知两年后，涂正坤在一次战斗中不幸牺牲，年仅42岁，撇下了朱引梅孤儿寡母。

而陈少敏从此再也没有谈婚论嫁，一直孑然一身。新中国成立后，这位受人尊敬的女性，出任了中华全国总工会副主席、中共中央第八届中央委员会委员。

2

"左"倾冒险主义，不仅给红军带来损失，也让全国各地的党组织受到重挫。1933年1月，在上海的临时中央机关不得不远迁苏区，为了继续领导白区的斗争，中共中央又很快成立了中共上海执行局。1933年2月，中共山东团特委书记陈衡舟投敌，山东临时省委书记任作民、组织部长王仲和等29人被捕。时隔不久，先前入狱的青岛市委书记李春亭、李伟任等9名干部被韩复榘处决。因为中央迟迟没有指示，1933年3月，原省委秘书长张恩堂（张北华）在济南紧急成立了山东临时省委，书记张恩堂，宋鸣时任组织部部长。让张恩堂等人猝不及防的是，刚刚担任组织部部长不足5个月的宋鸣时，拿着一份重要名单，走进了国民党山东省政府，韩复榘喜出望外，连声对宋鸣时说道："你立了大功，你立了大功，这下山东的共产党该绝迹了！"

宋鸣时叛变的当天夜晚，不仅临时省委书记张恩堂等人被捕，就连上海中央局派来的蔡泽民也未能幸免。没出几日，又有20余人被捕。其中还有与蔡泽民一同来山东的刘泽如、宋澄。可以这样说，宋鸣时叛变是自叛徒王复元以来最为严重的一次。由于省委交通员马振声和朱光先被捕入狱，省委遭破坏的消息就没有及时送出去，各地党组织都蒙在鼓里，狡猾的宋鸣时为了逮捕更多的共产党，还以组织部部长的名义到各地频频视察，后面的捕共队则张网已待，他在下面每召集一次会议，到会的党员都无一逃脱。从史料中得知，短短时间就有300多人被关进监狱。全省各地县一级的党组织，只剩下青岛临时市委和莱芜、莱阳等几处。

当时，山东省委宣传部设在省委印刷部，宋鸣时并不知道印刷部的地址，费了一番周折也没抓住宣传部的部长曹仲三，就在宋鸣时耿耿于怀的时候，曹仲三终于联系上了中央驻北方代表，知道了讯息，可到了10月，曹仲三还是没能躲过这一劫，他被捕后，让山东党组织与中央失去联系达两年之久，就连党中央在遵义会议上确立了毛泽东的领导地位他们都不得而知。

这期间，中共济南市委书记赵健民、莱芜县委书记刘仲莹等人在各地坚持斗争的同时，一直想方设法寻找上级党组织。1934年春天，刘仲莹先行去了上海，因为一时没借到钱，就变卖了田产做了盘缠。由于线索全无，他在大上海跑了几个月也没有找到中央局，最后刘仲莹一路乞讨回到了山东，他刚在济南落脚没几天，就被抓进了大牢。无论怎么上刑，刘仲莹都一问三不知，再加上他身份还没暴露，很快被保释出来。刚从外地回来的宋鸣时听到这一消息，捶胸顿足："你们这是放走了一条大鱼呀！"

　　宋鸣时立即兵分数支，由变节分子带路，多方寻找刘仲莹的下落。刘仲莹四处躲避，最后隐藏在了莱芜云台山一处狼毛子洞，他每日多是野菜充饥，到了初冬，叶落草枯，这位23岁的年轻人瘦得已是皮包骨头，连日的高烧让他时醒时昏，幸亏一个叫刘汉成的老汉进山砍柴时发现了他，隔几日都会给他送些吃的来，后来这位老人再没出现。这天，刘仲莹拖着病体没爬几步，就晕了过去，蒙眬中他听到有人在喊，声音很小，若有若无，好像是从遥远的地方传过来的，后来声音越来越大，刘仲莹慢慢睁开了眼睛，他影影绰绰地看到，一个姑娘蹲在自己的身边。姑娘见他醒了，一下子露出了笑容："我怎么叫，你就是没有啥反应，看你的嘴干得怎么这样厉害？快喝点水吧。"说着，姑娘从筐子里拿出一个皮囊子，让刘仲莹喝了几口水。刘仲莹喘了几口粗气问："你是谁？怎么到这里来了？"姑娘道："我叫春芳，刘汉成是我爹，他不在了。"叫春芳的姑娘说着，一下子落下泪来，停了一会她又道："我爹临死前说了你的事，他说你是好人，让我给你来送饭。刚说完你在这山上，还没说在哪个地方，就头一歪咽气了。我找了你好几天，才找到这山洞里来了。"刘仲莹听了，心如刀割，他抹抹眼睛说："前些日子要是没有刘大爷照料我，我早就死了。他身体很好，怎么说走就走了？"春芳刚要说什么，又停住了，她从筐子里拿出一块红薯，递给刘仲莹："快吃吧，你肯定饿了。"春芳没有告诉他，老人是夜里从山上回家的路上跌进深沟里摔死的，就是那天他给刘仲莹送吃的回来的路上。

　　刘仲莹在和特务捉迷藏的时候，赵健民等人还辗转在北平、上海等地，一直没有停下寻找上级党组织的脚步。他们没有想到的是，上海的中央局也曾多次派人赶到济南和山东各地联络，可山东的党组织好像一下子踪影全无了。1935年9月的一天，济南乡师一位名叫郭崇豪的党员告诉赵健民，说濮县的党组织还在活动。赵健民听了很高兴，有斗争的地方，就会有党的领导。赵健民高兴得几乎一夜未眠，第二天一早，他就骑上一辆破旧的自行车向濮县出发了。

　　濮县地处鲁西，距济南数百里。严格地说，当时鲁西地区的濮县、范县、阳谷、莘县、朝城等地，还属于冀鲁豫边区特委领导，直鲁豫特委书记黎玉常到这一带巡视，后来，河北省委还派他专门到濮县一个叫徐庄的村子蹲点。在山东革命处于低潮时，这个鲁西偏远的小村庄却点燃了革命的火炬。1934年秋天，从师范学校刚毕业不久的徐庄青年徐宾加入了共产党，短短一个冬天，有着火一样热情的徐宾很快就发展了8位党员。

　　不久28岁的山西汉子黎玉踏着厚厚的积雪来到徐庄，很快就被这些刚刚宣誓入党不久的汉子的赤诚之心感染了。年关虽然就在眼前，可徐庄的百姓却还都在为饥寒揪心，黎玉趁热打铁，亲率几十人夜袭了小芦庄的一个大户地主，收获粮食数石。没出几日，木靳庄赵振刚大地主也遭到同样的袭击。第二天官府通报说："赵家一夜粮食被盗100石，长短枪各一支，手榴弹一箱。"这一连串的好消息，对赵健民他们来说，能不是一个极大的鼓舞吗？闻讯赶到徐庄的赵健民，一把握住徐宾的手，许久没有放下，他连声说："可找到你们了。"临走时，他又反复嘱咐徐宾："黎玉同志再来的时候，你一定要告诉他，我过些日子还会再来的，我们都盼着和他见一面。"

赵健民、鹿省三在1935年一个初冬的日子找到刘仲莹的时候，他已经像个披头散发的野人一样了，他们都冲上前来，紧紧地抱在一起。这三个顶天立地的汉子，声音都哽咽着，竟好久没说出一句囫囵话来。

在中共山东省委的历史上，因为省委屡遭破坏，曾两次紧急组成了中共山东省工作委员会，用以临时领导全省各地的党组织。1933年11月，第一次组建的山东省工作委员会还不足一个月，工委就被破坏，中央刚派来任工委书记的张德一和秘书长张仲翔被捕。1935年的年底，随着赵健民三人的相聚，中断了两年多的中共山东省工作委员会才得以恢复。刘仲莹任工委书记，赵健民任组织部部长，鹿省三任宣传部部长，黄仲华任农民部部长。

赵健民第一次离开徐庄不久，黎玉又来到了这里，听了徐宾的话，黎玉心里既沉重又不安，他站在村口，望着茫茫的远方，自言自语道："同志们该是多么着急呀，找家的滋味太难受了！"自此，黎玉决定在徐庄住下来，等着赵健民的到来，每天他都走到村口眺望，想象着赵健民骑着自行车由远而近，正向他一路驶来。

3

在1935年冰封的黄河大堤上，往来人还是不少。赵健民骑着自行车早已经走出了黄河大堤。这辆从别人那里借来的自行车，已经破旧不堪，骑上没蹬几步就吱吱呀呀地叫个不停。上次远行徐庄，一路就修了好几回，这次可是一路冰天雪地，出发前，赵健民特地到车行让师傅做了修理，走时又带上了几件工具。骑行了一百多里后，眼前的小路早已被大雪覆盖了，茫茫雪原上空无一人，赵健民只得把自行车扛在肩上行进，雪没膝深，没走多远，赵健民已经累得直不起腰来，嘴里呼出的白气越来越浓，他干脆卧在了雪地里，抬头看看，雪还是无边无际。刚才还热腾腾的身体，很快凉了下来，他站起身，又扛起了自行车，本来驮人的工具，现在竟成了累赘。赵健民深一脚浅一脚走着，雪地里留下一串杂乱窝子。

赵健民扛着自行车站在徐庄村口的时候，徐庄已经和太阳的余晖融为一体了。这位从1934年下半年就开始寻找上级党组织的汉子，行程数万里，到这一天总算是画上了一个圆满的句号。赵健民跟着值守村口的一位党员刚走进院子，就迫不及待地大声喊起了黎玉，黎玉正坐在屋里和一些人说话，听到喊声，几步就迎了出来，他连声道："我就是，我就是！"赵健民像一个终于找到了家的孩子，一把握住黎玉的手："黎玉同志，我是赵健民呀，可找到你了。"说完嘴一咧，再也说不出一句话来，只是一头扑向黎玉，放声大哭。

赵健民的鞋子和长衫都已经湿透了，硬邦邦的，徐宾急忙给他找来衣服。赵健民喝了几口热水，问："有吃的吗？我已经大半天没吃东西了。"旁边那个党员说："刚才在村口，他饿得站都站不稳了。"还没说完，徐辰的妻子已经端上了一碗热腾腾的面条。炉火把每一张兴奋的脸膛都映得红红的，黎玉说："现在的形势非常严峻，从1930年10月开始，蒋介石就向我们中央根据地发动了进攻，还多次围剿我们工农红军。目前，党的中心任务是开展抗日民族统一战线，不久以前，还发表了《八一宣言》……"赵健民听了，有一种恍若隔世的感觉。

黎玉和赵健民会面后，很快就回到了冀鲁豫边区特委驻地河北省磁县，把山东的情况报告给了中共北方局书记高文华。高文华高兴地说："山东的党组织终于回到党的怀抱了！"不久，高文华又向黎玉做了传达："中央已经派刘少奇同志来天津主持北方局的工作了，中央对山东的情况很重视，要求尽快恢复山东省委。经过研究，决定派你到山东担任省委书记，时间很急，你争取最近几天就赶过去……"

1936年4月的冀鲁边平原上，油菜花开，麦苗返青，树木也都被春风吹醒了，枝条上泛出了一抹抹淡绿。肩负使命的黎玉一大早就骑着自行车从磁县出发了，徐庄是黎玉到山东的必经之地，过去他每次去徐庄，都会走这条田间小道。千里走单骑，且一路都是盛开的油菜花，黎玉禁不住诗意大发，随口吟道："鸟鸣杨柳青，遍地黄花香，蝴蝶在引路，助我到徐庄。"由河北磁县到濮县，有300多里路。黎玉一路穿过成安、清丰、内黄、大名，抬头一看，眼前的徐庄已经在夕阳的余晖里了。黎玉夜宿徐庄，天刚亮就登上了黄河大堤，一路向东而来。在这里，黎玉遇上了几个黑衣人盘查，好在有惊无险，他在路边给自行车打足了气，看看天色，又骑上车子继续行驶。

此时此刻，济南全福庄小学的教员姚仲明，还像往日一样，翘首等待着上级党组织派来的人。

历史记住了这个日子，1936年5月1日，中共山东省委在济南成立，黎玉担任书记，赵健民担任组织部部长兼济南市委书记，林浩任宣传部部长。当三双大手握在一起的时候，赵健民心潮起伏。外面树绿叶翠，一窗的春意。

在刚成立的山东省委第一次会议上，黎玉道："目前，国民党的力量都在城市，我们在这里无疑是夹缝求生，也很难立足。毛泽东提出的农村包围城市是很有道理的，我们要避其锋芒，到偏远的农村去！"黎玉看看大家，又道："从今以后，我的公开身份是黄包车车夫，一是为了掩护，二是我得挣些银子吃饭穿衣呀！"说完，他放声大笑。

从此，奔跑在济南大街小巷的人力车夫中，经常出现黎玉的身影，他一边拉着车，一边和车上的人聊着天，还不时用搭在脖子上的毛巾，擦擦脸上的汗。

毛泽东后来听说后笑言："黎玉是个黄包车书记。"

七　发兵山东

1

这是1938年的秋天，于王氏跟老伴说要回娘家看看，一边说着，一边往篮子里放了些鸡蛋、红薯之类的东西，就挎起篮子出门了。

儿孙满堂的于王氏加入共产党，有偶然性，也有它的必然性。于王氏的二姐张王氏的两个儿子张霖东、张明远，都是共产党员。在兄弟二人的心目中，被母亲称为小六子的小姨于王氏有主意也有胆识，平日里就常在她面前议论一些国家大事，民族命运，尤其关心老百姓的穷苦。这位从清朝暮年走出来的乡村女人，不仅知道朝廷没了，皇帝再也上不了金銮殿了，还慢慢对政局有了清晰的认识，说这个党哪个党，比一比好像还是共产党好，日军在沂蒙山制造的惨案让她咬牙切齿，她的老伴于泮有时也叹这个世道，于王氏就说："家有千口，主事一人，俺看共产党行，不信你等着看。"

30年代中末期，共产党在沂蒙山的活动已经很活跃，1937年12月24日，中共胶东特委发动了天福山起义，一个月未到，中共山东省委又在1938年1月开年第一天举行了租来山起义，起义部队打起了八路军山东抗日游击第四支队旗号，司令员是洪涛，省委书记黎玉亲自担任政治委员，后来洪涛带着部队一路开进了沂蒙山区。

汶河岸边的庄稼有的已经收了，太阳照在裸露的土地上热燥燥的，于王氏走着走着，觉得有些累了，就坐在一块石头上歇息，远处忽然传来一阵脆脆的笑声，她抬头一看，见是两个女八路，有说有笑地正向这边走来，于王氏一下子站起身来，冲她们招招手，女兵笑盈盈地大娘长大娘短地叫着，于王氏嘴里应着，早就甜在心里。两个女兵一个叫张光，一个叫刘萍，是驻扎在岸堤的抗日军政干部院校的学员。于王氏指着刘萍又指指张光说："你个子高俺叫你大刘，你个头矮俺叫你小张。你说你们两个闺女还都是孩子，父母就舍得你们出来当兵？"大刘、小张听了，都红了眼圈。大刘道："我爹娘早就被日本鬼子杀死了。张光更惨，爹娘还有奶奶都被小日本鬼子活活烧死了。"于王氏听了就骂："天杀的，没娘的孩子真可怜人。"大刘、小张听她这样说，就像娘站到了眼前，忍不住倒在于王氏怀里哭出了声。于王氏拍拍她们的肩："走，跟大娘回家去，大娘给你们做好吃的。"说完，于王氏挎上篮子，一手牵一个就往前走，于泮正在院子里修农具，玉米收了，马上就该耕地播种小麦了，他刚抽了几口烟，一抬头见老伴被两个女兵挎着胳膊进了院门，不禁有些意外，旱烟袋的嘴子也一下子停在了嘴边，他站起身来问："你这是咋了？怎么又回来了。"于王氏一笑："这不，俺在路上刚拾了俩闺女，一高兴就回来了。"说完努努嘴："这是俺那口子，就知道使些笨力气。"大刘、小张忙喊大爷，叫得于泮有些不知所措。于王氏道："老汉子，你别捣鼓这些玩意了，抓紧杀只鸡去，一会炖了给这两个闺女吃！"又扭头对着大儿媳说："老大家，先打它几个荷包蛋，给你这两个妹子垫垫肚子！"

到了晚上，娘仨就睡在一盘炕上，于王氏听了大刘、小张的家世，一把搂住了两个女兵："咱们都是一根藤上结的苦果呀。"于王氏叹口气，说："从小俺爹俺娘俺哥俺姐都喊俺小六子，小六子呀是被你大爷家用两斗带壳的谷子换来的……"大刘、小张听了，又是一阵抽泣。大刘道："我和张光在家里待不下去了，一跺脚就参加了革命。"这一夜，两个女兵你一言我一语，说的都是革命的话。大刘道："大娘，现在全民都在抗战呢，自从四支队进了咱沂蒙山，老百姓也有了主心骨。"小张又说起了延安的毛主席，还有朱总司令指挥的八路军。于王氏这些都还不知道，可两个女兵的话热了她的耳朵和她的心。她看看她们问："干革命是不是用的都是你们这些小年轻的？"大刘道："不分老少，能出一份力就行！"于王氏说："俺有两个外甥，一个叫张霖东，一个叫张明远，都是共产党员，说话也和你俩一样，一套一套的，给俺讲了不少的道理呢。"大刘和小张一听，笑了，大刘说："我们熟悉，还经常在一起活动呢。"于王氏听了很高兴，说："咱们这可真是缘分呐！"大刘和小王低声耳语了几句后，又转过头来对于王氏道："大娘，我和张光都没有娘了，就叫你娘吧？"于王氏听了很高兴："上天给我送来俩闺女，那敢情好！"大刘、小王坐起身来，齐齐叫道："娘！"于王氏连声应道："哎！哎！哎！"窗外，秋虫窃语。一缕皎洁的月光洒在了炕上。鸡开始叫了。两个女兵已经进入了梦乡，于王氏还睁着眼睛。

在随后的几年里，于王氏就认下了一群八路军女兵当闺女，包括牺牲在1941年寒冬日军大扫荡中的女兵陈若克、幸锐、甄磊等。

1938年1月15日，远在陕北延安窑洞里的毛泽东就对山东抗日根据地做出了判断，他要求山东省委："应以鲁中为中心，努力向东发展，尤以控制蒙阴、莒县等广大地区为中心。"

毛泽东所言的重点，就是广阔的沂蒙山区。八百里沂蒙，与晋察冀和冀鲁豫根据地遥相呼应。它北与华北接壤，南又与华中相拥，又是东北、华北与江南相连的枢纽，有着举足轻重的战略地位。毛泽东在后来回忆："山东把所有的战略点线都抢占和包围了，只有山东全省是我们完整的、最重要的战略基地。北占东北，南下长江，都主要靠山东。"

沂蒙山绵亘的群山是屯兵御敌的好地方，沂蒙老百姓的身上又透着忠勇和血性。从抗日战争到解放战争长达12年的斗争中，在这片土地上就发生了4000次大大小小的战斗，10万将士献出了生命。当时只有420万人口的根据地，就有20多万人参军，120万人支前。

2

1938年的3月，中共山东省委书记黎玉把黄包车退给车行，在一个清晨，踏上了远赴延安的路程。当黎玉站在宝塔山的时候，一股巨大的喜悦从他心底冲了出来。看着眼前一个个练兵的场面，黎玉由衷地感叹："主席，我们这支曾被蒋介石围追堵截的队伍还是这样生机勃勃呀！"毛泽东点点头："是啊，他蒋某人曾嘲讽我们是死里逃生的流寇，如今我们这些蒋介石嘴里的流寇呀，已经在这里扎根发芽了，并且很快就会成为气候喽！"毛泽东非常欢迎这位来自山东的客人，特地让人炒了几个菜招待黎玉。席间，黎玉汇报了山东的工作，毛泽东听了很高兴，他笑着说："没想到山东竟有3万人枪了，好得很喽！黎玉同志，我看你们发展的空间还很大，将来要有10万到15万人枪，你们是有这个能力的。"黎玉笑着点点头，随后说："山东现在没有正规的武装力量，请主席给我们派一个主力团的部队来吧。"毛泽东站起身来走到地图前，他的目光好像落在了山东的山山水水中，他吸了口烟，挥挥手说："一个主力团是不够的，不够的，那样显得咱们太小家子气！"

黎玉早先就曾向中央多次提出派干部到山东去。其实当黎玉还在奔赴延安的时候，毛泽东就已经决定派中共陕甘宁边区党委书记郭洪涛率几十名干部到山东去。

红军长征后，中华苏维埃共和国也一起出征，成了马背上的共和国。

国共合作抗日协议签订后，中国共产党为了表达最大的诚意，终止了中华苏维埃临时共和国，成立了陕甘宁边区政府。不仅如此，还撤销了红军番号，同意将中国工农红军主力改编为国民革命军。蒋介石闻后大喜，急急忙忙地让国民党政府军事委员会于1937年8月22日这天，公布了将红军主力改编为国民革命军第八路军的命令。时隔几日，中共中央军事委员会就宣布了将红军主力更名为国民革命军第八路军的命令。当天，第八路军总指挥朱德、副总指挥彭德怀联合向全国发表了就职通电，以示国民革命军第八路军与友军同仇敌忾杀日寇的决心。

日寇进攻，民族危急，敝军请缨杀敌，义无反顾！德等愿竭至诚……追随全国友军之后，效命疆场，誓驱日寇，收复失地，为中国之独立自由幸福而奋斗到底。

9月11日，国民党政府军事委员根据陆海空新的编制序列，又将国民革命军第八路军番号改为第十八集团军。总指挥和副总指挥都改称为总司令、副总司令。不久，北伐名将叶挺受周恩来的委托，专程面见了蒋介石，向他提出将南方地区红军和游击队一并改编为国民革命军陆军新编第四军的想法。10月12日，蒋介石就签署了改编命令。从此，八路军、新四军名号，传遍了全国，也在各根据地扎下了根。

这天，陕甘宁边区委书记郭洪涛来到毛泽东的窑洞，毛泽东对他说："这次派你们到山东，可是肩负着重要使命的。"说着毛泽东点上一支烟，笑着道："你是边区书记，有时候哇，我都得听你这个边区书记的，有什么困难就说出来嘛。"郭洪涛连声道："主席，这可不敢当。我们到了山东，得建立自己的医院，可没有人才不行，我想在边区医院挑几个人带上。"毛泽东说："你考虑得很全面，这就像一个家庭过日子一样，缺一不可呀，你做主了。"郭洪涛很高兴，很快就把边区医院的医生白备伍找来了。毛泽东在他住的凤凰山窑洞前，专门给即将赴山东的干部们讲了一番话："今天，我是专门给你们送行的。"随后他扭头问郭洪涛："都到齐了吗？"郭答："一共50余人，都齐了。"毛泽东又问："都是共产党员吧？"郭洪涛说："都是。"毛泽东点点头说："山东是一个战略区，对革命形势的发展至关重要。山东缺干部，一直要求我们派人过去，之前我们派过一些，但星星点点，不多。这一次，几十号人哇，可是个大队伍了，你们可是肩负着重大任务的，要把延安的作风带到山东去，不过，还要向地方同志谦虚学习，你们要坚持游击战，沂蒙山是个打游击的好地方……"

据延安陕甘宁边区医院的医生白备伍回忆，那天，延安的风沙很大，可毛主席毫不在意，大家都听得激情澎湃。

这支50余人的援鲁干部，启程前专门做了任务划分，霍士廉是秘书长，王彬担任领队队长。1938年4月的一天，郭洪涛一行登上一辆破旧的美国卡车出发了。为了一路顺利抵达山东，途经西安的时候，他们先在七贤庄八路军驻西安办事处换上八路军服装，大家都头戴国民党军帽，胸前还挂着写有八路军游击支队××中队、姓名、职务的胸章。值得一提的是，队伍中除了多名报务员，还携带了两部电台，其中一台就是红军战士段九长和战友们长征路上舍命保护下来的。他们中途又乘火车，一路颠簸到了河南省兰考，当夜就行军进了曹县。翌日，恰巧国民党将军李宗仁、白崇禧在曹县举行台儿庄大捷庆功会，李宗仁还特地邀请了郭洪涛出席。

1938年5月20日，郭洪涛他们终于来到了山东省委驻地泰安县南上庄，望着绿油油的田野，郭洪涛松了一口气："经过一个多月的行军，我们终于到了！"黎玉到延安后，林浩主持山东省委工作。中央决定，黎玉暂时留在延安，由郭洪涛担任省委书记。当天夜晚，在飘着醉人花香的农家小院，新的山东省委诞生了，省委常委林浩任组织部长。第二天上午，省委还是在这处小院里召开了干部会议。郭洪涛说："今后，我们的主要目标是创建以鲁中，特别是以沂蒙山为中心的游击根据地……"会后，中共山东省委第一次用电报的形式发给了延安，郭洪涛很快就收到了毛泽东的回电："这个战略计划很好，望即照此去做。"郭洪涛还不知道，就在19日，徐州被日军强势攻占。早在1937年的12月，日军一举占领南京后，为了连接华中华北，又在转年的5月初派重兵攻打徐州，在大炮的轰击下，徐州如大海孤舟，很快坠入一片火海中。5月下旬，毛泽东又给山东等地发电：徐州失守，武汉告急，我军准备向苏鲁豫皖挺进。

山东的战略位置在这一局势下尤为重要，郭洪涛根据中共中央决定指示，在山东省委的基础上，组建了苏鲁豫边区省委，由郭洪涛继续担任书记。这期间，毛泽东一直关注着山东，在1938年9月29日召开的中共六届六中全会上，他提出了"派兵到山东去"。11月6日，大会刚结束不久，中央向山东派出的第三批干部近200人，在红军师长张经武和留在延安的黎玉率领下动身出发。毛泽东在山东这盘棋的布局上可谓是紧锣密鼓，他电告中共中央长江局："山东游击战争战略意义重大，决定派张经武到山东。"

张经武、黎玉刚到山东不久，就接到了延安和八路军总部的来电，要求尽快成立八路军山东纵队，1938年12月7日，八路军山东纵队在沂水王庄诞生了，红军将领张经武担任总指挥，黎玉为政治委员。毛泽东并没有停下对山东的布局，他在会上又提出了将苏鲁豫皖边区改为山东分局，直属中央领导。郭洪涛在短短几个月里，经历了三次职务变化。1938年夏天7、8月间，八路军一一五师还只是向山东派了少量非主力部队和机关人员，到了1939年3月，八路军总司令朱德向一一五师发出了挺进山东的命令。平型关大捷后，一一五师师长林彪被友军误伤，在延安担任一段时间抗大校长后远赴苏联疗伤，副师长聂荣臻留在了晋察冀边区。中央军委任命陈光为一一五师代师长，罗荣桓为政治委员。

3

历史往往也不能忽视了小人物，于王氏有一天突然对老伴说："我也要为共产党出把力。"于泮听了，半天没闭上嘴，他眨巴了几下眼道："你黄土都埋半截的人了，还蹦跶啥？咱吃喝不愁，又有这么一大家口子人，还不够你忙的？我看你枕着扁担睡觉，想得宽，屎壳郎趴在花生壳里，装仁（人）。"于王氏白了老伴几眼，撇着嘴说："看把你嘴巧的，还扁担，屎壳郎呢。你就光看你炕头上这几亩地了，水缸里这点水了！你看看前些日子来那两个女兵，人家是啥觉悟！咱家吃上了，别人家呢？俺娘家那些人呢？别人家有难了，咱就不能伸把手，亏你还是个男人呢，我看你下颌上的胡子白长了。要说富，咱们能比过燕翼堂？人家拔一根汗毛，也比咱们的腰粗，就这样人家一大家子人还参加革命了呢，早年那刘一梦、刘晓浦爷俩死的事你又不是不知道？！"于泮抽了几口烟，咳嗽几声不说话了。

说来也巧的是，就在中共山东分局在小山村王庄天主教堂成立的那天，一个乡村女人的命运也随之改变了。1938年初冬的那场雪下得并不大，汶河对岸的鸡太冤山上，有些地方只是覆盖了薄薄的一层。落在路上的雪也很快就融化了。这要是往年这个时候，东辛庄连同连绵的群山，早就银装素裹了。

于王氏的两个外甥张霖东、张明远还有大刘、小张是在傍晚走进东辛庄的。于王氏见了，喜上眉梢："一大早就喜鹊叫，我还纳闷呢，这不，外甥、闺女都来了。来得早，不如来得巧，你们正好赶上了饭点，老大家，多做些饭！"山村的夜晚格外宁静，偶尔出来几声狗吠。在于家的一间偏房里，刘萍郑重地对于王氏说："娘，你很快就要成为党的人了！"于王氏一脸惊喜："真的？"张明远点点头："经过组织研究，决定让你加入党组织，就在今天晚上。"张光快言快语："咱们得给娘起个名字呀，总不能就是小六子呀、于王氏吧？"张霖东说："小姨，你该有个大名了。"于王氏笑了："俺还在家里当闺女的时候，里里外外都叫俺小六子，到了老于家，婆婆就喊俺老二家，这女人怎么就不能像男人一样有个名号呢？大外甥、二外甥，你俩学问大，你们俩就给你小姨起一个吧。"张明远思忖片刻说："小姨，你是于家用二斗粮食换来的，我看就叫王换于吧。"大家都连连说好，刘萍先叫了娘，紧接着又道："不！"说完一把拉住王换于的手："应该是王换于同志！"出身贫寒的小六子，年过半百才有了自己的大名，老人点头应着，老泪纵横。1938年初冬的这个夜晚，中共岸堤区塘子乡东辛庄村的小脚女人王换于，在挂在墙上的那面党旗下，学着刘萍的样子，举起了拳头，跟着刘萍一起宣誓：

我宣誓：

我志愿加入中国共产党，坚决执行党的纪律，不怕困难，不怕牺牲，为共产主义事业奋斗到底。

于泮没有想到，自从老伴那天说她从今以后就叫王换于时，她几乎就变了一个人，他希望老伴还是那个小六子，所以平日里又把多年不叫的"小六子"挂在了嘴边，可王换于不应了，她瞪瞪眼："我叫王换于！"于泮对儿子学翠道："你娘野了，野得整天不顾家了！"大儿媳于张氏听了，就咯咯地笑，嘴上说："爹，俺娘都这么一把年纪了，她还能野到哪里去？"王换于入党后不久，外甥张霖东就领着沂水县九区区委书记彭瑞林来到了东辛庄，彭瑞林说："大娘，东辛庄光有你一个党员是不够的，你还要多发展，不仅要发展自己村的，还要到别的村庄去发动。"彭瑞林说完，指着油灯说："一个党员就是一盏灯，灯多了就亮成了一片。"王换于记住了这句话，她虽然大字不识一个，可她知道人多力量大这个道理。

194

在东辛庄，王换于虽然是老伴口里的妇道人家，可谁家有困难她都会伸把手，知道谁家揭不开锅了，她就让儿子或者儿媳去送袋粮食，村里的黄金明就受到过她多次的接济。

王换于知道，东辛庄光有自己一个党员不行，还得一串串的，她突然想到，每一回自己在街上推碾的时候，黄金明只要看到，就会凑上来说些话，还试探着问问张霖东和张明远的事。有一次，他有意无意地说："婶子，听说你的两个外甥早就是共产党了，还在别的村发展了不少党员呢，他们咋就不来咱们村发展几个？"黄金明说着，又捶开了自己的腿，捶得嗵嗵嗵嗵地响。王换于问："咋的？腿又不好受了？"黄金明开口道："这小日本鬼子不得好死，自从去年赶集挨了他们打后，这条腿站时间长了就发酸。"王换于说："小鬼子也没有三头六臂，又不是孙悟空，往后咱们不用怕他！"黄金明眼一瞪，说："我要是有杆枪，早就和这些狗日的干上了，婶子，将来张霖东兄弟要是用人，你告诉我一声，我保险二话不说跟着他们干。"

那天晚上，王换于和黄金明在汶河边上说了很长时间的话。王换于问："金明，你说说，咱们要想奔好日子，该跟着谁干？"黄金明道："婶子，我也不瞒你了，我早就想跟着林东哥干了，很多事我可是都看在眼里的，只有共产党才是跟咱们穷人一条心的，跟着共产党走有奔头！"王换于笑了，她慢悠悠地说："金明，你是婶子看着长大的，婶子信你。过些日子，咱们俩再好好拉呱拉呱。"冬天的夜晚，寒气逼人，两人手脚都麻木了，可心里都热乎乎的。黄金明的那颗心，就像灶膛的火一样越烧越热。

王换于轻轻推开家门，又轻轻上了门闩，院子里黑洞洞的，她还没走几步，忽听墙角里一声喊："你这个老娘们，你还知道回来呀？！"王换于吓了一跳："老东西，大半夜的你不睡觉，在这里装什么鬼？"于泮道："小六子，别有了个名字，你就高兴得不知东西南北了，一个女人家，东窜窜西窜窜，像个什么样子？你不要这个脸了，我还不找这个难看呢！"于泮越说越气，一烟袋锅子就砸在了王换于的后背上，王换于疼得哎呀一声蹲在了地上。

平日里本来就起早的王换于，第二天早上太阳都一竿子高了也没有起床。站在院子里的于泮，黑着脸吸着他的烟袋锅子。大儿媳于张氏叫吃饭，于泮没吭声，于张氏又看看炕上的婆婆，心里就明白了几分，她看看公公，说："爹，俺娘这是咋了？是你欺负她了？"于张氏性格泼辣又有主见，王换于曾说，不是一家人，不进一家门，这老大家最像我！于泮既欢喜于张氏又打怵她，见于张氏这样问，有些尴尬，哼哼几声就出了门。王换于见大儿媳这样子，气早就消了大半。她叫来儿子学翠："今下午你到岸堤跑一趟，把你刘萍大妹子叫来，晚上再把黄金明叫来。"夜里，同样在于家的偏房里，黄金明也像王换于一样，跟着刘萍在党旗下举起了右拳。只是，王换于成了入党介绍人。

1938年的年关，对东辛庄的王路贞来说，是一道难以迈过去的坎。一家五口人，眼看就要断顿挨饿，就更谈不上置办年货了，几个孩子见这个样子，很不高兴，一边用筷子敲着碗，一边在喊："二十三，糖瓜粘；二十四，扫房子；二十五，做豆腐。人家过年咱过年，人家割肉咱不馋。"王路贞和妻子刘氏知道孩子这是在发怨言，都很酸楚，不由得连连叹着气。"路贞在家吗？"门外一声喊，学翠推门进来了。刘氏急忙迎出来，见学翠提着一袋子东西还有一摞煎饼一块肉，泪水就涌了出来，她抹把泪："俺二奶奶年年都惦记俺这个穷家，这让俺说什么好呀！不瞒你说，没有你送来的这些东西，这个年孩子们就干瞪眼了，俺和孩子他爹正犯愁呢。"

刘氏是王换于在东辛庄发展的第一个女共产党员，从此刘氏就叫刘腊梅了。当年围着炕头、地头和孩子转的小六子，成了十里八乡的积极分子。1939年新年第一天，山东抗日军政干部学校、沂水九区区委在岸堤举行了一场声势颇大的军民大联欢，东辛庄就一下子来了近百十人。王换于对刘萍说："闺女，俺们村除了瘫在炕上的，能走能跑的都来了。"王换于还让刘腊梅、黄金明等几个人，到汶河东的几个村发动了不少群众，万粮庄、西辛庄、东泼池村等汶河两岸村庄的老百姓都一呼百应。

4

1939年的夏季，日军对沂蒙山的扫荡已经接近尾声，枪炮声渐渐平息了。汶河岸上的东辛庄，被逶迤的山峦环绕其中，只有村北才是一片开阔的平原，造物主好像对东辛庄格外开恩一样，自北而来的汶河水到了东辛庄又依山而流，犹如一条玉带一样绕着这个不起眼的小山村。还是在几个月前，中共中央就决定组建八路军第一纵队。毛泽东对周恩来说："我们要给予这个纵队很高的指挥权，要管得范围大一些，把苏北境内的八路军和山东各部都交由其指挥。"周恩来点点头道："这样就群龙有首，一呼百应了。"1939年7月初，八路军第一纵队司令员徐向前，政委朱瑞率领部队开进了沂蒙山，中午的时候，中共山东分局书记郭洪涛，山东纵队司令员张经武、政委黎玉等人，早就站在岱庄的村口顶着烈日等候了。

王换于自从入党开始到这一年的夏天，在东辛庄就发展了近20个党员，其中就有她的大儿子于学翠、二儿子于学荣，还有她的大儿媳于张氏，从此于张氏也终于像婆婆一样，有了一个属于自己的名字：张淑贞。对于儿子、儿媳入党的事，王换于还曾经一度犹豫，说俺发展自己的孩子不合适。党员王见法不赞成王换于这种想法，说："成了党员都是掉脑袋的事，你又不是护犊子。他们都表现得很优秀，享福的事自家人可以靠后，干革命弄不好就丢了性命，咱还能怕人说闲话？"王换于说："别看你平日笨嘴拙舌的，就像那棉裤腰，眨巴眨巴眼还真能说出这道理来，这样，我就不当他们介绍人了，你们来当。"王见法道："二表婶子也是个好样的，也把她吸收了吧！"王换于不同意，她说："老二家出力的活样样行，可就是大大咧咧的，肚子里装不住话，咱们党的事得好好保密。"王换于的嘴里的老二家，是二儿子于学荣的媳妇陈氏，她眼看婆婆、大嫂都有了名字，就心里着急："娘，都是您的儿媳妇，俺咋就没个名字？"王换于笑了："等你大表哥来了，就让他给你起个。"陈氏听了，哈哈笑了。张淑贞当上了东辛庄妇救会的会长，后来她在娘家西官庄那一带就发展了20多个党员。王换于扳着指头算了算，说："老大家，咱娘俩可真是比着干呀。"没几天，刘萍来了，说是要组织识字班，王换于听了有些疑惑，说："闺女，上回你说男女要平等，女的也得有文化，就是这事？"刘萍说："就是这事，男女平等包括很多方面，发言平等，做事平等，学文化平等，不能有女人不用进学堂的思想。"张淑贞听了很高兴，说："娘，要不咱家腾出间房子来，让村里的大姑娘小媳妇都来识字？让刘萍妹妹给俺们当女先生。"王换于道："只要为了咱女人好的事，俺一百个支持。"当天上午，张淑贞就叫来了很多女人，王换于还有两个女儿，一个十七岁，一个九岁，都没有名字，平日里都叫大妮、二妮。刘萍看看她们说："娘，也让两个妹妹跟着一起学。"还没等王换于说话，大妮和二妮就高兴地蹦了高，王换于看看她们，说："学，学，学！"

识字班开课了，刘萍在一块板子上先写下了"男人"和"女人"四个字，又写下了"妇女解放"四个字，接着就讲开了，王换于见两个儿媳妇都竖着耳朵听得认真，也站在那里听，听着听着就说："这闺女讲得真好！"眼看太阳挂在正南了，王换于出来忙着做饭，一抬头见张兵来了，张兵喊娘："说有任务，让刘萍马上回去。"王换于道："该吃饭了，怎么说走就走？"刘萍和张兵说下回吃，一溜烟地就跑出了院子。大妮道："娘，俺和你一样有名字了，刘萍姐给起的，叫于淑琴。"二妮胸脯一挺说："俺也有了，叫于淑琪。"王换于喜得合不拢嘴："起得好，起得好。"一转身见二儿媳噘着个嘴，就问："是谁惹着你了？这嘴噘得能拴头驴了。"王换于的二儿媳姓陈，按照规矩就是于陈氏。于陈氏道："刘萍刚要给俺起名字，就让张兵把她叫走了。"王换于说："这不是早晚的事吗？让你表哥给起个。"

太阳偏西的时候张霖东就来到了王换于家。陈氏一把拽住他："表哥，你也得给俺起个名字，他们都有了，就俺没有，俺也要解放！"王换于笑说："她早就盼你来了，说她嫂子有名号了，妹妹有名号了，就她自己没有，正噘嘴呢。"张霖东渴了，先咕咚咕咚喝了一瓢凉水，转身问陈氏："你们是什么辈？"陈氏道："俺哥哥是洪字辈。"张霖东想了想说："就叫陈洪良吧！"于陈氏听了，顾自念叨了几遍，说："这名好听，俺总算也有自己的名号了！"张霖东对王换于说："小姨，你们快收拾收拾，很快就有一些大首长来你们家了，您家房子多，院子大，我和县委的刘书记说了，让这些首长先都住在您这里。"王换于听了站起身问："什么时候到？"张霖东道："说不定傍黑就来了。"王换于急了："外甥，你这真是现上花轿了现扎耳朵眼呀。"说着站起身，拢拢头发对张淑贞和陈洪良说："老大家、老二家，你们妯娌俩做饭，叫学翠学荣还有两个小丫头抓紧拾掇房子，扫扫床。"

历史老人给东辛庄和王换于全家留下了浓墨重彩的一笔。太阳还没在西山隐去，天际的白云就被染成了一片彩霞，一阵马蹄声响过后，徐向前、朱瑞、黎玉等人已经到了东辛庄。站在王换于家门前，徐向前环视着远处，不禁感叹道："这里果然是藏身的好地方！"郭洪涛他们很快也来了，于家大院里顿时热闹起来，张霖东一一介绍。黎玉握着王换于的手道："大娘，你这个小脚妇救会会长可是名声在外呀！"王换于说："鬼子来了人人都得起来反抗，有人出人，有力出力，要不谁都没有好日子过。"徐向前向王换于伸出大拇指："这话你可说对了，只要中国人都拧成一股绳，我们就能把他们赶回老家去。"郭洪涛端起碗来喝了口水道："我来山东这段时间，体会很深，沂蒙山的老百姓觉悟很高，对咱们的支持都很大！"

院子里已经摆上了几张饭桌，工夫不大饭菜就端了上来。还有一摞煎饼，一把大葱，一碟大酱。徐向前、朱瑞、王建安、罗舜初等人见了，有些疑惑。王建安指着煎饼问："这是什么？"黎玉哈哈笑了，伸手抄起一张煎饼，撇着山西腔调道："山东，山东，煎饼卷大葱。"说完，又拿过一根葱，蘸了酱抹在煎饼上，最后连同大葱卷了，一口咬了下去，有滋有味地嚼着，那大葱在他嘴里发出一阵脆声。徐向前等人像看戏法一样，都瞪大了眼睛，随后发出一阵大笑，接着纷纷拿起煎饼，又学着黎玉的样子抹上酱，卷上了大葱。王建安咬了一口，竟然没咬下来，可又急着吃，就急出满头大汗，说："这东西比皮条子还难咬呢！"郭洪涛大笑："来到沂蒙山，都得要先过了这一关！"徐向前扬了扬手里的煎饼，笑着说："毛主席曾经说过，不吃辣椒不革命，大家都记住了，不吃煎饼也是不革命的！"

王换于听黎玉说，明天还有更多的人要来，就召集两个儿子还有大儿媳开了党员会。她说："今晚上咱先别困觉了，老大家，你们妯娌抓紧泡上粮食，看同志们吃煎饼费劲，里面多兑上些苞米，这样吃起来脆生，缸里那些带糠的煎饼咱留着自己吃，让同志们吃好的。老大老二还有大妮二妮负责推磨，等三更同志们睡沉了你再推，别把首长们吵醒了，还有，学翠，你们民兵要布置布置，让大家伙都防着点。老大家，你们妇救会出几个人明天过来帮把手。"学荣问："俺爹呢？"王换于说："就让他里里外外跑跑腿就行了。"

明亮的月色倾洒在这座宽敞的院落里，把角角落落都照到了，微风吹来，树影婆娑。煎饼是山东鲁中南特别是沂蒙山一带的主食，每每要烙煎饼，就先用水把粮食泡了，应是三分之二多的粮食，加不到一分的水。家家户户都有一盘石磨，石磨上下两层，吻合的两个平面石匠早就用錾子冲出了条条沟纹，为的是运转时加大咬合和摩擦力。下磨盘坐在一个圆圆大石盘内，上石盘围壁上有数个孔眼，是用来固定棍子用，俗称磨辊，用绳子把几根棍子连在一起，每人一棍，推磨时把棍子置于小腹部一齐用力，上磨盘就转动起来了，面糊也很快从磨缝里涌了出来。

王换于抬眼看看星星，说："老大，老二，大妮，二妮，三更到了，推吧，都小点声，别惊动了同志。"王换于刚说完，二儿媳就麻利地把盛着粮食的盆子放在磨盘上。学翠、学荣兄弟，还有淑琴、淑琪姐妹，都拿起了棍子，排在第一个的学翠说声"走"，大家都一齐用力迈开了步子，磨盘缓缓转了起来，淑琴不时舀一勺带着水的粮食放进磨眼里，一会工夫，糊子就从缝里溢出来了，慢慢流到周围的槽里。淑琪个子矮，磨棍就在她嘴边，只得用手推着走，困意袭来，她就把下颌搭在棍子上打一会盹，步子可没有停下，只是踉踉跄跄的。槽里的糊子越积越多，张淑贞和陈洪良各挖在盆里一些，端着进了锅屋（指厨房），接着麻利地又放下鏊子，那圆圆的鏊子，直径有五十多厘米，三个支脚，妯娌俩双双在各自的鏊子前坐定，点上一把干草塞进鏊子下面，见火苗一下下地起来了，随之又加上几根干玉米秸子，火越来越旺，鏊子热了，两个女人舀上一勺糊子放在上面，又拿起身边一根五十厘米长、指头宽的竹片去赶那团面糊，她们抖起手腕频频发力，手里的竹片犹如一把带有灵性的长剑，裹挟着烟火在鏊子上游走自如，那团面糊在她们来来往往的推赶下，很快就消失了，黑色的鏊面继而被一张薄如铜钱的饼覆盖了，饼的表面开始还泛着水亮，慢慢就干了，两个女人见火候到了，又把竹片尖伸到煎饼边缘，犹如蜻蜓点水，轻轻一挑，很快又挑了一处，接着双手各抓一角用力，"哗"的一声，一张微黄柔韧散发着香味的煎饼就从鏊子上揭下来了。

一声鸡鸣，天际露出了鱼肚白，牛棚里的牛发出一阵阵响鼻声，于泮咳嗽着要去喂牛了。在两个女人旁边的盖顶上，已经摞起了半人高的煎饼。院子里磨还在转着。

5

新的一天又开始了。

在这个农家院落里，徐向前主持召开了正式组建八路军第一纵队的预备会议，纵队司令徐向前和政委朱瑞以及山东分局书记郭洪涛等人都讲了话。党史上对这次会议并没有记录，王换于的大儿媳张淑贞后来简单说起过，就是一大堆人坐在一起拉家常，如何执行上头的规定，建立这支队伍有多么多么的重要。郭书记也发话了，说地方一定好好支援队伍，军民齐心打小鬼子。张淑贞嘴里的这支队伍，应该指的就是八路军第一纵队。

陈若克在一个下午走进了王换于家。

那天，她和刘萍直接蹚过河来到了东辛庄，清凌凌的汶河水让两个年轻姑娘童心大发，她们嬉笑着，用手掌撩起水来泼洒在对方的身上。沙滩这会被烈日烤得炙热，她们赤脚走在上面被烫得跑了起来。刚进村里，刘萍就看到了东辛庄妇救会的会长张淑贞正带着妇女们唱歌：

> 太阳出来红又红，
> 闺女媳妇闹哄哄。
> 你裁我剪忙又忙，
> 俺给八路军做衣裳。
> ……

刘萍笑了："看到了吧？那带头唱歌的就是王换于的大儿媳妇张淑贞，一大家子都参加革命了。"陈若克也笑了："今天我就好好看看你的娘！"陈若克看看远处又道："今天要是没有你这个小向导，我不知翻到哪座山走到哪条路上去了。"刘萍做了个鬼脸说："你要是丢了，朱政委就该急疯了，满山遍野地喊：'小克，你在哪里啊？小克，你在哪里啊？'"话音刚落，两人都笑弯了腰。

王换于正站在家门口和邻居说着话，远远就看到了刘萍，刘萍也看到了她，一溜小跑着赶到了王换于眼前，嘴里一口一个娘地喊着。她指着紧跟上来的陈若克说："这是陈科长！"陈若克急忙敬礼："大娘，我是陈若克。"刘萍笑了笑："她还有一个身份，是朱瑞政委的家主婆。"王换于一

靠山

愣："啥叫家婆？"刘萍道："就是老婆。"王换于笑笑说："老婆就是老婆，咋还家婆？"说完，一把拉住陈若克的手："闺女，外面热，走，家里喝水去。"随后自言自语着："家主婆？"陈若克急忙道："我们上海话，就是老婆。"说着故意嗔怪地看了刘萍一眼："都怪你这个闺女，也不说明白。"说完，三个人都大笑起来。刘萍道："你们说话，我得先走了。"

朱瑞正在院子里和徐向前商量着纵队事宜，见陈若克来了，脸上一下子堆满了笑，徐向前见了，笑着对朱瑞道："若克同志就是你的一枚开心果呀，我只要看到他这样的笑，就知道是谁来了，果不出我所料，看来我得回避了。"说完摆摆手，到前院去了。晚饭还是犹如往日，陈若克拿着煎饼正咬得吃力，王换于过来招呼："闺女，你来。"陈若克刚走进厨房，张淑贞就把卧着两个荷包蛋的面条端到了她眼前。王换于说："你这面黄肌瘦的样子，大娘看着怪心疼的，俺让你大嫂专门给你擀了碗面，筋道着呢，快吃吧。"陈若克听着体贴的话，看着王换于慈母般的神情，这一切，对远离家乡的陈若克来说，已经久违了。此时，她像个乖巧的孩子一样，用力点点头，刚端起碗，就有几滴泪水落进面条里了。王换于摸摸她的头，没有说话。陈若克吃完面条，摸出手绢，轻轻拭了拭嘴角。王换于说："闺女，俺和朱政委说说，你就在这里多住几天，大娘给你好好补补。"陈若克一把拉住王换于的手："大娘，我也像小刘一样喊你妈吧，不，是娘！您愿意吗？"王换于高兴地点了点头："这是我上辈子修来的福，娘怎么能不愿意呢？！愿意！愿意！"陈若克带着哭音喊了声"娘"，一下子扑进王换于的怀里。

陈若克留在世上的照片寥寥无几，对于这位爱美的年轻女兵来说的确太少，是战争让她无暇顾及。现在常被后人看到的，是那张陈若克随朱瑞刚到沂蒙山时两人席地而坐的照片，陈若克身子倾向朱瑞，脸上绽放着灿烂的笑容。陈若克的战友晚年回忆，陈若克长得并不是很出众，一张典型南方人的脸庞。

可陈若克会打扮，衣着得体，肥大的军装，经她手稍加改造，女性的优美曲线就一下子勾勒出来了。村里的一些妇女见了，都把舌头哑巴得山响，有的说："陈科长怎么敢这样穿？！你看她腔是腔腰是腰的，还把胸脯子挺得这么高，也不怕让男人看着。"有的说："这城里的女人就是比咱山沟里的女人浪，这还了得，八路军的首长也不管管她。"有的撇撇嘴："管啥？她男人就是大首长。"

陈若克和朱瑞可谓是千里姻缘，每次在朱瑞面前重提，她都能描述得绘声绘色。陈若克出生在大上海，小时候体弱多病，弄堂里的人见了都说，这孩子就像霜打的茄子，肯定活不大，可她还是活了下来。陈若克十一岁就跟着妈妈下厂打工，十七岁就加入了共产党，妈妈见她天不怕地不怕的，就说："你一个小黄毛丫头懂啥？你这小胳膊能扭过人家的大腿吗？"陈若克道："有压迫就得反抗。"陈若克本来就身体弱，怎能承受得了工厂繁重的劳动？她慢慢患上了胃病、肺气肿、神经衰弱等疾病，膈肌痉挛也时常发作，每次嗝声不断。陈若克的父亲是报馆小职员，对女儿万般疼爱，四处筹钱为她治病。陈若克没有为多病缠身而变得消极，还积极参加工人运动。1937年8月，对上海觊觎已久的日军即将发起攻击，大战一触即发，陈若克随工厂到了武汉，她所在的党支部与上级也断了联系，几经寻找，也没有结果。书记刘明很着急，陈若克道："刘明同志，我上延安去，那里是我们党的中心。"

刘明听了，看了一眼瘦弱的陈若克，摇摇头根本就没有在意，让他没想到的是，看似弱不禁风的陈若克，第二天就踏上了远行之路。她一路去了山西，前方战事正紧，陈若克被拦在了半路，只得原路折返，回到厂里她才知道，自己已经被开除了。陈若克一时不知如何是好，就回到家中，陈父陈母担心女儿出去惹祸，把她锁在了家里，陈若克假装顺从，有一天找借口跑出了家门。1938年3月，尽管春天已经到了，可严寒在山西晋城还没有退去，飞舞的大雪连续下了好几天，后来才慢慢停了，路边簇拥着一堆堆的雪。陈若克站在一家商铺前，轻轻地吁了一口气，她抬头看看四周，刚想要去找点吃的，忽然看到不远处聚集了很多的人，有的还穿着军装，就赶了过去。此时，八路军晋东南军政干部学校正在这里设点招生，一位穿军装的大个子说："青年朋友们，你们都想到延安去，我们非常欢迎，可前边炮火不断，已经过不去了，只要有心，在哪里都能抗日，你们是有志气的青年学生，欢迎你们来华北军政干部学校学习，这所学校是中国共产党开办的，专门培养革命干部的。"周围的人听了，都热烈地鼓起掌来。陈若克一时还不为所动，大声说道："延安是最最革命的地方，就是死了我也要冲过去！"她话音刚落，后面有人紧接着道："这位姑娘可真是勇气可嘉呀！"陈若克回头一看，刚才说话的那位男子穿着军装，颀长的身材，消瘦的面庞，鼻梁上架着一副眼镜，双眼透过镜片正温和地看着陈若克，陈若克直视着他，眼里充满了问号。他微笑地问："听口音不是本地人吧？"陈若克点点头："我是上海来的。"陈若克离家前，专门把齐耳的短发烫了，显得很洋气，虽然穿在身上的衣服已经很旧了，一路下来又落上了不少灰尘，可还是很齐整。他也点点头："一看你这发型和穿戴，就知是来自大地方的。"说完他微笑着向陈若克伸出了热情的手："来，认识一下，我叫朱瑞。"陈若克点点头："我叫陈若克。"旁边的一位八路军急忙介绍说："朱瑞同志是我们军政学校的校长。"朱瑞对陈若克说："我老家是苏北的，咱们算起来是老乡了。"

陈若克一路漫长行程，除了艰难，还有孤独和寂寞，如今她站在陌生的三晋大地上，突然遇上了一个从地域上来说接近的人，何况又是这样的温文尔雅和亲切，若克连日的劳累和艰辛突然化作了委屈，她鼻翼抽动了一下，一股热泪冲出眼眶，滑落在她细腻白皙的双颊上。朱瑞看她一眼说："到家了，留下吧。"说着他登上一个台阶，面对着一张张朝气蓬勃的脸，大声说道："朋友们，大家好！我叫朱瑞，干校的校长，这所学校也同样肩负着抗战的任务，我们不能一股脑地都涌到战场上吧？后方也需要人才，过去我们干校培养的几批学员，都已经在各个领域发挥了积极的作用，受到了朱德总司令的表扬。我们非常欢迎你们这些有民族责任心，又有一腔热血的青年走进这个大门！"大家听了朱瑞这番鼓舞人心的话，都兴奋不已，纷纷报名。陈若克也高声喊道："阿拉要报名！"很多人都没听明白，朱瑞笑了，说："这位同你们一样向往延安的美丽女孩也要报名了，阿拉是我的意思。为了到延安参加革命，她只身一人从遥远的大上海来到了这里。"朱瑞说完，带头鼓起掌来，紧跟着掌声响成了一片，每一个人的心底，都荡漾着一股激情，让这个寒冷的天气陡然温暖了许多。

陈若克瞥了朱瑞一眼，一缕羞涩突然飞上她的双颊，原本有些苍白的脸上，因为挂上了两朵红晕，让她在冬日的夕阳下多了几份娇媚。朱瑞看着她，目光有些专注了。几个月后，他们幸福地走到了一起。这一年，朱瑞三十有余，陈若克芳龄十九。不久，作为八路军第一纵队直属工作科科长的陈若克，随着司令员徐向前、政委朱瑞一行来到了山东。

刚刚升起来的夜色，让远处起起伏伏的山峦只剩下了轮廓，锅屋也跟着暗了下来，张淑贞掌上了煤油灯。陈若克还沉浸在回忆中，她轻声对王换于、张淑贞说："结婚的时候，没有新衣，没有酒席，一床破被盖在身上就成夫妻了。"王换于听了，一把把陈若克搂进怀里，说："可真苦了你这闺女了，俺结婚的时候，还有你这两个大嫂，还都是坐着大花轿来的呢，一路上吹吹打打，红红火火的。"陈若克一笑："对我们八路军来说，再苦再难也是高兴的，这算不了什么！"这时朱瑞走了过来招呼道："小克，走，我带你到外面走走，晚上站在汶河边上，清爽得很呢。月亮一会就来了，小山村的夜晚，一景一物都能入诗呀！"陈若克高兴地随他出去了。等夫妻二人走了，张淑贞道："娘，这有学问的人就是好，说话都文绉绉的，这山沟沟咱们都看惯了，哪有他们说的这样好。"王换于不知在想什么，没有接

靠山

媳妇的话茬，随后她急急吩咐道："老大、老二家，你们快去把朱政委那间屋子打扮一下。"张淑贞问："打扮啥？"王换于一笑："打扮成结婚的模样。"妯娌俩一下子明白了过来，发出一阵咯咯笑声。张淑贞道："娘这是要给陈科长补上呀。"学翠、学荣也一齐动手，很快就把那张小床换成了大床。红席子是沂蒙人专用来铺婚床的，正巧家里有一张，学荣拿过来，三两下就麻利地铺上了。王换于先剪了两个红红的大喜字，又剪了一个胖娃娃，寓意是早生贵子，刚贴到床头和窗子上，她又突然想起了什么，张口喊道："老大家，你把给大妮出门子（指出嫁）置办的衣裳、枕头、新盖头也都拿出来，能用的都用上。"张淑贞道："娘，这样能行？"王换于说："看你说的，八路军为了老百姓撇家舍业的，这点东西算啥？"张淑贞点点头："俺大妹子个子高，陈科长穿大了。"王换于想了想道："她是八路军，就穿着军装进洞房吧。"朱瑞和陈若克回来了，大家都看着他们笑，笑得朱瑞和陈若克一时不知说什么好。徐向前道："老朱、若克同志，你们马上就重温旧梦了。"这边淑琴、淑琪笑吟吟地走上前来，挎起陈若克的胳膊就进了王换于的房间，王换于一把拉住陈若克的手说："闺女，娘今晚就给你们把婚礼补上。"陈若克听了，以为是说笑，一旁的淑琴把红盖头一下子盖在了陈若克的头上，还没等她反应过来，就挽着她出了门，王换于紧跟在身后，犹如送出阁的闺女一样。站在院中央的朱瑞一下子怔住了，大家一齐把朱瑞和陈若克拥进了洞房，淑琪尖着嗓音大声喊道："大哥哥，快揭红盖头呀，快揭盖头呀！"朱瑞笑了，眼睛也湿润了，他轻轻揭去了陈若克头上的红盖头，陈若克眼前一亮，她看到，床头上贴着一张剪纸，剪纸里是一个胖娃和早生贵子，床上是红席子，还有一对绣着鸳鸯的红枕头，窗子上是红喜字，红红的蜡烛映红了洞房。这惊喜来得太突然了，陈若克一下子张大了嘴巴，她看看王换于，喊了一声"娘"，就扑进了王换于的怀里。

陈若克大声道："娘，今晚我是最幸福的女人了！"

随后高兴地呜呜哭了起来。

35-78-54

阜東縣支前指隊部通知

十一月一日收

各區支前大隊部已次第成立，其枪支彈药之领用，完全应令由县政府登记代管，不另刻制，仰各遵照为要。

此致

各支前大隊部

兼總隊長　朱志棠

〃〃〃付　張子雄

總隊付　陶振国

兼政委　陳会惠

兼付政委　赵凱

第三章
辛巳年的沂蒙

一　战地的孩子们

1

王换于一直为一件事揪心着，那些日子她茶不思，饭不想，常常半夜醒来在炕头上一坐就是天亮。于泮急了，说："你这是咋了？成宿成宿的这样，是魔怔了？"王换于头一梗，瞪了于泮一眼："老东西，俺没有！"王换于没有魔怔，连续几日，她还一直在想着那些面黄肌瘦的孩子。

还是前些日子，王换于到艾山乡艾山前村的战地托儿所去给大闺女于淑琴送衣服，托儿所刚成立没几天，淑琴就被刘萍叫到这里看孩子了。王换于一走进院子，就看到一群孩子正在那里打闹。他们都穿着破旧的衣服，在明媚的阳光下，脸上的菜色更加明显。淑琴见母亲来了，喊了声娘就迎上前来，王换于好像没听到一样，还在呆呆地看着孩子。淑琴轻轻接过娘手里的包袱，道："这些小孩真可怜人，吃都吃不饱，他们的爹娘也都顾不上他们。"淑琴嘴里的"他们的爹娘"，大都是地方干部和八路军。我们就把这处破旧的房子，勉强叫做托儿所吧。战时托儿所居无定所，时常四处流浪，每到一地，就要临时找间民房，将就数日，再转移到别处。王换于看着眼前这些面黄肌瘦的孩子，眼睛湿润了，她不禁自语道："这可都是咱们亲人的骨肉呀！"孩子们见王换于来了，都嗷的一声围了上来，一边"奶奶""奶奶"地喊着，眼睛却围着王换于手里的包袱滴溜溜地转。王换于笑了，她解开包袱说："这回呀，我又给你们带来了很多吃的。"说着解开包袱，把一摞煎饼分给孩子们。自上个月王换于第一次来看了这些孩子，她就吩咐大儿媳平日里尽所能多做些好吃的，再由学荣或者学翠送来给孩子们吃。

有一天，陈若克回来说，徐司令在马牧池结婚了。王换于听了很高兴地说道："这可是天大的好呀！徐司令都快四十的人了，也该有个媳妇给他暖暖被窝了！"陈若克听王换于这么说，笑了："娘，这可是封建的话呀。"王换于一愣："俺这说顺嘴了，过去可都是这么说。"

徐向前的婚姻也犹如他的经历一样一波三折，当年原配朱香蝉生下女儿不久就患病离世了。1929年徐向前又与革命者程训宣结合，夫妻二人琴弦和鸣，志同道合。1931年秋，程训宣在张国焘"大肃反"时也未能幸免，当时正在前线率领将士们浴血奋战的徐向前还蒙在鼓里。程训宣被枪杀前夜，把穿在身上的花缎面的棉袄脱给了女伴，她轻声说："这是我和向前结婚时穿的，我就要上路了，穿在身上糟蹋了，你留下穿吧，很暖和的！将来有一天，你要是能见到向前，就一定告诉他，他的妻子是忠诚的，是为了革命而死的，不要为她难过！"

女伴听了，一下子抱住程训宣放声大哭。徐向前到达延安后，才知道爱妻前几年就已经不在人世了。徐向前听了这消息，如五雷轰顶，连声说道："吾失训宣，天地不容！"徐向前在延河边上整整坐了一夜，眼前流动的延河水，犹如爱妻一串串的眼泪，徐向前向着江西苏区，长跪不起，从此他一直未娶。他来到山东后，朱瑞觉得他孑然一身，不是长久之计，就劝他："向前同志，过去的就让他过去吧，旧的一页总要翻过去的，你该找一个伴侣了，要不然训宣同志在天之灵也不会安宁的。"徐向前仰首喝了杯中酒，摇摇头，不禁泪水涟涟。

1938年年末，一位17岁的女孩来到了沂蒙山，她姓王，名叫爽兰。爽兰1921年出生在山东荣成崖西乡，16岁就当了妇救会会长，参加革命不到一年，又很快加入了共产党。后来她身份暴露了，就转移到了沂蒙山。陈若克见爽兰泼辣能干，就推荐她进了山东分局工作团，工作团的任务是四处发动群众，爽兰跟着跑了很多地方。就犹如她的名字一样，爽兰长得清秀可人。时隔不久，工作团撤回了分局，爽兰因为表现出色，被分配到蒙阴县担任县委委员和妇女工作部部长。

即使徐向前一时不愿意寻找伴侣，可作为战友的朱瑞还是古道热肠，他让陈若克留意周围，尽快给徐向前觅得知己。那天，爽兰背着背包从花丛中姗姗走来，粉红的花朵映红了她的脸庞，陈若克见了，禁不住两眼一亮。她握着爽兰的手，刚说了几句话，就直奔主题："有意中人了吗？"爽兰嫣然一笑，说："我还小呢！"陈若克道："不小了，不小了，我和朱瑞同志结婚的时候，也是你这般年龄。"1939年6月的一天，徐向前和爽兰在马牧池成婚。新婚之夜，徐向前道："我给你改个名字吧？好记又上口。"爽兰一笑："你说。"徐向前脱口而出："王靖，靖字是平平安安的意思。"爽兰还不知，丈夫的几位前妻都不幸离世，他希望眼前这个比自己小二十岁的女孩，一生安然！

为了照顾徐向前的生活，山东分局把王靖调回了机关，负责临时托儿所。王换于再次到艾山前村的时候，石头院子里已经有20多个孩子了。一一五师政委罗荣桓儿子罗东进才几个月，那天他在王靖的怀里饿得哭声不断。王靖轻轻地拍着罗东进的后背，对王换于说："大娘，你看看罗政委的孩子，瘦得已经皮包骨头了，连哭的力气都没有了。"

1939年9月，为了更有力地开辟沂蒙山根据地，中共山东分局决定把沂水县分为北沂蒙和南沂蒙，北沂蒙在区域划分上做了调整，原五、六、九、十等区划为南沂蒙县，九区下辖的塘子乡更名为艾山乡，又增加了垛庄乡、岸堤乡等。时隔不久，南沂蒙县委在北瓦庄成立，袁子扬出任县委书记，中共山东分局书记郭洪涛专门去讲了话。形势虽是越来越严峻，可沂蒙山区很多老百姓包括妇女都纷纷行动起来支援革命了。原九区区委书记王介福后来回忆：

九区的区级政权建立也比较早，1938年8月就已建立了抗日民主区政府。在我去九区的时候，九区下辖4个大乡："岸堤乡、艾山乡、垛庄乡、界牌乡。乡有乡党支部，有正、副乡长，并且在每个乡配了女乡长，区里配了女区长。妇女当乡长，当区长，这在封建势力统治了几千年的山区农村，的确是天翻地覆的大事情，是山区妇女得解放的一个重要标志，这件事，曾得到山东分局的表扬，赞扬九区搞得好。"这时期九区相继出现了段大娘、彭大娘、韩大娘、于大娘、刘大娘等妇女乡长和妇女区长，她们领导妇女求解放，组织妇救会，宣传抗战，动员参军，领导妇女碾米、磨面、做军鞋、缝军衣，办"地下托儿所"，保护和抚养机关首长的子女，在斗争的紧急关头，奋不顾身地出面掩护首长、同志和伤员，做出了许多可歌可泣的动人事迹，是山区妇女的光辉榜样。

　　南沂蒙县委成立没有多少日子，第九区的艾山乡就率先在东艾山村召开了全乡农民代表大会，东辛庄的王换于成了艾山乡的副乡长。小脚女人当了官，震动了十里八乡的父老乡亲。这要是在过去，是谁也不敢想的事，可中国共产党这么做了。

2

　　尽管季节已经到了1940年深秋，可酷热还没有一点点减弱的意思。只有奔腾不息的汶河水，偶尔给两岸的人们带来一丝凉意。徐向前和朱瑞在河边伸出双手撩起水洗了几把脸，不禁都惬意地笑了，徐向前说道："真想脱了衣服跳进水里泡一泡。"朱瑞看着波光粼粼的水面，放声大笑："这要是小时候呀，早就跳进去了。"徐向前道："这也说明咱们都已经老了。"朱瑞沉思片刻道："站在这汶河边上，我恍惚中想起了当年跨过雩都河的情景，我、陈光、罗荣桓、聂荣臻等同志都是从那里开始长征的，那时候我还想，红军还有希望吗？可是我们很坚强地生存下来了，而且队伍也在日渐壮大。是雩都的老百姓帮我们搭起了浮桥，我们脚上穿的是他们编的草鞋，口袋里装的是他们给的米团子，现在，沂蒙山的人民也像当年雩都的老百姓一样，在支持着我们。"徐向前道："那个时候，面对着凶猛的对手，我们相当一部分人都有这种疑问的，可我们还是渡过了难关，这里面离不开老百姓的支援呀。"

不远处几个孩子正在河里嬉戏，徐向前扭头看着，又环视了一眼四周道："多好的一幅田园图呀，只是日本鬼子不让我们享受这份宁静呀。走，估计同志们都已经来了。针对日军的这次秋季'扫荡'，我们得好好研究一下了。"在东辛庄于家的院子里，山东军政委员会召开了一次军政会议，研究部署"反扫荡"的任务。早在去年8月，为了统一指挥山东地区的工作，中共中央北方局要求山东成立军政委员会，由朱瑞担任书记，委员是朱瑞、罗荣桓、徐向前、郭洪涛、陈光、黎玉。

会上，徐向前又提到了那些孩子们，他说："现在战事越来越紧，不能让这些孩子跟着我们四处漂泊了，这样很危险，一旦出现意外，我们对不起他们的父母。"罗荣桓道："这里面还有烈士的孩子呢，有的父母都已经牺牲了。"大家一时沉默了，空气显得凝重起来。

一旁的王换于听了，停下手里的活道："咱不能让孩子们跟着到处跑了，这样饥一顿饱一顿可不行。俺有个想法，不知首长们同意不同意？"徐向前笑笑说："大嫂子，你说出来听听。"王换于道："把这些孩子都集中到俺家里，俺们养着。"正巧罗荣桓的妻子林月琴抱着刚出生不久的罗林从房间里出来，听到这话说："这主意好，在这个村子里安全，有大娘全家照顾也放心。"徐向前说了声好，又看了看大家，大家都点了点头。朱瑞说："在东辛庄有大娘这样的堡垒户，咱们一百个放心。"王换于抻了抻衣襟："首长都同意了，那俺就扑下身子干了，虽说俺是个妇道人家，可行事从来也容不得半点马虎的！"

王换于把抚养八路军孩子的事向家里的几个党员做了传达，淑贞道："听娘的，娘说咋办就咋办。"学荣还有点迟疑，看了王换于一眼说："娘，这几十个孩子，要么是烈士的后代，要么就是首长家的，可不是赶一群羊那么简单，这吃的喝的都得操心，要是有个三长两短，咱就得吃不了兜着走。"王换于道："这年头把这事揽过来是难，可再苦也苦不过人家在战场上拼命的，再难也难不过把脑袋瓜子别在裤腰带上的。咱们都是党员，关键时刻咱可不能打退堂鼓。"学荣急忙说："娘，俺这不是落后，俺就是说说，很多困难都是秃子头上的虱子，明摆着的事，咱得打算周详了，俺也表表决心，保险不掉队。"淑贞瞪了学荣一眼："你要是落后，俺这个当大嫂的可和你不算完！"王换于笑了，随后又收起笑意："咱们家共五个党员，大妮子不在家，咱们举手表决。"王换于话音刚落，学翠、淑贞、学荣一下子举起了手，都纷纷说同意。就在徐向前、朱瑞等人离开东辛庄的第二天，王换于就带着儿子、儿媳们直奔艾山乡而去。学翠、学荣兄弟各推着一辆独轮车，车两旁绑着两个柳条编的大篓子，一家人到了艾山前村托儿所。王靖和淑琴迎上前来，王靖道："大娘，朱政委已经派人通知我们了，孩子们也都准备好了。"王换于道："学翠，大点的孩子一个篓子里放俩，小的让俺两个媳妇还有大妮子抱怀里，来来回回两趟就运回家里去了。"正说着，一群孩子就围了上来，有哭的，有笑的，张淑贞把罗荣桓才几个月大的女儿罗林抱在怀里，罗林大哭不止，罗荣桓的一岁多的儿子罗东进连声说："妞妞不哭，妞妞不哭。"张淑贞轻轻摇晃着，脸上洋溢着醉人的笑，罗林停止了哭声，咯咯笑了。在这些孩子中，有后来成为开国中将胡奇才的儿子胡鲁克、胡鲁生，开国少将陈沂的女儿陈晓聪。小晓聪也就是几个月大，用王换于的话说是月孩子，认生，被学荣媳妇陈洪良抱在怀里，又哭又闹，洪良咧着嘴，急得满头大汗。淑贞把罗林递给婆婆，又接过了晓聪，笑着道："这闺女真俊呀。"说着在她额头上亲了一下，又

靠山

抖着手腕，还轻轻唱起了小曲儿。晓聪看着淑贞，脸上露出了笑。淑贞道："这几个丫头里面，还有比你小的，俺就叫你三妮子吧，行不行呀？"刘萍听说后，也带着几个人赶了过来。刘萍拉着王换于的手说："让娘操心了。"王换于道："这是咱们自家的事，八路军为穷人操心，咱能不为八路军操心？两好才能噶一好嘛！"

　　于家一下子来了二十多个孩子，原本宽敞的院子一下子满了。于泮看看四周，各个角落里都是打闹的孩子，他一下子有些不知所措了，只是吧嗒吧嗒地抽着他的长杆旱烟袋。王换于白了他一眼道："你能不能有个老爷们的样子？你没听说吗？前些日子人家燕翼堂的人怕小日本鬼子借着他们的房子干坏事，一下子就炸掉了一百多间，一色的青砖瓦房呀，多可惜！这还不说，人家男男女女几十口子人还参加了革命啊！比比他们，咱们还不差一大截？"于泮听了，脸上有了愧色，他磕了一下烟袋锅子说："小六子，你可不要把我看扁了，自从八路军来到咱们家，咱们的粮食越来越少，人家讲纪律要给咱钱，你一分都不要，我含糊了没？打鬼子人人都有份，我要是打了折扣，将来还怎么进老祖宗的坟地？他们还不瞪着眼把我轰出来。"王换于听了，咯咯一笑："这就对了，要不俺可不待见你，爱跟谁过就跟谁过吧！"淑贞笑道："娘，你都这把年纪了，还能把俺爹给换了？真是的。"王换于故意脸一板："老大家，你这可是没大没小的，他又不是个牲口，俺说换就换了？要是真能换，俺早就把他换了，整天价就是个闷葫芦，你不言，他不待说一句的。"淑贞和淑琴听了，一下子笑弯了腰。于泮哼哼几声："老娘们，守着孩子们，说话一点都不知深浅。"

　　说完，跺跺脚走了。

　　王换于虽为女辈，但也是个一口唾沫能在地上砸个坑的人。她不怒自威，是于家名副其实的领导者，常常是一呼百应。如今她一旦面对着眼前这众多的孩子，也深切地感受到了这份担子的分量。细心的淑贞知道婆婆在想什么，她对王换于道："娘，孩子来了，人手不够，俺明天就把两个表妹叫来。"王换于说："老大家，你说中了俺的心事了，咱们发展党员不是亲戚就是可靠的人，给八路军抚养这些亲骨肉最好也找自己的人，今天你就麻利地去把她们叫来吧，俺去依汶村把你表姐也叫来，她一家子让小日本鬼子害得，如今也是无牵无挂了。"王换于说到的表姐，名叫刘烈，是她的外甥女。刘烈嫁到依汶王家后，尽管日子过得艰难，可一家人也是和和美美的。1939年6月，日军扫荡沂蒙山，这天中午，全家人正围在桌前吃饭，忽听空中一阵响，由远而近，是日军飞机来了，接着又传来类似哨子的声音，其实这是炸弹下落时与空气摩擦发出的。全家人都放下碗筷，竖起了耳朵，刘烈道："又是小日本鬼子的飞机来折腾了，千万别出去。"她话音未落，一个物件砸破屋顶落了下来，紧接着轰的一声响，炸弹爆炸了。刘烈恰巧背对着门口，被巨大的气浪一下子掀到了院子里，当她醒来后，发现公公、婆婆、丈夫，还有即将结婚的儿子都已经死了，公公婆婆血肉模糊，面目全非，丈夫和儿子腿都被炸飞了，一家五口眨眼工夫只剩下了身负重伤的刘烈，她当场哭晕了过去，最后被闻讯赶来的娘家人推了回去。

刘烈的妹妹刘桂兰和两个弟弟早就参加了革命，她伤好了后也要去参军去杀日本鬼子，正巧王换于来看她，就对她说："你们都走了，往后谁来伺候你爹娘？再说你这个年龄去当兵，打起仗来还能跑得动？在后方也一样能为革命出把子力气。"

刘烈听了，只好作罢。

王换于到姐姐家时，刘烈挽着袖子正在做饭，王换于就把看孩子的事说了。刘烈放下勺子，大着嗓门道："小姨，为共产党八路军看孩子，俺没有二话，俺一定给他们看得好好的，让他们放心在前线多打小鬼子，要不俺心里一直憋着一股气，今天俺就跟您走。"

从这一年秋天刘烈给山东省妇救会组织部部长刘锦如抚养孩子艾鲁秋开始，她就和艾楚南、刘锦如这对革命夫妇结下了不解之缘，艾楚南时任

靠山

中共山东分局秘书长，后来他的妻子刘锦如又陆续生下了四个孩子，也是刘烈一手看大的。她还照看了罗荣桓的女儿罗南下，萧华的女儿萧雨。

这天，张淑贞把孩子们都集中到院子里的石榴树旁，石榴树上的石榴有拳头大小，一个个红彤彤的，有的已经开了口，露着红红的籽，淑贞一一摘下来，用刀划个口子，再掰开分给孩子们，孩子们把籽塞进嘴里吃着。淑贞指着刘烈、陈洪良道："从今往后，俺仨人就是你们的娘，平日里要喊娘、娘，娘，千万别叫妈，咱们沂蒙山这地方兴叫娘，不叫妈，要是叫了妈，可就麻烦了。"淑贞说到这里，故意做了个夸张的动作，大叫一声："俺那个娘哎，那可就不得了了，日本鬼子和汉奸听了就会把刺刀架到咱脖子上了，说不定命都没有了。"孩子们听了都笑，罗东进叫道："我妈叫林月琴，你们不是我妈！"另一个孩子指着陈洪良说："我妈长得多美呀，穿着军装，牙齿又白又齐，你看你，龇着牙，长得又黑，一点都不像我妈。"其他孩子也跟着叫了起来。陈洪良听了又好气又好笑，说："俺黑俺黑，比乌鸦还黑，俺也一点不俊，比母夜叉还丑。"淑琴、淑琪她们笑出了眼泪，笑得前仰后合的。淑贞摆摆手，又指着淑琴、淑琪，还有自己的妹妹张志霖、表妹王荣泰道："她们这几个黄毛丫头，小的比你们大不了几岁，你们就叫她们姑姑。"这一年，除了淑琴，张志霖，王荣泰14岁，淑琪才10岁。

从此，她们平日里喂养孩子的时候，都先让孩子叫几声娘，叫几声姑姑。有的孩子很快就习惯了，有的紧闭着嘴不叫。

王换于道："别急，慢慢来。"

3

枪声先是在很远的地方响起，后来离东辛庄就越来越近了，村里的自卫队员于学春从山上跑下来，又蹚过汶河水，很快就跑到了王换于家，嘴里边喊着："不好了，鬼子往咱们这边来了。"王换于看看他："慌什么？天还没有掉下来呢！你这就去告诉村长，让他带上大家伙到山上去。"于学春答应一声，撒腿就跑。院子里，张淑贞她们已经把孩子们集合在了一边。村里的几个党员王见法、王录贞、刘腊梅等人也都赶了过来。王换于拢拢头发说："走，活人还能叫尿憋死呀，把孩子们都送到地窖子去。"学翠、学荣早就备好了独轮车，众人七手八脚，转眼工夫，二十多个孩子，大的坐在了车上，小的被大人窝在怀里。王见法身高体壮，一下子抱两个孩子，下颌上的短胡子把孩子扎得咯咯叫。村长黄金明在街上敲响了铜锣，一遍遍地喊着："鬼子来了，鬼子来了，男女老少都上山了！"

于家早年为了躲土匪，于泮带着两个儿子专门在东山借山势掏了个山洞，托儿所的孩子来了后，王换于觉得带着孩子过河太危险，冬天还会冻着他们，又让儿子在北岭挖了一个大地窖子。地窖子在北方广大农村很常见，冬天主要用来储存白菜、红薯的。到了后岭，学翠刚打开洞口，学荣就说："我来。"接着双手撑着洞沿跳了下去，孩子们被一个个接了下去，轮到罗东进时，他看看黑乎乎的洞口，往后退了几步，一下子抱住了淑贞的腿，哭叫着说："娘，娘，黑乎乎的，我不下去，我害怕！"一边的晓聪说："哥哥真胆小。"淑贞急忙道："进进，别怕，娘抱着你下去。"说着一把抱起了东进，大伙儿上下一齐用力，这才把淑贞送进洞里。等学荣爬上来，学翠就把洞口封了，又做了伪装。

这时，枪声已经在山后响起了，越来越密集，犹如过年放的爆竹一样，学翠他们急忙离去。窖子里黑漆漆的，罗东进"哇"的一声哭了，其他孩子像被传染了一样，哭声响成一片。淑琴急忙道："不要哭，有好吃的。"说着，四个姐妹就给孩子手里塞好吃的，淑琴和洪良也都刚生完孩子才几个月，就把最小的孩子轮换着搂进怀里吃奶。王换于开口轻轻讲起了猴子在水井里捞月的故事，孩子们都安静下来，有的轻轻睡去。

岸堤区的区长徐敏山带着区小队和东辛庄的自卫队员，在三面山上放着冷枪，又点上了鞭炮，一阵阵响声让日军心惊肉跳的，在东辛庄的一小队日军见这里地形复杂，最后匆匆离去。

村里的几头牛被汉奸牵走了，包括于泮家的那头花大牯。

从1939年开始，日军对沂蒙山的"扫荡"越来越密集，重重的苦难让这片大地上的人们越来越喘不过气来。这个时候，八路军第一纵队和《大众日报》又送来了几十个孩子，政府虽然给每一个孩子都有定量的粮补，可杯水车薪，寥寥无几，大部分都是于家所出，于家的日子变得日渐艰难。

这天，王换于看了一眼悬在房梁上的那个大柳条篮子，又看看于泮，小心翼翼地说："他爹，亲戚家和乡亲们家都借遍了，他们也是吃了上顿没下顿的，一大堆嘴等着，咱就救救急吧，要不孩子就该喝西北风了。"那大柳条篮子里，放着一袋子的麦种，种子是神农所赐之物，千百年来被一代又一代的种田人奉为神物，即使家中断了食物也万万不能动了此念。王换于虽为内当家，可这位出生在清朝末年的女人，骨子里很传统，在她内心深处，她还是把于泮尊为当家人。于泮听了王换于的话，狠狠瞪了王换于一眼，说道："老娘们，你吃豹子胆了？你还敢打这些种子的主意？告诉你，墙上挂门帘，没门！我不能让祖宗们戳我的脊梁骨。"

秋夜虫声渐稀，屋内屋外显得尤为宁静，坐在炕上的于泮背靠着墙壁不停吸着烟，这个朴实的庄稼汉心里这会儿翻江倒海一般。第二天一大早，刚醒来的王换于就看到炕头上有一个袋子，袋子口是用细密的麻绳封着的，不是平日里用绳子绑着那种，这就是那袋子麦种。王换于眼睛湿润了，自言自语地道："可真是难为这老东西了！"

战争并没有让孩子的天性褪去，院子里已经有他们的嬉闹声了，紧跟着是牛羊叫，还有一声声的鸡鸣狗吠，东辛庄新的一天又在喧嚣中开始了。于泮站在山头上眺望着远处，他正盼着自己那头被日军牵走的大花牯，说不定忽然会出现在自己的面前呢。

院子里，朱瑞正和王换于商量，为了安全，把孩子们都分散到各村庄去。是呀，几十个孩子目标太大了。前些日子，村里的刘二流子还满街上嚷，说于老婆子为了讨好共产党，把这么多八路军的孩子圈在咱东辛庄，是不顾全村老少爷们的死活了。接着连续几夜，于家的院子里就让人扔了不少石头。王换于顾不上这些，陈洪良要出去骂几嗓子，王换于不让，说："没做亏心事，咱不怕鬼敲门。"倒是刘腊梅泼辣，赶到刘二流子家，一下脚就把刘二流子踹了个狗吃屎。

中午，王换于和张淑贞跑了十几个村庄，终于联系好了人家，没过几日，学翠、淑贞、学荣、淑琴各一组，陆续把孩子都送了出去，还剩下的十个孩子，大都是身体虚弱和幼小的。淑贞和洪良都还奶着自己孩子，一个叫山山，一个叫水水。婆婆王换于嘱咐她们："老大家、老二家，你们记着，咱自己的孩子欠一口没啥，可得把八路军的孩子喂好了，奶头先往他们嘴里塞，细粮先给他们吃。他们的爹娘为了咱们老百姓不在身边，咱们就更不能亏欠了他们的亲骨肉。"小名叫疆场和征战的孩子，是八路军第一纵队送来的，父母都已经牺牲，孩子也就是几个月大，用王换于的话说，都瘦得两根筋挑了个小脑袋。开始，淑贞和洪良都是把自己的孩子和八路军的孩子抱在怀里一起喂，一人一个奶头，洪良还说笑："一棵树上两个梨，孩子见了就撒急。"可这样哪个都吃不饱，孩子吮着奶头不松口，可又吸不出，急得哇哇大哭，哭几声后接着再吸，嘴咂巴得很响。淑贞怀里的孩子也哭了起来，王换于听到哭声，忙不迭地跑了过来："这是咋了？"淑贞道："娘，两个孩子一人一个奶头都吃不饱。"洪良说："逮着就不松口了，可身上就这点奶水怎么也不够两个小崽子吃的呀！"王换于一时怔在那里，最后道："你们两个先让疆场和征战吃，咱们的娃放在后面。"妯娌俩遵从婆婆的话，等疆场和征战吃饱了，再喂山山、水水，可两个孩子再怎么使劲，咂巴出来的都是血水。淑贞喂疆场时，山山躺在一

靠山

旁哭断了肠，洪良不忍心，说："嫂子，你中间就不能奶山山一口？"淑贞眼里含着泪，低头一声不语。洪良看不过，解开扣子就要喂山山。淑贞眼一瞪："你一会还要喂征战和水水呢！"到了洪良喂征战时，水水也饿得直哭，淑贞像洪良一样不忍心了，说："就给水水吃一口吧。"洪良也低头不语，眼泪落在了征战的脸上。于泮听两个孙子哭得揪心，又没法进去吩咐儿媳妇，站在院子直跺脚。他悄悄对王换于说："你这个老娘们可真能忍，你去告诉老大家、老二家，让她们给我孙子吃几口。"

王换于听了往前走了几步，又退了回来，最后干脆出了院子。

王换于暗地里嘱咐于泮和两个儿子还有闺女："你们都记住，平日里咱们少吃一口饭，让她们妯娌俩多吃，要不她们奶水不足，孩子就更受磕打（在这里指受苦的意思）。老大家精，别让她看出来。"山山、水水开始还能吃几口奶，后来疆场、征战越来越能吃，淑贞奶水又不足，临到山山就没奶了，洪良奶水还行，水水还能吃几口，可总归不饱，就让他们吃些面糊充饥。几个月下来，疆场和征战模样好看了，山山、水水反而瘦了，瘦得可怜。于泮急了，朝老伴嚷："我看着孙子这样心里就空落落的，比捅我刀子还难受！"王换于正在给八路军纳鞋底，她大声说："老东西，就你疼你孙子，俺呢？他们不是俺孙子？俺的心也是肉长的呀，就你疼？人家八路军头都别在裤腰带上，说不定哪一天命就没了，咱总得给人家留下个香火呀！"

4

过去每隔几天，王换于都要去看看那些寄养在别处的孩子，现在，王换于天不亮就和淑琴挎上篮子走了，几乎每天都是这样，晚上回来时，篮子里都多多少少有些地瓜干子、高粱米之类的东西。有一天，王换于瘸着腿回来了，淑琴挎着篮子，两眼红红的。淑贞一问才知，婆婆是让狗咬了，当时血淋淋的，婆婆撕了块衣襟布包了。淑贞就偷偷问淑琴，淑琴不语，淑贞道："你和嫂子最亲了，跟我说实话，这篮子里的东西到底咋回事？"淑琴终于说："每回出去看那些孩子，咱娘和俺都先每家每户要些饭送给养孩子的人家，再带回点来让你和二嫂吃。"淑琴说着，鼻子一抽，哭道："嫂子，你不知道，咱娘是为了护我才被地主家的那条大黄狗咬着的。"淑贞听了，鼻子一酸，一把抱住了淑琴："妹妹，要不是俺在家里奶孩子，俺就替咱娘去了，可真难为咱娘了！"

王换于和淑琴走进西山庄的时候，骤然而降的雨把母女两个都浇透了。王换于被狗咬伤的腿还没好利索，手里还拄着根粗棍子，她对淑琴道："要饭的手里都拿着根棍子防狗防身，这回咱娘俩真是像模像样了。"淑琴听了，鼻子有些发酸，可脸上还得装出笑来。王换于一直牵挂着放在西山庄的平平，平平的爸爸叫柳铁冰，妈妈于翠兰是个军医。在一次反扫荡中，卫生所转移，当时于翠兰刚生了孩子不久，她抱着孩子正走着，随着尖厉的呼啸声，一颗炮弹落在了于翠兰的身边，爆炸声过后，护士宋英看到，于翠兰匍匐在一块山石旁，后背被炸出了一道口子，鲜血正汩汩地流淌着。宋英连喊了几声，见于翠兰没有反应，突然听到她的身下传出婴儿的哭声，宋英轻轻把于翠兰挪开，看到被她牢牢护在怀里的孩子竟安然无恙，宋英的泪水一下子涌了出来，她打开药箱包住了于翠兰的伤口，应该是孩子的哭声让于翠兰睁开了眼睛，她伸手想摸摸孩子，可已经无能为力，宋英急忙把平平抱到她的怀里，说道："大姐，放心吧，孩子就是头碰破了点皮，我给他包了。"于翠兰摸着平平的小脸，一丝满足的笑从她嘴角荡漾开来，她有气无力地说："妹妹，我不行了，将来有一天你告诉他的爸爸，一定要让孩子长大成人，要是出了差错，我在那边也不得安宁的。"宋英用力点了点头："大姐，我记住了，你放心吧。"于翠兰嘴角动了一下，头一歪，再没有一点声息，那双美丽的丹凤眼还睁得大大的，留

靠山

在眼角上的那颗晶莹泪珠跌落在被炮弹炸翻的土堆里。宋英抱起孩子，悲痛不已："大姐，你就放心闭上眼吧。"说着伸手抚了一下她的双眼，可是于翠兰的眼睛还是没有合上，一个战士脱下上衣盖在于翠兰的脸上。于翠兰不知，她的丈夫在几个月前就和几个战士长眠在了远处的大山上，那时于翠兰即将分娩，战友们都对她守口如瓶。不久，烈士遗孤平平就被刘萍送到了王换于家。

　　自1938年10月开始，艰苦卓绝的抗日战争就进入了相持阶段，八百里沂蒙无时不在炮火中震颤着，山东分局和山东纵队司令部等机关的驻地沂南岸堤，曾是沂蒙山区最为牢固的根据地，可后来被日军和国民党顽军挤压得东南西北只有十几里了。黎玉曾说："这块根据地现在小得一枪就能打透了。"老百姓都人心惶然，一些人甚至不敢与八路军接触。东辛庄妇救会的会长张淑贞，为了让妇女给八路军缝衣做军鞋，带着淑琴挨家挨户地跑，每动员一家，就把灰布留下来，可到了半夜里，就有一些人把布匹隔着墙扔进于家的院子里，张淑贞早晨起来拉开门，不禁吓了一跳，满院子的灰布，她一屁股坐在门槛前，气得抹开了眼泪。院门一阵响，淑贞站起身擦干泪水打开了门，刘腊梅拽着王路贞走了进来，嘴里边说道："你还是不是个老爷们，嗯？你还是不是个老爷们？嗯？！你撒泡尿照照自己，你还好意思在党里吗？"说完，她看看淑贞，指着王路贞又道："昨夜里我刚合上眼，他就偷偷把布扔到你家来了。"王路贞面红耳赤，嘴唇嗫嚅着一句话都说不出来。张淑贞一时无语，低头默默捡着散乱在地上的布子，王路贞几步就走到墙角跟，把独轮车推了过来，只几下就把布子装到了车上，他红着脸说："放心，我不会再做缩头乌龟的，我把自己的留下，其他的我负责给大家伙送去。"说完，推着车走了。刘腊梅一下子笑了："你看看，就是属驴的，牵着不走打着倒退，这会倒是觉悟了！"淑贞很感动，说："谁从娘肚子里一爬出来就是大胆的，小日本鬼子来了我也怕，可光怕也不行呀！"

政府拨给每个乳娘的粮食到了王换于家后，王换于都让儿子一一送去，不仅自己不留一颗一粒，还从家里拿一些贴补。西山庄的乳娘叫刘大妮，养的就是于翠兰的儿子平平。刘大妮本姓张，并没有大名，从小就被父母大妮大妮地叫，一直叫到了十五岁那年她出嫁，后来婆家的人也这么叫，婆家在西山庄是张姓，后来村里人干脆就呼张大妮。平平被送来的时候，张大妮生的孩子刚死了没几天，另外有个儿子三岁了，羸弱的大妮奶水并不多，用她婆婆的话说是白长了一对奶包子了。王换于和淑琴刚把平平送来的时候，大妮的婆婆一下子变了卦，说："这阵子小鬼子闹腾得厉害，要是知道俺给八路军养孩子可就不得了啦。八路军的孩子金贵金贵的，有个三长两短，俺可担待不起。"说着她又指了指大妮："你看她，胸脯子平得像块板子，还能咂巴出点奶水来吗？石头他娘，这孩子你能养？"大妮的婆婆一边问，一边直向大妮使眼色。大妮就装着看不见，嘴里说道："俺能养，别人能养，俺咋就不行？"大妮婆婆还是不松口，王换于火了，对大妮的婆婆说："俺看咱俩年龄也差不多吧？"大妮婆婆眼皮一翻："俺今年五十虚岁。"王换于道："那你得叫俺大姐。大妹子，要说这个孩子的爹，爹牺牲了，要说这个孩子的娘，娘也牺牲了，人家为了啥？还不是为了咱们这些老百姓？如今人家孩子落难了，咱能装着没看见？"大妮的婆婆说："你看俺这个穷家，自己都顾不过来了，还能再添一口人？"她指了指院子里的瘸腿儿子接着说："他爹那个老鬼早些年就撇下俺娘俩走了，他又是个瘸子，走路都不稳，别说是种地持家了，自打小日本鬼子来了，这日子就更没法过了。"王换于道："大妹子，没法过咱就这样了？咱就不反抗了？"大妮婆婆用力拍了一下大腿："俺就不信了，俺不和小日本鬼子对着干，俺也和这群小鳖羔子井水不犯河水，他们还能把俺怎么样？"王换于摇摇头，对淑琴道："大妮子，咱不和这老娘们费口舌了，走，咱走！"说完翘着小脚就咚咚走了，只听大妮子婆婆喊道："你说俺是老娘们，你不是娘们呀？！你是公的？真是！"大妮子追出了门外，嘴里高一声低一声地喊道："大娘，您别往心里去，俺婆婆是被日子愁的，您别和她一般见识。"

这情景刚过去没几天，张大妮就来到了于家，一下子扑到王换于怀里号啕大哭，边哭边道："俺孩子他爹走了，让小日本杀的，大娘，你说说，这小日本鬼子咋就连这么老实的人都杀？"王换于让张大妮坐下，淑贞给她端来了一碗水，大妮子接过来喝了几口，泪水吧嗒吧嗒地掉进碗里，她抹抹眼泪说："他们不是人，是畜生，俺一个病秧子他们也不放过，孩子爹平日里窝囊，见他们扒俺的衣服，就疯了一样上来护俺，让小日本鬼一刺刀扎了个透心凉，要不是八路军几个兄弟，全家人都得遭殃了。"大妮子抹抹眼泪，蜡黄的脸上挂着凛然："俺婆婆发话了，让俺把孩子抱回去，俺来养！"王换于点点头，说："你婆婆这才像个样子！到饭点了，留下吃几口吧。"张大妮也饿了，平日里又难得吃顿饱饭，就一下子吃了好几个窝窝头，脚下好像也有力了，她接过孩子就走，王换于说："让学荣送你，这点小米你也带上，抓紧养养身子，催催奶，要不这小毛孩吃啥？"

5

王换于和淑琴走进大妮子家的时候，就听到孩子的哭声，只听张大妮的婆婆说："你就给俺孙子一口吃吧，张家以后就得靠这个小东西了。"大妮子带着哭音道："娘，这粮食是政府给俺吃了好下奶的，俺不能让他跟着俺吃。"婆婆道："你再去找那个于大姐要点。"大妮子说："她已经给咱家送了好几次粮了，都是人家从牙缝里给咱挤出来的，人家也一大家子，还给八路军养着那么多孩子呢，俺要是给人家养不好，对不起王大娘，对不起孩子的爹娘！"张大妮的婆婆急了，伸手从碗里抓了把杂粮饭就塞到了孙子嘴里，这一幕正好被走进来的王换于看在眼里，张大妮窘得不知如何是好，她的婆婆很尴尬，张了张嘴，最后道："大姐，政府给的粮食，这孩子真没吃几口，他这些天病了，俺怕他过不去这个坎了，才给他吃了一口。"说完，她走到灶台前，一把揭开了锅盖，王换于看到，里面竟是些黑乎乎的糠菜，大人都难以下咽，何况是眼前这个几岁的瘦弱孩子。王换于落泪了，她从篮子里拿出来个窝窝头，塞到孩子手里，那孩子狼吞虎咽地吃了起来。王换于看看张大妮，再看看她怀里的平平，还是黑瘦黑瘦的，平平正用力吃着奶，因为吸不出，不时发出一声叫，急得小手抓来抓去的，一会工夫，就把大妮子胸脯抓出了一道道的血印子。张大妮愧疚地说："大娘，俺这奶水就是不行，连泡猫尿都赶不上，每次平平也就吃个半饱，再找个人家养吧，别再在俺身上浪费粮食了。"张大妮说着，急得直淌眼泪。王换于听了有些心酸，说了声好，一边把篮子里吃的都拿了出来说："这些东西都留下给你家孩子吃吧，让他长大了，也打鬼子！"淑琴接过张大妮怀里的孩子，点点头，跟着王换于走了出去。屋里忽然传来一声喊："等等。"接着，大妮拿着一小袋子东西追了出来，她满脸歉疚地说："大娘，俺白长女人身子了，连个孩子都养不好。俺婆婆刚才说，孩子咱不养了，就不能再占着这些粮食了，送给养孩子的人家吧，让她们吃好了多下奶水！"说着，张大妮把袋子放进了王换于的篮子里。王换于看看张大妮："孩子，你真是好样的，这点粮食俺就不带走了，你们全家留着吃吧。"张大妮凄然一笑，又坚决地摇摇头，跑回屋子里一下子关上了门。张大妮再出来的时候，一眼就看到了门槛前那个熟悉的袋子，她一把抓起来就出了院子，街上空寂无人，王换于她们已经不知去向了。

王换于接回平平后，四处打听能寄养的人家，可再没有合适的，她想想老大家，又想想老二家，不自觉地摇摇头。淑贞本来就瘦，现在瘦得用学翠的话说一把就能攥在手里了。洪良身体好些，王换于就决定把平平交给洪良，洪良没说二话，咧着嘴笑笑，说："娘，俺一个也是养，两个也是养，多养一个没啥，大不了水水一口奶也不给他吃了。"王换于笑了，用手指头在洪良的额头上亲昵地点了一下："你呀，脑子缺根弦，就是这张嘴能咧咧。"过了几天，洪良就叫苦不迭。三个吃奶的孩子，每次洪良都把自己的孩子放在最后，过去水水还能吃上一口，现在水水怎么吸也吸不出一滴奶水来。水水好像已经感觉到了危机，就拼命地咂巴娘的奶头，洪良干瘪的双乳就像霜打了的茄子，再没有一点水分。水水不吸了，也不咂巴了，又去啃娘的奶头，啃来啃去，把娘的奶头都啃破了，最后在娘的怀里哇哇大哭。淑琴急了，就让水水吃自己的奶，水水好像有了希望，在大娘怀里拱来拱去，也没吸出一点奶水来，最后又是大哭。洪良心疼得直落泪，对王换于咧咧嘴道："娘，这可咋办呀？奶娘还没找到？"王换于道："老二家，再忍忍，再忍忍，先让水水吃点苞米糊糊，俺和你大妹妹今天再出去转转。"说话间，淑琴端来了面糊，喂给水水吃。一个月下来，王换于还没找到奶娘。在洪良的抚养下，平平脸上有了血色，过去像玉米秸细的胳膊也粗了，只是水水慢慢地开始抵触面糊糊，开始还能吃几口，后来越来越少，小脑袋像秋天的树叶子耷拉着，直到有一天，房子里突然发出了一阵撕心裂肺地叫："娘，你快来看看呀！"王换于听出是老二家的声音，踮起小脚就跑到了前院，淑贞的大儿子小海喊道："奶奶，水水死了，你快看看吧。"王换于进了屋连叫了几声，躺在炕上的水水眼睛睁着，早已经没了气息。洪良带着哭音还一个劲地往水水嘴里塞着自己奶头，语无伦次地说："水水，你吃一口，吃一口娘的奶再走呀！别——你别饿着走。"水水双眼还圆睁着，那饥饿的眼神早就凝固成了两团渴望。洪良用力挤着自己的双乳，血水一滴滴地落在水水的小嘴上。王换于颤巍巍地立在那里，最后一屁股坐在了炕沿上，泪水簌簌而下。站在炕前的于泮，见孙子眨眼就没了，嘴里一声喊："水水，我的好孙子呐，我的好孙子呐！"

喊完，就蹲在地上抹开了眼泪。

6

新年过去后不久，春风就变得越来越柔和了，这时节，冰封的汶河就只剩下岸边的一些薄薄冰凌了，又过了些时日，悠长的汶河就会恢复了往年时的春天模样。到了三月底，两岸的垂柳叶子越来越长，远远看去就是一团团轻柔的绿纱。往日透着寒气的汶河水，开始荡漾着暖意，山峦倒映在水里，也是清晰可见。对面鸡太山上那片果树呢，桃花已经映红了半个山坡，梨花白得像一片雪。大自然往往是美好的，可是当战争降临的时候，它又显得有些束手无策。

就在这一年的开年后的不久，小股的日军又开始对沂蒙山侵扰了，枪声在沂蒙山腹地不时地响起。布谷声声，本来已是春耕季节，要是在往年，刚刚从沉睡中苏醒的土地早就热闹起来，可到现在地里还空无一人。

于泮站在门前，脸上挂着笑，把嘴里的烟袋锅子吧嗒得山响，聪明的邻居从于泮的神态和举止中知道，于家肯定是又添丁了。是啊，就在今天早上，于泮的二儿媳妇洪良，又生了个儿子。

淑琴的儿子叫小海，王换于道："这小东西就叫小江吧。有江有海的，多好哇！"

小江刚吃了不到两个月的奶，有一天，一个叫刘云的女八路又抱来了一个出生没几天的孩子，和刘云来的也是一个年轻的女八路，叫刘云蔼，她一进门就对王换于说："大娘，我是燕翼堂的刘云蔼，这是我表姐，刚生下孩子没几天，孩子的爸爸牺牲了，部队又要打仗，您就收下这孩子吧。"王换于听到燕翼堂这三个字，又细细瞅一眼刘云蔼，说："闺女，你说的可是垛庄的燕翼堂？那叔侄两个都被反动派杀了的燕翼堂？"刘云蔼点点头。王换于一脸肃敬，她看了一眼刘云怀里的孩子，不由道：

"这孩子是早产吧？看这小脸还没个核桃大。"刘云点点头，泪淋淋地说："大娘，让您受累了，我再苦再难也得让孩子活下来，要不我对不起她的爸爸。"王换于轻轻接过孩子，嘴里道："只要俺们于家人还剩下一口气，就不会委屈着她。"刘云听了，给王换于深深鞠了一躬，刘云蔼催促道："姐，咱们快走吧，要不队伍出发了。"刘云看着王换于怀里的孩子，就是迈不开步，刘云蔼拽起她的胳膊就走，刘云一步一回头，一下子哭出了声，王换于喊道："闺女，孩子在大娘身边你就放一百个心吧，只要老于家在，她一根汗毛也少不了！"

刘云听了，在远处一下子跪下了："大娘，这孩子小名叫翠翠，大名叫王翠翠，要是将来我也不在了，孩子就改姓于，留在你们家我放心！"说着，一头磕在了地上。王换于大声喊道："闺女，八路军和老百姓是一家人，咱不兴这礼，快起来，快起来，告诉你，将来俺可不给你养，等着胜利了你自己来养！"刘云蔼拉起刘云，朝王换于挥挥手，快步走了。王换于抱着孩子回到院里，正思谋着怎么跟二儿媳说，洪良听到孩子哭声，从前院急急来了，她接过孩子说："娘，您别为难，俺身上有奶水，这孩子还是俺来。"说着，她解开衣扣，把奶头塞进了翠翠的小嘴里。洪良还像上次养水水、平平一样养着翠翠、小江。夏初的一天，洪良正在给翠翠喂奶，小江饿得急，抱着洪良的腿直哭，洪良奶水不足，翠翠吸几口，哭几声，再吸，又哭几声，急得洪良满头大汗，根本顾不上小江，淑贞给小江喂了几口粗面糊糊，就不吃了，哭着满屋子里爬，最后饭桌上的一块糠皮饼子被他抓到了手里。洪良喂完翠翠，又去忙着照看别的孩子，可总觉得一阵阵心慌意乱的，眼皮也一揪揪地跳，大咧咧的洪良一下子想起了小江，她满院子地叫，又跑到了屋里找，最后在饭桌底下找到了小江，洪良喊着小江，小江不应，她急了，一把掀开了桌子，小江双眼紧闭，嘴里还塞着食物，脸都憋紫了，手中还紧紧攥着那块糠饼子。洪良一声叫："老天爷呀，你这是咋了呀？！"接着号啕大哭，全家人都跑了进来，小海和众多的孩子们都怔怔地看着眼前的这一切。

于泮从屋里歪歪扭扭地走出来，没走几步，就瘫坐在墙根下。

谚语云："谷雨前后，种瓜点豆。"万物皆有灵性，往年的谷雨前后，充沛的雨水都会从天而降，农作物趁势生长，可是到了今年，雨水竟一下子变得稀少了。庄稼人于泮深谙大自然的习性，他对王换于道："越渴了越给盐吃，小日本不让咱有好日子过，这老天也来凑热闹。"可是立夏刚过不久，一直都在憋着劲的苍天好像一下子开了闸门，连日的大雨都如瓢泼一般。从早上到中午，平平就没有吃一口饭，眼睛半睁着。淑贞摸摸平平的脸，像炭火一样热。洪良急了，嘴里直嚷着："这是咋了？这是咋了？"要是往日，自己的孩子这样，在大人的忙碌中挨上几日就好了，可是对每一个八路军的孩子，于家人都时刻挂在心上，孩子一旦有了点异样，她们就心急火燎的。王换于又摸了下平平的脸，说："这些孩子冷也好，热也好，咱一点都不能有闪失。咱们庄稼人不懂大道理，可说话算数是咱祖祖辈辈传下来的老理。"淑贞道："等雨停了咱就请先生去。"王换于看看窗外道："不等了，就是下刀子今上午也得去。"说完，她就吩咐学翠、学荣道："老大老二，拿上咱家的大木盆，这就搬先生去吧！"

王换于嘴里的先生是万粮庄的郎中高能人，高能人并不是他的名字，是他瞧病厉害，久而久之十里八乡的人就喊他高能人了。托儿所的孩子刚来不久，王换于颠着小脚四处打听良医，比来比去，她认定了万粮庄的高能人，高能人厚道，医术好，又支持共产党，曾经抢救过不少伤兵。万粮庄离东辛庄并不远，可两村有汶河相隔，去万粮庄必先要过河。旱季的汶水通常河宽也就200多米，可连日的暴雨让河床涨到了300多米。听了王换于的吩咐，学翠从房里扛起一块长木板就冲进了大雨中，紧跟在身后的学荣头顶着一个硕大的木盆。往日的河岸离家门一箭之遥，可现在的河水早就漫过了沙滩，兄弟二人没跑多远就到了岸边，眼前的汶河犹如一群雄性的野马在奔腾着，发

靠山

出阵阵的回响和咆哮声。学翠道："把木盆扣在板子上。"说着就蹚进了水里，激流把学翠冲了个趔趄，他一下子倒进了水里，扑腾了几下才抓住木板，兄弟二人并排趴在木板上，两脚双双用力，顺流斜奔而去。水深流急，从小就在汶河水里泡大的兄弟俩也有些难以招架了。一块木板很难让他们浮在水面，学翠把木板留了给弟弟，自己把木盆倒扣在水中窝在怀里，一块木头顺流而下，最后一下子撞在了学翠的额头上，登时血流如注，学翠晕了过去，急流瞬间把他冲出了数米，学荣大声喊叫着，眼睁睁地看着哥哥离自己远去。他拼命游到了岸上，趴在那里喘了几口粗气，就站起身来沿岸寻找学翠，没走多远竟就看到哥哥，此时正和旁边的一位壮汉说话，原来这壮汉平日里常在河边持一长钩子捞浮物，今日老远就看到了顺流而下的学翠，还以为是什么好物件，近了才知是人，于是扯着嗓子大喊了几声，最后学翠抬起了头，那壮汉伸出长钩子把学翠拉上岸来。壮汉笑着对兄弟俩说："都快没命了，还抱着这盆子不放，不是个聚宝盆吧？！"

太阳偏西了，大雨戛然而止，天也慢慢放晴，可一家人还不见兄弟回来。于泮自言自语道："这样大的水，不会有个好歹吧？"王换于眼一瞪："你就不能说点好听的？！"于泮被戗了一口，扭头就走，他站在汶河岸上，面对着滚滚的河水，心一下子悬空了。

万粮庄的高郎中还没等学翠说完，背起药箱就走，三人赶到河边，洪水还不见小。学翠道："等水小点再过。"高郎中捋捋长须说："要不是我已老朽，就一点也不打怵！"到了傍晚，汶河的水一下子落了不少，也温顺许多，学翠让高郎中坐在木盆里，开始缓缓渡河。

学荣突然听到了父亲的喊声："是学翠吧？"声音里满含着喜悦。

《大众日报》社发行科的毕铁华再次来到东辛庄于家的时候，山坡上山楂树的果子泛红了，像一串串红珍珠一样，田野里的玉米叶子有些也已经发黄，再过不久，秋收就到了。于泮衔着长烟袋杆子，正坐在院子里盘算着今年的收成呢。同中国老一辈的广大农民一样，于泮不仅对土地有着强烈至深的眷恋，还对土地深怀着敬畏之心。年复一年的劳作，让他的身体变得大不如从前，可他对土地的热情一刻都没有减弱。随着年龄的增长，他对土地的感情也与日俱增。土地是充满灵性之物，是大自然赐给人类的双乳。即便是农闲，于泮都经常到地头坐坐，一边吸着他的长烟袋杆子，一面不紧不慢地与土地唠着嗑。他放眼环视着茁壮的庄稼，心满意足。在东辛庄，于泮是最会侍弄土地的老把式，每年春耕，于家的地都耙得最平整，于泮那双粗糙的大手就像绣花女手一样灵巧。邻居从他地头走过，都会啧啧赞叹几声，大声对于泮说："你这是在绣花呀？！"于泮常对两个儿子说："这地，就是咱的祖宗，你要伺候好它，要千方百计地让它舒服了，到了收成的光景它才不会亏待咱们。"

于泮深知，土地是庄稼人的命根子，他带着儿子在山坡上开垦了不少荒地。庄稼一枝花，全靠粪当家，地多了用肥料也多，为了积肥，他天不亮就把儿子喊起来到野外拾粪，冬天的大粪冻得硬邦邦，牢牢的沾在地上，铲起来就很费力，儿子有时候偷懒，铲不动就放弃了，或者留个一星半点的，于泮就教训儿子："别小瞧这一堆臭狗屎，可咱庄稼人捡到粪篓子里了，那就是黄金。"庄稼人没有单独的厕所，平日里都到自己的猪圈里解手，日积月累，圈里就攒下了很多粪便，每隔些时日都得出一次粪，于泮就把大粪与干土搅拌了，拢成大堆，再盖上防雨的草帘子，在夏日的高温下，粪堆开始发酵，水分被干土吸收后又慢慢蒸发，干土的气味慢慢和大粪融为一体了，于泮每次从粪堆前经过，只要闻一闻弥漫在空气中的味道，就知道肥料的"火候"已经到了几成，等时机到了，于泮就把粪堆散在了地上，然后一一捣碎，再慢慢晾干。每年于泮都拿捏得很准，等他完成最后一道工序时，播种就在眼前了，他就带着儿子们把肥料撒到地里。有时候自家积的肥不够，于泮就带着儿子到十里八乡去收一些，他拿一块晒干肥料在手里掂一掂，再放到鼻孔下闻一闻，就知道这肥料的成色。学荣笑道："爹就差放到嘴里尝尝了。"回来的路上，独轮车上的两个篓子装得满满的，遇上下雨，爷仨就把上衣脱下来盖在肥料上。于泮嘴里还说着："这些东西金贵着呢，别淋了，别淋了！"正是他的算计和勤劳，家里就积攒下了一些粮食，八路军来到他家后，慢慢就吃掉了。

自从日军来到沂蒙山，于泮心里就七上八下的，他再也不能像从前一样安心地侍弄土地了，总觉得自己亏待了土地。今年眼看就要忙秋了，于泮心中又禁不住涌起了喜悦，可毕铁华还是带来了一个让他愤怒的消息，小股的日军又开始扫荡了。于泮骂了声杂碎，接着又吼道："这帮鳖羔子是不想让咱们有个好日子过哇，你们逮住他们狠狠打，我好好种粮食给你们吃，现在让我老汉出把什么力都行。"于泮见毕铁华要和老伴商量事情，就扭头走开了。

中共山东分局机关报《大众日报》，1939年新年伊始在北沂蒙一个叫云头峪的小山村创刊后，日军大扫荡就开始了，报社化整为零，一些机器部件都藏在了王换于家里。毕铁华对王换于说："大娘，这些东西可都是咱们的家当，要是没了，咱们就不能出报了。"王换于说："孩子，你就放心吧，大娘知道这个贵重，说什么也不能让它落到小日本鬼子手里。"毕铁华没说上几句话，就匆匆走了。王换于勒紧了扎裤脚的布带子，一面对于泮和儿子、儿媳道："听小毕说，这次小鬼子要来个什么铁壁合围，比以往的扫荡厉害。老汉子，你帮着儿子把那些没藏严实的机器都藏好了。老大家、老二家还有外甥赶紧着藏孩子，我得去一趟大黎峪，告诉他们抓紧带着孩子躲一躲，小日本鬼子腿脚麻利着呢，说来就来了。"

王换于刚来到大黎峪村口，远处就响起了零零星星的枪声，她突然看到西家庄的刘大妮子从村里走了出来，胳膊弯里挎着个篮子，手里还拿着一根棍子。王换于知道，大妮这是又出来讨饭了，她就冲着大妮喊："大妮子，小日本鬼子要来了，快走吧。"大妮子晃了晃篮子道："大娘，俺又要了些吃的，明日俺送过去。"自王换于从刘大妮家抱走了平平后，大妮就开始四处讨饭，难以下咽的甚至发霉的留给自家，好的送到王换于家给八路军的孩子吃。她对婆婆说："咱不能帮着养孩子，就帮着去要饭。"婆婆点点头："去吧，去吧，能出啥力就出啥力！"

这会王换于顾不上多说什么，颠着小脚很快就跑进了一条狭窄的巷子，接着拐了个弯到了张大山家，张大山家也给八路军养了个孩子。张大山的妻子宋氏也听到了枪声，宋氏问："咋办？"张大山道："听这枪声还很远，又三声两响的，没啥事。"话音刚落，王换于就接上了话茬："听说小日本也要到你们村来，快出去躲躲。"张大山听了，一把抱起了旁边的儿子，宋氏早就已经把八路军的孩子抱在怀里了。三个人刚跑出村没多远，一股日伪军就向大黎峪而来。王换于指着前边的一片玉米地喊："快钻进去，快钻进去。"几个日军见这边有人，哇啦哇啦叫着，汉奸也跟着喊："干什么的？站住，站住！"日军举起三八大盖就开了枪，一颗子弹贴着王换于头皮飞了过去，王换于嗅到了头发烧焦的味道，她用手一摸，火辣辣地疼，这颗子弹最后钻进了张大山的后背上，接着又有几颗子弹打过来，张大山"哎呀"一声扑倒在地上，孩子也扔出了老远，两人都没了声息。高氏疯了一样叫着："孩子他爹，孩子他爹。"又转身喊儿子："小石头，小石头！"张大山突然抬起了头："孩他娘，快——跑——，保护好刘团长的儿子。"说完，又垂下了头。高氏怀里的孩子哇哇大哭起来，她把奶头一下子塞进孩子的嘴里。王换于见高氏进了玉米地，放心了，转身就迎着对面的几个日伪军走了上去，一个伪军跑上前来就给了王换于一枪托子，嘴里喊道："妈的，跑什么？刚才的人呢？"王换于疼得一下子坐在了地上："你没看着呀，都让你们打死了。"伪军又问："你是哪里人？"王换于道："俺就是大黎峪的。"伪军盯着王换于看了看，突然大叫道："老婆子，你是八路的探子！"王换于听了，把小脚一伸道："你看俺这小脚，走路都不稳呢，还能给八路军当探子？俺就是一个伺候孩子伺候俺男人的老嬷嬷，啥事也不懂。"那伪军晃了晃枪，指了指挂在日军枪刺上的鸡说："走，到你家去，给老子把鸡炖了！"

趁着那几个日伪军在啃鸡的当口,王换于偷偷离开了张大山家。村里的很多房子都被日军点了,这会还冒着黑烟,有的日军还没离开。王换于突然听一个妇人说:"西家庄那个要饭的被鬼子打死了,临死了还护着那个篮子呢,东西撒了一地。"接着有人问:"就是那个刘大妮子吧?"妇人道:"是她!"王换于听了,心好像被谁狠狠揪了一把,她一声"大妮子"刚出口,泪水就一下子涌了出来。

王换于前脚刚走,于泮把烟袋锅子往脖子上一搭,对两个儿子道:"咱们把机器都藏得严严实实了,让小日本鬼子连根毫毛都得不着。"为了以备不患,于家在东山挖了好几个藏身洞,也更隐蔽更安全。淑贞、洪良、淑琴、淑琪、刘烈她们先把孩子都一一喂饱了,又带上了一些干粮就出门了,他们刚到了汶河边上,山那边就传来了枪声,学荣、学翠还有几个自卫队员,用木盆子把淑贞她们和孩子都送过了对岸。学翠站在水里就喊:"海他娘,我们走了,快让孩子们进地窖子吧。"枪声越来越密集,地窖子口前还剩下了淑贞和胡鲁克,小鲁克哭着不肯下去,撒腿就跑进了不远处的窝棚里,这窝棚是夏秋日里于泮在里面看护瓜和看护果子用的。

淑贞一愣怔,紧跟着也追了过去,她往外一看,几个日伪军已经朝这边走来了。淑贞一把抱住小鲁克:"孩子,记住,俺就是你娘,娘,娘!"那几个日伪军四处看了看,端着枪进了窝棚。领头的是个日军小队长,叫吉田正一,她盯着淑贞看了一眼,用纯正的中文问:"你的孩子?几岁了?"淑贞点点头:"快两岁了。"吉田嘿嘿笑了几声,突然说道:"不,这不是你的孩子,是八路军的!"说完,他扭头看着小鲁克,慢声慢语地道:"小孩子,她是谁?"一个伪军插嘴道:"太君,让他叫声娘听听,要是口音不对,那就是八路军的种!"吉田笑了,点点头:"小孩,你叫她什么,说!"吉田把指挥刀一下子架在了小鲁克的脖子上,双眼看着淑贞的反应。小鲁克吓得哇哇大哭,淑贞急了,紧紧抱住小鲁克,声嘶力竭地喊道:"他就是俺的儿,俺就是他的娘。"吉田挥挥手,两个日军上来一下子按住了淑贞，旁边的那个伪军把小鲁克夺了过来，淑贞疯了一样扑上前来抢孩子，被日军一枪托子砸倒在地上，小鲁克忽然大声叫道："娘，你们别打俺娘，别打俺娘！"那伪军听了，扭头对吉田说："听这声调，是这娘们的崽子。"吉田听了，挥了挥手，转身走出了窝棚。淑贞透过窗口，见鬼子走远了，又消失在了密密的林地里，就抱起小鲁克悄悄出了窝棚，进了地窖子里。淑琴说有些衣服包好了忘了带，要回去拿。她的表妹听了，要去。小海道："你们都是小脚丫子，走得慢，俺回去拿。"洪良急了："海，你发烧还没好呀！"小海也不听，就像只老鼠一样钻出了地窖子。

枪声还在彼此起伏地响着，高空不时有炸弹落下来，炸得天摇地动的。此时已是午后，天气阴沉沉的，大风夹杂着深秋的寒意。海从山坡上一路疾跑，又游过了一人多深的汶河，回来的时候，海已经没有了先前的力气了，跑几步就摇摇晃晃的。后来村里的一个女人告诉淑贞："你家的小海一步三晃的，我喊了好几声他都没答应，就像喝醉了酒一样。"这个女人看到海又下了汶河水，最后还把手里的包袱举过了头顶，吃力地向前游着。海对淑贞说："水可真凉、真凉！"又说平日里过汶河，几个猛子就到了对岸，可这回游了半天也没看到边。淑琴找出衣服，赶紧让海换上。淑贞问他回家的事，海开始还说两句，后来就有点含含糊糊了，最后说了声："俺使得慌（累的意思）。"就昏昏沉沉地睡去了。洪良端着油灯凑近了看看："俺那个娘唻，海这脸咋蜡黄蜡黄的？！"她说着，又摸摸他的脸和身子："这孩子身子就像火炭一样烫人。"海睡了后就一直没有醒来，小晓聪趴在他身上一口一个小海哥地叫着，怎么叫他都不答应。

这一年，小海才8岁。

7

汶河岸边的东辛庄，暂时又回到了往日的宁静。初冬的早上，淑贞正

靠山

和淑琴在大街上推碾。一阵马蹄声响，紧接着一个八路军战士骑着匹大白马到了眼前，嘴里大声喊着淑贞嫂子，淑贞抬眼一看，是中共山东分局宣传部部长陈沂的警卫员小王。淑贞道："小王兄弟，来看三妮子来了？"小王说："不，嫂子，是首长让我来接她来了。"淑贞听了，腿有些发软，她轻声道："小王兄弟，先别和她说，三妮子正吃着饭呢，要不这顿饭她还能吃得下去？"淑贞说不下去了。饭点过了，院子里一下子热闹起来，孩子们跟着淑琪她们玩起了老鹰抓小鸡。淑贞大声道："三妮子，你爸你妈派王叔叔接你回家了！"院子里遽然静了下来，小晓聪愣怔了一下，又看了一眼小王，哇地哭了："俺没有爸，俺没有妈，俺只有这个娘！"说着她指了指淑贞。小王拉着小晓聪的手说："走，跟叔叔骑大马去，你爸你妈给你准备了很多好吃的呢！"小晓聪躺在地上来回打开了滚："俺不稀罕，俺就吃俺娘家的煎饼。"淑贞赶上前来一下子抱起了她，轻声细语地说："三妮子，听话，跟着叔叔走。"小晓聪紧紧搂着淑贞的脖子不放，哭叫着："娘，你就是俺娘，俺就是你的三妮子，俺不走，俺不走呀！"淑贞听了，泪如雨下。小王对一旁的王换于说："大娘，我还要急着回去，得带她马上走了。"王换于点点头，扭身就走进了屋里。小王弯腰解下绑腿带子，又给淑贞使了个眼色，就走出了院子。淑贞抱着小晓聪来回走了几步，最后径直走了出去。小晓聪像沾在了淑贞的身上，小王用了几个回合也没把她抱过来，小王看了一眼大白马，煞有介事地大声喊道："晓聪，你快看一看，这匹大白马是你爸爸骑的，专门让我骑着来接你的。"晓聪松开淑贞的脖子，扭头看着那匹大白马，小王乘势一把将晓聪抱了过来，最后用绑腿带子把她一下一下绑在了马背上，小晓聪哭得上气不接下气的，嘴里还骂着小王："你个王大眼，你可真坏，她真是俺娘呀，你快把俺放下！"小王也不吭声，挥挥手就飞身上了马，马蹄声远了，小晓聪的哭声还能隐隐约约地听到。淑贞朝着远处大声喊道："小王兄弟，你让马慢点，别颠着孩子。"淑贞的心就像被掏空了一样，慢慢地瘫坐在冰凉的碾盘上。后来淑琴笑大嫂，说："三妮子走了，你也像丢了魂一样。"王换于听了道："大妮子，你懂个啥？那三妮子是生下来就衔着你大嫂的奶头子长大的，平日里又是一把屎一把尿的，孩子让王大眼眨眼工夫就带走了，她能不闪得慌？等你有一天开始奶孩子了，就知道这滋味了。"

淑琴脸一红："娘，俺还是个大闺女呢，看你说的这是啥？"

晓聪回到爸爸陈沂和妈妈马楠身边后，每晚都从梦中哭醒，嘴里一口一个娘地喊着。马楠拥着孩子，一面悄然落泪。有一次，陈沂带着晓聪骑在马上从玉米地前走过，晓聪突然抹起了眼泪。陈沂不明，问她怎么了，晓聪指着眼前玉米地道："看着这玉米地，俺就想起俺娘了。那天，俺娘带着俺和哥哥姐姐就藏在玉米地里，鬼子在外面放着枪，还喊叫着。俺娘就把俺紧紧抱在怀里，怕俺热着，还给俺扇着扇子。俺娘最亲俺了，俺想娘，想娘！"陈沂听了，不禁对骑在另一匹马上的马楠说："老百姓都是咱们的娘亲呀！"

可是，陈沂和那些把孩子寄养在老百姓家的革命父母们也许没有想到，这种战争带来的无奈，也给孩子们的心理上结下了对他们的隔阂，这种与亲生父母间的隔阂，到了多少年后，才逐渐消弭。

抗战时期，王换于全家和周围十里八乡的乡亲们，为革命者抚养的45个孩子，无一残疾，无一夭折。滨海区莒县前横山村的崔立芬，自己的孩子才几个月，八路军战士女王涛的孩子孟林也刚出生不久。因为崔立芬每次都先喂孟林，自己的孩子却饿死了。为了专心照料小孟林，崔立芬一直没要自己的孩子，直到孟林四岁离开那年，24岁的崔立芬才有了自己的儿子。胶东区牟海县（今威海市乳山），三百多个十几岁、三十岁左右的已婚妇女，为八路军抚养了200多个乳儿，一个个都健康地活了下来。在太行山，在全国各根据地也都有乳娘的身影。

后来山东省妇救会的刘锦如等人专门把王换于和她两个儿媳的事迹成

文上报到了延安。1948年12月1日，国际民主妇女联盟在欧洲匈牙利首都布达佩斯举行了国际民主妇女联合会第二次代表大会，中共中央妇委书记蔡畅率领代表团参加，在各国妇女代表面前，蔡畅做了中国妇女运动的专题报告，里面就专门介绍了王换于、张淑贞、陈洪良的事迹，中国妇女的革命热情赢得了与会者的掌声。马楠后来把这一消息告诉了王换于老人，王换于面露羞涩，不好意思地笑了，她说："俺一个老嬷嬷做的这点小事也值得拿到外国去说？！"说完这话，王换于突然又道："老了，老了，俺越老越想那几个死去的孙子了，把俺老汉也疼得早早闭眼走了。"

　　于泮后来也加入了共产党，只是在抗日战争胜利的前夜，不幸抱病离世。于家为革命付出的代价是巨大的。1994年的深冬，王换于的二儿媳，也就是她叫了一辈子的那个老二家，在昏睡了几天几夜后突然睁开了双眼，那张爬满皱纹的脸也慢慢舒展开来，脸上还挂满了笑容，儿女们见状都很高兴，都说："这下可好了，没事了！"一旁的淑贞道："她这是回光返照，后事该准备还得准备。"淑贞说完，洪良一下子张开了双臂，嘴里喊道："是海呀，快来，快来！啊，还有江呀，山山、水水也来了呀！快坐下，快坐下，让俺好好看看你们，让娘好好看看你们，可想死俺了。"洪良说着，身体竟然半坐起来，双臂往前用力张着，合起来又张开了，好像在一次次做着拥抱的动作，还发出一阵阵咯咯的笑声，就犹如她当年的笑声一样，随后声音戛然而止，复又倒在了热炕上，双眼慢慢闭上了，嘴角两旁还绽放着笑容。

　　阴沉了几日的天空，突然飘下了雪花。

　　起风了，雪越下越大。

二　苦楝树下

1

1939年的年初，被中共中央视为重点区域的冀察鲁三省就分别接到了延安来电，中央在电文中强调："我党必须坚持独立自主原则，在冀察鲁三省放手发展与扩充武装部队，建立与扩大民主政权。"时隔不到两个月，毛泽东又在电文中批评山东分局不主动，手脚没放开，在省府专员、县长西逃时，没有及时委任自己的县长。毛泽东说这番话没几天，中共中央就指示山东分局："今后如有专员、县长逃跑，我即委任专员、县长。要建立坚强的抗日民主政权，不让任何人撤换。"

刚过6月，日军两万余人就开始了对沂蒙山的扫荡，国民党各级政府都脚底下抹油，闻风而逃。拔了萝卜落下了坑，中共山东分局见时机已到，马上部署建立了专署、县、区、乡抗日政权。就连各村也有了妇救会，像张淑贞这样的农家小脚妇女，都成了妇救会的会长。在全国，有两亿多的妇女，为了发动妇女参与抗战。1939年6月，《中国妇女》杂志在延安创刊，毛泽东不仅题写了刊名，还赋诗《四言诗·题中国妇女之出版》：

妇女解放，突起异军，两万万众，奋发为雄。

男女并驾，如日方东，以此制敌，何敌不倾。

到之之法，艰苦斗争，世无难事，有志竟成。

有妇人焉，如旱望云，此编之作，伫看风行。

1939年的冬天，中共山东分局为了推动山东政权的发展，决定召开山东省各界成立联合大会，包括山东省民众总动员委员会成立大会，山东省临时参议会成立大会，山东省工、农、青等成立大会，其中重要的一项就是成立山东省妇女救国联合会。郭洪涛在筹备动员会上说："妇女是一支重要的力量，我们不能忽视，在沂蒙山，以王换于为代表的广大妇女都已经纷纷行动起来了，我们还要发动更多的妇女参加抗战。"

即将作为联合会执行委员和常务委员人选的陈若克，为了开好这次妇女大会，几乎跑遍了汶河两岸周围的大大小小的村庄。每次回到了家，她都累得筋疲力尽。王换于看在眼里，疼在心里，她拉着陈若克的手，一遍又一遍地说："闺女，这可不行，这可不行。"陈若克贫血，王换于每隔几日都会杀只老母鸡配上药草，再用清洌洌的汶河水煨出汤来给陈若克喝。几个月下来，于泮养的一大群鸡就少了大半，过去于泮每次给它们喂食，鸡都争先恐后，后来担心被杀，每吃一口食，都小心翼翼，如临大敌。在于家人的照料下，陈若克脸上很快就泛出了红晕，消瘦的面盘也圆润了许多。王换于又催着她怀孩子："这结了婚的女人呀，就是灶膛，火烧得差不多了，锅就该开了。"人家朱政委也不小了，该有个一儿半女了。陈若克听了王换于的话，一下子笑弯了腰："娘呀，你怎么这么说咱女人呀？咱们生来可不是仅仅生孩子的，还有很多事要做，还要打鬼子，干革命！"王换于摇摇头："理是这么个理，可这世间的女人还不都是这么一步步走来的。生吧，闺女，有娘给你带着孩子，要是生多了还有你大嫂、二嫂帮衬着。"王换于还特地吩咐家人，晚上经过南屋都别弄出动静来。

酷夏的夜晚，蝉声一次次在密林中响起。在王换于家的南屋里，陈若克借着微弱的油灯奋笔疾书，王换于一边给陈若克倒水，一面给她扇着扇子。这时候的陈若克，已经身怀六甲，她每次抚摸着日渐隆起的小腹，脸庞都会荡漾起一层层母性的涟漪。她用了数日，写完了这篇在山东妇女运动史上带有纲领性的报告——《山东妇女运动的新任务》。

在中共山东分局紧锣密鼓地筹备联合大会的时候，根据形势需要，中央军委和八路军总部给山东来电，撤销了八路军第一纵队的番号，纵队司令员徐向前回延安参加党的七大筹备工作，原八路军山东纵队名义随之恢复。1940年7月26日，在沂蒙山青驼寺召开的山东省联合大会上，朱瑞首先做了他在王换于家中写就的《从国际到山东》的形势报告，接着选举成立了全省统一的行政权机关——山东省战时工作推行委员会(山东省政府的前身，简称省战工会)。张经武、李澄之、黎玉、罗舜初等23人当选为委员，黎玉为首席组长，一一五师宣传部的部长陈明担任秘书长。到了8月中旬，山东省妇女救国联合成立，执行委员、常务委员陈若克道："在座的大娘，嫂子，姐姐、妹妹们，今天这次大会，是一个妇女解放的大会，我先带着你们唱一唱《妇女解放进行曲》吧！"下面的人都喊好，陈若克点点头，带头唱道："在千层的高压下面……姊妹们！起来……向着解放的大道前进，前进！"歌声过后，一个少女从凳子上突然站起身来，举着拳头大声喊道："妇女解放！解放妇女！"底下的人也都跟着喊了起来。

接下来，陈若克用了整整两天时间做了《山东妇女运动的新任务》的报告。她慷慨激昂，让参会的每一位妇女代表人都牢牢记住了她，还有她讲的话。台下的妇女代表王换于，还有王换于的儿媳张淑贞都频频点着头。会后不久，陈若克在一个雨天返回于家的时候，一脚踩空摔倒在地上，在半昏迷中，陈若克只觉得一阵剧烈的宫缩，紧接着一股液体从自己的下体冲了出来，她流产了。

形势的变化令人眼花缭乱，在山东省各界联合大会召开不久，根据中央指示，中共山东分局书记郭洪涛和山东纵队司令员张经武，率领山东代表团很快就启程远赴延安参加中共七大会议了。

2

　　日军长驱直入山东后，对沂蒙山根据地发动了多次的扫荡，一次比一次激烈。1939年6月1日，日军就出动了2万余人，15架轰炸机。8月17日，一万余日军再次对南沂蒙北部、北沂蒙南部根据地发起了拉网式的行动。翌年春、夏，又对沂蒙山发动了几次规模不等的扫荡，都被沂蒙山军民——粉碎。华北日军总司令多田骏非常恼火，在高级指挥官会议上，怒气冲冲地说："沂蒙山战略地位举足轻重，大日本皇军一日不把这里扫平，全面占领中国就是一句空话，我们必须尽快拔掉插在我们后背上的这把刀子！"多田骏说完，一拳砸在了长桌上，他环视一眼部下，挥挥手又道："我们务必要以最短最快的时间彻底消灭八路军一一五师、山东纵队，摧毁山东的中共领导机关，打通南北通道，扩大战果，不负天皇陛下对我们的厚望！"

　　发生在1937年9月25日的山西平型关一役，八路军以600余人的伤亡为代价消灭日军1000余人，让不可一世的日军受到重创。侵华日军总司令西尾寿造没有想到，时隔不到两年，一一五师不仅在山东现身了，还让他们再次吃了一个大大的苦头。1939年的春天，得知一一五师来山东的消息后，华北第12军司令官尾高龟藏调集汶上、肥城、泰安、东平、宁阳等地日伪军8000余人，投入火炮逾百门，坦克、辎车百余辆对一一五师进行"围剿"。当时罗荣桓率部分人马在放上一带活动。是年5月初，代师长陈光下令伺机突围，一一五师主力部队六八六团团长张仁初人称"张疯子"，他率领部队硬生生地把日军的包围圈撕开了一个口子，可最后只有山东纵队六支队成功突围，八路军师部以及六八六团和中共鲁西区党委、泰西特委及津浦支队3000余人，在日军步步紧逼下，退到了大山的纵深处，尾高龟藏大喜，指挥5000余人马很快就布下了阵脚。陆房三面山峦相连，即便以东也是丘陵簇拥，站在高山俯瞰，纵横不足10公里的陆房，就像一个盆底子，尾高龟藏的指挥部就设在演马庄，得知对手行踪后，他又打马来到了山脚下，望着即将被夜色笼罩的群山，大声说道："好好养精蓄锐，待拂晓时一展我大日本皇军的神威！"东方刚露出了一抹亮光，日军的重炮就响了起来，剧烈的轰鸣声打碎了黎明前的宁静，群山都在战栗中。八路军居高临下，连同机关人员一起参战，打退了日军一轮轮的攻击，阵地前方尸横累累。尾高龟藏在指挥所前来回走动着，不时侧耳听听，再用望远镜观察前方，随后，他指着地图说道："据我观察判断，八路军主力在岈山、猪山等地，先集中兵力消灭八路军主力，其他就会不战自溃！"到了5月11日下午，日军集中优势兵力向六八六团发起了猛烈的攻击，炮弹如自天而降的冰雹一样纷纷落在阵地上，有些指战员已经倒在了血泊中，鲜血染红了嶙峋的山石。

架在高处的重机枪突然哑了，张仁初大声叫着"机枪，机枪"。他跑过去一看，发现机枪手都已经牺牲了，张大壮的肚子被炸出了一个大窟窿，肠子流出来，又散落到地上。张仁初骂了一声："狗日的小日本。"就一步扑到了机枪前，一个战士也赶了过来，机枪复又响了。被分割包围的津浦支队和一一五师特务营，同日伪军在陆房以北、以东也展开了激战，尾高龟藏是个中国通，深知擒贼先擒王的道理，他对被困在山上的八路军一一五师师部，势在必得。为了万无一失，尾高龟藏命令包围津浦支队的指挥官田中佯装失败，尽快抽身过来增援，津浦支队的支队长孙继先识破了日军用意，带领部队紧紧咬住田中部不放。直到傍晚，日军冲锋才偃旗息鼓。团政委刘西元受伤了，用绷带吊着右胳膊，他看了眼闷头吸烟的张仁初道："张疯子，什么时候也误不了你吸烟呀！"张仁初翻了翻眼皮："娘的，在去见马克思之前，老子先把烟瘾过了再说。"刘西元道："咱们从早上到现在，已经和日军掰了九次手腕了，虽然他们没有得逞，可接下来很难说了。"两人正说着话，通信员跑来通知开会。陈光坐在一块石头上，正向远处看着。过了一会他对张仁初和刘西元说："眼前的平静可能

靠山

预示着一场更大的恶战，看情形尾高龟藏不消灭咱们不罢休呀！"陈光转过头来道："日军点起了一堆堆篝火，看来是为了把咱们困住白天再打。"参谋处处长王秉璋说："日军已经在收缩部队了，而且还有增援的迹象。"罗荣桓道："不能再和他们耗下去了。"张仁初说："打了一整天，到了最后小鬼子更猛了，接下来情况可能更严重，咱们得尽快突围。"刘西元道："从下午敌人部署和火力上来看，下一仗肯定更难打了！"陈光笑笑："连你张疯子都这样说，我们必须就得考虑了。今晚尽快突围！"这时一个战士领着几个人急急走了过来，战士报告说："刘皮庄的刘书记他们来了。"刘书记三十多岁的年纪，旁边还有两个二十多岁的小伙子。陈光见了很意外，急忙问："这么危险，你们怎么来了？"刘书记道："听汉奸说，你们被围在了山上了，我们就偷偷爬上了山，这里大大小小的地方，我们都熟悉，看看能不能帮上你们的忙。"大家听了很感动，都上来和他们握手。陈光道："太好了，我们正打算钻钻日军的空子，还不知从哪里下手呢。"刘书记急忙说："我们庄和岈山庄中间隔着条山沟，那里没有鬼子。"听了这话，王秉璋指着地图道："在这里。"罗荣桓点点头说："这太好了，就请你们给当个向导吧。"刘书记说："没问题，我们来就是干这事的。"陈光对张仁初、刘西元说："你们马上回去准备吧。"两人应了声是，转身就走。王秉璋冲着他们喊道："张疯子，记住，最好是突而不打！"张仁初停下脚步："我这个莽张飞可也是粗中有细的！"夜半时分，部队悄然行动，马匹四蹄都裹了布块，炊事班用山草包了锅碗瓢盆，又用绑腿带子缠紧了。半夜时分，部队悄无声息地进入了山沟，一路向南而去。天亮后，日军又开始了炮击，但八路军已经踪迹全无。陆房战斗，八路军伤亡了200余人。让尾高龟藏恼羞成怒的是，日军连同一个大佐损失了1300多人，最后还失去了目标。消息传到蒋介石耳里，着人给八路军总部专门发了贺电，称此战令他"殊堪嘉慰"。1940年8月，八路军发动的长达数月之久的"百团大战"，更是令日军胆战心惊，日本华北方面军司令官多田骏称此战为"挖心战"。中国共产党领导的国民革命军第八路军，犹如一把利剑悬在了侵华日军最高指挥官西尾寿造头上，这位曾被授予勋一等旭日大绶章指挥官，行事严谨有心计，1938的年初，沿津浦路一路南犯的日军8个师团就是西尾寿造亲自部署的，当时他还是日本华北派遣军总司令。而沿着津浦路北犯的是华中派遣军总司令畑俊六指挥的8个师团。一年后，畑俊六被召回日本，西尾寿造却荣升为中国派遣军总司令。畑俊六和西尾寿造当年同是日本陆军大学校第22期学员，学习期间两人就一直暗中较劲。后来畑俊六毕业成绩名列第一，西尾寿造则屈居第二。到了中国战场上后，这对同样身为派遣军司令同门弟子，还是放马角逐。最后畑俊六黯然离去，西尾寿造拔得了头筹，西尾寿造终于出了一口恶气。谁承想，短短不到两年，即1941年3月，在中国战绩不佳的西尾寿造像畑俊六一样被召回，畑俊六则杀了个回马枪，接替老同学当上了中国派遣军总司令。

畑俊六再次站在中国大地上的时候，可谓是雄心勃勃，他要为自己争气，一展在心中描绘了多年的宏图。畑俊六虽然个子矮小，可当年因为酷爱运动至今都体健如牛。在日俄战争期间，一颗子弹击伤了畑俊六一的肺部，让酷爱运动体健如牛的畑俊六从此元气大伤，可这丝毫没有影响这位前炮兵少尉的军人底色。

还在1941年的8月底，畑俊六就开始酝酿今冬的大扫荡计划，目标是华北的晋察冀等一带的广大山区，在他看来，这些地方是八路军活动最猖獗的地区，也是八路军最牢固的后方。畑俊六立在军用地图前巡睃着，他像一只鹰隼一样，在空中盘旋着，最后向沂蒙山俯冲而去，这片开始让他并不看重的地方，现在俨然也已经成了他的心头大患。畑俊六透过地图，好似在眺望着沂蒙山连绵的崇山峻岭，虽是羸弱的身体让他变得消瘦不堪，但他眼里的杀机仍然犀利无比。他在给华北指挥官岗村宁次的电文中说："今冬皇军要重点扫荡八路军、游击队活动频繁的山区，沂蒙山、太行山等地均为要害，对扫荡沂蒙山，你务必亲自坐镇指挥"，云云。

3

郭洪涛等人离开沂蒙山后不久，再加上为了应对日军愈来愈频繁的"大扫荡"，中共中央、中央军委很快就对山东的领导机构和军事指挥权做了安排。山东分局书记由朱瑞接任，委员朱瑞、罗荣桓、黎玉、陈光。先前的军政委员会也做了改组，罗荣桓担任书记，委员罗荣桓、黎玉、陈光、萧华、陈士榘、江华。中央军委特地指示，山东纵队由一一五师指挥。

驻扎在沂蒙山留田村的中共山东分局和一一五师机关大约在十月中旬左右就获知了日军扫荡的消息，根据地上下很快就接到了中共山东分局、山东军政委员会联合发出的动员令，一是坚壁清野，二是动员一切力量反扫荡。从九月中下旬开始，日军驻济南的第十二军司令部就开始忙碌起来，刚刚走马上任的华北日军最高司令官冈村宁次特地从北京赶到了济南，在驻山东第十二军指挥室，冈村宁次来回踱着步，大声说着什么，土桥一次则皱着眉头，不时把一面面小黄旗插在沙盘上，从中可以看出，他已经将自己麾下的第32师团和独立混成第10旅团布在费县、平邑、蒙阴、新泰一带了。在冈村宁次看来，沂水是共产党、八路军活动最猖獗的地方，而莒县是南北交通枢纽，他指着沙盘对身旁的将军们说："把21师团放在这里，同时要置于两个独立混成旅。"土桥一次点点头道："将军阁下，那就把咱们的王牌第5、第6旅团布在这里。至于临沂一带，派17师团主力、第33师团一部就足够了。另外，我们还打算先封锁临沂、沂水、蒙阴之三角地带，随后多梯队纵深合击，对整个沂蒙山区形成'铁壁合围'之势。"土桥一次说到这里，伸出双掌做了一个形象的比画。冈村宁次听了，嘿嘿笑了几声，眼中骤然而起的杀机从那对圆圆镜片中透了出来，他挥着手大声说道："要拉网式的，一个村庄一个山头也不要放过，八路军狡猾得很，而中国的老百姓也是心甘情愿地支持他们的。"

就在冈村宁次和土桥一次雄心勃勃地走出指挥室没几日，日军驻扎在莒县、蒙阴、沂水等地的各大据点，就开始往来密集地调兵了。远在沂蒙山区的留田村，是一一五师等机关驻地，留田村因徐氏而立，据徐氏家谱记载，明正德年间，徐氏一干人自山西洪洞县远徙至此，落户为家。因为该村沿汶河而建，水土流失厉害，开村之祖出于美好愿望之意，把村名定为"留田"。

再过个几天，季节才迈进初冬的门槛，可寒意在沂蒙山大地已经若隐若现了。罗荣桓站在并不算大的窗口前，看着近在咫尺的汶河，清晨的汶河水，散发着轻柔的水汽，岸边阴暗的角落，竟然结了一层薄薄的冰花。罗荣桓不由说道："今年的冬天好像来得格外早啊！"正在烧水的林月琴说："这天一冷，再加上日本鬼子扫荡，咱们的日子就更难了。"夫妻俩正说着话，朱瑞走了进来，边说道："还没立冬，就开始结冰了，这要是到了冬天，还不知怎么冻人呢！可够你们这些南方佬受的了。"大家听了，都哈哈大笑起来。忽听外面有人道："还有我这个湖北佬九头鸟呢？"话音未落，一一五师的参谋长陈士榘就一步迈了进来。紧接着，陈光、黎玉和纵队的王建安、江华、罗舜初都陆续到了。林月琴给他们一一倒上水，走出来后又轻轻关上了门。

陈光端起缸子喝了口水道："日军这次来头肯定小不了，看势头咱们硬碰硬是不行的。"罗荣桓正了正架在鼻梁上的眼镜说："是啊，不可小觑，这次比不得陆房之战了，土桥一次恐怕要家底都亮出来了，我们不妨牵着他们的鼻子，像遛马一样好好遛遛他们。化整为零，避实就虚，看准了就敲他们一下。"大家笑了，都点点头。会议快要结束的时候，纵队卫生部的部长白备伍来了，罗荣桓道："这次反扫荡，为了安全起见，你们后勤人员就不要随部队行动了。"白备伍扳着指头说："眼下战工会、供

靠山

给部连同我们卫生部等单位的人，有1000多号呢。"陈士榘道："这目标太大，走到哪里都太危险，得派支部队掩护。"听了这话，作为这次反扫荡的总指挥罗荣桓托着下巴一时没有言语。纵队副司令王建安提出让四旅大崮山独立团担任护卫。朱瑞说："大崮山独立团还是从地方武装刚刚成长起来的年轻部队，能行吗？"罗舜初道："主要任务是掩护后勤人员，我看问题不大。"罗荣桓点点头："好，我看就这样吧！"

等研究完行动方案，已是正午。林月琴和警卫员端着饭菜走了进来。罗荣桓道："大家说了一上午，肚子都饿了吧？窝窝头和大白菜，来，都坐下吧！"朱瑞笑笑，看了大家一眼："主人这么热情，咱们走了也不好呀！"黎玉连声道："却之不恭，却之不恭呀！"

离开罗荣桓的住处后，朱瑞站在汶河边上，扭头凝望着远处，他心爱的妻子此时还在东辛庄呢。也许这一刻，又有了身孕的若克抚摸着自己已经高高隆起的腹部，正像自己一样眺望着远处呢。

到了初冬，沂蒙山腹地的枪炮声渐渐密集起来，王换于站在门口向远处张望着，山村清朗的夜空上月亮格外地明亮，把眼前的景物照得非常清晰。山那边的枪声稀疏下来，慢慢归于平静。王换于忽然看到，有两个人正向自己家赶来，她退到院里，轻轻掩上门。那二人到了，先是左右看了看，接着又敲了几下门，王换于从门缝里看到，外面是一老一少，年龄大的五十多岁年纪，浓眉、方脸，戴着眼镜，上唇还蓄着短须，他转身正要再次敲门，王换于一下子把门打开了，她轻声说："马议长，快进来吧！"来人先是一怔，随后那个被称为马议长的人扭头对同伴说："小王，你留下警戒。"说完，他一步进了院子。王换于道："天寒地冻的，你们这是打河上过来的吧？看你裤腿都湿了，快进屋烤烤火。"马议长摇摇头："这次日军扫荡，是下了血本的，时间很紧，我还得马上返回驻地，在这里说吧！"两人说话间，已经站在了石榴树下。王换于笑道："看你急的，火烧着腔了？快到屋里去，我给你熬点姜汤，去去寒气。"平时马议长见了王换于，都是大嫂长大嫂短的，有时还天上地下地开几句玩笑，今天马议长变了样，他蹙着双眉说："大嫂，不，王换于同志！有一大事相托。"王换于听他直唤自己的名字，知道今天非同往日，就止住笑看着他。马议长说着从怀里掏出一本书，轻轻地拍了拍道："这本书是《山东省联合大会会刊》，里面除了重要的文件，就是去年参加联合大会的全部代表名单，有徐向前、朱瑞、罗荣桓等领导，再就是各行各业的普通群众，其中还有你呢，要是落到鬼子汉奸手里麻烦就大了，你看一下。"王换于道："俺也不识字，就不看了，你这样一说，俺掂出了它的分量，放心吧，俺豁上这条老命也要保管好！"马议长用力握了握王换于的手："大嫂，不久我会亲自来取的，告辞了！"说完转身就走。王换于站在门口，看着他们披着月光很快就走远了。

　　这个被王换于称为马议长的人，名叫马保三，出生在寿光牛头镇，少时就为人仗义，1924年8月加入了中国共产党，他在家乡发动牛头镇起义后，就担任了八路军鲁东游击队第八支队司令员。1940年7月，在沂南青驼寺召开的山东省各界人民代表大会上，马保三当选为山东省临时参议会副议长，被誉为"抗日寿星"的范明枢老人，被推选为议长。范明枢老人是大知识分子，深知这次大会的重要，以耄耋之躯，不顾老眼昏花，披灯熬夜，亲自把大会材料汇集成册，可他还不满足，又决定把它正式印制成书，书名为《山东联合大会会刊》。那天晚上，根据地的交通员终于把成书的会刊交到了范明枢手上，范明枢捧着还飘着墨香的会刊看了再看，随后捋了一把垂胸的白须对马保三说："老弟，这会刊出于保密，同时为了节省，总共只印了两本，一本咱们呈送给郭洪涛书记，这本存于咱们议会，请老弟妥善保存，切莫丢失或落入敌手。"言毕，范明枢双手作揖，深鞠一躬："老朽拜托了！"马保三连忙回礼："范老言重了，我定当全力保护，绝不让它有丝毫差池。"

范明枢点点头，目光又落在了那本会刊上。

一缕月光透过窗棂，洒在了马保三的脚下，他想到了远在东辛庄的王换于，将来是可以把此书托付于她的。窗外，秋虫切切，远处偶尔传来几声狗吠。

等马保三他们走后，王换于就急急回到了屋里，她点上油灯端在手里，从柜子里翻出一块红布来，这是她当年结婚时用的包袱，王换于把书包了，四处看看，最后点点头，向粮囤走去。

4

1941年年末日军对沂蒙山区"铁壁合围"前，先对沂蒙山周围的郯城，包括鲁中的泰山区进行了"拉网式"的扫荡。用土桥一次的话说，这是大日本皇军行动前的序曲。本已有冈村宁次坐镇，可畑俊六又亲临沂蒙山督战，这是在中国抗战史上鲜有的，可见以沂蒙山区为主的山东根据地在侵华日军心中的分量。从11月1日拂晓开始，台儿庄、泗水、蒙阴等各地的日军就已经纷纷出动了，数公里的公路上，都是行进中的坦克、汽车、马队和士兵，在呼啸的寒风中，腾起阵阵尘土。老一辈的人说，日本鬼子的飞机，就像在天上飞过的一群群大雁，满山遍野的日本鬼子就像一群群的蚂蚱一样。

中共山东分局、一一五师和山纵机关，是日军的重要目标。而这个时候，一一五师一部在滨南，山纵主力部队两个旅一个在滨北，另一个在北沂蒙，都已经与倾巢而出的日军接上了火，一时很难抽身，保卫一一五师和中共山东分局机关的只有一个特务营和一个警卫连，山纵指挥机关身边的警卫部队也寥寥无几。

情况紧急，危险可想而知。

　　陈若克本来是可以留在王换于家的，朱瑞也派警卫员赶来和她说了，可无论王换于和她的两个儿媳妇怎么挽留，倔强的陈若克还是坚持随军转移。王换于正给她做着假发髻，嘴里还一遍遍地说着："闺女，你可真犟，真犟！听娘的，就留下吧！这大冷天，又快生了，你挺着个大肚子咋能行？"陈若克道："娘，你们这里还有一大群孩子，我不能拖累你们了，再说我还是干部，在这关键的时刻，我藏在老百姓家里怎么能说得过去？！"说着，她轻轻抚摸了几下高耸的小腹，脸上渐渐泛起一股母性的爱，随后又凛然说道："干革命就有危险，也可能随时就会丢了性命，这是我早就预料到了的。"王换于叹了口气："你呀，你呀！"接着她又喊道："老大家，把你穿的棉袄拿来，你们两个人个头胖瘦都差不多，就给你大妹子穿上吧。"淑贞在外面应着，一会就把棉袄送了过来，她还亮了亮手里的一条红头巾，说："大妹子，这是俺出门子（出嫁）的时候戴的，山上冷，你到时候好好围着头，千万别冻着。"陈若克穿上淑贞的大襟袄，淑贞又给她围上头巾，她在镜子前照了照，不禁"啊"了一声脱口说道："本来身体就变形了，这一打扮，就像只狗熊，丑死人了。"说着就要往下脱，王换于忙拦住她："闺女，娘知道你爱美，可现在顾不上这么多了。"陈若克听了，撒娇地嘟起了嘴，再看看王换于、淑贞，又笑了。在女兵甚至山东分局机关的女干部中，陈若克爱美是出了名的，别人的军装大都肥大，唯独她身上的军装好像都是为她量身定做的一样，看上去是那样的熨帖，特别是当她再扎上那条精致的牛皮腰带，别上那把小巧的手枪时，更显得英姿勃勃。这把手枪是陈若克从朱瑞手里要来的，腰带则是朱瑞当年在苏联莫斯科大学读书时带回来的，一直没舍得用，后来作为结婚礼物馈赠给了心爱的人。从此，一直没离开过陈若克。

靠山

天气从早上开始就阴沉下来，太阳躲在厚厚的云中若隐若现。远处传来一阵马蹄声响，若克高兴地道："他们来接我了！"于家老小把她刚送出院子，警卫员小张和马夫老王已经到了街上的碾旁了。小张和于家人打着招呼，又尖着嗓音说道："陈科长，咱们还得和白部长他们会合，得赶紧出发了。"陈若克挺着肚子走上前来，一边对于家人说："风太大，你们快回家吧，娘，你要保重。"小张和老王一左一右把陈若克扶上马去，老王喊了声走，那马很乖，摇了下尾巴，就轻轻迈开了蹄子。王换于向着他们的背影大声嘱咐道："小张，陈科长快生了，别让牲畜走快了，颠着她不行。"小张老远答应着，又对陈若克说："陈科长，放心吧，这马就像老王的儿子一样，可听话呢，这次专门派他来，就是不让这马尥蹄子。"老王瞪了小张一眼，闷声闷气地道："小张，你怎么说话的？这马听话不假，可它不是俺儿子。"

陈若克听了，咯咯大笑起来。

山纵政治部秘书长吴仲廉等人本不想随着后勤和伤病人员转移到大崮山的，可他伤口未愈，不得不加入到了这支队伍当中。沂蒙山有72崮，崮应是地壳运动所致，地理学家称奇为"方山"。方山在世界上鲜有，可在沂蒙山就有72座，它们先是平缓，逐而成坡成山，后收身兀立于高空中，成为山顶之山，远看去形态各异，风格不同，有的像顶圆圆礼帽，有的则一层层的像蘑菇状。72崮的名字也是五花八门，沂蒙山的老百姓都赋予了它们最为形象的名字，比如透明崮、歪头崮、和尚崮、锥子崮、牛角崮、油篓崮、抱犊崮、獐子崮等。还有被冠以历史人物名字的崮，如孟良崮、吕母崮、晏婴崮。就像地理学家将崮称为"桌伏山"一样，斧劈刀削的崮，顶部却犹如桌面。

大崮山是72崮之首，海拔628米，位于蒙阴的东北部，山顶广阔，上面分布着八路军的弹药库、粮库、兵工厂、被服厂等，还有三个大小不一的山丘。北为长坡，其他三面皆是悬崖峭壁，平日里由独立团守备。白备伍他们向大崮山行进的路上，就发生了一系列事件。

11月4日清晨，莒县、蒙阴、沂水的日伪军，呈三角状包围了马牧池村山纵指挥部，立在村口的哨兵在夜色中突然看到前方影影绰绰的有几个人，开口刚喊了声"谁"，就被对方一枪打倒在了地上，胸部中弹的哨兵用尽全身力气开了一枪，枪声划破了宁静的夜空，纵队的参谋处长罗舜初带着警卫连冲了出来，一时枪声大作。在警卫部队掩护下，黎玉命令分散突围，可日军紧咬不放，部队转移到沂水西南墙峪时，双方又发生了激战，最后终于跳出了日军布设的包围圈。

另一路日军以2万多重兵，配以飞机坦克大炮，在5日下午分多路向青驼寺、留田一带集结。罗荣桓和朱瑞决定向西南突围，夜幕降临后，乘日军包围圈还没有合拢，队伍就从他们相隔不足一公里的间隙安然穿过了，日军的马蹄声和隆隆的坦克声都能听到。

6日黎明时分，一一五师师部和山东分局，就已经到了数十公里外的护山庄，当参谋长陈士榘报出地名时，罗荣桓笑着说："护山庄，护山庄，这名字好呀，专门保护我们的。"大家一听，都放声大笑起来，陈光道："今晚的成功转移，一点都不亚于陆房之战那次转移呀。土桥说咱们是插翅飞了，这次又不知他该口出何言了。"朱瑞紧接着道："这一次呀，恐怕得需要畑俊六、冈村、土桥坐在一起好好商量一番了。"随军记者汉斯·希伯高兴地说："我准备把这次突围，写一篇战地报道，题目都想好了，就叫《无声的战斗》。"希伯是波兰人，在德国留学时就参加了德国共产党，抗战初期就到了延安，毛泽东在窑洞里曾和他促膝长谈，后来他还陆续采访了周恩来、刘少奇、叶挺、项英、粟裕、罗荣桓等共产党的领袖和将领。

没出几日，一一五师机关报《战士报》就发表了希伯的这篇战地通讯——《无声的战斗》。

白备伍他们登上大崮山时，独立团团长袁健和政委于辉等人就迎了上来，双方一一握手后，团长袁健高声说道："大家都看到大崮山的地势了，是很安全的。去年我们就跟小日本鬼子在这里干了一架，我们也就是几百号人吧，对着他们的飞机大炮，硬是没让他们攻上来。"

袁健这番话，恰恰是军政委员会让后勤人员转移至此的理由，可是他们没有想到，大崮山也成了日军攻击的一个重要目标。

1000多个日伪军深夜就对大崮山完成了包围，一切都是在无声无息中发生的。崮顶上的部队和后勤人员还在睡梦里，只有哨兵在走动。天地之间刚泛起一缕亮色，崮顶就陷入了猛烈的炮火中，整个崮山都抖动着，大家都端着枪从房子里冲了出来，团长袁健挥着枪大声喊道："都进掩体去，都进掩体去。"在寂静的清晨，炮弹的呼啸声和爆炸声格外响亮，这是日伪军发起攻击时的前奏，随后开始冲锋了，等他们爬到半山腰，就闯进了八路军布设的地雷阵中，爆炸声彼此起伏，飞腾起一阵阵碎石和尘土。这时，天已经大亮，阳光渐渐洒落在山顶上，空中传来一阵引擎声，一队轰炸机从远处飞来，眨眼工夫到了大崮山的上空，密集的炸弹从空中落了下来，机群打了个盘旋后，又调头向崮顶俯冲而来，从机头和双翼射出了一串串子弹。东门和南门是日军重点攻击目标，林参谋长正贴在一个山丘下指挥，被敌机一排子弹打在了后背上，他一头栽倒在壕沟里。一队日伪军从倒塌的东门摸了上来，短兵相接，一营副营长张奎三手枪里没子弹了，就地捡起一把三八大盖，一声大喊："弟兄们，挑了这些狗日的！"说完，从高处一跃而下，一枪扎在了一个日军的脖子上，还没等他拔出枪刺来，两个日军的长枪已经刺进了他的胸膛里，张奎三打了个趔趄，跪倒在地上，他双手抓住两把枪头，用力向外推去，可抵不住日军的力量，刺刀扎得更深了，张奎三舒了一口气，有气无力地道："小日本鬼子，老子今天算是便宜你们了。"高个子日军不知吼了一声什么，飞起一脚踹在张奎三的肩膀上，又乘势把枪刺抽了出来，张奎三仰首倒了下去，一股鲜红的血从他的胸膛里喷向空中，血色在阳光的照耀下格外地耀眼。

　　陈若克是被野战医院二所的护士长杨以淑挽着跑出房子的，她肩上还背了个小布包，里面装了些纱布、酒精之类的东西。杨以淑是青州人，这一年才23岁，她能干泼辣，护理又好，陈若克之前流产后就受到过她的悉心照料，这次白备伍专门派她跟着陈若克的。

　　几乎所有的人都投入了战斗，留在掩体里大都是些伤员和病号，杨以淑摸了摸陈若克的肚子道："刚才跑急了，胎动得厉害，你就这么卧着，一会就好了。"陈若克点点头，轻声说道："不知朱瑞他们怎么样了？"杨以淑道："首长肯定没什么事的。"陈若克深爱着朱瑞，在她看来，孩子就是爱情的结晶，是双方相濡以沫的见证。自从上次怀孕出现意外后，陈若克更是格外地小心翼翼，可孩子还是早产了，不久就离开了人世，陈若克痛不欲生，膈肌病又犯了。在杨以淑眼里，陈若克虽然爱美，可没有一般女人的娇气，胆子还很大，说干啥就干啥，风风火火的。山东分局有一匹烈马，有些男的都不敢骑，可陈若克就敢上，开始被摔下来好几次，警卫员小张都急了，哭咧咧地让她别上了，陈若克抹抹额头上的血，又跨到了马背上，就这样，白马竟然慢慢被她驯服了。杨以淑后来还跟其他女兵说，陈若克就是个女拼命三郎，可够朱政委受的了。

　　陈若克依偎在那里，一动也不动，一只手轻轻抚摸着自己的肚子，嘴里还说着："孩子，别怕，别怕，有妈妈保护你，你可要好好的呀，临分手时你爸爸还说到时候要好好看看你呢。"

　　炮弹爆炸后把一些碎土震落下来，每次陈若克把头和背低下来护住腹部，任碎土砸在她自己头和背上，杨以淑看着陈若克，突然觉得眼前这个一身农妇打扮的女人，与先前的那个骑马驰骋的陈若克判若两人了。

她就是一个待产的孕妇，一个充满柔情和母性的女人。

5

独立团连同其他人已经打退了日伪军十几次的冲锋，阵前尸横遍地，我方也伤亡惨重。夜里一股日伪军竟然架起云梯爬了上来，最后被独立团一部消灭在一个山丘前。吴仲廉对袁健道："从凌晨打到夜里，越来越激烈了，日军不善于夜战，可打到了半夜也没停止攻击，看这阵势他们是不拿下大崮山不罢休呀。"政委于辉说："一股日军已经占领了制高点，我们攻了几次都没夺回来，一旦失守，我们损失可就大了，我提议马上突围。"大家都觉得有道理。随后，独立团决定，一部继续阻击并麻痹敌人，其他人转移。这时杨连长报告又有一股日伪军爬了上来，在弹药库附近，袁健大声命令道："马上引爆弹药库！"袁健放下电话不久，弹药库被杨连长他们引爆了，大崮山顶遽然又响起了连续的爆炸声，火光冲向天空，映红了漆黑的夜晚。

指挥大崮山攻击战的是日军多本中佐，他一改夜间不战的习惯，想一鼓作气一举拿下大崮山，他对部下说："八路军枪声越来越弱，足以证明他们的抵抗能力已经不行了。"但多本中佐判断，大崮山地形险要，水源充足，又有弹药库和粮库，八路军凭高据守，必定会守卫到底的，但他没有想到，八路军最后会从他眼皮底下突围了。

大部分日伪军还在大崮山上攀爬着，从山上突围下来的人，特别是后勤和卫生人员，失去了统一指挥，四处碰碰撞撞的。留在山下的日军很快就发现了他们，枪声顿时响了起来，有的人倒了下去，有的人从间隙冲了出去。多本大声喊道："围住他们，围住他们，一个都不留！"除了警卫员小张和杨以淑，白备伍本来还派了张班长和五个战士保护陈若克的，可突围中，有的牺牲了，有的走散了，只剩下张班长和三个战士。此时天已经大亮，陈若克甩开小张和杨以淑的手，喘着粗气道："不能因为我一个人，牺牲你们的性命，不要管我了，快走吧！"杨以淑说："要走一起走，要死一起死。"说话间，小张突然看到山谷里有几个日伪军押一群男男女女的老百姓向这边走来，张班长道："快隐蔽。"正好旁边有个山丘，大家都躲到了丘后。日伪军一行人离山丘不远就停下了，一个日军哇啦着不知说了什么，旁边的伪军就对一个老百姓说："算你命大，皇军开恩把你放了。"那老百姓听了，拔腿就跑，那个日军见了，嘿嘿笑了几声，抬枪就把已经跑远了的老百姓打倒在地上。随后，他们哈哈大笑起来。一个伪军连声喊道："皇军是神枪手，皇军是神枪手！"他们又让其他老百姓跑，老百姓明白了鬼子的意图，都站着不动，他们就把老百姓赶到了一边，都齐齐举起了枪。那个喊神枪手的伪军叫道："皇军让你们跑，再不跑就他妈的开枪了！"陈若克低声说："快把老百姓救出来！"张班长看了看陈若克隆起的腹部道："首长，这样咱们就暴露了，白部长命令我们一定确保您的安全呀！"陈若克说："咱们八路军能眼睁睁地看着老百姓被鬼子打死吗？你们现在都要听我指挥，瞄准！"陈若克说完率先开了枪，张班长他们的枪也响了，七个日伪军一下子倒下了三个，余者都趴在一块巨石下。杨以淑叫道："乡亲们，我们是八路军，快跑呀！"老百姓见状，拔腿就跑。枪声又响了起来，有个伪军站起来就跑，被张班长抬枪打倒在地上。一颗手雷飞来，落在了山丘下，随着爆炸声，两个战士趴在了血泊里。不远处忽然传来了一阵枪声，张班长对杨以淑说："我们现在子弹不多了，听这枪声，是日军打的，他们很快就会赶过来的，杨护士长，你带着首长马上走，我们留下来堵住他们。"陈若克不肯，张班长急了，大声道："再等下去我们就一个也跑不了，你们都是老百姓打扮，说不定就脱身了！"陈若克对张班长说："我们在前边等着你们，记住，等着你们！"说着她要把自己的手枪给张班长，张班长道："你还是带着防身吧。"随后他就喊了声打，接着三人齐齐站起来开了枪，趁几个日军被火力压制在巨石后，杨以淑挽着陈若克俯身离去。

陈若克和杨以淑躲进了一个并不显眼的山洞，此时两人饥渴难忍，杨以淑见陈若克昏沉沉的，就轻轻说："我出去给你找点吃的，山洞里太冷，你千万不要睡过去了。"陈若克道："以淑同志，你不要管我了，抓紧找队伍去吧。"杨以淑瞪了她一眼："你这是说什么话？我一定要把你带回去，朱政委还等着看你和孩子呢。"陈若克听了，好像一下子有了力气，脸上溢出了甜蜜的笑容："好，快去找点吃的吧，我还真有些饿了。"杨以淑见她精神好了，笑着说："你肚子的宝宝也饿了呢。"陈若克从腰里抽出手枪，对杨以淑说："带上它防身。"杨以淑点点头，把布包放在陈若克身边："这面的东西都是给你准备的，别丢了。"说完看了陈若克一眼，急急走了。

初冬的阳光渐渐退去，夕阳的余晖映照着层层的山峦，外出找东西吃的杨以淑往回走了，她口袋里装着几个从逃难的老百姓那里要来的窝窝头，离山洞不远的时候，她突然看到一群日伪军正在搜山，日伪军嘴里还喊着："看到你了，快出来吧，再不出来就开枪了！"杨以淑吓了一跳，急忙停下脚步。日伪军离山洞越来越近了，为了陈若克的安全，杨以淑朝他们开了一枪，接着边跑边喊："冲啊，冲啊！"幽静的山谷里回荡着她的尖厉声音。日伪军被骤然而来的枪声吓了一跳，纷纷就势趴在了地上，见对面并没有大阵势，就打着枪追了过去。

陈若克和杨以淑之后怎么样了呢？解放后曾担任过山东省卫生厅厅长和山东医学院院长的白备伍后来回忆：

第二天，我们突围的队伍靠近了四支队司政机关，但不见陈若克和保护她的人。数日后获悉，在下大崮山后，她生产了，她和杨以淑同志不幸被敌人俘虏了，关进了沂水县城日军宪兵队监狱……陈若克英勇不屈，视死如归，以绝食绝奶相对抗，几天后连同生下的孩子被日军杀害。杨以淑同志因身份没暴露，最后被我地下工作人员营救出狱了。

陈若克是在沂水柳头村附近被搜山的日军发现的，离她和杨以淑藏身的洞口也就50米之远，当时夜色已浓，天空繁星点点，日军手里的火炬把周围照得亮堂堂的，躺在地上的陈若克气若游丝，眼前的亮光让她禁不住地眨了眨眼皮，最后艰难地睁开了眼睛，她很快就明白了自己的处境，又把眼睛闭上了。一个高个子伪军反复端详着陈若克，最后对站在一旁的翻译官说："林翻译官，这女的像南方人，说不定就是个女八路，你告诉一下后岛小队长吧。"翻译官听了，转身对后岛小队长叽咕了几句话，后岛一挥手，旁边的军医官点点头，立刻蹲下身来查看陈若克的身体，随后拿出水壶给她灌了几口水，接着几个日军把陈若克放到了担架上。

明亮的月光洒向群山，也洒在了柳头村里。这队日伪军进了村民张大娘的院子里后，二话不说就搭开了帐篷，而陈若克被关在了一间小石房中。张大娘一手端着碗水，一手拿着两个窝窝头走了过来，站岗的那个高个子伪军吼道："老婆子，你不想活了。"张大娘说："你也是个中国人，也是娘养的，她一个孕妇还能不给她口水喝？还能不给她口吃的？要是真把她饿死了，日本人还能饶了你？"高个子伪军听了，皱皱眉道："妈的，别那么多废话了，快进去吧，要是耍花招，我一枪毙了你！"连日的劳累、饥渴，陈若克的膈肌病又犯了，不时从喉咙里发出响亮的声音。张大娘对她说："闺女，快喝口水，刚才听那些鬼东西说，他们要给你吃的，可你不要，这样不行，吃饱了才有力气呢，你不顾自己，还能不顾肚子里的孩子吗？"陈若克叫了声"大娘"，刚喝了几口水，就禁不住说道："大娘，几口热水进了肚子，我这身体一下子暖和了许多。"张大娘听了很高兴，说："快把这几个窝窝头吃了，从老辈人就说，人是铁，饭是钢，一顿不吃饿得慌，吃完了你盖上被子在这炕上躺躺。那帮天杀的都在院子里挺尸了（指睡觉），俺这会真想拿把杀刀子一个个都把他们杀了，俺儿子、儿媳、小孙子本来都活得好好的，可都被他们祸害了，那天要不是有几个八路军把这群杂种引开，俺老两口也早就去见阎王了，可后来听说，那几个八路军都被他们打死了，唉，为了俺两个老东西，把同志们也搭上了。"张大娘说着，用棉袄袖子擦了擦眼睛。

天色刚亮，陈若克忽然发出一阵阵痛苦的呻吟，叫声越来越大。日军听到声音，都一股脑地从帐篷里冲了出来。林翻译官告诉后岛，这女人要生孩子了。这时，张大娘正吩咐老头子赶紧烧锅热水，自己拿了块红布挂在了小房子的门楣上。

……

一声声婴儿的啼哭从石屋里传了出来，充满了整个院子。

太阳也出来了，一缕温暖的阳光照在了窗棂上。

张大娘对陈若克说："是个闺女，是个闺女呢。"说着她抖了抖手里的小破被子，又道："这是当年俺用来包孙子的，就用它包这丫头吧，庄稼人穷，又埋汰，你可别嫌弃呀。"陈若克凄然一笑，说："大娘，我谢谢你还来不及呢，怎么会嫌弃？"张大娘听了，又从一个破柜子里找出了一身小衣服，给孩子穿上了。

后岛和林翻译官推门走了进来，张大娘急了，说："你们这些男人还要脸不要脸，她刚生了孩子，你们咋就过来了？这可使不得，使不得呀！"后岛把张大娘一下子推了个趔趄，指着陈若克哇啦（说话的意思）了几声。林翻译官盯着陈若克道："太君问你是干什么？是不是八路军？"坐在炕头上的陈若克扭头看着别处，一言不发。后岛又吼了几句，陈若克还是无动于衷，只是冷笑着。后岛上来就打了陈若克两个耳光，怀中的孩子哇哇大哭起来。陈若克怒视着后岛，一口一个畜生地骂着。林翻译官道："太君，这个女人绝不是一般人，送到我们的宪兵队后她自然就开口了！"林翻译官瞪了陈若克一眼，大声喊道："起来，马上跟我们走。"陈若克也不看他，抱着孩子下了炕。张大娘抹抹泪，伸手从门楣上摘下那块红布，塞到陈若克的口袋里："闺女，这红布能辟邪，你带上它。"

几个伪军把陈若克手脚绑了，又横捆在马上，孩子则被扔在了挂在马背上的草料篓里，一旁的林翻译官和后岛说了几句话后，就和几个日伪军押着刚刚分娩的陈若克走了，一路上坑坑洼洼，上上下下，陈若克被颠簸得痛苦不堪，孩子也被马草扎得大哭不已。

那一声声哭，像锥子似的一下下刺着陈若克的心。

日军宪兵队，在沂水城东关街路西，原是"义胜昌"商号，偌大一个院落，后被日军征用。据史料记载，陈若克是在沂水城日军宪兵队度过最后时光的。当年住在日军宪兵队附近的老百姓，夜里常听到里面发出的一阵阵瘆人的惨叫声。从那个年代过来的老一辈经常说，日本宪兵队就是个活脱脱的阎王殿，进去了不死也得脱层皮。

当年曾被关在此处的八路军战士陈曙现回忆：

日军宪兵队的院子里，一溜五间西屋是囚室，北头一间住两个看守，一个叫张德胜，40余岁，一个姓刘，30余岁。其余四间，进门是一道走廊，走廊的一面是墙，一面是栅，木栅是囚室前墙，囚室后墙和左右墙，是砖砌的，上面则是铁丝网。每间囚室只有一个高不足一米的小门，人猫着腰才能钻进钻出。我同一室关押的是一个姓任的，原五十一军的士兵，被日军抓捕羁押在宪兵队。过了许多天，日军将他提出，当做训练士兵的活靶子，几十个士兵一人对他刺一刀，活活刺死。每间囚室不过六七平方米，多时关押6人，少时2人。屋角一只木桶，上面盖着一顶破苇笠。这是被押人的便桶。过三四天"倒茅"一次，看守押着个在押的人到室外把粪便倒掉。囚室内整天臭气熏人。

囚室内没有一件生活用品，没有一根铺草，更没有被褥，不管天多冷，在押人只有被关进来时穿的那身衣服，国民党五十一军的一个荣姓军需，是夏天关进来的，冬天还是那身单衣，冻得发烧，呻吟了几天，抽风一天，在一个早上死去了。尸体暴露在囚室中，同室人默默地看了一天，直到天黑后才拖出去。在押的人白天坐在地板上，为了取暖背靠背；晚上全室的人分两头贴在一起睡，你抱着我的脚，我抱着你的脚，一动也不能动。有时老鼠从地板缝里钻出来，在人们身上大摇大摆地走，人们也无法赶走它。因为只用一种姿势睡觉，时间长了，我胯骨上生了褥疮，大如银元。

每个在押人每天的食物是一斤多发霉的高粱加糠皮壳的煎饼，没有一粒盐，更没有菜。看守从栅栏外一份份投进囚室。饭量大的人，一到夜晚饥肠辘辘，时常有人饿得突然晕倒。饮水的规定更是惨无人道，每人每两天只给一小茶缸冷水，湿日是这一缸，干日滴水没有。从关进之日起，不洗手，不洗脸。

囚室不见太阳，光线暗淡，被押的人两人一副脚镣，行动极不方便，其中一人大小便，另一人就要陪站在旁边。脚镣上有斜的齿牙，人一活动，齿牙往里紧，直紧得你骨肉麻疼。所以被押的人从押进那天起，整天呆坐在囚室，须发长，手脸脏，面色苍白，骨瘦如柴，像地狱里蓬头垢面的小鬼。

外面传来的膈肌声让囚室里的一个人一下子就听到了，她把脸贴在门

上的观察洞里，眼睛一眨也不眨的盯着外面。这时一顶担架从走廊的门前穿过，她很快就看到了上面那个人，她不由得"啊"了一声，又一下子捂住了自己的嘴巴，接着眼泪哗哗流了下来。她就是杨以淑，那天，杨以淑最后并没有脱险，还是被日军抓住了，她一口咬定自己就是老百姓，日军问她是不是打枪的人，杨以淑说不是。

陈若克被关进了囚室，孩子脸上和身上被草扎得血淋淋的，她一路哭累了，闭着双眼还没有醒来。地上就犹如陈曙现描述的一样，没有一草一物，寒气顺着陈若克的臀部涌向了她的身体，陈若克脱下淑贞给自己的棉袄垫在了下面，又从布包里拿出棉球给孩子擦了擦脸上的血迹。两个伪军开门走了进来，一个道："小娘们，该你去尝尝滋味了，看你的嘴还能硬到几时！"陈若克哼了一声，看都不看他们一眼。她把棉袄穿在身上，抱起孩子走出了囚室。

审讯室几步就到了，里面摆放着各种刑具，几个日伪军上身都穿着短衫，分两排站着，见陈若克进来了，他们都一下子挺起了胸膛，瞪大了双眼。宪兵队队长藤原反复打量着陈若克，一声不吭。林翻译道："你是不是共产党？参加了几次活动？是谁把你领上这条路的？"林翻译的这番问话，通常都是他们惯用的开场白。陈若克一脸凛然，直视着他一言不发。藤原摸了摸陈若克身上的毛衣，嘿嘿笑了几声，问："大城市来的吧？"陈若克看了他一眼，笑了："你这眼可是够毒的呀，一眼就能看出我是大城市来的。"藤原又问："你叫什么名字？"陈若克道："陈若克，行不更名坐不改姓！"藤原看了她一眼："你是哪里人？"陈若克仰头看着远处："听我是哪里人，就是哪里的！"藤原问："你丈夫是谁？"陈若克道："我丈夫是抗战的！"藤原问："那你呢？"陈若克哼了一声回答："我也是抗战的！"

陈若克说着，一把揪掉了自己的假髻，仰着头，挺起胸脯说："这就是我的真实面貌，请你快把我拉出去枪毙了吧，你记住了，到死我都是一

266

个勇敢的战士，绝不向你们这群法西斯低头弯腰的！"

藤原一下子笑了，他晃晃手，摇摇头："你们都错了，我们大日本是为了帮你们建立大东亚共荣圈而来的，你们抗什么战？你们不仅不能抗战，还应该和我们携起手来为这一目标共同努力！"陈若克冷笑几声："你不要说得天花乱坠了，你们明明是在侵略我们的国家，在我们的国土上杀人放火，无恶不作，却偏偏把自己打扮成了一个大善人。"

一旁执行审讯的日军伍长青木，挥手就给了陈若克一拳，把陈若克打了个趔趄，怀里的孩子差点掉在了地上，孩子放声大哭。

藤原轻轻掀开遮在孩子脸上的被角，晃着两手，故作惊叹地道："多漂亮的孩子呀，这样的一个小天使，是上天赐予你的，她应该得到妈妈足够的爱，在无边的母爱中茁壮成长。你看看她现在，刚刚生下来，就被饥渴和寒冷包围着，嗓子都哭哑了，多么的可怜人啊。"陈若克低头看看孩子，泪水一下子涌了出来，又落到孩子娇嫩的小脸上。她低头亲吻着孩子，发出一声声哽咽。藤原话音一转又道："这一切，都是能改变的，只要你说出你丈夫是谁，在什么地方，说出你们共产党的山东分局，还有一一五师师部在哪里，罗荣桓在哪里，你，还有你的孩子，就会得到很好的照顾。你们中国人不是最讲感情吗？不是最讲骨肉之情的吗？"

陈若克"呸"了一声道："豺狼还能讲感情吗？一群杀人不眨眼的强盗还能谈什么骨肉之情？！真让我笑掉大牙！"

林翻译官大怒："他妈的，你不想活了？胆敢对皇军指桑骂槐？！"

陈若克用鄙视的目光看着林翻译："你还是一个中国人吗？给日本鬼子当汉奸，做狗腿子，羞死你的先人了。"青木大怒，一挥手，那几个打手就围了上来。藤原一个耳光打在青木脸上，吼道："八格，休得无礼！"藤原转过身，对陈若克温和地说："亲爱的女士，你先好好想一想，我们再谈，相信你不会执迷不悟的。"陈若克被送回了囚室，时间不长，一个汉奸押着杨以淑走了进来，陈若克见了，不禁一怔，但很快恢复了神态。

那汉奸道："妈的，你这是烧了什么香呀，太君竟然还专门派个女人照顾你。"门"咣当"一声关了，杨以淑把耳朵贴在门上听了听，又从观察洞里向外看了看，随后转过身来，两个患难的姐妹一下子抱在了一起。杨以淑哭了，哽咽着道："你怎么也被他们抓到了呀？看到你被他们送进来，我的心就一阵一阵地疼，你可是刚生下孩子呀，这怎么办？"陈若克平静地说："在这样一个年代，什么事我们都得要想得到的。"杨以淑道："我虽然一直没有暴露，但看样子他们一时还不会放我出去。"陈若克道："你就这样隐蔽下去，一定要活着出去。"孩子又哭了起来，杨以淑一把抱起孩子，亲了亲她的小脸："孩子是饿了，你看她老是吧嗒着小嘴。"陈若克愧疚地说："从早上生下来，还没吃一口奶呢，不知为什么，没有奶。"陈若克接过孩子，撩起了自己的毛衣。好像是孩子的天性使然，她的小脑袋在妈妈温暖的胸间拱了几下，就一下子咬住了妈妈的奶头，接着发出一声轻微而又含糊的满足声，随后就用力吸了起来，可她吸着吸着，就松开奶头哭了起来。陈若克又给了她另一个奶头，孩子吮着，又松开口大哭。陈若克捏了捏自己的乳房，还是没有奶水，又用力挤，奶头还是干干的。陈若克有些茫然，很久没有说话。杨以淑抱过孩子，啜泣着。外面传来一阵脚步声，几个伪军送来了被子，一张小床，还端来一碗牛奶。林翻译官道："皇军对你真是大大的好。"陈若克头也不抬地道："给我拿一把剪子来。"林翻译官很警觉："你要干什么？"陈若克大声说："你耳朵没塞驴毛吧？给我一把剪刀。"林翻译官瞪了陈若克一眼，骂咧咧地走了。很快，他们送来了剪刀，还有热气腾腾的饭菜。陈若克看也不看，伸手拿起剪刀，旁边的伪军如临大敌，一下子端起了枪。陈若克说了句看你们一个个胆小如鼠的样子，就顾自从那个布包里拿出纱布和针线，用剪子在纱布上剪了几下，又穿针引线缝了起来。

囚室里很静，哭累的孩子又昏昏睡去。陈若克灵巧的双手在纱布上来回穿梭着，嘴里轻声哼着摇篮曲。这个时候，她好像已不再是一个横眉冷对的战士，她只是一个纯粹的女人，一个母亲。林翻译和那两个伪军怔怔地看着陈若克，一时有点不知所措。陈若克给女儿缝了一顶小帽，又从口袋中摸出张大娘塞给她的红布条，拿起剪刀轻轻几下，就剪出了一个小小的红五星，又缝在小帽子上，最后给女儿戴在头上，陈若克轻轻拍着手唱道："小囡囡，快长大，长大了要干啥？扛起枪，杀鬼子，宰汉奸。"陈若克看看孩子，唱着唱着，一下子哭出了声，泪水落在了冰凉的地上，滴在孩子的小脸上。林翻译官这才反应过来，他从孩子头上扯下小帽，一把摔在陈若克的身上。藤原慢悠悠地走了进来，指着饭菜、牛奶道："这美味是为你准备的，这牛奶是为你饥饿的孩子准备的，请用吧，不要意气行事，你还年轻，花一般的年龄，还有一个孩子，你们中国不是有一句老话吗，叫识时务者为俊杰呀！"陈若克一下子打翻饭菜，又端起牛奶泼在了地上。孩子再次大哭起来，陈若克咬破手指，一字一句地说："囡囡，你生下来没能吃上妈妈一口奶，就喝妈妈的一口血吧。"她把手指伸进孩子嘴里，孩子用力吮着。藤原大怒，一脚踢在陈若克的腿上，杨以淑见了，暗暗攥紧了拳头，陈若克用眼神制止了她。

青木狠狠看了一眼再次被押进审讯室的陈若克，一招手，那几个被陈若克骂得狗血淋头的日伪军早就按捺不住了，他们上来一脚就踢在陈若克的腿弯处，陈若克"哎呀"一声不由跪倒在地上。日军折磨中国人的办法真是别出心裁，他们先把一根木棍放在陈若克腿弯中，接着又把她的双手从木棍下伸到膝前绑起来。两个伪军一人一头，抓起木棍抬了起来，陈若克的头一下子垂了下去，他们抬着陈若克走到一个盛满冷水的大木桶前停下了。林翻译官连声喊着："你招不招？招不招？"陈若克喘息着，一语不发。林翻译官喊了声"灌"，两个伪军把陈若克的头对准水桶口就放了下去，水一下子淹没了陈若克的脑袋，一串串水泡冒了上来，陈若克挣扎着。青木一挥手，伪军又把木棍抬起来，陈若克张大口猛地吐出一口水来，接着就是一阵剧烈的咳嗽。林翻译官又叫："这下尝着滋味了吧？交代了就万事大吉了，快招！"陈若克骂道："你们这些畜生，不，连畜生都不如！"青木又一挥手，伪军又把陈若克的头放进了水桶里，这样来回了几次，每次的时间都越来越长，陈若克不再说话，只是呼哧呼哧地大口喘着气。青木眼睛瞪得圆圆的，伸手抄起了一根泡在水里的鞭子，皮鞭像雨点般落在陈若克的身上、脸上，棉袄被抽破了，露出了一块块的棉絮，脸上布满了一道道血印子。陈若克大叫着，慢慢昏了过去，又被一盆冷水浇醒了。藤原弯腰蹲了下来，把嘴贴在陈若克的耳边说："我实在不忍心你这朵花就这样慢慢萎缩了，直至死去。"陈若克抬起头来，一口血水吐在了藤原的脸上。

杨以淑一直站在囚室的门前向外看着，从审讯室里传来的一阵阵惨叫声让她难以平静。终于，陈若克从审讯室里被拖出来了，她低垂着头，身上的衣服都破了，上面还沾着一片片的血迹。杨以淑心如刀割，她在心里一遍遍喊着陈若克的名字，泪水一次次地涌出她的眼眶。夜色很快笼罩了宪兵队，杨以淑一直竖着耳朵听着外面的动静，陈若克被打得这么重，能熬过今夜吗？这时突然传来断断续续的歌声，声音有气无力的，杨以淑仔细听听，是陈若克的声音，唱的是《黄河大合唱》。杨以淑喜不自禁，她还活着。歌声罢了，她又听到，陈若克在喊着"打倒日本帝国主义"。此时此刻，杨以淑不禁对这个喜欢骑马、喜欢穿列宁装的女性充满了深深的敬意。

随着季节的深入，严寒更加凛冽。宪兵队的放风时间到了，杨以淑钻出囚室，漫不经意地向一个男囚走去，男囚叫于杰，是一位八路军战士。两人彼此看了一眼，随后坐在了一起。杨以淑轻声说："于杰同志，陈若克很危险，昨天被打了个半死还唱歌喊口号，这样肯定会更加激怒他们的，说不定敌人马上就要对她下死手。"于杰道："咱们得想办法把她救出去。"杨以淑抬头看了看架在围墙上的一道道铁丝网，摇了摇头说："从这个魔鬼窟逃出去太难了。"囚室前突然响起了几声吆喝，有两个年轻的女孩被押上了囚车，随后又传来了孩子的哭声。杨以淑的心不禁嗵嗵跳着，她一下子站了起来，不远处，两个伪军用担架抬着陈若克向囚车走去，怀里的孩子哭得撕心裂肺的。正好有个看守从身边走过，杨以淑就问他："这送她们去哪里呀？"看守道："皇军要送她们上路了。那个躺在担架上的女八路，小嘴比石头还硬，皇军能轻饶了她？人在屋檐走怎能不低头呀？硬碰硬还不是找死？"杨以淑只觉得周身的血液都涌到了头上，她一阵晕眩。

6

1941年11月发生在沂水县城西河旁的惨烈一幕，被一个少年记了一辈子，她就是那个在妇女代表大会上喊"妇女解放"的人，会后陈若克还拉着她的手表扬过她。这位看似男孩的少年，实则是女儿身。她自出生长到十六岁，没有小名，也没有大号，家人和外人都叫她小妮子，十六岁那年参加了一个女八路军组织的识字班，这才有了大名李桂芳。

这时的李桂芳已经是八路军野战医院的护理员了，她挎着个破篮子走街串巷地为伤病员讨饭，一面还到处传递情报。那天她正沿着西河岸走着，遇上了日军行刑的场面。李桂芳看到，日军把两个年轻的女孩绑在了粗木桩上，旁边的担架上还躺着一个人，怀里的孩子哭叫着。林翻译官走到担架前，对陈若克说："这是皇军今天给你的最后一个机会，要是识时务招了，就立马送你回去，到时候皇军不会亏待你的，否则，你眼前这两个女共党就是你今天的下场！"林翻译官说完，两个伪军就把陈若克架了起来，让她面对着那两个女孩。青木一挥手，站成一排的日军就端起了长枪，枪上的刺刀被阳光照得明晃晃的。木桩子上那个身材高挑的女孩对坐在担架上的陈若克道："同志，我们先行一步了。"陈若克含泪点了点头。那两个女孩突然高声喊道："打倒日本帝国主义！打倒狗汉奸！坚决消灭日本鬼子！"木青骂了声八格牙路，用力挥了一下手，日军就一齐把刺刀刺向了她们的胸膛。在场的老百姓都低下了头，有人低声骂道："小日本鬼子，你们太他妈的狠了，我操你们八辈子祖宗！"林翻译官扭头对陈若克说："你看到了吧？这就是她们抗日的下场，快说！"陈若克用手理了理散乱的头发，整了整破乱的毛衣，又把孩子抱在了怀里。李桂芳这才认出了担架上的人，她的双眼一下子红了。这时，一个中年妇女走出了人群，向陈若克走来，嘴里说道："老总，你们行行好，把这孩子给俺留下吧，俺来养着她。"陈若克一双泪眼看着她："大姐，从今以后这孩子就是你的女儿！"一个伪军拦住了那个女人，一脚就把她踹在地上："妈的，你算哪根葱？来凑什么热闹？"林翻译官吼道："这肯定是个共党分子，自投罗网来了！"旁边的日军都把枪对准了这个女人。李桂芳一步赶上来，哭着说："老总，她不是共产党，她是俺娘，她是俺娘呀！"说着就把那个中年妇女往一边拉："娘，你这是干啥？快走，快走！"

陈若克已经有气无力了，她说道："乡亲们，我叫陈若克，是个杀鬼子和打汉奸的八路军，你们都看到了吧，他们连一个刚出生没几天的孩子都不放过，不把他们消灭掉，我们永远没有好日子过，我们的孩子和妇女，还会被他们枪杀的。"说完，陈若克亲了亲孩子的小脸，抬头看着远方，她的脸上，没有一丝惧色。青木一声令下，一杆杆的三八大盖向陈若克的脸、脖子、胸脯，还有双腿刺来，他们大声嚎叫着，相互比着各自的刺术，都唯恐败于对手。陈若克倒在了地上，日军拔出刺刀的那一刻，一股股鲜血喷涌而出，流到地上，在寒风中慢慢凝结了。

那个正在哭叫的孩子也一下子没了声息。

李桂芳救下那个素昧平生的中年妇女后，很快就向远处走去。她翻山越岭，终于在夜半时到了东辛庄。李桂芳是在八路军野战医院里和同是护理员的张淑贞相识的，有一次桂芳送情报经过东辛庄，淑贞还向她指了指自己的家门，桂芳就一下子记在了心里。李桂芳用力敲着于家的门，声音在寂静的山村传得很远。开门的是于学翠，桂芳对他说："大哥，俺叫李桂芳，是南岩路村的，俺有急事。"淑贞在学翠面前提起过李桂芳，急忙把她让进家里，淑贞也起来了，一把拉住桂芳的手道："妹子，你咋半夜三更来了，可真是个李大胆。"桂芳一下子哭了，说："大姐，陈若克同志被杀了，就在沂水的西河旁。"张淑贞一下子愣住了，带着哭音问："什么时候的事？那孩子呢？"桂芳抹抹眼泪道："今天上午，孩子也被杀了，捅了十几刀呢，人都不囫囵了。"淑贞一屁股坐在了炕头上，眼泪簌簌落了下来。她突然想起了什么，拔腿就跑到了后院，一头就扎进了公婆的房间，嘴里连声喊着"娘"，"娘"，"娘"。于泮和王换于都被吓了一跳，王换于爬起身点上煤油灯，一边道："老大家，大半夜的，你这一惊一乍，抽风了？"淑贞哭着说："娘，陈若克妹子被杀了，孩子也没了。"王换于一骨碌坐起身，一时竟没说出话来。淑贞指着旁边的桂芳道："是这个大妹子来告诉俺的。"淑贞说完，一下子哭出了声。王换于平静下来，吩咐道："老大家，这不是哭的时候，你去把老二和他媳妇叫起来。"王换于又对站在炕头的学翠道："老大，你和你弟弟这就去把那对苦命的母女俩推回来，人一回来咱就赶紧发丧，这兵荒马乱的不能拖拉，抓紧和朱政委言语一声，来送葬的肯定有不少人，得抓紧做豆腐，烙煎饼，让同志们都吃上口热乎饭。"王换于又对李桂芳道："你这丫头可真行，好样的。老大家，大黑天，就先别让这妮子走了。"淑贞应一声，拉着桂芳的手就走了。不一会工夫，学荣打着哈欠走了进来，王换于对他说："你和你哥这就走，带上领席子铺在车上，再把陈若克平日里盖的被子和铺的褥子都拿上，好好包包她们，别委屈了这母女俩。这事要保密，先别告诉你媳妇。"

待学翠、学荣走后，陈若克往日的容颜笑貌又涌进了王换于脑海，王换于一阵抽泣，于泮抽着烟，心疼得直叹气。王换于和陈若克之间，早就结下了深厚的母女之情，于家老小，也早就把陈若克当成了自家人。王换于抹抹眼泪，对于泮道："老汉子，这闺女可真可怜人，年轻轻地就走了，还有那个没出满月的孩子，我一想起来，心就比针扎着还疼。"王换于抹了把眼泪，又大声说道："这些小年轻的可都是为咱老百姓死的，家里再紧巴，咱也要厚葬她们。"于泮用力点点头，说："闭上眼睛就觉得眼前都是这闺女的影子，说说笑笑的，可一眨眼说没就没了，这帮杀人不眨眼的兔崽子，可真下得去手啊，连奶大的孩子都不放过。"

于泮说着，一下子哽住了，又闷闷地抽着烟。

于家要厚葬陈若克母女俩，可家中早就拮据了，用于泮的话说，平日的嚼谷（指吃的）都困难了。天刚放亮，于泮就出门了。院子里也很快忙成了一团，村里的党员刘腊梅带着一群女人也来帮忙了，有的推磨，有的烙煎饼，有的做豆腐。洪良有些不解，问淑贞："嫂子，这不过年不过节的，婆婆让咱做豆腐烙这么多煎饼干啥？还来了这么一大帮子人帮忙。"淑贞道："就你心事多，你就别问了，咱娘怎么吩咐，咱们妯娌俩就怎么干。"洪良嘟嘟嘴说："家里有什么大事都瞒着俺，俺不是于家人？"淑贞正一肚子心事，沉着脸也没接她话茬。于泮中午才回到家里，他把王换于拉到一边说："我让北村的王木匠给打两口棺材，一大一小，都是好木料，他人手不够，又得防着鬼子，我也没说给谁使，人家要价很高，我把南山上几亩地还有东山上的那几棵最粗的楸树都卖了。"王换于看看于泮，说："老汉子，你没给于家的祖宗丢脸。"于泮道："人家为了咱老百姓连命都没了，咱出点钱出点力算啥？要是这闺女能活过来，拿我的命换都行！"

学翠、学荣在太阳刚落山的时候回来了。东辛庄的自卫队队员于学存跑来告诉王换于："婶子，大哥他们推着她们母女俩已经到村口了。"王

靠山

换于丢下手里的活，就和淑贞迎了出去，学翠推着独轮车，学荣跟在一旁，学荣看到娘，老远就带着哭音喊道："娘，陈若克妹子还有小孩死得太惨了，尸首都被野狗啃了！"王换于没有言语，就怔怔地站在那里，她觉得陈若克就好像站在了自己面前一样，声音朗朗地喊了声："娘，我回来了！"王换于的双眼一下子模糊了，她身体摇晃了几下，差点倒下了，淑贞一把挽住了她。这时车子已经到了眼前，上面铺着席子，席子上是褥子，王换于掀开被子一角看了看，不禁叫了一声："俺那个闺女呀，疼死俺了。"就双腿一软，一下子晕在了车旁。刘腊梅一边叫着，一边给她掐人中。淑贞看到，眼前的陈若克已经面目全非，头和脖子差一点就分离了。王换于醒过来后放声大哭，一边问儿子："老大，这是俺那陈若克闺女吗？"学翠道："娘，错不了，她的腰带就是朱政委送的那根。"王换于大声喊道："闺女呀，咱回家了，回娘家了！"淑贞放声大哭起来，洪良这才明白了什么事，咧咧嘴也一阵号啕，闻讯赶来的乡亲们无不落泪。

陈若克母女被安置在她常住的那间屋子里。陈若克身上那件破碎棉袄已经被血浸染了，孩子身上的小衣服也有很多的血，学翠说陈若克到死都把孩子抱得紧紧的。婆媳三人边给陈若克换衣服边落泪，这悲惨的情景让这三个女人念叨了一辈子。据张淑贞回忆，陈若克身上被捅了18刀，有几刀刺穿了她的身体，由于母女二人身体已经不完整，费了很大的力气才给她们穿上衣服。

王换于道："抓紧入殓吧，要是等会朱政委来了，看了这母女俩的模样，还不心疼死了。"

朱瑞终于来了，后面还跟着一大群的人。朱瑞老远就喊着陈若克的名字，他几步跑进院子，一眼就看到了兀立在院中央一大一小的棺材，他打了个趔趄，声音也一下子变了，身体摇晃了几下，差点坐在了地上。王换于上前一步，紧紧攥着他的手道："孩子，人都走了，你可别难受坏了身子。"朱瑞流着泪喊道："大娘，让我看她们最后一眼，最后一眼，女儿生下来还没见过我一面呢。"朱瑞说着就要去掀棺材盖子，于学存和和王见法用力摁着棺材，学翠、学荣架着朱瑞的胳膊把他拉到了一边。东辛庄丧葬主事看看王换于，王换于点点头，主事立马喊道："亲人已到，钉棺！"几个人围上来就用长钉把棺材盖钉了。

陈若克母女被于家人葬在了村东的菜园地里，来送葬的除了山东分局的干部，还有一些官兵。山东省妇救总会会长史秀云去了延安，亓青若副会长讲了话，当讲到陈若克生命的最后一刻时，亓青若不禁掩面哽咽，很多人都低声啜泣起来。

朱瑞在坟前默立一会儿，很快就带着人走了，因为日军的扫荡还没有结束。

陈若克牺牲的翌年，中华民国三十一年八月一日，也就是1942年8月1日，山东根据地的很多人都看到了《大众日报》发表的一篇文章，题目是《怀念陈若克同志》，作者为中共山东分局书记朱瑞。文中有这样一段话：我们结婚的提起是在"七一"那天，"七七"订婚，"八一"结婚。我们郑重地选定了这几个日子，这是因为我们深知：我们的生活、工作、学习、奋斗、一切的一切……一直到最后一口气，都应当永远同党、同革命、同无产阶级的解放事业联结在一起的。她牺牲了，她首先完成了这一任务，而且是这样地英勇、壮烈，使人难忘怀！

朱瑞提到的几个重要的日子是有缘由的。1938年，是中国共产党建党十七周年，抗日战争已经进入第二个年头，为了凝聚全党力量，提高中国共产党的号召力，中共中央决定举行庆祝建党十七周年的活动，可是中国共产党成立的具体时间已经无人详记，即使亲历了中国共产党成立的一大代表毛泽东、董必武等人，也只记得1921年7月的大体日子，最后中央决定把7月1日作为中国共产党的建党日。后来，远在山西的朱瑞、陈若克听到这个消息后，激动万分。他们的婚事的提起就是在这个伟大的日子里，订婚放"七七"是不忘日本的侵华耻辱日，"八一"结婚是中国共产党领导下的八路军的诞生日。

朱瑞在1942年7月7日这天，用饱蘸思念和愤怒的笔写就了这篇文章，这一天又恰恰是抗日战争全面爆发5周年，也是朱瑞和陈若克订婚4周年的日子，可谓是家仇国恨。《大众日报》在刊登此文时，还特地加了一个"编者按"：

> 此文并非一般的纪念文可比，其内容具有极大的教育意义，故特抽出，于伟大的八路军诞生日和世界反战反法西斯纪念日发表，以纪念死者，教育生者。

朱瑞1942年秋与姊妹剧团的剧务潘彩芹结了婚，婚礼是王换于操办的，婚房还是以前的那间房子。1948年10月，作为东北野战军炮兵司令的朱瑞，牺牲在了东北战场上，年仅43岁。

解放后的某年某月，潘彩芹带着孩子千里迢迢回到沂蒙山看望了王换于。王换于也千里迢迢到黑龙江省哈尔滨市烈士陵园祭奠了朱瑞。

对于东辛庄的王换于来说，她心里一直记着一件事，就是每年农历七月十五日中元节这天，她都要带着儿孙到陈若克的坟前烧纸祭奠。1942年8月26日，王换于和儿孙照例去了陈若克的坟前，她先去拔坟头上的杂草，可拔着拔着，手不知怎么就停下了，在她的手边长着一棵小树。王换于没有在意，可她还是留下了它。以后王换于每次来菜园子，都会看一眼，后来树有茶碗子一样粗，人一样高了。很快，在这棵树旁，又长出了一棵小树，小树依偎着大树，大树携着小树，就像绕膝承欢的孩子。王换于坐在坟前左右端详着，她喊来于泮看，于泮告诉她："这是苦楝树，真是奇怪了，这地里怎么还长出了这树？"王换于听着听着，老眼一下子模糊了："老汉子，这就是咱那闺女和她的娃呀！"经老伴这样一说，于泮也仔细看了看，怔在那里一时没有作声。又到了一年，大树已经有了碗口粗，小树也长得很快，王换于抬头看看，两棵树的主干、枝头竟抱在了一起。泪水一下子迷住了王换于的双眼。王换于告诉晚辈："从今以后要好好照料它们，不能有半点差池。"全国解放后，当年的南沂蒙，已经成了沂南县，县里在50年代初，兴建了一处烈士陵园，县上的干部和王换于商量，要把陈若克母女二人迁到烈士陵园，以供全县人民瞻仰。王换于一口答应了，说："她是党的人，应该让大家伙们都知道她的事。"陈若克母女走了，王换于心里空落落的，她让儿子又起了坟头，把陈若克的遗物放了进去。王换于说："这是衣冠冢，闺女和她的孩子还在。"

王换于说完这话，那两棵苦楝树随风摆了又摆。

参加过陈若克葬礼的马楠，曾和陈若克睡过一个炕头。在大青山突围中，马楠负伤被日军抓住，在被关押中，她一口咬定自己是做小本生意的，后来被组织营救。解放战争中，她随着大军一路打到了上海，在欢腾的人群中，马楠一下子想起了上海人陈若克，她还清晰记得过去陈若克告诉过她家庭住址。那一天，一个女兵穿过狭窄的弄堂，来到了陈家，女兵问了几句话后，给陈父陈母敬了一个军礼，又深深鞠了一躬。陈母有些诧异，说："同志，这从何说起？"女兵说她叫马楠，和陈若克是战友。陈母又惊又喜，一把拉住马楠，让她坐在了椅子上。陈母道："玉兰（陈若克的原名）比你还小两岁呢，要是她还活着，也像你这个样子，孩子也好几岁了，可她早早地走了，走了，连个一男半女都没有留下。"陈母说着，双眼涌满了泪水，陈父低头叹着气。陈母又问起了朱瑞的情况，说他虽然不是自己的女婿了，可还把他当成一家人。马楠说："他又结婚了，没几年就牺牲了，留下了一双女儿。"陈母这才知道朱瑞已经不在人世了，不由一阵唏嘘。

两人对坐着整整一个下午，陈母说着说着笑了，又说着说着哭了。最后她说道："什么时候我也到沂蒙山去，看看照顾过我家玉兰的那一一家子人。"

说完她起身看着窗外。

外面一片祥和。

三　大青山之殇

1

王瑞兰站在山坡上眺望着远处的群山，在夕阳的余晖映照下，她身上穿的那件红红的棉袄格外地红，她周围是三三两两的柿子树，光秃秃的枝头上，还挂着三三两两的柿子，经过了深秋和初冬的霜寒，那柿子显得分外地嫣红，就像一个个红灯笼。

远处的枪声就像过年的鞭炮，不时沿着宽阔的峡谷，传到了火红峪村来。火红峪并非山谷的质地像火一样红，相传很早的时候，这里有一处庙宇，住持是个老和尚，他自恃朝中有人，无恶不作，周围的老百姓对他恨之入骨，后来有人把他的恶行报给了皇帝，皇帝老儿不忍心下手，随口就说了一句"罢了吧"，后来有人借题发挥，说皇帝下旨让耙了此人，不久老和尚很快就被牛拉着耙了，老百姓还不解恨，在夜里又把庙点上火烧了，火光映红了这条狭长的山谷，由此得名火红峪。

十八岁的瑞兰，嫁到火红峪村还没几天，丈夫聂凤立是共产党员，一大早就出去了，到现在还没见到他的身影。瑞兰不时看看门口，俊俏的脸上挂满了担心。瑞兰还是姑娘的时候，就参加了识字班，是妇救会的积极分子。出嫁前就有人给她吹过耳旁风，说："聂凤立是共产党员，整天不着家，你还敢去给他当老婆？"瑞兰甩了甩脑后那条大黑辫子，道："咋就不敢？俺嫁人就嫁这样的人。"

新媳妇王瑞兰不知，就在山那边的大青山，发生了一场惨烈的突围战。坐落在费东县(今费县)薛庄区的大青山，不像火红峪村四周光秃秃的山一样，它因植被葱茏茂盛而得名。1941年11月日军对沂蒙山实施"铁壁合围"前，抗大一分校还在泰莱根据地，为了配合一一五师、山东纵队"反扫荡"，11月28日，一分校受命返回了沂蒙山根据地，队伍行至费东县境内，校长周纯全，政委李培南两人相商决定，校部就夜宿胡家庄、大古台村。周纯全和李培南都是走过长征的红军，这对久经沙场的指挥员没有想到，眼前即将发生的一场大战，会成为他们一生的梦魇，直到晚年都挥之不去，而遭遇此劫的还有中共山东分局、战工会、姊妹剧团、《大众日报》等众多的后勤人员。

中共山东分局和一一五师师部突围后，来到了东蒙山的大古台，很快就被日军侦察机捕捉到了踪迹，坐镇临沂汤头的畑俊六得到情报后，大喜，他一拳就砸在了军用地图上，大声说道："八路军现在已经是一群毫无抵抗力的羊羔了，一定要消灭他们。"日军步步为营，一路跟到了南沂蒙狼窝子、绿云山一带。畑俊六收到捷报，自言自语道："狼窝子、狼窝子，罗、陈部掉进了狼窝子还能活吗？真是天意助我！"他命令特种部队，要严密布防，一刻都不要放松。在西官庄的一处民房里，陈光道："看这情形，敌人是想包我们的饺子呀。"罗荣桓说："他们一路跟过来，也有些气喘吁吁了，趁他们立足未稳，我们在绿门山先拔掉他们几颗钉子，给这些不可一世的家伙敲几棒子。"大家都表示同意，任务很快就下达给了山纵麾下的二旅四团三营和师部特务营。这时参谋人员报告，一分校来电报告，大青山一带没有敌情。军政委员会要求山东分局、省战工会以及师部机关一干人向大青山一带转移。

太阳偏西的时候，山东省战工会副主任兼秘书长陈明和一一五师五科科长袁仲贤等人，就率领2000余人的后勤人员出发了。大青山是日军的空白区，聪明的畑俊六在这里怎么能不下一盘棋呢？是忽视了？还是有意为之。绿门山战斗打响的时候，畑俊六早就派土桥一次亲率21师团独立混成旅团连同青驼、垛庄、费东县、薛庄等据点的日伪军共5000余人，分多路奔向大青山。

抗大一分校全名是中国人民抗日军事政治大学第一分校。原在山西，后来为了为山东培养抗日人才，1939年11月奉中共中央命令迁到山东，后驻扎在沂南东高庄一带，对外称八路军第八支队。1940年春节过后不久，就有2600多名学员前来报到了，学员被编成了五个大队，一个女生队。第一大队在胶东地区，第二大队又叫建国大队，代号为兰州大队，学员都是根据地各基层干部，每个班也就两杆枪，没有什么战斗力。第三、第五大队是军事大队，学员是部队营以下各级指挥员，本来就有限的一些武器还都是杂牌子破枪。女生队每个人腰里只有两枚无把的小手榴弹，还有吹拉弹唱文工团，团员们一直都是抗大一分校中的文艺活跃分子。

1940年沂蒙山，正处在抗战艰苦的岁月，可反动的会道门，也称"黄沙会"，与国民党的顽固分子狼狈为奸，让本来就抗战艰难的军民更是雪上加霜，为了宣传抗日，打击会道门和顽固派，抗大一分校的文工团团长袁成隆鼓励大家多写、多演、多唱反映抗战形势的作品，来自北平的姑娘阮若姗听在耳里，记在心里，就打算写一首歌来反映会道门的罪行，这位参加过"一二·九"运动的新时代知识女性，从北平师大女附中毕业后不久就参加了八路军。这一年，刚刚20岁的阮丹妮，就和后来与自己结为伉俪的文工团员李林，在费东县（今费县）沙沟峪村一座白石屋（指石头垒成的房子）里，共同创作了《反对黄沙会》的歌：

> 人人那个都说 哎嗨 哎 沂蒙山好，
> 青山那个绿水 哎嗨 哎 多好看，
> 自从那个起了 哎嗨 哎 黄沙会，

牛角那个一吹 哎嗨 哎 嘟嘟响，

硬说俺的肉身子 哎 能挡枪炮，

装神那个弄鬼 哎嗨 哎 把人害，

八路那个神兵 哎嗨 哎 从天降，

沂蒙山的人民 哎嗨 哎 得解放，

……

阮丹妮没有想到，这首曾经激励了根据地军民抗战的歌曲，后来演变成至今都在传唱的《沂蒙山小调》。1940年11月，当大青山刚刚迎来这支队伍的时候，几位女兵还轻声唱起了这首明朗且带有抒情的歌曲，女性那柔情动听的嗓音，在随时都会发生一场战斗的年代，显得尤为珍贵，让一路行军的战士们心底涌起一阵温暖，疲惫也好像一下子减轻了许多。

可是，这难得的享受并没有持续多久。

应该是在11月30日拂晓，中队长文金和指导员王朝南带着五大队一中队刚来到了蛤蟆石沟村不久，东北方向的山口一声枪响打破了群山的静谧，日军三八大盖步枪独特的响声，让分散在梧桐沟、李行沟等数个村庄的干部学员们一下子打起了精神。是五大队一中队的哨兵张大个子率先发现了敌情，他先是听到远处树丛中有窸窣声，开始以为是野兽，后来又听到了一声压抑的咳嗽，他马上问道："口令？"接着又问了一次，对方还是没有反应，张大个子借着微弱的晨光，看到了几个身着黄色服装的人，手里端着三八大盖。是日本鬼子！张大个子立马就开了枪，还没等他再拉开栓，日军一排子弹打了过来，张大个子就应声倒了下去。听到枪声后，带着一区队先行出了村子的李国栋，见日军已经占领了一个山头，就向另外一个山头冲去，一排子弹迎面打来，一个战士当场就牺牲了，其他几个人也负伤倒在了地上。这时，另外几个区队又紧随而至，分散了日军的火力，双方在村外山坡上展开了激战。

五大队队长陈华堂和政委李振堂见日军已经抢先占领了大青山制高点，一下子都红了眼。陈华堂道："咱们不要等周校长命令了，马上抢占其他高地！"说完，两个人就分头行动了。枪炮声一下子笼罩了整个大青山。清晨的第一声枪响，就引起了校长周纯全的警觉，军事教员郝云虹跑来报告，说三股日军正向我方移动。周纯全和政委交换了一下目光，就下达了集合命令。情况来得很突然，幸亏很多人早就起床帮老乡家推磨了，大家还都想着要美美地吃一顿麦仁粥呢。有的战士边推边嚷，这是一个月以来最好的一顿饭了，一定要喝它几大碗。枪声响的时候，大部分人都已经吃过了早饭，还没来得及吃的抓了几把生麦仁塞进了自己的口袋。周纯全的第一反应，就是组织力量马上抢占大青山主峰，可是主峰已经被日军先行一步抢占了。

郝云虹赶到二号阵地时，日军的火力几乎把这里覆盖了，枪声、手榴弹爆炸声响成了一片，阵地上布满了双方的尸体。郝云虹一眼就看到了局势的严重，他凑到陈大队长身边大声说道："周校长命令你们不惜一切代价死守三号阵地，如果这里也丢了，就让你提着脑袋去见他！"尽管枪炮声震耳欲聋，但陈大队长还是从郝教员断断续续的声音中听明白了。他吼道："你告诉校长，就是把五大队拼光了也要坚持到最后！"陈华堂知道周纯全心里在想什么，一旦发生意外，隐蔽在大青山主峰山谷里的数千人就会全部覆没。让周纯全他们没有想到的是，当队伍转移到一个叫"南涝坑"的地方时，山东分局、战工会、一一五师、《大众日报》、医院、姊妹剧团等众多后勤人员都陆续赶来。多方人员相加，足有5000余人，而真正有战斗力的仅有600多人，面对装备精良的5000多日伪军，危险不言而喻。这个时候，东、南、北三面日军已经迫近，周纯全对李培南道："老李，狭路相逢勇者胜，再等下去就更难应付了，现在只有西方没有敌情，我们向西突围吧！"李培南道："我同意，这是现在唯一的出路了，我们

靠山

不能坐以待毙。"陈明说："为了减少你们的压力，后勤人员我和袁科长来带。"周纯全道："现在只能见机行事了。"

接到分校告急的山东分局迅速向大青山派出了警卫连，一一五师一部也和日军的一股增援部队接上了火。周纯全见时机一到，即刻下达了突围的命令。训练部副部长闫捷三担任开路先锋，他手枪一挥，大声对两个警卫连的连长喊道："大家听明白了，成并列纵队，都跟我上，杀出一条血路去！"接着又扭头叫着军号手齐德的外号道："齐号子，你就是把腮帮子吹破了也不要给我停下！"齐德扬了扬手里的军号道："我肯定吹它个山摇地动。"时年36岁的闫捷三，参加过一至五次反"围剿"，他个子瘦瘦的，话还没说完，就像利箭一样射了出去，军号手齐德紧接着就吹响了冲锋号，那激昂的号声令人血脉偾张，不由自己，勇士们高喊着口号，就像决口的洪水一样喷涌而出。日军密集的子弹犹如成群结队的蝗虫一样飞来，跑在最前面的指战员瞬间倒下了一片。军号声就是战鼓，长征时被称为"红小鬼"的齐号子，在弹雨中闪挪腾移，或站立，或跪地，或仰身，或卧倒，他的头部、手掌、胳膊都已经挂了彩，可号声还是没有停息。他的腹部被打了一个窟窿，肠子流了出来，他抓一把就塞了进去，再吹，腹部一用力，肠子又涌了出来，他又塞进去。齐号子一手捂着腹部，还是鼓着腮帮子吹，可那号声已经明显减弱了，从头上和腹部流出来的血把他的军衣都染红了。后来，齐德被战友背着冲出了包围圈，在转移中牺牲在担架上，手里还紧紧握着那把弹痕累累的小铜号。

警卫连的勇士犹如平地陡然而起的旋风，很快就卷过了河滩，即将冲上山坡时，闫捷三又大声命令："成梯次队形，成梯次队形！先用手榴弹，先用手榴弹！"战士们眨眼工夫就换了队形，都齐齐地扬起了手，那手榴弹像冰雹一样砸了过去，日军的阻击线硬生生地被撕开了一条口子，紧紧尾随在后面的非战斗人员刚冲到山间干枯的河滩上，数架敌机就俯冲而来，连同山上的日军一同扫射，成片的人纷纷倒了下去。日军的八八式小钢炮打出的炮弹，就像长了眼睛一样，一排排地爆炸着，受了伤的人互相搀扶着前行，可刚走不远，又被炸弹炸翻在地上，眼前散落着一些头和身子，还有一些胳膊和腿。

二号阵地上的五大队几个中队一直被日军炮火压制着，大队长李华堂见突围受阻，大声喊道："同志们，杀过去！"一群勇士在夕阳的余晖下冲了过来，喊杀声犹如雷霆万钧，日军竟然一时呆住。据大青山突围亲历者李国栋回忆："很多战友就像镰刀下的草丛一样，纷纷倒在了地上，鲜血染红了半个山坡。"

大青山下有两条狭长的石沟，名叫梧桐沟和李行沟，十七岁的校部侦察队副班长刘刚跟随着一群人撤退到李行沟，被一群日伪军挡住了去路，两挺机枪的火力把他们压在了一口地窖子后面。刘刚回头一看，周纯全和几个人正向这边爬来，周纯全朝他招招手："小鬼，你过来。"刘刚见状，爬了过去。周纯全问他："你身上有几个手榴弹？"刘刚道："8颗！"周纯全说："8颗就能把这两挺机枪掀翻了。你带着几个人，转到后面去，炸掉他们。"刘刚说了声"是"，带上丁云和老秦就向日军机枪手后边爬去，不长时间，就连续响起了几声爆炸，日军的机枪一下子哑了。周纯全接着喊道："冲啊！"

人们起身都跑了过去。

陈明率领战工会等众多后勤人员是从梧桐沟冲出去的。一中队队长邱则民带着一个区队奉命在大山顶阻击日军，指导员程克则率另一个区队守在梧桐沟以北的一个小山头上，程克喊道："同志们，从梧桐沟出来的人就靠我们了！"

小山头上已经是火海一片，程克扭头看看，陈明率领的队伍已经突围出去，枪炮声也渐渐稀疏下来，他脸上露出了一丝轻松，他清点了一下人数，原本40个学员现在只剩下18个人了，弹药也已经打光。程克说了声："同志们，我们任务已经完成了。"大家都不禁低头看了一眼横陈在阵地上的战友尸体，深沟中坑坑洼洼里都是烈士的血水，大家都一脸的悲戚。程克抬起道："这里不能久留，咱们马上撤退！"

一行人相互搀扶着往西口走去。还是那个日军小队长后岛，带着一群日伪军就在李行沟村村头的一处院子里，一个伪军突然叫道："有人来了，好像是八路。"其他日伪军听了，都一下子端起了长枪。后岛向墙外一看，用蹩脚的中国话说道："是一群八路军的残兵，等过来再说。"太阳已经偏西了，寒风很大，很急，吹弯了村头的树梢。程克带的这些学员，都是连、排干部，他们蹒跚着爬上坡，刚行至院子门口，日伪军就一下子涌出来，把他们团团围住，程克看到，日军在院墙上还架起了几挺机枪。后岛小队长嘴唇先动了几下，终于说道："你们的，都要投降，否则就死了死了的！"说着，他打量了程克一眼，挥了挥手里的指挥刀："饶命，缴枪！你是个指挥官，命令他们投降。"程克冷笑几声，向大家使了个眼色，接着就像头暴怒的狮子一样突然扑了上来，他一下子抱住了后岛，顺势一口咬掉了他的大半个耳朵，其他学员也同时扑向了身边的日伪军，墙头上的机枪叫了起来，几个学员被打倒在地上。后岛捂着耳朵疼得嗷嗷大叫，几个日伪军举起枪，都一齐向程克的后背和胸部刺来。还有几个学员，也像程克一样抱住了日军，在地上滚来滚去的，日军纷纷围上来，瞅准了机会，扬起长枪把学员刺死在了地上，就这样，十八个勇士全部牺牲了。后岛暴跳如雷，指挥日军把他们的脑袋全部砍了下来。卫生兵给后岛包扎了伤口，后岛点上一支烟，抽了几口，看了一眼院子里的尸体，散落在地上的头颅，他突然走到程克的头颅前，丢下烟蒂，弯下腰恭恭敬敬地鞠了一躬，随后又举起了大拇指，大声说道："你的，好样的，真正的中国勇士！"等日军走了，躲在房间里的李大娘和老伴走了出来，李大娘看着眼前的惨景，不禁哭出了声，开口骂道："这些遭天杀的，太狠了，人都死了也不放过，还再把人头割下来。"老伴说："你去叫几个帮手，先把同志们的尸首归拢归拢，找张席子盖了，我明天一大早就去告诉他们上级一声。"第二天上午，李大娘的老伴就带着抗大一分校保卫干事刘建国他们来了，李大娘揭开席子，大家顿时哽咽了，都摘下帽子低下了头。李大娘抬起袖子擦了擦眼泪，指了指程克的头说："这个长头发的同志连那个嘴唇上有小胡子的鬼子都说他是好样的，还给这个同志鞠了一躬，俺和俺家老汉子看得清清的，也听得清清的。"

程克的嘴里还含着后岛的半只耳朵，一个战士说："刘干事，咱们不能把小日本鬼子的耳朵留在程指导员的嘴里，这样他死不瞑目的。"说着就去拽，可程克咬得紧紧的，抠都抠不下来，有个小战士不忍心了，哭着说："别抠了，这样程指导员会疼的。"刘建国哽咽着说："不要抠了，就让老程带着这件战利品走吧！"

一大早，刘建国他们就在李行沟东口山崖下看到了一具趴在地上的尸体，见是自己人，几个战士轻轻翻过他的身体，刘建国仔细看着烈士满是血污的脸，说这是邱则民，邱队长。邱则民全身都是子弹眼，就像筛子底一样，身旁还散落着一些机枪零件。刘建国拿起压在他身下的那支匣子枪，掰开机头一看，里面还有最后一粒子弹。这支匣子枪是邱则民最最喜欢的，刘建国经常见他训练间隙举着它向远处瞄来瞄去，嘴里还说着："我手里这把家伙，将来有一天要是遇上小鬼子了，肯定要他们好好领教一番的！"

原来，邱则民和副中队长汤世惠率领一个区队冲到大山顶后，日军也蜂拥而至，剧烈的轰炸声在山谷中回荡着，一帮日伪军攻了上来，邱则民连声喊道："用手榴弹打，用手榴弹打！"随着连续的爆炸声，日伪军又像退潮的水一样缩了回去。邱则民看看身旁的战士们，已经倒下了一大片，机枪手也趴在了那挺捷克式机枪上，脑浆流在了石头上。邱则民对汤世惠

靠山

道："咱们多守一分钟，就多一个同志活下来。"汤世惠整了整帽子，说："弹药几乎都打完了。"邱则民点点头，从腰里拔出匣子枪看了看，说："我这家伙里就剩下最后一粒了，到时候就留给自己了。"说着，他的目光落在那挺机枪上，接着道："同志们，把余下的子弹都拿过来吧。"大家听了，都把子弹送了过来。邱则民数了数，都是79式子弹，还有18发，他拿起一粒在头皮上蹭了蹭，接着压到了机枪的梭子里。区队长温莜兴在远处喊道："队长，敌人又上来了。"邱则民道："近了打！"说着他抱起机枪跑到了最前沿，子弹像稠密的雨点一样打来，邱则民背靠在悬崖的岩石上，连续数次点射，18发子弹没有一发落空，其他人则扑上前去用石头和手榴弹砸敌人。这当口，日军的机枪手向邱则民射出了一串子弹，邱则民把机枪一下子摔在石头上，刚要去拔插在腰带里的匣子枪，一串子弹又打在了他身上，他一头栽了下去。

大山顶阻击战过后，只有区队长温莜兴幸存下来，他的腿被子弹打穿了，夜幕降临时，他才从尸体堆里爬了出来，后被一个老乡发现，背回了家中。

山东分局机关的刘云霭所在的抗大一分校女生队，代号叫光山队，一部分学员撤到沟东崖附近时，就被一阵子弹挡住了去路，有两个学员倒在了地上。队长刘云抬头一看，一帮日伪军向她们而来，她带着大家退到了一间屋子里，日伪军见是一群女八路，喊叫着往前冲。刘云从窗口抬手两枪，打倒了一个日军。其他女队员没有手枪，就向日军投掷手榴弹，日伪军竟一时乱了分寸，领头的军曹往山坡指了指，几个日军扛起机枪跑了过去。这个山坡恰对着房子的正面，日军摆好了阵势，黑洞洞的机枪口一下子对准了房门和窗子，刘云刚说了声"不好"，几挺机枪就同时开火了，密集的子弹像水一样从门窗口泼了进来，几个学员倒了下去。在火力掩护下，日伪军又冲了上来，刘云霭的手榴弹还没投出去，右臂就中弹了，手榴弹一下子掉在了身旁，刘云一把推开她，拾起手榴弹扔了出去。很快，日军的火力封锁了门、窗口，刘云她们已经无法还击，日军又连续向房内投了数颗手雷，一阵阵爆炸声过后，房内遽然静了下来。

此时，二十多个女学员，已经所剩无几，眼前的尸体都残缺不全，鲜血流了一地，有的地方，几乎没过了鞋子。刘云的左胳膊被炸掉了，还在小本子上吃力地写着什么。刘云蔼和几个学员，也多处受伤，她们艰难地爬到刘云身边。周慕华还不到20岁，左腿已经断了，她含着泪水道："队长，我还没有活够，不想就这么死了。"刘云把手里的本子塞进书包里，又把书包放到了一个破瓮里。她给周慕华轻轻擦了一下眼角的泪水，说："小妹妹，战争有时候没法选择，有些人死了，有些人才能活着，后人会记住我们的。"刘云蔼道："我们家的日子本来过得很好的，可还是很多人参加了革命，我爸爸牺牲的时候，我才10岁，我今天这样一点都不后悔。"

外面的日伪军近了，有几个伪军喊道："屋里的女八路听着，缴枪不杀，再顽抗下去，一个不留！"几个姐妹都靠在了一起，刘云道："云蔼，你唱歌好听，就唱首歌吧。"刘云蔼看着窗外，轻声唱起了那首《反对黄沙会》，声音越来越大，在山谷里回荡着。

几个日伪军端着长枪闯了进来，几声爆炸响起，刘云她们几个人，都一下子拉响了手里的手榴弹。

蒙费大队的大队长董振东是在太阳快落山的时候听说这事的，蒙费大队的主要任务是保卫东蒙山根据地，董振东过去一直在主力部队，后来调到了蒙费大队，他对这一带的地形很熟悉，听到老乡的报告后，他马上带着人赶到了沟东崖，他们看到，血正从门口汩汩地向外流着，汇集到门前后又漫延开来，最后与夕阳的余晖融为一体，大家都不忍心踩着烈士鲜血进屋，几个战士用沙土和石块垫了几处放脚的地方，才慢慢走了进去。眼

靠山

前的一切让董振东这位久经沙场的七尺汉子禁不住放声而泣，一个战士发现了刘云的书包，董振东打开那个小本子，翻了翻，见一页纸上简单地记录了这场战斗的经过，结尾写道：

亲爱的同志们，我们向你们告别了，等将来胜利了，一定到我们的坟头烧烧纸告诉我们一声。这些烈士的名字是：刘云、刘云蔼、周慕华、刘志云……

字写得很急，歪歪扭扭的。

董振东抹了一把眼泪，说："同志们，一部分人去老乡家里找些席子和床单，好好把这些姐妹的遗体包起来。"

当夜，董振东就写了个伤亡报告，其中有这样一段话：

我们去时看到，血从门口流出几米远，清理同志们遗体时，在门口垫了很厚的沙土才能进去。屋里的惨状更令人难以接受，遗体没有一具完整的，遍身血肉模糊，地上的血没到鞋面，这不由使我想起《我们在血泊里战斗》这首歌，我们的确是在血泊里战斗啊！

董振东到了晚年，经常都在梦中哭醒。每当有人问起这一幕，他都摇摇手，再摇摇头，说："她们走得太惨了，还都是些没有结过婚的小姑娘呀，太惨了！不提了，提起来就难受。"

2

陈明是在小山坡上被日军的子弹击中的。他带着战工会等后勤人员从梧桐沟向望海楼方向去的时候，被迎面而来的流弹打断了双腿，顿时血流如注，他踉跄了两步，一下子跪倒在地上，随行的几名工作人员也中弹倒在了身旁。警卫员小吴急了，蹲下身来就要给陈明包扎伤口，陈明道："不要管我了，快跑！"小吴说："首长，我背你走！"陈明大声道："到处都是敌人，火力又这么大，你怎么背我？到时候两人都得死，能活一个就活一个。"小吴不听，伸手就去拉陈明的胳膊，陈明急了，抬起手枪对准了自己的太阳穴："跑，快跑！"小吴哭着叫了声首长，扭头向远处跑去，最后他回头看到，陈明朝着日军开了几枪后，把最后一颗子弹打进了自己的头颅。

辛锐是在突围的路上听到那个熟悉的声音的，虽然隐隐约约的，但她还是知道这是丈夫陈明。当时，陈明冲着她的背影喊了一句："辛锐，你小心点。"辛锐回过头来，在杂乱的人群中并没有看到丈夫，她一愣神的工夫，姊妹剧团的指导员甄磊，已经跑出了很远，等辛锐赶上来时，大家已经进了大青山北侧的一片松林中，可谁都没有想到，一群日军从远处正悄悄跟了上来。

姊妹剧团的指导员甄磊，参军前是莱芜女子学校的女先生，在莱芜也有些名声。当时，校长亓霖甫是本地教育界的贤达，他倾尽家财创办了莱芜第一所女子学校，可前来报名者却寥寥无几，亓霖甫不禁感叹，莱芜有10余万妇女，求学者竟只有10人。甄磊就是在亓霖甫失落的时候迈进学校大门的。甄家原本是莱芜矿山乡西关村的，甄磊出生还没多久，父亲就患病离开了人世，让这个本来就清贫的家更是雪上加霜，甄母见在当地再难以生存，就带着甄磊背井离乡到了县城。后来，勤劳的甄母在城里开了家"甄家饭馆"，生意虽不红火，可也能维持生计。甄母大字不识一个，可她知道识文断字的重要，恰巧亓霖甫开办女子学校，就把甄磊送了过来。甄磊读完了高小后，又以优异成绩考上了县立师范讲习所，亓霖甫见女弟子聪慧好学，等甄磊一毕业就把她聘到了女子学校当了老师。亓霖甫有民族大义，甄磊深受影响，1938年年初，她告别母校参加了徂徕山起义的抗日游击队，成了一名八路军女战士，后来她到了沂蒙山区，成了姊妹剧团的指导员，她的部下徐兴沛时年才15岁，后来他回忆：

> 甄磊写一手好字，文章作得也好，又会演说，她出众的才华很快被领导发现，不久就被调到四支队政治部任宣传员，继而担任了宣传队队长。1938年下半年，组织上又选送她到中共山东分局干部学校学习……学习期满后，被分配到中共山东分局妇女委员会做秘书工作。
>
> 为了调动山东妇女参加抗战的积极性，中共山东分局组建了"姊妹剧团，"甄磊担任指导员，能歌善舞的辛锐当团长。剧团里大都是小演员，时间久了，大家都称甄磊"老大姐"，甄磊其实不老，这一年也仅仅21岁。当时，除了姊妹剧团，还有一一五师战士剧团、抗大一分校文工团、山东鲁迅宣传队、山东实验剧团、黎明剧社、火烽剧社、先锋剧社。

还是在这年的11月7日，姊妹剧团正为庆祝苏联"十月革命"胜利日演出，突然接到了日军大扫荡的消息，剧团的演员还没卸妆，远处就已经传来了隐隐约约的枪炮声，富有游击经验的甄磊和辛锐商量，大家都化装成老百姓，马上转移到南墙峪一带，分散到老百姓家去。剧团的演员大部分都是女性，只有几个男同志，徐兴沛年纪小，甄磊让他化妆成女的，徐兴沛听了，就一下子嘟起了嘴："我在台上演女的行，在小日本鬼子面前我怎么还要装女的？"甄磊道："小徐，你还小，男扮女装更安全，要服从命令。"徐兴沛只得照办。甄磊善于化妆，几下就把徐兴沛打扮成了一个大姑娘，脑后还有一条大辫子，几个女演员见了，就笑他，把徐兴沛笑恼了，在一旁抹开了眼泪。辛锐见了，就安慰徐兴沛："小徐，为了革命，有时候就得需要这样嘛，看我不批评她们才怪呢，给你出出气。"小徐道："团长，你也不要批评她们了，反正我是个堂堂正正的男子汉！"到了村里，村长把甄磊安排到了王大爷家里。王大爷的儿子去年被日军打死了，孙子一气之下就参加了八路军，家中只有五十多岁的儿媳和孙子媳妇。王大爷八十多岁了，长须都垂到了胸前，可身体还算硬朗，甄磊见了他道："大爷，要是鬼子来了，您就说我是您的孙女。"王大爷点点头："甄同志，俺家是堡垒户，你就放心住下来吧。"甄磊穿了件露着棉絮的大襟棉袄，脑后还绾着髻子，脸上也涂了一层灰尘，一举一动都像个结了婚的农村劳动妇女。王大爷的儿媳看了，啧啧称赞道："闺女，你可真行，眨眼工夫一个俊妮子就变成了这模样。"正说着话，外面就有人嚷，小鬼子进村了。接着就有人敲门，声音很大，"嗵嗵"的。甄磊从腰里一下子拔出了枪，大爷见了赶忙阻止："孩子，这时候可是胳膊扭不过大腿的，快把这家伙藏起来。"说着王大爷拿过枪藏到了柴火垛里，这才去开了门，日军嫌弃开门晚了，很恼火，一枪把王大爷打死在院子里，王大爷儿媳和孙媳见了，扑上前去号啕大哭。几个日伪军又一下子围住了这三个女人，一个伪军端详了甄磊一眼，突然道："你是八路军。"王大爷的儿媳站起身来，哭着道："老总，她不是八路，她是俺的孙媳妇呀！"另一个日军推了甄磊一把，王大爷儿媳以为鬼子要把甄磊带走，就拽着她的胳膊道："她身子这么重了，你们还能把她带到哪里去呀？"那伪军看了一眼甄磊隆起的小腹吼道："妈的，你不想要小命了？都到外面集合去！"

全村人都被赶到了大街上，日伪军把村民分成了两队，一队是中青年，另一队是老人和孩子。翻译官指着那些青壮年对另一对人喊道："你们都看到了吧？是自己家的人就过去领过来，谁要是领了八路军和共产党，就杀了他全家。"翻译官话音一落，日伪军就端起长枪齐刷刷地对准了人群。甄磊一看对面的人群中有不少自己的同志，她就挺着肚子走上前

靠山

去，拉起一个同志的手走了出来，一边说着："这是俺男人。"放下这位同志，她又把一个年纪小的领了过来，一个伪军问她："他妈的，你怎么又拉了一个？"甄磊道："这是俺的弟弟。"村里的青壮年被几个村民领到了一边，还剩下几个人，甄磊仔细一看，是山东纵队机关的刘干事，这时几个老百姓还有王大爷的孙媳，一前一后走了过去。一个伪军拦住了王大爷的孙媳，指着她领的人道："他是你什么人？"王大爷的孙媳道："俺男人。"伪军一枪托子砸在了她的腰上："胡说八道，一看他就比你小，怎么是你的男人？"王大爷的孙媳说："他比俺小三岁，俺这里有个讲究，女大三抱金砖呢。"那伪军瞪着眼问刘干事是不是这回事，刘干事说"是"。伪军火了，砸了刘干事一枪托子，王大爷的孙媳就伸手来护，被旁边的一个小个子日军一枪刺扎在了她的大腿上，王大爷的孙媳顿时就坐在了地上，血也涌了出来，她站起身，大声哭着说："你们还讲不讲理，他就是俺的男人，俺的男人！"这时，附近的山上，突然响起了枪声，日伪军纷纷向那个山头冲去。

辛锐和甄磊率领的姊妹剧团团员撤离南墙峪后没几天，就加入了奔向大青山的队伍，在接下来的大突围中，他们刚进入山坡那片丛林中不久，一直尾随在后面的日军就包抄了过来。姊妹剧团的人大都没有上过战场，只有甄磊在游击队的时候有过战斗经历，听到枪声，大家有些慌乱，一些小演员吓得躲在石头后面不敢露头，甄磊说腰里的铁家伙可不是吃干饭的，快扔手榴弹，大家听了，都手忙脚乱地投掷手榴弹，随着几声爆炸，死了几个日军，可日军的火力也越来越猛，小树枝都被打断了，有几个团员倒在了地上，辛锐看了一眼身体有些吃力的甄磊道："指导员，你先带大家撤，我来掩护，挺着个大肚子，太危险了。"甄磊喘了几口粗气，向猫头山方向指了指："我带着大家去那里，要早脱身，不要恋战！"甄磊带着大家猫着腰进了一条沟。留在辛锐身边只有两个年龄大一点的团员，一男一女。辛锐开了几枪，又一齐投出了几颗手榴弹。日军的人数好像多了，在机枪掩护下，日军分散开来，一步步逼近了。辛锐站起身来刚要还击，一串子弹打了过来，接着又有几颗手雷在身边爆炸了，他们都倒了下去，辛锐趴在了那块巨石上，鲜血在石头上流着。日军随后又向远处追去，甄磊带着大家刚穿过一片松林，日军就追了上来，甄磊喊道："留下两个人跟着我，其他同志继续撤退。"大家都不同意，有的急得哭出了声。甄磊急了，说："我肚子再大，也比你们有战斗经验，快走，难道非得都要死到一起吗？"大家这才都含泪退去。甄磊找了一处地形，又告诉身边的战友："等小鬼子近了再打！"一刻工夫，日军就到了近前，甄磊一声喊打，接着就把手中的手榴弹扔到了敌群里，另外两个人也跟着投了出去。甄磊她们弹药毕竟有限，最后日军三面包围上来，在密集的弹雨中，她们都倒在了血泊里。

枪声过后，天地间一下子寂静下来，恍惚中好像一切都没发生一样，姊妹剧团的徐兴沛和姐妹们很快就找到了甄磊。那天，大家正走着走着，徐兴沛就指着远处突然喊叫起来："你们看，甄大姐，是甄大姐！我看到了甄大姐的肚子，是她！"人们顺着他指的方向看去，有个人躺在那里，嶙峋的山石遮住了半个身子，唯有高耸的腹部格外显眼，大家都跑了过去，眼前的人果然就是甄磊，她就仰面躺在那里，在冬日的寒风中，尸体已经冻得硬邦邦的。她的双手，还紧紧护在她那隆起的腹部上。所有的人叫了声"大姐"，都一下子跪在了她的身旁。事情过去了很久，姊妹剧团的姐妹还常说起在日本鬼子扫荡的前几日，甄磊给未出世的孩子缝小衣服的情景，她还唱着"二月里来，好风光……"一会又抚摸着腹部，一脸的甜蜜。

甄磊牺牲时，她的丈夫——山东分局的组织部长李林腿部负伤，正在夜晚的山路上爬行着。

四　柿子又红了

1

　　火红峪村的新媳妇王瑞兰自然不知道这些天发生的具体事情，丈夫聂凤立每次回来，很快就又出去了，她顾不上问，他也顾不上回答，可她从丈夫进进出出的神情中，多多少少也感觉到了点什么。每次她都冲着丈夫的背影喊一句："你小心点。"聂凤立好像都心不在焉，嘴里只是唔唔着。瑞兰看着四周光秃秃的山，自言自语道："这山上哪怕有些小树也好，让八路军同志藏藏身。"日军大扫荡即将结束的时候，费东县白埠区的区中队副队长孙娄山就接到了一项任务，县里让他带人到大青山周围，特别是火红峪、李行沟一带寻找失散和受伤人员，并把食物和药品送到他们的手中。孙娄山身材高大魁梧，方脸，浓眉，面部轮廓分明，虽是六十一岁的人了，可行动敏捷，健步如飞，说话声若洪钟。孙娄山小时候常帮父亲铡草喂牛，有一次他往铡刀下添草的时候，被父亲不慎一刀切掉了他的右手拇指，母亲见了大哭，说："你少了根指头成了四指，以后还有哪个女的跟你呀？"孙娄山若无其事地道："五个指头少了一个算啥？放心吧，俺打不了光棍！"孙娄山从小习武，是反洋教的英雄，江湖给他送了个绰号"九龙指"。日本鬼子到沂蒙山后，他找到当地党组织，拍着胸脯说："清朝那会，俺反洋人，现今小日本鬼子来了，俺更不含糊，收下俺吧！"就这样，孙娄山加入了共产党。白埠区的刘区长见他是个人物，特地给了他一支汉阳造，让他当了区中队的副中队长。除了他背上的汉阳造，孙娄山冬夏身上基本就两套行头，夏披一蓑衣，冬穿一破袄，他带着一帮队员，神出鬼没，打死了不少日伪军。汉奸都叫他孙蓑衣，只要见了披蓑衣的大汉，日伪军心里就发毛。

孙娄山带着两个兄弟翻山越岭到了大青山一带时，在山坡上遇上了一个年轻人，这年轻人见是区小队，就说："俺是火红峪的聂凤立，出来看看有没有自己的同志。"孙娄山说："太好了，这一带俺们不熟，你带着俺们转转吧，别漏了伤病员同志。"聂凤立道："这山前山后，沟沟崖崖，都在我心里装着，没问题。"他们先是在大青山北侧发现了尚有一口气的辛锐，辛锐半醒不醒的，孙娄山一边给她包扎了伤口，一边说："这同志可真是命大，伤得这么厉害，还能活下来，可真是命大。"说着又摘下腰里的水壶给辛锐灌了几口热水。辛锐缓了过来，她看看他们，吃力地说："同志，我是姊妹剧团的辛锐，谢谢你们来救我。"孙娄山他们没见过辛锐，可都知道她的名字。

1941年11月30日的晚上，村民王瑞兰刚点上油灯，丈夫聂凤立就回来了，还有几个人，他们用门板还抬着一个伤员。虽是大冷天，可来人都是满头大汗的，聂凤立气喘吁吁地对王瑞兰道："快去烧锅热水，给这同志洗洗。"王瑞兰端着油灯凑上前来，不禁叫了一声"哎呀"，她看到门板上躺着一个血人，还是个女的。聂凤立说："别害怕，是辛锐大姐，你不是还看过她演的戏吗？"王瑞兰一听，连声说："快抬炕头上，炕是热的。"辛锐醒来了，轻声说："我身上都处都是血，别弄脏了你家的炕。"瑞兰道："看你说的，咱们都是一家人，跟俺们还有个里外？"几个壮汉把辛锐抬到了炕上，瑞兰拽过大红被子就给辛锐盖在了身上。孙娄山对聂凤立说："小兄弟，俺们得抓紧走了，还得去给其他伤员送药送吃喝的。"聂凤立说："好，我也得去告诉医院的同志一声。"

大扫荡前夕，山东纵队野战医院就根据卫生部部长白备伍的要求，提前把伤病员做了疏散。野战医院下设三个所，分别是野战医院一所、野战医院二所、野战医院三所。二所的女所长刘御，当时只有21岁，她带着人去动员老百姓来抬伤员，根本就没费口舌，一下子就来了100多号人，四面八方还有人往这赶，刘御高兴得小眼睛眯成了一条线，急忙对乡亲们喊："乡亲们呀，够了，够了，你们回去吧，谢谢你们啊！"有个乡亲笑道："怕什么，俺们又不用你们管饭。"300多个伤员几乎一夜工夫就安置在了火红峪、仲山前、马山前等几个山村的老百姓家里。后来白备伍又说："为了保证伤病员安全，同时也不要连累了老百姓，把伤病员都安排到山洞和地道里去！"费东县一声令下，老百姓在山上很快就找了不少大大小小的山洞，可还不够，老百姓又借着梯田侧壁挖了一些地洞。

刘御和护士吕清均、何永福在写医嘱的时候，随手把每天的点滴都记录了下来，让后人在发黄的纸片上，还能觅得一缕战争的记忆：

> 洞子有好几种，大多是利用梯田的堤坝开洞口，挖进去，再在上面架上木头，铺上高粱、玉米秸，配上厚厚的土，乡亲们说可以在上面种庄稼，鬼子发现不了。确实是，上去也踩不塌，还发现不了。我们夜间就把伤病员送了进去，平日里乡亲们给他们送水送饭照顾他们，我们巡回治疗后，出来后再把洞口堵上。

> 洞都不大，进去换药的时候，我们只能坐着，要么蹲着、跪着，十分费劲。有个伤员腹部是贯通伤，吕清均和何永福给他换药时，发现伤口中间有个小白头，又不像肉芽组织，用镊子夹住，伤员也不疼，拉出来一看，原来是一条蛆虫，接着又找到了三条。我们医疗条件太差了，这样的环境又无法做手术，只能用保守疗法。多亏有老百

姓的支持，他们不仅帮着掩埋烈士，还找到了不少伤员，有的老百姓为了保护伤员，一家就死了好几口人。其中辛锐就是老百姓保护活下来的，可惜很快又牺牲了。

二所在随着的后勤人员突围中，损失也不小。背着大锅的炊事班长被炮弹炸翻在地，锅都碎了，他弥留之际对刘御说："所长，对不起，我不能给大家做饭了。"说完，头一歪就走了。副护士长王军、女看护高玉，还有司药朱自珍也受伤了，还有几个人被俘。到了火红峪后，刘御和指导员刘川又重新编了小组，分配了任务。

瑞兰先喂了辛锐两个加了红糖的荷包蛋，刚给她用热水擦完身子，刘御他们就来了。辛锐脸上已经有了一点血色，可伤口疼得很厉害，她咬着牙，一声不吭，额头上都沁出了细密的汗珠。看到刘御，她的嘴角上挂上了一丝微笑。瑞兰着急地说："刘所长，快给辛大姐看看吧，俺看着都心疼死了。"刘御和军医刘升学检查了一下辛锐的伤口后，马上让护士何永福为她消毒包扎，又打上了夹板固定。刘御看了刘川一眼，两个人走出了屋子。刘御心情沉重地说："大辛伤得很厉害，小腹被炸伤了，右膝盖骨和左膝盖骨也被打掉了，将来走不了路啦。"刘川一时无语，最后道："大辛是娇小姐出身，受了这么重的伤，还能咬住牙挺着，真是不容易。对了，陈明同志牺牲的事千万不要告诉她，否则不利于她养伤的。"刘御带着哭音答应着，顿了一会她说："大辛能在聂凤立家养伤最好了，可这样太危险。"刘川说："现在小鬼子四处搜查咱们的伤病员，一旦被他们发现了，不仅大辛危险，还连累了聂凤立一家人，就把大辛送到山洞里去吧。"

瑞兰一听刘御他们要把辛锐送到山洞里去，当时就哭出了声："刘所长，你们咋就这样狠心呀？她是个女的，受了这么重的伤，又是这么大冷的天，把她送到山洞里去不是要她的命吗？"辛锐吃力地说道："小妹妹，鬼子扫荡还没结束，他们又在到处搜查伤员，不能连累你们，我都这个样子了，能活则活，死了也不怕。"聂凤立说："刘所长，你们还是把辛大姐放这里吧，俺两口子就是把命搭上，也要保护好她。"刘川道："聂凤立同志，把辛锐同志送到山洞里，也是为了你们的安全，大家快行动吧。"吕清均和何永福听了，走到炕前要把辛锐抬到门板上去，瑞兰张开双臂一下子拦住了他俩，她的一双凤眼都瞪圆了："俺没出门子（出嫁）的时候就参加了妇救会，俺男人也是共产党，就让俺们为你们出把子力行不行？鬼子要是来了，俺就说她是俺娘家的姐姐。"辛锐道："妹妹，别这样，这么多伤员要是都在老百姓家养伤，很容易引起鬼子的怀疑的，咱们共产党、八路军就是为了老百姓的，这关键时刻不能让你们受连累。"辛锐说着，挣扎着要坐起来，可动了一下，就疼得一下子昏了过去。聂凤立见这个样子，就对瑞兰说："就听同志们的安排吧，到时候咱们常去照看辛大姐就行了。"说到这里，聂凤立又对刘川道："在西南方向那个小山坡上，有个鹁鸪棚洞，很隐蔽，离俺家又近，就把辛大姐放那里吧。"瑞兰见拦不住，只得罢了，她抹把眼泪，把被子铺在了门板上，聂凤立和吕清均他们小心翼翼地把辛锐抬了过来，瑞兰又拿了一条被子盖在了辛锐身上，一边对聂凤立说："山洞里冷，把你那件破羊皮袄也带上吧，给辛大姐御寒。"

2

徐兴沛和战友们掩埋了甄磊等烈士的遗体后，很快就回到了火红峪的杨家。徐兴沛是南沂蒙人（今沂南），他个子不高，长脸，很伶俐，弟弟徐兴南也是一名八路军小战士。同样也住在杨家的山东青年联合会的王照华对徐兴沛说："小徐，你们姊妹剧团的大辛同志受伤了，就在聂凤立家，卫生所的刘所长他们都去了，你快去吧，要好好照顾她。"徐兴沛听了，心一下子悬到了半空，他急急地问道："团长的伤重吗？"王照华点点头，又嘱咐他："她现在身体虚弱，不要告诉她陈明的事。"徐兴沛抹眼泪，扭头就跑了。他到了聂凤立家的时候，辛锐已经被抬到门板上了，徐兴沛见了，一下子就哭出了声，他跪在地上抓过辛锐的手哭道："辛大姐，你可受苦了，你醒醒，你醒醒呀！"刘御道："小徐，你不要哭了，咱们得马上把辛锐同志送到洞里去呢。"

要是在白天，站在王瑞兰的家门口，就能看见远处的那个小山坡。山里面很静，清冷的月亮挂在天上，月光散在了地下。一行人抬着辛锐离开了聂凤立家，徐兴沛则背着一捆干草跟在后面。崎岖的山路高高低低，左拐右弯的，门板也跟着上上下下，左右摇晃，聂凤立怕颠着受伤的辛锐，就钻进了门板底下，他弯下腰来，后背就成了一个平面，门板压在他的背上，再往前走，就一下子平稳了许多。有些山路崎岖，他就跪着或爬着走，到了目的地，他的手、膝盖都磨破了，额头也碰得血淋淋的。要是没有瑞兰和刘川搀着他，趴在地上的聂凤立根本就站不起来了。

所谓的鹁鸽棚洞，其实就是一块巨大的石板压在乱石上形成的，洞口扁窄，狭长，从外观看，是一个大石头缝子，可下到里面后，就是一个能容纳几个人的山洞了。当地人称鸽子为鹁鸽，夏秋季节，常有鸽子来这里栖息，于是就叫鹁鸽棚洞了。入洞的时候猫着腰根本进不去，只能仰面平躺着身子往里挪，过去聂凤立经常来这里摸鸽子蛋，轻车熟路，他先进去了，徐兴沛也学着他的样子进了洞。聂凤立铺上了干草后，上面的人把床板送到洞口，下面的人又慢慢接了进去。一切都妥当了，徐兴沛留下来照顾辛锐，大家商定联络暗号是三声猫叫。王瑞兰嘱咐徐兴沛道："小兄弟，那个包袱里面有吃的有喝的，就放在被窝里暖和着，一时凉不了。"

靠山

山洞的左上方有一缕微小的亮光，小徐站起身走过去一看，亮光是从一个小孔透进来的，透过小孔借着外面的月色可以看到山洞上方的那块巨大的石板，还有一些景物。小徐爬出山洞，先到前面的一个单人井筒洞察看了一番，接着他又爬到鹁鸽棚洞顶，在一处覆土里埋下了几颗手榴弹，又从一间山屋子里找了根绳子，一分为二，接上拉线引进了两个洞里。这时辛锐已经苏醒了，她动了一下身子，发出一身轻轻的呻吟，徐兴沛很高兴，低声喊道："团长，你可醒了，我都喊你好多次了！"辛锐平静了一下，带着喜悦道："小徐，你也来了？咱们已经到山洞里来了吧？"小徐说了声"是"。辛锐又问："咱们剧团的同志都还好吧？"小徐迟疑了一下说："团长，放心吧，大家都好着呢，你喝点水吧。"说着，小徐轻轻扶她坐起来，辛锐喝了几口水，不禁说道："这几口热水刚一下肚子，身上就有股热乎气了。"她的话刚说完，又是一阵剧疼袭来，她不由自己，双手好像在抓什么，一把抱过小徐的脖子，用力搂着，小徐憋得不行，可又不敢动，他只听到辛锐的牙齿咬得嘎嘣响，一些水珠也落到了自己脸上，小徐知道，这是团长脸上的汗珠，他哭着说："团长，你疼得这么厉害，就使劲掐我吧！"辛锐没有说话，浑身抖动着，慢慢又平静了下来。小徐扶着她躺下来，辛锐轻声说："对不起，小徐，把你弄疼了吧？"小徐笑笑道："团长，我又不是纸扎的，没事，我结实着呢。团长，除了你在山洞里养伤，还有些伤员在其他山洞里呢，这几天鬼子汉奸都在搜山找咱们的伤员，民兵在很多地方都埋了地雷，刚才我在山洞顶上也放了几颗手榴弹，拉线一根在咱们山洞里，另一根在井筒洞里，要是小鬼子敢在上面停留，保准能送他们上西天，前边还有一个井筒洞，我还可以去放哨。"辛锐道："你一定要小心。"辛锐要小徐躺下休息，小徐支吾着有些不好意思，说："坐着打个瞌睡就行了。"辛锐说："小徐，我就是你的姐姐，有什么不好意思的，这样咱们还可以互相取暖呢。"

天色还未亮，瑞兰就给辛锐在锅里卧了几个荷包蛋，她找了个小坛子盛了，对聂凤立说："快给辛大姐送去，咱这阵子得好好给她养养身子，要不落下病根，将来可不得了。"聂凤立答应着，提着坛子出了家门，走着走着，天有亮色了，可远处的群山还有些朦胧。聂凤立刚爬上山坡，就看到了一群鬼子。日军又开始搜山了。聂凤立躲在山沟里，准备瞅准机会再赶过去。

　　还在睡梦中的小徐忽听到外面有一阵响声，他就像个弹簧一样跳起身来，透过那个小孔一看，外面有很多鬼子，正端着枪四处查看着。另外还有几个日伪军押着一个人，他双手被绑在身后，走路一瘸一拐的。等他们走近了，小徐才看清了那个人，这是前些日子被俘的二所看护二班的副班长小周，只见他身上的衣服都破了，头上还扎着带血的绷带，面部伤痕累累的。小徐和这个年龄与自己一般大的小八路是好朋友，他的心一下子收紧了。跟在小周身后的伪军一边用枪托子打他一边吼叫着："小子，要是今天你再找不到伤员，老子就送你上西天。"小周回头瞪了他一眼，又走了几步，趁日伪军没注意，他一头撞在了一块石头上，一个日军朝他吼了几句，又踹了他几脚，可小周动也不动，血从他头上汩汩涌了出来。那日军骂着骂着，端起枪刺刀一下子插进了小周的后背里。小徐流着泪，低声骂着。又有一群日伪军赶了过来，刚走到鹁鸽洞口附近，先前民兵埋的地雷就连续炸响了，几个日伪军倒了下去。"有八路，有埋伏！"伪军喊着，其他日军架起机枪扫射起来，子弹打在石头上发出一阵阵响声。辛锐被惊醒了，问小徐："有情况？"小徐道："团长，小鬼子在搜山，地雷响了，炸死了好几个狗日的。"

　　直到太阳从东山坳里升起，日军还没有离开这个山坡，躲在远处的聂凤立冻得直打哆嗦，最后只得离开。可是，在鹁鸽棚洞里的小徐和辛锐却面临着危险了，日军已经登上了洞顶，那打着鞋掌钉的皮靴踏在石板上格外作响，整个山洞里都充斥着这种刺耳的声音，小徐从小孔里看去，洞顶上满满的都是日军。他对辛锐说："团长，情况有些不妙，鬼子都蹲在咱们头顶上了，怎么办？这样下去保不准咱们的洞口会暴露的。"辛锐一下子捂住小徐的嘴，压低声音道："嘘，声音小点，沉住气！说不定鬼子很快就会走的。"

聂凤立太阳偏西的时候又来了，他悄悄进了松林，这片林子离鹁鸽棚洞并不是很远，聂凤立见日军在洞顶点起了几堆大火，边吃东西，边咿咿呀呀地唱着什么，还吹着口琴。聂凤立很着急，连声骂着狗日的。小徐打开瑞兰给的包袱，里面有煎饼、窝窝头，还有几个煮鸡蛋，羊皮囊里的水竟然还温乎乎的。他先剥好了两个鸡蛋，又拿起一个煎饼卷了递给辛锐，说："团长，老百姓真是对咱们太好了！"辛锐道："是啊，没有他们的支持，咱们会更苦更困难的，什么时候咱们都不能忘了他们！"小徐说："团长，咱们得想办法尽快把鬼子赶走，要是他们用地雷探测仪探测地雷的话就麻烦了，洞口迟早会被他们发现的。"辛锐道："那就把上面的手榴弹引爆吧。"小徐说声好，就去找手榴弹的拉线，可已经找不到了。"坏了，拉线没了！"小徐一下子急哭了，说着就要到那个井筒洞去。辛锐急了，说："这时候你出去不是送死吗？等天黑了再说。"小徐坐在地上急得直蹬腿，连声说着自己没有用，就是个草包。辛锐笑笑，轻轻抚摸着他的脑袋，小徐慢慢平静下来。夜色刚刚降临，山风就呼啸起来，阴沉的天空飘起了小雪，日军点起的火堆慢慢暗淡下来。小徐又从小孔向外看了看，高兴地说："外面都黑下来了。"辛锐握着他的手问："是时候了，打他们个措手不及，他们还以为是天兵下凡呢，可一定要小心，别搞出动静来，要不前功尽弃，还把你自己搭上了，姐姐等着你回来。"说着把身上的手枪交给了小徐。小徐安慰辛锐："团长，你就放心吧，我能行，要是那个洞里的引线也没了，我腰里还有一颗手榴弹呢，这可不是摆设！"辛锐问："不会把石板炸塌了吧？"小徐说："石板厚着呢。"小徐笑笑，几步就到了洞口，他爬了几下，头刚露出洞口，洞顶上就响起一阵脚步声，接着脚步声就近了，小徐屏住呼吸，趴在那里一动也不动。突然，一股水冷不丁地从上面落下来，正好浇到了小徐的头上，小徐不由扭了一下头，水珠又落到了他的脸上，一股臊臭味直冲鼻翼，原来是日军撒的尿。小徐顾不上这些，脚步又响了，是向回走的声音。小徐四肢用力，一下子出了洞口。

聂凤立两次没能把荷包蛋送到山洞，瑞兰一下子急哭了，随后她说："辛大姐是大户人家的小姐，身子骨娇嫩着呢，怎么能受得了这样的罪，咱们说啥也得想办法给送去。"聂凤立看看窗外，天已经黑了，他道："你再去把荷包蛋热一热，说啥俺今晚也得让她吃上。"说完，他从柴火堆里把那杆猎枪扒拉出来，扯了块破布抹了抹。瑞兰见了，急忙说："咋？你这是要去和他们对打？不要命了？"聂凤立说："实在不行就把小鬼子引开，俺把俺哥也叫上。"瑞兰道："俺也去！"聂凤立头摇得像拨浪鼓一样："啥？一个女人家，跟着凑什么热闹？"瑞兰道："别小看俺，俺在娘家的时候爬墙上屋比男的还厉害，别看俺是小脚，麻利着呢。俺去，俺跟着你放心！"

小徐像个壁虎一样，很快爬进了井筒洞，他见引线还在，不禁暗喜。"小鬼子，够你们喝一壶的了，小爷爷今天就送你们上西天。"小徐嘟哝了几句，接着猛地一拉，手榴弹爆炸了，一下子就炸死了数个日军，其他日军刚稳住阵脚，正前方就响起了枪声，这是聂凤立、聂凤举兄弟俩在山沟里打的，日军被吸引而去，枪声越来越远，渐渐沉寂下来。小徐爬进洞里，高兴地喊："团长，我绳子一拉，几个鬼子就上天了，接着又响起了几声枪，可能是民兵打的，鬼子都追过去了。"辛锐也很高兴，说："小徐，你可真不简单，都能独立战斗了。"小徐听了，就咧着嘴笑，没笑几声，外面好像有动静，接着又有几声猫叫。小徐道："是自己人。"很快

靠山

就有人进了洞，是瑞兰，手里提了个小坛子，还带了个小篮子。瑞兰说："小徐兄弟、辛锐姐，俺给你们送荷包蛋来了，还热乎着呢。"边说边拿出几个碗。辛锐不禁心里一热："妹子，山上有鬼子，路上又这么难走，你还跑过来送吃的，可真难为你了。"瑞兰说："一家人不说两家话，俺男人一大早就来过了，老是有鬼子，跑了几次都没送进来，最后急了，和俺大伯哥（丈夫的哥哥）天一上黑影就拿着猎枪上了这西南山上，说是要把小鬼子引走，俺就先躲在沟里了，他们放了几枪，等鬼子一走，俺就上来了，也不知道那哥俩咋样了。"小徐惊喜地道："刚才是他们放的枪呀！"辛锐听了又感动，又不安，说道："但愿他们平安无事。"瑞兰见辛锐有点担心，急忙说："大姐，他们兄弟俩比猴子还灵活，没事！"

瑞兰回到家中后，很晚还没见到丈夫的影子，又跑到聂凤举家问嫂子，也没有着落。到了半夜，聂凤举背着聂凤立回来了，聂凤立的腿受了伤，瑞兰一听差点哭出了声。聂凤举忙道："弟妹，他没啥大事，就是小腿肚子被树枝子划了条口子。"

瑞兰家本来养了一群鸡，可自日军扫荡以来，大都被鬼子吃了。还有一只大公鸡，飞力很强，几个日军围追堵截都没有抓住它，后来大公鸡纵身飞上了墙头，有个日军举枪瞄准，还没等枪响，那大公鸡双翅一展，又飞到了树枝上，最后幸运地活了下来了。瑞兰说："这只鸡可真有福，没进了小鬼子的狗肚子，正好，杀了给辛大姐补补身子。"过了几天，瑞兰又来到了聂凤举家，一进门就四处看，大嫂笑道："小兰子，就了门你就到处瞅，俺家是有金子还是有银子？"忽然从柴火垛里跑出了一只鸡，瑞兰双眼亮了，笑吟吟地说："嫂子，俺和您商量个事，俺知道您家就剩下这只老母鸡了。"大嫂一时没明白怎么回事，眨巴着眼看着她，瑞兰又说："俺家里鸡蛋和细粮都给辛大姐吃了，那只鸡也杀了给她补了身子了，往后还得给她养一养，她身上也有喜了，都好几个月了呢，母鸡最补身子了，你说是不？"嫂子道："看你说的，让你大哥一会给你逮了拿去吧，给八路军吃咱一点都不心疼！"说着就喊聂凤举抓鸡，又把家里的鸡蛋都给了瑞兰。为了保险，瑞兰和聂凤立每次去鹁鸪棚洞，都是一早一晚。瑞兰半夜就起来炖鸡了，红红的炉火映红了她的脸庞，映红了她红红的棉袄。聂凤立的腿伤没好，还躺在床上，瑞兰把从洞里带回来的羊皮囊灌满了热水，怕凉了，就用块破布包了，又揣在了怀里，她提着小坛子赶到洞口的时候，东方才露出一缕亮光。瑞兰先把羊皮囊从怀里拿出来，放到辛锐的被窝里，一边给她倒鸡汤，一边嘱咐说："这水够喝几天了，滚烫滚烫的，就放在被窝里，喝的时候再拿出来，这样凉得慢。对了，那个小兄弟呢？"辛锐一边喝着鸡汤一边说："他到二所去了。"瑞兰出了洞口，把踩倒的干草又扒拉几下，风迎面一吹，她觉得胸脯一阵火辣辣地疼，回到家里脱了棉袄一看，胸前竟被羊皮囊烫出了一片燎泡。聂凤立心疼，埋怨道："你这娘们傻呀，怎么不快把羊皮囊拿出来？"瑞兰说："一路上走着急，光试着热乎乎的，也没顾上。"

分局的李林部长爬了一夜，终于在第二天的清晨爬到了一条并不很宽的河边。河面结了一层薄薄的冰，李林先用额头把冰磕破了，刚把嘴伸到河里喝了几口水，忽然听到对面一阵水声，他细细观察了一下，开口喊道："同志，同志！"那人抬起头来，很警惕地看着李林。关于这个细节，刘御当夜记录了下来：

> 一天早上，二所炊事员老王到东、西蒙山之间的河里挑水，见一伤员伏在河对岸喝水。伤员抬起头来问："你是不是休养所的人？"老王先是一惊，后来装作不明白地回答道："我我……听不懂你的话。"伤员说："你回去告诉你们所长，河边有个伤员，让她快来接我，我的腿负伤了……"老王回来和我讲了，我叫上几个同志到河边一看，

原来是山东分局组织部长的李林同志，我们都很高兴。他的小腿贯通枪伤，骨折了，不能行走。同志们立即背他到庙里休息，李部长是在梧桐沟突围时负伤的。他说，自己负伤时，脱下了大衣、军服，又摘下手表、钢笔，一起埋到了一块大石坎旁边的沙窝里。然后从一匹死马身上扯下一床旧被子，披在了自己的身上。敌人喊着："捉活的！""跑不了啦，快投降吧！"李部长说他来不及躲藏了，就佯装死去的人。最后敌人向远处冲去了，自己才有幸得以活命。李部长爬到一块一个隐蔽的地方，等到黄昏，开始向西蒙山爬行，一直爬了一夜，拂晓才爬到了河边，正好遇上了老王。从这以后，二所的同志便轮流背着他转山头，打游击，直到山东分局将李部长接回去。

关于甄磊牺牲的事，大家都一直瞒着李林，后来他又揪住徐兴沛问，说甄磊是你的指导员，你肯定知道的会更多。徐兴沛见李林身体恢复差不多了，就开口说了。李林垂下头，把手指插在乱蓬蓬的头发里很久没有言语。徐兴沛见他这样，一下子哭出了声。过了很久，李林抬起头来说："埋在什么地方了？"徐兴沛说："就在前边那个山坡上。"李林道："明天带我去看看。"徐兴沛说："部长，你的伤还没好利索呢！"李林道："能走了，我要去看看她。"说完这话，李林终于忍不住了，一下子哭出了声……

接下来几天，连日的大雪给四处的群山都裹上了厚厚的积雪，树木、山村，还有一些景物，都在白茫茫的世界里了。土桥一次看了一眼窗外，不禁大喜，他觉得这是困死共产党、八路军伤病员的好机会，他下令日军除了加强搜山、封山之外，还要把老百姓家里的一切粮食都收了，以防他们给伤病员提供食物。连续几天，日军都活动得很密集，瑞兰和凤立挂念着山洞里的辛锐，都急得心急如焚。家里还有一些谷糠，用水煮煮，饿了还能勉强下肚，可不能给辛锐吃这个。天未亮，夫妻二人就分头出了家门，挨家挨户地走，看谁还有点吃的，正好一个老汉在家里煮地瓜干子，给了瑞兰一点，瑞兰用头巾包了就急急忙忙往回赶，她胃里空空的，又跑了这么多路，已经有气无力了，路上恰巧遇上了小徐，小徐也在找吃的，可两手空空的，瑞兰见到他，一屁股坐在了地上，她说："小兄弟，俺实在走不动了，你先吃两口垫补垫补，剩下的快给辛大姐送去！"小徐道："嫂子，我把你先送回去吧。"瑞兰说："不，先给辛大姐送吃的要紧，俺歇一歇就走，能行，快去，快去吧！"小徐答应一声，往远处的山峦走去。瑞兰看着他的背影，眼睛越来越模糊，最后沉沉地睡去了。聂凤立、聂凤举在太阳快落山的时候才找到了瑞兰，她就躺在雪地里，身体都冻僵了。聂凤立把瑞兰背回家中，大嫂就用雪一遍遍给她搓揉身子，很长时间瑞兰才醒了过来，可最后还是留下了病根，每到阴雨天、冷天，瑞兰的关节就疼，直到晚年都是这样。

小徐赶到鹁鸽棚洞附近的时候，两边山梁子上还有日军，太阳落山的时候，日军终熬不住，又担心被善于夜战的八路军、民兵偷袭，都纷纷撤了回去。小徐这才得以回到洞里，一进洞他就喊起来："团长，团长，我回来了！"可是，辛锐没有应答。小徐摸摸门板，上面空空的。他急哭了，又一口一个团长地喊着。原来辛锐滚到了地上，小徐把她抱到门板上，给她盖上被子，又往她嘴里灌了几口水，辛锐才慢慢醒了，她动了一下身体，嘴里含含糊糊地说了句真冷，牙齿也咬得咯咯响着，很快又昏迷了过去。小徐脱了自己的破棉袄盖在辛锐的身上，又俯下身体紧紧抱住了她，辛锐缓了过来，有气无力地说："小徐，有吃的吗？我饿了。"小徐听了，急忙从瑞兰的头巾里拿出一块地瓜干子放到辛锐的嘴边，辛锐咬了一口，又咬了一口，嚼了嚼，不由说道："小徐，好甜哪！"雪后的山洞，寒气犹如一把把尖刀，能扎进人的骨缝里去。小徐道："团长，咱们烤烤火吧，大半夜的，安全了。"辛锐听了很高兴，说："这山洞就是个冰洞，真该驱驱寒了。"小徐拿起一卷纸，用火镰点了，又在上面加了些柴草，红红的火苗上下跳跃着，火越来越大，映照着山洞，映着辛锐和小徐的面庞，温暖从那团火中弥漫开来，慢慢包裹了辛锐。小徐扶着辛锐坐了起来，突然而来的亮光不禁让辛锐眨了眨眼睛，这明亮的光芒连同扑面而来的温暖，对辛锐来说，显得久违而又难得，她的脸上洋溢着笑意，好像连那长长的睫毛也欢快地跳动起来。辛锐突然有点难为情了，她理了理散乱的头发，问小徐："我这么多天没洗脸了，也没梳头了，是不是不像样子了？"小徐看着辛锐道："不，团长，你还是那样美丽。"辛锐摇摇头："你这是在安慰我呢，要是能洗个热水澡该多好呀！"小徐一时无言以对，往火堆里加了一把柴草道："等你伤好了，就好好洗一个。"辛锐笑了笑说："对，我相信会很快的，不过这已经很好了。"辛锐显得很开心，她拍拍手，竟开口唱起了《妇女解放歌》：

两岁三岁把耳朵穿，
五岁六岁把脚缠，
把俺的筋骨来捆断，
俺妇女痛苦向何言？

共产党开会作宣传，
叫妇女砸烂铁锁链，
把三尺白绫来扯断，
把裹脚剥得稀巴烂。

穿上文明鞋，
再把洋袜（指用织袜机织出袜子）换，

甩开双手走，

越望越好看。

昨去黄河岸，

今到武胜关，

妇女求解放，

男女都平权。

　　辛锐那动听而又充满力量的歌声在山洞里回响着，小徐静静听着，又看看辛锐，表情复杂地低下头来，辛锐见小徐这样，就问他："小徐同志，怎么了？你好像有心事呀？"小徐抬起头笑了笑，故作轻松地说："团长，我没有什么心事，在听你唱歌呢。"辛锐笑笑，忽然问道："陈明同志呢？他好不好？等你见了他的时候，不要说我伤得这么重，免得他担心。"辛锐说着，声音一下子变得低沉了："只是我这双腿，怕是以后站不起来了。"她的语调中，含着淡淡的伤感。小徐唔唔两声，最后说道："陈明同志好着呢！团长，我在警卫班的时候，常和陈主任见面，他待人和气，说话轻声慢语，没事的时候就和我们谈心拉家常，鼓励我们要不断学习进步，对我们从不发脾气，我们都很喜欢他。"辛锐听了，一脸的幸福，说："他有很多地方都值得我学习呢。"随后她又道，"对了，你最近见他了吗？也不知道他怎么样了。"小徐急忙道："他很好呀，团长，你就放心吧。"辛锐点点头："突围的时候他还嘱咐我要小心呢，好像就在眼前，也不知什么时候能见到他。"小徐不知说什么好，只是含含糊糊应着。辛锐又问："咱们姊妹剧团的同志都怎么样？这次突围牺牲了一些同志，对了，甄指导员呢？那天她们是向猫头山方向去了，应该安全了吧？"小徐低下了头，嗫嚅着说："团长，我说了你可别难过，指导员牺牲了。"辛锐听了，一时没有说话。末了，她声音低沉地说："甄磊是个好同志，我记得

靠山

第一次见到她的时候是1939年的4月，那天，我们女学员正在岸堤的河边洗衣服，一匹马从远处飞奔而来，很快就到了我们的眼前，骑马的是个女兵，威风凛凛的，她是来通知我们转移的。后来听说，她就是甄磊，甄磊在作战部队待过，能打能冲。后来又到山东分局做妇女工作，工作上很有一套，她以前没演过戏，可到姊妹剧团不久，很快就能演戏了，二十多岁的年纪，就能把一个老太太演得活灵活现。等小鬼子扫荡过后，咱们一定要好好纪念她。对了，也不知我妹妹辛颖现在怎么样了？她跟着分局宣传队到胶东区巡演，应该没有危险的。"辛锐一口气说了很多话。

天都快亮了，小徐对辛锐说："团长，今天我要出去送情报，还要帮着二所的同志到各个山洞里给伤员送药品，晚上可能回不来了。"辛锐一把抓住小徐的胳膊，生怕他马上消失了一样，随后又慢慢松开了手："你去吧，这里聂凤立兄弟还有瑞兰常过来照顾我。还有，你跑的地方多，帮着我打听一下陈明同志和辛颖的情况，要是见到他们的话，就说我现在已经很好了，让他们不要惦念。"小徐满口应承着，让辛锐放心，一定打听到陈明和辛颖的情况。小徐往洞口爬的时候，辛锐又追着他的身影道："小徐，我等你回来告诉我，记住！"

洞里复又静下来，辛锐睡意全无，她又拿起了小徐前些日子带来的纸笔，借着微弱的油灯，在纸上一笔一笔地写着什么。人们后来就是通过辛锐留在世上的这些断断续续的文字，了解到她在山洞里近二十个日日夜夜的生活的。

亲爱的陈明同志你好吗？那天突围你嘱咐我小心的话一直在我耳边回响着，特别是在这冰冷的山洞里，当寒冷、孤独、恐惧把我紧紧包裹了的时候，你的声音成了我最好的陪伴。真的，我很想念你。

从小我就锦衣玉食，爷爷视我为掌上明珠，对我百般呵护。妹妹辛颖调皮、大胆，我则安静、胆小，可参加革命后，我一切都变了，不怕吃苦也不怕累，甚至也不怕牺牲了，这应该就是信仰的力量吧！

　　这几天，瑞兰妹子没有来，小徐也没有来，应该是鬼子搜山封山了，我饿得头晕眼花，伤口也疼得厉害，有时候，我真想一头撞在石头上，可是我又想，革命还没成功，我还有心爱的人陈明，肚子里的孩子，还有亲人、战友，我必须咬咬牙坚持下来了。

　　半夜里，外面好像有狼在叫，如果狼钻进来，肯定会把我吃了的，我有点害怕，子弹也上膛了。我睁着眼一直到了天亮。

　　瑞兰妹子送来了好几次鸡汤，我喝了后觉得身上有力气了，伤口有些痒，这应该是好事，长新肉了。瑞兰嘱咐我好好保护好身子，说女人身子要是落下了病，病根就会一辈子跟着你，就是不为自己，还得为肚子里的孩子着想呢。我问瑞兰为什么对我这样好，瑞兰回答很朴实，她说："老话讲，你敬我一尺，我敬你一丈。以心换心，共产党对老百姓好，老百姓也会拿着真心对共产党的。"

　　亲爱的陈明同志，怎么一直没有你的消息？你应该派人找我一下，或者打听一下我的情况。你没什么事吧？对，你不会有事的。

　　聂凤立又来了，送来了一些干草和干柴，说是烤火用的。他的腿受伤了，还没好利索，他担心我冷，还把洞口堵上了东西。

冷！冷！冷！冷……可再冷，再痛苦，想想革命，就不算什么了。

辛颖，鬼丫头，刚参加革命的时候你天天来闹姐姐，怎么现在连个动静也没有了？等咱们见面了，看我不刮你的小鼻子！

我想爷爷，想爸爸，想哥哥了，你们都好吗？
……

洞中的辛锐常吟起那副有名的对联：四面荷花三面柳，一城山色半城湖。这是当年被乾隆誉为"江西大器"的清朝史部右侍郎刘凤诰，在山东任满离开济南时为大明湖留下的一副楹联。大明湖风光旖旎，波光粼粼，四周荷花，三面垂杨柳，一城的山色，有半城映在湖里。济南老一辈的人对大明湖畔的辛公馆至今还记忆犹新，辛公馆坐起三层楼，进了大门，也有一园子春色，各种花花草草，还有"山山水水"。有人说："大明湖的风光也有一二在辛家。"辛公馆的二小姐辛淑荷身着旗袍，常在春日里看垂柳，秋日里赏荷花，她窈窕修长的身材映在了清澈的湖里。淑荷1918年秋天出生的时候，正逢大明湖的荷花盛开，爷爷辛铸九道："就叫淑荷吧，淑女美如荷花！"淑荷果然如祖父所望，不仅长得娇媚、恬静，还天资聪颖，尤擅绘画木刻。淑荷16岁的时候，辛铸九还特意在济南给孙女举办了一次画展。淑荷有一方篆体白文印章，刻着"辛淑荷印"，每完成一幅作品，都蘸上印泥，工工整整地盖在题款处。辛铸九本来对书画就情有独钟，也写得一手好字，见孙女有这般才艺，真是喜不自禁。辛铸九的儿子辛葭舟膝下三龙三凤，他唯对淑荷偏爱有加。辛铸九是清末举人，家境殷实，兄弟中排行老九，故名为铸九，他早年经商办教育，当过县长、山东省参议会的议员，后来又出任济南商会会长。日军占领济南后，见辛铸九有些声名，要他出山担任要职，辛老以年老体弱为由婉拒，这让日本人大为恼火。辛葭舟也干些实业，父子二人常为抗日做些力所能及的事情，辛老见局势愈加严峻，在济南待下去全家恐有性命之忧，遂命辛葭舟带眷属小辈离开济南，自己则和夫人守家。辛葭舟早就和中共暗地里有些来往，专门修书一封给山东省委书记郭洪涛，表达了自己携全家参加革命的意愿，郭洪涛回信表示热烈欢迎，辛葭舟很快就带着夫人还有女儿淑荷、辛颖、儿子树明上路了，中共山东省委特派负责统战工作的刘居英带人前往滕县接应。淑荷的妹妹辛颖，时年13岁，长得小巧玲珑，一双眼睛一笑就眯成了线，她和姐姐淑荷两种性格，一静一动，辛颖就像一只不安分的小鹿，蹦蹦跳跳的，淑荷则像一株独居一处的幽兰。一行人走在路上，辛颖累了，她见刘居英高大威猛，行走如风，就要骑在刘居英的脖子上，辛葭舟脸一板："一个女儿家，怎么这般没有规矩？这几匹驮东西的骡子还不够你骑的吗？"辛颖听了噘噘嘴，只得作罢了。到达目的地后，郭洪涛专门请辛葭舟一家吃了饭，辛葭舟特地把一袋子钱捐了出来。第二天，辛葭舟就带着淑荷、辛颖、辛树明一齐参加了八路军。

辛葭舟会经营，善于管钱管物，被分配到了八路军后勤供给部。辛淑荷能写又会画，留在了山东分局机关。淑荷报到那天，负责登记的一位八路军干部问她叫什么名字，淑荷说叫辛淑荷。那位八路军干部睁大眼睛看着她，淑荷脸一红道："辛苦的辛，淑女的淑，荷花的荷。"对方重复了一遍，边写边道："这名字太拗口，小资产阶级味道太浓。"淑荷听了，脸一下子就红到了脖颈，走出门来，眼泪汪汪的。后来她向父亲哭诉，父亲道："你参加了革命了，就应该有一个革命的名字，改一下吧。"淑荷摇头，说："我的名字爷爷给起的，改了对不起爷爷。"淑荷穿上粗布军装，又打上了绑腿，班长看看她一头长发，说马上剪了。班长不顾淑荷抽泣，三下两下就把她一头心爱的长发剪短了。辛颖听说后，呜呜哭了，要去找班长算账，还捶胸顿足地说："我就是个假小子，剃个光头也无所谓，我姐姐可是美若天仙，怎么也给剪了？！"淑荷后来参加部队训练，每日都是动枪动刀的，也觉得淑荷这个名字与雄壮的队伍有些格格不入，就把辛淑荷改成了辛锐，写下这个陌生的名字时，她哭了，还说对不起爷爷。省委机关和队伍里还有根据地的老百姓，很多人都知道大辛和小辛参军的事。1938年秋天，队伍刚来到沂水县王庄区，辛锐就提着小桶，在墙上刷标语，几刷子下来，就刷出了"打倒日本鬼，不当亡国奴"几个大字，房东王大爷不识字，对辛锐说："同志，你这写的是啥？"辛锐一字一字念了一遍，大爷捋捋长胡子说："写得好，写得好！大辛同志的字还像朵花，你这一写，俺家的墙就更好看了。"大辛笑笑说："大爷，可不是为了好看，咱得明白抗日的大道理。"大爷点点头道："对，对，对！不就是要把小鬼子赶回他们老家吗？这样他们不祸害咱老百姓了，经你这一说，俺就懂了。"

没过多久，恰逢山东抗日军政干部学校招生，大辛小辛双双进来学习了，姐妹俩还住在同一个院子里。大辛闲暇就是看书写笔记，郭洪涛书记来干校的讲话她密密麻麻记了好几页，字体娟秀，工工整整。小辛看了，惊讶得直吐舌头。小辛坐不住，像屁股上安了弹簧一样，到处都是她的影子。她见了大辛，总是一口一个姐地叫着，满院子都是她的声音，大辛就嗔道："死丫头，在革命队伍里别张口姐闭口姐的，要叫同志，或直呼我的名字辛锐。"小辛就学着大辛说："革命队伍里别张口死丫头，闭口死丫头的。"干校结业后，大辛分配到了省妇联当秘书。有一次大辛遇见了父亲，父亲问了她些日常，让她一定好好干，不能耍娇小姐的脾气。辛锐嘟嘟嘴说："你别用老眼光看人。"她肚子里还有个心事，本想对父亲讲，可欲言又止。大辛的心事是组织上找她谈话了，并批准她加入了中国共产党，还举起拳头宣了誓言。可沉稳的大辛不想早早说出来，要用一个共产党员的实际行动来证明自己，她要赶走心底和身上所有资产阶级小姐的习性，要脱胎换骨，成为一名真正的革命战士。小辛听到了消息，就追着大辛问，说："这么光荣的事怎么不告诉我，眼里还有没有我这个妹妹？"大辛没有直接回答，她问小辛："你眼里的共产党员是什么样子？"小辛眨巴几下眼睛说："必须比一般人勇敢，还得第一个往前冲！"大辛问："那你觉得我呢？"小辛又眨巴了几下眼睛说："你比以前勇敢了，胆子也大了，干什么事都很认真。"坐在山坡上大辛看着远处，双眼里透着坚毅。小辛面对面地看着大辛，说："我觉得你真是变了呢！"

　　1938年12月底，中共山东分局宣传部的部长孙陶林把《大众日报》社的筹备负责人刘导生、匡亚明找了来，要求《大众日报》必须在1939年新年元旦正式创刊，匡亚明也正好有此意。孙陶林道："你们一个社长，一个总编辑，一对哼哈二将，就看你们的了。宣传工作很重要，红军早期就创办了《红星》报，三八年又有了《新华日报》，这不仅宣传了我们中国共产党的主张，还发动了人民，鼓舞了士气。相信《大众日报》在山东也能成为有力的武器。"

　　社长刘导生说："我们一定全力以赴！"匡亚明回答："放心吧，元旦这天，一定让大家和根据地的老百姓看到《大众日报》。"在沂水县王庄编辑部，匡亚明早就写好了发刊词，编辑部主任马民也写好了报头。匡亚明一边端着瓷缸子喝着水，一边反复摸着下颌，马民见了笑道："一大早你就摸下颌，都摸半天了，有什么心事吧？"匡亚明说："这报头的式样就是个门面，而且一直都会用下去，总得有些特色吧？还有创刊号就好比第一个孩子，总得有特点吧？"马民说"是"，又道："那怎么办？咱们就这水平了，时间紧，要是来得及咱们就请毛主席给咱题写报头了。"匡亚明皱皱眉说："远水解不了近渴呀。对了，你这说到毛主席，一下子提醒了我，咱们要把他的像放在创刊号上。"马民听了，很高兴。匡亚明在屋里走了几步，突然叫道："咱们就用木刻，分局的辛锐同志是画家，又擅长木刻，就让她来完成这项任务。"

辛锐在太阳快落山的时候赶到了王庄编辑部，还带着一套从济南带来的木刻工具。她脸冻得红扑扑的，嘴里呵着热气，一进门就不好意思地说："这样大的事，我能行吗？"匡亚明笑着说："不试怎么就说不行？"辛锐当晚就把木刻作品拿了出来，编辑部的人看了都啧啧赞叹。匡亚明连连点头，由衷地赞道："真是个秀外慧中的女才子啊！"1939年1月1日，在沂水县城西百余里之外的云头峪小山村一对年轻夫妇的洞房里，带着油墨香的《大众日报》创刊号正式印刷了。辛锐捧着这份报纸，迎着1939年元月开年第一缕的阳光，一脸灿烂地笑。

　　不久，为了培养文艺战士，山东分局决定成立山东鲁迅艺术学校，几个月后的一个春日，山东鲁迅艺术学校在沂水县四区朱位村开班，学校设有戏剧、音乐、绘画三个系，学员150余人，大辛小辛也名列其中。第一堂课先是八路军山东纵队政委黎玉的《鲁迅艺术学校诞生的三个历史环境与它的三个任务》报告。开学没多日，国民党五十一军军部进驻朱位村，山东分局为了维护统战，主动把鲁艺撤出了朱位村，日军扫荡前夕，一部分学员来到了岸堤干校，正是柳绿的时节，那天，大辛小辛和姐妹们正在河边洗衣服，甄磊骑着一匹快马从河边一晃而过，她专门来这里通知大家转移的，日军扫荡马上就开始了。

　　这是辛锐第一次见到甄磊。

　　1939年6月刚过没几日，日军对沂蒙山的第一次扫荡就开始了，为了便于指挥，分局将非战斗单位战工会、青联、妇联、《大众日报》等合并成了"沂蒙工作团"，团长是匡亚明，后来又化整为零，各自开展活动。匡亚明不放心辛锐，就吩咐青联委员于冠西，保护好辛锐。于冠西得了伤寒，脸黄黄的，但还是满口答应。于冠西是个作家，说话都带着一股诗意，他看了一眼站在远处的辛锐，笑道："你看她亭亭玉立的样子，真不该出现在这样的环境里。"匡亚明说："战争可没有选择！"那天，辛锐所在的小组正隐蔽在山沟里，沟上梯田里的麦子已经泛黄，于冠西见辛锐有些紧张，就说道："我已经嗅到了麦香，再过不久就收割麦子了。"辛锐抬头看看，太阳的余晖与麦黄相映，就像一幅幅恬静的油画。辛锐说："真美，要是我带着画笔，就把它画下来了。"正说着话，远处的山口响起了枪声。组长刘大强是从作战部队来的，从枪声判断是鬼子来了，他带着大家马上向北坡转移，于冠西刚跑了一会路就不行了，他对辛锐说："你快跟上大家，别掉队。"辛锐答应着，回头一看，于冠西靠在一棵粗壮的梨树上直喘粗气。辛锐急了，喊着让于冠西快跑。可于冠西顾不上吭声，只是张着大嘴喘着粗气。辛锐赶上前来，见于冠西脸上大汗淋淋的，摸了摸他的额头，感到像炭火一样热。辛锐说："你发烧了，快，我背你。"说着就蹲下了身子，于冠西想推辞，可身体已经软软地趴在了辛锐柔软的背上。辛锐起身搂紧了于冠西的大腿根，撒腿就跑。枪声越来越紧，于冠西怎好意思让一个女子背着跑，可浑身又无力气，只是讷讷地说道："这怎么行？这怎么行？让我下来，让我下来。"辛锐急了，大声喊道："你搂住我脖子呀！"辛锐一路左歪右晃，跌跌撞撞的，最后终于脱险了。于冠西后来对匡亚明讲了这事，匡亚明连声道："刮目相看，刮目相看！看看，我还让你照顾辛锐呢，没想到是人家花木兰救了你。"于冠西听了有些汗颜，说道："真是不可想象，一个曼妙的女子，竟有这般的力量。"于冠西再见到辛锐时，看着眼前这位俊秀的女兵，一时觉得有些不可思议。辛锐笑吟吟地问他："病彻底好了吗？"于冠西一时没反应过来，还在打量着她。晚年于冠西回忆这一幕时感叹："辛锐是个才女子，也是一个勇敢的战士！"

陈明和辛锐的爱情是辛锐在山东党校学习时产生的。陈明是福建人，参加革命后曾担任过福建临时省委书记，理论功底深厚，在红军大学当过理论教员，后来作为一一五师宣传部的部长来到了山东。山东党校成立后，郭洪涛对陈明说："你可是响当当的理论家，就出任咱们党校副校长吧。"陈明在党校第一次见到辛锐时，是在一处院落里，辛锐正依偎在一棵枣树上看书，清晨的阳光沐浴着小院，也照在枣树上，不时有一缕阳光透过叶片的鳞隙落在辛锐的脸上，她的面庞白皙而又细腻，长长的睫毛下是一双清澈明亮的眸子，还有那修长的身材。陈明当时怔住了，两眼一动不动地看着辛锐，其他女学员见了，都哧哧地笑，陈明意识到了什么，急忙和大家打着招呼。陈明讲课生动有趣，口若悬河，辛锐听了很受益，也很佩服。可她一开始对这个戴着眼镜，个子不高，肤色偏黑的南方人并没有太多的留意。平日里，陈明沉稳自若，讲话流畅，抑扬顿挫，可见了辛锐就脸红、口吃。一有闲暇，陈明就会有意无意地出现在辛锐身边，找一些话题和她说着什么，陈明打着手势，像一座火山那样地热烈，辛锐大都是听众，时而颔首，更多的是微笑，就像一泓平静的湖水。不知为什么，甄磊有一天突然来到了党校驻地夏蔚村，她把辛锐叫到村口树下，看着她只是笑，辛锐被笑毛了，说："你怎么老是这么笑？"甄磊说道："有人看上你了。"辛锐脸红了："没有的事，是谁？"甄磊说："远在天边，近在眼前，是陈明同志。"辛锐恍然大悟，一下子低下了头。甄磊说："陈明同志有才华，经历过长征，是个真正的革命同志，你可不能以貌取人呀！"辛锐听了一时没有说话，看着缓缓流动的河水，心底里泛起了一丝微小的涟漪。

抗战时期，中共山东分局、省战工会以及一一五师师部机关是1941年3月7日到达到莒南的，山东分局特地于8日三八妇女节这天，在莒南县板泉区渊子崖村特地成立了姊妹剧团，当天还进行了文艺演出，辛锐登台挥着快板演唱了自编的《歌唱抗日根据地》，她手势一起，打着快板，高声唱道："根据地里新气象，男工女织打东洋……"辛锐的歌声，婉转动听，明朗深沉，犹如从峡谷涌来的一股清凉的风，又裹挟着一种鼓舞人心的力量。台下的陈明听着，眼里含着笑。他扭头对朱瑞说："这是女中音。"朱瑞拍拍陈明的膝盖笑道："你蛮自豪的吧？这歌喉，可够你陶醉一辈子的。"落幕后，已经接任分局书记的朱瑞连声说好，团长辛锐听了，一脸的高兴，指导员甄磊见陈明站在一边，正安静地看着辛锐，就对那个端着照相机的记者突然喊道："给陈明和辛锐同志照一张合影吧。"她这一嗓子，大家都转过头来看，站在墙角的辛锐一身戎装，腰里扎着武装带，她含羞微笑着。大家都跟着起哄，朱瑞挥挥手大声说："陈明同志，怎么磨磨蹭蹭的呀？这可不像你的风格。"陈明带着腼腆微笑走了过来，等两人慢慢靠在一起了，记者拍下了这对恋人留在世间唯一的一张合影照。也就是这天，陈明和辛锐结婚了。辛颖听说后，一路找到了辛锐，她一副很生气的样子，既怪辛锐瞒着自己，又怪辛锐嫁给了陈明，她挥起一对小拳头捶打了几下姐姐，后抱着姐姐替她委屈地哭了，边哭边说："你美若天仙，一个天上，一个地下，为什么要嫁给一个又黑又丑的南方佬？我要告诉咱爸去。"辛锐也不说话，只是抚摸着她的脑袋。辛颖的话被窗外的人听到了，引起一阵大笑。

　　不久辛锐就怀孕了，肚子日渐隆起。陈明每隔数日，就牵着一头大黑骡子来姊妹剧团接辛锐回住处，辛锐坐在骡子背上，他在前头牵着，沿路的见了人就笑，到了山坡，两人还要坐会，脚下有不知名的小花开着，蝴蝶从眼前舞过。陈明见辛锐泛酸水，就指着远处的柿子树说："等解放了，我带你回我的老家去，福建龙岩的一些水果可比北方的好吃，有乌梅，还有柿子。"

　　辛锐笑笑，点点头。

　　姊妹剧团的演出越来越多，在辛锐看来，腹中的孩子已经成了负担，她跑到医院要求流产，医生不同意，说这得经陈明同志同意。陈明去了别处，一时找不到他。后来辛锐借口说自己拉肚子，找护士要了一些奎宁，一下子吃了下去，一阵阵揪心的腹疼过后，辛锐流产了。陈明听说后，赶来看辛锐，虽然宽慰她，可眼里还是透着惋惜。

3

有时候回忆是治疗孤独的一剂良药，辛锐在鹁鸽棚洞里记录的大都是往事。她抚摸着小腹，脸上泛起了阵阵幸福。洞里比往日温暖了许多，洞口也非常明亮，今天的阳光一定很好。瑞兰是一位仔细的女人，辛锐养伤的这些日子，大都是她来照顾。辛锐双膝受伤，大小便都是躺着，瑞兰专门用布做了两块护垫，隔几日就给她换一次，脏的拿回家洗了晒干备用，她每回都提着一小罐热水，给辛锐洗一洗身子，这让本来就爱美爱干净的辛锐感动不已。日军搜山过后，又平安了数日，瑞兰来得就更勤了，辛锐盼着她来，瑞兰每次来了，两个姐妹就说个不停，笑个不停，就像只喜鹊一样，叽叽喳喳的，让沉寂的山洞活跃了，也欢快起来。外面又有几声猫叫，瑞兰果然来了，还是一脸的笑，她说："大姐，今天的日头好着呢，外面暖乎乎的，俺和刘所长说了，把你抬到俺家，给你洗个热水澡，刘所长一口就答应了，还说正巧要给你检查检查伤口呢。"辛锐听了，很欢喜，就像个孩子一样笑了，嘴里连声喊道："洗澡了，洗澡了！"喊着喊着声音一下子哽住了。瑞兰见了，有些心酸，急忙说道："大姐，看这样子，小鬼子一时半刻不来了，俺那口子说了，洗完澡就让你别回洞里来了，就在俺家养着，多住些日子，俺天天给你洗澡，保证给你洗得白白净净的。"辛锐听了，破涕为笑："那可不行，伤养得差不多了我就得马上归队了，还得演出，还得发动群众，还要——"瑞兰咯咯一笑："还要见陈明姐夫吧。"辛锐脸红了，满眼的都是温柔。

时间不长，聂凤立、聂凤举，二所的副护士长王军和护士何永福都来了，大家用门板抬着辛锐一路向聂凤立家走去。辛锐仰面看着高空，群山之上的天空一片湛蓝，温暖的阳光洒在被子上，洒在辛锐苍白的面庞上。眼前一片明亮，她的眼睛一时还有些适应不了，就微闭着，微翘的睫毛晃动着。她张着口，鼻翼不时抽动几下，贪婪地享受着这大自然的清新空气。

聂凤立已经点起了一堆柴草，火越烧越旺，屋子里温暖如春。瑞兰正用大锅烧水，待水热了，嫂子把水用瓢舀到炕前的缸里。王军和何永福看了看辛锐的伤口，都很高兴。王军说："愈合得不错。"大家听了都很高兴。小徐来了，刚进门就喊："团长，有好吃的！杨家刚烙的煎饼，还炖了猪肉，杨家让我带来给你吃。"小徐说完，就给辛锐卷了个煎饼，里面还夹上了块肥肉，辛锐咬了一口，油汪汪的，她不禁大声喊道："真解馋，过年喽！"

瑞兰伸手试了试缸里的水，说好了，几个男人就走了出去，小徐还有任务，也急急走了。缸里的热气一缕缕冒出来，在屋子里缭绕着。辛锐迫不及待要进去，瑞兰帮她脱了衣服，又轻轻把她搀进水缸里。辛锐嘴里吁吁着，缓缓地坐了下去，水漫过了她的双肩，泡在热水里，她觉得周身一下子松弛了下来，瑞兰轻轻给她搓揉着身子，辛锐格外地享受。王军他们到山洞抬辛锐的时候，专门给她带来了一套棉衣棉裤，还有粗布内衣，瑞兰给她擦干了身子，又帮她换上了衣服。

12月17日，也就是辛锐离开山洞的第二天，日军突然对东蒙山实施了合围。一大早，费东县白埠区的区中队副中队长孙娄山带着人到各伤员点送药品，行至火红峪一带时，就发现了日军，日军行动诡秘，都悄无声息的。孙娄山对其他队员说："小日本鬼子好多天没出动了，这次是搞突

靠山

然袭击呀！咱们得打他们一下，让同志们好转移！"几个人找了个地方隐蔽下来，孙娄山率先开了枪，另外几个队员也把手榴弹投向了敌群，一时枪声大作，爆炸声此起彼伏，寂静的群山好像一下子醒了过来。孙娄山见日军包抄过来，说了声撤，几个队员提起枪就跑，可孙娄山没动，还一动不动地趴在那里，队员赶到他面前，看到孙娄山双眼圆睁着，还保持着射击的姿势。队员又喊了几声，孙娄山一点反应都没有，已经气息全无，可身上没有一处伤，日军已经逼近了，大家只得含泪撤退。

　　枪声和爆炸声传到了二所，刘御让大家分头去掩护照顾伤员，王军带着护士何永福、吕清均赶到了聂凤立家，聂凤举也跑来了。聂凤立把躺在炕上的辛锐抱到门板上，瑞兰拽过被子给她盖在身上。何永福道："快，先回山洞里去。"大家抬起她向外冲去。瑞兰又追了出来，把两个已经溇过的柿子塞进辛锐的口袋里，哭着说："大姐，你饭还没吃上一口呢，等鬼子走了我就去给你送饭。"四个人各抬着木板的一角很轻松，可山路崎岖，还没走出一百米，一群日军就追了上来，子弹呼啸着。辛锐急忙坐起身来，大声说："你们快把我放下，不要做无谓的牺牲。"大家都不吭声，也顾不上说话，抬着她继续往前走。辛锐急了，又喊："王军同志，执行命令，难道你让这两个乡亲也跟着把命搭上吗？"王军带着哭音道："辛团长，我们能忍心放下你吗？！要死咱们也死在一起。"到了几块巨石旁，辛锐看了一眼，一下子从门板上滚了下来，她拔出手枪一下子对准了自己的脑袋，一边大声喊道："快撤，要不我现在就死在你们的面前。"聂凤立流着泪，一口一个大姐叫着，伸手就要去抱辛锐，辛锐说："凤立同志，不要管我了，要不我们都得死，快撤！"

　　日军已近在眼前了，王军他们给辛锐留下几颗手榴弹，辛锐伸手就扔出了一颗，轰隆一声，趁鬼子卧倒的时候，王军带着几个人向东南方向跑去。辛锐看了一眼大家的背影，把一颗手榴弹塞进胸前，随后靠在一块石头上，又用被子盖住了上身。

早上的阳光明亮而又温馨，辛锐从口袋里摸出一个柿子，刚咬了一口，日军就冲了上来，边嚷叫着："女八路，女八路！"后岛小队长喊道："抓活的，抓活的！"辛锐又投出了一颗手榴弹，跑在前面的日军被炸翻在地上，后面的日军爬起来又冲，辛锐再次投出手榴弹，两个鬼子又倒下了，后岛的腿也被炸伤了，血涌了出来，他捂着伤口，气急败坏地喊道："女八路，死了死了的！"话音刚落，两个鬼子就一齐开了枪，子弹打在了辛锐的胸膛和腹部上，鲜血汩汩涌了出来，又流在了被子上。辛锐已是奄奄一息，其他日军都举起了枪，后岛挥挥手："要活的！"一个日军扑上前来，一把拽掉了辛锐身上的被子，辛锐顺势拉响了手榴弹。

王军他们赶来的时候，瑞兰也来了，辛锐还保持着靠在石头上的姿势，只是身体已经血肉模糊，残缺不全了，身旁还有半截的胳膊。瑞兰哭着喊了一声"辛大姐"，就晕倒在地上。王军把炸烂的被子铺开准备包裹辛锐的遗体。瑞兰跺着脚喊："别用这被子，别用这被子。"她呜呜哭着一路跑回了家，很快就拿回来一床大红被子，这是瑞兰的嫁妆，一直没舍得盖，她轻轻铺在地上，说："就用这被子来包大姐吧！"何永福难过地问："把辛团长埋在什么地方？"瑞兰指指不远处的一棵柿子树道："就把大姐埋在那棵柿子树底下吧，往后，俺给她守墓，俺给她上坟。"

辛锐的坟冢，距聂凤立家不足一百米。自此每一年，聂家都来到她的坟前祭奠。刚刚解放那年，瑞兰就按照风俗给辛锐上了一次大坟。瑞兰对丈夫说："辛大姐走的时候，还闹战乱，草草就埋了，这回咱们得好好给她补上。"家里拮据，她从亲戚家借了些钱，找人扎了摇钱树，聚宝盆，又想起辛锐住在鹁鸽棚洞的日子那么冷，又特地扎了个火炉子。村长说："人家辛锐同志是革命烈士，不兴这一套，这是迷信！"瑞兰不听，哭着说："革命烈士也是人，她年纪轻轻就走了，俺心疼她。"瑞兰还想着辛锐身上的衣服都炸烂了，要给她做身新衣服。又想想辛锐是城里人，得给她送城里女人穿的衣服，就让聂凤立跑到城里的寿衣店，给辛锐买了一身好衣裳。

日军在这次大扫荡的第二个年头，也就是1944年，费东县人民政府为了纪念大青山突围牺牲烈士，在西梭庄村专门建了一处陵园，名为梭庄烈士陵园，后更名为大青山烈士陵园，上级要把辛锐的遗骸移园里，瑞兰听了后，哭着不同意，说俺们聂家，要祖祖辈辈给辛大姐守灵。聂凤立告诉她："辛大姐这个坟头，在荒郊野岭上，孤孤单单的，人家那陵园是公家建的，地方好，墓地也大，还有她男人陈明也在那里，你不乐意辛大姐去？"瑞兰听了，说："那该去，那该去！"

辛锐坟前的那株柿子树，年年红了又红，每过了霜降，瑞兰把摘下来的柿子都先漤了，挑几个又大又好的，颠着小脚送到辛锐的坟上，瑞兰总是重复着这句话："辛大姐，俺给你送柿子来了，甜着呢，吃吧！"秋风里，瑞兰一眼窝子的泪。1986年，辛锐的遗骸又被迁到临沂烈士陵园，也就是现在的华东烈士陵园，与她一同前往的还有她的丈夫以及战友们。瑞兰让孩子专门带着她去看了，回来说："那地场更好，宽敞明亮，还有好多这样那样的树，辛大姐肯定高兴！"

说完，瑞兰老泪纵横。

2000年的10月，远在辽宁的辛颖终于打听到了王瑞兰。辛颖当年的指导员，后来成了她丈夫的宋诚德，陪着辛颖很快就来到了王瑞兰家。辛颖已经年逾七十，已不是当年那个调皮的小辛了，宋诚德都时不时地叫她老辛，瑞兰也不是当年那个穿着大红袄的小媳妇了，两位老人相互搀扶着来到辛锐牺牲的地方，秋阳照着她们的满头银发。

"辛大姐那年才23呀，要是活到现在多好！"瑞兰说着说着声音就哽住了。辛颖也是泪流满面，她缓缓说道："老姐姐，这些年我一直都在寻找你，为的就是到你面前给你鞠个躬。"

说完，她挺直了身子，给瑞兰深深鞠了一躬。

柿子树还在，还是满树的柿子，有的已经泛红了。

瑞兰对辛颖说："这棵树是俺的念想，看到它俺就看到了辛大姐。"

大青山突围，据粗略估计，敌我阵亡各半，抗大一分校损失尤重。近
1000名的烈士，给了数千人生的机会，在这近1000个名字里，还包含着
一位外国友人——汉斯·希伯，汉斯·希伯是波兰人，八路军一一五师
战地记者。巍峨的大青山成了悲壮的代名词，也成了军民同心的见证。当
年的亲历者都说，如果没有抗大一分校校长周纯全的得力指挥，结果会更
为惨烈。可是，大青山的悲壮让这位久经沙场的开国上将一生都挥之不
去。

周将军晚年瘫痪在床，失语已久，前去探望他的几个老战友禁不住又
说起了当年的大青山突围，一时都沉默不语。躺在床上的周纯全嘴角抽动
着，两手在空中晃动了几下，嘴里突然清晰地喊道："大——青——山！
沂蒙——父老——兄弟！"

大家听了，都为之一惊，纷纷围上前来，只见老将军双眼含泪，一脸
凛然。

是啊，他曾无数次地提到沂蒙的父老兄弟。

五　投豆选举

1

姊妹剧团的剧务林欣走进渊子崖村口的时候，正遇上7岁的弟弟石头。石头穿了件破棉袄，有几个扣眼豁鼻了，腰上只得扎上了个破草绳子。那两串长鼻涕被阳光照得明晃晃的，一会儿被石头吸进鼻孔里，一会儿又挂在了他的鼻下方。石头看到林欣，就喊姐姐，一路跑着迎了上来。林欣从口袋里摸出手巾，给石头几下就擦去了那两串长鼻涕，她摸摸他的脸，心疼地说："这么冷的天，你怎么还在外面野？"石头见姐姐右肩上背了个包袱，就问姐姐里面有什么好吃的。林欣道："都是些演戏的道具，没装着好吃的。"说着就从口袋里摸出一把干枣："吃吧，甜着呢！"

八路军女战士林欣刚参军没几个月，虽然是小脚，可走路一阵风似的。她牵着石头的手，石头扭头看看她，说："姐，你比以前俊了。"林欣说："是吗？"接着就高兴地咯咯笑了。林欣说不上有多俊，红润的瓜子脸，个子高高的，朴实得就像秋天渊子崖村西那片高粱地里的一株红高粱。她参军以后，被团长辛锐打扮了一番，一下子就"洋气"了许多，也变得干净利索了。

日军扫荡前，辛锐给林欣布置任务，让她去一些村庄搜集些烟袋锅子，还有老妈妈小媳妇的鞋之类的用品。林欣出发前，辛锐让她完成任务后回家看看爹。林欣的父亲林福祥心脏不好，气管炎也厉害，一到冬天就喘不动气。林欣问石头："咱爹的病咋样了？"石头吸了几下鼻子说："整天就是呼哧呼哧地喘，比咱家的风箱还响。"林欣听了说："快走，看咱爹去！"把石头一下子拽了个趔趄。

　　渊子崖村在滨海区莒南以西，位于沭河东岸。全村有350余户人家，1500余口人，在当时算得上大村。从《林氏续立石谱碑》得知：洪武年间（1368—1398年间），林姓自新泰来复业……复迁兰邑东乡渊子崖，因村居西有一深渊，故名渊子崖村。20年代初，土匪日益猖獗，他们昼伏夜出，经常骚扰四邻八村，渊子崖人为了抗击匪患，在村子周围修了土围子还建了炮楼。土围子高达5米，厚度则1米有余，围墙上大大小小炮楼10余座，墙内还搭建了成行成排的木架子，一有风吹草动，自卫队员就能各就各位，通过墙上的垛口、枪眼予以还击。在重要的地方，还安置了自制的土炮9门，每门重达30公斤，炮管一米多长，射程有250多米。每到夜晚，随着一声牛角号，东南西北的两扇大门就双双紧闭了。从远处端详，渊子崖就是一座密不透风的城堡。

　　村里人的男人女人大都自幼尚武。有一林姓长老，鹤发童颜，武功了得，很多人都叫他林长老。林长老当年出过家，后来还俗回到了家乡。冬闲之时，他就开场子为男男女女走拳授艺，能武者甚多，外村的人平日里议论说："渊子崖村的狗都会打拳，牛也能站桩。"言语中可见渊子崖人的彪悍。1927年6月23日，一股土匪夜袭渊子崖，被村民一顿迎头痛击，带头的土匪头子被一个高大威猛的村民一铡刀砍飞了脑袋，登时血柱冲天，其他土匪见了，都纷作鸟兽散。让渊子崖村声名远播的，还是1941年初冬发生的那场血战。

　　当年幸存下来的自卫队员林崇岩、林庆栋等人，如今大都已经故去，前些年，他们在树下，或者打谷场上，每每向后人回忆起那段刻骨铭心的往事的时候，都斩钉截铁地说："没一个当逃兵的！"

靠山

每一年的初冬，林崇岩就满街车轱辘一样地念叨："乡亲们呐，当年就是这一天开战的。汉奸梁化轩不是个好玩意，是他勾来了小日本鬼子，那真叫个撕心裂肺呀，从天蒙蒙亮，一直打到了大晚上。狗汉奸梁化轩，你真他妈的不是个东西，你这是给你祖先脸上抹黑，毁你先人啊！"

梁化轩的确就是这场血战的导火索，这是他几年后交代的。

1939年6月，中共鲁东南特委根据形势需要，决定成立莒南县委和莒北县委，将原来的莒县一分为二，南为莒南，北为莒北。莒南多为平原，农作物长势良好，又处在南北交通要道上，这是山东党政军1941年3月从沂蒙山腹地移驻莒南的重要缘由。接下来的几年，滨海区莒南一度成为山东省党政军指挥中心。渊子崖地处敌占区和根据地的交错处，这里群众基础好，村民有血性，沭水县板泉区的区长冯干三，很早就来这个村发动群众，党组织和八路军为了尽快落脚生根，把渊子崖一带的村庄都列为了抗日堡垒村。

一一五师机关进驻莒南后的五月，一一五师的战士剧团、山东纵队的突进剧社、抗大一分校的文工团和姊妹剧团等八大剧团，就到沭水县板泉区渊子崖村（今属莒南县板泉镇）进行了10天的轮流汇演，节目有《下关东》《回到前线去》《生产大合唱》等等。渊子崖村一时热闹非凡，在老百姓中引起了热烈反响，尤其是姊妹剧团团长辛锐登台演唱的《妇女解放歌》，让全村的大姑娘小媳妇议论了好几天。林九兰的老婆说："没想到咱们女人还有这么多权利，往后俺那口子再打我，我就给他一个大耳刮子，共产党号召男女平等了嘛！"

这么多剧团在一个村庄轮流演出，还是很少有的，一一五师政委罗荣桓很重视，为了预防敌情，专门做了周密部署，但这位老兵还是捏了一把汗。当时，渊子崖村家家户户都住进了文艺兵，村民林福祥家里来的女兵叫柳絮，是姊妹剧团的团员，长相清秀，一身得体的军装穿在身上显得英姿飒爽的。用村里女人的话说，那眉眼里都能笑出一朵花来。林福祥的邻居林九兰笑自己的老婆："你看人家那个女兵，走路来有模有样的，再看看你，走起路来一摇三晃的没个章程。"

这个花一样的女兵来到家里，让林福祥一家人慌成了团，他们担心家里太脏，让人家别扭不习惯，到了晚上林福祥的老婆道："他爹，你看人家这闺女从头到脚水洗的一样干净，咱这灰里土气的家怎么好意思让人家待呀？"柳絮看出了门道，笑吟吟地说："大娘，咱们军民是一家，我们是共产党的队伍，您可别拿我当外人呀。"林福祥女儿大妮子刚过18岁，床上虽洁净，可席子又破又烂，躺上去能扎得肉疼，可柳絮一点不嫌弃，脱了外衣就上了床，还笑着在上面打了个滚，床一阵咯吱咯吱响。

接下来一件事，感动了全村人，让男女老少的都伸出了大拇指。林福祥患有哮喘，到了冬天更是雪上加霜，这天上午，林凡义、林九兰正在福祥家闲聊，福祥喘着喘着就像拉风箱一样急促起来，脸也憋成了紫茄子，还没等大家反应过来，福祥就仰面躺在了地上，张着大嘴巴翻开了白眼，大家大眼瞪小眼正不知所措，柳絮说："我来，我来。"她上前看看林福祥，又拿起他的手腕试了试脉，接着就开始用力按压他的心脏部位，又嘴对着嘴给林福祥吹气。正巧林九兰的老婆来串门，撞见后一下子红了脸，脱口说道："哎呀俺那个娘唉，大白天怎么还亲上嘴了？"林九兰眼一瞪："你胡咧咧些啥？人家柳同志在救林福祥呢。"林九兰的老婆笑了："救人咋还这样嘴对着嘴？"林九兰气了，把老婆推到了一边。这时福祥哼哼几声，终于缓过气来，又一声咳嗽，一口带血丝的浓痰竟吐在柳絮的脸上。福祥的老婆见了，吓了一跳，赶忙端来一盆水给柳絮洗脸，一边骂自己的男人真窝囊死人，一辈子都对不起人家柳同志。柳絮说："婶子，这是我应该做的，你可别怪大叔，他心脏不好，又有一口痰憋着。"福祥的老婆擦着眼泪，对柳絮也变了称呼："好闺女，你可救了俺孩子他爹一条命呀！"周围的人一脸惊讶，最后都感动不已。林九兰老婆一把握住柳絮

靠山

手说:"过去那些有头有脸的人,谁拿俺们这些穷人当人看,还是八路军好啊!"林凡义看了一眼林福祥说:"大叔,就是一家人又能怎么样?共产党是真真实实地为咱老百姓的呀!"林九兰满村里说:"以后我这条命就交给共产党了。"

山东分局书记的朱瑞和一一五师的政治部主任萧华走街串巷,亲自宣传抗日的道理,恰巧这天区长冯干三带着他们来到了林福祥家,林絮见了,喊了声:"首长好。"就急忙上前敬礼。冯干三黢黑的脸膛,大眼浓眉,威风凛凛的,大家都认识他。冯干三打着招呼,把朱瑞和萧华介绍给了林福祥和大家,福祥忙给两位首长让座。冯干三指着林凡义他们对朱瑞说:"这几位都是村里有血性的积极分子,号召力也很强!"朱瑞很高兴,说:"我们发动广大群众,就得先把少数人发动起来,以一带十,以点带面!"福祥喘着,把柳絮救自己的事说了,一脸的感激之情。朱瑞道:"我们共产党八路军,都是一心一意为咱们老百姓的,关键的时候,不惜牺牲自己的性命。"萧华看了柳絮一眼,说:"柳絮同志做得很好,值得表扬。"朱瑞问家里几口人,福祥道:"一大一小,大的是闺女,小的是儿子。"林九兰的老婆快言快语:"大的是前窝生的,小的是后窝生的。"说到后窝时,她指了指福祥的老婆。林九兰乜斜了老婆一眼:"就你个老娘们多嘴!"朱瑞没明白过来,重复道:"前窝后窝?"福祥有些不好意思地说:"大妮子是俺前边那个娘们生的,后来孩她娘死了,又找了现在这个,生了个儿。"大家正笑着,林福祥的女儿从识字班学习回来了,继母有些不高兴,就白了她一眼。林福祥赶忙道:"这就是俺大妮子。"朱瑞问:"叫什么名字呀?"林福祥回答:"俺乡下的女人,哪有什么大号?出门子前就喊大妮子大丫头的,出了门子就跟着男人家姓了。"一旁的柳絮说:"大叔,这不公平,女人就应该和男人一样,也有自己的名字!"大妮子急忙说道:"对,对!辛团长教俺们识字的时候就说,女人要解放,先要有自己的名字,再就是读书识字,还要扔掉那又臭又长的裹脚布。"大妮子说着，伸伸自己的脚："裹脚疼死人，干起活来又站不稳，为啥让俺们女人受这个罪？！首长，俺向辛团长报名了，俺也要参军当兵！"萧华用赞赏的目光看了大妮子一眼："为什么想当兵呀？"大妮子说："为妇女争口气，不受鬼子欺负呗！"林福祥也替闺女说话："首长，俺这闺女从小喜欢唱歌，收下她吧，交给自己人俺放心！"朱瑞看看萧华道："萧主任，咱们应该热烈欢迎呀。"萧华连声说好，接着又道："参军得先有一个自己的名字呀。"他沉吟片刻说："这些天八大剧团来到咱们渊子崖，带来了抗战的新气象，一片欣欣向荣，我看你就叫林欣吧。"大妮子听了很高兴："俺不叫大妮子了！俺也有名字了！"

2

渊子崖村1940年冬就有了自己的党支部。还在这之前，早期共产党员王任之就率先在莒南建立了第一个党支部，后来，王任之远赴延安抗大一分校学习，两年后又随分校重返沂蒙山。王任之没有忘记家乡这片土地，在1940年冬天，时任抗大一分校民运工作团第二大队队长的王任之，带着王爱珍等十几个队员来到了渊子崖村，发展了数名党员，并成立了党支部。八大剧团到了渊子崖后，渊子崖村民犹如干柴遇上了烈火，抗日热情更是高涨起来。不久，冯干三又很快来到了渊子崖村。他把党员都召集起来，对大家说："同志们，我们光有了自己的党支部还不够，还要有自己的村政权、农救会、妇救会，让那些在村里威望高、意志坚强的人出来当干部，当带头人。"林庆忠问："庄里的人都是些睁眼瞎，不识字，怎么选举？就举举手？"冯干三说："不识字也得充分表达民意，咱们就来个投豆选举，这样人人都能表达自己的意见。"林庆忠有点丈二和尚摸不着头脑，他看着冯干三："啥？啥豆？"冯干三笑笑说："咱们先选几个在村里有威望的人，作为候选人，接下来再让全村人选，正式选举的时候，让候

靠山

选人一排坐着，每人后面放一个碗，碗上贴上每人的名字，村民看好了谁把豆子投到他后面的碗里。"林庆忠说："这办法好，人人都有发言权，公平！"

几天后的一个下午，渊子崖的男女老少就来到了村子开阔地那棵老槐树底下，区长冯干三和区中队副队长高秀兰在一张桌子前坐着，旁边还有一溜板凳。冯干三高声说："乡亲们，父老兄弟们，过去的农村政权，都在地主土豪劣绅手里，在有钱人手里，现如今，共产党在各村都陆续成立了自己的政权，共产党就是解放劳苦大众的，让穷人当官，让穷人自己说了算，这是开天辟地头一回。大家伙也都知道，我是范家水磨村人，从小就和在座的乡亲们一样，给地主家种地扛活，总觉得比地主矮一头，处处受他们的欺负，后来我参加了共产党，还当上了区长，这是我们泥腿子做梦都想不到的事。今天我们先选村长，接下来你们还要选自己的农救会会长、妇救会会长。前几天，我们征求了一些人的意见，确定了几个候选人，他们是林凡义、林庆忠、林九兰、林庆海、林崇州。等会他们就来前边坐了，每人后面有个碗，那边的盆子里有些豆子，是林凡义找了几家凑的，里面有黄豆，也有豌豆，还有红豆，不管什么豆，反正都叫豆子，每人抓一点，剩下的再放到盆里。大伙觉得这些候选人谁来当村长、副村长更合适，就把豆子投到谁的碗里。别看这一粒小小的豆子，那可代表了每个人的权利，大伙拿到手里就是金豆子，银豆子，一粒粒贵重着呢，可不是小孩子过家家，想怎么样就怎么样，要把真正有能力带着大家干革命闹翻身的人选出来。"

冯干三话音未落，下面外号叫"三喳喳"的林崇海就激动地开腔了："冯区长，俺们穷人什么时候能说算了？这是真的？这大冷天的你可别拿着俺们当猴子耍！"三喳喳能说会道，那嘴一旦开了腔，就喳喳个没完。冯干三笑笑说："你叫什么名字呀？"有人就喊："他叫三喳喳。"林凡义道："冯区长，他叫林崇海！大伙注意了，在场合上可别叫人诨名！"冯干三收了笑容："林崇海同志问得好，我肯定地告诉大家，共产党就是让咱穷人当家做主的，每个人都有这个权利，男人有的，咱们妇女也有，将来解放了，我们每个人的权利会更大。"林九兰的老婆林王氏说："妇女是不是也不围着锅台转了？也不看男人脸色了？"大家听了都笑。冯干三说："这位大嫂问得也好，过去女人不仅要裹脚，还没个大名，处处都比男人矮一头，现在不一样了，男人能干的，女人也能干，不仅在家里男女平等，在外面女人也有和男人一样表决的权利。大家伙也都看到了，我们政府里面，八路军里面，就有很多的女同志，她们有的是军医，有的能写会画，有的还能带兵打仗。"冯干三话音未落，下面掌声就响成了一片。三喳喳又说："这真是共产党来了变了天，往后我们穷人喘气也顺畅了！"冯干三高声道："有了共产党八路军，我们穷人的好日子一个个还在后头等着我们呢，我们当家做主的事会越来越多，现在还只是个小小的开始。"说到这里，冯干三挥挥手："选举开始吧！"大家攥着手里的豆子，都觉得自己说了算了，被别人注意了，都一下子有了底气，胸脯也挺起来了，腰杆子也直了。特别是那些妇女，平日里哪有这样的机会，心里都甜滋滋的，说话的嗓门也大了。

日头偏西的时候，选举结果统计出来了，林凡义得的豆子最多，当选为渊子崖村的村长，林庆忠次之，担任副村长。天气很冷，大家都把手抄着袖子，嘴里也哈着团团热气，可每个人心里都热乎乎的。林九兰比林凡义大一辈，讲起规矩来，他还得叫林九兰爷爷，林九兰道："选得公道，俺心里服气！"第二天上午，用同样的方式，选了林凡义当农救会会长。下午选的是妇救会会长，冯干三特地把区妇救会的会长刘兰英派了过来，刘兰英说："冯区长说了，妇女解放很重要，得选好这个妇救会的会长。"刚过了晌午头，妇女们拿着板凳就三三两两地来了，有的手里拽着孩子，有的怀里奶着孩子。村长林凡义让大家安静下来，听刘兰英同志讲话。刘兰英笑笑，说："大娘、大嫂们，姐姐、妹妹们，咱们中国共产党一直注重妇女解放，过去妇女在男人面前抬不起头来，走路溜墙根，吃饭还不能上桌，给人家当丫鬟，当童养媳，这都不行，妇女应该和男人平起平坐，只是分工不同，但地位和权利都是一样的。妇救会长是妇女姐妹的带头人，咱们要选出好样的来！"

林九兰的老婆对刘兰英说："大妹妹，你咋说俺就咋干呗！"一个老妈妈道："这要是在早年间，哪有女人说话的茬，现时女人咋就能了？"副村长林庆忠咳嗽几声说："大家伙别嚷嚷了，让你们妇女解放还不是好事吗？"说着，他就念了几个候选人的名字，有林九兰的老婆王氏，还有张氏、刘氏、李氏。王氏听了，连连摆手："俺胡咧咧行，让俺当会长可是赶着鸭子上架！"说着，她从身旁一把拽起了一个姑娘："刘会长，她是识字班班长春妮，让她干准没错！"春妮很大方，笑着道："你可真能哆嗦，俺怎么就行啦？"别的女人也纷纷响应："行，春妮这丫头行，喜欢帮助人，谁家有事，她都上手帮一把！"还有的妇女说："她仗义，能替人出头，去年地主婆子欺负俺，她上来就给了地主婆子一个大耳刮子！"林凡义悄声对刘兰英说："本来就想到春妮了，可她爹坚决不同意，还到我家发了大脾气。"刘兰英说："既然春妮这样有群众基础，就让她上，会后咱们找她爹说说。"林凡义说了声好，又站起身来道："大伙这么看重春妮，那就把她列到候选人里去。"刘兰英要把春妮的名字写了贴碗上，还没落笔，突然想起了什么，说道："春妮是小名，得有正式的名字呀。"春妮站起身来说："俺有名字了，是辛团长给起的，叫林春妮。"刘兰英点点头，把春妮的名字写到了纸上。王氏和其他几个妇女都拍拍手，说这名字好，洋气。投豆结果出来后，林春妮当上了渊子崖村妇救会的会长。

没几天，村里识文断字的老人林九星就编了一个投豆选举的顺口溜，叫《金豆豆银豆豆》，用毛笔工工整整地写了，贴在了大街上：

金豆豆，银豆豆，

豆豆不能随便投，

选好人，

办好事，

投在好人的碗里头，

别辜负了咱们老少爷们一番心意！

金豆豆，银豆豆，

共产党来了有了主义。

恶霸地主靠边站，

穷腿子成了主人。

女人都有了名字，

说话也有了底气！

金豆豆呀，银豆豆，

共产党为了咱穷人，

咱要多打粮食支援八路军！

平日里喜欢唱歌的妇救会会长春妮看到了，就找了个调子唱了起来，等自己唱熟了，她又一句句地教村里的妇女，很快，妇女们就满大街地唱开了。冯干三恰巧来渊子崖有事，听了后说："林春妮同志，你们村投豆选举很成功，这顺口溜编得也好，你就带着妇女同志们到各村唱一唱吧。"春妮答应着，说："俺好好组织组织。"不久，《金豆豆银豆豆》就在根据地唱响了。

靠山

六 一纸血书

1

林凡义中等个子，瘦瘦的，面皮白净。他性格刚烈，不屈不挠，虽年龄不大，可号召力强，在村里通常都是一呼百应。都说嘴上没毛，办事不牢，可林凡义一肚子的主张和门道，在村里有着很高的威望。

渊子崖村林姓分为九族，每族都有族长，提起林凡义，没有不伸大拇指的。多年后，林凡义的儿子这样描述他的父亲："小鬼子来的时候，俺爹把身上的棉袄唰的一声就脱了，随手往脚下一扔，几步就蹿上了南大门高高的木架子上。大冬天的，他就光着两个膀子，右手提着一把虎头大刀，瞪着一双血红血红的眼吼道：'老少爷们，咱们不当孬种，也不当软蛋！别让小鬼子把咱们看扁了！'"

1941年冬天的日军扫荡，对沂蒙山每一个区域，土桥一次和他的上司都做了精心布置。这是在后来从他们的"日军作战日志"中发现的：大日本皇军先期要一举完成对临沂、沂水、蒙阴三角地带的封锁；而后，用多路、多梯队并进，以达到合击目的，最终形成对沂蒙山区的全面"铁壁合围"。云云。

谁都没有想到，日军的这次行动，为不久后的渊子崖自卫战埋下了伏笔。可这一切，是渊子崖庄稼人始料未及的。沭河、沂河、汶河，是沂蒙山的母亲河，抗战时期，沭河以西，乃是日军老窝，河东为根据地，在敌占区的小梁家据点，多以汉奸为主，梁化轩就是这个据点的汉奸队长。日军的嚣张气焰，让众多汉奸挺直了腰杆子，出头鸟则是汉奸队长梁化轩。梁化轩30岁左右的年纪，脑袋瓜子里装了不少坏水。

1941年旧历九月的一天清晨，梁化轩正在屋里闭目养神，汉奸队副队长孟金龙推门走了进来，他咳嗽两声道："大哥，又在想啥？"梁化轩睁开眼，不耐烦地说："想啥？你猪脑袋呀？已经年尾了，我想怎么着也得为弟兄们打打牙祭呀！再说，不给皇军进点贡，能有咱们兄弟好果子吃吗？你有啥点子？"孟金龙嘿嘿一笑："大哥，我就是为这事来的，皇军正在扫荡，咱们也得浑水摸鱼，召集各庄村长开会，布置下去，让他们备米备面，杀猪宰羊！"

梁化轩哈哈一笑："说到我心坎上了！"孟金龙拍了一下桌子："我这就通知去！"梁化轩一挥手："慢！光有吃的还不够，还要大洋，渊子崖那帮泥腿子，腰杆子粗着呢！记住，让他们出100大洋，少一个子都不行！"孟金龙闻言笑出了声："大哥真有你的，这年头不能光混个肚子圆溜，还得要明晃晃的大洋！"

孟金龙说完，哼着小调走了。

下午，梁化轩特地在白常村召开了村长会，他见渊子崖的村长林凡义没到，只来了林兆岭、林崇义两个村民，立刻就暴了，摘下帽子往桌子上一摔："渊子崖就是个难剃的头，今天老子偏就给它剃了！"随后写了个条子，对两个村民吼道："你留下，你回去送条子，老子就不信这个邪了！"林兆岭答应着，捏着条子刚出了门，就拔腿一路向渊子崖方向跑去。

村长林凡义接过林兆岭手中的条子，看了眼，一下子就撕了个粉碎。他一字一言地道："咱们被这帮龟孙子折腾得都吃不上饭了，他们还阎王不嫌鬼瘦，狮子大开口。你回去告诉他，鸡、鸭、鱼、肉、面不缺，明晃晃的大洋钱也有，就是没有他的份。咱们不能把他们喂饱了，再倒回头来帮着小日本鬼打咱们共产党八路军！"林兆岭说："看他们这回是要动真格的了。"林凡义说："听蝲蝲蛄叫，咱们就不种庄稼了？！来一个杀一个，来一双杀一双，渊子崖的父老乡亲一点都不含糊！"说完，他手起一刀，一棵碗口粗的小树被齐腰斩断。

林九兰哼了一下鼻子："共产党八路军是咱真真的贴心人，咱的粮食是留给他们吃的，绝不给这帮狗杂种一粒米、一把面！"林庆海道："奶奶的！困死狗汉奸，饿死小日本！饿得他们扛枪扛不动，打枪打不响！"林凡义点了点头道："兵来将挡，水来土掩，大家伙都分头准备去吧！"

梁化轩听了村长林凡义的回话后，恼羞成怒，他朝着孟金龙吼道："给老子集合队伍，今天我就要给渊子崖一点颜色看看，让这帮泥腿子也知道马王蜂到底有几只眼睛！"

太阳刚偏西，梁化轩就带着150多个伪军来到了渊子崖。林凡义得到消息，带着自卫队员上了围墙。梁化轩还要往前拱，被孟金龙一下子拽住了："大哥，渊子崖可不像其他的村，个个彪悍，手里都有家伙！连当年的那些土匪也怵他们三分呢。"梁化轩愣了一下："怕啥？攥锄头把子的手还能干过老子的正规军？我们手里的快枪是吃素的？"梁化轩嘴上这样说，还是后退了几大步，他瞪大了眼睛，扯着公鸭嗓子喊道："林凡义，你个小兔崽子，你今天要是不老老实实把礼送出来，我眨眼工夫就把你们渊子崖拾掇了！看你们的拳头硬，还是老子的钢枪硬！"

林凡义并不回应，扭头喊道："打！先轰他们一家伙！"林清杰早就按捺不住了，他一伸胳膊，手中的火绳顿时就把土炮的引线点着了，接着轰隆一声，炮膛里的碎铁块就打了出去，伪军听到响声后一下子散开了，可还是有几个伪军被击中了，身上血淋淋，一片痛苦的呻吟。梁化轩恼怒万分，挥着手枪连声喊打，伪军举枪就是一阵射击，自卫队员都纷纷蹲在掩体里了。

梁化轩见对面没动静了，又兴奋起来，喊叫着让大家往前冲，刚到了围子下，一阵碎石如冰雹般落了下来，几个伪军被砸得鼻青脸肿，鲜血横流。梁化轩红了眼："妈的，你们用石头砸，小孩过家家呀？！你们渊子崖就这点出息呀？！有种的刀对刀、枪对枪地干！我就不信，老子一百多号人马，还对付不了你们一群庄稼汉！"梁化轩跺跺脚，又指挥着往前上。

林凡义手握大刀环视一下左右说："靠近了打！"见伪军已近围墙，林凡义挥刀吼道："下家伙！"一时间土炮齐鸣，跑在最前面的伪军像割麦子一样倒下了一片。梁化轩的左脸被弹片划了一条口子，血肉模糊。他愣住了，骂道："这帮穷小子还真有几下子。"说着捂起伤口扭头就跑，队伍也跟着像潮水般退去。林凡义见状喊道："杀出去！"说完就跳下了木架子，带着自卫队员冲出了大门，队员们一个个踢、打、摔、拿、跌、击、劈、刺，甚是了得，伪军丢盔卸甲，纷纷向沭河西岸遁去。梁化轩败在庄稼汉手里，心有不甘，边跑边发狠："林凡义，你们等着，我梁化轩要血洗你们渊子崖！"

渊子崖首战告捷，区长冯干三和高秀兰来到村里，冯干三说："咱们杀出了威风，也灭了汉奸的气焰。"他大大褒扬鼓励一番后道："估计他们还会卷土重来，一定要提高警惕，小心应付！"冯干三要带着区中队去打个埋伏，临行前他把高秀兰留了下来，他又嘱咐林凡义："渊子崖多年积累了些基础，再加上乡亲们个个勇猛，暂时胜了一仗，可大意不得，伪军也都是训练有素的，特别是日本鬼子，更是不可小看，让高秀兰同志留下来配合你们，遇上紧急情况就马上派人告诉区里！"

林凡义其实也意识到了这一点，他对15岁的副村长林庆忠说："咱们

靠山

泥腿子在庄稼地里锄、耙、耕、种，样样都没说的，可打仗咱是外行，说白了就是擀面杖吹火一窍不通，光靠着一时之勇和血性肯定不行的，咱得有所准备，别到了节骨眼上一个个抓瞎。"

渊子崖村两位年轻的村长分头动员，全村男女老少个个响应。林欣回到家正好遇上这事，就对林凡义说："凡义哥，俺这腰里还有三颗手榴弹呢。"说着摸出一颗给了林凡义。林凡义道："你回来得不是时候，马上走吧！"林欣道："俺现在是八路军战士，这时候怎么能撇下乡亲们？"全村人很快就聚集到了围墙下，有的搬石头，有的运圆木柱。三喳喳打着快板满围子地鼓动："说乡亲道乡亲，一个个显得有精神。揍汉奸打鬼子，你争前，我赶上，谁都不想当孬种。"

妇救会会长林春妮带着妇女走街串户收集炸药、铁砂子，再一一分送到各炮位上。三喳喳见了，打着快板又唱道："妇救会会长不简单，带着妇女忙得欢，谁说女子不如男？搬石头，送炸药，样样都能干在前！"林欣和林崇修抬着一根木头走了过来，三喳喳见了，快板打得更欢了："乡亲们，快来看，八路军女兵也来到了咱中间，她就是咱渊子崖的姑娘林欣。说林欣道林欣，林欣也是不简单，腰里别着手榴弹，就像那当年的花木兰。"正巧林凡义和高秀兰来了，林凡义老远就喊："三喳喳，你没看着这么粗的木头把林欣的腰都压弯了，快去把她替下来。"三喳喳一拍自己脑壳："咳，瞧我这眼色！"

过去渊子崖村几乎家家户户都养狗，每当八路军、区中队的人半夜到村里，狗就叫个不停，林凡义担心暴露目标，就号召大家把狗杀了。为了方便同志们进出，还在围墙下掏了很多小口。林凡义看了一眼，扭头喊道："三喳喳，你带一帮人把围墙下的这些口子都堵了，别让小鬼子钻了空子。"

高秀兰把几十号自卫队员集合到了一起，他背着一杆三八大盖，上面枪刺在太阳下明晃晃的。队员林庆会说："高队长，要是咱们有个十条八条你背上的那家伙可就过瘾了，保险打得那些鬼子汉奸屁滚尿流的！"高秀兰道："是啊，咱们真家伙有限。"林庆海指着土炮说："有这东西也够他们喝一壶的！"高秀兰看了一眼自卫队员手里的武器，除了打野物的长杆子土枪，就是大刀片子，再就是菜刀、铡刀、锄头、耙子、镢头、锨。高秀兰道："咱们手里这些家伙，只能近拼。"他把自卫队分成了九个小分队，到各段土围子上分头把守。

2

让林凡义最放心不下的是那几十石粮食，这是渊子崖乡亲从牙缝里省出来支援一一五师的。萧华临离开的时候说："你们先保管着，以备将来之需。"日军多次扬言要困死八路军，艰难时日，指战员常以树皮、野菜充饥，渊子崖人虽然也是饥寒交迫，可勒紧腰带也要接济八路军。即使断了炊，也没有动那一粒粮食。林凡义拍着胸脯子对萧主任许下保证："首长，渊子崖就是咱八路军的粮仓，我们的肚皮就是饿得贴到后脊梁上了，也要想办法让你们吃饱肚子打鬼子！"

也就是渊子崖男女老少备战的这天下午，天空飘起了大雪，乡亲们都来到了林长老练武的大堂房。林凡义看着面黄肌瘦的乡亲们，一时没有说出话来。沉默了片刻，他道："父老兄弟们，我知道每家每户的粮食不是很宽裕了，有的户一天也就是两顿饭。前天有人还跟我说，那些粮食反正八路军现在不用，就先还给大家吧。我知道，粮食是咱们的命根子，可八路军要是吃不饱肚子，怎么去打鬼子？鬼子一天赶不走，咱们就得受苦受难。大家说，这些粮食能动吗？不仅不能动，咱还得好好保护着！说什么也要保证一粒粮食都不能落到小日本鬼子和汉奸的手里！家里断粮缺粮的，咱们先想想办法，有粮的户先接济一下没粮的，要不就到亲戚家借一点。八路军正在反扫荡，一天也不能断了吃的，说用着了咱们就能马上拿出来！"

林九兰道："这些粮食是大家伙饿着肚子省下来的，当初家家户户拿出来，就没想着再拿回去！"林九星老人道："乡亲们呐，人是铁饭是钢，一顿不吃饿得慌，从老一辈就这样说，是，饿肚子的滋味不好受，可大家伙也知道，咱渊子崖一辈辈的到现今，谁把咱们当人看啦？没有，没有呀！别说是地主，就他们家的狗见了咱们，都要朝咱要要威风呢，要不是区上发动咱们打倒了地主老财，地还都在他们的手里呢！俗话说得好，滴水之恩必当涌泉相报，何况共产党领导的八路军是为咱们穷人打天下的，咱们就是饿死了也不能去动那些粮食！"

众乡亲听了，都举起拳头纷纷响应。林九乾的父亲林秉标说："不能动，不能动，咱虽是庄稼人，可说话算话，就是吐口唾沫也要把脚下的地砸个坑。"林九星捋了捋长须道："渊子崖还没干过不讲规矩的事！空口无凭，咱们得立下个保证书。"大家你一言，我一语。林凡义挥挥手，等大家都静下来后，他说："将来真要是打起来，不知会是什么结果，咱得为孩子们找一条生路，有这些孩子在，咱们渊子崖明天就有希望。"听了村长的话，大家都明白了什么意思，一时都沉默了。林凡义看看大家，接着说："父老兄弟们，打仗就得死人，咱们也不想打，可他们欺负到咱们头上了，怎么办？咱们绝不当缩头乌龟！把所有的孩子藏到地洞里，要是咱们大人一旦不在了，就让八路军、区中队带走。"接着他转身对林九星道："爷爷，您就写吧，把托付孩子的事也写上。"

坐在桌前的林九星搓了搓手，拿起毛笔来，他饱蘸了墨汁，沉吟片刻，挥毫写了起来，一会儿工夫，他站起身来，拿起纸大声念道：

八路军、板泉区的领导们：

俺们是渊子崖村的全体村民，俺们存有粮食数石，都是父老乡亲节约下来送给八路军做军粮的。俺们全村人保证，无论家家户户再苦再难，也绝不动一粒粮食，将来都如数交给你们，特立下保证书。另外，要是俺们渊子崖的大人都不在了，就请你们把孩子都带走，将来有一天，他们也能打鬼子。

渊子崖全体村民

民国三十年十月初一

林九星念完，又把大家的名字一一写上，没有名字的女人，写了姓氏，姓相同的注明了谁家的媳妇、谁家的闺女。林九星把保证书放在桌上，说："老少爷们们，大伙都摁上手印吧。"他刚说完，林秉标就一口咬破了手指，在纸上摁上了一个大红的血印。男男女女也都陆续走过来，林九星指点着他们的名字，大家都照着林秉标的样子在自己的名字上按下了手印。

林大勇的媳妇小芹自告奋勇，说："要是鬼子汉奸来了，就让我来带着村里的孩子。"小芹已经怀孕了，肚子挺得很高，大家看看她，都点了点头。

外面的雪花停了，街道上的雪很薄，大家走在上面，留下了一串串浅浅的脚印。

一夜平安无事，渊子崖村的一些人觉得汉奸吓破胆了，不敢来了。林凡义见有人放松了警惕，就黑着脸对自卫队员道："别觉得这帮兔崽子就是些兔子胆，他们不是吃素的，咱谁也不能放松下来，眼睛都一个个瞪圆了，要不吃亏就在眼前。"

渊子崖的人不知道，梁化轩与孟金龙正密谋借刀杀人，要给渊子崖一个下马威。

一场血战已经逼近了渊子崖。

靠山

1941年的12月中旬，尽管再有几天就冬至了，可天气还不是很冷，太阳出来后，覆盖在地上的那层薄薄的雪，很快就融化了。渊子崖周围的一些河道到现在还没有结上厚冰，若是在往年，很多孩子都已经在冰上打闹或者是抽陀螺了。19日这天早上，空气中竟还有丝丝的暖意，像初春一般，清晨的河面上，偶尔还能看到几只鸭子游在水里。城堡似的渊子崖在鸡鸣声中醒来了，牛羊声也开始此起彼伏地叫着，一缕缕炊烟如同往日一样飘向了空中。短暂的平静，暂时让人忘记了混乱年代带来的不幸和伤痛。

可枪声还是很快打碎了这幅恬静的田园图，让这个原本看似和谐的清晨一下子变得混乱起来。枪响前渊子崖村的当家人林凡义正在自家小院里劈木柴，忽听外面锣声大作，铁哨子也响得急促，就知道又有新的情况了，他扔下斧头，提起身边的大刀就走。刚出门口就遇上了林庆忠，林庆忠道："村长，还是那些汉奸。"林凡义几步就登上了木架子，他往远处一看，见还是梁化轩的汉奸队，就稍稍松了一口气。

一旁18岁的自卫队员林庆玉哈哈笑了："村长，还是那天的王八羔子，看来又想挨揍了！"这时高秀兰也赶了过来，他说："同志们，咱们可不要轻敌，梁化轩肯定是有备而来的。"

林凡义道："是呀，上次吃了亏，这次肯定有了新招数。"

这时刘家庄方向突然传来一阵密集的枪声，刘家庄与渊子崖相隔不远，站在渊子崖的围墙上，刘家庄的集市便能尽收眼底，林凡义他们扭头向刘家庄方向望去，见一队人马正向渊子崖赶来，是日本鬼子。林凡义这才恍然大悟，脱口道："怪不得汉奸队乱打一气呢，这是要把日本鬼子勾到咱们这里来呀！"正说着，门外一阵嘈杂，林凡义见下面站着一个货郎和几个推车子的人，都一脸的着急。小货郎跳着脚喊："俺们是到刘家庄赶集的，还没到集市就听到枪响，快让俺们进去避避难吧！"林凡义见日军已经逼近了，急忙让人开门把小货郎他们放了进来。

来的日军是驻新浦一带（现归江苏省）联队一部，被抽调到沂蒙山执行"铁壁合围"任务的，他们当时正准备西渡沭河返回驻地，听到枪声后，骑在高头大马上的日军联队长坂田翻身下了马，翻译官张明见状跑上前来："太君，枪声就在渊子崖方向，渊子崖八路大大的，还有八路军的军粮。"四十多岁的坂田是中国通，他对张明道："用你们中国人的话说，踏破铁鞋无觅处，得来全不费功夫！"这下找到八路踪迹了！坂田拔出军刀一挥："进攻渊子崖！"

后来梁化轩被八路军俘虏，据他交代说："我事前先和翻译官张明通了气的，再让副队长孟金龙带人先行赶到渊子崖放了枪。张明在这一刻正好乘机进了言。"

坂田带着联队一部途经刘家庄时，恰逢刘家庄逢集，密集的人群挡住了去路，日军一时兴起，便放枪驱赶。在几年前的这一天，也就是1938年5月30日，农历五月初二，日军轰炸机经过刘家庄上空时，对着人头攒动的集市一阵枪弹，当场死亡300余人，伤200余人，刘家庄惨案，震惊了全国。历史总有着惊人的巧合，依旧是5月30日距刘家庄一箭之遥的渊子崖村又遭受了日军的血洗，不同以往的是，日军为此付出了惨痛的代价，指挥官坂田也蒙羞一世。

渊子崖村南有条河，北为大沟，日军由北而来，前面是马队，紧跟在后面是步兵，接着是炮兵，浩浩荡荡的，足有1000余人，梁化轩老远就跑到了坂田面前，一惊一乍地道："太君，渊子崖有大大的'小毛猴'，有大大的军粮哇。"坂田一愣："什么的小毛猴？"梁化轩一笑，连忙道："小毛猴就是八路军！"坂田摇了摇头："八路军的可不是小毛猴，是大猩猩，懂吗？"随后冷笑一声："大大的好！你带队从西面上，其他都归大日本皇军。"说完一挥刀，日军就从西北方向呈扇形包抄过来。此时，战马嘶鸣，马队在外围扬起了一阵阵尘土。上午的阳光格外明亮，渊子崖人放眼望去，开阔的田野里都是穿着黄军装的日军，手中的刺枪闪着耀眼的光。在丘陵高处，日军架起了几十挺轻重机枪，四门大炮徐徐而起，黑洞洞地瞄了过来。

这阵势让渊子崖的村民倒吸了口凉气，不知谁道："这小鬼子，比汉奸凶着呢！"林福祥手里握着把鱼叉，他有些发慌，喘着粗气说："凡义呀，咱们是不是拿着鸡蛋碰石头？还是逃命吧！"林凡义这时已经脱去棉袄，上身只剩下件贴身的白坎肩，他光着膀子挥了挥手中的长刀，大声吼道："看到了吧？这四面都是汉奸鬼子，能逃到哪里去？跑也是死，不跑也是死，还不如和他们拼了，杀一个鬼子值，杀两个鬼子赚！咱们就是死了也要拉几个垫背的！"

林崇岩当年正是风华正茂的少年郎，六十多年后，已是耄耋老人的他，对围在他旁边的年轻人回忆起林凡义那番话时，脱口而出的那句"拼了！"依旧掷地有声。

坂田对翻译官张明道："你的，对他们喊话！"张明心领神会，他点了点头，挺起胸脯叫了起来："乡亲们，太君说了，只要开门投降，把八路军交出来，把军粮交出来，就是大大的好人，一个都不杀，太君还要大大的有赏。要是来硬的，一个不留！"高秀兰听了，抬手就是一枪，一个日军应声倒在了地上。坂田从枪声中，断定是三八大盖，这通常都是八路军从日军手里缴获的。他连声说道："渊子崖八路军的有，八路军的大大的有！"他手中的长刀一挥，身旁的信号兵举起膏药旗挥了几下，紧跟着日军大炮就轰鸣起来，几发炮弹呼啸着打进了村里。一时间，响声四起，烟尘滚滚。短短时间，就死伤十几个村民。林凡义问三喳喳："孩子们都藏好了吗？"一旁的林大勇道："小芹早带着他们藏进地道去了。"很快又有两发炮弹落在围墙上，响声过后，围墙被炸去了几块，可没有倒塌。渊子崖的围墙当年都是用三合土夯实的，坚硬又有弹性。大家见围墙安然无恙，都松了一口气。有人耐不住了，从架子上探出头来看，引来了一阵机枪声，一颗子弹击中了探头探脑的林清臣，他几乎没有出声就扑通倒了下去。

林凡义急了："你们这是找死呀？！都卧下！等上来再打！"说话工夫，日军攻了上来。林凡义一声"打"，土枪土炮顿时呼啸起来，土炮中威力最大的当数"五子炮"，五子炮是渊子崖人的发明，通身都用生铁铸成，内置五个炮核，一炮过后换下一个，退下的炮核再加上炮弹备用，所谓炮弹无非就是些铁砂子碎铁片。一炮出去，呈扇形状，杀伤力很强。几炮下来，日军在围墙外留下了十余具尸体，其余都纷纷退去。

日军第一轮攻击被坚固的围墙挡在了外面。

3

坂田拿起望远镜对渊子崖细细查看着，看得很慢很专一，不放过任何的蛛丝马迹，林凡义从围墙上的观察口看到了坂田的举动，遽然，坂田的望远镜转到村东北角停下了，坂田反复端详着，像雕塑一般动也不动。林凡义见了，心里咯噔一下，糟糕！敌人看出破绽来了。林凡义知道，渊子崖村土围子已经修建多年，随着繁衍生息啊，村民日渐增多，围子里没有空地盖屋了，只能到围子外盖房，虽然垒起了围子，可新墙草草了事，不像老墙坚固，谁也没想到有一天会用它来抗击日军。可数年之后，这段由村堡衍生的围墙，却成了渊子崖人的一个沉痛的梦魇。

坂田收起望远镜，挥了挥手，信号兵又举起小旗往东北角摆着，紧接着日军就开始向村东北角运动了，几匹马拉起大炮也赶了过去。林凡义最担心的事最终还是发生了，他抹了一把额头上的汗珠，对身边的林清杰、林庆海道："那面墙就像纸糊的一样，不结实，快把五子炮调到东北角去！"林清杰几人抬起五子炮就跑。老围墙外的这片房子，村里人称其东北圩子，住着林秉标、林秉铎两堂兄弟，秉标膝下五子，秉铎有六个男丁。在这场自卫战中，他们家战死十余人，几近灭门。

在日军向此移动的时候，林九兰和林九乾等人的土枪土炮已经准备停当。林九兰提着把大铡刀，瞪着一双虎眼左右巡视着。在渊子崖，提起林九兰，无人不伸大拇指。林秉铎的四儿子林九兰，在家族兄弟中排行老七，村里人有的叫他"老四"，有的喊他"林老七"。九兰年方三十，方脸红面，一米八几的个子，力大无比，声如洪钟。九兰命运多舛，村里的女人都说他克妻，他第一个老婆病故后，岳父念及九兰平日里的好处，就择日把小女送来给九兰续弦，可拜堂不久，媳妇又暴病归西，从此岳父不再待见他。秉铎不忍心儿子就这样下去，又托媒婆张罗着给他说媒，周围村庄的人都知道九兰命硬，寡妇见了他都打怵，谁还敢把闺女嫁他？秉铎不死心，就托人向更远的地方打听，总算找到了一户人家有女肯嫁，可第三个媳妇进门没几年，又撒手而去，这可真是邪了。有人就叹息："林九兰这宽宽厚厚的胸脯子，咋就容不下一个小女人呢？"九兰也自叹命运不济，一时变得有些心灰意冷。恰巧本族里一个王氏嫂子寡居，九兰平日里常帮衬这个女人，一对苦命人日久生情，准备搬到一起住了。族长觉得伤风败俗，横加阻拦。九兰生性倔强，不屑于这些陈芝麻烂谷子的陋习，择日便与寡嫂拜了天地。他这一举动，惊世骇俗，让渊子崖的男女老少着实议论了一大阵子。

日军第二轮强攻开始了，四门大炮又开始向东北角轰击，几间木匠铺瞬间被夷为平地，围墙也被炸出了一个缺口，一队日军在松田小队长指挥下冲了上来。自卫队员都各就各位，日军近了，林九兰、林崇松点燃了五子炮，一连串的爆炸声后，日军倒下了一片，随后林欣又投出了一颗手榴弹，竟炸死了一个伪军。三喳喳拍手刚叫了几声好，被日军一枪打翻在地上。

日军十几挺机枪同时响起，在围墙上织成了密集的火网，炮手林久胜倒了下去，林庆彬把他拉到一边用麦秸盖了，鲜血从里面缓缓流了出来，很快在冷风中结干了。日军见对方被机枪压住了，再攻，又败。林长老的腿被日军子弹打瘸了，林凡义劝他回去，林长老拗不过，向村里走去，边走边嘟哝："我这就回家制土炸弹去，炸死这帮狗孙子！"

双方一时僵持起来，林凡义让自卫队员尽快歇息。妇救会长春妮带着妇女当后勤，女人们一根钩担肩上挑，有的担来了热饭，有的挑来了热水。王氏也提着一个大桶赶了过来，林九兰正在往墙下抱石头，他看了老婆一眼道："送来了啥好东西？"王氏说："这小鬼子的炮弹可真是长眼了，一下子就落到了咱家院子里，幸亏我到地窖子拿东西去了，上来一看，娘的，把咱家的几只鸡炸死了，正好我炖了给大家伙吃，吃饱了好杀鬼子。"说完就摆开一溜碗，拿起勺子，把汤肉一一分舀到了碗里。周围的人见了，都笑着围了上来。林九兰说："我这刚转运有了个儿子，小日本鬼子就上门找事了，不打他个狗日的，咱们别想过安顿日子。"

林秉标、林秉铎哥俩都已经七十有余，两人坐在围墙下抽了一袋烟，就拿起了鱼叉和镢头上了木架子。林欣说要给大家唱一唱《大刀向鬼子们的头上砍去》。她要出门的时候，继母就把她喊住了，说："一看你这短发，就是一个女八路。"继母说着，从墙缝里拽出一把头发，三两下，就给林欣编了一个假纂子。林欣挺起胸脯，刚唱了一个开头，红晕就飞上了双颊，在父老面前她竟然一时不好意思开口了。林福祥见大家都竖着耳朵听，喘了几口粗气道："这丫头，都是自己人，有啥不好意思的？"林欣抿

靠山

嘴一笑，放开嗓子唱了起来：

> 大刀向鬼子们的头上砍去！
> 全国武装的弟兄们！
> 抗战的一天来到了，抗战的一天来到了！
>
> 前面有东北的义勇军，
> 后面有全国的老百姓，
> 咱们军民团结勇敢前进，
> 看准那敌人，
> 把他消灭，把他消灭！冲啊！
>
> 大刀向鬼子们的头上砍去。杀！
> 大刀向鬼子们的头上砍去！

林欣越唱越有劲头，越唱越有力量。大家听了都说好，就照着歌里唱的意思和小日本鬼子大干一场。这一刻，林凡义和林庆忠正在土围子各段巡视，林凡义嘶哑着嗓子一直没停："乡亲们，接下来小鬼子肯定和咱们不算完的，大家伙都瞪起眼来，别松劲！"

林凡义对林庆忠说："咱们看准机会得把老人、妇女转移出去，不能等死。"林庆忠点了点头："看这架势很难，出去几个算几个吧！"高秀兰道："一会把火力全用起来，掩护乡亲们出去。"林凡义扭头对林欣说："你当八路也几个月了，起码有些经验了，女人就都交给你了。"林欣点了点头说："我一定把她们带出去。"几个老人闻听，坚决不同意，林秉标说："凡义，要死就死在一起！"林凡义红着眼道："乡亲们，这样咱们不值当的呀！"林秉标说："你们这些壮年要是都死了，还留下俺们这些老不死的有什么用？俺打不死鬼子，能卸掉他一条胳膊也够本了！"高秀兰急得脸红脖子粗的："大爷大叔们，你们留在这里，还拖累我们打鬼子，你们撤了，大家就能安心地和小鬼子们干了，这多合算？！"林庆忠这时已经把老人、妇女集合起来。林秉铎说："你们嫌俺们是累赘，那大家伙儿就走。"众人听了，都不再言语。一切准备停当后，自卫队员都一齐点上五子炮，几声巨响过后，打乱了日伪军的阵脚。趁这时有人打开了南门，几个村民顺着沟还没跑多远，就被日军的机枪挡住了去路，大家只好又缩了回去，林欣的右胳膊也挂了彩，幸亏没有伤着骨头。

双方一番交手后，坂田知道眼前这座城堡样的村庄里，并没有八路军的部队，与自己决一死战的都是一帮子没经过训练的草民，他们仅仅凭借厚厚的围墙和一些土枪土炮，逞一时之勇罢了。堂堂的大日本皇军，竟一时奈何不了一群中国农民，坂田很恼火，他在一棵槐树底下来回走了几步，开始重新排兵布阵。

坂田让松田继续强攻东北角，同时兼攻其他墙段，以此引起渊子崖村民的恐慌，让其首尾不能相顾。太阳刚偏西，日伪军又发动了新的攻势，密集的炮声过后，东北角围墙被炸开了一个口子，有的村民被埋在了土堆里，死伤无数。林凡义疯了一样地叫道："快堵住缺口！"林欣还剩下一颗手榴弹，情急之下，还没拉弦就扔了出去。林凡义一把拉开她，说："女人都躲到后边去！"为首的几个鬼子端着长枪已经冲了上来。二十多岁的林庆雷，小名叫端午，他跳起身抡圆铡刀就砍，一下子斩掉了一个日军的脑袋，血溅了他一脸。当他转过身来再次举起铡刀时，两个端着长枪的日军刺穿了他的肚子，端午刚吃了娘送来的豆腐，白花花的豆腐从肚子里撒了出来，端午的父亲林九宣见儿子倒在了血泊里，心疼地一声号叫："端——午，我那个儿呀！"接着就扑上前去，一长矛扎进了那个杀死端午的日军胸脯里，还没等他抽出长矛来，另一个鬼子向林九宣刺来，赶上前的林凡义一刀劈在了鬼子的后脑勺上。混乱中林九宣已经身中数刀，他靠着围墙缓缓滑了下去，墙壁上留下了一道鲜红的血迹。林九宣吃力地说："凡义，就是剩下一口气，也要和小日本鬼子拼出咱们渊子崖爷们的血性来，就是死也要死出个好模样来！"

林九宣说完气绝身亡，双目还瞪得圆圆的。

林凡义虎啸一声："小日本鬼，我杀了你们这帮龟孙子！"林凡义吼着，抡圆大刀扑到了两个日军面前，正拼杀中，膀大腰圆的林九乾提着刀冲了上来，嘴里发出一阵咻咻声。只见他手起刀落，一个日军被他砍翻在地，随着机枪响起，林九乾的胸脯成了蜂窝状，身体倒下那一刻，还是举刀的那个动作。在不远处当帮手的渊子崖的女人们，开始还心惊肉跳的，见自己的男人或是自己的亲人和鬼子扭打在了一起，又一个个倒在了血泊里，都疯了一样跑上前来。林九乾的妻子梅花本是跟着春妮送弹药的，见自己的男人血肉模糊了，一声大叫，拿起脚下的镢头就扑了过来。林凡义见九乾眼珠还动，还在喘气，就借着掩体俯身去拉，一把刺刀陡然抵在了他的脑门上，还手已经来不及了，凡义下意识地眨巴了一下眼睛，那鬼子狞笑着，把枪刺又对准了林凡义的胸口。凡义看到，那日军竟慢慢瘫倒在了地上，身旁的梅花还举着一把大镢头。林凡义知道梅花救了自己，可顾不得说什么，转身杀敌而去。

梅花一脸茫然，一屁股坐在了自己男人的尸体旁。

炮楼上五子炮居高临下，竟把日军两门炮轰倒了两门，村子东北角喊杀声弱了，刚才涌上来的一小股日军也慢慢退去了。墙里墙外，到处都是尸体。一汪汪流淌的血水，凝固了，又被一汪汪鲜血覆盖了。林秉标提着鱼叉跑了过来，见旁边坐着一个披头散发的女人，像雕塑一样动也不动。林秉标火了，就推了她一把，大声吼道："人都死了，还坐这里发什么呆？快起来搬石头去！"梅花见是公公，一下子哭出了声："爹，九乾他死了！"林秉标这才看出是自己的儿媳，他走到尸体面前愣怔了一下，见儿子两眼圆睁，嘴巴也张着，好像还在大声喊着什么。林秉标老眼一下子模糊了，他扭身抓过旁边的一捆麦秸盖在了九乾脸上，沙哑着嗓子对梅花道："孩子，快站起来！现时顾不上这些了，先打鬼子要紧！"说毕，抓起墙角上的门板堵在了缺口上，林崇州扛着门板也赶了过来，刚到缺口，一发炮弹落到他身上，门板被炸得粉碎，林崇州也身体全无。炮火间隙，机枪又响了起来，林秉标中弹，一屁股坐在了地上，梅花喊了声"爹"，还没赶过去，就被流弹击中，她一下下爬到秉标的身边，刚叫了声"爹"，就咽了气。秉标嘴里冒着血，可还在骂着："小日本鬼子，你这是要杀俺全家呀。"他抓起一块石头，扶着残垣摇摇晃晃站了起来，可眨眼的工夫，又一头栽倒在地上。枪炮声还在响着，一群男男女女，冒着枪林弹雨，把一筐筐石头和沙土送到了缺口上，不时有人倒了下去。林九臣的妻子林王氏生性泼辣，胳膊被弹皮削掉了一块肉，鲜血渗出了棉袖，春妮要给她包一包，她正抱着一块上百斤重的大石头，呼哧呼哧地说："妮子，俺没啥事，就是叫蚊子咬了一口，不疼！"

林庆玉后来描述：

那子弹打过来就像下雨一样，可俺们还是往前拱，不拱不行，眼看小日本鬼子就涌上来了，开始还害怕，可后来就忘记怕了，一个个红着两个眼睛，只想着报仇杀鬼子！

短暂的交战，让渊子崖人学会了战斗，学会了麻痹日军。交战开始后，儿童团长林凡华带着儿童团来了，林凡义让他们也钻地道。林凡华道："俺们不是那些小光腚幼子（指小孩），俺们是儿童团。"林凡华说完，带着这群少年就跑远了。他们把准备过年的鞭炮也带出来了，挂在了四面的围墙上。约定以锣声为信号，一敲锣就点上。铜锣刚响，四周也响起了鞭炮声，就像数不清的机枪在开火一样，日军一时不明真相，都纷纷趴在了地上。村子东南有一麦秸园，与围墙相接，林凡华他们站在架子上用小石头和弹弓打击日军，这些少年从小练就了好准头，指哪打哪，弹无虚发。小石子发射出去后，就像长了眼睛一样，砸得日军哇哇乱叫。少年九迭提来一桶滚烫的热水，等日军到了围墙根，九迭就一声喊，日军就下意识地仰起了脸，九迭兜头把开水浇了下去，烫得日军发出了一阵阵惨叫。少年们见了哈哈大笑，都齐声喊道："小日本，喝热水，烫得伸直了小鳖腿！"

炮声再次轰鸣起来，其他战斗点也连连告急。林凡义光着膀子在各个墙段来回地跑着，他一身的血，一边大声喊着，反复就这几句话："都把头低一点！这里再上几个人！快放炮！快到东北角去！"他的嗓子已经喊哑了，不叫的时候，嘴还是机械地张着，舌头都耷拉下了。

林庆玉开始在东北角炮位，后来北面告急，他和林崇州扛起五子炮就跑，眼前尸体随处看见，一路上血汪汪的。土炮用的铁砂子碎铁片打完了，林欣和春妮带着一大帮子女人赶来了，有的拎着小锅，有的提着鏊子，有的头上顶着口大锅。她们到了墙下，抡起锤子就砸。在农村砸锅砸鏊子是不吉利的，可几下就被她们砸了个四分五裂，一会的工夫，碎铁就堆成了小山，断了粮的土炮再次轰鸣起来。

东北角的缺口越来越大，冲上来的日军越来越多，高秀兰刚举起枪就倒下了，连声哼哼都没有，旁边那个小名叫麻牌的少年，一把抓过了枪，见屋顶爬上了一个日军，抬枪把他打了下来。

林崇岩赶到东北缺口的时候，他的四叔林九兰正举着铡刀等着日军上来，左边的大哥林崇松也是这样的动作，一小撮日军涌了上来，躲在墙角处的众好汉跳出来就砍。林九兰大吼一声，顺势把一个日军脑袋砍了下来，接着飞起一脚，竟把尸体踢到了墙外，随后转身又砍死了两个日军。旁边的林崇松和林庆海，也和几个日军战在了一起。

麻牌见一个日军正偷袭林九兰，一个箭步冲上前来，举枪刺进了日军的胸膛。少年九选手中的石头并没有打中日军，那日军一偏头躲过去了，紧接着他一枪向九选捅了过来，九选躲避不及，干脆一把攥住了日军的枪刺，那日军见九选是个少年，一脸的稚气，就飞起一脚端在九选的肚子上，又猛地一抽枪，九选的双手一下子开了花，皮肉都翻在了外面，还露出了白森森的骨头，九选疼得大叫，一边俯身去捡石头，被日军一枪刺在了脖子上，顿时血柱喷涌而出，足有一米多高。

林九兰正在奋力拼杀，见弟弟林九京被日军砍倒在地上，九兰号叫着，一铡刀砍在那个日军的脑袋上，他俯下身子给九京合上眼睛，嘴里喃喃道："兄弟，你死得值了！"不远处，九兰的侄子林京炸死了两个日军，刚要再去拔腰里的手榴弹，就被打倒在地上，另一个日军从他身边经过，林京一把搂住他的右腿，顺势拉响了手榴弹。林清武的大刀也砍弯了，他弯腰去抓地上的鱼叉，被日军一刺刀扎在了屁股上，清武大叫一声，一个前扑，紧接着又是一个鹞子翻身，把锋利的鱼叉刺进了日军的胸膛里。

日军像潮水般涌了过来，林凡余只得喊了声撤，大家都择路散去。林九兰和林九先两兄弟拐了几个弯，一同钻进了东炮楼，日军紧跟不放，二人就纷纷往下扔石块，有的日军被砸倒了，有的已经钻进了炮楼。林九兰见连着炮楼的一段墙已摇摇欲倒，就暗示了九先一眼，兄弟俩合力推去，只听轰隆一声，一股尘土冲了上来，几个日军被砸死在了墙下。炮楼底下的日军都怔住了，九兰和九先见状，都一齐跳下来。九兰一声大喊："拿命来！"他左右开弓，一连砍倒了三个日军，可慢慢地就体力不支了。一梭子子弹打在了九兰的前胸，他拄着铡刀摇晃了一下，用力吼道："小日本鬼子，老子死了也不当孬种！"言毕，九兰口喷鲜血，倒在了断壁残垣上。

九先见九兰死了，泪水一下子涌了出来，嘴里喊着："我的兄弟呀！"他砍翻一个日军后，受伤的双膝再也不支，一下子跪在了地上。几个日军端着枪围上来都一齐刺向了他。此时九先已是遍体刀伤，他对着日军先是一阵淋漓地大笑，接着就是一顿痛骂，可声音慢慢弱下来，随之一头扎在了地上。

　　喊杀声在大小胡同里此起彼伏。夕阳西下，残阳如血，渊子崖上空的西半天被映得红彤彤的，好像被血水浸过一般。多少年后，渊子崖的人议论起这个血红的天气时，都说那是被渊子崖人的鲜血染红的。

　　就在这血红的夕阳里，渊子崖人又和日军展开了激烈的巷战。村内大围墙还套着一圈小围墙，除了几段大街，其他都是曲里拐弯的小巷。林崇岩和林庆海扛着五子炮顺着巷道一路向西跑去，最后被几个日军堵住了去路，在黄昏的余光下，日军的面庞清晰可辨，林崇岩对身后的林庆海喊道："快点炮！"林庆海把火绳往引线上一触，紧着轰的一声响，几个日军倒在地上。后面也有日军闻风而来，脚步声越来越近。林庆海急急地道："兄弟，快逃命吧！"二人扔了土炮就跑，林庆海一头扎进了旁边的一条小巷。林崇岩还是被几个日军紧紧咬住了，跑了几圈也没能甩掉他们，他情急之下翻墙进了院子，见墙角的柴火堆旁有一个地窖子，顺势就跳了下去，又抓了几把柴草盖住了洞口。随后他竖起耳朵听了听，好像是门破了，院子里的脚步声也越来越密，还伴随着日军哇啦声。接着就听到一个中国人在喊："你们这帮穷庄稼汉，都给我站好了，竟敢跟大日本皇军对抗，不想要命了？你们给小毛猴（指八路军）的粮食都藏在哪里去了？"无论他怎么喊，谁都没有吭声。不久，一阵阵惨叫声又送到林崇岩的耳里。林崇岩又突然听到了父亲的吼声："你们这些杂种，王八蛋，王八羔子！俺们就是知道也不告诉你们这些不是人东西的玩意。"一阵吼叫过后，就是一声声惨叫。林崇岩听了听，再也没有父亲的声音了。

　　一阵杂乱的脚步过后，院子里又平静了，林崇岩见外面再没声音，就爬了上来，他抬头一看，不禁双眼一下子瞪圆了，眼前都是乡亲们的尸体，有十几具。父亲呢？他急了，一下子站起身来，四处看着，最后一下子哭出了声。他看到父亲就趴在墙角下，身体扭曲。他跑过来小心翼翼地把父亲放在了地上。父亲的肚子破了，肠子流了一地，胸口还有一个血窟窿。

东炮楼被日军占领后，几个日军追着林庆海一同冲进了西炮楼。正是壮年的林庆海，抢刀就砍翻一个日军，另三个日军把他围在了墙角，林庆海左手还捏着一段火绳，他哈哈一笑道："小鬼子，爷爷今天就把你们送回老家去！"说完，手一松，把手中的火绳丢进了脚下的火药罐里，林庆海趁日军愣神的工夫，从炮楼窗口跳了下去，随后腾的一声，火光映红了一片天。从火光中冲出来的林庆海，成了一个火人、黑人，垂胸的长须都烧没了。林庆海在地上打了几个滚，见又有一群日军冲了过来，就大声喊道："西炮楼来鬼子了！"林凡义、林庆会、林庆玉闻声杀了过来，可寡不敌众，被大火烧伤的林庆海一下子搂住两个日军的脖子，大声喊道："凡义，你们快跑！"两个日军把林庆海摔倒地上，照着他的胸口捅了数刀，直到林庆海一动不动才止。

林庆玉跑到一个院子里后，发现墙角有个柳条囤，就把自己倒扣在了里面，几个来这里搜查的日军把先把旁边的草垛点了，最后一屁股坐了囤子上，林庆玉这几天伤风了，刚屏住呼吸，就觉得嗓子眼里痒得厉害，咽下了几口唾沫也压不住，最后还是忍不住打了个喷嚏。日军听到这声音，都一下子跳了起来，他们四下里看着，林庆玉憋不住，又连续打了几个，日军都盯住了柳条囤。一个日军用刺刀挑开囤子，林庆玉暴露无遗。日军狞笑着，把林庆玉架进了火海里，林庆玉瞬间成了火人，大叫着跳了出来，日军又把他推了进去，林庆玉又冲了出来，他惨叫着，一头扑进了猪圈的粪水里。门外传来一阵枪声和杂乱的脚步声，日军拔腿就走。一个日军回过头来朝着林庆玉开了一枪，子弹打在了林庆玉的后肩上，他就趴在那里装死，一动也没动。林庆玉的面部、手和前胸都烧伤了，浸了水的衣服又紧紧裹在身上，怎么也脱不掉，疼痛袭来，他昏迷了，在粪水了整整泡了一夜，第二天才被乡亲们救起。

林凡义和林庆会这时已经跑到了村东南的一个巷口，见身负重伤的林崇州正趴在地上大口喘着粗气，二人把他架到了柴园里，又给他包扎了一下伤口。林凡义道："你在这里歇息着，千万别露头了。"林崇州急了："凡义呀！房子烧了，乡亲们也一个个死了，你让俺当缩头乌龟？俺只要还有一口气就能杀死一个小日本！"说着，他喘息几声就昏了过去。林凡义让林庆会把林崇州藏到草垛里，自己提着刀跑了出去。林凡义刚离开不久，几个日军就冲进了柴园，把柴火垛都点上了，火借着风势熊熊燃烧起来。林庆会听到日军叫，一时按捺不住，冲出草垛，扬起长矛刺死了一个日军，另一日军朝着林庆会开了一枪，林庆会扑上前就抱住日军，一口咬去了他的半个耳朵。

林崇州醒来了，听到外面喊杀声，爬了出来，他摇晃着身体刚抡起了镢头，又倒了下去，数个日军架起林崇州、林庆会就往大火里推。俩人挣扎着，突然，他们各自抱住一个日军扑进在火海里，林庆会还在熊熊的大火里喊着："小鬼子，老子就是死了，也要拉一个垫背的。"

接着就是一阵大笑，声音越来越小，最后只剩下风声和大火的燃烧声。

后来一个被俘的伪军说到这一幕，一下子哭出了声。

林凡义胳膊也受了伤，血淋淋的，他晃晃手臂，觉得还能动，就顾不上这些了，他翻过几道墙，见林九臣的妻子从一个巷口冲了出来，手里还攥着一把菜刀，林凡义急了，一把拉住她道："这个时候你还乱窜窜什么？快藏起来！"林妻挣开林凡义的手，哭着说："孩子他爹死了，俺杀一个就够本了！"林凡义说："你平时胆子小，连只鸡都不敢杀，不是白送命吗？"林妻咬着牙道："兔子急了还咬人呢！"正说着，林清洁跑了过来，后边三个日军一路跟了上来，林凡义拉着林妻闪进了院内，日军刚到了门口，红了眼的林妻就杀将出来，一刀砍在了一个日军的后脑勺上，跑在前边正追赶林清洁的两个日军，回过身就把林妻刺死在了墙角下。林凡义和反身而回的林清洁刚杀死了这两个日军，又有一群日军闻讯冲了过来，林清洁中弹倒在地上。林凡义跑到另一个巷口，前面就涌来了一些日军，这时林清武突然从日军身后闪了出来，把一颗手榴弹扔进了敌群，他边喊边跑："我是八路，我是八路！"没被炸死的日军都转过身来去追赶清武，清武跑到街口处，见一井口，就纵身跳了下去，日军朝井内打了一阵枪，又扔了颗手雷，幸亏井下有机关，清武这才躲过了一劫。

林凡义脱身后穿过几处巷道，又经过几个院子时，身边已经聚集了十多个自卫队员，麻牌还是拿着那杆长枪，肩上斜挂着子弹袋，看到林凡义，麻牌拍着子弹袋道："俺报销了三个小鬼子。俺还以为高队长这袋子里都是子弹呢，没想到是些高粱秆子，没几颗真家伙了。"林凡义连声道："好样的！"说着带着大家就出了巷口，可打着打着人就又散了。麻牌刚跑不远，就被一颗子弹打中了，麻牌的爹林春文就跟在后面，他赶上前看看儿子，愣了愣，抹了把泪，抓起把干草盖在麻牌的脸上，接着捡起麻牌扔在地上的枪又往前冲，林春文不会打枪，他躲在墙角，用枪托子砸死了一个伪军。这时林守玉从一个街口跑了过来，手中的大刀片上还滴答着血，他见了林春文道："快跑呀！"林春文说："麻牌死了，这是他的枪，你会用，快拿去！"两人正说着话，林春文的手腕被一颗流弹打断了，枪也掉在了地上。林守玉一把捡起枪来，见不远处的墙角下有一个日军正在瞄准，他急忙拉栓，可还没等放枪，日军就先开了火，林守玉头上的小圆帽被打掉了，子弹在他头皮上犁出了一道沟。

林庆玉伤口痊愈后，成了一条明晃晃的疤痕，从此毫发不生。

4

日头西落的时候，林九星、林清义等十余位老人，在巷子里遭遇了松田小队长等日军。藏粮的地洞就在不远的老屋里，林九星他们见日军进村后，就到了老屋的附近。松田小队长见是些老汉，就放松了警惕，他下了摩托车，对着翻译官张明叫了一通，张明对老人道："太君说了，你们交出了八路，交出了军粮，就一个个放你们回家！"林九星用力咳嗽了一声道："看你说的，这渊子崖就是俺们的家呀，还用着你说了？俺们都是些快入土的人了，俺们什么都不知道！"其他老汉点点头，也都附和着。松田已经领教了渊子崖人的血性，这会好像没有多少耐性了，他挥了挥手，日军都举起了枪。林九星晃了晃手里的鱼叉，突然大声喊道："老伙计们，咱们手里的这些家伙也不是吃素的呀！"说完就带头往前冲去，其他老汉也扬起了手中大刀、鱼叉、长矛，紧紧跟了上来。日军见了，都端着枪迎上前来，双方你来我往，林九星他们哪里是日军的对手，虽然也杀死了两个日军，可一个个都悉数倒在地上。松田见还有几个老人活着，就让人提来一桶汽油浇泼洒在了他们身上。松田对张明说了几句话，张明急忙道："太君说了，他不忍心你们一个个死去，只要交出军粮，就留下你们性命。"林九星他们一言不发，松田打开火机，骂了声八格，就点燃了老人身上的衣服，一团团大火顿时包裹了他们，老人惨叫着在地上爬来爬去。藏粮的老房子旁边有一大水坑，可林九星他们为了不暴露粮食，竟都向着相反的方向爬去，最后都烧死在巷子里。

林欣和春妮带着妇女刚转到另外一条小巷，林长老就看到了她们，这时日军从另一街口赶来，双方即将相遇，本想躲避的林长老见她们危险，一下子停住了脚步，他一声大叫，张口唱起了京剧《挑滑车》："看前面，黑洞洞，定是那贼巢穴，待俺不赶上前去，杀他个干干净净！"林长老唱得有板有眼，那悠长苍凉的唱腔在黄昏中的渊子崖上空回荡着，日军见了，都端着枪围了上来。林长老拖着那条伤腿，一手提个篮子，一手捏着一根火绳，见日军到了眼前，抬高声音，又重复唱道："待俺赶上前去，杀他个干干净净！"林长老见林欣她们已经转过了墙角，就哈哈一笑，又捋了一把长须道："这是中国，天要黑了，俺得送你们回老家了！"说完，林长老把火绳伸到了篮子里，一声轰鸣，篮子里的土弹爆炸了，日军倒下了一片。

女八路军战士林欣和妇救会的会长林春妮把妇女们带到了村西那间废弃已久的房里后，春妮说："这个破屋子鬼子不会在意的，大家都不要出声，俺到外面看看街上还有姐妹没有？"林欣惦记着家中的弟弟石头，石头本来是和其他孩子藏在地洞里的，可哭得不行，最后又回了家。林欣和春妮急急走了，两人刚到一个巷口，迎面就来了几个日军，春妮道："妹子，你是八路军，不能被鬼子抓住，我引开他们！"还没等林欣反应过来，春妮喊了声打鬼子了，扭身向另一条巷子跑了，日军听到声音后就追了过去。

春妮最后还是落入了松田之手，松田见审不出什么，押着她一路向南走来。寒风中，已经被日军打得遍体鳞伤的春妮，摇晃着身子，身后留下了一溜血迹，林凡义和村里的几个自卫队员刚出巷口，迎面就遭遇了松田，双方对峙起来，松田对着张明说了几句话，张明就指着春妮对林凡义道："只要你们投降，交出八路军的军粮，就留下这个女人的一条性命。"松田嘿嘿一笑，把长刀架在了春妮的脖子上。

林凡义怔住了，张了张口没说出什么来。

春妮见林凡义手里端着一把枪，就大声喊着："凡义，快开枪打死俺！"右肩早就挨了一枪子的三喳喳骂道："小鬼子，别拿女人说事，有能耐冲着老子来！"说完他就走上前来，松田一枪把他打倒在地上。三喳喳挣扎了几下，最后又坐了起来，他吐了几口鲜血，刚要说什么，又倒了下去。春妮趁机猛地挣开了日军手，喊了声："打鬼子呀！"就一头撞在了墙上，倒地而亡。

林九兰的六弟林九席手里端了条土枪，就站在林凡义左边，他和林凡义一下子开了火。寡不敌众，林凡义带着大家边战边退，最后跑到了一条巷子里。

林欣一阵疯跑，转过几个巷道后就一头扎进了自家的院子里，继母已经不知去向，只有石头还躲在水缸的后面，林欣拽起弟弟就出了家门，可没跑多远，就被松田和几个日军截住了，松田绕着林欣转了一圈，连声感叹："你的，大大的美，大大的美！"他的目光慢慢落到了林欣脑后的假纂上，他嘿嘿两声，拔出长刀一下子挑开了假纂子，又一把揪了下来。翻译官张明看了看林欣的短发，跳着脚喊道："太君，女八路，女八路！"松田大喜，一挥手，张明急忙道："带走！"一个日军哇啦几句，把刺刀抵在了林欣的胸前，他见林欣无动于衷，就"八格八格"地叫着，一边上来推林欣。石头拽住林欣的衣襟紧紧不放，日军火了，上去打了石头一巴掌，石头松开姐姐的衣襟，蹲下身来对着日军的大腿狠狠咬了下去，那日军疼得嗷嗷大叫，其他日军见了都笑个不停，这个日军火了，对着石头就开了一枪，石头一声没吭就倒在了地上。林欣连声喊着石头，石头动也不动，她就像一头暴怒的母狮，大叫着扑向了松田，接着一口咬掉了松田的半个耳朵，松田疼得嗷嗷大叫来，林欣抱着他的脖子还不松手，几个日军上来，才把林欣拽开。林欣趔趄了几步，一下子坐在了地上，她刚要站起来，松田的长刀一下子刺进了她的太阳穴里，林欣扑通一声倒在了弟弟的身上。

林欣被杀的时候，一队日军把三十余村民赶到了村南的柴园里，日军小队长伊藤已经领教了渊子崖村民的厉害，他怕村民反抗，把他们一个个五花大绑，又用绳子连在一起。儿童团长林凡华矮个子，日军见他是个孩子，就没给他上绑。这个时候，起风了，寒风掠过了每个人的面孔，几个日军提着汽油桶，不由分说，上来就泼洒在村民的身上。梁化轩和孟金龙跟在伊藤左右，梁化轩把林凡华拽到一边，大声问他："你们的村长林凡义在什么地方？"林凡华不语，梁化轩揪着他的耳朵叫道："小兔崽子，你说，共产党在哪里？粮食在哪里？"随后，梁化轩指着对面的村民道："你要是说了，你能活，他们也能活下来。"林凡华还是一声不吭。几个日军把一边的草垛点了，又把浑身都是汽油的村民一个个推到了大火里，一声声惨叫刺穿了天空，随后就是一阵阵呛人肉焦味。孟金龙对林凡华吆喝道："小子，你再不说，也是这个样子！说！"林凡华骂几声狗汉奸，又骂几声小鬼子，趁伊藤不备，一脚踢在了他的裆部，伊藤嗷的一声蹲在了地上。一个日军冲上前来，对着林凡华胸口就刺，林凡华退了一步靠在墙壁上，竟没有倒下，瞪着一双眼睛直直地立在了那里。另一个日军把汽油泼在林凡华身上，从火堆里拿了把火扔在了林凡华的身上，火一下子烧了起来，很快就蔓延到了他的全身。

　　后来人们发现，被烧焦了的林凡华最后也没有倒下。尸体被抬走时，墙面上竟有一个清晰的人影。

　　日军把林九席等二十个中青年押到了南面河边的时候，松田和张翻译官也来了。松田对着张明耳语几句，张翻译看着松田有些不解，松田不耐烦地挥挥手。张翻译急忙转过身来问村民："你们一个个谁认识字？"村民们有些茫然，一时都没有说话。随后林凡荣道："我识字！"旁边的林凡坤和另一村民同声说："我认识！"几个伪军上来就把这三人拉到了一边。林凡荣大声问："识字也枪毙呀？！"日伪军都没有理会林凡荣。伊藤一挥手，日军就向那些不识字的村民开了火。林凡秀中弹后一头栽进水塘子里。这一枪没有让林凡秀致命，他挣扎了几下，日军见他没死，就搬起石头砸他，直到林凡秀不动为止。

但林凡秀还是活了下来，后来八路军一个戴眼镜的军医给他检查发现，子弹从是从林凡秀背部穿入的，又从他的前胸从右边而出，并没有伤到体内器官。林凡秀也说，枪声响过后，他觉得后背好像被人拍了一巴掌，又好像被马蜂蜇了一下。

很快又一些村民被押了过来，日军正准备动手，坂田也来了，他一路喊着："渊子崖的人统统都死了死了的。"坂田看了看这些村民，又让准备行刑的日军停下来，他让村民一个个在水塘子边站了，又让一排端着长枪的日军站在村民的后边。张明走到第一个村民身边，问他："八路在哪里？军粮在哪里？"第一个村民是林欣的父亲林福祥，他的气管炎更严重了，听到问话，他喘着粗气说了声："不知道。"后来干脆就不吭声了。张明一挥手，后面的日军一枪刺捅进了林福祥的后背里，林福祥像块木头一样倒在了水里。后面的村民像林福祥那样，也是说不知道，同样被刺倒在地，轮到林九席了，日军的刺刀刚捅到背上，他就扑到了水里，那日军见了，就跳进水里再刺。林九席身上棉衣被水浸透了，就像裹了件铠甲一样，日军刺得很费力。这时村外的枪声大作，冲锋号响彻在空中。坂田侧耳听了听，说了声有八路，就指挥人马向土围子外冲。水塘子里的日军见林九席不动了，懒得再刺，就急急上岸走了。

林九席的后背被刺了几个血窟窿，还有一刀在脖子上。到了深夜，林九席被冻醒了，就往村口爬去，后来被人救了下来了。

被林凡义派出寻找冯干三和八路军的林海明、林清水，是在日军炸开围墙不久跑出渊子崖的。俩人费尽周折终于在下午四时左右找到了区长冯干三。他们的棉衣都湿透了，见到冯干三时，都一下子瘫坐在了地上，林清水放声大哭："区长，快去救渊子崖呀！晚了渊子崖就全完了，全完了！"林海明道："小鬼子包围了村子，得几千号人呐。"冯干三顾不上多问，马上集合区中队驰援渊子崖。这时，八路军山纵二旅五团三营九连一部获得消息后，也向渊子崖赶来。

林凡义还惦记着那些老人，他知道，日军还在屠杀，从今夜起渊子崖就没了，没了，林凡义泪水满面，心如刀绞。他带着几个人刚跑到东边那条巷子，就一下子怔住了，眼前都是尸体，有几具尸体烧焦了，还保持着努力爬行的样子，林凡义一声号叫："小日本鬼子，你们连老人都不放过，你们不得好死呀！"林凡义突然看到，墙角的那堆尸体中，突然举起了一只手，林凡义他们急忙搬开尸体，一个面目全非的老人露了出来。林凡义也辨认不出是谁了，他把老人抱在怀里，大声说道："我是凡义，我是凡义呀！"老人身体抖得厉害，喘息了几声说："凡义呀，俺是林九星呀，俺烧得没人样了吧？"停了一会他又说："凡义，俺没给咱渊子崖抹黑，没给中国人丢脸！到死俺也没当孬种！这些老伙计也都没当孬种！一个个好样的！"林九星说完，气绝身亡。

林凡义听到村外冲锋号响起的时候，冯干三部和八路军战士正与日军在村东南岭头上展开了鏖战。区中队离渊子崖还有一段距离时，冯干三就急乎乎地喊道："同志们，快打枪，把敌人引出来！"八路军九连副连长陈连城，带着不到一个排的兵力已经和日军接上了火。坂田从枪声判断，前来增援的是一小股八路，他对梁化轩道："是八路的小股部队，你带人从右边上。"事实如此，区中队和八路军部相加还不足50人。坂田下令分割包围，双方展开了激烈的交锋。冯干三对区委书记刘新一说："咱们最后就是拼得一个不剩也不能撤，渊子崖还有1000多口子的父老乡亲呐！"陈连城和冯干三商量，部队分头行动，边打边撤，要把渊子崖的日军全部引出来，这样老百姓就安全了。陈连城带着八路军战士退到了东沟，坂田觉得东沟的火力最强，就把重火力用到了这里。在炮火和机枪的掩护下，日军冲了上来，陈副连长指挥战士用手榴弹打退了日军的进攻。

冯干三带的人马被日军马队包围在了东岭上，无数骑兵挥舞着战刀一路杀了过来，马蹄腾起一阵阵尘土。冯干三他们一齐开火，几个日军被打倒在了马下，更多的战马很快就来到了眼前。日军挥起马刀纷纷砍下，冯干三他们相继倒了下去。

另一边，陈连城他们边打边撤，伊藤带着一部分日军追了上去。坂田望着火光冲天的渊子崖，对松田和梁化轩说："堂堂的大日本皇军，竟和中国农民打了一天，这是我一生的耻辱！"坂田本想再返回村里，让整个渊子崖从此消失，最后他见夜色已浓，担心中了八路军的诡计，只得率队返回。为了不留下笑柄，坂田下令把战死的日军带走，包括从村子里带出来的那些尸体。枪声渐渐稀疏下来，最后慢慢趋于平静。

5

第二天早上，人们抬起林欣遗体的时候，发现石头竟然还一息尚存。林欣的继母也没有找到，林凡义就把石头背到了自己的家里。他刚把石头放到炕头上，就一头倒在那里呼呼睡了过去。

太阳升起来了，那个叫小芹的女人把渊子崖的孩子刚带出了地洞，八路军也开进了村子，张团长看着眼前的情景，不禁落下了眼泪。这时一个少年走了过去，带着张团长来到了藏粮的老屋，打开洞口，他和几个村民走了进去，成袋的粮食完好无损，上面还放着一张叠好的纸，张团长展开一看，原来是林九星老人写的那张保护军粮的血书。张团长看着看着，大颗的眼泪滴在纸上。

后来一一五师政委罗荣桓看到这封血书后，沉默了很久，他满含热泪说道："同志们，民心是咱们共产党的胜利之本啊！"

一一五师总部最初得到消息，驰援渊子崖的部队，除了陈连城他们几人幸存外，其余全部牺牲。事实上还有一人活了下来，此人叫徐坦，沭水县武装部的部长。他身上被日军骑兵砍了数刀，清理战场时，大家都把他当成了尸体，半路徐坦被颠醒了，就哼了一声，大家这才发现他还活着，遂被救起。徐坦伤愈后归队，不久就牺牲了。

冯干三上身被骑兵砍得血肉模糊，面目全非。他左手已经断了，倒地后还向渊子崖方向爬了一米开外，留下了一道血污，右手则直直地指着渊子崖。一个为冯干三收尸的老人跪下给他磕了几个头，号啕大哭着说："冯区长死了还睁着双眼，他这是惦记着咱渊子崖的人呐！"

林凡义和冯干三交情很深。凡义家在村北门旁，干三每次来了，都先到他家落脚，两人促膝谈到深夜，就在炕上通腿睡了。

林九兰家的那条狗一直守着主人的尸体。他被埋到祖坟后，狗也跟着去了，直至饿死在坟前。村东头的那片坟地，一下子平添了一百多个新坟头，整个坟场上飘满了白幡。阴沉了数日的天气，飘下来一场鹅毛大雪，整整下了两天两夜。村中的林麻子，三个儿子都战死了，他踩着厚厚的积雪，满村子地喊："乡亲们呐！老天有眼呀，这是给咱渊子崖穿白戴孝呀！"

第二天，有人发现，坐在儿子坟前的林麻子已经冻死了。他佝偻着腰，如雕塑一般。嘴角上还挂着冰霜，垂胸的长须凝成一串串冰溜子。

渊子崖老百姓在这次自卫战中，重伤138人、78人严重伤，烧伤17人。在147名战死的村民中，就包括林秉标和他的8个子孙，还有他的堂兄林秉铎以及他的5个子孙们。为了纪念他们，1944年5月1日，滨海区沭水县人民政府特地在渊子崖村北修建了烈士纪念塔。碑上也为那些战死的妇女留下了名字，她们是："林梁氏、林卞氏、林王氏、林刘氏、林孙氏、林尤氏、林邢氏、林秀英、林王氏、林刘氏。"林福祥的女儿还有村里的三个姑娘因为上了八路军组织的识字班，她们在碑上都有了正规的名字：林欣、林秀英、林小勉。

那个乳名叫"麻牌"的少年，出生那天，他爹林春文正在打麻牌，顺口就给儿子起了这个名字。刻碑那天，轮到麻牌后，石匠一时不知怎么办才好。林凡义道："他小名是麻牌，干脆就叫林麻牌吧。"于是烈士纪念塔上，少年"麻牌"就成了"林麻牌。"

谁能想象？历史竟以这种惨烈的方式让"麻牌"有了自己的大名。

渊子崖蒙难的消息传到八大剧团后，那个曾经在林欣家住过的柳絮和众女兵哭成了一团。抗大一分校的文工团员林克悲愤揭心，连夜就写出了歌曲《当兵的把仇报》：

> 房子烧啦，东西没啦，只剩下一片焦土几片瓦，只剩下满地骨头架。可恨的日本鬼，三光真毒辣，这样的仇恨怎能罢，来吧！当兵把仇报呀，记住！仇不报，不回家！牛马没啦，人不见啦，我们的爹妈谁杀啦，我们的姐妹谁抢去啦。

不久以后，一首《渊子崖抗日之歌》在根据地传唱开来：

四一年沭河泮刮着西北风，
鬼子汉奸来进攻，
渊子崖的人民要革命，
哎哎哟渊子崖的人民要革命。

十八岁青年团扛土炮，
打得那个鬼子哇哇叫，
哎哎哟打得那个鬼子哇哇叫。

妇女们也参战，
手拿菜刀上前线，
送茶又送饭，
哎哎哟送茶又送饭。

小英雄儿童团真勇敢，
搬运石头当炮弹，
打倒鬼子一大片，
哎哎哟打倒鬼子一大片。

八路军同志们一援助，
把鬼子汉奸打跑了，
把渊子崖的百姓救出来，
哎哎哟把渊子崖的百姓救出来。

　　在这场血战中，日军损失了多少人呢？后来有了答案。日军返回新浦时，把"识字"的林凡荣、林庆平、林凡坤带走了，他们三人不久又被送到了江苏黑林镇日军骑兵队充当了骑兵的马凳。日军训练时，脚上的大皮靴一次又一次从他们的背上踏过，把他们的皮肉都踏烂了。半夜里睡不着觉，林庆平就骂："小日本鬼子真他妈的不是娘养的，开始让咱们识字的站出来，我思谋着要送咱们上西天的呢，原来是让咱们这些大活人来当马凳的！"林凡荣道："俺也是想不明白，怎么就成了这光景呢？这帮小子，踩在俺的背上还噗嗤噗嗤地放屁呢。"林庆平说："咱们得逃出去。"林凡荣说："很难，先这么受着吧。"

林庆平还是没能坚持下来，在初春的一个早上逃跑时，被日军击毙在了一条沟里。时隔不久，一个叫张举善的地下党设法救出了林凡荣、林庆坤。从张举善嘴里得知，鬼子死了112人，要是加上八路军消灭的，还要多。联队长坂田因为这，还被撤了职。

林凡荣、林庆坤听了很兴奋，也很骄傲，把这一数字带了回来。

日军在侵华战争中，所到之处几乎都有妇女被奸污，可渊子崖村的妇女，无一人受辱。后来在一个被俘的日军日记中看到了这样一段话：

> 渊子崖的妇女个个能杀，用中国人的话说，都是拼命三郎。面对着这些拼杀的美丽女人，我们都无从下手，也来不及下手。从这以后，我们每次扫荡经过渊子崖时，都绕村而过，再也没有轻举妄动。

罗荣桓元帅晚年曾说：渊子崖自卫战是完全有资格写进历史和军史的。而那位远在日本的联队长坂田，在晚年撰写的回忆录中这样写道：

> 我至今仍然觉得我的对手不可思议，他们只是一群农民呀！这是我军对华作战中遇上的最顽强的平民。

渊子崖平民自卫战传到日本后，天皇裕仁一声长叹："中国平民都如此硬骨头，我们岂能征服中国？！"可当时的日本《大阪每日新闻》还是做了这样的报道：

> 皇军1000余人包围了中国渊子崖，开始遇上了强力抵抗，最终将其攻陷，敌人伤亡无数，云云。

渊子崖自卫战由一一五师电台传到延安后，毛泽东连夜挥毫写就一篇文章，其中有这样一句话："抗日战争村自卫战，渊子崖是典范。"发表在第二天的《解放日报》上，旁边还加了社论。后来，罗荣桓政委把毛泽东的文章传达给了全军指战员。其间，还特地邀请渊子崖幸存的自卫队员来一一五师做了一场报告。

小芹的丈夫林大勇也战死了，她身边再无一个亲人，几个月后，小芹生下了一个儿子。林凡义的母亲林大娘见小芹孤儿寡母的可怜，一直想再给她找个人家，可村里的青年大都战死了，已无人能娶小芹。她就四处打听，跑遍了十里八乡，最后终于为小芹觅得了人家。小芹的嫁妆，是家家户户凑钱置办的，酒席也是百家席。小芹出嫁那天，全村男女老少都来送行。林凡义对她说："妹子，你是咱们渊子崖的功臣，渊子崖就是你的娘家！什么时候想来就来。家里要是有什么难处，你就言语一声。"一句话说得众人泪汪汪的。

小芹双眼含泪，依依不舍，她拉过3岁的儿子，一下子跪在了乡亲们面前："这些年都是乡亲们在照顾俺娘俩，俺给娘家人磕头了。"说完，她带着儿子重重地磕了三个响头，泪水也洒了一地。

林大娘抹把眼泪，拉起小芹道："孩子，今天是你大喜的日子，上轿吧！"

小芹最后还有一个要求，让轿子围着渊子崖转一圈，林凡义含泪点了点头。几个唢呐手鼓起了腮帮子，一声声唢呐响在了天空。花轿围着渊子崖转了一圈，唢呐手也吹了一圈。轿子出了村口，经过烈士纪念塔时，小芹说了声停下。她和儿子下了轿，走了几步，一下子跪在了塔前，小芹含泪道："孩他爹，俺和孩子来看你了。俺做主给孩子起了小名叫虎子，和你重名，你不怪俺吧？俺是想，让虎子长大了也像你一样去打日本鬼子！"

指挥了这场自卫战的林凡义一直没有离开农村。这位抗战英雄，后来竟然连鸡都不敢杀了。林庆忠问他："要是小日本再来了怎么办？"他双眼一瞪说："照样杀！"林凡义晚年弥留之际，一直在喊着"杀！杀！杀！"直到闭上双眼。林庆忠1946年当上了区中队的中队长。1952年因病转业，本来有一个好的去处，可他执意回家种地。家人替他惋惜，林庆忠说："你们到咱们渊子崖的坟头上数一数，就知道我今天多么庆幸了！"

石头长大后，才有了自己的名字，叫林凡善。石头因为被姐姐林欣压了一夜，造成了右胳膊终身残疾，终身未娶。林凡义号召村里养他，他是吃着百家饭长大的。石头一直想念姐姐，经常去纪念塔抚摸姐姐的名字。随着风雨的侵蚀，纪念塔上的名字越来越模糊，石头担心看不到姐姐的名字了，就用食指反复地"描"，久而久之"林欣"二字竟比别的名字深了许多，看上去光滑、清晰，可石头的指尖竟磨平了。平日里，石头多是借酒消愁，每次半醉时，就去村外的纪念塔前喊姐姐，一声又一声地。喊得全村人心里酸酸的，喊得全村人眼泪汪汪的。

在中国人民抗日战争胜利70周年之时，国家公布了第二批600个著名抗日英烈和英雄群体，临沂市莒南县板泉镇渊子崖村自卫战战死村民群体赫然在列。是唯一的一个英雄农民群体。

【机密】　担架民工动员要点　（民兵修改）

一、为了保证任务很好完成担架民工必须在不泄漏秘密下很好进行动员教育，使民工以高涨的情绪来做好组织积极参加后勤工作。

二、民工教育内容为下：

甲·政治教育

（一）反攻形势教育——根据坂岸材料说明我们不但要坚持得好还要随时要缩加强反攻准备，在部队未如行动后则要说明一面反攻一面坚持的形势，以免敌形势变化时的波动。

（二）连系翻身增减进行拥军教育并加强主力观念——说明部队反攻和我们翻身的关系，更要提示后勤做得好部队才能打胜仗，做后勤是为了翻身。同时使民工认识要有强大主力反攻才能胜利。提示"后勤做得好，翻身才牢靠"，"拥护军队养军队，胜利反攻永久翻身"。

（三）反蒋罪恶行教育——激发群众仇恨并做提示"部队打仗替我们报仇"，报仇要自己动手做好后勤"。

乙·纪律教育

（一）爱护伤员，受伤物资；

（二）勇敢胆大，服从指挥；

（三）吃苦耐劳，有头有尾；

丙·军事常识

（一）在前线得要利用地形不要于弹范火不要乱动不要暴露目标要听部队向导同志指挥。

（二）火线上不要烧饭（带乾粮）夜里不要点火不许抽烟不许讲话。

（三）不怕飞机（老鹰屎屙不到人头上），飞机在天上飞其里不动就不在清楚，打仗飞机没有炸死过几个人。飞机离得远可以怎样走路，飞机在头上，伏下不要动，过了再走，成群结队走时要听负责同志指挥。

（四）飞机来时不只要沉着不要自己先怕要能掌握队伍不要一哄散步。

（五）民工队伍行动时要派胆大挺身的做尖兵叫号色和负他队伍互为会一哄而散，莫可防备突然情况，集中居现上瞻览时也要轮流听三动静。

三、担架民工中要贯澈立功，考色为誊。同未时要进行做好民主评功赞过。

四、为保守秘密在各个阶段要提示适当动员口号，初期可提示"准备反攻搞好后勤"但集中时不能规些时间态应调换

五、参加担架民工上干O不缺欠部但在集中时要佈置其如何掌握起普干作用

（署名）

第四章
情深意长

一　刘大娘、马大爷

1

在沂蒙山大大小小的山里，很难找到成片的村庄，一个几十户人家的村子，通常都散落在各个角落中，有的在坡上，有的在山脚下，还有的在谷底，或是在高高的崖上。在费东县（今费县）的五彩山、大青山、黑山一带，就散布着很多类似的村庄。大青山因植物茂密而得名，而当地人口中的五彩山，也是由于山上秋季的植物色彩多样，才有了五彩山这个名字。

1941年深秋的五彩山，被各类植物染成了一片斑斓。在五彩山北麓的山谷中，有一个十几户人家的小村子，就散落在高高低低的山坳里。在与之相邻的另一个更宽阔的山谷里，还有一个大一些的村庄。由于山谷都形似口袋，这个人户多的村就叫大布袋村，另一个叫小布袋村。

过了霜降，特别是进入初冬后，五彩山的色彩好像更烈更艳了，且比深秋时更多了一份凝重。可这一切，对从小就生活在大山里的小布袋村党支部书记刘苦妮来说，早就司空见惯了。日军没来的时候，她考虑更多的是一家人的生计，还有岭上自家那块巴掌大小地里的庄稼长势。过去，很多孩子起大名的时候，通常都是姓加上乳名就可以了。看刘苦妮的名字，就知道她应该吃过不少苦。事实也正是这样，刘苦妮出生的时候，正逢春荒，本来全家人就吃了上顿没下顿，可地主还三天两头地来催租子。苦妮娘饿得两眼昏花，根本就没有奶水喂她。苦妮娘抹着眼泪说："这孩子来得不是时候呀，可真是个苦妮子。"苦妮的爹急得不知如何是好，最后只得硬着头皮去求地主，被地主的家丁吊在梁上打得皮开肉绽。苦妮还在娘怀里的时候，娘就喊她苦妮，苦妮这个名字就这样喊起来的。后来，村里来了共产党，地主不仅被打倒了，苦妮家里还分得了土地，苦妮娘笑了，这是苦妮第一次看到娘笑。苦妮见共产党是替穷人说话和做事的，就很拥护他们，也成了积极分子。苦妮嫁给小布袋村的马大宝不久，小布袋村也来了共产党，没过几年。苦妮也入了党，宣誓是在峪上的一棵柿子树下举行，组织上的人说："你已经是共产党员了，不能苦妮苦妮地叫了，得像我一样有个名字。"苦妮想了想说："俺从小就吃不饱饭，俺娘都叫俺苦妮子，要不俺就叫刘苦妮吧。"

日军到了沂蒙山后，刘苦妮当上了党支部书记，是秘密的，马大宝当上了村长，是公开的，是据点里的汉奸点名让他当的，马大宝开始不同意，对刘苦妮说："我给他们当这个村长，那不就是汉奸了吗？"刘苦妮说："你要当，要当！咱表面应付日本人，暗地里为了共产党，为了老百姓。"前几日，县里的交通员来告诉苦妮，说有些八路军伤员很快就要过来，他们都是反扫荡中受伤的，扫荡还没结束，只能分散到各家各户去。交通员临走还嘱咐，要把伤员藏到地洞里，不能放到家中。交通员走后，刘苦妮就召开了小布袋村的党员会，让家家户户马上做准备。马大宝和儿子铁柱当天就动手了，爷俩借着自家的地势，很快就挖好了一个地洞。铁柱还拿着土枪专门到西山上打了几只野兔，说是给伤员吃的。

刘苦妮站在山谷里的高处向远处看着，连续几日，她都要在这里看上一会儿。可交通员说的那些伤员，一直没有来。刘苦妮不时搓揉着那双满是老茧的手，寒风一阵阵打在她清瘦的脸上。刘苦妮盼着，盼着，终于在一个晴朗的下午盼来了伤病员。伤员们大都由民工用担架抬着，伤轻一点

靠山

的就坐在骡子上，或是自己走。领头的八路军叫荣斌，是鲁中军区教导一旅卫生所的所长，年龄才17岁。这时的鲁中军区还只是个形式，自山东纵队在几个月前开始组建鲁中军区不久，日军扫荡就开始了，刚任命的军区司令刘海涛不幸牺牲，组建军区事宜也就随之停止了。

除了五彩山的山谷，如果再加上大青山、黑山的，这一带就有5条山谷，偌多的山谷里，像小布袋村这样大大小小的村庄，就有六七个。在山谷口，各村的村干部早就等在那里了。刘苦妮对荣斌说："荣所长，多给俺村一些伤员。"荣斌说："你们村住户少，一家两个就行，别太多了。"刘苦妮说："俺家要6个。其他人家都很积极，怎么着一家也给他们分两个吧。"荣斌没办法，就给了小布袋村20个伤员。可最后还没等刘苦妮分派，有的村民背起伤员就跑，马大宝抢了4个，这样苦妮还怪他关键时刻没瞪起眼来。

70多位伤病员就这样很快被各村的老百姓领走了，所长荣斌在当天的日记中写道：

> 平均每户人家要掩护两名以上的伤病员，开始我们还担心，群众能否自愿承担这么重的担子，谁知伤病员到达各村之后，没等分配，各家都争先恐后，领的领，抬的抬，背的背。有的老乡迟到一步，没能领到伤员，还和村干部吵嚷起来。

民兵马石山家里只有他和母亲二人，母亲还病重，苦妮就没给他分配伤员，石山火了："婶子，这可不行，你一家就4个，俺家为啥就一个没有呢？俺娘说了，俺家能照顾得了。"刘苦妮说："你还得站岗放哨呢，俺家人多，身体又好，照顾4个没啥。"苦妮让马大宝到各家看看，千万别出什么差池。民兵连长马铁柱晃了晃手里的枪，对马石山说："看你娘娘们们，可真啰唆了，走，咱们四处转转，看看有没有情况。”

刘苦妮家的房门朝西，3间房子都是石片垒的，非常有层次感和质感。院子里靠南墙的地方是间顶部像瓢形的草屋，俗称瓢屋。这在沂蒙山的老百姓家里随处可见。正房的南间有一盘炕，炕头和锅灶连着，刘苦妮早在灶下点上了火，锅里煮的是南瓜，从锅盖下飘出一阵阵香气。灶底的热量很快进了炕洞里，炕头慢慢热乎起来，坐在上面的4个伤员都很享受和惬意。医疗组设在小布袋村，所长荣斌还有通信员小徐今晚都在刘苦妮家吃饭。侄媳妇山花也来帮忙了，还带来了几个鸡蛋。两个女人干活都很麻利，很快就把饭做好了。桌子上除了一盆南瓜，还切了一点平时不舍得吃的腊肉，再就是一盆炒鸡蛋。马大宝和铁柱正好也回来了，大家都坐下吃饭。荣斌让苦妮也吃，苦妮说等会再吃，锅里还有，其实，锅里已经空了。苦妮拿过伤员张大强的棉袄，借着油灯缝补起来。灯光映着她稍许的白发，额头上的皱纹也清晰可见。荣斌吃着饭一边问苦妮：“大娘，你多大年纪了？”苦妮笑笑，说：“42岁了，活了大半辈子的人了。”吃过饭，荣斌说还得到每家每户去看看伤员，马大宝和铁柱就陪着去了。

在大扫荡中，日伪军开始并没有把这些散落山谷里的小村庄作为重点，每次都是匆匆而过，可就在他们突击大青山后没几天，一股日伪军来到了五彩山、黑山一带的各个小村庄驻扎，黑山口村就有200多个日伪军，与之相隔不远的小布袋、大布袋等村，也驻上了不少。刘苦妮家的那4个重伤员，早就被安排在了村西的地洞里，平日里都由苦妮和张卫生员照看着，山花来回送饭。谁都没有想到，日军竟把帐篷扎在了刘苦妮家的梯田里，地洞就在梯田的一侧，这天正好荣斌来洞里，也把他圈在了里面。洞的顶部是块大石板，日军来回走动的声音包括夜晚发出的呼噜声都很清晰。危险的是，他们每天早上还到沟里打水，来回正好经过洞口。

荣斌很着急，他对苦妮说："他们要是再驻下去，咱们就危险了，夜里我出去把他们引开。"刘苦妮道："千万别，这么多鬼子，你不能冒这个险。"张卫生员也说："搞不好还暴露了伤员。"

2

大布袋村10多户人家基本都掩在山脚下的树林里，日军没到沂蒙山前，这里的人家虽然很贫穷，可过得都是恬静的田园生活。村民为了生机，在村里村外，都栽上了柿树、梨树、桃树之类的果木，每到开春，满山谷的梨花桃花，白的一片，红的一片。大布袋村都是谭姓人家，这一会谭大爷站在院中央，看着远处的山路，对老伴说："这伤员也该来了吧？"谭大爷和老伴无儿无女，老伴看看他，笑道："一大早起来你站在这里都看了八遍了。"谭大爷摸摸胸前的胡须，笑了。谭大爷长方脸，身高一米八还多。别看他六十多岁了，可腰不弯背不驼，身体还很硬朗。站在那里就像一棵苍劲的老松。村里人给他起了个外号叫谭壮实。

中午，谭大爷一下子就领了5个伤员，其中三个吃喝拉撒都得别人照顾。伤员进了院子，看着眼前一棵棵石榴树，都说谭大爷家是个养伤的好地方。在大布袋村，谭大爷的勤快是出了名的。他在院子的北边，专门开出了一块菜园子，还用篱笆围了。为了随时能浇灌，他竟把山上流下的水引到了他的菜地里。谭大爷勤快，谭大娘也闲不住，她不仅养了一群鸡，还养了一头猪。谭大爷对老伴说："老婆子，你喂的这些活物可派上用场了，给同志们好好补补身子。谭大娘听了就咯咯地笑。没过几日，谭大爷叫来几个年轻人，果然把那头肥猪杀了，又让年轻人送到了各家各户，说是给伤员养身子的，还反复嘱咐大家："一定把肉炖烂了，要不同志们受不了！"伤员张金贵能呵呵，他笑着说："大爷，我好久都没闻荤腥味了，不用炖烂了，就是给我头生猪我也一口气把它吞了。"大家听了一阵大笑。

谭大娘说："孩子，大娘保准让你吃好了。"谭大娘平日里攒了一些鸡蛋，本是拿到集上卖了贴补家用的，也给伤病员吃了。

伤员刚来的时候，荣斌问谭大爷要把伤员藏在什么地方，谭大爷爷笑笑说："俺这里保险着呢。"说着就把荣斌带到院子附近的一块墓地里，他走到一个坟头，把坟前的供桌石搬开，下面露出了几块青砖，拿掉砖头后，又抽掉了木板，一个洞口赫然露在了眼前。谭大爷笑着说："这是俺和老伴往后的去处，没儿没女的，不早做打算不行。"说着，两人进了墓穴，谭大爷把煤油灯点上了，荣斌一看，地上铺着厚厚的干草，踩着在上面软软的。谭大爷指着一个篮子说："你大娘把吃的喝的也准备好了，万一鬼子来了，在下面待个三两天都渴不着饿不着。"荣斌很感动，说："大爷，您和大娘想得可真周到。"两人爬出洞口，谭大爷又把荣斌带到菜园东边的沟崖下，指着一个大洞神秘地说："别看这个大洞子一眼能看到底，里面也能藏人呢！"荣斌伸头一看，洞底一览无余，荣斌急忙说："这可不行，藏在这里一个都跑不了。"谭大爷摸摸飘在胸前的白须笑了，说："洞底一侧还连着一个洞呢，藏在里面就是手榴弹也炸不着！"随后他又指了指不远处的东岭说："那边有个山洞，乍一看是个大石头缝子，其实是个洞，侧侧身就进去了。里面我都收拾好了。"

3

刘苦妮和荣斌他们在洞里着急，刘苦妮的老伴马大宝也着急。过了中午，马大宝觉得再也不能等了，他把儿子和几个民兵叫到一起说："铁柱，咱们得把鬼子引开，他们要是再下去，万一发现了地洞咋办？到时候伤员可就都没命了，再说吃的喝的也送不进去呀。"马铁柱明白，小布袋村加上自己就7个民兵，只有自己身上这杆步枪，其他人背的都是打野兽的土枪，真打起来，那就是鸡蛋碰石头，搞不好连命都没有了。可小布袋村的民兵连长马铁柱一点都没犹豫，他看了一眼马大宝说："爹，你放心吧，俺明白了！"说着他带着大家就走了。马铁柱他们摸到鬼子附近开了枪，当时就打死了两个日军。其他日伪军，一边还击，一边包抄过来。马铁柱他们边打边撤，顺着山谷向远处山梁跑去。

马大宝还在附近，想随时应付发生的情况，被一群日伪军抓住了，马大宝急忙喊道："俺是小布袋村的村长马大宝，这可是皇军任命的呀！"日伪军根本不理，把他带到了小队长后岛面前，后岛为自己的耳朵被八路军咬了还一直耿耿于怀，他看了马大宝一眼，大声叫道："你们小布袋村，八路大大的。"马大宝说："太君，俺是村长，是给皇军效劳的，村里有没有八路，俺门清着呢。"林翻译官说："你们这里有八路，肯定也有八路伤病员！"几个日伪军押着马大宝来到了村口，一会儿的工夫，小布袋村的村民也都被集中到这里，后岛和林翻译官说了几句话，林翻译官就开口说："刚才打枪的八路跑到什么地方去了？小布袋有没有八路军伤病员？只要你们交代了，会重重有赏！"林翻译官转过身，对马大宝吼道，"你先说！"马大宝笑笑："俺们这里确实没有八路，也没有伤病员。"后岛盯了马大宝一眼，气咻咻的，一个日军上来一枪托子捣在了马大宝的下颌上，马大宝的下颌顿时血流如注。林翻译官瞪他一眼："快说，敢和皇军耍花招？"马大宝擦擦嘴，还是说"没有"。后岛拔出长刀，一下一下地挑开了马大宝身上的羊皮袄扣子，一个伪军上来就把他的羊皮袄脱了，其他日伪军往马大宝身上一桶桶地泼凉水。见马大宝还是不说，林翻译官转过头对村民吼道："你们谁说？只要有人说了，就饶了这个老不死的一条命。"寒风里，马大宝上身被冻紫了，嘴唇也打着哆嗦。他看看这些同根同族的乡亲们，像是对别人，又像是对自己说："没有就是没有，俺要对得起自己的良心，要不往后咋去见咱们先人？"后岛大怒，又把一桶汽油浇在了马大宝身上。林翻译捂着鼻子道："再他妈的不开口，就点了你。"这时人群里有个中年汉子叫了一声"大哥"，欲言又止。马大宝狠狠瞪了他一眼，大声说："别忘了咱们现今的光景是怎么来的！"后岛"啪"的一声打开了火机，一下子触在了马大宝的身上，马大宝的胸前顿时跳起了一个火球，火球滚动了几下，又在他全身蔓延开来。马大宝惨叫着扑倒在地上，来回滚动着。

枪声过了好一会，外面平静了下来。刘苦妮高兴地说："俺那个老天，这下好了，小鬼子可走了。"她和荣斌爬出地洞，刚把洞口堵好，远处就有个女人一路哭着跑了过来："婶子，婶子，不好了，俺叔他出事了。"刘苦妮听了，急急迎上前去，问："山花，你叔咋了？慢慢说。"山花一头扑进刘苦妮怀里，她放声大哭。荣斌顾不上等她们，拔出手枪就往村口跑去，村口还站着很多乡亲们，见荣斌来了，村里的女人都一下子哭出了声。有人喊道："荣所长，马村长被鬼子烧死了，这帮狗日的，太狠了！"荣斌走上前来，一下子就跪在了马大宝身旁，他刚掀开盖在马大宝身上的那件沾着血迹的羊皮袄，就一下子睁大了双眼，眼前的马大宝已经被烧成了黑黑的一团，根本就看不清他原来的样子了。如果不是他平日里穿的这件破羊皮袄，谁能知道眼前这个人是马大宝？山花一路扶着刘苦妮来到了老伴面前，她揭开羊皮袄看了一眼，又一下子盖上了，她坐在地上眼睛直直的，好像是看着远方，又好像什么都没有看。山花哭着说："婶子，你别憋着，就哭出来吧。"刘苦妮没说话，也没有哭。荣斌一时不知说什么好，只是低着头跪在那里，泪水像雨点一样落在地上。村里一个老人道："老嫂子，你这样就把自己身体憋坏了，好好哭一场吧。"周围的人听了，都啜泣起来。刘苦妮摇摇头，声音颤抖着说："老汉子，你死得可好惨哇！"随后她又道，"铁柱他爹，为了保护伤员，你死得值，一点都没给咱山里人丢脸！"说完，她好像想起了什么，四周看了看，急急地问道，"山花，铁柱呢？还有俺侄子铁栓他们呢？"旁边的一个人道："俺看到铁柱带着几个人引着小鬼子往西跑了。"山花也突然意识到了什么，说：

"俺这就去找找他们。"说着就跑远了，荣斌站起身来，跟了上去，村里的
人也都跟了上去。

　　荣斌是第一个发现情况的，凭着经验，他判断铁柱带着民兵应该上了
西山，因为小布袋山梁最高的地方就是西山，居高更能有效地打击日军。
西山南端与五彩山的主峰相连，荣斌爬到西山后，往五彩山主峰方向走了
不远，就看到地上躺着几个被打死的日伪军。他又往前走了走，在西山和
主峰之间的凹沟，荣斌发现了一具老百姓的尸体，一支土枪也摔碎了。在
附近的一块巨石下，还横卧着几具尸体，身上都伤痕累累的。山花和村里
的人紧跟着来了，山花见了，指着一具尸体哭着对荣斌说："这就是铁柱
兄弟！还有马石山。"荣斌嘴唇嚅动了一下，一句话也没说出来。山花以
为自己的男人马铁栓也死了，可没看到他的尸体。正当人们四处寻找的时
候，马铁栓从远处来了，他的左胳膊被打了两枪，已经断了，走路晃来晃
去的。山花见自己的男人还活着，不禁又惊又喜。马铁栓说："小鬼子一
直追着俺们打，后来还把大布袋村的鬼子也引来了。"

　　荣斌听了大布袋村几个字，心一下子悬空了，他对通信员小徐说：
"你带着乡亲们把这几个牺牲的同志抬回去，我马上到大布袋村去看看。"
小徐和大家把马铁栓他们刚抬到村口，刘苦妮和乡亲们就迎了上来。看到
自己的亲人躺在那里，人群里很快就发出了一阵哭声。刘苦妮一眼就看到
了马铁柱，她带着哭音叫道："铁柱，俺那个儿呀！"接着踉跄几步，就一
下子扑在他身上号啕起来，其他村民也都在各自的亲人身边哭着。乡亲们
上来劝说着，说大冷天，别哭坏了身子，刚扶起这个，那个又哭倒在了地
上。哭声在山谷里来回撞击着，悲恸笼罩着小布袋村。伤病员也都纷纷抹
着眼泪，张大强对刘苦妮还有乡亲们道："刘大娘，乡亲们，我们这条命
就是你们给的，我们都是你们的儿子，等伤好了，我们一定要多杀几个鬼

子，给马大爷和这些兄弟们报仇雪恨！"刘苦妮含着泪点点头。

日伪军在山下扎帐篷的时候，卫生员小黄正在给伤员换药。谭大爷把烟袋锅子往肩上一搭说："咱得赶紧把同志们送到洞里，鬼子离这里不远，说来抬脚就到了。"小黄说："不会那么快吧？他们还在搭帐篷呢。"谭大爷说："早打算，比什么都强。"他和小黄先把轻伤员送到了山洞，很快又把重伤员送到了墓穴里。伤员来到这一带后，民兵和儿童团都被派到山顶放哨，站在最高处，日伪军的一举一动都能看得清楚。谭大爷站在院子里，一边抽着旱烟袋，一面向山顶上看着，果然不出他所料，伤员刚藏好不久，山顶上的信号树就倒了，一队日伪军很快来到了这里。他们先是发现了菜园子里的那个洞，一个扛机枪的日军探着头看了几眼，随后就抱着机枪向洞里打了几梭子子弹，另一个日军又往里扔了几颗手雷，爆炸声过后，他们大笑着走了。几个日军发现了谭大爷散养在地上的鸡，日军喜出望外，瞄准就打，有两只鸡被打死了。几个日伪军进了谭大爷的院子，一个伪军说今晚就住在谭大爷家，还让谭大娘烧水秃噜鸡毛炖鸡吃。话还没说完，远处就传来一阵枪声。这是小布袋村的民兵马铁柱他们和日军接上了火，谭大爷家的日伪军带上鸡匆匆走了。

荣斌赶到大布袋村的时候，谭大娘已经烧好了艾叶水，平日里老百姓都习惯用艾叶水来消毒消肿。谭大娘托着张金贵那条受伤的腿，轻轻放进水里，然后撩起水慢慢给他洗着，张金贵道："大娘，我又不是纸扎的，你咋这么小心？"谭大娘扑哧笑了，说："你们这些孩子呀，就是粗心大意的，这怎么能行？你娘没在眼前，俺就像你们的娘一样，俺疼你们。"张金贵听了，一下子沉默了，用力吸着鼻子。一个伤员对荣斌说："荣所长，谭大爷可真是个谭诸葛，比诸葛亮还会算呢，说鬼子要来，鬼子很快就来了，要不是我们早藏好了，还不知会怎么样呢！"谭大爷笑笑说："俺可不是什么诸葛亮，只是这把年纪了，多长了个心眼。俺老两口都是黄土埋到脖子的人了，早一天晚一天闭眼都一样，可不能让小鬼子害了同志们。"荣斌和伤员听了这话都很感动，荣斌沉重地说："刚才枪响，是小布袋村的民兵和鬼子打的。这次为了保护伤员，他们村死了5个民兵。马大爷也被鬼子活活烧死了。"

荣斌说完，扭头就走出了屋子，站在寒风里，禁不住泪流满面。

当天晚上，就有伤员请求回部队去，荣斌一时平息不了，只得答应了，他和卫生员一一检查了他们的身体，最后批准了9个伤员归队。刘苦妮和众乡亲一直把他们送到了村口，临分手时，伤员都齐齐跪在了乡亲们的面前，张大贵对刘大娘说："大娘，我们就不向你们表决心了，看我们的行动吧，等赶走了小鬼子，我们再回来看你！"刘苦妮把张大贵拉起来，含着泪水说："孩子们，你们都起来吧，大娘信得过你们！只是你们回去后，还得照顾好自己的身子，你们的伤都还没好利索呢！"

月亮出来了，月色洒满了山谷……

二　儿行千里

1

王换于到了晚年，对老于家的家长里短，还有子孙的事好像都不记得多少了。就连自己孙子的小名，她都得想半天。可每有穿着军装的同志来，王换于那原本浑浊暗淡的双眼，就一下子亮了起来。她已经不能下炕了，可声音仍然清亮，她对着窗外大声喊道："老大家！老大家！"院子里回了一声"唉"，紧跟着七十多岁的大儿媳张淑贞就问："娘，你有啥事？"王换于又道："鸡蛋在炕头上那个小缸里，快去卧几个荷包蛋，出锅的时候再滴上几滴香油！"张淑贞又问："卧荷包蛋干啥？"王换于道："同志们来了，先让他们垫补垫补肚子！"张淑贞大声说："俺这就去！"王换于又喊："老二家，老二家！"王换于的二儿媳陈洪良已经过世，张淑贞就替她回答："娘，俺在这里，有啥事？"王换于又吩咐："快去烙煎饼！"张淑贞问："烙煎饼干啥？"王换于道："鬼子要扫荡了，让同志们带上！"张淑贞又大声说了个"好"。

婆媳俩你来我往这一番对答，是战争年代老于家的一个固有"套路"，到老王换于还能一条条喊出来。王换于的孙女说："奶奶这是条件反射。"等她吩咐完儿媳，又看看坐在炕沿上的同志，一脸的亲近和心满意足。来看他的同志要走了，王换于还紧攥着他们的手不松开。张淑贞就凑到婆婆耳边，说："娘，鬼子来了，队伍得出发了！"王换于听了，一下子松开手说："打鬼子要紧，打鬼子要紧！快把那些好煎饼让同志们带上！孬的咱们自己留着吃。"张淑贞忙道："娘，都带上了，带的都是好的！"

除此，年过百岁的王换于还对1941年冬天日军的那场大扫荡记忆犹新。她三天两头地问儿媳："老大家，鬼子扫荡都过去一些日子了，这陈若克、甄磊、辛锐、毕铁华咋还没回来。还有那个马保三，他交给俺的那个物件，俺都保管得好好的呢！"

张淑贞每每都这样回答她："娘，同志们还在山里打游击呢，快了，快回来了！"

2

毕铁华确实回来了，是依汶村的王洪山在一个漆黑的夜晚用独轮车把他推到王换于家的。王洪山和王换于有亲戚关系，过去经常来看她，他对王换于说："这是毕铁华，伤得很重，浑身没有个囫囵地方了。"当时，躺在独轮车上的毕铁华身上裹了一条破被子，几个男人连同被子一起把他抬到了炕头上。王洪山站在院子里说了几句话，就推起独轮车匆匆走了。借着暗淡的灯光，王换于揭开了盖在毕铁华身上的被子，眼前的情景几乎让全家人都叫出了声。淑琴和淑琪一下子都转过身去，姐妹俩哭了。这些年，于家照顾了不少伤员，眼前的毕铁华应该是最惨不忍睹的。他的面庞也挂着伤，根本看不清他的模样了，前胸后背四肢及脚底，被烙得几乎没有一处完整的皮肤，浑身都黑漆漆的，散发着一阵阵恶臭。这时他右腿抽动了一下，竟然掉下一块皮肉来。王换于心像刀割一样，她顾不上擦眼泪，用胳膊弯轻轻托起铁华的头说道："你们都别愣着了，快去弄点红糖水来。"淑琴说了声："俺去。"一会儿就端了碗红糖水过来了，手里还拿着个匙子。王换于舀了一匙糖水送到铁华嘴边，可铁华牙关紧闭，根本就无法把水送到他的嘴里。王换于对一旁的于泮道："老汉子，快把你的火镰（用来取火的小钢片，由于形似弯弯的镰刀，故称火镰）拿来，给这孩子把嘴撬开。"于泮从口袋里急忙掏出火镰，学荣、学翠也凑上前帮忙，铁华终于张开嘴了。王换于把糖水一匙匙送到他嘴里，一边还轻轻喊着："孩子，孩子，醒醒，醒醒。"毕铁华慢慢睁开了眼睛，嘴唇嚅动着，最后终于艰难地吐出了几个字："大娘，我这是在你家里？"王换于听到声音，一下子睁大了眼睛，全家人也都凑上前来，王换于连忙道："孩子，你放心吧，这是在大娘家里，在大娘家里！"铁华好像一下子放松了，轻轻地说："我总算到家了。"说完又慢慢闭上了眼睛。王换于泪一下子落了下来，咬牙切齿地说："小日本鬼子这帮天杀的，可真是狠毒呀，你们看看，他们是把这孩子当成饼烙了！"

那天，毕铁华从王换于家离开不久，就和一些同志被分散到依汶村北面的山上打游击。这天下午，在送情报的路上，毕铁华远远看到一股日军，一看就是去依汶村的。当时，根据地的老百姓都坚壁清野，日军对此恨之入骨。毕铁华本可以躲过这一劫的，可他担心依汶村的老百姓，还有村里的积极分子王洪山和王燕南，得赶紧让他俩躲一躲，于是就抄近路赶到了依汶村。后来依汶村的村长说，要不是毕同志来报信，早做了准备，依汶村还不知要死多少人呢。可是，这位村长和村里的老百姓没有想到，毕铁华从村围子的豁口向外跳的时候，正好被守着这里的伪军逮了个正着。毕铁华连忙说："老总，俺就是这村里的人，为什么抓俺？"大个子伪军笑了："老子还管你什么人，举起手来！"毕铁华只得举起手。小个子伪军上来就摸毕铁华的口袋，可摸来摸去，只掏出几张纸来。伪军原本是找钱的，开始有些失望，可打开纸一看，竟是八路军的一些票据和北海银行在根据地发行的纸币。两个伪军喜出望外，说可抓到真家伙了，端起枪就把毕铁华押进了依汶村。

后岛小队长听说抓到了一个共产党的小头目，很兴奋。他们把村里的人集合起来了，让毕铁华到人群中指认危险分子，毕铁华瞪着双眼说：

靠山

"他们都是庄稼人，没有共产党八路军和游击队。"这时，几个伪军已经点燃一堆柴草，又用石块围了，上面放了一面老百姓烙煎饼的鏊子。火越烧越旺，火舌舔着鏊子的底部，一会儿工夫鏊子就滚烫滚烫的了。林翻译官把一个鸡蛋扔在鏊子上，鸡蛋破了，流出来的蛋黄和蛋清很快就熟了。林翻译官指着热浪滚滚的鏊子喊道："你说，这里面的老百姓有哪一个通共通八路军的？一一五师指挥部在哪里？共产党的山东分局在什么地方？"毕铁华还是不语。后岛愤怒了，嘴里"八格、八格"地叫着。毕铁华也就是十五六岁，个子又矮又瘦，两个虎背熊腰的日军架起他的胳膊，很轻松地就把他提溜了起来。他们把毕铁华架到鏊子前，给毕铁华脱去了鞋袜，又架起来让他站在了滚烫的鏊子上，毕铁华的脚底"吱"的一声响，接着就蹿出一股白烟，里面还夹杂着刺鼻的肉焦味。毕铁华发出阵阵惨叫，一边奋力挣扎着，两个日军按住他，又把他提了起来。林翻译官又逼着毕铁华交代，毕铁华闭着眼，咬紧牙关，还是一言不发，后岛挥挥手，两个日军又把毕铁华的双脚按到了鏊子上。后岛觉得还不够，又命令日军脱掉了毕铁华的衣服，由两个日军抬着，一会儿把他的后背按在鏊子上，一会儿又去烙他的前胸和四肢。毕铁华一次次惨叫着，又一次次疼死了过去。一个伪军说："这小子就是煮烂的鸭子，嘴真硬，干脆一枪毙了算啦！"林翻译官喊道："他妈的，一枪打死他算是便宜这小子了！带回去继续审。先拉着他到各村去游街去，让老百姓都看看，以后谁还敢为八路军和共产党做事！"伪军给毕铁华穿上裤子、棉袄，用铁丝绑了手脚，押着他到各村里游街去了。伪军敲着锣跟在他后面一路喊道："都看到了吧，谁以后要是再帮助共产党八路军，就是他这样的下场！"几天下来，毕铁华已是奄奄一息。伪军见他半死不活的样子，知道他也跑不了，就随便把他关进了一间屋子里。

这天晚上，一个老人偷偷进了屋子，手里还端着一碗米汤。老人叫了几声，才把毕铁华叫醒，他先把毕铁华手上脚上的铁丝解了，又扶起毕铁华的头："孩子，你为俺们穷人受苦了，可你还是个孩子呀！"老人说不下去了，摇摇头又道："俺是宅科子村的郭有福，你放心吧。是狗翻译官逼着俺来给他挑箱子的。小鬼子看你要死了，也不怎么管你了，快喝口米汤，有一口气咱也得活下去。"老郭说着，给毕铁华喂下了一碗米粥，又走到门口听了听，回来道："听说咱们的队伍要打过来，今晚小鬼子就撤了，我先把你背出去，你瞅个空子就抓紧逃命去吧。"老郭把毕铁华背到院子里，又抱了几抱麦秸盖在了他的身上。忽然远处有几声喊："老郭头，老郭头，出发了，出发了！"

周围很快平静下来，毕铁华听了听，想站起身，可怎么也没有力气，他只得爬，最后一下下爬出了院子，每向前一步，皮肤就有一种撕裂般的疼。毕铁华只有一个念头，爬出去，是求生的欲望支撑着他。一堵倒塌的墙挡住了去路，毕铁华借着暗淡的月光左右看了看，小巷很长，他咬咬牙往上爬，终于爬上去，又翻了下去。不远处传来几声吼叫，还打过来一阵枪，毕铁华听那哇啦哇啦声知道是日军，就趴在墙下面的沟里一动也没动。等他醒来的时候，眼前一片明亮，太阳也照在了脸上，毕铁华顺着大沟向北望去，不远就是山，山脚下就是依汶村，希望从他心底涌了出来。他往前爬着，直到中午，才爬到了山下。毕铁华喘了几口粗气，一抬头竟看到了村口树下的王洪山，毕铁华拼出全力喊道："二哥，二哥！"王洪山顺着声音看去，吓得跳了起来，嘴里叫道："妈呀，活见鬼了！"王耀南的弟弟就站在门口，见王洪山这样，几步赶了过来，一面问道："洪山，你这是怎么了？"王洪山定定神，随后说："真是活见鬼了，宅科子的人都说小毕死了，怎么在俺面前还叫了声二哥。"王耀南的弟弟不信，就拉着王洪山走过去看。毕铁华见了说："二哥，我没死，还活着。"说完这话，毕铁华头一歪就晕了过去。

王洪山和王耀南的弟弟都很高兴，把毕铁华背到了一间草屋里。王洪山对王耀南的弟弟说："你快去告诉仲星帆！"太阳偏西的时候，《大众日报》管委会主任仲星帆和经理部的经理刘力子赶了过来。他们见了毕铁华，真是又喜又难过。刘力子说："咱们身边也没药，要是小毕伤口干

靠山

了，肯定受不了，怎么办？"仲星帆急得直搓手。王洪山道："咱们给他抹上油吧，俺们庄稼人常这样。"正好王耀南弟弟家里有一碗花生油，几个人一齐动手给毕铁华抹到了身上。还没等喘口气，村长和一个民兵来了，说又发现了日军，还是向依汶来的。仲星帆道："他们这是要杀一个回马枪呀。"他看了一眼毕铁华："得马上把他送走。"刘力子问："到什么地方去？"随后他一拍脑门，"对了，去东辛庄吧，让于大娘一家照顾他，去年小毕还在大娘家待了一些日子呢。"王洪山道："俺去送他吧，俺路熟！"

3

毕铁华满身的伤让于家人心疼不已。还是在去年冬天，《大众日报》经理部就从牛王庙搬到了东辛庄，发行科就安在了王换于家。那时毕铁华刚参加革命不久，他活泼好动，不仅嘴甜还勤快，于家人上下都喜欢这个毛头小伙子。特别是王换于的两个闺女淑琴、淑琪，都是"小毕弟弟，小毕大哥"地叫着。毕铁华听说王换于一家有四个党员，很是敬佩。他对王换于说："大娘，您可真不简单！"王换于笑道："咋？俺就不能是组织上的人啦？"小毕连连摆手："大娘，我是佩服你！"说着朝王换于伸出了大拇指。于家的革命精神，让小毕备受鼓舞。当天晚上，他就写了入党申请书。没多久，还是在南屋里，小毕就宣了誓。随着日军对沂蒙山根据地不断封锁，《大众日报》遇上了困难，纸张短缺，材料短缺。社长刘导生说："再难我们也得把报纸办好，宣传也是一种武器。"为了解决材料等问题，不久，《大众日报》就在依汶专门成立了一个采购站，用采购来的药材和土特产运到青岛换印刷材料。社里特地让毕铁华担任站长兼会计。他来到依汶后，就发展了村民王洪山、王燕南等人，采购站就放在了王燕南家。没想到这次王洪山把受伤的毕铁华又推到了王换于家。

淑贞端来一盆刚刚煮好的艾叶水，王换于对毕铁华说："你这身子按说不能沾水，可不擦擦不行，孩子，你得忍着点。"淑琪把自己的小手放在毕铁华的手里，说："你要是疼了，就使劲攥俺的手。"王换于拿起一团棉花，先蘸上艾叶水，水不能太多，又攥了攥，接着就轻轻地擦，一下、两下，就像蜻蜓点水，又像绣花一样。不仅手要慢，有时还要屏住呼吸，即便这样，毕铁华也感觉钻心地疼，他用力攥着淑琪的手，疼得淑琪又咧嘴又淌眼泪。王换于擦累了，又接上淑贞，淑贞累了，淑琴接上。洪良也要擦，王换于道："你干活麻利，可毛手毛脚的，你别擦。"就这样接力擦，直到天亮，于家人才擦到了毕铁华的脚底下。全家人舒了长长一口气。

王换于又一鼓作气开了个家庭会，她先对学荣说："小毕这身子骨还不能把他藏到山洞里，就在家里养着。从明天开始，你们民兵放哨都离村远一点，机灵着点，有个风吹草动，赶紧报告，咱好有个空当藏小毕。"王换于又对于泮说："老汉子，你没事也别到外面转悠了，在家里负责烧炕，不能太热也不能太凉，千万别让小毕感冒了，要是一个喷嚏，他这皮肉就得裂条口子。再就是你在这屋里也不要吧嗒你那烟袋杆子了。"于泮点点头，说："烧炕也不能烟大，我找点好柴火去。"于泮说着就出了屋。王换于又道："小毕，俺先和你说说，你的屎尿靠不上老爷们，他们都大手大脚的，还得俺们娘们家。你可别害羞，别抹不开脸。在这里俺就是你娘，她们都是你嫂子妹妹。"

吃了早饭，王换于就出门打听烫伤的偏方，淑贞跟了出来："娘，咱们给小毕兄弟抠屎接尿没啥，可俺那两个妹子都是大闺女，这多难为情呀！再说小毕兄弟又光着个身子。"王换于道："老大家，这都什么时候了，还顾得了这些？你告诉大妮子二妮子，让她俩别害羞。"淑贞不再说什么，怔怔地看着婆婆的背影。她回到院子里后，把淑琴淑琪叫到一边，悄悄地说："妹子们，给小毕抠屎接尿的事，嫂子替你们。"淑琴和淑琪脸一下子红到了脖子根。王换于先去了万良庄，找到了万良庄的高郎中，高郎中说："抹抹蜂蜜，用头发灰拌上獾油抹最好。"王换于心里想，病急乱投药，都试试吧！回到东辛庄，她就找到了村子里会打猎物的于三，于三一听满口答应了，说："老嫂子，给同志治伤要紧，俺就是窝在雪地里三天三夜，也要给你打条獾来。"当天，王换于带着儿媳，就给毕铁华抹了一身的蜂蜜。几天过后，毕铁华说舒服了许多。正好于三又把昨夜里在南山上打的一条獾送来了，于三脸都冻紫了，说话嘴直打嘟嘟，上牙和下牙也碰得咯咯响，于泮急忙给他灌了口酒，于三这才慢慢缓过神来。于三道："嫂子，你抓紧烧锅水，俺先把獾皮给扒了，再拾掇拾掇。"到了下午，獾油就熬出来了，黄亮黄亮的，王换于拽着自己一把头发，一剪子剪了，又烧成了灰，用獾油搅拌了，给毕铁华抹在了身上。

王换于到乡里开会了，洪良在烙煎饼，淑贞也没在家。淑琴给铁华端水喝，铁华说："姐姐，你快出去吧。"淑琴问为什么，铁华一声不吭了，脸都憋红了。淑琴明白了什么，急忙问："铁华，你是有屎还是有尿？俺帮你。"铁华吭哧了半天道："是尿。"淑琴急忙拿来小盆子，说："俺给你接。"铁华连声说不用不用，你连婚都没结，可不能干这个。淑琴脸一红，说："你就是俺弟弟，俺就是你姐姐。"说着就把盆子伸到了被子里。淑琴手巧心细，脾气不急不躁，王换于就把给毕铁华洗伤口的事交给了她。每日里，淑琴都用艾叶水给毕铁华洗伤口，从伤口里发出来的恶臭刺鼻子，每次都让毕铁华害羞和不忍心。

毕铁华归队后，曾去看望他的刘力子说："小毕呀，你在于大娘家的那股恶臭，至今想来都让我恶心。"毕铁华听了很久没有说话。在自己养伤的那些日子，于家人上下没有一丝嫌弃。

一天毕铁华终于开口了，他对王换于说："大娘，别让淑琴姐姐伺候我了，我自己来。"王换于问："孩子，咋的？是大妮子嫌弃你了？"毕铁华说："不是，她一个大闺女，我不忍心。"王换于道："孩子，你们一个姐一个弟的，还有什么不好意思的？"毕铁华听了，一股温暖传遍了全身，可一句话也说不出来，只有大颗的泪水落在枕头上。

铁华的伤已经明显见好了，伤口长出了肉芽，就像春天地里冒出的草芽一样。王换于没有想到，一大早万良庄的高郎中就来了，他看了看毕铁华的伤说："到底还是年轻呀，恢复得很快。"他又对王换于道："老嫂子，我前些天到我老伙计家串门，他告诉我用老鼠油治烧伤也很好，你就给这孩子试试吧。"王换于问："老鼠熬的油？"高郎中道："不是，是把刚生出来的小老鼠用香油泡的。"陈洪良说："俺那个娘来，这得上哪去找啊？"王换于道："就是上天找王母娘娘要也得要来。"王换于发动家人找，发动乡亲们找。她自己颠着小脚也跑遍了十里八乡。最后终于找来了几瓶老鼠油。淑琴每日先把毕铁华的伤口洗了，再涂上老鼠油。毕铁华总觉得自己光着身子不好，就要求穿衣服，王换于就笑，说："这孩子，都什么时候了，还害羞。"淑贞找来学翠的褂子裤子给铁华穿了，可每次抹药还得再脱，动胳膊动腿的扯得伤口疼。淑贞就想出了一个办法，用剪子把铁华的裤腿和褂子前后襟都剪开了，又开了些小孔，平时就用细绳把两边连起来，就像一排扣子似的，上药的时候就解开，这样就不用脱来脱去了。

毕铁华在于家老小倾尽全力的悉心照料下，终于站起来了。望着于大娘消瘦的面庞，毕铁华一直想倾诉，可总觉得什么样的语言也难以表达自己的感激之情。

慢慢地毕铁华能扶着墙站在院子里了，虽然脸色依然苍白，但身上越来越有气力，他环视着三面的山峦，吸着山里清新的空气，贪婪地享受着大自然的一切。看到毕铁华站在院子里，于家的人脸上都挂着开心的笑。于铁华深深地意识到自己已经深深融入到这个大家庭里了。而于家人何尝不是啊，王换于笑吟吟地对毕铁华说："孩子，看看光景就回屋里吧，外面冷，别冻着了！"毕铁华道："大娘，我该回部队了，同志们都在抗日，我不能再待下去了。"王换于一怔："看你这孩子说的，就你这身子骨，风一吹就倒了，咋去打鬼子？再养些日子走，俺们全家人呀还没照顾够你呢。"泪水又一下子蒙住了毕铁华的双眼。

毕铁华能站了，也能走了，为了于家的安全，他坚决要到山洞里藏身。王换于想了想，点点头说："鬼子大扫荡，说不上什么时候就来了，也行！让你大爷给你站岗放哨去。"王换于安排什么都很周到，也井井有条，这里面还包含着老百姓对敌斗争的智慧。于泮就住在了山上的窝棚里，几米开外就是毕铁华藏身的山洞。王换于每次都送两份饭，糠菜是于泮的，细饭是毕铁华的。为了让毕铁华每次能吃上热煎饼，淑贞就把洪良从鏊子上刚揭下来的煎饼揣进怀里，洪良见了就一惊一乍的："俺那个娘来，嫂子，你这样不怕胸脯子烫坏了？"淑贞说："里面还隔着件褂子，稀松，再说烫坏了咱有老鼠油呀。"妯娌俩你一言我一语，一阵说笑。煎饼送到山洞里，毕铁华心疼淑贞，说以后可别这样了，煎饼凉点没啥事。淑贞把自己和洪良的对话说了，洞里又是一阵笑声。

毕铁华离开于家那天，天已经傍晚，他刚走出院子没几步，就一下子跪在了门前。他对着王换于全家人一连磕了三个头。他看着王换于道："大娘，您就是俺的亲娘！"又对着于泮说，"大爷，您就是俺的亲爹！"淑贞跑上前来，一把拉起他："小毕兄弟，快起来，地上凉。"毕铁华站起身，泪水撒了一地。学翠和小毕走远了，王换于还追着他们的背影喊："老大，把你小毕弟弟交给妥实人再回来，千万别有闪失呀！"学翠答应着。毕铁华转过身又看了一眼那熟悉的门楼，还有于家的全家人。

毕铁华走了，好像一下子带走了王换于的心。王换于每次在梦里，都一遍一遍地叫着小毕。可是，自从小毕离开了沂蒙山后，就有一些年头没有音讯了。战争给于家，特别是给晚年的王换于留下了两件心事，一是马保三交给他保管的党的秘密，二是那个死里逃生的小毕。

4

王换于缝着针线活，有时缝着缝着，就发一会儿呆，嘴里还自言自语着："俺那个大兄弟，你也该来了！那物件俺还好好保管着呢。"可是，马保三始终没有敲响王换于家里的门。王换于把日子数到了1947年的深冬，她站在门前看着村外，远处没有一个行人。连日的大雪，把汶河两岸都覆盖了，王换于身旁的麦秸垛上都堆着厚厚的积雪。中午慢慢有了阳光，照在地上，雪也显得更加明亮。王换于跺跺脚，刚要转身回家，远处就响起了枪声，她侧耳听听，不远，就在村头上。她几步赶回屋里，从炕上的席子底下一把拿出那本书，扎在自己的棉裤腰里。

自马保三把《山东省联合大会会刊》交给王换于那天起，到1947年，约有6个年头。当年，她先是用结婚的红包袱包了，外面又裹上了一层油布。今天藏到了粮囤里，过几天又把它塞进了屋檐下雀眼里。后来她见日军进村就"烧光"、"抢光"，有时还要"杀光"，觉得放在家里还是不保险，就在一个早上，把书藏进了汶河对岸的山洞里。王换于担心书受了潮，又怕虫子咬了，就时常拿出来让风吹一吹，再在太阳底下晒一晒。日本投降后，王换于觉得风声不紧了，又把书放到了家中。

王换于刚收拾停当，街上就传来一阵杂乱的脚步，接着就是嗵嗵的砸门声。王换于道："老大家，把门开了，看看这大冷天谁还上门。"大儿媳淑贞应着，跑到门后拉开了门闩。门被踢开了，几个国民党还乡团匪徒端着枪闯进了院子，领队的是村里的刘二流子，他一进门就喊："大白天关什么门呀？是不是有鬼呀？！"王换于从屋里走出来，看了他一眼说："这里都是山岭地，小野兽多着呢，不上好门这些小东西闯进来咋办？再说大白天有什么鬼？这大鬼小鬼还不都是人扮的？！"刘二流子扯着嗓子喊道："王换于，你别在这里指桑骂槐的，告诉你，国军昨天早上就打进了岸堤，你没听见枪声？"王换于道："从这到岸堤还隔着山隔着河隔着好几个庄呢。再说俺耳朵也聋，哪听得见？他们都是前脚到，你们后脚就跟上了，看这阵势是真的。"刘二流子笑了："前些年你家里可是住了不少共产党八路军的大官，白天晚上红火着呢！听说这些年你有点不受待见了，会也不让你参加了。如今是国军的天下，你应该知道这火炕哪头凉哪头热了吧？"王换于哼了几声道："不让俺开会没啥，那是俺自家的事，可谁好谁坏俺心里明镜似的。"刘二流子白了王换于一眼说："别给我打马虎眼，你这里肯定替共产党藏了不少秘密文件，都一一交出来，算你一大功！"王换于摇摇头："什么这个件那个件的，俺一个农村老妈妈，哪里懂这些玩意？当年俺家里是住过共产党，他们来了俺能往外撵吗？你们要是想在这住俺也打着巴掌欢迎。庄稼人就是这么好客，你又不是不知道？"刘二流子气得直跺脚："王换于，你这是揣着明白装糊涂，手指头伸进磨盘眼里自找苦头吃。我再问一遍，你家里有没有共产党的书？"王换于道："俺斗大的字不识一箩筐，要书干啥？不顶吃不顶喝的！"一个匪徒火了，上来就打了王换于一个耳光，嘴里骂咧咧地吼道："老东西，你这把老骨头是不是欠打了？我看你就是粪坑里的石头，又臭又硬！"

　　王换于的大儿媳淑贞和二儿媳洪良急了，都张开两手护着婆婆，嘴里嚷道："你们欺负一个老人有什么本事？有这能耐前些年怎么不去打日本鬼子？"王换于眼一瞪，一字一句地道："老大家，老二家，你们都闪开，俺都是快入土的人了，看他们能把俺怎么样，他们要不是爹娘生就往死里打俺这个老妈妈。"刘二流子他们被老于家几个女人饿得直翻白眼，他们不再说什么，开始翻箱倒柜，可找了半天一无所获。矮个子匪徒飞起一脚就踹在了刘二流子的屁股上："妈的，你拍着胸脯保证这保证那，怎么连根毛都没有找到！？"刘二流子摸摸发疼的屁股，转了转眼珠子，目光落到了王换于的身上。他说："看你这棉衣棉裤的，说不定东西就在你身上，搜一搜！"说着就伸出了手。

　　王换于心里一紧，把刘二流子的手甩到了一边，最后指着刘二流子的额头大声说道："刘二流子，咱们都村前村后地住着，抬头不见低头见，你出这个头干啥？"矮个子匪徒大怒，一枪托子捣在了王换于的后腰上，疼得王换于"哎呀"一声，肚子也不由收了一下，夹在裤腰上的那本书竟滑进了裤腿里。就像沂蒙山的无数中老年妇女一样，王换于的裤脚也是用布带子扎着的，书落到此处戛然而止。王换于心里有了底，开始以攻为守。她立在院子里，双眼咄咄逼人，伸手拢拢耳边的头发，指着匪徒大声呵斥道："你们一个个也是从娘肚子钻出来的吧？不是像孙悟空一样从石头缝里蹦出来的吧？俺老妈妈今年也是六十大几了，也是当你们的娘当你们的奶的年纪了，你们怎么能干这伤天害理的事？俺今天就豁上这张老脸了，你们要是不怕伤天理，俺就脱得干干净净让你们看个够，只要不戳瞎了你们这一双双狗眼就行。"王换于声音不高不低，却掷地有声，说完她就去解棉袄大襟扣子，接着顺势一脱，露出了大半个肩膀。王换于又道："你们看好了，不看不是你们爹娘养的。"说着又装模作样地去解裤腰带子。匪徒没想到王换于会有这样的举动，一个个都呆若木鸡。王换于的两个儿媳趁机哭喊道："刘二流子，你这个不要脸的东西，看你往后还怎么在村里混。你做这样下贱的事，将来还让不让你的后代活人？"刘二流子讪笑着，扭头就向外走了。那几个匪徒见了，也干笑几声，跟了出去。淑贞急忙把门关了，婆媳相视一笑。洪良早就笑弯了腰，张口问道："娘，是什么书呀？"王换于道："不该知道的就别问。"洪良吐吐舌头，扮了个鬼脸："俺那个娘来，又不是什么金书银书。"

躺在床上的王换于，后背还一直隐隐作痛。儿子、儿媳走后，她从席子下摸出那本书，借着微弱的灯光端详着。入党还没几年的老伴也走了，房子里没了他的呼噜声，也没有了他抽烟袋锅子时发出的吧嗒声。

5

解放了，王换于还想着马保三，想着那个又瘦又小的小毕。1953年的初春，县里的同志陪着两个人突然来到了王换于家。这二人南腔北调的，一听就是南方人。他们说话有些刺耳，问的事更刺耳。那个戴眼镜的人问："大娘，您认识白铁华吗？"王换于问："啥，白铁华？俺认识一个人，不是这个姓，是毕铁华。这小毕呀，还喊俺娘呢。"说到这里，王换于用拐杖敲了几下地，"小毕呀小毕，这么多年你咋就不给你大娘捎个信来呀，也好让你大娘知道你是死还是活着呀。你就这样把大娘抛在脑后了？大娘什么也不图你的，就图你个安宁哇！"这人点点头，说："对，是毕铁华，他后来改成白铁华了。"王换于道："这不算啥，当年为了掩护自己，张三改李四的有的是。"戴眼镜的接着又问："1941年11月到12月底这个时间，他是在你家里吗？"王换于一听就引起了警觉，她板着脸道："同志，咱做人要堂堂正正，说话也要当面锣对面鼓的，别拐弯抹角的。"来人笑了，又是那个戴眼镜的说："有人反映，他1941年冬被日军抓住后就叛变了革命。经过我们了解，他确实有这么一段历史，至于有没有投降变节，还得深入调查。组织上现在对他隔离审查了，并且已经开除了党籍。"王换于问："啥叫隔离审查？"另一个人回答："就是暂时没有自由了，要是事实清楚的话，就当叛徒处理了！据他本人交代，这个时间他曾在你家里养伤的，并没有叛变投敌。"王换于知道叛徒是什么下场，战争年代拉出去就毙了。她一下子黑下脸，大声说道："说这孩子是叛徒？那真是丧了良心了。同志，俺这个老妈妈就把1941年冬天那两个月的事跟你们说道说道。"王换于说了毕铁华的伤情，说了他养伤的日子。淑贞和洪良也你一言我一语地做了补充。来人听得聚精会神，听得泪流满面。最后，王换于和两个儿媳在证明上，都按下了一个大红指印。

两个同志走时，她又拄着拐把他们送到了门外，还大声嘱咐他们道："两位同志，俺老妈妈托你俩个事，回去告诉小毕，把心胸放大点，俺也是一个不能参加党组织生活的人了，可俺也还堂堂正正地站着。俺相信党，让他也一定相信党！"

虽然嘱咐了，可王换于还放心不下毕铁华。1954年的秋天，王换于专门跑到北京看了他。在毕铁华家，老人住了两天。王换于见毕铁华心情不好，就说："孩子，咱不要灰心，当年你们参加革命的时候，可没想着升官发财呀，谁能拿着自己的命去换个一官半职的？你们还不都是为了俺们这些穷人才起来革命的吗？俺们这些穷人还不是看着共产党对穷人好才支持你们的吗？现在新中国成立了，咱们的愿望实现了，这就比什么都好了。只要咱们对得起组织，对得起老百姓，就像当年一样，心里一直装着党，咱们就有盼头！俺不是也受过委屈吗？可比比当年把脑袋别在裤腰带上的日子，这算啥？！"说完，王换于晃着满头白发笑了。听了王换于这一席话，毕铁华的心情一下子晴朗了许多。

王换于的遭遇起于1948年秋天。当时王换于到区里开会，一个干部通知她说："从今以后你不再是党员了，也不是副乡长了。"王换于一听这话，差点一屁股坐在了地上。她问："俺犯啥错误了？"这干部支支吾吾也没说出个所以然来。后来王换于才知道真相。当年王换于家为八路军抚养孩子时，区里一位领导也想把自己的孩子送过来。王换于考虑到他家有条件自己养，是一种私心表现，就没有同意。后来土改，这位区领导就说王换于家的地太多，不应该再是贫农了，要划成富农，今后是斗争的对象了，这样王换于自然就不是党员了。后来纠正土改错误做法时，这位领导对王换于的事也一直装糊涂。

1978年秋天，王换于把那本保存了36年的《山东省各界联合大会会刊》献给了组织。她对组织说："俺已经完成党交给俺的任务！"这时王换于才知道，自己念念不忘的马保三，马议长，十多年前就已经离开人世了。这一年，王换于老人正好90周岁。就在她94岁那年，中共沂南县委组织部做出了恢复王换于同志党籍的决定。老人很高兴，可她还牵挂着一个人，就是毕铁华。

1983年春天的一个日子，一位满头银发的老人在沂南县委书记、县长陪同下来到了东辛庄，这位老者刚迈进王换于家的门槛，就三步并作两步走，一声声喊着娘，一声高过一声。时年95岁的王换于，正坐在太师椅上和淑贞说着话。淑贞听到外面有声音，就迎了出去，尽管都多少年过去了，可淑贞还是一眼认出了毕铁华："这不是小毕兄弟吗。"接着她就大喊："娘，是俺小毕兄弟，是毕铁华来了！"声音还没落，毕铁华就一步进了屋，接着他扑通跪在地上，哭道："娘，我是铁华，我来看您来了。"毕铁华跪着走到王换于面前，又一下子扑进了她的怀里。王换于摸摸毕铁华的头，又抚摸着毕铁华的脸，一脸慈祥地说："共产党的事业成功了，你还活着，俺这个老妈妈也没死，国家现在发展这么好，咱们的愿望都实现了，应该高兴才是。来，站起来，让娘看看。"毕铁华站起身来，王换于一边端详着一边说："这脸还有些当年的模样，就是头发都白了。"她让毕铁华坐下，又看了看县里的领导，说："大热天的，你们工作又忙，怎么又跑来了？"县领导说："您是老革命，我们正好陪着白铁华同志来看看您。"王换于道："同志们，咱们都是党员，你们各自都有工作，俺这个老妈妈有什么好看的？只要你们把工作干好了，俺这个老妈妈就舒心了。记着，以后可不要再来看俺了！"

三　桃棵子山下桃棵子村

1

　　张祖氏这时候还不叫祖秀莲，也不是祖玉兰，由于她嫁给了桃棵子山下桃棵子村的张文新，里里外外的人都喊她张大娘。挡阳柱山也许是因为这座不大的小山形似柱子，又挡住了阳光，所以山里人就称它为挡阳柱山了。从高空俯瞰，挡阳柱山把一条宽阔的西北西南的山沟一分为二，桃棵子村和南墙峪村就分布在这里，与之形成三角的另一个村庄叫西墙峪村。三个村都是同姓同族，据南墙峪《张家族谱》记载，张氏先祖是在明朝从山西不远千里迁徙到这里的。后几经繁衍，人户越来越多，便有后代到不远的南墙峪垦荒，随之渐成村落。到了清光绪年间，南墙峪村的张氏已是枝繁叶茂，于是，又分出一枝到了桃棵子。每年春天，满山坳的野桃树都开出了花，像一片片红红的彩霞，桃棵子村由此而得名。

　　1941年11月4日拂晓，日军偷袭山东纵队指挥机关的枪声响过后不久，双方就发生了激战，纵队指挥机关在小股部队掩护下，一路撤到南墙峪，日军也跟了过来，在挡阳柱西山，双方再次交手，枪炮声在山谷里一阵阵回荡着。桃棵子的老百姓大都躲到山沟里去了，只有张文新和张大娘没走。张文新连着几天都在打摆子（疟疾），打得他浑身有气无力的，两腿也面条一样绵软。一大早张文新就跟老伴说："你快带着孩子躲躲去吧，反正俺一把老骨头了，没了就没了。"张大娘瞪他一眼："老汉子，看你这是咋说的？你没了这一家子咋办？俺留下，让山子和棵子跟着大侄子走。"正说着，侄子张恒军就来了，说要把叔背着一起走。张文新摇摇头："背着就是个累赘，你带上你弟弟和妹妹就行了。"张大娘道："俺留下伺候你，看小鬼子还能把俺老两口咋的？"

张大娘已经50岁了，也出生在清末，比王换于小3岁，她脑后绾了个大大的髻子，用线网笼着。上衣是一件浅蓝土布褂子，扎着裤脚。身上的衣服虽然打了几个补丁，可穿得利利索索整整齐齐的。张大娘的母亲是杏墩村人，嫁到别村后不久丈夫就去世了，媒婆子又把她说给了双泉峪子村的祖大山，一年后有了个丫头，就是后来的张大娘。张大娘原本不叫张大娘，她很小就到寺宝村给于家当了童养媳，后来人家就称她为大嫂，如果没有变故的话，她就是于大娘了。谁知在她33岁那年死了丈夫，经嫁到桃棵子村的妹妹说合，改嫁给了桃棵子村的张文新。当时，闯东北刚回来的张文新比于大嫂大了整整一旬。妹妹说："男方虽比你大，可人家还是头婚，你这是半路改嫁，又拖着三个大闺女，算是扯平了。"于大嫂想想也是，就答应了。于大嫂嫁到桃棵子那天，羞答答地对张文新说："俺给你带来这么多口子人，让你受累了。"当时于大嫂最小的闺女恒修也十七八岁了，张文新看着眼前这几个大姑娘，笑着道："看你说的，往后咱们都是一家子人了，好好过日子。"

西墙峪是八路军的堡垒户。在1939年一段时间里，山纵野战医院一所曾在西墙峪，只有50户人家的西墙峪就掩护照料了几百个伤病员，村民都在张家祠堂里宣了誓，再苦再难也要照顾好伤员，刺刀架在脖子上也不出卖亲人八路军。每次有伤员转移过来，南墙峪村和棵子村都出来人站岗放哨。

山东纵队司令部的侦察员郭伍士本来是在抗大一分校学习的，日军扫荡的消息传来之后，郭伍士坚决要求回部队参战，他知道，作为一名侦察员，在这一时刻的重要性。日军偷袭纵队指挥机关的那天早上，郭伍士也回来了。张营长说来得正好，咱们要转移到甄家疃一带，你先去前边那一带侦察一下敌情。郭伍士是山西浑源县小道村人，母亲早年就去世了，他很小就跟着父亲给地主扛活。有一天郭伍士在地里干累了，就躺下打了个瞌睡，被地主发现后一脚把他踹下了黄土梁子。郭伍士气不过，打了地主一拳头就跑了。他离开家乡不久，听说有一支专为穷人打天下的队伍，四处寻访，终于在1937年4月找到了中国工农红军。这一年，他25岁。郭伍士跟着队伍在太行山区打了几次日军，后来又随着红军改编的八路军一一五师来到了山东，随后被分配到山东纵队司令部当侦察员。

　　张营长刚说完，郭伍士就操着山西口音说了个"是"。营长道："郭伍士，你啥时把这个山西话改一改呀？"郭伍士说："我就是这个腔腔了嘛。"说着，他整装出发了。郭伍士个子不高，瘦瘦的，腿脚很利索，就像常年攀爬在山岩上的岩羊一样敏捷。他提着匣子枪很快就上了挡阳柱的东坡，远处已经有了很多日军。他猫着腰爬上一块巨石，抬头向远处看去，这时有些日军已经冲进了大山深处的村子，村庄的上空腾起一股股黑黑的浓烟。郭伍士继续前行，刚翻过一道山沟，不远处山崖上的几个日伪军就发现了他。在明亮的阳光下，身着八路军服装的郭伍士显得格外显眼。郭伍士抬头看到他们那一刻，日伪军就开枪了，郭伍士只觉得双腿顿了两下，一下子扑在了地上。他见周围没有隐蔽地方，只得就近还击，跑在前面的两个日军被他打翻在地上，日军见郭伍士枪法很准，就伏在一块石头上向他连续射击着。郭伍士感到自己的牙齿好像被什么重物狠狠击打了一下，随后整个口腔都麻木了，鲜血从嘴里一股股涌了出来。他一阵晕眩，趴在地上一口口喘着粗气。血也流了一地。

几个日伪军喊叫着围了上来，他们对郭伍士的抵抗感到很愤怒，特别是那个腿部受了伤的日军，一瘸一拐地走到他身边，一边骂着八格，一面朝着他的后背捅了两刺刀，其他日军也学着他的样子举起老枪刺。郭伍士开始还感到一阵阵剧痛，也能听到日伪军的笑声，后来他身体麻木了，慢慢什么也不知道了。

　　南墙峪村的张恒兰是个经验丰富的羊倌，每到上午的某个时间，他都把羊赶到山坳里去啃草根，日子久了，一到这个时候，羊就叫个不停，好像都在说该啃草了。山里人几乎每天都能听到枪声，张恒兰觉得枪声离这里还很远，就把羊群赶出了家门，可刚上了山岗，就遇上了一群日伪军。日军见了羊，喜不自禁，开枪打死了一只，用绳子绑前爪，让两个伪军抬着。张恒兰脸都气青了，可没敢吭声。他又把羊往前赶，忽然前方又响起一阵枪声，接着就平静了。不远处的山坡上草根最多，羊就像得到了信号一样跑了过去，张恒兰怕危险，可又不能丢下羊，只得硬着头皮跟了过去，走着走着，猛然看到了不远处躺着一个人，想想刚才的枪声，张恒兰的步子一下子加快了。到了跟前打眼一看，见是一个八路军，满身的血，不禁大吃一惊。远处又来了一群日军，张恒兰吓得转身就跑，跑了几步又折回身来。他见旁边的沟里不知谁搂了一堆干草，就抱了几抱盖在了郭伍士的身上，把他藏起来了。

　　不知什么时候，郭伍士有了朦朦胧胧的知觉，虽然他觉得自己的身上好像被盖了些什么东西，但又觉得浑身冷飕飕的。寒冷中他又分明觉得心里有一团炙热的烈火在猛烈燃烧着，这团火又化成了无数条火龙通过食道和气管窜进了他的嘴里和鼻孔里。郭伍士拼命地在胸口抓挠着，恍惚中他来到了一个湖边，湖水很深，湖面透着一股凉气，就像小时候大热天顶着明晃晃的太阳劳作完了急着跳到河里洗澡一样，他纵身跳了下去……躺在地上的郭伍士一下子清醒了过来，浑身钻心地疼，口也干得厉害，他真希望眼前有一桶水。西山上忽然传来一阵激烈的枪炮声，对一个军人来说，枪声就是号角，就是命令，郭伍士判断我方在突围中肯定又遭遇敌人了，他想站起身，可用尽力全身的力气也没有爬起来，双腿好像也不听使唤了。他摸摸头，帽子也没了。原来日伪军为了炫耀战绩，用枪刺挑着郭伍士的帽子走了。

　　张恒兰一直没有走远，他到处看着，见附近没有鬼子了，又跑了过来。趴在那里的郭伍士，心里正盘算着怎么办，忽然听到一阵脚步声，郭伍士屏住呼吸，伸手摸了一块石头拿在手里。来人近了，很快到了眼前。来人先拿掉了他身上的干草，接着就急急喊道："同志，俺不是小鬼子，俺是南墙峪的张恒兰，在这里放羊呢，刚才看你趴在这里，附近又有鬼子，就先用草给你盖了盖，俺一直放心不下，看看你还活着没有。"郭伍士果然听到了几声羊叫，他放下心来，想翻过身，可怎么也翻不过来，张恒兰就帮他转过身体。郭伍士睁开眼看着眼前这位五十多岁的山里人，一下子有了依靠，两眼一热，叫了声"大爷"，就依偎在了张恒兰的怀里。他想喝水，可嘴唇嚅动着就是说不出话来，他指指自己的嘴。张恒兰道："孩子，你流了这一大摊血，肯定是想喝水了，可这里没水呀。"说着，他把郭伍士露在外面的肠子给他塞进了肚子里，又用褂子把他的伤口扎住了。他看了一眼羊群，犹豫了一下，突然说道："你等着。"说完从腰里摸出一把刀，向羊群走去。一会儿工夫，他拖来了一只羊，羊的脖子上还冒着血，张恒兰就用手接了给郭伍士喝。这关口，挡阳山上又传来了枪声，老人惊慌地看看四周，说："孩子，鬼子说来就来，不敢耽误了。俺南墙峪离这里还远。"说着他指着一个村子说，"那个村你看到了吧？就在眼前，你往那里去吧。"说着就把郭伍士扶起来，又把羊鞭塞进了他的手里。

　　郭伍士点点头，挂着羊鞭杆子向棵子村一步步挪去。张恒兰虽有些担心，可害怕有日军再来，就扛起自己刚才杀了的那只羊，赶着羊群往南墙峪方向去了。张恒兰后来一直为自己没把郭伍士送到棵子村而耿耿于怀，他常对家人嘟囔："我咋就那么胆小呢？！"像说给自己听，又像是问别人。解放后他还专门找到郭伍士诉说自己的悔恨，郭伍士哈哈一笑道："没有你给我包扎伤口，没有你杀的那只羊，我也早就没有了嘛！"

2

郭伍士抬头看看，坐落在坡上的桃棵子村就近在咫尺，若是在往日，侦察兵出身的郭伍士不会把这个坡度不到七十的山坡放在眼里的，可是现在，他必须用求生的欲望来战胜它。开始他还踉跄着往前走，随着坡度越来越大，他已经气力不支，只得爬行。几百米的距离，他足足用去了一个多小时。等爬到村口的时候，太阳已经落山了，四面环山的桃棵子村很快就在暮色中了。

张大娘这时已经点上了灶火，火苗在灶膛里欢快地跳跃着。张文新身体很虚弱，张大娘要给老伴做点面糊糊喝。小西屋的面缸虽然已经空了，扫扫还能扫出把面来，张大娘端着瓢刚走出屋，就看到一个血人趴在那里，不禁吓得大叫一声："俺那个亲娘来。"手里的瓢也掉在了地上。屋里的张大爷就问："你这是咋了？一惊一乍的。"郭伍士看看大娘，又指了指自己。从郭伍士的衣服上，大娘看出他是个八路军，就颠着小脚赶上来，小心翼翼地扶起他，见郭伍士已经迈不开步了，于是蹲下身来，说："同志，快趴在俺身上。"张大娘把郭伍士背到屋里，又蹲下身轻轻把他放在灶膛前的一堆干草上，随后站起身要找布条给郭伍士包扎伤口，郭伍士拽住她的衣角摇摇头，用手连连指着灶膛上那把黑黑的燎壶（烧水用的泥壶）。张大娘明白了，急忙拿过一个碗，又提起燎壶倒上水，水还温乎乎的。大娘说："孩子，水不冷不热的，正好，快喝吧，看把你渴成什么样子了！"这时候，炕头上突然响起一个有气无力的声音："老婆子，你是糊涂了咋的？他刚流了血，你得抓些盐放水里，让他喝盐水。"张大娘听了，忙说："俺这一急脑子就不转弯了。"说着忙从盐坛子里捏了几颗大盐粒放进碗里，又用筷子搅拌了几下。接着她把郭伍士的头揽在怀里，拿起喝酒的小盅子舀上水，往他嘴里送。郭伍士嘴唇动了动，可就是张不口，用尽全力，总算开了一点口，可水倒进了嘴里，又冒了出来。张大娘自言自语地道："这是咋了？渴得这样怎么还进不去？"郭伍士急了，用手指指嘴，张大娘放下酒盅子，把指头伸到他嘴里试了试，觉得里面有一团东西，轻轻抠出来一看，竟然是一团血块，还连着一截牙齿。张大娘又叫了一声俺的娘，说："这得伤得多厉害呀！"她顾不上再说什么，又抓紧给郭伍士喂水，水一口口滑进了郭伍士的肚子里，犹如浇灌着一株久旱逢甘霖的枯苗，一股巨大的满足感传遍了郭伍士的全身。看着张大娘满是疼爱的眼神，泪水从郭伍士的眼角流出来，又滴在大娘的衣襟上。张大娘道："孩子，别难过，这里就是你的家，有俺全家人在，就难为不着你。俺先去把大门关了，再赶紧着烧锅水给你洗洗伤口。"

一会儿门响了，张大娘侧耳听了听，说："好像是孩子回来了。"她走出屋子，问了声谁，外面就有人"娘、娘"地叫着。很快就有几个人跟着张大娘走进屋里，除了山子、棵子，还有张文新的侄子张恒宾、张恒军、张恒玉，再就是孙辈的张道江。张文新弟兄四个，他排行老三，老大张文通，老二张文修，老四张文伦。张恒宾、张恒军兄弟俩的父亲是张文修，张恒玉的父亲则是张文伦。张恒军走到炕前说："叔，你身体咋样了？这次小鬼子没进咱家门是万幸。"张大娘指了指郭伍士说："侄子，先别说这个了，赶紧照顾八路军伤员吧。"几个侄子听了，这才看到躺在干草上的郭伍士。张大娘又说："你们兄弟几个，快把他抬炕上，他伤得很重，手脚轻点。"锅里的水很快就烧热了，张恒军舀了一盘热水，又撒上了一把盐粒子，端到了郭伍士的身边，张恒宾拿着油灯在一边照着，张大娘借着灯光在郭伍士身上大大小小一共找到了七处伤口，包括脖子后边那个指头肚大的伤口。郭伍士有气无力地说："应该是子弹穿过了我的门牙，又从脖子后出去了，要不是命大真就去见阎王去了。"张大娘呸了几口道："别胡说，这是好人有好报。"张大娘给郭伍士用盐水洗了伤口，又仔仔细细包好了，这才长长舒了口气，站起身来，看了一眼郭伍士，又看了看几个侄子，对张道江说："大孙子，这孩子的棉袄让鬼子的刺刀扎得稀巴烂了，你几个叔就身上的这件棉衣，也没多余的。反正你快结婚了，就穿那件新袄吧，把你身上的棉袄给这个同志穿算了。"张道江是张文通的孙子，平日里寡言少语的，他一声没吭扭头就走了。张大娘以为张道江不乐意，说了句"你看这孩子"，就忙着给郭伍士蒸鸡蛋羹去了，一会儿工夫屋里就飘起了鸡蛋的香气，张大娘端到郭伍士面前，笑盈盈地说："还剩下几个鸡蛋，本来要给你大爷补补身子的，他不舍得吃，今天算你有口福了。"说着用匙子挖一勺放到自己唇边吹吹，又送到郭伍士的嘴里。刚给郭伍士喂完蛋羹，张道江跑来了，手里还拿了件新袄，他急急说道："不好了，听大嗓门说，刚从山上下来了一群鬼子，正在咱村东老槐树底下打帐篷，看样子是要在咱庄落脚了。"大家听了，一阵慌乱。张大娘道："这可怎么好呢？家里也没挖下个地洞，近的地方也没有，万一鬼子闯进门咋办？"张恒玉连忙说："咱庄后不是有个山屋子嘛，先把这大哥送那里吧。小鬼子晚上一般不敢出来，不会到处乱翻腾的。"大家听了都觉得有道理，张恒军个头大，他弯下腰道："快把他放我背上。你们几个先到外面看看动静，探探路，我在后面跟上。"张道江说："婶子，先把这新袄给他穿上，有新的咱就不能让他穿旧的。"张大娘听了很高兴，说："大孙子真懂事。"大家还没走出院子，张大娘又抱着被子追了出来。一行人趁着夜色，把郭伍士送到了庄后的山屋里。等张恒宾在地上铺好了干草，张恒军和张恒玉才把郭伍士轻轻放了上去，又给他盖上了被子。在张家众多兄弟中，二十四岁的张恒军不仅胆大心细，还有点子。他对大哥张恒宾他们说："今晚咱们都别回家了，小屋前后得有两个人，庄里放两个人，都机灵点，一有情况，咱们就背着他跑。"

躺在厚厚的干草上，盖着软软的被子，郭伍士很快就进入了梦乡。到了后半夜，郭伍士被渴醒了，心口热得像一块烧红的铁，烙得他火烧火燎的。他渴望喝水，就迷迷糊糊地爬出了房子，又向村里爬去，刚到村口，一个人影就慢慢靠近了他，手里还拿着一条粗棍子。人影是张恒军，他低下身拦住郭伍士，急忙说道："大哥，你咋爬出来了？这样多险呀！"郭伍士好像还没醒过来，嘴里自言自语地念叨着："水，水，水！"张恒军急了，一下子抱起郭伍士，踉跄着脚步把他送到屋里。一会儿张道江来了，问张恒军："叔，他咋样了？"张恒军道："他渴得不行，你快回去给他提壶水来。"住在桃棵子村的日军是吃了早饭后走的，张恒军见安顿了，又和侄子张道江把郭伍士背了回来。

张大娘昨晚上从缸里扫出的那几把面，本是给老伴吃的。张大爷说："留着给同志吃吧，他伤得这么重，得吃点细的，咱们吃糠咽菜对付对付。"郭伍士刚进门，张大娘就把满满的面糊端给了他。郭伍士埋头吃得很香，等放下手里的碗，他突然看到，张大娘把锅里的煳锅巴用水泡了，悄悄端给了张大爷。郭伍士不禁一阵不安，急忙问："大娘，你不是说大爷已经吃过了吗？这，这怎么好嘛？"张大娘忙道："是吃了，这煳锅巴你大爷也喜欢吃。"张大爷急忙说："是这样，是这样！"郭伍士又看看张道江："你把结婚的新袄让给我穿了，这算怎么回事嘛。"郭伍士的腔调一下子把大家都逗笑了。

接近中午的时候，张道江一头扎进了房子，一进门就喊："不好了，

414　靠山

鬼子又进村了。"张恒军说:"快藏他到苞米秸里去。"几个人不再说什么,很快就把郭伍士藏了起来。在北方广大农村,房前屋后,大街小巷,平日里都堆着或圆或方的柴火垛,这些草垛,有的是麦秸,有的是稻草,有的则是玉米秸,张大娘门前也有这样的草垛。这个时候,日军已经在不远处架起铁锅做饭了,两个日军四下里看看,就向着张大娘门前的几个苞米秸垛走来。张大娘明白他们是过来拿苞米秸烧火的,她家与张文通的院子就一墙之隔,张大娘急忙从他门前抱了两捆玉米秸迎了上去,两个日军见了先是一愣,其中一个日军一枪托子捣在了张大娘的腰上。张恒军奔上前来,打着手势比画着说:"太君,她是要给你们送烧的!"说着张恒军抱起地上的玉米秸,做出急着要给他们送过去的样子。那两个日军瞪瞪眼,骂了声"八格"算是作罢了。过去因为棵子村地处偏远,再加上人口不多,家家户户又离得远,日伪军很少在村子停留,1941年冬天的这次扫荡,日军对沂蒙山采取了地毯式的围剿,没去过的地方也务必搜查到。这样的形势下,张大娘和乡亲们不得不重做盘算,张大娘对张恒军他们说:"小鬼子这回改常了,三天两头地来,咱得想个办法,好好把同志藏严实了。"

在棵子村西不远的地方,有一处地洞,严格地说,它还算不上是个洞,是一块巨石压在个不深的浅坑上形成的。石头像是趴在地上的老牛,村里的人都称他卧牛石。张恒军说:"要不咱们把那里收拾一下吧,藏在那里就很妥实。"张恒宾道:"那个洞正好在个山坡上,我看行。"张大娘点点头:"那就紧着点安排去。"当天夜里张恒军就带着几个人把洞底挖了挖,铺上了玉米秸和干草,又很快把郭伍士送了进去。第二天天刚亮,张大娘就给郭伍士送来了饭和水。她刚钻进洞口,就有一股臊臭扑面而来。郭伍士一脸的窘态,拢拢衣领,又拢拢袖口。张大娘明白了,说要看看他的伤口,他说不用看不用看,一点都不疼。张大娘道:"你身体这样,把屎尿拉到裤子里一点都不过分，也别害羞，快让大娘给你擦擦。"张大娘说着摸出自己平日里擦汗的布，倒上些热水，揭开郭伍士的裤子给他擦洗起来。张大娘道："孩子，你别怪俺把你送到这里，放到家里俺怕你落到那些活阎王手里。你进了俺家的门，咱娘俩就是一条心了，大娘说什么也不能抛下你。俺是个当娘的人，你要是在家里，还是娘的孩子，你出来为了啥？还不是为了俺们老百姓吗？"郭伍士的母亲去世早，张大娘的真情让他重温久违的母爱，他鼻子一酸，不禁一下子哭出了声，一把拉住张大娘的手道："大娘，你就是我的亲娘！"张大娘道："看你，还是个爷们呢，怎么说抹泪就抹泪了？你这小眼本来就不大，这一哭都成一条线了！"

连续几天，日军在周围活动频繁，张大娘就和日军"打起了游击"，每天她带上饭和水瞅准机会就去了。郭伍士大小便都是躺着，屎尿都在身子底下压着，洞里臭气熏天，连郭伍士都嫌弃自己。张大娘每次去了，都先解开郭伍士的衣服给他擦洗，然后再给他喂饭喂水。张文新有三个女儿出嫁了，老大老二直到出阁那天，也没个大名，一直都被大妮子二妮子地叫着，三女儿原本也是叫"三妮子"的，山东纵队野战医院一所到了西墙峪后，三妮子自告奋勇去看护伤员，一个年轻的女护士给她起了张恒修这个名字。从此三妮子就格外地自豪，她是带着大名走进婆家大门的。张恒修离娘家最近，张文新就把她叫回来一起照顾伤员。一大早张文新就把鸡杀了，恒修在那里煺毛，十岁的山子和妹妹蹲在一边聚精会神地看着，嘴巴不时吧嗒几声。山子说妹妹馋了，妹妹说哥哥馋了。张大娘把炉火升起来了，锅里的水，是清凌凌的山泉水，灶里的柴是油滋滋的红松枝，不到一个时辰，锅里很快飘出了浓浓的肉香。山子和棵子坐在灶前，眼巴巴地盯着锅盖，嘴里都流出了口水。张大娘见了笑笑说："这是给伤员吃的，咱们呀往后再吃。"兄妹俩听了，都噘起了嘴巴。为了让郭伍士吃得好一点，张大娘和闺女恒修夜里一人一架纺车纺线。她们一手扯着线，一手摇着纺车，每晚都到窗户见亮。等纺出了一个个线穗子，张大娘或是恒修再拿到院东头的集市上卖了，再换来一些米面给郭伍士吃，一家人吃的则是糠团子和单调的野菜。

这天上午，山里山外很平静，张大娘又来到了洞里，郭伍士没像以前一样和张大娘打招呼，两眼就那么紧闭着，张大娘喊了几声也没应答，摸了一下他的脸，这一摸把张大娘吓了一跳，郭伍士脸烫得很吓人。张大娘急忙给他灌了几口水，这时恒修也来了，张大娘说："快把他抬出去晒晒日头。"张大娘让闺女把布放在凉水里泡泡，再拧干了搭在郭伍士的额头上。她刚揭开包在郭伍士肚子伤口上的布带，不禁又发出那句颇为"经典"的话来："俺那个娘来，这肚皮都有臭味了。"张大娘又看到，一条蛆竟然从郭伍士的伤口里爬了出来。张大娘拍着脑门，连声说着："这可咋好？这可咋好？"恒修凑上前来一看，也惊得直吧嗒嘴。郭伍士从昏迷中醒了过来，他看着一脸焦急的娘俩，想开口说什么，可说不出一句话，他指指自己的伤口，摇摇头，意思说："我是要死的人了，不要再管我了。"张大娘像没看着一样，忽地站起身来，对闺女说了句："你看好他。"就急急向自己那块巴掌大的菜地赶去了。

在乡下，家家户户都有用缸腌咸菜的习惯，可到了夏天或是深秋，咸菜缸里通常都会生一些蛆，很难捞出来，人们就在缸里放上几片芸豆叶子，说来也奇怪，蛆就会不约而同地都爬到了上面。张大娘来到菜地，虽然是初冬的季节，芸豆叶子大都干枯了，可竟然还有几片新叶，张大娘摘下来，又急急赶了回去。她把叶子放在手心里，用力搓揉几下，那绿汁慢慢滴在了郭伍士红肿的伤口旁，不一会儿，藏在伤口深处的蛆，像得了什么号令一样，一个个爬了出来。张大娘和恒修见了，都很高兴。张大娘道："这下好了，可有救了。"到了晚上，张恒军和侄子，又把郭伍士从洞里背了回来。张大娘打听到了一个偏方，正给他熬着中药。张恒军说：

"这兄弟虽然命大，可没有药这样下去恐怕不行，咱们得去找找八路军医院。"张大娘说："鬼子漫山遍野的，到哪里找呀？"

当天下午，张恒军、张恒宾、张恒玉、张道江他们还是分头打听去了，可跑来跑去，还是没打听到八路军野战医院。张大娘说："过去没有啥医院，咱祖祖辈辈也过来了，咱就给他用偏方治，你们叔侄几个听着，只要他还有一口气，咱们就不能撇下他！"时日不久，日军大扫荡渐渐到了末尾，有些部队已经撤走。在张文新家人的照料下，郭伍士的伤口慢慢有了好转。张恒军他们也一直没有停止寻找野战医院。

终于有一天，张恒军带回来了好消息，野战医院一所到了楝子村以北的中峪村，中间就隔着一座山，相距十多里。张大娘听了很高兴，说："这孩子可真是有福啊，快送去，快送去！"楝子村在层层的山峦中，通向外面的路都是山路，怎么送？用独轮车根本行不通，一路背着也不行。商量来商量去，张文新说："用花篓抬吧（注：花篓，在北方农村常见，是用荆条子编的一种器皿。在编的过程中，为了节省材料，在周围的壁上留下了很多有规则的洞，像镂空了一样）。"大家都说这法子好。郭伍士走之前，张大娘和恒修早早把他的衣服洗了，还给他准备了在路上的吃喝。

往日，郭伍士白天大都是在山洞里，抬回家的时候是在晚上，他基本都是在昏昏沉沉中，都没有好好看张大娘一眼。这一天，郭伍士马上就要走了，坐在张大娘家的小院里，晒着暖暖的太阳，看着进进出出的张大娘，他的心中涌动着深深的依恋。大娘言语不多，可她的一举一动都透着浓浓的母爱，不知不觉，郭伍士双眼里涌满了泪水。张恒军叔侄几个已经用绳子把花篓子绑好了，恒修端着两个荷包蛋走到郭伍士面前，说："大哥，快趁热吃吧！"一旁的张大娘说："孩子，吃吧，吃了咱好上路。"郭伍士"嗯"一声答应着，吃着吃着，泪水一阵阵落到了碗里。等张大娘把一件破袄铺在花篓里后，张恒军他们抬起郭伍士轻轻放了进去，张大娘很快又把一床被子围在郭伍士的身上，接着仔仔细细把被角掖在他脖子下，说这样不透风，冻不着，还一边嘱咐说："儿行千里母担忧，你这一走咱娘俩不知往后还能不能再见上一面，等你身子好了，一定给大娘捎个信来，别让俺记挂着。要是咱娘俩还有缘，将来你就来看看俺，让俺知道你还活着。"

郭伍士一句话都说不出，只是用力点着头。张文新道："趁着太阳好，快让同志上路吧，你还磨叽个啥？"张大娘白了老伴一眼说："急啥？有他们叔侄四人轮换抬着，很快就把小郭送到地场（地方的意思）了。"张恒军道："叔，婶子，那俺就上路了。"说着拽起绳子，张道江把一根扁担伸进来，叔侄二人腰一弯就抬起了花篓。

张恒军、张恒宾、张恒玉、张道江、郭伍士一行人走远了。郭伍士回头看看，张文新全家人还站在门前看着他。这时，张大娘又往前走了几步，独自立在那棵柿子树底下，又连连招了几下手。郭伍士突然大声喊道："娘，大冷天，你们回家去吧！"张大娘听了，捂着嘴，本来直直的腰身一下子弯了下来。

四　千里寻娘

1

张恒军他们轮换抬着郭伍士翻山越岭，终于在傍黑时把他送到了中峪村的山东纵队野战医院一所。一所所长刘昌鼎带着几个人很快给郭伍士查看了伤口，接着又询问了经过，大家听了都连连感叹。刘昌鼎道："老郭呀，在没医没药的情况下，就你肚子和脖子上的伤，就足够要你的小命了！这一家子人把你伤口护理得这样好，可真是不简单呀。"郭伍士说："我的命是张大娘全家和送我来的这些兄弟给的。没有他们，我郭伍士的命早就丢了。"

郭伍士走后不到一个月，就痊愈归队了。张大娘听了很高兴。可是，郭伍士回到作战部队以后，身体一直很虚弱，再也不能像过去那样翻山越岭地去侦察敌情了。组织上为了照顾他，派他带着几个战士在后方看仓库，即便这样，他也常常体力不支，部队只得让他复员。张科长问他有什么打算，郭伍士道："我父母都不在了，这里就是我第二个家，就留在当地吧。"郭伍士其实有个愿望没和张科长说，他心里装着一个人，那就是张大娘。1947年的秋天，郭伍士在南沂蒙隋家店子落了户，乡亲们给他盖起了房子，村里还给他分了地。

解放那年，郭伍士回了一趟老家，他刚进村口，见有个人正坐在墙脚下晒太阳，就赶上前去要和他说话，还没张嘴，那人倒先开口了："你是

靠山

郭伍士吧？"接着又喊了一声，"大哥！"郭伍士端详了他一眼，竟是自己的二弟。弟弟挂一个拐杖，急着要站起来，可越急越站不起来。郭伍士一把拉起了他，连声问道："二弟，你这是咋了嘛？"二弟流着泪说："大哥，一言难尽呀！"说完，这对已经十三年没见面的兄弟抱头大哭。作为郭家长子的郭伍士，这时才知道，就在自己参军一年后，三个弟弟也陆续参加了八路军、解放军。二弟是在解放战争的东北战场上留下终身残疾的，三弟随着一一五师副师长、政委聂荣臻率领的八路军一部到晋察冀边区没几个月，就牺牲在了平山县。四弟在一次战斗中失踪，至今生死不明。听了二弟的话，郭伍士不禁一阵唏嘘，蹲在地上掩面痛哭起来。

　　郭伍士回到沂蒙山后，在隋家店子开了个杂货铺，经营烧酒和狗肉之类的一些食品，他经常挑着杂货到十里八乡去卖。山西人郭伍士看着自己眼下这美好的日子，更加思念那个给了自己第二次生命的张大娘和她的全家人，郭伍士决定去寻找恩人。郭伍士特地给张大娘准备了五斤面条，给张大爷准备了几斤烧酒，一大早就挑上担子出发了。可刚走了不远，郭伍士就有些茫然了，自己连张大爷、张大娘的名字都不知道，更别说他们的家在什么地方了，到哪里去寻找？在八百里沂蒙山，叫张大爷、张大娘的可谓遍地都是啊！他一遍又一遍地在脑海里搜寻着记忆，还是没有任何线索。当年张大爷、张大娘喊他们的侄辈和孙辈，也大都是老大或是老二什么的，也不知道他们的名字。郭伍士不禁为自己当年的粗心而后悔。他坐在石头上抽着烟，望着连绵的群山，自言自语地说道："就是大海捞针，我也要找到娘。"

　　说完，他挑起担子，摇着拨浪鼓，向一个又一个村子走去。

　　邻近的双泉峪子村是卖货郎郭伍士必去的，一来二去，他在不惑之年收获到迟到的爱情。当村里人知道这个侦察兵出身的郭伍士还没结婚时，都愿意给他保媒。刘媒婆对他说："老郭，俺这里有个闺女，解放前她家是地主，长得俊俏着呢，俺给你说道说道吧？"郭伍士小眼一瞪道："你这个大嫂，我怎么着也是个党员，也是个八路军战士吧，怎么去找一个地主家的闺女嘛？"过了没几天，郭伍士又来到双泉峪子，刘媒婆就吓唬郭伍士："你要是不娶她，她往后就让人欺负死了，你就不能可怜可怜她？"郭伍士一听急了，说："人家过去是地主，现在不是改造好了吗？咋还欺负人嘛？"郭伍士心软，又想想自己四十多岁的人了，就同意了。

有了家的郭伍士还是没有停止寻找张大娘的脚步，他挑着担子，边卖货边打听。那带着山西口音的叫卖声，不知响遍多少个大大小小的村庄，坚实的双脚也不知丈量了沂蒙山的多少山路，后来郭伍士粗粗算了算，几年下来，行程达数千里，找到大大小小的张大娘足有上万个。有的大娘听了郭伍士的腔调就笑，也学着他的声音说："俺就是你要找的张大娘。"郭伍士有些自嘲地说："我这些年得叫了多少声张大娘呀！"可他还是没有找到那个日思夜盼的张大娘。

2

1956年的冬天，郭伍士挑着担子又上路了，还像以往一样给张大娘带上了几斤面条，给张大爷捎上了一坛子烧酒。他头上戴着一顶帽子，上衣是一件光板大襟羊皮袄（羊毛在里面），腰上扎了一条粗粗的线巾。如果他不张口说话，仅从他的打扮上来看，已经与沂蒙山人无二了。只是从他依旧挺拔的腰身上来看，还带着当兵时的样子。

郭伍士转过几个山岗，到了南墙裕，越往前走，对周围就越有一丝久违的熟悉。侦察兵出身的郭伍士对地形地势格外地敏感，他心里不禁陡然一动。郭伍士放下担子，顺势坐在了一块石头上，抬头往西看去，一个斜坡伸向远处的村庄。看着，看着，他耳旁突然响起了一句话："那个村你看到了吧？就在眼前，你往那里去吧！"郭伍士挽着裤腿，手不自觉地落在大腿上，当年射向自己的第一颗子弹就是先打到这里的。一年四季每逢阴雨天，这处伤口就疼得厉害，后来经医生几番检查，从他的大腿上取出了一粒弹头。郭伍士轻轻地拍打着腿，拍着拍着，他像被电击了一样一下子站起身来。他再次环视着周围，一双细小的眼睛努力捕捉着一草一木，一山一石。这不就是1941年11月的一天遭遇日军的地方吗？他记忆的闸门瞬间被推开了，目光落到一处石头垒起的墙上，其中一块石头上有个鸡蛋大的小凹，郭伍士一遍遍抚摸着，耳畔骤然响起了枪声，子弹飞速而至，有的打在石头上，发出一声声脆生生的响。

恍惚中，郭伍士分明又听到张大娘的一声声叫："孩子，孩子！咱娘俩一条心，就是再苦再难也得把你身子养好。"郭伍士的泪水一下子涌了出来，他叫了声"娘"，挑起担子就往坡上走去。一进村口，就看到一汉子，他急急问道："这叫什么村？"那汉子道："桃棵子！"郭伍士有些耳熟，他又急忙问："张大娘呢？张大娘在哪里？"那汉子笑了："你急啥？俺村里的张大娘很多，你找哪一个？"郭伍士忙说："找村长，找村长。"汉子点点头，把他领到了村长张文箱家。郭伍士把自己在张大娘家养伤的事刚说了个开头，张村长就哈哈一笑，他说："走，你跟俺走！"两人急急往前赶去。张村长的儿子张恒宝当年正好和山子一般大，张大娘一家照顾伤员的事山子和他说起过。他见当年的八路来了，也跟在了后边。走过几条小路，张村长说到了到了。郭伍士一看，熟悉的门口，熟悉的院墙，周围也基本上还是过去的模样，再加上沉沉的暮色，一如当年的情景，郭伍士说了句："可找到了。"一步就跨进了门槛。张村长在后面连声喊着："三嫂，三嫂，你看是谁来了！"一个满头白发的大娘，正坐在院子里洗着什么，听到动静和喊声她抬起头来，说："老远就听到你的咧咧声了，有啥事把你急得这样？"张村长指着郭伍士连忙说："三嫂，你看谁来了，你看看谁来了。"张大娘听了慢慢站起身来。两人你看着我，我端详着你。郭伍士眼前的张大娘，上身穿着一件黑色襟袄，黑色的裤子，裤脚还像当年一样扎着。只是比以前苍老了许多，头发白了，皱纹多了，可腰板还是很直溜。张大娘面前的郭伍士，还是瘦瘦的身材，瘦瘦的脸。张村长急了，跳着脚道："嫂子，他就是你当年救的八路呀！"

郭伍士往前走了几步，站直身子，举起右手先行了一个标准的军礼，接着高声喊道："张大娘，八路军战士郭伍士前来向您报到。"接着他喊了一声"娘"，扑通一声跪下了。张大娘赶过来，把郭伍士的脑袋一下子搂进了怀里，又在他的后背上捶打了几下："孩子，整整15年没见了，俺一直数着日子，这些年不知梦到了你多少回呀！"张大娘说完，伸手托起郭伍士的下颌，扒开了他的嘴看了看，扑哧一声笑了，说："被子弹打掉的那颗牙也都镶上了，还是金牙。"郭伍士道："啥金牙嘛？就这个颜色，不镶说话漏风，也不好看嘛。"郭伍士说完，娘俩笑了，可笑着笑着，又都一下子哭出了声。张大娘抹抹泪说："活着就好，活着就好。"她又看了看郭伍士的脖子说："这里还留了个铜钱大的疤呀！"说着又掀开他上衣，摸着他肚子上那条长疤："这里最厉害了，当初你那几个妹妹都不敢看呢。再苦再难也都过去了，快起来，快起来，到屋里坐，你大爷和你大兄弟就回了。"很快，张文新和山子进了家门。不一会儿，棵子村的党支部书记张恒军和大队长张恒宾还有张恒玉张道江都来了，看着眼前这些当年救过自己的兄弟，郭伍士一遍又一遍地握着他们的手，又一次一次地抱在了一起。张大娘大声对张道江说："快去把你媳妇叫来，帮着俺炒几个菜，一大家子热闹热闹。"郭伍士撇着腔调喊道："还要好好喝一壶呢。"说着他跑到院子里，把他挑来的一坛子烧酒抱了进来。

生活最富有戏剧性，也是最好的导演。郭伍士落脚的隋家店子，离张大娘的老家双泉峪子也就几里路，论辈分张大娘还要喊郭伍士的老婆祖彩芹姑。郭伍士在沂蒙山腹地寻亲数千里，竟不知隋家店子与楳子村直线距离也就十里路，当然，隔着大山也无法直线行走，可到楳子村也就五十多里的路。1957年新年过后没有几天，郭伍士带着一家老小来看张大娘，郭伍士已经有了四个孩子，三儿一女，大儿子还不到十岁，大女儿也就六七岁，张大娘见了他们喜不自禁，给每人手里塞了个钢镚，算做压岁钱。郭伍士道："给娘和爹磕头了。"说着和媳妇跪在地上，恭恭敬敬地给张大爷、张大娘磕了头，接着四个孩子也跪在地上，齐齐地喊了声"爷爷、奶奶"，又齐齐地磕了几个头。午饭后，郭伍士提出要带着全家来楳子村落户给二老养老送终，张大娘道："你这一大家子人呢，咋能拖累你们。你大爷身体差些，俺身体还硬朗，你就安心好好过日子吧。"郭伍士摇摇头："娘，刚解放那年我就回了趟老家，在我大我娘的坟前，把我给你养老的心事和他们说了，他们在天之灵都会同意的！您和大爷要是有个头疼脑热的，我和孩子他娘也好给你二老端茶倒水。"

张大娘看到郭伍士一大家子人，担心给他们添累赘，就一直没有松口。

1957年的年底，县里决定在隋家店子一带修水库，隋家店子将不复存在。村领导号召说："有亲戚朋友的就投亲靠友去，剩下的政府安排。"郭伍士听了很高兴说："这下好了，有这个理由，娘肯定就满口答应了。"郭伍士很快赶到了张大娘家，他故意愁眉苦脸地说："娘，我们那个村要修水库，很多人都投亲靠友去了。"说到这里，郭伍士看看大娘，拖着长腔道："人家都有打算，我可怎么办嘛？"张大娘拍着郭伍士的膝盖说："看把你愁得，俺不是你的亲戚？你们就来奔娘好了！"郭伍士高兴得像孩子一样抱住了张大娘。1958年深秋的一天，郭伍士用一架独轮车推着孩子还有全部的家当，来到了楳子村。张大娘让儿子山子（大名张恒守）叫来了张恒军和张恒宾，她说："隋家店子要修水库，修起来对大家伙都有利，咱们得举双手支持，政府号召他们村的人能投亲靠友的就找个依靠。现今郭伍士一家来了，就把他们户口落了吧！"张恒军道："政府也通知咱们村了，凡是来的就欢迎。"就这样棵子村接纳了郭伍士的全家。一对没有血缘关系的母子，又走到了一起。从此，这个原本只有张姓人家的村庄，有了一户郭姓人家。战争年代结下的军民情意，在棵子村又得到了延续。

当年郭伍士不知道张大爷、张大娘还有张恒军等人的名字，他们也没问八路军侦察员给郭伍士的名字，给郭伍士上户口的时候，村里会计问他叫什么名字，郭伍士报出名号，会计连问了好几遍，最后还是把"士"听成了"思"。

郭伍士1958年落户棵子村的户籍卡片，至今还完好地保存在棵子村村委的档案柜里，名字还是"郭伍思"。

3

郭伍士来得匆忙，村里一时没有他的房子，当年把他送到山纵野战医院的张恒宾二话不说，马上就给他腾出了一间房子，郭伍士全家当晚就住了进去。郭伍士的大儿子和张恒宾的儿子还睡到了一个炕头上，一个被窝里。第二年开春，村里就给郭伍士盖起了新房子，很多料子都是各家各户凑的。60年代初的广大农村，农民不开伙了，村村都设了公共食堂。大队长张恒宾找到郭伍士说："大哥，咱们的食堂一是让大家伙吃好，二是掌勺人得公平，要是偏点心，碗里的饭菜就有多有少，您是老革命，就去掌这个勺吧，让张道江给你当帮手。"这时郭伍士已是大队支部委员，他拍拍胸脯接下了这差事，还开着玩笑说："管食堂就相当于部队上的司务长嘛。"郭伍士说了后，从此就干脆自称司务长了。郭伍士开过杂货铺，善经营会打算，有的村开的食堂村民吃不饱，也吃不好，郭伍士精打细算，粗细搭配合理，无论亲疏，心里都有一杆秤，即便对张大娘，他手中的勺子，也从不偏向，张大娘不恼反而高兴，棵子村的男女老少也都很满意。

离张大娘家不远的地方，有一口井，张大娘有时也过来挑水，郭伍士见井沿光滑，担心张大娘滑倒，就把井沿修了，后来他就干脆自己给张大娘挑水。郭伍士战争年代养成的习惯，过去闻号起床，现在是鸡鸣就穿衣，每天早上第一件事，就是先把张大娘的水缸挑满了水，再去训练棵子村的民兵。前些日子，郭伍士见民兵训练的时候，都松松垮垮的，就火了，他瞪着一双小眼说："你看看，你们站没有个站相，走没个走相，还像个民兵吗？"郭伍士让他们打靶，没有一个人上靶的，都打飞了。郭伍士又训他们："要是哪一天再打仗，你们怎么消灭敌人嘛？一个个还不都成尿蛋嘛？"有人学着他撇着腔调说："那你试试嘛！"郭伍士拿起一支步枪，拉开栓，端着枪几乎没瞄准就扣动了扳机，几个连射，叭！叭！叭！对面报靶，一个九环，两个十环，不愧是侦察兵出身，大家都惊得目瞪口呆。郭伍士道："我要是不把你们调教出来，我这兵就白当了。"这还不算，他还把民兵分成红军蓝军，训练大家怎么辨别地势和抢占有利地形，后来棵子村的民兵在地区比武中得了第一名，军分区训练科的周科长见了郭伍士直竖大拇指："老郭，你带出来的民兵队伍，一点都不亚于咱正规部队！"

郭伍士到了棵子村以后，又有了一儿一女，大儿子郭文科自小残疾，张恒军曾请求公社、县里给郭伍士的孩子安排个差事，公社答应了，县里也很同意，郭伍士听说后大发雷霆："我不能倚仗自己这点功劳为自己牟私利，要是将来我到了那边，我怎么对那些牺牲了的战友说嘛？"可他倚仗自己的功劳，为棵子村办了不少好事，不仅为村集体要来了"泰山牌"拖拉机，还要来了几只蒙古羊和几头蒙古牛饲养。郭伍士每月都定期到公社领残疾金，每次领回来都塞给张大娘一些，张大娘又给她送回来，郭伍士急了，再给张大娘送回去，张大娘不收，他就扑通跪在那里，说："你是我娘嘛！咋还拿我当外人嘛？！"老婆祖彩芹有时为此发发牢骚，郭伍士眼一瞪说："我这命谁给的？"祖彩芹道："你那个山西娘呀！"郭伍士说："你这是装糊涂嘛，没有咱沂蒙山这个娘，我哪来的这条命？没有这条命，哪来的这些钱？"祖彩芹被郭伍士饬得一愣一愣的。祖彩芹又生下几个小的后，有些发愁，张大娘道："愁啥？人丁兴旺还不好吗？俺老婆子帮你拉扯。"她每次来，孩子们就围着她转，张大娘总是掀开大襟褂子，像变戏法一样从里面口袋里摸出几个熟鸡蛋。

1960年的一个夏日，张恒军来告诉张大娘，说一个作家要找你拉拉（指说话）。张大娘问："啥叫作家？俺一个老婆子有什么拉的。"张恒军说："作家就是写书的，听说还在沂蒙山打过仗呢。"张大娘道："都是陈芝麻烂谷子的事了，还有啥好拉的？"张恒军说这是组织上安排的，张大娘听到组织，立马就同意了。张恒军看看张大娘道："婶子，上级有人来了，你没个名也不像回事，总不能张大娘长张大娘短的吧？也总不能就叫张祖氏吧？"说着他拍拍脑门："俺看您就叫祖秀莲吧。"自此以后，已是年迈之身的张大娘就有了自己的大名——祖秀莲。没过几天，张恒军嘴里说的那个作家就骑着自行车来到了桃棵子村，走进了祖秀莲家的小院子。

这位作家就是长篇小说《铁道游击队》的作者刘知侠。发生在1941年冬天的那场大青山突围战，时年二十三岁的刘知侠也在突围的队伍里，当时，他是抗大一分校的文工团员。祖秀莲听了刘知侠的经历，一下子和他拉近了距离。张恒军又把郭伍士找了来，几个人坐在小院里，一起回忆19年前的那段往事。很快，刘知侠就创作出了小说《沂蒙山的故事》，原型就是张大娘，主人公也称"张大娘"，郭伍士则成了"赵大祥"。虽然名字不一样，可都是相同的家乡。时隔不久，在沂蒙山深入生活的刘知侠又听到了一个哑巴大嫂用乳汁喂伤员的故事，这位哑巴大嫂叫明德英。不久他又创作了短篇小说《红嫂》。刘知侠的两部作品催生了后来的舞剧《沂蒙颂》和京剧《红嫂》，著名的京剧表演艺术家张春秋和众多演员，曾专门到祖秀莲家体验生活，从此有了至今都广为流传的《我为亲人熬鸡汤》：

蒙山高，沂水长，
军民心向共产党，心向共产党，
红心映朝阳映朝阳。

炉中火放红光，
我为亲人熬鸡汤，
续一把蒙山柴炉火更旺，
添一瓢沂河水情深意长。

愿亲人早日养好伤，
为人民求解放重返前方，
重返前方。

1976年的冬天，南墙峪水库动工，85岁的祖秀莲颠着小脚劳动在一线，她给大家端茶送水还帮着伙房做饭，受到县里的表扬。回到村里后，她向张恒军提出入党，这次她不再喊张恒军侄子，开口就是张书记，一脸的严肃。张恒军很吃惊，说："婶子，您都八十多岁了啊，怎么还想着入党？"祖秀莲道："谁规定这个年纪不能入党了？俺这辈子就是这个愿望了！"张恒军见祖秀莲很认真，当时就骑着车子去了公社，公社把这一情况又报到县里，几个月后，祖秀莲加入了中国共产党。1977年夏天，生病已久的祖秀莲已经卧床不起，大都是郭伍士和他老婆来照顾。恰在这时郭伍士二弟来信，说自己的儿子被墙砸死了，自己没有能力处理，希望大哥回家帮忙。郭伍士觉得自己出来多年，没为家人做点什么，如今二弟遇上这样的大事，理应回去。可他担心祖秀莲的身体，就迟迟没有成行，祖秀莲看出了他的心事，再三追问郭伍士，郭伍士只得吐露了实情。她听了对郭伍士说："我这几日身体见好，你是应该回家看看了，这都多少年了啊！这些年，俺有你这样的儿子知足了。过去你大爷身体不好，也是你和孩他娘忙前忙后地伺候，他临走的时候很知足，俺也很知足。"郭伍士见祖秀莲精气神还好，就答应回老家了。

令郭伍士没想到的是，等他回来的时候，祖秀莲已经离世。他一口气跑到了祖秀莲家，见恒修身上头上还扎着白布，裤脚也扎着白布带子，双脚就迈不开步了。恒修见了郭伍士，一下子哭出了声，停了一会她说道："娘临闭眼的时候一直念叨着你，她说你回来的时候，让俺领着你到她坟头上磕个头就行了。"恒修领着郭伍士来到祖秀莲的坟前，喊了声"娘"，就一下子跪了下去。

这以后几年，郭伍士精神就有些恍惚，身体也大不如从前。他每次喝多了酒，就"娘娘"地叫着，在祖秀莲的坟前躺很长时间才走。1984年正月十五，一场大雪从天而降，远处的山峦和近处的棵子村，都是一片银装素裹。这可应了老辈人传下来的谚语：八月十五云遮月，正月十五雪打灯。

就在这天，侦察兵出身的郭伍士离开了人世，享年74岁。遵照他的遗愿，家人把他葬在了村南的山坳里。后来人们发现，他的墓正好与祖秀莲的墓遥遥相望。

1987年春，沂水县人民政府在祖秀莲的墓前立碑志铭：

靠山

祖秀莲，沂水县院东头乡棵子人，一八九一年出生于贫苦农民家庭。一九四一年冬，日寇扫荡沂蒙山区，八路军侦察参谋郭伍士身负重伤，生命垂危，祖秀莲舍生忘死，把郭伍士转移到安全的山洞里，用慈母心肠，精心护理，终于使人民战士重返前线。六十年代初，小说《红嫂》取材于祖秀莲事迹。郭伍士曾撰写《人民，我的母亲》表达对祖秀莲的深切怀念。中共沂水县委、沂水县人民政府誉她为"战争年代的红嫂，建设时期的英模"。祖秀莲于一九七六年加入中国共产党，次年病逝，享年八十六岁。祖秀莲的革命精神将同青山常在，与绿水永流。

一九八七年春沂水县人民政府立

在八百里沂蒙，祖秀莲和郭伍士的故事一直被广为传颂。他们之间的情谊，世代相传。

五 透明的乳汁

1

如果没有凛冽的寒风，冬日的阳光洒在身上还是暖洋洋的。团瓢屋里有些阴暗，反而比外面冷多了。这个时候，抱着孩子的李大嫂正坐在屋前的石头台阶上晒太阳呢，儿子长俊、长仁在打闹着。长俊还不到6岁，生得机灵，胆子也很大，身体像他爹一样壮实。望着身边的孩子，李大嫂脸上挂着笑，尽管生活很清贫，又处在战乱的年代，可对于从小就泡在苦水里的李大嫂来说，已经是很知足的了。

就像汶河边上的东辛庄一样，李大嫂的娘家沂水岸堤村（今属沂南县岸堤镇）也坐落在汶河畔，只不过是一个在河北，一个在河南，相距不远。李大嫂1911年出生的。在她的记忆中，从小好像就没有吃过饱饭。她刚来到这个世界上，娘亲就奶水不足，饿得她嗷嗷直哭，她的大嗓门，怕就是那时候练出来的。李大嫂虽是明清河夫妇第一个孩子，可夫妇二人都长年累月给地主忙活，忙了家里忙地里，很少能照顾到她。李大嫂就像山地里的野草一样，独自生长着。就在李大嫂几个月大的时候，夜里的一次高烧把她烧成了哑巴。没过几年，李大嫂的母亲又抱病在炕，直到闭眼的时候还紧紧攥着闺女的手。明清河后来又续了弦，从此李大嫂吃了后娘不少白眼。就在她十七岁那年，好人明清河也离开了人世，李大嫂不会说话，只是跪在她爹的坟前呜呜地哭，庄里的老人说："都说黄连苦，这个妮子可比黄连苦多了。"李大嫂从小没名字，后来男女老少就干脆喊她黄连了。

农村女孩都出嫁早，有的十三四岁就出门子（指出嫁）了，黄莲到了20岁也没有人给她提亲。后来村里的一个媒婆子可怜她，把她说给了横河村的老光棍李开田。李开田少时就没了父母，40岁也没沾过女人的边。媒婆对他说："你们两个就是一棵藤上结出的两个苦瓜，干脆你就把她娶了吧。"李开田当然一百个乐意，嘴角都笑咧到耳朵根了。同族的兄弟爷们听说有人给李开田说了个媳妇，都为他高兴。李开田爹娘当年一直给地主扛活种地，夫妻俩深知，地就是庄稼人的命根子，他们做梦都想着有自己的一亩三分地，有了儿子后，专门给他起了个名字李开田，希望儿子有朝一日能有田种，可李开田长到40岁也没能有自己的一分地。结婚总得有间屋子，李开田招来一帮穷哥们，没用一天就盖起了一间团瓢屋。就在1936年的汶河冰解冻的时候，一辆独轮车把黄连送到了横河村。

过去在北方很多农村，一般有坟就有树林，慢慢就称林地了，如果村里多姓的话，可能就有"王家林""张家林"或"孙家林"。横河村的李氏一代又一代下来，林地里已经有了几百座坟茔，从"李家林"的规模足以看出，李氏的人丁兴旺。族长见李开田能干身体健壮，就把这一重任交给了他，给李开田的酬劳是可以在林地里耕种，但不能破了祖上的风水。于是，刚结婚不久的李开田带上黄连又在林地里盖了间团瓢，一家老小迁到了林地。

2

黄连刚嫁到横河村没几年，岸堤、马牧池、依汶一带就驻进了八路军。驻扎在岸堤的山东抗日军政学校，每到清晨，男男女女都集中在河边的沙滩上操练。李大嫂对兵没什么好印象，前些年李大嫂养了一群鸡，村里来了一群兵，见了鸡就抓，李大嫂心想这些兵怎么这样不讲理，就上前打着手势阻止他们，被一个瘸腿的兵踹了几脚，李开田说这是国军。在李大嫂看来，日本鬼子更不讲理了，有一回几个日本兵进了李开犁的院子，也不商量，牵着人家的牛就走，李开犁不让牵，一枪就把他打死了。从此以后，李大嫂见了兵就躲得远远的，可眼前的这些八路军穿得比有些老百姓的衣服还破，心里不免有些打鼓，她比画着对李开田说："那些国军和鬼子穿得比八路军好多了，还天天祸害老百姓，抢老百姓的衣服，这些八路军穷得叮当响，不是更祸害老百姓吗？"李开田说："八路军是穷人的兵，是保护穷人的。"李大嫂半信半疑。长俊见沙滩上热闹，就要跑去看，李大嫂不同意，比画着说："那些人有枪，要是看着你不顺眼了说不定就打你。"长俊不听，瞅个空子跑去了，李大嫂只得跟着他。那些兵对长俊很好，特别是女兵还亲他的小脸。有一次长俊说要尿尿，一个大个子兵还举着他不放下来，长俊憋不住了，一下子开了闸，尿了大个子一头一脸，其他兵都笑得前仰后合的。李大嫂见了，吓得脸色都变了，忙赶跑上前去。大个子先是一愣，接着抹了一把脸，随后哈哈大笑起来，最后还亲昵地摸了摸长俊的小脑袋。李大嫂打着手势道歉，又朝他鞠躬，大个子急忙给李大嫂还礼，那些兵也朝她摆摆手，笑笑，很快又去练刺杀了。十聋九哑，因为不能听，不能说，他们擅长察言观色，在心里揣摩。俗话说，水壶里煮饺子，心里有数。这以后，李大嫂经常看到这些兵要么帮老百姓挑水，要么扫院子，还教妇女识字唱歌。李大嫂看在眼里，心里也盘算，认定这些兵是好人，是为了老百姓的。

李开田是积极分子，他全家搬到河对岸后，王换于的外甥张明远曾经专门来找过李开田。张明远是岸堤乡的领导成员，他告诉李开田，马牧池驻着八路军指挥机关，遇上敌情马上过河告诉他们。自日军准备在1941年扫荡沂蒙山的消息传达到各根据地后，李开田每天一大早就走了，都是夜里才回来。山东纵队指挥机关和偷袭的日伪军交火后，纵队机关炊事班战士小彭背着一口锅跟着警卫连冲出了包围圈，可日军还是紧紧咬住不放，混乱中小彭钻进了一片树林子，接着来到了马牧池村西的河岸上，还没松一口气，右边又蹿出来几个日军，其中有个日军一枪打在小彭背着的锅上，小彭没有犹豫，抬脚跳进了王家河里，河水深的地方，还不到膝盖，小彭一口气跑到了对岸，进了李家林，日军也很快跟着追了上来。李家林树木茂密，数百座坟头像一个个小山包一样，小彭心想，自己身上要是有枪的话，用这么好的地形肯定能敲掉两个小鬼子。小彭在树林和坟墓中左躲右闪，最后身上还是中了两枪，一枪在腿上，一枪在右肩上。他知道自己受伤了，可没有放慢脚步，很快就跑到了北面。

在团瓢屋前带着孩子晒太阳的李大嫂，突然看到有个人从坟地里跑了出来，在她愣神的工夫，那人已经跑到了眼前。小彭张着嘴说了几句话，可李大嫂没反应，只是眨巴着眼看着他。小彭急了，指指远处，李大嫂从他装束上知道是八路军，又见他身上有血，就一下子明白了。李大嫂一手抱着才几个月大的孩子，一手拽着小彭的胳膊往团瓢屋里拉，长俊也上来帮忙，小彭不同意，李大嫂急了，哇哇叫着，娘俩一齐把小彭拽进了屋里。李大嫂个子不高，可手上很有劲，一下就把小彭按在了炕上，又拽过被子盖在了他的身上。日军在林地里转了几圈，没有找到小彭，出了林子后，很快就发现了团瓢，他们端着枪走了过来。团瓢本来就不大，且又低又矮，里面光线很暗，日军站在门口伸着头往里看了看，炕上只是躺着几个小孩。小彭才十四五岁，又是南方人，个子又瘦又矮，一炕破被子堆在他身上并不显眼。李大嫂哇哇说着什么，又比画着让他们进屋喝水。日军见她是个哑巴，就放松了警惕，接着往后退了几步，李大嫂跟着也走出了团瓢。一个日军指指树林，又端着枪做了个打的姿势，接着比画了一下身高，再接着指指自己的腿，又装出瘸腿的样子走了几步。李大嫂也跟着比画，也装出瘸腿的样子跑了几步，接着用手一指。日军顺着她指的方向看了看，叽咕了几句话，向西山方向追去。

李大嫂转身跑到屋里，跟长俊指了指门口，长俊明白是让他在门口看着点。李大嫂拍了拍小彭，意思是鬼子走了，可小彭一动也不动，李大嫂掀开被子，不禁大叫了几声。此时的小彭双眼紧闭，伤口流出的血把席子和被子都染红了，李大嫂找来几块布，先把他的伤口包扎了。又见小彭张着干裂的嘴唇喃喃着什么，李大嫂知道他渴了，伸手抓起了燎壶，可壶里已经没水了。李大嫂急了，手无意碰到了自己的胸部，她突然意识到了什么，脸也红了。看了看门口，接着去解自己的衣扣，可解着解着又停下了手。小彭嘴唇嚅动着，声音越来越轻微，李大嫂终于解开了扣子，她俯下身子，把乳头一下子塞进了小彭的嘴里，小彭吮着，李大嫂也用力挤着乳房，一股股乳汁流进了小彭干渴的胃里，阳光透过团瓢的小窗照在李大嫂的身上，也照在她洁白的乳房上。这一幕，被站在门口的长俊看在了眼里。李开田是披着暮色回来的，李大嫂朝他比画了几下，又指了指炕上，李开田走上前，见是一个受伤的战士。这时长俊比画着突然说："大，俺妈给八路军喂奶了，就像喂俺妹妹一样。"李大嫂瞪了长俊一眼，脸一下子红了。李开田听了一怔，哼了一声，把烟袋吸得山响。李大嫂比画了几下，意思说这孩子渴得不行了。她见男人还板着脸，就从锅里端出蒸好的鸡蛋羹，用匙子一口口喂着小彭。远处传来了零星的枪声，李开田一下子站起，对李大嫂比画着说："伤员躺在这里不保险，得赶紧把他藏好了。"上了年纪的人，尤其是农村的，通常都会把自己百年后的墓穴早早造好了，李家林里也有很多这样的空穴。李开田和李大嫂商量，就把小彭藏在了那里。

小彭的伤口发炎了，李大嫂每天都用草药煮的水给他洗。小彭伤口疼的时候，眼泪汪汪的，李大嫂也跟着他掉眼泪。养在林地里的老母鸡也被李开田杀了好几只，小彭每天都能吃上鸡肉喝上鸡汤。没过多久，他的伤渐渐痊愈了，开始帮着李家砍一些木柴。后来有一天小彭对李开田说得归队了，全家人都有些不舍，李大嫂还偷偷抹了几次眼泪。李开田送小彭走的那天，小彭给李大嫂磕了几个头，打着手势说将来有一天来看她。李大嫂啊啊地答应着，给小彭的口袋里装上了几个煮鸡蛋。路上，小彭一直想说什么，最后终于迟迟疑疑含含糊糊地开口了："大哥，那事你别怪大嫂。"李开田道："孩子，那天你渴得厉害，你大嫂身边又没热水，就别放在心上了！"小彭听了，哽咽几声，什么话也没有再说出来。李开田常给《大众日报》设在依汶村的采购点运送物资，和毕铁华、王洪山他们很熟。李开田跟小彭说："俺就先把你送到《大众日报》的采购点去，那里的同志都知道队伍在什么地方行动，他们会把你送回队伍去的。"恰巧这天依汶村逢集，集市上有卖大饼的，李开田特地给小彭买了个饼，还嘱咐他说："孩子，这饼你带着在路上吃，到了队伍上记着给大哥捎个信来。"

李开田回来后，跟李大嫂说："给伤员喂奶的事别跟村里的人说了。"李大嫂听了点点头，脸红得一直到了脖颈。可没想到，长俊在小伙伴面前说了，小伙伴又回家和大人说了。这事像长了翅膀，一下子传开了。

小彭回到部队没几个月就牺牲了，战友在他的口袋里发现了一张皱巴巴的纸，上面写着这样几句话："男女授受不亲，在封建的农村，大嫂能用乳汁救我这个伤员，该是多大的勇气啊！我会永远记住这个给了我第二次生命的大嫂的。"

六　忘不了老爹忘不了我的哑巴娘

1

1942年的12月底，10万日军对沂蒙山展开了"拉网合围"，这次扫荡，比1941年冬天的"铁壁合围"更为残酷。

转眼就到了1943年的年初，李开田给八路军运送物资回来的路上遇到了日军，只得弃车而去。随后不久，他就随着一群老百姓跑到了王家河东岸的卧牛山里。按说李开田很快就能回家了的，没承想，丢了独轮车还不算，最后还像牛一样被日军赶来赶去的。后来李开田对八路军小庄说："没想到，咱们上了卧牛山后，就给这帮小鬼子做牛做马了。"

这是后话。

小庄叫庄新民，这年也就是13岁，脸上还挂着稚气。刚参加八路军不久，他就被分配到了山纵野战医院一所当护理员。当时八路军后勤人员的服装与老百姓的几乎无异，这样也是为了方便隐蔽。卫生所在转移途中，有些人被冲散了，小庄不自觉地混进了一群老百姓中。太阳很快落山了，暮色中的山谷变得模糊起来，远处还不时地响着冷枪。李开田见一少年半卧在一块石头上，皱着眉，有些痛苦的样子，就从怀里摸出几块红薯干子递到小庄眼前："孩子，是饿了吧？快吃点东西。"小庄接过干子，也顾不上说声谢谢，就大口吃起来。李开田见他狼吞虎咽的样子，连忙说："孩子，慢点，慢点，别噎着，俺这里还有呢。"说着，他从怀里又抓了一把递给小庄。小庄吃饱了，本来疼痛的胃也安顿了下来，这时他才想起应该感谢一下眼前的这位大爷，大爷摆摆手道："小伙子，见外的话可不要说了，兵荒马乱的就应该相互帮衬着。"随后李开田问小庄是哪里人，小庄警惕性很高，说是依汶村的。李开田点点头说："你年纪还小，后边一定要跟紧了我，千万别自己乱跑。"

这一夜大家都是在山谷里度过的，到了第二天上午，日军轰炸机发现了山谷中的人群，突然发起了轰炸，老百姓一时惊恐不已，纷纷四散逃命。李开田拽着小庄的手跟着一群人终于跑出了山谷，可随后就被山坡上的日军包围了，日军把他们押到了马牧池村的南庙里。小庄已经完全信任眼前的这位好心的大爷，就趴在他耳边低语道："大爷，我是八路军。"李开田点点头，笑着说："大爷早就看出来了，依汶村俺常去呢。还有，往后鬼子要是问你，你就一口咬定俺是你爹，家里你娘是个哑巴，还有你两个弟弟，一个妹妹。千万不要改嘴，要不你就没命了。"

小庄点了点头，这才明白大爷为什么让自己紧跟着他了。

庙里四面透风，到了夜里寒气逼人，李开田把自己的老羊皮袄脱下来盖在了小庄身上。尽管羊皮袄上浓烈的烟味刺激着小庄的鼻子，可他却感到有一种从没有过的温暖。到了第二天早上，日军把这百十号人赶到了庙前。一队日军端着明晃晃的刺刀，虎视眈眈地盯着大家。这时，一个手握指挥刀的日军军官走了过来，旁边跟着的是翻译，后面的日军还牵着两条高大威猛的狼狗，那狗吐着长长的舌头，一直狂吠个不停。日军指挥官扫了大家一眼，最后径直走到了小庄面前，他上下打量着小庄，末了突然喊道："你的，八路的干活！"那翻译官也跟着喊："你是小八路军！"身旁的李开田忙道："太君，他是俺的儿子，不是八路，俺爷俩是横河村的。"李开田话音刚落，日军指挥官扬起手打了他几个耳刮子，旁边的日军一枪托子砸在了李开田的腿弯上，李开田摇晃着身子跪在了地上。那日军还要打，小庄急了，张开双手拦住了他，一边哭喊着道："不要打俺爹，不要打俺爹！"日军火了，又扬起枪托子砸小庄，李开田爬起来一把搂过小庄，用自己的身子护着他。几个日军上来就用皮靴踢打李开田，李开田一声不吭。日军指挥官大声吼道："你们统统是八路，统统死了死了的。"李开田对翻译官说："你看他这么小，身子骨又这么弱，能是八路吗？俺们都是本本分分的种田人哪！"日军指挥官上上下下扫了一番，也觉得小庄不像八路军，又转身去审问别的人了。

李开田见日军没搜出八路军，以为会把大家放了，可日军没有这样做，他们把老百姓用绳子连在一起，一路向沂水县城赶去。小庄随着老百姓来来回回转山时，小腿磕破了好几个地方，脚底也磨破了，又被石头碴子扎了条口子，加上身体虚弱，每走几步都气喘吁吁的，日军见他走路不利索，拖了大家的后退，抽了他几马鞭，李开田抬起胳膊护着，幸亏一路上有他对小庄半拖半拉的照顾，才走过了这段艰难的山路。到了沂水县城，天已经大黑，日军把他们赶到了一个大房子里。走了一天的路，大家疲惫不堪，又饥又渴。

天上的月亮升起来了，月光透过窗户照了进来。几个伪军来了，一个伪军提起木桶就往栅栏里倒，原来是水。大家见了一拥而上，都伸出手接水喝，李开田也拼命往前抢，最后用手接了一点，他跑到小庄面前急急说道："孩子，快张嘴，快张嘴！"靠在墙上的小庄急忙张开嘴。冰凉的水流进了他干渴的嘴里，他好像一下子清醒了许多。另一个伪军又往里扔了一些干食物，大家又拥上来抢，李开田为了抢到一个窝窝头，额头都碰破了。他自己只掐了一点，就给了小庄，小庄又掰下一块给大爷，李开田摇摇头说："孩子，你身子弱，多吃点。"夜里一片静寂，小庄依偎在大爷的怀里，借着月光，他看着大爷黝黑瘦削的脸，不禁难过地说："大爷，我是八路军，应该保护你的，可都是你照顾我，有了喝的吃的都先给我。"

小庄轻声说到这里，眼里噙满了泪水。李开田趴在他耳边说："孩子，这会我没把你当八路军，你在大爷眼里就是个孩子，跟俺家的长俊一样，俺不能眼睁睁地看着你吃不上饭，喝不上水。鬼子一直不放咱们，不知他们葫芦里装着什么坏心眼，越这样咱更要想办法活下去。"

天亮后，几个伪军又透过栅栏倒了些水，扔了一些干食物。就这样一天又一天地过去了。十几天后，李开田小庄他们被赶到了院子里，一排排地都站好了。几个伪军手里提着桶拿着毛刷走上前来，他们往桶了蘸了些红染料，在每个人的额头上都点了一下，一会儿下来，李开田小庄他们的脸上都有了一个红色的印记。李开田不由叽咕道："小鬼子这是干什么呀？"旁边有人说："这要把咱们当猴耍？"大家看到，院子里还集中了很多的牛驴，这都是日军扫荡时从老百姓家带走的。还是那个挎长刀的日军指挥官，他对着翻译官说了几句话后，日伪军又用绳子把每个老百姓连在一起，让他们每个人牵了头牲畜出发了。

出了沂水城后，日军押着队伍又一路向西而去。小庄有时候走一段路就累得蹲在了地上，日军端着刺刀一面晃一边朝他大声吼着，牵着牛的李开田赶忙把小庄拉了起来。等日军走开了，李开田道："孩子，你千万别躺下呀，咬咬牙也得坚持住，要不鬼子可什么都能干得出来。"中午吃饭的时候，还是那几个伪军，在牲畜和人群中扔了些胡萝卜，大家都弯下腰去抢，可互相之间都连着，一下子就倒下了一片，日军见了都笑个不停。李开田把抢来的胡萝卜大都给了小庄，自己就吃了一个。一路上磕磕绊绊终于到了泰安城。放下牛驴，大家才被放了。这时人们才明白，原来是让他们送牲畜的。出了泰安城，李开田对小庄说："孩子，这下好了，跟俺回家吧。先把伤养好了，再回队伍去。"回家的路也不轻松，为了安全，他们都是选择走小路，山路。李开田因为之前照顾小庄，身体也有些虚弱，李开田扶着骨瘦如柴的小庄走一会儿，再背一会儿，小庄生气自己的身体，趴在大爷后背上哭出了声。李开田喘着粗气劝他："孩子，咱们走一步，离家就近一步，只要大爷有一口气，就不会把你扔在半路上。"就这样一路走，一路乞讨，终于在太阳升到山上的时候回到了沂蒙山。李大嫂出来倒水，一抬头看到了坐在树下的男人和小庄，高兴地哇哇叫着，一路跑了过去。

李大嫂和长俊把李开田和小庄刚扶进团瓢，两人就一下子倒在了炕上，呼呼大睡，到了晚上才睁开了眼，二人喝了碗面糊，李大嫂又端出了几个煮熟的土豆，小庄抓过一个就往嘴里塞，孩子都在一边眼巴巴地看着。李开田见了，怕小庄不好意思再吃，就撵孩子们上炕睡觉。小庄脚和小腿疼得厉害，伤口都化脓了，发出一阵阵臭味。李大嫂端来一盆盐水，先给他挤小腿上的脓包，刚挤出一点，小庄就疼得大汗淋淋的，李大嫂见他这样，干脆低下头给他吸了起来。小庄叫着大娘连声阻拦，可李大嫂把他的腿抱得紧紧的。

团瓢就一盘炕，一家5口人连同小庄挤在炕上，幸亏孩子都小，小庄个子也不大。每次吃饭，小庄的饭不是土豆就是红薯，偶尔还吃鸡蛋，李开田一家人大都是糠菜，小庄看了很难过。后来，李开田全家都是先吃饭，让小庄后边吃，可一切都瞒不过小庄的眼睛。小庄每天睡觉前，李大嫂都会用草药熬的水给小庄烫洗伤口，小庄的伤口很快就愈合了。又过了一些日子，小庄再也不忍心拖累大爷一家，坚决要求走，终于在一个冬日的早上出发了，他口袋里装了几个李大嫂硬塞给他的红薯。李开田反复嘱咐他："孩子，找不到队伍再回来，这里就是你的家。"李大嫂说不出话，只是哇哇叫着，眼里还淌着泪水。

小庄跪下给这对朴实的夫妻磕了几个头，哭着说："大爷，大娘，你们就是我的亲爹亲娘！"

靠山

2

小庄归队后，随着部队南征北战，后来又过了长江，打下了上海。1955年，组织上审查干部历史，庄新民的档案中，1942年底到1943年初近两个月的历史不清。组织上让庄新民解释，可仅靠庄新民的一面之词是不行的，还需要证明人，庄新民想到了沂蒙山，想到了沂蒙山的李大爷还有那个哑巴大娘。也就是这一年，沂南县常山区邮电所的送信员张建国看到了一封特别的信，收信地址是"山东沂水县马牧池"。收信人是河西的李大爷。庄新民不知，1940年后，马牧池一带就划归沂南县了。马牧池战争年代一度是根据地的中心，他的信虽然辗转到了马牧池，可注定是一封无法投递的信。过了不久，一封类似的信又到了，这次地址是"山东沂水县马牧池汶河边上李家林团瓢屋"。收信人是"李大爷和哑巴李大娘"。张建国送过几年的信了，还第一次见到这么写的，不禁感到好笑。可冷静下来后，又觉得这是一封不同寻常的信件。他还同往日一样走街串巷地送信，一边四处打听李大爷和哑巴大娘。后来遇上了支前模范李家才，李家才和李开田是同村，当过村里的儿童团长，带着小车队往前线送过粮食。张建国把这蹊跷事跟他说了，又拿出信让他看，李家才自言自语地重复了几遍李家林李大爷和哑巴李大娘，最后一拍脑瓜子道："不用找了，这是写给俺们村李开田的，他家的大娘是哑巴。"李家才捏着信去了李开田家，李开田不识字，让李家才念，李家才念完了信才知道了事情的原委。他说："大爷，庄新民同志是想让你给他写个证明呢。"

1956年底，庄新民收到了一封来自沂南县常山区横河村的信，他打开一看，顿时放声大哭。庄新民这才知道，李大爷叫李开田，哑巴大娘叫明德英。可庄新民不知道，在这封信末尾写证明人的时候，大爷为了正式，让当老师的李家才专门给李大娘起了一个名字。哑巴大娘是因为给八路军战士庄新民证明，才在自己45岁这年有了大名。信寄走时间不长，明德英就天天在李开田面前比画着，意思说孩子遇上了难处，你得抓紧去看看。李开田见老伴着急，就在1956年的春节后到了上海。因为走亲戚，李开田穿上了还算新的棉衣棉裤棉鞋，袄外面还扎了一根稻草绳子。爷俩相见，不禁相拥落泪。庄新民的妻子第二天就给大爷买来了一条腰带。李开田道："花这钱干啥？"庄新民把他腰上的绳子解了，硬给他扎上了皮带。束了一辈子草绳子的李大爷，皮带束腰，舒服神气极了。

李开田见庄新民和一家人都安好，就放心了，说："我得赶紧回去了，家里还养着猪呢。"庄新民给他准备了大包小包好几个，待回到家里后，明德英在包里发现了厚厚一摞钱。明德英就朝男人"哇啦哇啦"地吼，意思是为啥要这孩子的钱了。李开田晃着一双大手道："俺也不知道哇，肯定是这孩子偷偷给掖上的。"这以后，庄家每年都要给李开田寄些钱和食物，还有上海的"大白兔"奶糖。每次写信都"爹娘"地称呼着。

"文革"中，又有人拿庄新民这段历史说话，庄新民在单位里被罚扫院子，还不让回家。他的妻子郑全英把遭遇写信告诉了李开田，当时，李开田身体已经患病，可他还是赶到了上海。在一个清晨，郑全英把李开田带到了庄新民的单位。庄新民正弯腰扫院子，一抬头看到了李大爷，他先是一怔，喊了声"爹"就哽住了。李开田蹒跚着走到庄新民面前，轻轻拍了一下他的肩膀，说："孩子，俺是给你来做这个证明的。"停了一下他又说："想想当年咱爷俩逃难的日子，就没有过不去的火焰山。你那哑巴娘让俺捎话给你，在这里过不下去了就回沂蒙山去，那里就是你的家，俺和你娘什么时候都等着你！"

庄新民听了，泪如雨下。

1990年5月，那个经常给明德英寄上海"大白兔"奶糖的庄新民带着妻子来到了李开田家里，这时李开田已经病故。夫妻二人一进门就跪在了明德英的脚下。从1943年初分手至今，已经整整47年没有相见。明德英拉着庄新民的手，高兴地一会摸摸他的脸，又一会摸摸他的头。她指着镜框里的一张女兵照，又指指一旁的李长俊，自豪地比画着，意思说："你大弟弟当兵了，你妹妹也当兵了，就像当年的你一样。"

李长俊笑笑，告诉庄新民："当兵的妹妹叫李长花，已经复员回家了。"

1994年4月的一天，躺在病床上的明德英跟儿女比画着，说是俺要去见你们的爹了，没出几日，明德英安然离世，享年85岁。

庄新民以李开田长子身份，专门给沂蒙山的老爹老娘立下了一块墓碑。

東台縣各區民力調查統計

項目 / 區別	鄉數	村數	戶總數	人總數	戰時狀況						整訓勞動力狀況						鄉以上大戶數	小車			艦隻	牛車	備註
					種田	經商	教師	匠人	學生	雜務	全勞動力 男	女	半勞動力 男	女	兄弟勞動力 男	女		大	中	小			
仲壯	7	55	7,219	30400	25708	41	507	131	980	1732	1051	2177	2000	2077	6401	7058	1216	41	22	60		58	
曹瀍	6	60	5,731	21,877	18890	60	298	25	497	1427	1735	927	9810	4160	5052	6122	994	144	27	26			公糧刈稻1928
灶區	5	30	2935	11408	23866	1	41	25	777	508	285	262	1170	1577	2945	2507	687	149		1		274	
安豐	6	57	8767	30220	23589	11	278	65	1024	1257	209	2017	2277	6024	10678	11522	2009	80		8	17		
付密	13		9510	12154						2787		2197				2707							
監里	4		2770	14124	10212	62	52	119	1201	273	98	1748	2718	5529	2709	1288	482		1			東北方一鄉本狀
村北	13	78	44608	23228	347	1156	62	2208	574	691	2770	5089	6317	672	2544	66	36	18	57		79	一區在蒲家
三倉	11	66	9170	26855											4428			151				
西場	8		1130	4258	2117	26	7	27	7	425	255	16	41	980	543	1057	1184	16					
角斜	9	56	2908	20187	6164	50041	301	169	126	1928	508	964	2419	4622	8001	11820	1656	255				169號斜
唐洋																							
城東	10	28	4605	13117	9084	11	102	90	6	1778	16	298	2626	2198	2885	5786	1474	26		4	35		
合計	92	400	54718	265823													1879	1212	86	119	296	201	

第五章
男女老少齐上阵

子弟兵的母亲

·

寻找代号"素云"

·

识字班的班长李大胆

·

嫁人就要嫁这样的人

·

队伍从她们肩上穿过

·

谁说女子不如男

一　子弟兵的母亲

1

小名叫"柔妮"的戎冠秀，出生后就瘦得像一棵扎不下根的草，风一吹就软绵绵地飘，爹娘见了，就喊她柔妮、柔妮。后来"柔妮"就成了她的乳名。谁承想，"柔妮"长大后出脱得很敦实，大鼻子、大嘴，还有一双粗壮的大手。当年父母眼里的小黄毛丫头，后来成了晋察冀响当当的妇救会会长。蔡畅在世界妇女大会上，除了提到了王换于，也说到了戎冠秀。

1939年3月，八路军一一五师主力开赴山东时，原一一五师政委聂荣臻率独立团、教导队、骑兵营等一干人马，正在晋察冀一带开辟抗日根据地。俗话说，人在屋檐下，不得不低头。八路军还没去太行山中段东麓平山县的时候，戎冠秀就像中国广大农村千千万万的妇女一样，过着屋檐下的日子。戎冠秀原本不是下盘松村人，用乡亲们的话来说，是一个"外来户子"。

在平山县西北的深山中，生长着一片茁壮的杨树林，林东有一个叫杨树壕的小山村，因杨树林而得名，小名叫柔妮的戎冠秀，原本就是这个村的人。太行山深处的戎冠秀，同远在沂蒙山的王换于一样，也是1896年清朝末年出生。冬天里，戎冠秀也是穿着大襟袄，大裆棉裤，裤脚也扎着布带子。戎家上下10多口人，本来就吃不饱，娘为了少一个人吃饭，就把10岁不到的柔妮卖给了沙坪村的李家当童养媳。柔妮未来的丈夫叫李有。李有李有，可家里的日子根本不富有。李有比柔妮大两岁，经常背着爹妈给柔妮吃的，这给柔妮心里平添了一缕温暖。1910年的深冬，一顶破轿子把柔妮从杨树壕抬到了几十里外的沙坪村，从此柔妮有了一个不算是名字的名字，李戎氏，可人们还是习惯叫她李大嫂。李有的父亲好赌，越穷越赌，赌到全家吃了上顿没下顿，婆婆却把气都撒到了儿媳的身上。李大嫂小时候没缠过足，婆婆好像一下子找到了李家败落的根源，经常指着她破口大骂："你就是个穷鬼托生的，你这对大脚丫子，把俺们李家的福气都踩没有了。"李大嫂横下心裹脚，李有就到邻居家借了几尺粗布给妻子裹脚，平常妇女裹脚都是从小裹起，李大嫂这般年纪了，骨头硬了，脚也成形了，裹起来就疼得厉害。为了不再让婆婆骂自己这双大脚，她让李有使劲缠，每次疼得李大嫂都是满身大汗。李有道："穷跟你的脚有什么关系，咱不缠了，爱咋咋！"李大嫂不同意，还是坚持裹，最后虽没裹成三寸金莲，可也把一双大脚变成了小脚。

到了1926年，李大嫂已经有了两个儿子，大的叫聚金，小的叫存金，李有常道："叫这个金那个金的，可咱家还是穷得揭不开锅。"分家的时候，李有一家四口人只分到了八斗粮食，三个旧碗，一口破锅，还有几件小物件。

有诗人田间1945年11月创作的诗歌《戎冠秀赞歌》为证：

> 隔了十三年，
> 她和她丈夫，
> 分下八斗粮，
> 分下一口锅。

大小人四口，

四乡去漂流，

房子没一间，

土地没一垄。

李有暗自叹气，李大嫂说："活人还能让尿憋死，咱到别的地方寻活路去。"李大嫂后来打听到了下盘松村，说村里的地主要雇人。下盘松的村口有株千年老松，虬曲苍劲，如盘龙卧虎一般，山谷里更是松林繁盛，如云团般一直簇拥到山峦。自明代初，就有宋韩两姓迁到此地，见松盘山谷，遂起名下盘松村。下盘松村里有个地主，外号韩大户，家里要雇一个用人。李大嫂就上门求活，韩大户见李大嫂身体结实，大手生来是干活的料，就雇了她。韩大户还说，把你家的人也都叫来吧，有几亩山地，也租给你们种了。就这样，李大嫂举家来到了下盘松。山坡上正好有间孤零零的棚房，是过去长工栖身之处，全家人就住了进来。平日里李大嫂在韩大户家打短工，一有空闲就和李有在山上开荒地，李大嫂比丈夫有力气，怕开出的地被雨水冲了，就搬石头围起来。存金聚金也当帮手，最小的闺女还小，李大嫂担心她乱爬，就把闺女绑在树上，听着闺女哭哑了嗓子。

李大嫂一把抹汗，一把抹泪。用了三年时间，终于开出了一亩地，到了秋天，满地都是黄澄澄的谷子。韩大户围着地转了三圈，越转眼越红，越转越心痒。见李大嫂来了，就大声道："存金他娘，租给你那块地就够好了，怎么又种了这块地？"李大嫂忙说："东家，这是俺们全家人起早贪黑开出来的呀。"韩大户道："自打老一辈起，这沟沟坡坡，里里外外，都是我们韩家的，怎么能说开就开了？还讲不讲章程呀？这样吧，念你们也出力了，这季的谷子就算你们的了，可这地得归我！"李大嫂听了，一屁股坐在了地头上。韩大户又转到了李有租种的那片地，也是一片丰收的景象。到了晚上，韩大户的管家韩算计就提着算盘来到了李有家，算盘一扒拉，李有家租种的地和自己开出来的地的收成，扣去租子，剩下的还不够还过去借的。这真像田间写的："春天借一斗，秋后还五斗。"一家人不识字，也不会算账，只能听韩大户摆布。韩算计对李大嫂道："看你们这穷样子，东家不忍心，说是让你儿子去放羊呢，只是管吃管喝可没有工钱呀。"三儿子兰金还不到10岁，就赶着一群羊漫山满野地跑，说是管吃管喝，可连糠团子都吃不饱。兰金时常饿得头晕眼花，两条腿瘦得像麻秆。兰金哭着说不去了，李大嫂一巴掌打在兰金的脸上："在东家家吃不饱，吃不饱也比饿死强。"李有道："看来这下盘松也容不下咱们一家老小呀。"

2

1937年的初春，山沟沟里已经稀稀疏疏地长出了一片新绿，平山县孟家庄区的区长霍清顺和区妇救会的会长杨美亭来到了下盘松村，一同来的还有几个八路军。有一天，村里学校那个戴着眼镜的刘先生带着八路军来到了李有家，一进门刘先生就指着那几个穿着灰布军装的人说："大嫂，他们就是当年的红军，现在是八路军了。"一边的霍清顺对李有说："开春了，听说你家里吃了上顿没下顿，就给你们送袋子粮食，后边咱们再想办法。"李大嫂看看他们，不禁说道："真的？天下还有这么好的事？"刘先生笑着对李大嫂说："这算什么，将来咱们穷人的好事越来越多。"说着他对霍清顺道："他们家是外来户，受了韩大户不少欺负，村里只有李大嫂敢和韩大户叫阵。"年轻的女妇救会会长杨美亭听了，笑着攥住了李大嫂的一双大手。李大嫂这才知道，刘先生原来也是个共产党员。过去他跟自己和村里人讲了不少大道理，还让小儿子兰金进了学校。兰金的名字就是他给起的。

韩大户听说李有家里来了一些很有名堂的人，就带着管家到了李有家，一进门边说着好话，一边还打量着来人。霍清顺问："你就是韩大户吧？希望你以后对穷人好一点。李大嫂借你一斗粮，你就让他们家还你五斗。你这是利滚利，驴打滚，天下哪有这样的道理？！"韩大户看了看拿枪的那几个人，连声道："我这就给免了，免了。"刘先生看了一眼韩算计："村里人都说，你的算盘一扒拉，他们心里就打战，你这是欺负他们不识字，没文化。来，今天我就和你算算李有家的账，到底是谁欠谁的。"韩算计用算盘，刘先生用口算，最后把韩算计算得哑口无言。韩大户瞪了韩算计一眼，说："你回去让下人抓紧杀鸡宰羊，招待这些贵客。"杨美亭白了他一眼："你们家的饭我们吃不起！"韩大户听了很尴尬，讪笑着走出了屋子。李大嫂看着他的背影道："原来他也有怕的人。"杨美亭说："大嫂，只要乡亲们齐起心来，像韩大户这样的人就怕咱们！"李大嫂连忙说："是啊，咱穷人就是心连着心，俺们全家刚来下盘松的时候，什么都没有，黑娃娘给俺送来了一把刀，剩子他爹给拿来一个盆，还有这家那家的东西。这开春没得吃，也靠东家一口西家一口的。要是你们不送来这袋子粮食，俺上吊的心都有了。"

霍清顺他们走了不久，李有就加入了共产党。时间不长，下盘松也像八路军到过的其他村一样，有了农救会、妇救会、青救会等等。李有当上了农救会会长，李大嫂当上了妇救会会长。第二年，李大嫂也成了共产党员，也终于有了自己正式的名字戎冠秀。戎冠秀刚当妇救会会长时，常端着个大碗坐在村里碾盘子上吃饭，村里的女人都愿意听她说话，见她来了，就团团把她围住，她一边吃一边说，大都说的是男女平等的事，听她说话的女人越来越多。戎冠秀见了村里的女人就说："现今咱们女人也有发言权了，不能像过去一样看轻自己了。明天一大早咱们就在这里开个全庄女人大会，早说完早散，不耽误大伙做饭、上工、奶孩子。"说着她指着高高的山岗又道，"咱就以山岗上的钟声为号，都到碾盘这里集合。"一个女人听了，不禁一愣："钟？啥钟？"戎冠秀说："就是挂在枣树上那口钟哇。"是啊，要是戎冠秀不说，整个下盘松村的人都已经把那口钟忘了。很多年前，下盘松的先人为了防土匪，专门买来一口钟挂在了山岗上的那棵老枣树上，每有土匪来，就敲钟通知全村人。后来，下盘松村家家户户穷得连土匪都不愿意来了，自此，那口被岁月浸润的老钟就一直沉默下来了。

可就在1938年初冬的这天早上，戎冠秀颠着小脚走到了那棵老枣树下，扬起一截木棍子，敲响了那口老钟。钟声开始还有些沧桑和沉闷，还夹杂着稍许吱吱杂音，可在戎冠秀的用力敲打下，这口古老的沉钟慢慢被唤醒了，一下、两下，变得清脆起来，声音也愈来愈大，传遍了下盘松村的家家户户，旋即又冲上山巅，直至云霄。

戎冠秀站在晨曦里拢了拢头发，顺着蜿蜒崎岖的山路，向村里走去。这个时候，下盘松的女人们已经聚集到碾盘旁了。

妇女们见戎冠秀来了，都一脸的喜气。戎冠秀坐在碾盘沿上，把鞋脱了，伸了伸一双小脚，说："咱们的这双脚是爹娘给的，本来好好的，为啥像裹粽子一样把它裹得这么丑？走路还三步两颠的，干什么都不方便。"剩子妈是粗嗓门，一开口就像个大喇叭，她说："要是不裹脚，将来丫头找不到婆家怎么办？"戎冠秀一时也找不到充足的理由，正好区妇救会的会长杨美亭来了，她在人群后面说道："脚大了走路稳，种地也不费力气，鬼子来了还跑得快。"这最现实的说法，一下子说到了妇女的心坎上。杨美亭让戎冠秀接着讲，戎冠秀穿上鞋继续说道："咱们不识字，吃过不少睁眼瞎的亏，从今以后，下盘村男的学文化，咱们妇女也要学文化，要不算个账都不清楚。因为这，咱们谁家没吃过韩大户的骗。有了文化，眼睛亮，心里也明晃晃的。"妇女们都觉得有理，都说："那得学学。"

过了没几天，戎冠秀就拉起了一个识字班，她的家就是教室，自己亲

靠山

自当了识字班的班长，请来了刘先生教大家认字。刘先生说："咱们识字学文化每个人都得先有个名字，过去，戎冠秀也没有名字，要么就是李有家的李有家的叫着，要不就是李大娘、李大嫂，明明是姓戎，怎么就成这样了呢？这是把咱们妇女当成了附属品，明显就是不平等，歧视咱们广大妇女。男人都有名号，咱们妇女也得有。"这一堂课，刘先生就是帮着大家起名字了，十几个妇女都有了自己的名字。剩子妈叫张翠绿，还有叫赵兰朵，赵明秀的。回家的路上，女人们彼此喊着对方的名字，笑声滚过了山坡。十几天下来，戎冠秀识字将近50个，赵明秀30个，赵兰朵24个，张翠绿说自己笨，就认了15个。

1938年秋天，平山县迎来了晋察冀边区党政军机关，不久很多农村开展了减租减息运动，深受农民的欢迎。李有带着村里的青壮年给八路军运送物资去了。正赶上区长霍清顺和妇救会会长杨美亭来下盘松发动群众。戎冠秀对区长说："男人不在，还有俺们女人，上级尽管布置吧！这减租减息是个啥？"区长说："红军时期咱们就提出打土豪分田地，为什么？因为咱们共产党干革命要靠广大农民，可大部分土地都集中在了地主富农手里，咱们穷苦农民要么地少，要么就没有地，共产党干革命就是为了让人人都吃上饭，人人都有地种，要不农民怎么支持咱们革命？平日里大多数穷苦农民都是租地主的地种。就像你家，种着地主的地，一年累个半死，交了租子留给自己的还填不饱肚子，可地主呢？风吹不着，雨也淋不着，好处还最多，这租子该减一些。过去你家借一斗，到头来地主逼着还五斗，这息也该减一些。减了租子减了息，家家户户的日子就好过了，农民兄弟支援八路军打鬼子劲头就更足。"杨美亭说："减租减息斗争人人有份，咱们妇女一定不要含糊，把佃户都组织起来，要跟地主说说这个理！咱们下盘松做好了，全国各根据地的村村都做好了，咱们的日子就会越来越好！"

戒冠秀把老佃户都集合到家里，男人不在家，都是清一色的妇女。戒冠秀把减租减息的事说了，大家都很欢迎。张翠绿心里没底，说："这韩大户能同意？"戒冠秀道："平日里是咱流血流汗，享福的是他们。咱们一年辛辛苦苦种的地，就是最好的证明，这个租子利息就得让他减下来，要不没有咱翻身的时候，要翻穷身，就得先翻了穷心，要想吃上应心饭，就得自己下手盛！"大家的心都被戒冠秀说得热乎乎的，也都亮堂堂的。第二天，戒冠秀带着妇女来到了韩大户家，韩大户急忙招呼大家坐下。戒冠秀道："不用坐，就站着说。"

还是在1927年的中期，国民党农民部土地委员会对全国土地占有情况有个粗略估计，当时，占全国总人口12.4%的地主、富农，拥有土地80.44%还多。为了保障农民的基本生活，中国共产党早在1926年夏召开的四届三次扩大会议上，就提出给农民减租25%，也就是"二五减租"。借贷利率不得超过二分。为了推动北伐革命，国民党接受了共产党的这一主张。抗日战争爆发后，为了调动全民抗战，中共把当年在苏区提出的"打土豪，分田地"调整为"减租减息"。可即使这样，一些地主富农依然不乐意。

韩大户听了戒冠秀的二五减租，翻翻眼皮道："李有家的，都是乡里乡亲的，你们也好意思？"赵兰朵说："你说话可比蜜还甜哪！这乡里乡亲你好意思让俺们饿肚子？乡里乡亲的你也好意思让俺们背着这么高的债？"韩大户看着窗外，指着远处的山意味深长地说："你们这些女人家，看事就是差点。现在谁胜谁负还不好说呀，中央军走了，你能说他们就不来了？虎走了山还在，只要有山在，虎肯定还要回来！有些事心急了是喝不得热粥的，做了还会后悔的。"戒冠秀脸一板，大声说道："世道不公平，也就有了共产党八路军，穷人连着八路军，八路军连着咱穷人，就像是山，就像是水，山塌不了，水也干不了！"韩大户第一次看到下盘松女人这样的气势，立刻软了下来，点着头说："该减，该减，二五就二五！"

减租减息给各家各户都带来了实惠，下盘松村的老百姓乐开了花。共产党员、妇救会的会长戎冠秀也一下子有了威望。戎冠秀见村里的事多了，下盘松又成了八路军伤员的中转站，她就在家里开了个家庭会。她对二儿子存金说："明天你就不要给韩大户家放羊了，回来跟着你爹你哥送伤员送物资，咱们全家不管老的还是少的，都得起来支援共产党，支援八路军。"戎冠秀的三儿兰金，女儿荣花，还有养女喜花，也都七八岁、十多岁的样子。戎冠秀看看他们几个，说："还有你们这几个小不点，都是儿童团员，平日里要多长心眼，别让汉奸小鬼子钻了空子。"存金没再去放羊，很快就当了下盘松的村长和支前队队长。戎冠秀一家子人都起来革命，自然耽误了生产，少了收入，村里人却格外高看她，男女老少见了她，也都一口一个"老会长"地叫着。戎冠秀不仅管妇救会的事，村里的大小事也让她出出主意，老妇救会长成了下盘松村的主心骨。八路军到了平山后，日军也闻风而动，大大小小的扫荡一茬又一茬。

有一天，华北联合大学文工团的几个人在转移中走进了深山沟沟。带队的是从延安来的康濯，还不到20岁，是个作家，也是文工团的团长。眼看天色已晚，想找个地方落脚。康濯问一个老羊倌，老羊倌往前一指道："这下盘松村最隐蔽，你们去找老会长吧。"到了村里，康濯一看，老羊倌嘴里的老会长原来是个小脚妇女，老会长说："来到这里就到了家了！"她对李翠绿吩咐道："在俺家住几个，其他同志你挨家挨户分几个，就说俺说的，让同志们吃好喝好。"过了几天，戎冠秀对康濯说："你们能唱能跳的，给村里的老少爷们唱唱戏吧。"康濯笑笑说："唱歌演戏，是我们的看家本事，我们就给乡亲们来一场。"下盘松村的钟声又响了，男男女女都来帮着搭台。康濯见一中年汉子穿了件羊皮袄，不禁两眼一亮，笑着对他说:"大叔,我们演员正好需要一件皮袄当道具,您就借我们用用吧。"那汉子下意识地往后缩了一下,嘿嘿笑着,一脸的不舍。正好戎冠秀来了,听了这事,转头看着那汉子,半恼半笑地说道:"你还是爷们呢,又是村里的积极分子,怎么这么小气啦?同志们张一次口,再说是演戏给咱们看,你也好意思拒绝?这些同志都是延安来的,到时候传到毛主席耳朵里可不好,快脱下来,要不俺可骂啦。"那汉子听了,连忙脱袄,嘴里急急说:"老会长,你可别骂,别骂!我不是小气,这皮袄我平日里爱惜着呢,儿子穿穿都不行,今天你开口了,我还能说些啥?"戎冠秀笑了:"这才对嘛,等抗战胜利了,你穿金戴银都有。这些同志是为了宣传抗日,咱们得支持。"说到这里,她扭头对荣花说:"你快回家,把你爹那件棉袄拿来先给你叔穿着,别冻着你叔。"

3

就像日军对山东沂蒙山展开的大扫荡一样,从1941年开始,日军也对晋察冀北岳区、平西区进行了"铁壁合围"和"拉网合围。"这一年刚进入秋季,7万多日军开进了晋察冀边区,一阵阵枪炮声在奔流不息的滹沱河两岸回响着。北岳区平山县是日军扫荡的重要目标,晋察冀军区五团一连连长邓世军不久前左胳膊挂彩,在距下盘松村十五里多的花木村八路军后方医院养伤的时候,又患上了疟疾。日军扫荡刚开始,医院就开始转移了。路上,邓世军坚持自己走,可走着走着就赶不上队伍了。他曾在下盘松村一带战斗过,觉得那里地形利于隐蔽,就摇摇晃晃地向下盘松走来。

乡亲们都转移了,戎冠秀和两个闺女殿后。下盘松村是伤员中转站。娘几个刚拿着包袱要走,有两个民工抬着一个伤员来到了门前。一个民工说:"老会长,这伤员就交给你们村了,我们还要马上到前线去。"戎冠秀对女儿说:"快把他放我背上。"戎冠秀背起伤员吃力地走着,两个女儿在后面扶着。这伤员是大个子，长得很粗壮，要是平日戎冠秀恐怕背不动，可枪声响得急，戎冠秀硬撑着。背上的伤员哼哼着，戎冠秀累得也哼哼。一路上磕磕绊绊，最后终于进了山洞。喜花急忙铺上褥子，戎冠秀和荣花扶着伤员慢慢让他躺下。那伤员哼哼更甚了。戎冠秀说："刚才哼哼得轻，这怎么躺着哼哼得更厉害了？"戎冠秀就凑上前来细细查看，最后突然说道："你看咱们娘仨真是糊涂了，人家这同志的伤口在背上，还有大腿根上，让他平躺着怎么行？正好硌着他伤口了，那不更疼嘛，快让他趴在俺腿上。"一会儿，那伤员果然就不哼哼了。李有和几个儿子来了，戎冠秀道："你们给他喝点水，再看看他的伤口，能包扎就先包扎了，俺得出去看看有没有啥情况。"

戎冠秀是观音堂乡妇救会的委员，村里还设了个秘密情报点，她担心情报员李玉平随时要找自己，还有随时都有伤员过来，也好招呼招呼。戎冠秀出了山洞，刚刚走出山沟沟，突然看到一个人从远处跌跌撞撞地走来了，手里还握了一把匣子枪。戎冠秀急忙躲到一块石头后边，又探出脑袋看了看，来人穿着灰军装，臂章上挂着八路军三个字。远处的枪声越来越近了，戎冠秀颠着小脚跑到他的眼前，连声说道："俺的亲人哪，你这时候怎么还敢到处跑？"邓连长被吓了一跳，还没等他说话，戎冠秀就一把抓住了他的胳膊："走，快走，快去躲起来！"邓连长喘了几口粗气说："大娘，我胳膊受了伤，一连又拉了几天肚子，走不动了。"戎冠秀这才看到他脸色蜡黄蜡黄的，双腿也一直在打战，就急忙说道："小鬼子只要一翻过那个山坡，一袋烟的工夫就赶到这里了，山里有个山洞，有个伤员藏在那里，可赶过去来不及了，你看到眼前那个半山腰了吧？那上面有个山洞，是俺专门藏伤员的，咱就去那里。走，俺背你，咱不能在这里等死。"戎冠秀说着就弯下了腰。邓连长坚决不同意，说这里都是山路，你又是小脚，我怎么能让你背呢。戎冠秀道："孩子，这女人就是不能裹脚，关键时刻真是上不去。来，那就这样。"说着她也不管邓连长同意不同意，就把他的左臂一把搭在自己脖子上，用膀子半扛着邓连长向远处的半山腰走去。一步，两步，戎冠秀支撑着邓连长一路蹒跚着，终于来到半山腰，山洞离人头顶还有一段距离。邓连长抬头看看，见悬崖上方一块巨大的卧牛石，根本看不到洞口，就是连洞口这光秃秃峭壁也无法上得去，他不禁有些泄气。戎冠秀累得蹲在了地上，她喘了几口粗气说："孩子，快，踩着我的肩膀上去，上去了就能看到洞了。"枪声越来越密集，也越来越近，邓连长犹豫着上不上，戎冠秀急了，说："同志，这时候什么也顾不上了，快上，要不咱娘俩都没命了！"邓连长听了这话，只得踏上了她的双肩。戎冠秀扶着峭壁，用尽全身的力气，颤巍巍地站起了身子。邓连长果然看到了洞口，他扶着洞沿，钻了进去。戎冠秀喘着粗气，一边喊："孩子，俺不叫你，你千万不要出来，外面就是天掉下来你也别管。"邓连长在洞里喊："大娘，你快找个地方隐蔽起来吧！"戎冠秀道："俺得去伤员中转站去，看看有没有任务。"

枪声反反复复地响过数次后，下盘松村已经隐在暮色中了。邓连长听到外面平静了，就探头向外看了看，远处的山沟里空无一人。他正思忖着下一步怎么办，忽然听到外面有人喊："同志，小鬼子走了，平安无事了，出来吧。"邓连长向下一看，见是刚才救自己的大娘，身旁还有两个抬着担架的年轻人。他们放下担架，来到了峭壁下。其中一个年轻人道："同志，来，踩着我的肩膀下来。"等邓连长下了地，戎冠秀说："同志，这两个都是俺的儿。走，让他们抬着你回家去，大娘好好给你养养身体。"邓连长说："大娘，我得马上回医院去，要不同志们该急坏了。"存金说道："听军区供给部的同志说，你们医院转移到湾子里村了。"戎冠秀道："这就好办了，先到俺家养伤，让存金去告诉医院一声。"邓连长说："大娘，我这是轻伤，已经好得差不多了，要是不打摆子，几天就出院了。"戎冠秀见他执意走，只好答应了，她说："那俺就不留你了，快上担架躺着，让俺这两个小子把你送去。"邓连长再不忍心拒绝，就躺在了担架上。戎冠秀给他盖上被子，又从口袋里摸出两个梨塞进被窝里，一边说："孩子，这梨子已经捂得面嘟嘟的了，你路上吃，咬一口在嘴里就化了。俺看你身上的布袋都破了，就用胳肢窝夹着吧，别掉到地上去了。"

　　伤员走了，山洞里那个伤员也被李有他们背回了家，戎冠秀一路小跑进了家门，她急急忙忙地问："伤号怎么样了？"李有道："先给他喂了蜂蜜水，又吃了鸡蛋羹。伤口不致命，已经用中药熬的水给他洗了。"戎冠秀见伤员睡了，一下子松下了心。第二天，伤员有点发烧，戎冠秀又急了，怕是伤口发炎了，就让存金赶紧去湾子里请那个老郎中。直到晚上，存金才领来了老郎中。原来老郎中出去给人看病了，存金打听着，跑了几个村子才找到他。存金道："幸亏这些年我放羊练出了脚力，要不早就趴下了。"喝了药不久，那伤员就醒来了。戎冠秀笑着说："你可醒来了，往山洞里背你的时候，差点就把俺压趴在地上，总算没白背你。"伤员听了，一下子哭出了声："大娘呀，在队伍上大家看我身体重，都喊我叫赵大山，您这么大年纪了，又是小脚，是怎么把我背上山洞的呀？大娘，不，您就是我的亲娘，等我伤好了回到队伍上，一定要多杀鬼子，要不我对不起乡亲们，对不起您老人家！"戎冠秀忙说："你们在前方杀鬼子，俺们在后方出点力不算啥。等俺们把你的伤养好了，你再安心上前线！"

4

　　前方在打仗，后方备粮忙，缝军装，纳军鞋，样样都没落下。戎冠秀先动员，她说心里没谱，拉不了二胡，俺必须强调强调。她让荣花敲钟把女人们都集合了起来，戎冠秀说话不紧不慢，却是声情并茂，她打着手势道："部队在前方打仗，那炊事员舀上米就得下锅，不像在咱们家里，米里有虫子有沙子，咱瞪着眼有空捡。那前线呢？子弹哗啦哗啦地响，炊事员哪有那工夫。饭熟了，大家都得紧着往嘴里扒拉，要是米有沙子，搞不好就硌掉了战士的牙，你们说这得多窝火。人家同志们在前方卖命，因为咱们不仔细硌掉了同志的一颗牙，这影响多不好？部队首长就问了，这是哪里送来的粮，人家说下盘松的，你说咱们丢脸不丢脸？李翠绿你说是不是？"李翠绿道："那是，那是。"其他女人也跟着喊："那是，那是！"赵兰朵喊："老会长，你就放宽心吧，咱谁也不会丢下盘松的脸。"戎冠秀点点头："俗话说得好，兵马没动，粮草就得先行，要是粮食出了啥问题，那可就动摇了军心，谁能负这个责，俺这个老会长要负，在座的大姑娘小媳妇还有老娘们都得负！再就是纳公鞋，谁巧谁拙比着看，咱这些地方都是山区，八路军一抬脚就得爬山，鞋又跟脚又结实，那打起鬼子来就脚下生风，要是穿上没几天就开了鞋底，露出了脚指头，那多影响战斗力？人家空闲里再互相比比鞋，这个说，我穿的是下盘松赵兰朵做的，又好看又结实，那得多光荣呀！那个说，我穿的是李翠绿做的，又难看又不经穿，这传出来多打脸呀！"李翠绿急了，说："老会长，你咋就老拿俺打不好的比方？"下面女人听了，就一阵笑，戎冠秀脸一板："说白了，咱们下盘松村的妇女做的军鞋必须顶呱呱。每个八路军穿上了咱们的鞋后，都美美地夸奖咱们说，下盘松村的大姑娘小媳妇还有老娘们，个个都是好手艺！"

戎冠秀说完，扬扬手道："好啦，都麻利地去干吧，俺还得再到别的村去发动发动。"说着，颠着小脚就走远了。

平山县在晋察冀边区以南，是边区的南大门，日军扫荡期间，平山是重要的战场，前方有伤员下来到北面的后方医院，都要经过深山沟沟里的下盘松村。滹沱河两岸的枪声又响起来了，村里的男人大都支前上了前方，戎冠秀就带着妇女到中转站照顾和运送伤员。戎冠秀把妇女分成两队，一队是四五十岁的，一队是三十岁左右的。四五十岁的中老年妇女六

靠山

人一副担架，三十岁左右的妇女四人一副。

戎冠秀不服老，对李翠绿、赵兰朵她们这些青年妇女说："走，俺跟着你们！"赵兰朵道："老会长，你还是去六个人的那边吧。"戎冠秀不听，往手里吐了口唾沫："咋的？嫌俺老了？保险不拖你们的后腿！"李翠绿、赵兰朵她们一路上小跑着，脚下都像生了风一样，戎冠秀跟着跟着双腿就像灌了铅一样。后面中老年队里的申素理与戎冠秀年龄不相上下，当年戎冠秀全家刚来到下盘松的时候，申素理还给她家送来了一个簸箕。她见戎冠秀脚跐得厉害，知道不行了，就喊："赵兰朵，你们这些兔子腿，能不能慢一点？老会长跟不上了。"到了医院，戎冠秀放下担架后腰都直不起来了。她一边呕吐一边说："俺还真不行了，还真不行了。"再抬下一副担架的时候，戎冠秀只得到了申素理她们这边。

进入寒冬后，太行山迎来了今年第一场雪，雪下得很大，滹沱河两岸的树林还有远处的群山都裹上了积雪，山沟沟里和山坡上的盘松，就像一朵朵巨大的白蘑菇。枪声还不时从远处传来，只是比昨天稀疏了许多。柏叶沟的战斗从早上就开始了，很激烈。五团一连二排八班打掩护，子弹很快就打光了，一群日军冲了上来，刘班长一声吼："兄弟们，拼刺刀！"战士李栓栓个子不高，可一点不含糊，迎上前去就刺倒了一个日军，他左突右冲，脸上身上也中了数刀，要不是兄弟部队赶上来增援，八班就全拼光了。抬伤员的民工见李栓栓脚上的鞋袜也没了，开始以为他死了，最后发现还有一口气，就把他放在担架上，盖上了被子，抬起他就急急向下盘松赶来。下午，戎冠秀正在碾军粮。她身着一件大襟棉袄，穿着大裆棉裤，裤腿用布带扎着，多少显得有些臃肿。戎冠秀一边推着碾，一边不时抬头向远处的中转站张望。

远远地，戎冠秀看到来了一副担架，就丢下碾杆子迎了上去。躺在担架上的伤员是李栓栓，头和脸上都伤痕累累的，面部肿得已经看不到眼睛了。戎冠秀又掀开被子看了看，见李栓栓衣服上也都是血，不禁说道："这伤得可真厉害！"中转站的张站长问那两个民工："护送的哪里去了，让他们带着马上去医院抢救。"民工说："走得急，我们失去了联系，只好把他抬到这里了。"站长急了，说："其他人现在也不知道医院去什么地方了，怎么办呢？"戎冠秀道："张站长，送不出咱们也得想办法救他。"站里的人大都几天几夜没合眼了，这会都随便偎在一个地方呼呼大睡着。戎冠秀不忍心叫他们，对两个民工说："快把这伤号抬到俺家去，咱不能眼巴巴地看着一个还喘气的伤号闭上了眼睛。"家里大大小小的人都支前去了，戎冠秀见申素理正在碾上碾军粮，就把她叫了过来，吩咐说："你快拿碗热水来，先给他热乎热乎身子，再把炕烧起来。"戎冠秀从申素理手里接过碗，喝了一口试试，觉得有点烫，就嘘嘘地吹，等正好了就说："快，你扒开他的嘴。"戎冠秀拿着匙子往李栓栓嘴里喂，可李栓栓一口都没喝进去，都从嘴角流到了炕上。平躺着进不去水，戎冠秀就扶起李栓栓的头，放在臂弯里，再用匙子喂。这会好了，水进去了，还从他喉咙里发出轻微的响声。戎冠秀听了很高兴，说："有响声就是水到肚子去了。"申素理笑道："听了这响声可真高兴。"李栓栓喝了几口水后，竟然睁开了眼睛，他看看戎冠秀，不禁轻轻说道："真是解渴啊。"说完，又闭上了眼睛，很快就发出了一阵呼噜声。

戎冠秀下了炕，对申素理道："看这伤号这样子，一会儿肯定还得喝水，你快到站里舀碗豆浆来，我先给他打几个荷包蛋。"戎冠秀刚把鸡蛋打进锅里，李栓栓就水水地叫着。正好申素理端着豆浆来了，还温乎乎的。戎冠秀说："看让俺猜对了吧？"申素理扶着李栓栓的头，戎冠秀把碗沿贴在他的牙边，这会没再用匙子，李栓栓就咕咚咕咚喝下了一碗。戎冠秀更高兴了："同志，听你这咕咚声，就知道你熬过这一关了。"李栓栓点点头，脸上也有了一丝精气神。他断断续续地说："这——几天，做梦——都——在喝水。在柏叶沟和鬼子干了一仗，又饿又渴的，身体流了血后，渴得就更厉害了！"戎冠秀说："光水喝饱了不行，咱得填填肚子呀，吃不？"李栓栓咧咧嘴说："那敢情好！"申素理给盛了荷包蛋，李栓栓一股脑地吃了，说肚子里还欠点。戎冠秀说："欠点就欠点吧，不是不给你吃，你饿得这么厉害，吃得太饱不行。来，俺先给你处理处理伤口。这以往医生抢救伤员时候，一个步骤一个步骤的俺都记在心里了，也是为了万一没个医生护士的在现场，俺心里好有个谱谱。"

　　第二天早上，申素理在外面喊："老会长，后方医院找到了，站长说把伤员送去。"戎冠秀打开门一看，两个民工抬着担架已经站在门前了。戎冠秀说："这可不行，得让伤号在站里吃了饭再走。"等把李栓栓放到担架上，戎冠秀又一路跟到了中转站。站里正在开饭，有小米粥，有面糊糊，还有饼子。戎冠秀说："给他捞点稠的喝吧，喝稀的尿多，他尿尿不方便。"申素理就给李栓栓舀了一碗稠的，可李栓栓喝了几口就放下了碗。戎冠秀愣了愣，问他："这稠的不可口？"李栓双道："我还是想喝点稀的。"张站长不高兴了，说："一会儿稀的，一会儿稠的，你毛病怎么这么多？乡亲们已经够累的了。"张站长也是八路军的一个干部，腿受伤残疾了就留在了后方。戎冠秀道："站长，你咋这么说他呢，伺候这些伤员俺一百个乐意。只要同志喜欢吃，俺高兴还来不及呢。"戎冠秀说着又给李栓栓端来了面糊糊。戎冠秀看看李栓栓，总觉得自己少做了点什么，她忽然一拍手道："你看俺这脑瓜子。"说着她就颠起小脚跑回了家，一会儿带着身棉衣来了，说："你这棉衣被血染了，硬邦邦的。"等换好衣服后，戎冠秀还没站起身来，李栓栓就跪地下了，接着又连续磕了几个头，最后哭着说道："老会长，你就是我的亲娘，这辈子走到哪里我也忘不了你！"戎冠秀赶忙扶着他说："看你这孩子，咋能这样呢？快躺下，咱们共产党可不兴三拜九叩的。"李栓栓不躺下，还要磕头，戎冠秀也弯腰跪下了，李栓栓连忙说："您是我亲娘，怎么能给我下跪呢。"说着就一下子抱住了戎冠秀。

民工抬着李栓栓走远了。他躺在担架上还一直念叨着："老会长，好人哪，好人，我的好老人呀！"

戎冠秀站在那里，看着他们的背影。厚厚的积雪上，留下了一串脚印。

5

在抗日战争最艰苦的40年代初，全国各大根据地为了鼓舞军民士气，都举行了大大小小的群英会。1943年12月，晋察冀军区决定召开边区群英大会。通知下达后，各区都开始先行组织自己的群英会，然后再把其中的优秀分子推荐到边区群英大会上去。这时平山县的群英会也召开在即，英模代表已经陆续到县驻地东黄泥村报到了。县委书记见各区推荐上来的这些英模们，要么是模范游击队小组，要么就是自卫队员，里面缺少拥军模范，就立即召开了各区带队干部会议。县委书记说："同志们，这样可不行。咱们八路军生存、作战，离不开老百姓的支援，河里没水鱼还能活吗？咱们得马上补充几个拥军模范。"平山县孟庄区带队的干部赵明说："我们下盘松有个妇救会长，在反扫荡中救了不少伤员，有的伤员还给她磕头喊娘呢！我们区里的英模会让她参加了，可她口音有点重，就没再推荐到县里。"县委书记听了有些不高兴了，说："同志，这样很不好。难道因为口音重就不让一个好典型参加了？马上派人去把她接来。"于是，一头毛驴把戎冠秀驮到了县里。听了县委书记的意图后，戎冠秀道："这有啥好说的，没甚讲的。男人都支前了，来了伤员俺们见了能不管吗？都是咱们亲人不是？这照料亲人八路军就像照顾家里人一样，有甚好炫耀的？"县委书记道："大娘，你具体讲讲。"戎冠秀点点头道："那俺就说说救那个李栓栓的事吧。"说完，戎冠秀就不紧不慢开了腔。

后来担任晋察冀边区抗日联合会秘书长的康濯对戎冠秀印象深刻。他回忆说："戎冠秀发言平平稳稳，无风少浪，一边讲，一边还带着救伤员的动作，神色似乎也沉入了当时的情景之中。她还讲到伤员身子挺沉的，她累了，可是不觉得。头发散落遮了眼睛，她也不觉，是闺女给她梳理了。脑袋一头汗，也是闺女给擦的。身上热得那个燥劲啊，可又觉得有股小凉风，嗨，是李有在一边给扇扇子呢。"

戎冠秀给县里的人讲的时候，神态安详，也是这样的手势。她棉袄的右袖口破了，露出棉花，说话的时候，时不时地用手指往里塞一下。她讲得平静，就像拉家常一样，可一边的人听了，都感动得两眼含着泪花。县委书记道："就是她了，就是她了。"座谈会散了后，就得马上给戎冠秀写事迹材料。县里的李笔杆子说："大娘，你还得给我细细地讲一讲。"李笔杆子问了几遍她的名字，戎冠秀说的都是"戎冠秀"。可她口音重，李笔杆子还是听成了"戎光秀"，最后就在纸上写下了这个名字。这以后，戎冠秀就成了戎光秀。

等第二天每位与会者看着戎冠秀油印事迹材料的时候，戎冠秀已经在台上给大家讲她照顾伤员的故事了。她还时不时地伸出手，把露出袖口的棉絮往里塞一塞。

坐在下面的人并没有注意到这个细节，都听得入了神，都感动得热泪盈眶。末了戎冠秀说："俺就是做了点本分的事，说俺是模范可不够格，不够，真不够！"

1944年的2月，春节刚过还没有几天，晋察冀边区的群英会就在平山县邻近的阜平县北崖村召开了。先是曲阳的民兵英雄李殿兵发言。李殿兵善于打"麻雀战",他带着民兵打死了不少鬼子。接着登台的是阜平五丈崖的爆炸英雄李勇,他造的地雷威力很大,一颗就炸死了五六个日伪军,紧接着是涞源县的生产模范韩凤龄。戎冠秀的发言放在了后面,而且当天还没排上。负责大会的康濯晚上专门给她鼓劲说:"老会长,接下来就是你了,你一定要好好讲!"戎冠秀道:"比他们俺差远了,俺没甚讲的,听听就很好!"翌日上午,果然就轮到了戎冠秀,可等她发言时,很快就散会了,只是开了个头。康濯又给戎冠秀打气,说下午还是你接着说,好好发挥,前面的会主要领导没有来,下午来的可都是大首长。戎冠秀一听紧张了,说:"俺都说完了,没嘞,没嘞!"

晋察冀军区司令员聂荣臻赴延安参加中共七大去了,下午代司令员程子华和军区政治部副主任李志民等首长都来了,戎冠秀见来了这么多首长,显得很腼腆。一边的生产模范韩凤龄急忙拽她衣襟:"戎大姐,点你名了,快上台吧!"戎冠秀这才反应过来,可站起身后就是迈不开步。李志民见她紧张,起身亲热地拍拍她肩膀说:"大娘,这几天我们都很忙,没能抽出时间过来学习,接下来我们得好好补补课!"说着李志民带头鼓起掌来,会场上一片掌声。就像康濯回忆的一样,不长时间,戎冠秀就把大家带进了她的故事,当讲到让伤员踩着自己的双肩钻进山洞的时候,戎冠秀也回到了过去中,她站起身来,弯下腰,一边比画着说:"那个同志看俺是个老娘们,头发也白了,说什么也不肯站到俺肩上,俺就让他快点,快点,总算上来了。可他身子很重呀,开始俺一下子还没站起来。这关口,枪声响得像过年放的炮仗一样,鬼子越来越近了,你说也怪了,俺一下子长了力气,瞪着眼咧着嘴慢慢就站起来了。"戎冠秀说着说着,下面有个人一下子哭出了声,嗓门很粗,是个八路军。他腾地站起身来,几步就走到了主席台上,接着啪一个敬礼,带着哭音道:"大娘,我就是你救的伤员,我叫邓世军。"戎冠秀一下子愣了:"俺的那个妈呀,咱娘俩在这里还能见面,这得多大的缘分哪!当初急急忙忙的,也没顾上看你的模样，就知道你个子又粗又壮的，身子还很沉！"邓世军的泪水涌了出来，他叫了声"娘"，一下子抱住了戎冠秀。原来邓世军作为战斗英雄，也出席了这次边区的群英会。

这一幕来得太突然了，所有的人都怔在那里，随后爆发出一阵又一阵的掌声。

戎冠秀摘下头上的头巾擦擦泪，还没坐下，下面的人又竖起了耳朵听，戎冠秀道："这关心抗属也不是件小事，俺们下盘松村抗属不少，还有周围村子的也一样，这些子弟兵在前方打仗，不能让他们对家里有一点牵挂，要是家里出了这个事那个事的，他们还怎么有心思杀鬼子？俺就带着妇女们去帮工、锄草、栽苗、拾粪、抬水、推碾，还有做针线，哪一样都不能少，后来妇女人数不够，俺就号召男人也上。俺们家当家的叫李有，是支部书记，他就和俺开玩笑，说这不是你们娘们的事吗？俺眼一瞪就批评了他。去年秋收，俺们家就给抗属割了好几百斤柴。俺们家那口脚上生了疮，疼得龇牙咧嘴的，俺说你别去了，他还很积极，笑着说：'我不积极点你还不得批评我？！'村里的赵瑞还把自己家的好地给了抗属种，收了粮食他一粒也不要。这些抗属就给前方的儿呀，男人呀写信，说村里的干部给咱想得很周到，你就安心杀鬼子吧，要不咱对不起帮咱们的乡亲们！今天俺拉拉杂杂地说了这么多，还让俺和首长一样坐在主席台上可着劲唠，俺真有些不好意思。俺跟前方打仗的亲人比你们说俺算个啥哟？！俺快下去吧！"还没等她抬脚，程子华就站起身来给戎冠秀行了个标准的军礼，随后说："老会长，前方战士是功臣，你是后方的功臣，你救了子弟兵的命，他们就应该像儿子一样跪拜你。我代表晋察冀军区聂荣臻司令员、代表全体指战员，向子弟兵的母亲戎冠秀同志致以崇高的敬礼！"接着程子华亲自将一面奖旗授给了戎冠秀，奖旗最上方是："赠给拥军模范戎冠秀同志"。中间贴着戎冠秀的侧身头像，下方是"子弟兵的母亲"六个大字。落款是："军区司令员兼政治委员聂荣臻，副司令员萧克，副政治委员程子华、刘澜涛，政治部代主任朱良才率子弟兵全体指战员。1944年2月13日。"

晋察冀军区还特地奖给戎冠秀一头大红骡子，还有一匹布。副政委刘澜涛和政治部代主任朱良才亲自把戎冠秀扶上了骡子。戎冠秀不好意思地说："首长，这可怎么好！俺来开会就很好了，怎么还奖了这么多东西？活不是俺一个人干的，奖的这些东西都是全村的！"

大会结束后，军区萧克副司令还专门派了一个班护送戎冠秀。戎冠秀骑在大红骡子上，班长亲自牵着骡子，后面的一个战士举着奖旗。他们刚进了平山县两界峰，前面就响起了一阵锣鼓声。只见妇女们扭着秧歌，一路迎了上来。

戎冠秀刚到下盘松村口，又是一阵锣鼓声迎了上来，男男女女，老老少少，都围了上来。刚进了家门，荣花就捧着那匹布喊道："娘，这回说什么你也得做件新袄了。你看你的袖口上棉花都露出来了。英模会上你就不嫌寒碜？"戎冠秀说："干革命还讲究吃穿？俺骑着骡子回来的路上就想好了，咱们村满打满算37户人家，用这匹布给每家每户分一对鞋脸。这大牲口咱们负责喂养，谁家用随时牵走。"她对李有说，"你是支部书记。"又对大儿子聚金说，"你是支部委员，俺这个提议，你们同意不？"爷俩齐声喊："同意！"

不久，诗人田间又有感而发，再次写诗称赞戎冠秀：

> 我唱晋察冀，山红水又清。……这位好老人，好比一盏灯，战士给她火，火把灯点明，她又举起来，来照八路军。

抗日战争进入相持阶段后，一边是日军扫荡，一面是国民党顽军的封锁，陕甘宁边区军民缺衣少穿。1939年2月，中共中央号召开展大生产运动。在这年开春的动员大会上，毛泽东提出了"自己动手，丰衣足食"的口号。陕甘宁边区的军民都纷纷行动起来。在延安的窑洞前，妇女们摇起了纺线车。三五九旅的旅长王震亲率官兵在南泥湾垦荒种田。仅1941年这一年里，三五九旅就收获了一百多万斤各类蔬菜，30多万斤细粮，还养猪4000多头，羊近万只。一时间，延安中共中央和各级机关以及很多部队的灶膛里，都飘出了难得的肉香。窑洞里的毛泽东夹了一块红烧肉放在嘴里，边嚼边说："我们托了王大胡子的福喽。"王震曾兴奋地告诉朱德总司令："我们三五九旅保证不要上级一文钱，一寸布，一粒粮。"1943年，陕甘宁边区大生产运动已是如火如荼。三五九旅栽下的水稻又迎来了大丰收。很快，一支后来传唱久远的《南泥湾》歌曲也在陕甘宁边区唱响了：

> 花篮的花儿香，
> 听我来唱一唱，
> 唱一呀唱。
> ……

这首歌大大鼓舞了全国各大根据地的生产热情。戎冠秀参加群英会刚回家后不久，晋察冀军区第四军分区就派人给她送来了一副骡子鞍架，还附了一封由司令员、政委、副政委亲笔签名的信件：

戎冠秀同志：

由于你在六年担任妇救会的工作中，一贯工作刻苦负责，好几次不惜牺牲自己爱护子弟兵，救护伤病员。子弟兵有了你这种伟大的母爱精神的鼓舞，他们将更加勇敢地战胜任何困难，打击敌人！

现在春季已到，全边区到处热烈开展大生产运动！我们希望你不仅成为拥军模范，更希望你争取做一个劳动英雄，现在仅以鞍架一副敬赠给你，请你收下。

此致

敬礼

第四军分区
司令员：郑维山
政治委员：李志民
副政委：王昭

戒冠秀从县上开完大生产动员会回来，就让李有把村干部都叫到了家里，戒冠秀把上级的号召说了，接着道："俺建议，从今咱们上工就敲钟为号，头遍起床，二遍下地，你们说俺这个建议行不行？"大家都说好。她转头又对着村长赵端和农会主任赵增说："一会儿俺们家要开个家庭会，你们也听听吧。"戒冠秀的开场就唱了几句《南泥湾》，"学习那南泥湾，处处是江南，是江呀南，又战斗来又生产，三五九旅是模范。"戒冠秀唱完了，大家都互相看看，还一时没明白过来是什么。戒冠秀把在会上听到的三五九旅垦荒的事讲了。接着又说："毛主席早就号召搞大生产了。你们看看三五九旅，人家是部队，打仗的，空闲里还生产了那么多粮食。咱们本身就是种地的，难道还不如扛枪的？脸红不？咱要多垦荒，多打粮食支援八路军。另外，山里女人，不是围着孩子转，就是坐在炕头上，不下地干活怎么行？从今以后咱们家先带这个头！"说到这里，她对大儿媳爱妮说："咱娘俩得带个好头，耕地拉牛拾粪的事俺也干，你也得扛起锄头。还有荣花，你当好后勤，喂猪、推碾、做饭都你的，喜花下学回来也别清闲，帮着你姐。"

李有看看儿子道："你妈她们都这样了，咱们男人也得表表决心。我六天保证把12亩平地翻了，不出半个月就把粪送上，春末全部撒上种。"荣花看看聚金，歪着头问："大哥，咱爹年纪这么大了，决心还这么大，你呢？"聚金道："咱爹用犁耕，我两天就把荒地刨完还不行？再说我还是沙坪的抗联主任，随时都有任务呢。"喜花看看二哥，存金笑笑："你不用看我，我也不落后，全家穿的我都包了，让咱爹咱妈他们专心搞生产！"兰金急忙说："抗战出勤任务我争取一个人担了！"戎冠秀说："好，这样的家庭会咱们每个季节开一次，除了布置任务，还要表扬好的，批评差的。"赵端吸了几口烟，说："这样的家庭会好，以后家家户户都要开。"戎冠秀笑了，说："俺就等你这几句话，以后咱们村干部每人包几家，帮着他们做做生产计划，要不眉毛胡子一把抓，到最后什么也没抓着。"

这天早饭后，戎冠秀敲钟把妇女集合了起来，她又先唱起几句《南泥湾》。接着就道："毛主席号召大生产为啥？一是让咱们过上好日子，二是让子弟兵有衣服穿，有粮食吃，总不能让他们饿着肚子光着腔去打仗吧？那样咱们能忍心？过去咱也号召妇女多下地，可号召得不扎实。都说妇女要解放，咱们也要求平等，可咱们这些娘们要是天天靠汉子养着，那还能叫啥平等？共产党领导下的新妇女，就应该样样都能行！前方在打仗，一刻都不能少了粮。俗话说得好，宁跟着要饭的娘，也不跟着当官的爹。女人都疼孩子，平日里咱们的孩子吃不饱都心疼。人家子弟兵也都是娘的孩子，他们饿着肚子打仗娘心疼不？咱们这些女人心疼不？"

村里有个大姑娘叫韩三莲，平日里不出门，更别说下地了，这时突然站起身来，说："人要脸，树要皮，俺也要改改俺的毛病了。从明天开始，俺就跟着一块下地干活。"戎冠秀听了，很高兴，笑着说："韩三莲变了样，比什么都强。"她伸伸大拇指道："今冬天俺就给你找个好婆家！"

戎冠秀当场就组织了垦荒团，自己当了团长，还成立了拨工队，队长还是她自己。妇女自由组合，一下子就组织了8个组。有时赵兰朵小组去拾粪，有时李翠绿小组去锄地。村长赵端见妇女拨工队红红火火，也组织了男拨工队，有时男人组女人组各自拨，有时男女两组相结合。就这样，每家每户地轮流干，过去少打粮的户比往年的收成要多得多。下盘松支援前线的粮食，在平山县一下子排在了第一名。

　　就在这年春末，戎冠秀当上了平山县劳模，又参加了年底的晋察冀边区第二届群英会。

　　这一年，孟家庄区在蛟潭庄召开扩军大会，特地邀请了"子弟兵母亲"戎冠秀参加。张区长号召的话刚讲完，戎冠秀就站起了身，她扬扬手道："张区长，俺讲两句中不中？"张区长道："老会长，你最有发言权，也正好给这些小青年鼓鼓劲。上台来说吧！"戎冠秀摆摆手："俺的声音像喇叭，在这里说就行。旧社会不让俺说，俺现在敞开说了！"张区长道："上来对着大家说，更好！"戎冠秀说声好，抻抻衣角就上了主席台。她看了看满树林子的人，先控诉了日本鬼子，又控诉了老蒋，说得下面群情激昂的。接着她转身问张区长："俺有个请求你能不能批准？"张区长点点头："老会长，你尽管开口！"戎冠秀伸手拢拢头发，大声说道："俺有三个儿，今天俺都给他们报上名，另外还有俺家老汉，已经奔六十了，要是不嫌弃，也让他参军，上不了前线，就给八路军喂马去！"

　　台上台下，一片掌声，当场就有几十个青年报上了名。

　　其实，在戎冠秀心里，一直有个心结，当年八路军刚来平山不久，她就给两个儿子报了名，可是区里告诉她，现在八路军刚来咱这里开辟根据地，你两个儿子是你发动群众的好帮手，就没让他们去。这次戎冠秀从扩军会上一回到家，就把这个消息告诉了儿子和老伴，他们听了都很高兴。

李有点点头，不紧不慢地说："要是组织上批准了，那咱爷四个就都上前线了，这得是多大的光荣呀。说不定咱们在前线上，还能吃到你娘支援的大米白面呢！"

可是，组织上最后只批准了李兰金入伍。就在李兰金当兵几年后，戎冠秀一家因为发展生产有了更多的地，由过去的贫农变成了中农。党员会也不让参加了，戎冠秀听到这消息，在炕头上枯坐了一夜，泪水流了一次又一次。她百思不得其解，发展生产自家不仅多交了公粮，日子也好了，这不是好事吗？李有也有些失落，烟抽了一袋又一袋，嘴里还一边嘟哝着："革命革命，到头来怎么还革到自己头上来了？"过了一会儿，他扭头对老伴说，"大儿咽不下这口气，说是要到县里讨个说法。"戎冠秀撩起衣襟擦擦眼睛，说："现在都忙着支援前线，怎么能去给组织上添麻烦呢？别的靠边站了，咱们支前干革命不能靠边站。放心吧，毛主席不会不管的！"

1951年4月，已经是志愿军炮兵连长的李兰金牺牲在朝鲜战场上。时隔不久，当年戎冠秀营救的伤员邓世军，也在朝鲜战场上牺牲了。

1989年8月，戎冠秀安然离世，享年93岁。聂荣臻元帅专门发来了唁电。戎冠秀弥留之际，还自言自语地说："有个事，在俺心里压了好多年啦。俺一直在等着那孩子，可一直没有等到。也不知道他怎么样了？俺得走了，不能等他了！"

二　寻找代号"素云"

1

　　与每一个失去了至亲的人一样，在1998年冬天，北京市顺义区的史庆云，还没有从父亲史洪全去世的悲痛中走出来。就在两年前，疼爱她的母亲也走了。父母双双离世，让史庆云的心一下子空了，空得让她窒息。庆云在家里漫无目的地翻着什么，一个不起眼的小药瓶突然出现在了她面前。药瓶是酱色的，很陈旧。让庆云不解的是，一个随手都会扔了的药瓶，竟然还用白蜡封着口。强烈的好奇心驱使她启开了封口。接着庆云又把手指伸到瓶肚中抠了抠，抠出了一卷红布来。这卷红布看样子已经有些年头了，摸上去缺少了布的柔软，像纸片一样。庆云小心翼翼地把它展开，发现上面写着这样一串小字："今有子城哥把张义存密保小名小云生日1942年4月16日4时46分　张士杰　史子城　定不面"。在名字和"定不面"上，还摁了两个血印。史庆云睁大眼睛仔细辨认着这几行多少有些模糊的字体，又一遍又一遍地念叨着小云。自己的乳名就是小云啊，从小爹娘也都是一口一个小云地喊着，一直叫到了自己长大成人。当年自己在顺义县新风商场当售货员时，姐妹们也都小云姐小云姐叫着。可张士杰是谁呢？史子城又是谁呢？难道……？史庆云的心一下子被吊到了嗓子眼里，她大声喊着丈夫，让他快来看。丈夫张玉森接过红布条，细细看了看，不假思索地说道："这小云肯定就是你。"庆云急忙问："那史子城呢？"玉森道："肯定就是咱爸爸，我记得有一年爸爸喝多了酒，醉醺醺地说自己原

476
靠山

先不叫史洪全，叫史子城，我问为什么，他含含糊糊地嘟哝几句又不说了，当时我也没有在意。"庆云听了，一屁股坐在了椅子上，泪水一下子模糊了双眼。史庆云万万没有想到，与自己生活了几十年的双亲竟然不是亲生父母。更不可思议的是，自己年过半百的时候才知道这一切。眼前这个父母保存了近60年的小小药瓶，竟然把一个秘密锁了50多年。庆云很难过，也很茫然，如今父母都已经离世，谁还能揭开自己的身世？第二天，丈夫就陪着她到了乡下老家，可问遍了村里的老人，也都一问三不知。这块横亘在史庆云心头的小小红布，竟然变得越来越沉重，压得她喘不过气来了。

对史庆云来说，时间在不安和忐忑中到了2006的初冬。市政府号召市民为贫困地区捐衣物，庆云又翻出了那些旧衣物，其中一件棉袄是母亲在1976年秋天给她缝的。庆云记得，那年刚刚进入秋末，母亲就让进城的村里人捎信给她，让她空闲的时候回家拿棉袄。捎信的人来来回回好几个，当时庆云很忙，说有时间就回去拿。当时庆云还想，母亲反反复复让人捎信，让他们给带过来不就行了嘛。后来，还是庆云的妹妹给送来了，她嘱咐姐姐道："娘说了，这件棉袄让你仔细穿，好好保管着。"庆云笑道："咱娘也是，这又不是什么宝贝，还得好好保管着。"妹妹说："我也纳闷，她从来没有这么啰唆过。"晚上下班回家后，庆云看了看棉袄，不禁对丈夫笑道："你看这都什么年代了，我娘还给我缝这样的大襟棉袄，我能穿得出去吗？"庆云说完，把棉袄叠了叠，放到了柜子里，一直放了足足30年。

冬日的阳光透过窗子照在眼前的这件蓝色棉袄上，古铜色的碎花里子让原本就已经旧了的棉袄更显得老旧。睹物思人，庆云的眼窝湿润了。她发了一会愣，拿起棉袄对丈夫说："这袄虽然旧了，可都是全新的，就是大襟的，捐出去估计也没人会穿。"庆云说着，拿在手里抖了抖，还没抖几下，突然从里面掉出了一个纸卷，纸卷还用细线捆着。庆云很奇怪，自言自语地说："袄里怎么还有这个东西？"她拿起来打开一看，是1948年的儿童团名单，里面还有自己的名字小云。当年刚刚6岁的小云，就曾经和大哥哥大姐姐们在村口放过哨。庆云看着看着，突然想起母亲当年曾有意无意地说起让自己好好保管这件袄的事来。她把丈夫喊过来，把那卷纸给他看，又说这棉袄里肯定还有秘密。她找来一把剪刀，小心翼翼地把线脚一一挑了，揭开棉袄的外表、里子，最后在衣袖、大襟等处发现了多件纸片，其中一张是用毛笔写的，是证明书：

证 明 书

　　代号我叫张士杰，代号我叫素云，我们生了女儿小云，当时素云是党的妇女干部，担任取送情报、给八路军送军鞋。在一九四二年八月去送情报时，半路上被敌人发现了，当天晚上不幸就牺牲了。

证明 晋察冀妇救会主任戎冠秀

1942年8月6号

这一张张已经打上了岁月底色的纸片，都一一写着当年的证明人李二姐、邢竹林、梁卫三、李生、谭宝楼等等。把他们留下的证明拼凑起来后，史庆云的身世就慢慢凸显出来了。可这遽然而来的一切，让史庆云多少有些猝不及防。她的脑子满满的，可又一片空白。她对丈夫吩咐，这几天哪里也不去了，要关在家里好好理理头绪。

2

1940年8月的一天，八路军情报员代号5号的李玉平，去平山县岭根送完情报经过南山时，走着走着，附近突然响起了枪声，她从腰里拔出手枪，隐蔽在了一棵大松树下。这时，她看到一个衣衫破烂的姑娘，背着一捆柴吃力地走着。就要到自己眼前的时候，她的脚好像崴了一下，疼得哎呀一声坐在了地上。李玉平闪身走出来，急忙上前扶她，姑娘被突然出来的人吓了一跳。李玉平忙道："小妹妹，我不是坏人，你不要害怕。"说着，轻轻扶起了她。接着她又急急地问："你住在哪里？我把你背回去吧。刚才有枪声，说不定附近有鬼子。"姑娘开始支支吾吾地不说，她看了李玉平几眼，终于道："俺就在前边的山洞里。"李玉平急忙把她背到了山洞里，洞里铺着干草，还有一床破被子，也有锅有碗，不禁道："你就住这里？"姑娘点点头说："在这里待了两个多月了。"李玉平看看她的脚腕子，有点肿了，急忙到外面找来一些药草，揉烂了，把汁滴在她脚腕子上，一边说："这东西消肿，明天就好了。"

李玉平从姑娘嘴里知道，她是山西灵丘县的，叫李淑敏。因为家里太穷，母亲就把她卖给了一户人家当媳妇。自己都二十岁了，可小丈夫才十岁。她每天都得上山砍柴放羊，想想自己的未来，李淑敏越想越揪心，就在一天上山砍柴的时候，离开了小丈夫的家。灵丘县与河北的涞源、蔚县接壤，她背着包袱一路到了河北，又辗转来到这里。因为南山日军很少过来，她就藏进了这山洞里。李玉平听了，不由心生同情，说："你父母太不应该了。"李淑敏叹了一口道："他们也是没办法，俺不怪他们。"李玉平还有任务，嘱咐她小心，说完很快就离开了。李玉平是晋察冀八分区情报员，被专门派到戎冠秀身边负责传递情报，就住在下盘松。她的上线也是上级，代号叫李二姐。李玉平回到下盘松后，把路遇李淑敏的事跟戎冠秀说了，戎冠秀道："可真是个苦孩子，她一个人住在洞里怎么能行？再过几个月天就冷了，你把她带到咱下盘松吧。"没有几天，李玉平把李淑敏带了回来，戎冠秀看看她，说："快洗洗脸，梳梳头，一个大闺女家，都成什么样了，可真不容易。"李淑敏洗了脸，又梳了头，随后戎冠秀拿了身荣花的衣服给她穿了，淑敏立时就变了一番样子。她面庞清瘦，白皙，长长的睫毛，还有一双亮亮的眼睛。李玉平笑道："这打扮打扮，一下子漂亮了！"戎冠秀说："这女人就得靠拾掇，要不就邋里邋遢的。"李淑敏喝了几口水说："大娘，这里离俺家也不是很远，俺怕他们到时候会找过来。"戎冠秀想了想道："对外就说你是俺老远的亲戚，这名字也得改一改。"戎冠秀沉吟片刻说："你就像一块云彩飘来飘去的，从今以后就叫素云吧！"淑敏说："俺逃出来后本来想去参加八路军的，可找了几天也没找到，又怕俺婆婆让人追俺，就横下心来藏在山洞里了。"戎冠秀和李玉平相视了一眼，都点点头。戎冠秀说："你这想法对，要是妇女都解放了，你哪会去给人当大媳妇呢？现在平山也有八路军，男女老少都起来支援他们，妇女们也不落后。俺就是咱们下盘松的妇救会会长，说的句句都是大实话。"

淑敏说："太好了，俺就跟着你们干！"

这以后，李玉平考验了素云几次，开始素云见了日军还很害怕，慢慢地就变得沉静了。后来，李玉平让她正式送了一次并不是很重要的情报。素云把纸条藏在发髻了，巧妙地躲过了日军的盘查，顺利地把情报送了出去。李玉平和戎冠秀商量，让素云担任下盘松情报点的情报员，戎冠秀道："俺觉得这闺女行，办事很牢靠。"李玉平就把发展素云当情报员的事报告了上级李二姐。李二姐同意了。

张士杰是在1941年的春天的一个下午与素云正式认识的。那天晋察冀八分区情报员张士杰送情报回来的路上正走得急，忽然看到山沟里有两个伪军正在追赶一个女人，一边还打着枪，张士杰急忙隐蔽起来，等伪军近了，他扬起匣子枪把两个伪军消灭了。张士杰接着喊道："出来吧，安全了。"素云从一棵树后走了出来，二人一看，都吃了一惊，原来李玉平上次派素云送的情报，就是给张士杰的，只是彼此没有说话，很快就分手了。张士杰笑着说："素云同志，这次我们算是正式认识了。"素云回去和李玉平说起此事，李玉平一下子笑出了声："你们俩还真有缘分呀，我看你就嫁给张士杰同志吧，我来当这个媒人。"素云听了一愣，双颊泛起了红晕。张士杰原名李景春，是晋察冀满城县段旺村人，十几岁就出来参加了革命，比素云大几岁。不久，经李玉平穿针引线，这对革命同志很快就成了革命伴侣。

1942年初夏，身怀六甲的素云待产，张士杰把她秘密送到了下盘松。戎冠秀对张士杰说："你就放心吧，有俺来伺候素云月子，保证母子平安。"戎冠秀房后有一盘窑洞，她就把素云藏到了这里。没多少日子，素云就生下了女儿，她对戎冠秀说："大娘，俺叫素云，就干脆把这小东西叫小云吧。"戎冠秀念叨了几遍素云、小云，最后笑道："你们娘俩这不就是两朵云彩了！"戎冠秀照顾着素云出了月子，夜里还一针一线给小云做了双虎头小鞋。

深秋的一天，素云又接到了送情报的任务，她把情报塞进小云的虎头鞋里，就抱着小云上路了。当她快到平山县城南的王子村时，迎面来了一群日军，情况紧急，她顺势就把小云放在了脚下的地沟里，随后拔腿向远处跑去。日军叫着一路追了上去，这一幕被正在地里收豆子的王子村农会会长李大爷看在眼里，他见日军打着枪跑远了，连忙赶到地沟里一看，见有个婴儿趴在那里正呼呼睡着呢。李大爷抱起小云，一口气跑到了妇救会长刘三妹的家，把刚才发生的事说了，又道："那女的俺见过，常来咱们村里。"刘三妹也是一位地下交通员，听了李大爷这一说，断定那是素云。她把小云交给婆婆，叫上几个自卫队员跟着李会长向村外赶去。最后在村西找到了素云，素云身上中了两枪，腿上还有几处枪刺，就那样静静地躺在那里。双眼都没有闭上，睁得圆圆的。刘三妹一下子跪在了她身边，流着泪说："大妹子，你就放心走吧，孩子还活着。"说着给她合上了眼睛。这时，李大爷又找来了几个人，把素云埋在了村头的两棵大桑树下。刘三妹回到家里，在小云的虎头鞋里找到了一个纸卷。她对婆婆说："俺得到山里去一趟。"婆婆道："这太阳都落山了你还出去跑呀？"刘三妹自言自语地道："为了这个东西，素云妹子把鬼子都引开了，俺还有什么不敢的！"说着，她抹了一把泪，快步走了。

素云没有完成的任务，女儿小云帮她完成了，尽管小云才几个月大，什么都不知道。后来素云的上级李二姐称小云是最"可爱的孩子"！

素云牺牲的消息传到下盘松后，戎冠秀和李玉平抱在一起放声大哭。第二天下午，李玉平就把小云抱了回来。当天晚上，张士杰也赶来了，他抱着小云亲了亲。喊了一声"素云"后，就一下子哽住了。戎冠秀道："孩子，素云已经走了，你就不要再难过了。"张士杰嗯嗯两声，一句话都没说出来，大颗大颗的眼泪落在女儿的小脸上。张士杰沉默了一会儿终于说道："我得去给素云烧几张纸，告诉她孩子还活着，情报也送到了。这是一封重要的情报，军区首长都表扬了她。"戎冠秀接过小云，说："这孩子就交给俺和玉平吧，俺们先养着。"张士杰站起身，给戎冠秀和李玉平敬了个礼，又看了看小云，就很快消失在夜色中了。

也就是这天夜里，在和戎冠秀商量后，情报员李玉平流着泪水代戎冠秀执笔给上级李二姐写了这样一封信：

晋察冀八分区李二姐，你好！

请你给素云的女儿小云，每月给小米面5斤、红糖7.5两，小云没奶吃的，就用你的军粮给，素云牺牲了，可小云光荣完成党交给的任务，因为情报在小云的脚丫底里，敌人没有看见，今后小云就是八分区小小情报员，叫五号情报员李玉平代他（她）取送情报，所以，

靠山

素云、李玉平、小云都是我八分区的地下革命工作人员。

晋察冀妇救会主任　正（证）明　戎冠秀

一九四二年阴历八月十日

几天后，八分区的李二姐就派人给小云送来了米面和红糖。李玉平也正式成了小云的养母。1945年春天，李玉平要随部队赴山西作战。临行她对戎冠秀说："大娘，我们该把小云还给张士杰同志了。"戎冠秀表示同意，随后李玉平又写下了一封信：

代号张士杰，我很快就要随部队到山西了。小云已经三岁，你们父女也该团聚了。代号素云牺牲后，这几年我一直抱着小云来回送情报，敌人在审问我的时候，也把小云的身体烫伤了。小云是八分区的最小情报员，她是吃着军粮长大的，军龄从1945年算起。这孩子吃了不少苦，是烈士的后代，也为革命做出了贡献，等她长大后，一定要把她送到部队去，就到八分区。有什么事，就找戎妈妈，找李二姐都行。

信的末尾具名李玉平，证明人是戎冠秀。没多长时间，张士杰接走了小云。这就为后来的托孤埋下了伏笔。

3

对史庆云来说，2006年的这个冬天格外特别。一连几天她都没有出门，她一遍一遍理着繁杂的思绪，很多过去看似正常的事，都似乎变得特别起来。史庆云的母亲当年把守了一辈子的秘密，最后又缝到女儿棉袄里，还反复嘱咐让她保管好这件棉袄，老人的心理是多么矛盾和复杂。她想告诉女儿，可又不知如何说起。更重要的是，还有当年那件带血的契约里"定不面"的承诺。她也许想等着女儿有那么一天在自己的棉袄里发现这个秘密吧。庆云还想起父亲史洪全临走的时候，盯着自己，欲言又止的样子。她又记起了1955年，那时自己才13岁多一点，有一天家里突然来了两个人，一个女的，另一个是当兵的。母亲有些惊慌，一边喊那女的大姐，一面让自己带着弟弟妹妹出去玩。庆云不知，这女的就是戎冠秀，她是为当年的承诺而来的，当兵的是军区的刘参谋。戎冠秀说了让小云去部队当兵的想法后，庆云的母亲张君落泪了，她对戎冠秀说："按说，俺不应该拦着小云，可她下面还有三个弟妹，俺身体又不好，家里将来得靠她了。她要是拍拍腚走了，俺这个家可怎么办呢？"戎冠秀见张君这个样子，点点头，只得和刘参谋放弃了让小云当兵的念头。临走时，他们专门给小云留下了生活费。张君坚决不收，说当年自己和丈夫为八路军养孩子没想到回报，也没想到图什么。刘参谋说："小云是烈士的后代，我们有义务养她到18岁。"

有了这么多线索，史庆云决定继续寻找自己的亲生父亲，可是戎冠秀已经不在人世，其他几个证明人也无从查询。她和丈夫先找到了顺义党史办的退休干部王强，后来又找到了戎冠秀的孙子李耿成和孙女李秀玲，李耿成曾在中央警卫局当过兵，李秀玲则在总参当过兵。王强说："你养父养母都是顺义人，当年顺义县属于河北，你父亲应该在顺义一带活动过。"庆云看到了希望，可是翻阅了很多历史资料，并没有找到张士杰这个人。庆云反复端详着那个酱色的小药瓶，自言自语地说："这个契约为什么偏偏装进这个瓶子里呢？是不是与当年的八路军医院有什么关系？"张玉森听了，连连点头，说："有道理有道理！"当年晋察冀军区的八路军医院叫"白求恩国际和平医院"。白求恩就是在边区给八路军做手术时感染去世的。在几个证明人中，有一个叫邢竹林的，当年他就是白求恩医院的医生。通过了解，邢竹林解放后曾在军事医学院担任副院长，目前还健在。

　　2007年春日的一天，史庆云和丈夫终于在一家部队干休所找到了邢竹林。见到了当年的见证人，也许很快就能知道自己亲生父亲的下落了，庆云的心激动得嗵嗵直跳。她声音颤抖地说："邢叔叔，我是小云。"邢竹林对史庆云的来意还不知道，他有些茫然地说："小云——，我不认识你呀。你们找我有什么事？"庆云道："您认识张士杰吗？""张士杰？"邢竹林重复了一句，突然说道："你说的是代号张士杰？"说完，邢竹林紧紧盯着史庆云。庆云一下子哭出了声。她大声喊道："代号素云！"邢竹林一下子从沙发上站起来，嘴唇嚅动着："你，你是……？"庆云一把握住邢竹林的手，哭道："邢叔叔，我是小云，张士杰和素云的女儿呀。"邢竹林一下子怔住了，面部肌肉剧烈地抽动着，过了许久他才说道："孩子，没想到我有生之年还能见到你啊！"说完泪流满面，泣不成声。干休所的所长急忙把他扶到沙发上，老人握着庆云的手摇晃着，连声说道："都是因为契约上的那句定不面，定不面呀！多少年了，你爸爸张建国，对，他后来改名张建国了，解放后我们哥俩每次见了面，他都念叨你，我看到他想你想得可怜，就让他去看看你，他摇摇头说：'我不能辜负了子城哥，也就是你的养父。他说咱们共产党不能用着老百姓的时候就想起他们，用不着的时候就把他们抛在了脑后。当年我们写下定不面的时候，除了我和子城大哥为了小云的安全着想之外，我还更多了一份想法，就是让小云长大了替我好好报答他们。我现在要是去找小云，或者是把小云再要回来，那样对不住子城哥，对不起张君嫂子。他们要是问我，当年你有难的时候托我们养孩子，现在一切都好了怎么又想把孩子要回去了？我该怎么回答？何况当年我是把小云正式送给人家当女儿的。'"

　　邢竹林沉默了好一会，又缓缓说道："你妈死得很惨、很惨。"邢竹林沉浸在了深深的回忆中。最后他又突然大声喊道，"素云是应该被评为烈士的，完全应该！"邢竹林又道，"当年你妈妈她牺牲后，李玉平同志带着你送了几年情报。后来听说，有一次李玉平被鬼子抓住了，鬼子严刑拷问她，还用烧热的烟袋锅子烙你。听玉平说，当时烫得你哇哇大哭，她的心比刀割还难受。我记得那是1945年8月的一天，你爸爸来到了我们医院……"

1945年8月15日，张士杰来到了白求恩医院，他找到邢竹林，说："我马上就要到顺义县接受新的任务了，没有时间照顾小云，听说你们医院里有些临时护理员是从农村来的，给找个人家吧。"邢竹林说："正好有一对夫妻，还没有孩子，就让他们收养吧！"在邢竹林的见证下，张士杰与史子城写下了收养契约，并按下了血印。为了小云的安全，史子城改名为史洪全。为了让这对夫妻将来安心和小云生活，不久张士杰把自己的名字改为张建国。

张士杰托孤后，很快就赶到了顺义县，出任顺义二区书记，后来又担任了顺义县敌工部的部长。解放后，张士杰来到北京工作。自1945年9月与史子城夫妇分别后，他信守诺言，再也没有到过他家。可史子城没有想到，在1946年春日的一天，张建国曾到村里偷偷看过小云。那天中午，四岁的小云和一群孩子正在村头的一棵柳树下玩耍。她的冲天辫上，扎着一根红头绳，在阳光下格外显眼。张建国看着看着，双眼慢慢地模糊了。后来张建国对邢竹林说，他真想冲上去好好抱一抱小云。

邢竹林跟庆云说到这里的时候，不禁感慨道："这骨肉分离的滋味可真不好受啊！"

从这以后，庆云在梦里也都是抱着亲生父亲的情景，让她惊喜的是，父亲还健在。可当庆云在干休所里见到他的时候，张建国患中风已经卧床不起，也不能言语，庆云握住他的手，一声一声地喊着爸，说自己是小云。张建国睁着眼一直都没有反应，一边的护士说："他脑子已经不太清醒了。"庆云听了泪如雨下，她从包里拿出了纸笔，写了几行大字，拿给父亲看，那纸上写道："代号张士杰、代号素云，我是八分区的小情报员小云，您的女儿。"张建国看着看着，面部一阵痉挛，呼吸也一下子急促起来，他张大嘴努力地想说些什么，可呜呜着就是发不出声来，最后终于从他嘴里含含糊糊吐出几个字来："小——云，闺——女。"接着就哼哼了几声哭了。小云见了，激动不已，泪水一下子涌出了眼眶。她一下子抱住父亲，放声大哭起来。

2011年，国家民政部追认素云为革命烈士。那时张建国已经离世，唯一的见证人邢竹林也病重住院。史庆云拿着"革命烈士证明书"赶到了他的身边。躺在病床上的邢竹林还插着氧气管，他看着庆云举在自己眼前的革命烈士证书，哽咽了几声，随后闭着一双泪眼说道："孩子，到你妈妈的坟前，告诉她一声。"

庆云答应着，可庆云知道，当年在平山县城南王子村附近的那两棵桑树早就没了，母亲的坟头也找不到了。

但庆云还是决定要去的。

三　识字班的班长李大胆

1

　　大概与晋察冀边区平山县召开的群英会时间相差不远，远在沂蒙的南沂蒙（今沂南县）也举行了一场类似的英模会，艾山乡的妇救会会长李桂芳胸前也戴上了红花，还奖了一头毛驴，6张犁片。李桂芳带着人往回走的路上，就有乡亲们跑到她家报喜了，一进门就喊："这下你们家耕地可有家什了（指工具之类的物件）。"桂芳娘问："看你这一惊一乍的，是啥家什？谁的家什？"一个女人拍着巴掌说："你闺女评上劳模了，一头毛驴子，还有6张犁片子。"正说着话，桂芳进门了，娘就问她："奖给你的毛驴和犁呢？"桂芳道："毛驴俺给了村子里，犁俺都分给了困难户！"娘笑道："你这个死丫头呀，你是傻还是痴？往后你就跟着你爹用镢头刨地吧！"桂芳的爹李彦成哈哈一笑："俺看咱闺女做得对！"

　　年轻的艾山乡妇救会会长李桂芳，1925年出生，这年整整19岁。李桂芳的家是艾山脚下的南岩路村，村边有条河蜿蜒而流。李彦成在南岩路村是出了名的困难户，一年四季都为村里的地主李全金忙碌，母亲则给他家当用人。李桂芳刚生下来的时候很瘦小，比小猫大不了多少，可眼睛很大。桂芳的娘说："这黑瘦黑瘦的，能养活？"李彦成道："来了就得养，咱还能扔了？！"慢慢地桂芳长大了，像个野小子。有一天李全金在村里闲逛，在李彦成的家门口看到了桂芳，就喊桂芳的娘："李彦成家的，

李彦成家的，你家妮子都这么大了，怎么还让她吃闲饭？"桂芳娘道："东家，哪能让她吃闲饭呢，砍柴、喂猪都是她的。"李全金哼了一声说："让她到我家看孩子吧。"一句话，十一岁的李桂芳就到了地主家看了孩子。

这时候的李桂芳还没有李桂芳这个名字，穷人家的女娃命贱，在大山里一般都喊妮子或是丫头的，地主的孩子金锁自从趴在大妮子背上睡了一觉后，就天天都让大妮子背着，大妮子一时慢了，就躺在地上哇哇大哭，李全金的老婆就拿笤帚打大妮子。有一次，金锁从篮子里摸出一个辣椒咬了一口，被辣得哇哇大哭。李全金见了，像老鹰抓小鸡一样，一把揪过大妮子，用双腿夹住她的脑袋，把辣椒搓揉了几下，再抹在桂芳的眼里和嘴上。他一边抹一边道："让你这个小蹄子尝尝滋味！"大妮子双眼和嘴唇被辣得一阵阵钻心地疼，大声喊着爹娘。大妮子娘听到叫跑过来一看，自己闺女的双眼和嘴唇都肿了，李全金这时还用手一个劲地往她脸上抹。大妮子娘扑通一声跪在李全金眼前，她哭着说："东家，她还是个孩子，你就饶了她吧！"李全金松开了腿，大妮子一下子停止了哭声。她腾的一下站起身来，又一把拉起娘，说："娘，咱凭什么给他跪下？！"

八路军战士刘萍、张光在东辛庄发动过群众，又和一群穿灰军装的人来到了南岩路村继续发动群众。大妮子问爹："他们是干什么的？"李彦成告诉大妮子，是动委会的。大妮子不明白，李彦成又说："就是动员大家起来抗战的。"刘萍在村口宣传的时候，大妮子背着金锁也去听，有几句话她一下子就听进心里去了。刘萍说："咱们不仅要打败鬼子，还要打败那些可恶的地主。到时候，地主不仅不敢欺负咱们，还要把他们的地乖乖拿出一部分来分给咱们穷人。"大妮子想听得仔细些，就往前探头，刘萍看了说："小兄弟，胆子大些，往前站站！"大妮子脸红了，急忙道："俺是个女的。"大家听了，都哈哈地笑。李全金站在远处远远地冷眼看着，他现在对长工短工的态度好了许多。大妮子背着金锁回来后，李全金装着害怕的样子说："大妮子，你可别去和他们掺和了，八路军男的女的一个被窝睡觉，他们都是毛猴子，是鬼。"大妮子晚上去偷偷看了，并不是李全金说的那样，也不是毛猴。当时刘萍他们正在吃饭，还让大妮子进去吃了一碗。后来工作队进了家家户户，有的到地里帮着锄草，有的帮着挑水。大妮子跟着刘萍在太阳底下，见刘萍和自己一样，都有影子。大妮子就呸了一声说："狗地主真是胡说八道，说你们是毛猴子，是鬼，要是鬼的话，太阳底下就没影子了。"刘萍道："我们都是人，没当兵的时候也和你一样受苦！"刘萍说着，就牵着大妮子的手走在大街上。刘萍留的是短发，又戴着军帽，从后面看像是男的。村里有的妇女见了，就指指点点，说八路军真不像话，一个大男人怎么能牵着女人的手。这事传到李全金耳里，又让人散布谣言，说共产党共产共妻，连李彦成的丫头都不放过。刘萍听了，很愤怒，牵着大妮子手进了李全金家，愤怒地说："你看看，我是男的吗？你不要搞破坏，否则是没有好下场的！"出了他的家，大妮子一下子挎住了刘萍的胳膊，说："俺什么都不怕，走，咱们就全村走走，让大家伙看看，八路军就是和穷人一条心的。"

没隔几日，村里人就分得了土地，大妮子家也终于有了自己的地。刘萍对大妮子说："咱们光有地还不行，还没有真正地翻身，还得学文化，不能当睁眼瞎，要不地主骗咱们咱们还不知怎么被骗的。文化也是武器，咱们要开办夜校，让村里的妇女都来学知识。你帮着我们去发动发动大家，怎么样？"大妮子道："这是好事，俺第一个报名，也给俺娘报上。"李全金听说大妮子要去识字班，气得直瞪眼，就朝丫鬟英子发火，一笤帚打在英子的头上，正巧被大妮子看到了，一把夺了过来："你还敢打人？！"李全金知道大妮子的脾气，也不敢像以前一样揪过来打，就对着鸡指桑骂槐："天天给你们喂食，也不好好下蛋，整天乱跑乱窜，哪天看我不把你们一个个都杀了，放在锅里全炖了。"大妮子瞪着一双大眼说：

"不用在那里指东骂西，俺就去识字班，俺还要拉着俺娘去呢，英子你也去！如今八路军来了，看谁还敢张狂，你拿刀试试！"到了第二天晚上，村里那间空房里果然来了不少妇女，大妮子把娘都拽来了，刘萍在黑板上先写了几个大字，是"妇女要解放"。她说："我叫刘萍，刚才我写的这几个字，是'妇女要解放'。妇女有很多事需要解放，先从每人有个属于自己的名字开始。不能一辈子都叫男人和婆婆喊谁家的谁家的，喊大妮子小丫头的。我这里有几个名字，看看谁想要。有张彩凤、李香花、李彩芹、李桂芳、李红梅等等。谁要？"女人们有的要张彩凤，有的要李彩芹。大妮子说："俺要李桂芳行不？"刘萍道："行，这几个名字都很好！"大妮子笑着说："听到了吗，以后你们都不要叫俺大妮子了，从今俺就叫李桂芳了！"桂芳娘说："死丫头，俺喊你也不行？"已经有了大名的李桂芳看看英子道："英子，你就叫李红梅吧，这梅花多美！"英子比李桂芳小一岁，她听了桂芳的话，不禁羞涩一笑，用力点了点头。刘萍对英子说："红梅妹妹，以后地主再欺负你，我们给你撑腰。"李红梅点点头，眼里落下了泪水。桂芳娘问刘萍："刘同志，你不是让俺们称你同志吗？俺就叫你同志，你看俺自己起个名字行吗？"刘萍很高兴："这个完全自由！"桂芳娘想了想说："俺娘家姓高，自从嫁到李家后，姓也丢了，俺男人成天叫俺老娘们老娘们的，外面的人喊俺李彦成家的李彦成家的，俺听着就别扭，如今让妇女有名号，这是多好的事呀！自从八路军来了后，分了田，日子过得又喜又甜，俺就叫高喜甜吧，行不？"刘萍说："这名字好，有意义！"大家听了也叫好，都一齐鼓起掌来。

1939年的秋天，14岁的李桂芳就被姐妹们推选为南岩路村妇救会会长，她问刘萍："俺这么小能行吗？"刘萍道："行，抗战不分男女老幼，只要你主动就行。咱们东辛庄的王换于大娘50多岁了，还起来革命呢。"李桂芳听了，更有了信心。

李桂芳第一件事就是反对裹脚。那天她去找李红梅，老远就听李红梅的哭叫声。桂芳进门一看，见红梅娘和她嫂子正在给红梅缠脚，一个用力按着，一个紧紧缠着，把红梅的脚裹得像两个粽子。桂芳急了，上去就把两人推开了，又去解红梅脚上的布，一边解一边吼："八路军号召不裹脚，你们为什么偏偏不听号召？"红梅娘说："大妮子你这是干啥？大脚丫子没哪个男人愿意要，俺英子往后找不到婆家咋办？你养着她？八路军号召归号召，祖上传下来的道道还得遵守。"红梅娘上来就拽桂芳，被桂芳推了个趔趄，红梅娘趁势一屁股坐在地上哭了起来，一边拍打着双腿，一边道："自从八路军来了，你们这些丫头就不着调了，你们还要脸不要脸呀？！大妮子，你不让俺英子裹脚伤天理。有什么娘生什么女，女人没名号，那是祖上传下来的，你看你娘还起了个什么名号叫高喜甜，你就起了个李桂芳，让俺英子还叫什么李红梅。女人就是生孩子，做饭的，你们一个个还想上天呀？！"桂芳哼了一声，拉起红梅走了，她们俩把村里的年轻女人都集合了起来，教她们唱《放足歌》。桂芳先唱道：

叫声俺的姐呀，听俺把话说，几千年下来的缠足坏习惯，把咱们天生脚趾来裹断，受到的那痛苦呀实在是难言。提起旧社会呀，妇女真冤枉！为啥亲爹亲娘都不疼女儿郎？前走走，后倒倒，行走站不稳呀！你看那大脚板走路多排场！妹妹说得对呀，缠足是苦难当，走路做活是全身无力量呀，苦的那自己呀不如马牛羊，丈夫打，婆婆骂，一天得哭好几场！

红梅辫子一甩，接着唱道：

想起那旧社会，妇女真吃亏；骂你恶地主，梳头缠脚真正受痛苦，红军来领导，妇女翻了身，剪发放脚个个有好处，小小姑娘不缠脚，到大自己能生活，妇女想要解放，先从放脚来做起。

桂芳挺起胸脯，往前走了几步，又大声唱道：

人人来宣传，妇女们听一番，宣传话儿好好听，放脚闹革命！

妇女们都听得很高兴，也引起了共鸣，李彩芹说："八路军为咱们想得可真周到！"张彩凤道："桂芳妹子，回去俺就把这歌唱给俺那古董婆婆听一听。俺再也不裹这个臭脚布了，大夏天的一解开，能臭倒一头牛！"

大家都笑了起来。

红梅唱的时候，桂芳看看还有谁没来的，都记在心里，散了会后就到她们家里唱。后来，南岩路村是这一带村庄中放足最好的。有一天，刘萍来告诉她，说组织上对她工作很满意，决定让她到山东分局被服厂工作。桂芳听了很高兴，走之前还开了一个妇女大会，她推荐红梅当南岩路村的妇救会会长，大家都鼓掌同意。

2

被服厂主要承担山东分局和八路军以及后勤人员的被服供给，因为缺少原料，供给非常困难。根据地的妇女都响应号召，拿出自家的棉花来纺线织布，为八路军做军鞋、缝军衣。李桂芳负责民运，一是发动群众支援前线，二是到各家各户收军衣军鞋，再用独轮车送到部队后勤去。1940年的初冬刚到，天就一下子冷了起来，李桂芳带着一队民工去给八路军送军服，刚出了山口就被一群国民党兵拦住了去路，国民党军官看着一车车服装，很高兴，就说："我们的棉袄还没送上来，这些我们先征用了！"李桂芳眼一瞪道："这是老百姓给八路军的，不行！"那军官有些不高兴，板着脸说："怎么不行？我们是友军，八路军能穿，我们为什么不能穿？老子是从南方来的，哪受得了这样的鬼天气！"这时在后面的民运队的李队长跑了过来，他见对方有十多个人，虎视眈眈的，而自己身边只有两个民兵，就说："弟兄们，我知道你们冷，可我们八路军供给更困难，作为国民革命军的一部分，现在你们一不给我们军饷，二不给我们被服，这些棉衣都是老百姓支援我们的，你们不能拿。"那军官火了，大声说："今天我们非拿不可！"说着就拔出了手枪，其他国民党兵也端起了家伙。两个民兵见了，也一下子操起了枪。李队长笑了笑说："这样吧兄弟们，看你们都穿得单薄，就一人拿一件吧。"桂芳听了，说："坚决不行。"一下子趴在了车子上，伸开双手护着服装。其他民工见了，也像桂芳一样护着服装。李队长让桂芳起来，可她就像粘在了车上一样。国民党军官用枪指着桂芳喊道："起来，不起来老子就开枪了！"桂芳也不示弱："俺不是吓大的，你开枪吧，你就是拿刀子捅了俺，俺也不起来！开枪吧，杀俺吧！"李队长火了，一把拽起了桂芳，桂芳还挣扎着往车子上扑，李队长伸手就给了她一个耳光，桂芳一愣，躺在地上打着滚哭起来。一干国民党兵一时愣住了，那军官摆摆手道："算了，算了，我们不要了，不为难这个黄毛小丫头了。"说着，他看了看躺在地上的桂芳，对李队长说："真是邪门了，你们共产党是怎么教育这些老百姓的，一个个就这么死心塌地地为你们卖命！"说完，摇摇头，带着部下走了。李队长急忙扶起桂芳，说："看，让你挨了一巴掌，真对不起！"桂芳生气地说："队长，你平常不是教育俺们要好好保护好服装吗，怎么关键时刻就妥协了？"李队长说："小李，这场面就得灵活地对付他们啊，他们人多武器又好，要是打起来咱们拼不过他们，还得丢了这好几车服装呢。"

桂芳捂着脸说："那俺挨你这一巴掌也值了！"

3

冬去春来，转眼已经是盛夏，沂蒙山大地，又长满了高高低低的庄稼。就像素云一样，众多的农村妇女干部，也成了交通员和情报员。这天，桂芳送完情报回来，带着一群妇女在河里正洗着澡，民运队李队长的通信员来了，他老远听到河里的嬉闹声，就知道李桂芳又带着人洗澡了。通信员隔着一片绿绿的芦苇喊："李会长，李会长！"李桂芳在水里应着。大家互相看看，发出一阵大笑。李桂芳穿上衣服走出芦苇，她迎着通信员问："小张，俺们在洗澡，都是大姑娘小媳妇的，你也敢来看，我告诉队长去！"小张的脸一下子红了，他急忙说："李会长，你可冤枉我了，我是来给你送信的。"桂芳扑哧笑了："我和你说着耍的，啥任务？说吧！"小张道："队长说，在胡家沟有一批粮食，都是老百姓从牙缝里省出来支援咱们的，鬼子要扫荡，让你们务必明日天亮前完成任务。"

桂芳说声好，一边扭头朝河里喊道："姐妹们，快上来，快上来，有新任务了。"等大家穿好衣服，桂芳就把运粮食的任务说了一遍，她告诉李红梅几个妇女，"你们分头去通知万良庄的李凤英，还有东波池的刘曰梅，塘子村的刘曰梅，让她们叫上帮子妇女到胡家沟集合。其他的姐妹回家有麻袋的拿麻袋，有独轮车的推车子。"李红梅道："这些家什都让男人带着去支前了，咋办？"桂芳说："看看还有什么能用上的，都带着！"桂芳自从当了南岩路村的妇救会会长，带起来了周围村庄一帮子妇救会会长。别看她年龄小，个子还不到一米五，可在村里很有威信，就是在十里八乡的妇救会会长中也很有号召力。

塘子村的妇救会会长刘曰梅，娘家就是南岩路村的，桂芳每次和她见面，都要讨论妇女工作。东波池的妇救会会长刘曰梅，年龄和桂芳一般大，敢打敢冲，风风火火的。万良庄的妇救会会长李凤英，在19岁那年，一顶轿子把她送到了万良庄。丈夫高洪发是个铁匠,在李凤英带动下,给民兵打了不少的长矛大刀。她们因为上了夜校,像桂芳一样,也各自都有了自己的名字。凤英还为共产党领导下的北海银行的彭股长抚养过孩子,在家里照料过受伤的八路军战士。这时,李凤英带着王凤兰她们,东波池的刘曰梅带着刘乃芬一干人马,塘子村的刘曰梅也率领一群妇女,都一路向胡家沟赶去。凤兰是马牧池乡小崔庄人,1925年出生,19岁嫁到了万良庄。进门没几天,新郎高西祥就参加了八路军。

这时,已是明月高悬,繁星点点。妇女们很快会集在了一起,结了婚的女人脑后都绾了发髻,还未出阁的大姑娘都是扎的辫子。她们进了山洞,看着一堆堆的粮食,因为没有袋子,一时都有点不知所措。桂芳看了看大家,见凤兰和乃芬还有几个妇女手里拿着床单,就用床单包粮食,然后再把四个角系在一起。一大包子粮食,几个妇女怎么也抬不起来,大家都大眼瞪小眼,不知怎么办才好。桂芳急了,来回走了几步,突然说:"有办法了,咱们用裤子装,把裤脚扎了,不就是袋子了吗?"说着她就脱下了裤子。李凤英道:"俺那个娘来,这光着两腿咋能行?"这个年代有些农村女人还没有穿裤头的习惯,都不好意思脱裤子。桂芳说:"大晚上的谁看你们,快点,情况紧急,顾不上这么多了。"说着,她已经装满了满满两裤腿,又把裤腰绑了,正好搭在脖子和双肩上。妇女们边笑着,也学着她的样子做了。李桂芳喊了声出发,大家沿着山路,披着月色,向茫茫的远方走去。山路崎岖,又高低不平,况且还有两次穿过了日军据点的探照灯。大家有时弓着腰,有时还要爬行,几乎每个人身上都有碰伤。等到了目的地泉子崖,她们的身体就像散了架一样瘫倒在地上。桂芳道:"姐妹们,喘几口气咱们继续行动。"就这样,她们往来几次,当东方冒出一抹亮光的时候,运粮任务完成了。

李桂芳得到"李大胆"的绰号是在她女扮男装的那三年。1941年,组织上准备让桂芳参军,带兵的去桂芳家了解情况,桂芳娘高喜甜说:"去吧，去吧，俺支持，这孩子从小就受苦，9岁就给人当了童养媳。"带兵的一听，一下子迟疑了。聪明的桂芳见了，有些着急，问："您不会变卦吧？"带兵的笑笑说："你当童养媳的那家是地主吗？"桂芳娘急忙说："是俺表妹家，也是穷苦人家。"带兵的道："要是地主的话，直接就解除了，可对受苦人家不能这样做。这个得由桂芳同志去跟他们商量一下，看对方同意不同意解除，别影响军民关系。"带兵的走后，桂芳直接去了所谓的婆家，她名义上的丈夫比她还小六岁。当初桂芳去当童养媳的时候，她只有九岁，小丈夫才三岁，小丈夫整天鼻孔下还挂着两串鼻涕。到了表姨家，桂芳先是一阵咋呼，说："童养媳是封建残余，不算数，得解除，再说俺要去当兵，说不定哪天就吃了枪子。"表姨听了有些害怕，又见桂芳发凶的样子，担心将来娶回来也是个天不怕地不怕的小霸王，就同意了。李桂芳早就写下了契约："同意和李桂芳同志解除童养媳约定。"在下面写下自己的名字，又让婆婆写。婆婆说俺不认字，桂芳就让婆婆在手指上吐了口唾沫，沾了沾门上的老对联，见指头染红了，就按在了契约上。桂芳说："姨，你可别发赖，摁了指印就算数了。"桂芳拿着一纸契约，当了八路军，在野战医院二所当了一名小护理员。

有些重伤员到野战医院后，很快就失去了生命。在拔麻村西南的一片地里有一处看瓜的屋子，烈士的尸体一般都暂时先放在那里。女所长刘御说："咱们不能让这些战士的尸体让野狗野兽给啃了，谁去守着？"护理员们都有些害怕，一时谁也没有报名，正好桂芳从外面进来了，说："俺去！"这天，民工把烈士的尸体抬到了瓜屋，桂芳说："不能亏待了烈士，把他们都放在床上吧，俺晚上躺地上就行。"桂芳白天守着这些尸体，头皮也有些发麻。到了晚上四周漆黑一团，瓜棚里越是寂静，桂芳就越是恐惧。因为怕暴露目标，又不能掌灯。突然一道闪电划过，照得天地间如同白昼一般，桂芳看到，有几只狼竟然生生地站在门口，眼里都闪着绿光。

桂芳心里一紧,慢慢站起身来。她拖着发软的双腿,把烈士的遗体一个个从床上抱下来,嘴上还说:"俺对不起同志们了,你们先委屈一下,俺死了也不能让狼啃了你们的身子。"接着桂芳把小床拖过来挡在门口,身体又用力顶在上面。狼分明已经嗅到了瓜屋里的血腥味,猛烈地撞击着门板,不时发出阵阵的嚎叫。桂芳几乎和它们对峙了一夜。第二天早上,就有民工来运尸体,他们看看桂芳,有点惊奇,一个民工问她:"是你在这里看尸体的?"桂芳点点头,说:"昨夜里还来了狼呢!"民工都一脸的惊讶。

桂芳看完烈士遗体回到二所不久,刘萍就来找她,说:"最近国民党顽军有点猖狂,县里敌工部布置下来任务,让咱们想办法给他们来点心理战?"桂芳问:"怎么战?"刘萍说:"这些兵里面,很多也是穷苦人,去做做他们工作。"刘萍走了后,桂芳就想,做思想工作就得找一些能说会道的人,她报告了所长,就去发动妇女了。桂芳把李红梅、东波池的刘曰梅,还有王凤兰、李凤英、刘乃芬都集合到了一起。这些妇女平日里大方泼辣,又能说会道,还唱得好。桂芳说:"朱位村驻着国民党的一些顽军,还有依汶村,村里有当汉奸的,咱们去跟他们说道说道,让他们跟着咱们抗日,让汉奸调转枪口打鬼子。"凤兰道:"就靠咱们这些娘们?"红梅说:"咱们好好和他们讲理,他们也不敢拿咱们怎么样。"桂芳道:"咱们编些歌唱给他们听,就像咱们部队文工团一样,宣传也是很好的武器。"大家都说:"你桂芳识字多,有现编现卖的本事,就编一个吧。"桂芳听了,拿出纸笔,想想写写,写写想想,很快就编好了。

别开枪来慢开火,听我唱支反正歌,咱们都是中国人,一无仇来二无恨,为什么自己打自己人?人家的男人当了兵,又戴花来又戴红,走到哪里老百姓都欢迎,你的男人当了兵,千人恨来万人骂,家里的老婆吃白眼，你爹你娘被人指着骂，你还不放下枪来快回家！

大家听了都说真好。桂芳笑笑，找了个调子教姐妹们唱了几遍，就带着大家出发了。进了朱位村的村口，正好有一群国民党兵在闲聊。桂芳就带头唱了起来。桂芳的声音脆生生的，又洪亮。大家你一言我一语，也都跟着唱。国民党的兵开始还笑，后来都竖着耳朵听。突然有个国民党兵喊："连长，带头的那个女的就是去年给八路军送服装的！"一些国民党兵听了，就哗啦哗啦地拉枪栓吓唬她们，说她们这是动摇军心，把兄弟的心都给唱散了。国民党连长说："人家唱唱歌就把你们吓成这样了？听一听，就当消遣了。"离开朱位村的时候已经是夜晚，桂芳又带着大家去了汉奸的一个炮楼，为了安全，她们躲在一块石头下老远地唱，夜里很平静，歌声传得很远，汉奸听了开始还打枪、咋呼，最后随着歌声静了下来。刘萍后来告诉桂芳："咱们的心理战很管用。据点里有好几个伪军开了小差。国民党兵送来了一些弹药，还指名道姓地点你的名字，说你上次没给他们服装的事了！"

桂芳这才记起他们是谁。

4

日军扫荡开始前，野战医院就从护理员里面选了一些小护理员。他们一个个身体好，还机灵，桂芳也在里面。医院让他们每人负责几名伤员，分散到老百家去。桂芳带着伤员来到了安庄前的王大爷家，为了便于隐蔽，她让王大娘把自己的头发剃光了，一身男孩的打扮，王大娘看看她的模样，扑哧笑了，说："谁也看不出你是个闺女！"伤员平日都藏在地窖子里。桂芳白天跟着大爷放羊，晚上又装扮成乞丐出去要饭给伤员吃。这天下午桂芳和几个小护理员正往安庄前赶，王大爷拦住了她的去路："闺女，别回村里了，有鬼子。"王大爷告诉她，"你上午刚走，鬼子就来了，幸亏俺把伤员都藏妥实了。还有，你们药材所的张所长被抓了，正好二愣子家烙煎饼，鬼子逼着二愣子妈烧红了鏊子，又架着这个同志在上面走，身体也都烙煳了。"桂芳问："人呢？"王大爷说："俺一路跟着鬼子，最后看到他们把张所长押到涝坡村。"桂芳道："咱们得把他救出来！"王大爷点点头："俺就是这个打算！"

王大爷带着桂芳他们一路向涝坡村赶去，翻过两座山后，天就已经黑了，到了涝坡村口，王大爷道："村里有俺一个亲戚，俺先进去摸摸潮水（指摸摸情况），要不太悬乎了！"桂芳要跟着进去，王大爷一把把她按在草垛旁，生气地说："闺女，咋不听话？！你们在俺眼里都还是些孩子，要是有个三长两短，俺咋向你们的上级交代？再说俺都是六十多岁的人了，走了也合算了，你们都还没成人呢！"王大爷说完，故意咳嗽几声向村里走去。过了时间不长，王大爷带着一个老头来了，那老头说："受伤的同志被押到这里的时候，俺看也就剩下一口气了。鬼子见他不行了，就把他扔到一个没人住的破屋子里去了。得小心点，隔壁院子里还住着鬼子呢。"桂芳道："咱们摸进去看看，瞅准机会就动手。"桂芳说着，摸了摸腰里的手榴弹。大家轻手轻脚地进了村，又转过一条街，就听到前面的院子传来一阵阵哇啦声，那老人指指前方，随即跪在地上往前爬去，大家也跟着爬，慢慢到了关押张所长的屋子。王大爷道："快把他放俺背上！"桂芳和那几个小护理员都摸出手榴弹来跟在左右。大家赤着脚一路到了村外。桂芳道："咱们把张所长放到张道尊家吧，他家是咱们的堡垒户。路远，也不能光让王大爷一个人背着。"王大爷说："前边有个看山的屋子，摘下门板抬着他。"到西墙峪张道尊家，得翻过北大山。山路狭窄，大家抬着张所长一路磕磕绊绊地走着。王大爷喘着粗气说："前面有个叫三瞪眼的地方很难走，咱们先歇口气。"一个小护理员问："大爷，什么叫三瞪眼？"王大爷笑笑说："那地方的山石有四磴，爬起来很费力，得憋着气，瞪着眼。山里人说，三瞪眼，四磴台，不喝面条上不去，不喝疙瘩汤下不来。平日里不拿东西都累得慌，抬着伤员就更难了。一会你们这几个小不点前边两个，中间两个，俺自己抬最后。"桂芳说："你这样太吃力了，俺在最后边。"王大爷说："闺女，你是个女娃，个子又矮，还不把你压趴下了，现在咱不是逞强的时候！"

　　到了四磴石，几个小护理员借着月光一看，不禁都哎呀了一声。王大爷有意抬着重头的一边，为了让门板不倾斜，尽管也算是高个子的王大爷，还得用力往上举着，最后干脆放在了自己的头顶上。大家齐心合力，终于过了四磴石。又休息了一会儿，他们抬着张所长继续前行。

　　这时，东方已经露出了亮色。

四　嫁人就要嫁这样的人

1

　　1941年春天，八大剧团在滨海区临沭、莒南演出没几天，抗大一分校的工作队准备到莒南洙边村，洙边村在莒南以南，工作队的队员背着行李顺着连绵起伏的丘陵，一路走着。这一带到处是沟沟坡坡的。沟沟坡坡上三三两两的杨柳，都已经披上了绿装。春天并没有忽略了眼前这个穷山村。

　　工作队男女刚进村口，很多人就围了过来，支部书记刘大明握着工作队队长宋华的手道："可把你们盼来了！"村长刘大宝高声喊道："老少爷们都听着，俺点到名的，就把同志领回家。"刘玉明还没说完，有一个俊俏的姑娘就跑到了一个女八路面前，她有些害羞地说："同志，您就到俺家吧。"这女八路叫杨玲，20多岁的年纪，是抗大一分校文工团的团员。杨玲眼前的这位姑娘，身上穿的衣服虽然陈旧，可干净齐整。一双丹凤眼明亮清澈，声音也很清脆。杨玲一下子喜欢上了她，她拉着小姑娘的手，故意逗她："为什么呀？村长还没点到名字呢。"这姑娘快言快语地说："俺看过你演的戏，就到俺家吧。"说着就把杨玲背上的背包拿到了自己手里，一边说："俺家就在前面，跟俺去吧。"杨玲点点头，两人并排往前走着。杨玲问她："小妹妹，你叫什么名字？"姑娘粲然一笑，说："俺没有名字，家里的人都喊俺丫头。有个名字多好，您说是吧？"杨玲道："对呀。"杨玲又问她："村里像你这么大的姐妹多吗？"姑娘说："很多，她们也没有

靠山

名字，都统统叫丫头。"杨玲笑了，说："过几天你把姐妹们都召集起来，我教你们识字好不好？"姑娘很高兴："太好了，俺们都盼着呢！"

洙边村也像别的村一样，很快就组织起了识字班，接杨玲回家的姑娘成了识字班的班长，在识字班里，她也有了自己的正式名字，叫梁怀玉，和梁怀玉一般大的山菊、三妮子也有了自己的名字，山菊叫刘花花，三妮子叫梁明霞，这都是杨玲给她们起的名字。梁怀玉喜欢演戏，杨玲就手把手地教她。从此，梁老汉家的三间破草屋里，常传出梁怀玉动听的歌声。梁老汉不喜欢闺女唱戏，每次梁怀玉唱，他都朝她吼几嗓子，说："庄稼人就是种地的，你整天唱能唱出吃喝来？！"梁怀玉道："俺这是宣传抗日，工作队的同志说啦，打小鬼子人人有份。"梁老汉一听，不说话了。杨玲帮着洙边村很快就成立了小剧团，梁怀玉当了团长，他们排演的一场小戏《买驴》，在莒南文艺汇演中，受到好评。梁怀玉的扮相，唱腔，连文工团的专业演员都叫好。小戏《买驴》是反映根据地大生产的，大大鼓舞了十里八乡的老百姓，县里特地奖给洙边村一头毛驴，让梁怀玉带着识字班好好生产。梁怀玉一下子有了名声，村里的小伙子都喊她"金凤凰"。

这一年春节，上级号召参军，村里开会动员，梁怀玉带着识字班家家户户宣传。一天，梁怀玉说："咱们就给乡亲们演一出《王宝山参军》。"村长刘大宝说："这很符合形势。"《王宝山参军》反映的是王宝山参军后，为了能让他安心打鬼子，在后方的妻子和小姑子比生产比劳动。梁怀玉扮演宝山的妻子，刘花花演小姑子。戏定在下午，家家户户刚吃过午饭，村长就敲着锣满村里喊："男女老少们，吃了饭都到大槐树底下看戏了，戏唱的是王宝山参军。"村长的锣刚响了几遍，一些人就相互招呼着往大槐树这边来了。自卫队员刘玉明和一帮毛头小伙跟在后面，一路说笑着，刘玉春道："这金凤凰也不知往后能落在谁的头上？昨晚上俺梦里都在听梁怀玉唱戏呢！"刘玉明笑笑："俺看咱们谁都别想了！"正说着，锣鼓就响了，紧接着就是二胡，只听梁怀玉唱道：

菜籽油儿点灯，灯光儿亮，庄户人有了地脸上发光，一针针那么一行行，吱儿、吱儿地把鞋绱，哎嗨哎嗨哟！我把它送到前线上。提起俺男人王宝山，不由俺心中，好喜欢，他今年二十三，文的武的两双全哪，文的武的两双全！南沟里的土雷战炸得鬼子翻了天。

接着扮演小姑子的张花花蹦跳着上台了，她大声喊道：

嫂子，上级号召青年参军啦！
……

台下响起了一阵阵掌声。

刘玉春、刘玉明还有其他民兵，都互相看看，齐声喊道："当兵去！"

戏刚唱完，洙边村的识字班都站到了台上，张花花道："下面，俺们识字班的班长梁怀玉给乡亲们唱一首歌，这首歌叫《光荣灯》。"梁怀玉向前迈了一步，打着手势大声唱道：

光荣灯，
红又红，
挂在王大爷的大门庭；
大爷观灯笑呵呵：
俺儿去当兵，
全家都光荣。

靠山

光荣灯，

亮又亮，

送给东街张大娘，

大娘观灯心头乐：

俺儿去打仗，

全家都光荣。

光荣灯，

好又好，

送给西大街的李大嫂；

大嫂观灯红了脸，

前线传捷报，

丈夫立功劳。

梁怀玉唱到这里，张花花、梁明霞和其他识字班也都往前迈了一步，随着梁怀玉一齐唱道：

光荣灯，

照到西，照到东，

抗属门前放红光，

照得全庄亮堂堂。

……

节目结束后，梁怀玉大声说道："乡亲们，一人当兵，全家光荣。自从八路军来了后，咱们过上了好日子，心情也越来越舒畅。可咱们一天不消灭小鬼子，就过不上太平日子。自卫队员们，民兵们，大家报名参军吧。今天俺们识字班表表态，你们像王宝山一样上了前线，俺们识字班也像他媳妇、小姑子一样，家里活俺们识字班都包了，明天俺们就成立帮工队！"支书刘大明摇着手里的烟袋锅子说："识字班都表态了，你们下面的民兵怎么不吭声了？！"梁怀玉接着支书的话大声喊道："天上飞的大雁有领头的，谁第一个报名俺梁怀玉就嫁给谁！"下面又是一阵掌声，台下的怀玉娘急了，扯着梁老汉的衣襟道："你看看这个傻丫头，她在这胡说些啥？"梁老汉跳着脚叫道："你个死丫头，嘴上就没个把门的，婚姻大事你也敢胡咧咧？！"梁老汉刚骂完，刘玉明就举起了手："俺报名！"他脸一红，又赶紧说："俺可不是因为梁怀玉这话才报名的，俺早就有当兵上前线的想法了。要是怀玉能嫁给俺，那也怪好的！"大家听了，又是一阵笑，笑声里，刘玉春也站起身来报了名，紧跟着，一个、两个……眨眼工夫，洙边村就有12个青年报名参军。

梁怀玉回到家里，还咯咯地笑，她娘道："你这个死丫头可真不知深浅，那刘玉明他爹是个瞎子，他那个娘又得了痨病，最小的丫头杏花眼看就长大出门子了，要是人家当了真咋办？泼出去的水你还能收回来？"梁老汉瞪着眼说："你们这些识字班呀，一个个还像话不像话？学了蚂蚁爪子（指识字），唱了几个小曲曲，就能得上了天？！"刚说着，村长就来了，说是给刘玉明提亲的。怀玉娘赶忙说："俺这丫头就是一说，他们家就当真了？"村长点点头道："俺刚进家门，玉明的娘就跟来了，说你问问怀玉，看看她说的话到底算数不算数？要说玉明小伙子还真好，模样也不孬，就是他爹他娘那个样子，俺觉得也不合适。"梁老汉说："你快回话去吧，就说这丫头魔怔了，在胡说八道呢！"怀玉一时也不知如何是好，说实在的，自己真要嫁给刘玉明了，心里还真有些七上八下的。

村长看看梁怀玉，见她低头不语，就说："这也不是什么为难的事，三国上周瑜打黄盖还一个愿打一个愿挨呢，何况是婚姻大事呢，俺去说

靠山

说。"村长抬脚刚要走，梁怀玉突然道："玉明家里这样困难都报名参军，就凭着他这觉悟，就是个好青年，俺嫁人就嫁这样的人，家里有困难俺帮，这门婚事俺认了！"怀玉娘一听，抹开了眼泪："你这死丫头呀，到时候你肠子都得悔青了！"

刘玉明和11个青年到县里集合那天，梁怀玉带着识字班的姐妹亲手给他们戴上了大红花，寒风里刘玉明对怀玉说："俺真是连累你了，等俺走后，你常到俺家看看，帮俺照顾一下俺爹俺娘还有俺妹妹。"梁怀玉说："放心吧，俺说到做到！"洙边村的锣鼓队的锣鼓响了，梁怀玉带着众姐妹也扭起了秧歌。怀玉看到，刘玉明不时看着站在一边的爹娘，还有他的妹妹杏花。

梁怀玉听领兵的说，新兵在县里要集训半个月再开往前线，她心里有了主意。她对领兵的说了玉明家里的情况，最后道："俺想提前和他结婚，让他安心上前线。"领兵的听了，看着眼前这个扎着大辫子的姑娘，用力点了点头。他把梁怀玉的名字记在了本子上，又写下洙边村三个字。最后他道："你回去等消息吧，我先向上级报告一下。"没有几天，刘玉明捎信回来，说正月十五回家结婚。那天，他踩着薄薄的雪回到洙边村的时候，贴在门楣上的门笺子（指挂在门楣上的剪纸）在随风飘着，门上还挂着两个红红的大灯笼。妹妹杏花已经在街口等着刘玉明了，一看到他就远远地喊道："哥，快走，俺嫂子马上就过门了。"杏花话音未落，唢呐声就一下子响了。

刘玉明不禁两眼一热。

2

1945年的春天，离滨海区不远的鲁中区蒙阴县，有一位识字班的指导员李凤兰，与一位叫王玉德的青年定下了百年之好。凤兰是在父母逃荒路上出生的，10岁的时候回到老家李家保德，1945年，识字班的指导员李凤兰已经是亭亭玉立的大姑娘。一位嫁到城关村的刘大娘回娘家，到李凤兰家串门，一看到李凤兰，就拍了个大巴掌："俺那个娘呀，这闺女可真俊。"凤兰的娘道："她大姑，您给寻个人家吧！"刘大娘连连点头："大侄女比咱南山上的桃花还俊呢，说给哪个小子他家里都得烧高香。也巧了，俺婆家那村有个叫王玉德的，人不孬，俺回去给说道说道。"这一说道促成了一对好姻缘。

就在李凤兰和王玉德订婚后没有几个月，李家保德突然响起了爆竹声，凤兰娘说："这不过节的，咋放开了炮仗？"凤兰刚说要出去看看，大街上就有人喊叫起来："日本鬼子投降了，日本鬼子投降了！"凤兰娘听了听，问："咋？啥叫投降？"凤兰高兴得一下子蹦了起来："娘，小鬼子认输了，不和咱们打了！"凤兰娘说："这可真喜人，闺女，你可真有福，刚订下婚就遇上了大好事。这天下早就该安顿下来了，该种地的种地，该打铁的打铁，该干啥干啥多好呀！可别打了！"

这个时刻，洙边村也响起了鞭炮，还有一阵阵的锣鼓，梁怀玉带着识字班踩着鼓点，来来回回地扭着秧歌，从村东扭到了村西，又从村西扭到了村东。回到家里，婆婆问她："这日子真就太平了？"梁怀玉回答："太平了！"婆婆抚摸着梁怀玉的手道："媳妇呀，过去你水灵灵的，自从到了俺家后，可把你累坏了。看，小脸都瘦了！鬼子不打了，小明（刘玉明的乳名）他们的队伍也好解散了。等他回来后，地里的活都交给他，你就在家里看看孩子，享享福！"

听了婆婆的话，梁怀玉咯咯笑了，一脸的憧憬。

谁都想着过安顿日子。怀玉的婆婆这样想的，凤兰的娘也是这种想法。可很多人并不知道，此时，蒋介石一边向中共发出和平谈判的邀请，一面加紧向全国各战略要地运送重兵。抗日战争期间，中国共产党在坚持敌后斗争中，一直广泛地发动民众抗日，到日本宣布投降时，中共开辟的解放区面积已经高达104.8万平方公里，人口到了1.255亿。正规部队发展到约127万人，民兵人数达268万，党员数量上升到120余万人，相较1936年，已是今非昔比。那时，30万中国工农红军突破国民党的围剿长征到达陕北时，兵力已经不足3万。到抗日战争爆发时，陕甘宁地区的红军发展到了7万余人。东北抗日联军超过了3万。在夹缝中成长起来的中国共产党和人民军队，获得了老百姓的巨大支持。但是，在国共双方综合力量对比中，中共还处在明显的劣势中。一直拥兵自重的国民党政府，总兵力已经达430万人，除了之前22个整编师装备了美式装备外，他们还从投降的日军手里接收了100万人之众的武器弹药，200多艘舰艇。同时，国民党还控制着全国71％的人口和76％的国土，绝大多数交通线和大城市还在他们手里。解放军一百多万的作战队伍中，野战部队只有61万人，还达不到国民党正规部队的1／3，装备落后，弹药也不足。当时国军的空军已经发展到16万人，海军3万，而中共还一无所有。

蒋介石一直没有放弃消灭老对手的想法，抗战初期，他还奉行"攘外必先安内"方针，但迫于民众的压力，他对中共才收敛了许多，可在骨子里，这种愿望丝毫都没有减弱。就在日军投降前几个月的1945年5月，蒋介石在国民党第六次全国代表大会上，打着有力的手势说："今天的中心工作，在于消灭共产党……只有消灭中共，才能达成我们的任务。"几乎同一时段，在延安召开的中共七大会议上，毛泽东则说："对蒋介石我们拟采取'洗脸'政策而不是'杀头'的政策。"两位老对手的用意，迥然不同。就在蒋介石连续向延安方面发出三次邀请电报的时候，山东省伪省长杨毓珣也收到了委任他为山东先遣军司令的委任状，杨对身边的人道："从这一纸任命上，我嗅到了火药味，蒋总裁很快就会对共军动手的！"

中共中央在8月23日召开的政治局扩大会议上，提出了"蒋反我亦反，蒋停我亦停"的斗争策略。中共意图很明显，想以斗争对斗争的方式，达到和平，与国民党建立联合政府。

中共政治局会议没几天，又发表了以"和平、民主、团结"为主要基调的《对目前时局的宣言》，两天后，也就是8月28日，毛泽东在周恩来、王若飞，国民党政府代表张治中等人陪同下，飞往重庆。当时中央很多同志是不赞成毛泽东亲自前往重安与蒋介石会面的，大家都担心此行凶多吉少。国民党方面的很多要人，也觉得远在延安的毛泽东是不会赴约的。毛泽东说："我要是不去，他蒋某人又会有说辞了。"重庆谈判历时43天，中共和国民党双方终于签下了史上有名的"双十协定"。可就在两党谈判期间，9月中旬，国民党调集了73个师的兵力，准备向解放区发起进攻，各中央局很快就接到了刘少奇起草的《关于目前任务和向南防御向北发展的部署》。随着抗日战争的结束，东北地区战略地位日渐重要。1945年10月24日，罗荣桓率指挥机关从烟台乘船远赴东北，当他与先行一步赶到东北的山东军区政治部主任萧华会面的时候，从关内各解放区调往东北的11万人马已经陆续到此。蒋介石得到消息后不禁扼腕顿足："他们难道是插翅飞过去的吗？娘希匹，又让朱毛占了先机。"1945年10月后，北上的国民党就相继占领了济南、泰安、台儿庄、兖州等地。12月，国民党政府进攻解放区的兵力就高达190多万，全国各阶层见蒋介石磨刀霍霍，都纷纷组织起来声讨蒋介石。美国五星上将马歇尔肩负总统杜鲁门的使命前来中国进行所谓的"调停"。蒋介石只得履行"双十协定"有关条款，举行政治协商会议。1946年1月10日，中共和国民党双方颁布了停战协定。毛泽东特别强调：中国和平民主阶段，即将从此开始。

在接下来的政治协商会议上，各方代表一致通过了各项条款，其中就包括《和平建国纲领》。2月1日，中共中央就发出了《关于目前的形势和任务的指示》。其中指出：中国革命的主要斗争形式，目前已由武装斗争转变为非武装的群众与议会的斗争，国内问题由政治方式来解决。

中国共产党的诚意可见一斑。

3

山东主力部队近7万大军向东北挺进的时候，在延安参加中共七大的陈毅正在返回华中的路上，这时恰恰接到了中央派他到山东接替罗荣桓工作的电报。到这一年10月下旬，新四军主力一部已经在鲁南与山东军区第八师会合了。抗战结束后，全国各个根据地的农民对土地的渴望越来越强烈。耕者有其田，为了满足人民群众的根本利益，1946年5月4日，中共中央发布了《关于清算减租及土地问题的指示》，《指示》中强调："各级党委必须明确认识解决农民土地的问题，是我党目前最基本的历史任务，是目前一切工作的最基本环节。必须以最大的决心和努力，完成这一历史任务。"

一面是国民党频频向解放区发动挑衅，一边是中共本着农民的利益进行土地改革。到这一年的12月，山东解放区地主手中的464万亩土地就分给了1000多万的农民，加上他们原有的土地，平均每人2亩田还多。山东民主政府对每一类人的利益都做了详细的规定，即使对地主也有合理的安排，比如："为保证地主土地改革后的生活，于清算负欠后，无论其能否清偿，均应根据具体情况酌留相当中农或富裕中农的土地，并保留农具耕田的一部或全部。"

山东主力部队抽调东北后，兵力已经明显不足。上级向根据地的老百姓发出了参军保护胜利果实的号召。田地是胜利果实的一部分，再也没有比这更有号召力的了。在1946年近一年的时间里，山东根据地就有11万农民加入了解放军的队伍。在分田分地正忙的日子，梁怀玉娘家婆家也分到了土地，王玉德家也是一样。每一个人都与一个国家一个民族的命运紧紧相连的，王玉德也不例外。正是在这喜庆的日子，像千千万万的农民一样，青年农民王玉德也报名参军了，媒人刘大娘听说后，一下子跳了脚："玉德呀，你让俺这个媒婆子的脸往哪搁呀？这定下日子说好要结婚了，你一拍腚就走啦？你爹死得早，你就不管你娘了？"玉德道："打不败老蒋，结了婚也过不上好日子，到手的地说不定还要还给地主。上级有号召，这兵咱就得当！"刘大娘只得急急忙忙地去回话。听了玉德当兵的消息，凤兰爹娘都怔在那里。凤兰娘拍着巴掌说："这不是让俺们坐蜡吗！"一边的凤兰道："要是队伍上要女的，俺也去，反动派没打倒，怎么就想着过日子了，能过好吗？如今咱们家里也分了地，就得拥护共产党！"刘大娘笑笑说："这闺女真明事理呀。玉德娘说了，孩子当兵走了，到结婚那天就随了风俗，让玉德本家的嫂子抱着大公鸡和凤兰拜天地吧，中不？要是不中的话，就等以后玉德回来再说。"凤兰爹娘看看凤兰，凤兰道："中！他娘身体不好，俺早过门早有个照应，要不玉德在队伍上还挂心！"

这一天，一顶花轿抬着凤兰上路了，凤兰的怀里还抱着她一针一线缝的两个耳枕。欢快的唢呐声一路响着，可凤兰的心里却是七上八下的。在1946年初冬的早上，凤兰和抱着大公鸡的玉德本家嫂子，完成了一个女人一生中最重要的仪式。新婚第二天，凤兰就要和婆婆一个炕，婆婆说："闺女，使不得，使不得，俺身上脏。"凤兰道："咱们已经是娘俩了，咋就使不得。这样俺伺候你方便，你身子好了，玉德在前线才能安心打仗。"女人结婚三天后有回娘家的风俗，凤兰就在这天的上午颠着小脚回

靠山

到了李家保德的娘家。

　　就在她走后的中午，一队解放军开进了东关村，连长命令原地休息，这时候突然有人喊："王玉德，你不就是这个村的吗？批准你回家看看。"王玉德立正喊了声"是"，给班长敬了个礼，拔腿就往家跑去。玉德娘从屋子里走出来的时候，见院子里突然站了个当兵的，一时还没有反应过来，等玉德叫了声"娘"，这才看出是自己日夜思念的儿子。她一把搂住玉德，哭着说："儿呀，你这不是从天上掉下来的吧？"玉德说："队伍正好从咱村里经过，班长批准俺回来看看你。"玉德娘好像一下子醒了过来，连声说："儿呀，真不凑巧，真不凑巧，凤兰一大早就回娘家了！"玉德道："凤兰？她来咱家了？"玉德娘抹抹眼泪，指着窗户上的红纸说："你可真是个傻儿子，娘给你把媳妇娶回家了！"说着玉德娘就急着往外走："俺这就告诉你二大爷去，让他赶紧着把凤兰接回来！"

　　玉德的本家二大爷刘二牛推着独轮车一口气赶到了李家保德，一进门正好遇上凤兰娘，他急急说："大嫂子，快让凤兰跟俺回去，玉德回来了！"凤兰一下子从屋里冲了出来："大爷，玉德咋了？"刘二牛说："快上车，玉德回来了。"凤兰听了，心跳一下子加快了，双腿软得竟一时迈不开步。刘二牛见了，急忙把她扶上车，弯腰推起她就走。坐在车上的凤兰，真想一下子就飞回婆家。从订婚到现在，这对夫妻谁也不知谁的模样。自己的男人长得啥样？是啥脾气？在梦里，凤兰不知被自己问醒了多少回。车子到了村口，凤兰就急急下了车，颠着小脚一路跑回了家，她四处看看，又跑进了自己的洞房，可是哪里有玉德的影子。她看看婆婆，婆婆摇摇头抹开了眼泪："你二大爷走了一袋烟的工夫，号声就响了，玉德说是集合号。可怜这孩子，就在你们的新房里一直坐着，坐着。"凤兰扑在婚床上一阵哽咽，她抬起泪眼看看，觉得到处都是玉德的影子，用鼻子嗅嗅，到处都是玉德的气味。

凤兰抚摸着床上的那对耳枕，泪如雨下。

蒋介石胃口很大，他自恃兵力雄厚，又有精良的美式装备，从1946年6月下旬开始，就向全国解放区发起全面进攻，投入兵力160余万人。到10月底，国民党虽然陆续占领了一百多座城市，可也付出了29.8万人的代价，有48座城市被解放军收复。时隔没几个月，国民党又有41万人被歼，富有戏剧性的是，国民党这次占领的城市与解放军收复的城市都是87座。山东是解放战争的主战场，在1947年开年发起的"莱芜战役"中，山东、华中野战军等部队，就消灭了国民党的两个整编师，5.3万人，解放军伤亡8000余人。这个时候，解放军这一称谓逐渐叫了起来。1946年9月12日，延安《解放日报》在《蒋军必败》的社论中，公开正式提出了中国人民解放军。从此，"人民解放军"逐渐替代了"八路军"和"新四军"的名称。

鲁南战役意义重大，开创了多个纪录，陈毅还专门以《鲁南大捷》为题赋诗一首：

> 快速纵队起如飞，印缅桂来自鼓吹。鲁南泥泞行不得，坦克变成废铁堆。快速纵队今以矣，二十六师汝何为。徐州薛岳掩面哭，南京蒋贼应泪垂。

在隆隆大炮声中，手里有了土地生活逐渐好转的农民兄弟，焕发出了空前的支前热情。莱芜战役期间，有60多万的民工参加了支前。仅两个月的时间，就发动了18万年轻人参军。

鲁南战役胜利后，有一位受伤的张连长住进了梁怀玉家，这时，天气

靠山

还非常寒冷，屋檐下都挂着长长的冰溜子。怀玉家里只有一盘炕，就在正屋里。婆婆对梁怀玉说："这张连长是个南蛮子，你看他冻得打哆嗦，就让他和那个小王同志睡炕，咱娘仨打地铺，你爹睡锅屋。"张连长一听急了，操着南方腔连声说着不同意，梁怀玉道："咱们一家人不说两家的话，俺那口子也是解放军，您胳膊受了伤，不能冻着。"张连长见这样，只好同意了。张连长刚躺在炕上，还说真舒服，不久就来回地转身，像烙饼一样。梁怀玉见了很奇怪，问他："张连长，这炕还不热乎？"张连长说："热，热，热！"梁怀玉又看看他："那你怎么还躺不住？"张连长不好意思地说："我是南方人，我们那里没有炕，刚躺下还好，时间长了这炕热得就像烙铁。"梁怀玉听了咯咯地笑，说："看你，咋不早说呢，俺就不往锅灶里加柴火了。"

到了吃饭的时间，梁怀玉特地为张连长炒了盘鸡蛋，又端上了苞米糊糊。梁怀玉一家还有那战士小王，手中拿着煎饼卷大葱吃得有滋有味的。怀玉见张连长只是低头喝玉米糊糊，就催他："张连长，这煎饼卷大葱香着呢，快吃，快吃！你是伤员，这鸡蛋都是给你炒的。"张连长笑笑，撕一块煎饼放在嘴里嚼着，伸了几下脖子也没咽下去。战士小王张嘴想说什么，张连长直给他使眼色。梁怀玉问："这饭是不是不可口？"张连长道："嫂子，这饭很好，我不饿，下顿再吃。"

小王见连长躺在炕上睡了，就走到院子里悄悄对梁怀玉说："大嫂，我有个事想跟您说，你可别告诉我们连长，他要知道了会批评我的。"梁怀玉道："有什么难事，尽管告诉嫂子！"小王欲言又止，最后终于开口说道："南方人平时都是吃大米，咱们的煎饼拉（指粗糙的食物，咽不下去）嗓子，他咽不下去。"梁怀玉听了，这才恍然大悟。下午，她跑回娘家，又到了几个邻居家，才借来一些稻米，接着就舂了。晚饭时，她给张连长端上了一碗香喷喷的米饭。张连长一看就明白了，他瞪了一眼小王，对梁怀玉说："嫂子，我们这些南方人刚来山东的时候，是不习惯，渤海区还有这里的父老乡亲千方百计地给我们做细粮吃，革命战士到什么地方什么时候都要适应。我这几天喉咙肿了，就没吃你们的煎饼，我想过几天就好了。这碗米饭我不能吃，给大娘吧。"梁怀玉故意脸一板："张连长，你现在是伤员，总得吃些好一点的东西吧？等你好了，再和我们一起吃煎饼！"

4

凤兰嫁到东关村后，又成了东关村的妇救会副会长，前方打仗，她忙着支前。她一个晚上就把自己家200多斤小麦磨成了面粉，接着在灶上和婆婆又蒸出了一锅又一锅的馒头，再让支前的民工送到了刚刚打响的莱芜战役前线。凤兰在油灯下，不知缝了多少双军鞋，她总是在鞋帮上，绣上一个大红的"心"字。她一次次绣着，又一遍遍唱起她最爱唱的《劝郎参军歌》：

小河水，弯又弯，
劝声我郎把军参，
家中的事情我来担。

为吃饭，我日种田，
为穿衣，我夜纺棉，
二老爹娘我照顾，
冬做棉衣夏做单。

小河水，弯又弯，

靠山

劝声我郎把军参，

不怕日晒暴雨打，

我积极带头搞生产。

变工组，先参加，

不怕劳累不怕难，

勤劳动，收粮多，

保证生产当模范。

……

1947年的一天，凤兰终于收到了玉德的来信，她含着泪给婆婆念了一遍又一遍。婆婆高兴地说："咱蒸的馍他肯定也吃到了，你缝的鞋说不定他也穿上了。"

凤兰把信中的话一句句记在了心里，也把丈夫的地址牢牢地记住了华东野战军七纵二团三营八连三排九班。

从此，凤兰照着这个地址，写了一封又一封的信，可一封封都石沉大海了。等1958年的春天她刚把信寄走的时候，蒙阴县民政局给她送来了一纸革命烈士证明书。原来，玉德早于1947年2月就牺牲在了莱芜战役的战场上。凤兰蒙了，她拿着证书怔在那里很久没有言语，可眼泪早就涌了出来，最后一下子瘫坐在地上。凤兰哭着哭着，突然站起身来向村口跑去，嘴里一边念叨着："俺去找他，俺去莱芜找他，俺知道他的地址，三营八连三排九班！他没死，没死！"接着一头扎在地上，再也不省人事。几个年轻人把凤兰抬回家来，她昏迷了几天几夜才醒来。过了一些时日，婆婆见凤兰平静了许多，就对她说："凤兰哪，你对得起俺们王家了。这些年，你的年纪俺一直记在心里，你才整整三十岁呀，找个人再嫁了吧。你总不能在俺老王家憋屈一辈子吧？那样俺，还有那死去的老汉，还有玉德，都不安心哪。"凤兰呆呆地看着窗外，泪水又哗哗地流了出来。婆婆见她这样，就不敢说了。过了几天，王家德高望重的祖奶奶来了，祖奶奶张开干瘪的嘴唇对凤兰说："孙子媳妇，你婆婆让俺来劝劝你，俺的话你得听。你还年轻，还要奔好日子哩。俺已经布置下去了，托媒人去十里八乡给你找个可心的，到时候，俺们整个东关村的王家人给你置办阔气的嫁妆。"凤兰摇摇头说："老奶奶，俺这一辈子就留在王家了，俺是王家人。"尽管凤兰和玉德没见一次面，可她梦里已经见他千回万回了。凤兰的整个身体和气息，都和王家的人，王家的一切融合在一起了。

每天，她坐在院子里，看到草屋，就好像听到了玉德的笑声。她要替玉德给婆婆尽孝，为她养老送终。后来，凤兰在民政、妇联的帮助下，收养了一男一女，民政上的人问她给孩子起个什么名字，凤兰脱口说道："男孩叫王胜利，女孩叫王光荣。"

凤兰特地带着一儿一女来到了丈夫的坟前。凤兰说："玉德，咱有孩子了，儿女双全！"

胜利和光荣跪下磕头，他俩磕着磕着，凤兰的双眼模糊了。

五　队伍从她们肩上穿过

1

李桂芳来到东波池村的时候，老远就看到一些妇女正在刘曰梅家小院前的碾上碾军粮。刘曰梅一面扫着碾盘，一边喊："都快点，都快点！"一个叫刘曰兰的女人说要去撒尿，刘曰梅跳着脚喊："你真是懒驴上磨屎尿多！"其他女人听了就咯咯笑。刘曰梅见桂芳来了，扔下笤帚迎了上来："看你跑得满头大汗的，又来布置新任务了？！"桂芳道："听上级说，老蒋要对咱们山东解放区重点进攻了，让咱们都瞪起眼了，别放松，不能觉得前面打了几个胜仗，就骄傲了。一会儿周围几个村的妇救会会长都来，咱们好好商量商量，怎么才能把支前工作做得更好！"

说着，两人往院子走，推碾的妇女看看她俩，互相挤挤眼，都笑了。刘曰兰道："你看咱们会长，说话的腔调都和李会长一样，两个人可对撇子了。"刘曰兰说："这就是鱼找鱼，虾找虾呗！你看她俩，都凶巴巴的，往后哪个男人敢娶她们？"院子里的刘曰梅突然笑道："刘曰兰，娶不娶的不用你操心，你还不知有没有男人要呢。"院里院外，笑成了一团。

这个时候，山东的华东野战军正准备发起"孟良崮战役"。蒋介石指挥大军向全国各解放区发起进攻后，虽然陆续占领了105座城市，但受到更多的是重挫，8个月的时间里，损兵折兵71万有余。他已经明显地感觉到，今日之共军，已与当年走在长征路上的工农红军大不相同了。不仅兵力多了，关键后面还有越来越多的民众在不遗余力地支持着他们。

蒋介石知道，不能把兵力再放在共产党的整个解放区了，胡子眉毛一把抓，战线太长，兵力也不足啊！要有的放矢，他走到地图前，盯着看了很久，最后目光落在了处在战线两翼的陕北和山东解放区。延安是中共的首脑，这是让他最揪心的地方，也是他最想一拳头就砸碎的地方。在蒋介石的心目中，山东是战略要地，又有华东野战军坐镇，时刻都会危及到自己的大本营南京还有上海。蒋介石很快就改变了战略部署，实施重点进攻，一个拳头打向陕北解放区，另一只拳头打向山东解放区。蒋介石知道山东这块硬骨头不好啃，不久前自己精心准备的一场"鲁南会战"（中共称"莱芜战役"），投上了重兵二十多万，除了让国民党参谋总长陈诚坐镇徐州指挥外，自己还专程赶到徐州督战，面授机宜，可最后还是落了个兵败如山倒的下场。这一次，蒋介石在山东布下了24个师，60个旅，兵力达45万人。比之前多了5个师，11个旅，人数也几乎多了一倍。在全盘指挥上，蒋介石也做了精心安排，专门成立了陆军总司令部徐州司令部，除了亲自坐镇徐州外，让曾一度指挥国军在山东作战的薛岳靠边站了，改由陆军总司令顾祝同为统领。华野当时在山东的部队有27万人，虽然山东还有几十万的地方部队，可还是明显处于劣势。

1947年3月，阴历正月十五元宵节过去没有多少日子，国民党就开始动手了。华东野战军副司令员粟裕等人立即率领指挥所星夜赶往鲁中区的蒙阴坦埠乡，与在这里开会的陈毅司令员相约见面。华野这次准备是要再打一场大仗的，所以行踪秘密，部队都是自带干粮，开始也没有提前发动老百姓支前。可因为叛徒告密，华野指挥部差一点遭遇不测。另一边，尽管蒋介石知道毛泽东就近可调动兵力寥寥无几，可他还是在陕北解放区投入了34个旅，25万的兵力，蒋介石估计得没错，陕北的解放军也就2万多

靠山

人，蒋介石把进攻陕北解放区的指挥权交给了他的爱将胡宗南，还任命他为西安绥靖公署主任。几乎与进攻山东解放区的国民党行动时间一样，3月13日，胡宗南就指挥部队向延安发起了进攻。毛泽东对周恩来、任弼时道："看来他老蒋对延安是势在必得呀，咱们不妨就先把延安暂时让给他，我们先到外面转一转。"

在还结着冰凌的延河边上，美国女记者斯特朗正在向毛泽东告别，此时的她还在为中共捏着一把汗。她还清楚地记得，几个月前在枣园的石凳上，毛泽东还跟她说过："蒋介石靠的是坦克飞机大炮，我们是小米加步枪，可我们后面还有一支谁也打不垮的队伍，那就是人民群众，他蒋介石是没有的！"听着远处隆隆的炮声，斯特朗终于说出了自己的担忧，毛泽东指着河面上的冰说："你看，河里的冰很快就完全融化了。再严寒的冬天，也很快会被春天替代的。也许两年后，我们就在北平见面了呢！"

毛泽东曾对彭德怀说："老蒋进攻延安是搬起石头砸自己的脚，记住，少则一年，多则两年，我们还要回来的，也许还更早一些！"在彭德怀和习仲勋的指挥下，西北解放军与胡宗南部激战6天，掩护中共中央等部顺利完成了转移。毛泽东和周恩来率中共中央机关和解放军总部是在黄昏中离开延安的，后在陕北清涧县枣林沟召开了中共中央政治局扩大会议，会上决定：毛泽东、周恩来、任弼时留在陕北；并成立中央工作委员会，刘少奇任书记，朱德为副书记。会议结束后，大家握手告别，刘少奇、朱德、董必武率领大家远赴河北平山县西北坡开展中央布置的土地改革等工作。

远在陕北黄土高原上的毛泽东时刻关注着山东的战况，他给暂时没有找到作战良机的陈、粟复电说："目前形势，敌方要急，我方并不要急……待敌前进或发生别的变化，然后相机歼击……"

国民党部队在发动重点进攻时吸取了上次教训，用的是稳扎稳打，密集靠拢，齐头并进的战法，只要华野出手，他们就像乌龟一样，马上缩回了脖子，华野竟一时没有得到战机。陈、粟遵照毛泽东谋略，向莱芜等地集结，蒋介石觉得共军已经疲于应付了，马上命令他的王牌军七十四师奔袭华野九纵。时机终于来了，陈毅对粟裕说："敌人这下终于露出破绽来了，打蛇打七寸，七十四师是老蒋的精锐之师，是他手里的一张王牌，敲掉他就等于给老蒋当头一大棒子。"七十四师师长张灵甫虽面相俊朗，温文儒雅，可杀气很重。在蒋介石众多的黄埔学生中，他算是出色的一个，深得蒋校长的喜爱。张灵甫原名张钟麟，1935年冬他枪杀了自己的妻子吴海兰，蒋介石迫于压力，最后才不得不把他投进了监狱，可是1937年8月，蒋介石借口抗战之际急需人才，把被判了10年刑的张钟麟从监狱里放了出来。为了掩人耳目，他特地把自己的名字改成了张灵甫。值得一提的是，张灵甫出狱没几个月，战功累累的红军指挥员黄克功，在延安因追求抗日军政大学女学员刘茵不成，把她枪杀在了延河边上。事件发生不到十天时间，陕甘宁边区政府高等法院就对黄克功处以死刑，并立即执行。在公审现场，老百姓感慨："毛主席真是挥泪斩'马谡'呀！"

　　1947年5月12日，华野指挥部在坦埠北一个小村庄的农户里召开了作战会议，院子里石榴树已经开满了耀眼的花朵，偶有鸡鸣声透过门窗传了进来。各纵队首长都摩拳擦掌，跃跃欲试。六纵司令员王必成更是喜不自禁，他和张灵甫曾多次交手，可都没取得让他满意的战果。王必成道："这次说什么也不能让这小子溜了。"陈毅操着浓郁的四川乡音说："这下你们各纵队可以亮一下子自己的家底了，可记住喽，都要瞪起眼来，关键时刻一定要上得去，千万不要当熊包！"

2

　　这时候，艾山区（艾山乡已改为艾山区）妇救会的会长李桂芳，正在东

靠山

波池村刘曰梅家给各村妇救会的会长开会，她说："男人大都上前方支前去了，很多事咱们妇女们都得扛起来，关键时候还得把自己当男人使唤自己。"李桂芳没进过学堂，只是在八路军组织的识字班里识过一些字。可她好学，头脑灵活，在野战医院时闲暇就学文化，医生护士还有伤员都成了她的老师，最后她竟慢慢当上了战地报纸的小通讯员。为了鼓舞老百姓支前，她还写了一首《清晨起来有九声》的打油诗。李桂芳道："俺前些日子鼓捣了几句顺口溜，现在说给姐妹们听一听。"说着，李桂芳打着手势高声道：

解放区里好光景，清晨起来有九声，喀啦喀啦的织布声，嗡咯嗡咯的纺线声，吱喂吱喂的小车声，呼噜呼噜的推磨声，吱咯吱咯的轧碾声，嗷哇嗷哇的耕地声，刚当刚当的锄地声，呱唧呱唧的说话声，仔细听一听，说来说去还是支前声。

这打油诗用了很多象声词，朗朗上口，又是平日老百姓的口头语，大家听了都很喜欢，一齐给她鼓掌。这个时候，东波池村的支部书记王纪明跑来了。王纪明还是乡里的联络员，随时往各村传递上级指示。他一进院子，就气喘吁吁地对桂芳讲："李会长，有个任务你得马上布置一下，天黑下来后，有队伍要从汶河上过。现在各村男劳力都上前线支前了，你们妇女负责在大崔家庄和万良庄中间搭一座桥。"末了王纪明还特别强调，"这是重要的军事行动，可马虎不得！"李桂芳问："队伍有多少人？"王纪明摇摇头说不知道。李桂芳白了他一眼："你这真是一问三不知，万一有马呀有重武器怎么办？走一半掉进河里谁负责？"王纪明笑笑："这都是秘密，上级不会告诉咱的，你们就抓紧想办法怎么搭桥吧。"王纪明说完，急着走了，嘴里还一边嘟囔着："让一帮女人搭桥，能行？"

李桂芳看看姐妹们，说道："你们看，这任务说来就来了！"万良庄妇救会的会长李凤英说："俺庄前的水得没了腰，咱一帮老娘们能搭起这桥来？"李桂芳说："刚才咱还说，男人都不在家，咱就得把自己当男人使唤呢。这桥怎么搭？"桂芳像是问别人，又像是问自己。桂芳这些年，生生死死都经历了，虽然有时也害怕，但从没打过退堂鼓，咬咬牙也就过去了。唯有这次上级交给的任务，她一时有些茫然。在河上架桥，可不像吹口气那么容易，何况还有千军万马从桥上穿过呢。李桂芳说话的时候，下意识四处看了看，目光一下子落在了刘曰梅家的门上，她脱口说道："对，咱们就用门板架桥！"东波池的妇救会会长马上明白了桂芳的意思，接着说："咱们一个个跳进水里，当桥墩！"红梅扑哧笑了，说："那么多大老爷们从上面走，还不把咱们压趴下了！"李桂芳板起脸说："那段河怎么也得有个五六十尺吧，大家抓紧回各村，一是多叫些姐妹，二是多摘些门板，平日里大家说说笑笑都好说，谁这次要是拖了后腿，可别怪俺李桂芳翻脸！"

太阳还在孟良崮的山顶上的时候，离孟良崮不远的汶河岸上的大崔家庄东头，就集合了众多的女人们，她们身边还放着大大小小的门板。桂芳见东波池的刘曰梅和塘子村的刘曰梅，还有李凤英、李红梅、王凤兰、崔乃芬这些骨干都来了。她数了数，正好32人。李凤英她们是从对岸过来的，身上的衣服已经湿了。李桂芳见东波池的曰梅皱着双眉，脸色蜡黄蜡黄的，就悄悄地问她怎么了，曰梅悄声说："俺来身上了，肚子疼得受不了！"桂芳看着她，问："能行？"曰梅打起精神道："千军万马的事大，俺这算啥？！"桂芳看看大家，自己先下了河。汶河的水深沉而平静，虽然春的暖意已经浓了，可水面上还透出一股股寒气。民间常说，春捂秋冻，春冻骨头秋冻肉。春日的河水格外地刺骨，桂芳只觉得一股凉气从脚底冲上全身，她在水里不禁打了个寒战。她用脚尖探着河床，在两岸来回走了好几次，最后选好了搭桥的位置。桂芳上岸后，让姐妹们站成两排，按照个子高低，力气大小排了。随后道："姐妹们，俺在河里用步子大体量了量，用八扇门板就能搭起桥来。现在是32个姐妹，正好4个人抬一扇。咱们先练习几遍，要是不够长，再抓紧去村里找人找门板。好，动手吧。"桂芳说完，凤英、凤兰、红梅、乃芬还有那两个曰梅就抬着门板率先下到了水里，其他女人也纷纷跟了上去。大家一边喊着真凉真凉，可很快就用各自柔软的肩膀，连成了一座桥。桂芳说："俺先试试。"说着在上面用力走着，还跳了几下。一边嘱咐大家："队伍上来的时候，不管人多少，有什么重武器，咱们也得咬紧牙关站稳了，把小时候在娘怀里吃奶的劲全用出来。肩再疼，水再凉，咬咬牙挺一挺就都过去了！"

此时，华东野战军九纵一部正向汶河快速赶来，出发前，九纵司令员许世友让他们必须在当夜12点前赶到集结点。周围一片寂静，偶尔有几声犬吠响过夜空。先头部队尖刀连已经到了河边，李桂芳迎上前来。曾在梁怀玉家养伤的张连长借着月色看了看两岸，顾不上多说什么，直截了当地问："老乡，怎么没有桥？"李桂芳喊道："姐妹们，搭桥！"还没等张连长反应过来，一群妇女抬着门板从墙角拥了出来，接着就像鸭子一样纷纷跳到了老河里。就像变戏法一样，一座人桥很快就出现在了官兵们面前。张连长见都是女人，急了，刚要说什么，桂芳扑通一声也跳到了水里，她把门板一角放在肩上，对张连长喊道："同志，快过桥吧！"张连长一时犹豫了："我们这是一个团的兵力呢，怎么能忍心从你们肩上穿过去？"桂芳道："同志，俺也当过八路军，军情就是命令，打仗就得抢时间，别啰唆了，快过吧！"张连长向她们敬了个礼，转身对通信员小王说："你告诉后边的同志，是妇女同志们用肩膀给我们搭的桥，是人桥，让大家走中间，脚步要轻放。"说完他一挥手，战士们就走上了门板。队伍像一条长龙一样在汶河上穿行着，脚步声像鼓点一样响着，河里的姐妹每个人承受的重量越来越大，她们的双腿就像一根根木桩子一样，在外力作用下，不断地向沙石深处陷去，最后沙石竟然没过了她们的膝盖，而且越往下越凉。李凤英和李红梅并肩在一头，红梅冻得牙齿直发颤，不时发出一阵"咯咯"声，凤英听得很清楚，她颤抖着嘴唇道："妹子，很快就好了，很快就好了，坚持住呀。"桂芳和东波池的曰梅在一头，曰梅这边不时低了下去，接着又很快抬高了。桂芳对着岸边喊道："同志们，先停一下。"接着又叫道，"姐妹们，注意了，换肩，向后转！"大家转身换过肩来，原本面向大崔庄的姐妹，此时都转向了万良庄。就像传达口令一样，前面的人快到河边的时候，都会向后面说一声："轻点踩，是人桥。"一声声向后传递着，走上桥的官兵们不断地说着谢谢。队伍即将过去的时候，门板明显地摇动起来，此时，走在队伍最后的团首长也已经过了桥，一位首长转过身道："妇女同志们，辛苦你们了，我代表全团官兵向你们表示感谢！"接着他又问前头的两个女人："同志，你两个叫什么名字？"一个说："俺叫李桂芳。"一个说："俺叫刘曰梅。"

队伍很快就走远了。

桂芳她们竟一时还保持着原来的动作，随后一阵水声，大家都卧在了水里。凤英见了，急忙说道："快上去，在水里泡长了毁了身子。"一些女人挣扎着站起身，抬着门板爬上岸来。红梅和东波池的曰梅几乎是被其他姐妹抬到岸上的。凤兰的娘家是小崔家庄的，她对桂芳说："来前俺娘说给咱们煮锅姜汤，快让大家伙到俺家喝几碗暖暖身子吧！"

第二天，区委委员董文斌表扬了李桂芳她们。刘曰梅悄悄对桂芳说："他脸上要是没那块红痣，长得不孬。"桂芳看了董文斌一眼说："俺不要，你要吧。"在12日夜晚搭起人桥的32个妇女中，最大的妇女45岁，最小的是南岩路的妇救会会长李红梅，才15岁。凤英、凤兰等一些妇女都已经结婚，桂芳和东波池村的曰梅、红梅等一些姐妹还是未婚姑娘。东波池的曰梅、凤英、红梅等人，都来了月经。在孟良崮战役的枪炮声中，她们有些人躺在病床上正发着高烧，后来还落下了严重的妇女病。凤英一生未育，她为八路抚养的孩子叫钢子，钢子送来的时候，也就几个月大，养到两岁后，钢子一口一个娘地叫着，叫得她心里比蜜还甜。钢子被他爸爸也就是彭科长领走后，凤英很久都没缓过神来，后来她过继了一个儿子。解放后，彭科长想把李凤英接到家里让她享享福，可凤英说不能给他们添麻烦，庄稼人有口吃的就很好了。

凤英卒于2002年，享年93岁。

凤兰落下了腰病，腰疼几乎陪伴了她一生。四十岁不到就直不起腰来了。后来县里征集革命文物，凤兰特地把当年架桥的门板献了出来。只是她已经老了，门板旧了也破损了。县里让她说说当年的事，她有些害羞，最后张开干瘪的嘴唇说："没啥好说的，当年俺才22岁，身子有力气，扑通就跳进河里了……"

东波池的妇救会会长刘曰梅，这年22岁，自高烧过后，本来身体很好的曰梅从此病恹恹的，出嫁那天，桂芳特地来送她，曰梅握着桂芳的手，苍白的脸虽挂着笑意，可眼里却包着泪水。她问桂芳："你说俺这身体还能好吗？过去俺一袋子粮食也能扛在肩上。"桂芳安慰她："往后咱们解放了，日子好了，你身体肯定会好起来的。"曰梅点点头说："咱们年龄一般大，又是好姐妹，记着来看俺。"

在东波池人的印象中，曰梅出嫁后，就很少来娘家了，后来就再没见她，解放后桂芳去看过她几次，原来曰梅已经走不动了。她哭着说："俺这还不到30岁呢，往后可咋办？要是俺走了，俺儿可就成了没娘的孩子了。"

曰梅还是走了，没活过30岁。

桂芳解放后当上了沂南县的妇联主席。一个冬日，她的办公室来了一位乡下妇女，穿着破旧的衣服，头上扎着红头巾。一进门她有些激动，嗫嚅着叫了声"桂芳姐"，随后马上改口道："李主席。"桂芳问她是谁，她红着脸道："俺是李红梅呀，咱们一个村的。"桂芳一下子睁大了眼睛："你是红梅？！"说着桂芳一把握住红梅的手，让她坐在椅子上。红梅显得很局促，身体前倾着，一双粗糙的手不知放在什么地方好。桂芳给她倒了一杯热水，又握紧了她的手道："妹子，你这是怎么了？还不好意思？咱们可是姐妹呀！"红梅笑笑说："你现在是领导了嘛！"桂芳道："啥领导？咱们多少年都是好姐妹。快说说，你结婚走了后，咱们就再没见过面，日子过得怎么样？"红梅听了，眼圈一红，泪水涌了出来："桂芳姐，妇联是管妇女的，你得给俺做主。自从那年咱们搭了桥后，俺就落下了病，一直不能生，腿盖（膝盖）整天疼，也干不了重活。俺婆婆和俺男人就整天打俺，开始俺忍着，可现在俺忍不了了。"桂芳听了，心疼得直落泪："妹子，你这才多大呀，还不到30岁，怎么就被磕打得这样了。你怎么不来找姐姐？姐姐给你做这个主，再说你也是为革命出过力的人呀！"红梅听了，显得很不好意思："姐，搭个桥支支前什么的就算为革命出力啦？这点小事算啥？为这个找上级还不够俺丢脸的。"

桂芳一时沉默了，她从口袋里摸出一些钱给红梅，红梅坚决不要，桂芳硬塞到她口袋里，一边说："还拿我当不当姐姐？当年是我带着你革命的，姐姐不能不管你，有什么难事别憋在心里，都告诉姐姐。"红梅一下子抱住桂芳，叫了声姐姐。当天，桂芳就骑着自行车带着红梅来到了她家。李桂芳在当地是响当当的人物，红梅的婆婆和丈夫没想到红梅后面还有这么一个大人物，一时都慌了神。李桂芳朝他们吼道："我妹子当年也是参加过革命的，你们再动她一指头，就一个个把你们送到局子里去，弄不好还得枪毙！"红梅的丈夫连声道："俺再不敢了，再不敢了。"红梅的婆婆抹抹眼泪说："领导啊，俺儿子娶了个媳妇，总得给俺家生个一儿半女吧，可自从她进了这个家门，身子一直没个动静，你说俺能不着急？"

后来，桂芳带着红梅去找过很多医生，红梅的关节疼好了许多，可一直没能有孩子……

六　谁说女子不如男

1

　　滨海区竹庭县城头区（今江苏赣榆县城头镇）董青墩村的董力生听说要打孟良崮了，村里要出两副担架，立刻就去找村长报名。竹庭县原叫赣榆，1945年11月，为纪念烈士符竹庭，更名为竹庭县。董力生一路到了村长家，村长听了很痛快，他道："按说是不让女人去的，可你这身板一个大男人也顶不上，去吧，抓紧回家收拾收拾，这就要出发了。"董力生笑笑，甩开两张大脚片子走了。回到家里，娘听说她要去抬担架，立马急了眼："大妮子，你再能干也是个女的，怎么非得要能上天？"董力生说："去支前不分男女！打小鬼子据点的时候，俺又不是没去抬过！"说完就一溜风地走了。

　　村里董大明、董洪强、董高兴见董力生也去，都急了。董大明说："村长这不是胡闹腾吗？"村长老远听到了，眼一瞪道："就是你仨捆在一起也不如她一个。"几个人翻翻白眼，什么都不说了。到了区里，区长道："这次可是要和老蒋好好干一场，谁也马虎不得，我看看你们这些庄都派了些啥人？要不到县里集合的时候咱们区可交代不过去。"区长一个个看着，还不时用力拍拍对方的肩膀，点着头，不时说："行，身子够结实的。"拍来拍去，就转到了董力生这边："咋，这又不是去当兵，你怎么还要来送一送？快回去吧，一会就得往县上赶了！"村里那几个抬担架的就笑。董力生大辫子一甩说："区长，你搞错了，俺不是送人的，俺也是到前线抬担架的。"区长当时就黑下脸来："什么？抬担架是女人干的活吗？你就在家好好缝军鞋，磨军粮吧，这也是支前！"董大明说："区长，她是俺们庄里的董力生，前些年还是滨海区的劳动英雄呢！"区长是外地人，刚到这区的，他看看董力生，口气好了许多："你就是董力生呀？过去我听说过你的名字。你也看到了，这抬担架，都一色的爷们，去了你一个女的，路上住宿啥的都不好安排。"董力生大咧咧地说："这有什么的，俺又不是金枝玉叶，也不是王母娘娘，还得大家伙供着，俺什么苦都能吃。"董高兴急忙说："区长，你别看她是女的，身子壮实着呢，一车就能推个500斤。"区长还有些为难，一面嘟哝着又去拍别人了。董力生担心区长还坚持，就独自一口气跑到了前面路口等着担架队，等队伍上来了，区长见她站在路边等着，不禁笑了："你真不愧是劳动英雄，可真有你的，我同意了！"董力生一下子放心了，这才松了一口气。这次竹庭县支前民工5000多个，就董力生一个女的。县长对区长说："董力生同志能干是能干，可她是个女的，你们一路上可要照顾好她！"

担架队一路前行，傍黑住进了大朱笃还有几个小村，村里的女人见了董力生，都指指点点地笑："咋还有个大闺女抬担架？可真稀罕。这来来往往的，没有两膀子好力气怎么能行？"董大力见了、听了，也不吭声，心里想：这回俺一定立下大功劳给你们看看，谁说女子不如男？几千号人，每家每户都住满了，就董力生一个女的，一时不好安排。董力生又不能拉下脸来和男人挤在一块，她四下里看看，见院子里有个猪圈，里面也没有猪，就说："俺在这里凑合一晚上。"区长急了："这可不行，这样让我们一帮大老爷们脸往哪里放？"董力生道："这算啥？俺还住过狗窝呢。"说着，她抱了些干草铺在地上，倒头就躺在了上面。第二天，担架队刚出发时间不长，遇上了国民党的飞机，大家都有些惊慌，怔怔地看着空中，飞机眼看要飞过去了，有的说，没事了。谁知，飞机调转头突然向人群俯冲而来，接着打出了密集的子弹，还扔下了几颗炸弹。大家惊叫着四处

靠山

乱跑，董力生一头就趴在了地上，一面大喊道："不要暴露目标，快趴下，趴下就打不着了。"大家听了，就势趴在了地上。董大明还跳着脚在地上乱蹦，子弹一直追着他打。董力生忽地站起身来，弓着腰跑了几步，一下子把董大明扑倒在地上。她气呼呼地说："枪打出头鸟，你还站着乱蹦跶啥？"飞机飞远了，大家这才站起身来，董大明还一动不动地趴在那里，双手都插进了土堆里。董力生说："该趴的时候你不趴，这会你倒是趴得实在了。"大家听了，都哈哈笑，笑过后都说董力生真不简单，要不是她让大家趴下，得让老蒋的飞机扫倒几个。区长从远处跑了过来，对董力生连连伸着大拇指说："这次幸亏你了，关键时刻你们这几个老爷们不如一个女的。"区长看了董大明一眼说："你这担架二小队的队长不要当了，让董力生当吧！"董大明不好意思地笑了笑："行，她就是一个花木兰，俺们都听她领导！"董力生说："咱们担架都是白色的，还有一些人也都穿着白布褂子，这样太显眼，飞机一下子就瞅见咱们了。"区长觉得有理，问怎么办？董力生说道："咱们用草灰把担架和白褂都染成灰色的就行了。"区长说这主意好，他马上报告上级，把全团的担架都染了。董大明有点不乐意，说："好好的褂子染了多可惜。"董力生说："八路军为咱们打仗，与他们相比，咱们这件白褂子算什么？伤员本来就受了伤，要是因为这暴露了目标，再受二次伤，咱们能对得起同志们？！"

2

董力生这年24岁，方脸，宽肩膀，粗壮的胳膊，还有一双厚实的大脚。过去，董力生没有名字的时候，大家都喊她董大姐，小的喊，比她大的人也喊，董大姐一时成了她的名号。董力生出名是因为她能干，十里八乡也都知道董青墩村有个董大姐。过去，董力生家三天两日揭不开锅，全家6口人只有三亩薄地，一年忙到头也填不饱肚子，董力生六七岁就跟着大人下地，重的干不了就干轻的。1935年，遇上了春荒，锅灶一下子凉了。董力生的娘董王氏说："到东家借点粮吧。"董力生的父亲董玉文道："东家的粮有那么好吃的？光这利滚利就得把咱们压死了，借粮不如减口。"董王氏一听，有些疑惑："咋叫减口？"董玉文说："让个孩子到青岛找她哥去，家里少一口人就少一张嘴。"董王氏一听眼眶就红了："咱这小儿才几岁，你还能让丫头们去？"董玉文嗯了一声低下了头。董力生看看两个姐姐，姐姐都低着头不敢吭声。董力生说："俺姐姐她们都是小脚，平日见了人说话都脸红，还是俺去！"董力生从小就泼辣，男孩爬树都没有她爬的高，小时候娘给她裹脚，她撕下来就把布扔了。听她这么说，董王氏点点头："姊妹几个，就你嗓门大，能应付点事。"

就这样，董力生来到了青岛，找到哥哥的住处，哥哥打开门一看，见是妹妹，急了："三妹，你这么小来青岛能干啥呀？"董力生看看哥哥："别人能挣口饭，俺也饿不死，俺出来了，家里日子还好过点。"哥哥一听，摸摸董力生的头说："三妹，都怪哥哥无能，真难为你了。"没几天，哥哥就托人给董力生在日本大康纱厂找了份童工，董力生没有想到，童工的活比种地轻松不了多少，每天在车间里都不低于十二个小时。有一次她站在那里竟然睡着了，忽然觉得身上一阵疼痛，原来是被一个粗壮的日本人用鞭子抽的，胳膊和后背上顿时泛起一道道血印。董力生哥哥见了，一把抱住她哭了，董力生道："哥，把眼泪憋回去！"

后来，青岛地下党组织号召工人罢工，董力生也参加了，还站在队伍前面，领头的说："小妹妹，你还小，前面危险，到里面站着。"董力生很执拗，不仅站在前面，还大着嗓门喊口号。董力生很快就成了积极分子，还时常给青岛地下党送信送情报，不久，大康纱厂大罢工，日本人不得不停产，军警四处抓人，车间的那个大姐又找到了董力生，对她说："小妹妹，你也被盯上了，青岛不能待了，你还是回老家吧。"1937年的

靠山

冬天，董力生回到了家乡，董玉文问她缘由，女儿就讲了。董玉文跺着脚道："你呀你呀，让你出去找口饭吃，你造什么反呀？！"董力生一撸袖子，指着胳膊上的伤疤道："俺也想安安稳稳的，可安安稳稳行吗？"董玉文见了，叹了口气道："你弟弟有病没钱治死了，你又回来了，这老天怎么就不给咱穷人一条活路呢？"

董玉文常年痨病，出不了大力，董力生觉得自己该撑起这个家了。她对娘说："俺跟着庄里的男人去兴庄盐坨挑盐吧，这样也能换几个钱。"娘一听急了，说："男人干男人的活，女人走女人的道，这样的活你干不了。"董力生说："干不了也得干，要不全家就饿死！"赣榆靠海，可离董青墩村也有四五十里的路程，天还不亮，董力生就跟着董大明他们出发了。到了海边兴庄，就看到了一堆堆的盐坨。董大明对董力生说："你第一次来，还不知章程，咱们先吃口饭再挑，要不走不多远就饿了，还耽误赶路。"大家吃了干粮，又说了会儿话，就开始挑盐，董大明他们挑一百多斤眼都不眨，董力生开始装得也跟他们一样，可挑了几次也没挑起来，只得又倒出来一半。这样来来往往一天下来，董力生才赚了5斤粮，而董大明他们都得了50多斤。董大明说："你真不行，明天就别来了。"董力生摸摸肿疼的肩膀说："俺要不来，这点粮也挣不着。"第二天，董力生又站在了董大明家门前。一年工夫，董力生练出了一副铁肩膀，也有了一身的好力气，一百多斤的担子上了肩，她腰不弯背不驼气也不喘，推起五百多斤的车子比有些男人走得还稳还快。董力生这样能干，董家的日子就有了明显好转。村里人见董力生这样能干，也有翻白眼讲闲话的，说她一双大脚像蒲扇，往后谁敢娶她？董力生听了也不言语，该干什么还干什么。

1939年，日军占领了赣榆，有一天晚上，村长领着一个陌生人来到董家，村长介绍说："这位是张同志。"张同志握了握董力生的手说："董大姐，自从日军来到咱们这里以后，无恶不作，你们这些挑盐出大力的，还得看他们的眼色行事。"董力生道："不是咋的，昨天俺还让小鬼子打了一枪托子呢！"张同志说："这么多贩盐的，就你一个女的，要是你发现鬼子有什么动静，随时告诉我们一下。"董力生点点头："这没说的，有什么事你们尽管让俺干，俺在青岛的时候，还为地下党送过信呢。"张同志一听高兴了："那太好了，这里有封信，明天到了盐场后，会有人去找你。暗号是那人问这盐你一天送几趟，你说5趟。"

　　刚刚转过年来，八路军就在赣榆开辟了根据地，董青墩村也时常有男男女女的八路军过来，女八路到的当天，就教村里的妇女识字，可叫这个不来叫那个不来，都说妇女识字没有用，最后只有董力生来了，董力生对女八路说，俺去叫她们，一会儿工夫，董力生就叫来了杏花、槐花还有一些妇女。上级接着号召减租减息，董力生就挨家挨户宣传，最后组织了一群男男女女。到村里地主刘大富家让他减租减息，刘大富开始嘴很硬，董力生说："你要是不答应，俺们这一大群人就住在你家不走了。"双方对峙到半夜，刘大富这才松了口。

　　没几天，县里来了一个女的，叫王新宇，王新宇是诸城人，是1938年参加的八路军，后来到了赣榆，担任县妇救会会长。王新宇比董力生大两岁，一见面就说："我比你大，本应该你叫我大姐的，可听说人家都喊你董大姐，我也叫你董大姐吧。"王新宇拉着董力生的手接着说，"咱们虽然靠着盐区，可现在老百姓吃盐却很困难，如今盐区咱们基本控制了，可大多数人还不敢贩盐，你得多发动人去贩盐，再就是号召更多的妇女搞生产，这些年，你们家靠你过上了好日子，我听说你两个姐姐的嫁妆都是你给置办的，事实证明，妇女不是男人的附属品，完全可以靠自己养活自己。咱们赣榆县的妇女要是都像你一样，那才算是妇女解放了。"董力生一听笑了："俺就这么重要？"王新宇点点头："对，你再把贩盐这个头挑起来。对了，往后为了开展工作，你得有个名字了，总不能董大姐董大姐的吧？咱们抗日也好，发展生产也好，都得自力更生，我看你就叫董力生吧。"董力生听了，说："这名字可真好，你可真有学问。"王新宇说："我家也在农村，后来出来念了几年书，又参加了革命，没文化可不行。"王新宇走后，董力生就到各村去发动了很多人贩盐，赣榆县的老百姓和八路军很快都吃上了食盐。董力生不仅是识字班的班长，还被选为妇救会、农会的会长，过去被村里人嘲笑的"假大妮子"，一下子成了香饽饽，媒人也上门为她提亲了，再也不说她的脚像蒲扇了。董力生道："等俺把二姐嫁出去俺再找婆家！"村里一些妇女，也跟在董力生后面劳动生产了。1943年秋天，董力生参加了滨海区的劳模表彰大会，胸前戴上了红花，区里还奖给她一头小毛驴。一天，王新宇告诉她，说萧华主任要见见她。一听山东军区的政治部主任要见自己，董力生又高兴，又有点紧张，她说："俺就干了这么点小事，怎么还惊动首长啦？"王新宇笑道："你是发展生产的模范，首长能不重视你？"

见面那天萧华看到董力生，老远就伸出了手，他握着董力生的手道："董大姐，果然名不虚传，你这双手很有力气，是一双劳动的大手。"萧主任打量她一眼，接着说，"听说你能挑一百多斤重的担子，能推五百多斤沉的车子，还像男人一样在地里风风火火地搞生产，我这个大男人可也甘拜下风呀！"董力生说："首长，毛主席号召大生产，俺们妇女也能顶个半边天！往后俺们要多打粮食，支援咱们八路军。"萧华很高兴："你是咱们滨海区难得一见的女劳动英雄！"

回到村里不久，区里就让董青墩选新村长，为了充分发扬民主，董青墩也是投豆选举，因为董力生身后碗里的豆子最多，被选上了村长。董力生没忘记自己在萧主任面前表态的话，她也想开荒搞生产，可董青墩没有河淤，没有山坡，到哪里去开荒呢？董力生四下里转了转，转到老村前的那片乱坟岗。她算了算，这片乱坟岗开出来也得有个几十亩。可动乱坟岗不是小事，董力生先去找几个有威望的老人征求意见，老人一听，气得白胡子都翘起来了，有的说："三妮子，你这是忘了祖宗呀！"董力生道："咱们不是动坟头，是把坟子周围的地开出来。"这些老人还是不同意。董力生转头先去做农救会、识字班的工作，说八路军来了咱们才过上了好日子，现在上级号召搞生产，开荒地，要是咱们把乱坟岗开出来，一季就能多收几千斤粮食，咱们各家各户多了进项，还支援了八路军。大家听了很有道理，就分头给自家人做工作，后来大家就都同意了。董力生趁热打铁，一下子发动了几十号青年妇女。她们到了乱坟岗后，在每个坟头先烧了纸钱，又培上土，这才开始动手，一边的老人见了，也都满意。到了秋季，新开出的地丰收了，家家户户都得到了好处，上交的公粮比往年都多得多。王新宇专门介绍董力生加入了中国共产党。

3

担架队在去沂蒙山的路上，董力生小队就向各队发出了挑战书，挑战书上写道："一是坚决完成任务，二是坚决不开小差，三是在房东家住下后，要帮他们干活，四是照顾好伤员。"孟良崮的战斗还没打响，上级说先在村里住下来待命，男人都去支前了，董力生见一些军属家的地没耕，就动员大家下地帮忙。她和董大明先帮着房东起了猪圈的粪，又一人一辆车把粪往地里推。村里的女人见董力生像男人一样推了满满两篓子粪，走起路来还这么稳，一下子轰动了全村。大家都站在大街小巷看光景。董力生一边推一边说："姐妹们，现在妇女都解放了，你们也能和俺一样。解放军在前方打仗，咱们在后方就得好好生产。"村里的识字班听了，也站不住了，都回家拿起镢头跟着董力生下了地。没几天，担架队帮着村里很快就完成了春耕。

董力生是个闲不下来的人，没事干就浑身发酸。她和大家商量，每个人拿出些菜金来，做点小生意。董大明知道董力生在这方面的能力，就积极支持。董力生把小队成员分成三组，一组拾柴，二组贩粮，三组炸油条做豆腐。其他小组开始还聚在一起抽烟，侃大山，掰手腕，见董力生的人满大街地吆喝卖豆腐，都坐不住了，也打起了做买卖的小算盘。十几天下来，董力生他们赚了好几万，每人分了一些，还改善了伙食，余下一大部分，董力生说这个不能动，咱们买些白糖、鸡蛋、香烟、米面将来慰劳伤员。区长见了，很高兴："你们支前还不忘生产，真是一举好几得了。"

　　5月14日夜晚，许世友的九纵和陶勇的四纵还有兄弟纵队，就向张灵甫的七十四师发起了猛烈的攻击，随着莒县籍小号手李全吹响的冲锋号，孟良崮战役正式打响了，国民党七十四师终于被围在了孟良崮。担架队闻风而动，冒着雨出发了，沂蒙山山连着山，一层层的没有尽头，大家又是摸黑前行，这些习惯了走平路的人，走在狭窄的山路上，都有些战战兢兢。越往前枪炮声越大，脚下的石头都剧烈地抖动着。天亮时他们终于到了山下，敌人火力太猛，担架抬不上去，董力生说："把担架藏到麦地里，咱们到火线上去背伤员。"五月的小麦，几乎已经到了膝盖，大家觉得这办法好，都把担架放了进去，接着就往阵地上爬。董力生见董大明有点害怕，告诉他："你跟在俺后面。"董力生刚跳进一个掩体，就听有人喊："连长，连长，你醒醒！"董力生赶过去一看，那个被喊连长的人，躺在地上一动也不动，胸口冒着血，腿部也受了伤。这时卫生员赶了过来给他包扎，一边说："虽没伤着要害，可也很严重，得马上送到后方医院去。"董大明说："俺来！"董力生道："还是俺背吧。"刚走出不远，一颗炮弹在不远处爆炸了，巨大的气浪把董力生推倒在地上。董大明急了，大声喊着，董力生慢慢睁开眼，说："你叫唤啥？快把伤员背下去。"董大明这才醒过来，背起连长就跑。董力生坐在那里好一会才站起身来。

担架队抬着伤员往山里走的时候，国民党的飞机还在追着轰炸，董力生他们抬着伤员有时隐蔽在树林里，有时趴在麦地里。董力生说："大家伙都记住，人在伤员在，遇上危险咱们就趴在伤员身上。"飞机像苍蝇一样，说不定什么时候就来了，担架队走走停停的，一上午也没走多远。孟良崮在沂南最西面，后方医院在孟良崮以东很远的地方，中间要过汶河、沂河，还要翻过数座山，抬着伤员爬山是最累的，个子矮的通常在前。为了保持担架平衡，有时也得跪着抬。在村里待命的时候，董力生给每个人都缝了护膝套，里面垫着厚厚的棉絮，可爬过一个陡峭的山崖，护膝套还是磨破了，膝盖上的皮都磨烂了，血淋淋的。这些人直到晚年，他们的双膝上还留着清晰的疤痕。董力生一米六多的个子，董大明身高和他差不多，每次董力生都抢着抬前杠，后来董大明急了，说："俺一个大男人，你顾俺点面子好不好？"董力生说："好，过下一个山的时候你在前。"

担架上的连长终于醒过来了，说："咱们这是上哪去？"董力生高兴道："同志，一路上俺喂了你好几遍水，谢天谢地，你可总算醒过来了。俺们这是把你往后方医院送。"连长抬起头看看，看到了董力生，就道："同志，你是个女的呀？"随后就有点生气了。他接着说："怎么能让一个女同志抬担架呢？！是他们逼着你来的？"还没等董力生回话，董大明抢着说："连长同志，区长不让她来，是她争着来的！"连长自言自语道："原来这样，一个女同志可真不简单！"

山坡很高，连长不忍心，要下来自己爬上去，董力生急忙拦住："同志，你为老百姓受了这么重的伤，俺怎么能忍心让你爬呢？！你可千万别这么想！"连长见董力生赤着双脚，哽咽着说："大妹子，你怎么还赤着个脚？"董力生笑道："让老蒋的飞机撵得跑掉了。"连长就动了动身子，把自己的鞋子脱了下来，说："我看你的脚大小和我的差不多，快把我的鞋子穿上。"董力生说："这可不行。"连长急了，说："你要不穿我就从担架上滚下去。"说着话，进了一个村庄，村里的妇女一下子围了上来，有的手里提着罐子和碗,嘴里说:"同志们快喝口热乎水。"有的往伤员口袋里塞鸡蛋。一个老大娘攥着伤员的手,抹着眼泪说:"孩子,疼吧?你可要挺住,到时候医生给你修理修理就好了!"一个小媳妇背上背着十几双鞋,手里还拿着几根秫秸,上来就掀开连长身上的被子用秫秸给他量脚,接着从背上拿下两双鞋,说:"同志,这两双鞋合你的脚。说完,亲手给连长穿上了新鞋。"小媳妇一抬头看到了董力生,不禁一愣:"女人也能抬担架?"董力生听了一阵笑。小媳妇见董力生赤着脚,急忙道:"俺背上这些鞋子都是给男人穿的,俺也是大脚片子,您穿俺的。"说着弯下腰脱自己的鞋子。董力生见她的鞋子,做工很细,鞋脸上还绣着花,一看就是出自巧媳妇的手。董力生一把拽住她,连忙说:"不行不行。"小媳妇道:"你一个女的都到前线抢救伤员,俺这双鞋算什么?!"小媳妇很泼辣,搬起董力生的脚就给她穿上了。末了,她又跑到了别的担架旁,继续拿着秫秸量伤员的脚。一个妇女对董力生说:"她刚嫁到俺村没几天,这双鞋是她出门子(出嫁)时候给自己做的,你看她的手多巧!"

等董力生他们再返回战场时,孟良崮战役已经结束。蒋介石引以为豪的王牌军七十四师,不仅灰飞烟灭,还另外搭上了一个团。加上被俘的,敌方伤亡计3万余人。华野这次伤亡的人数超过莱芜等战役,有一万余人。双方伤亡对比为3∶1。一直备受蒋介石垂爱的七十四师师长张灵甫被俘。孟良崮战役,尽管华野也付出了很大的代价,可意义巨大。国民党损失的不仅仅是兵力,在士气上也受到了重挫。

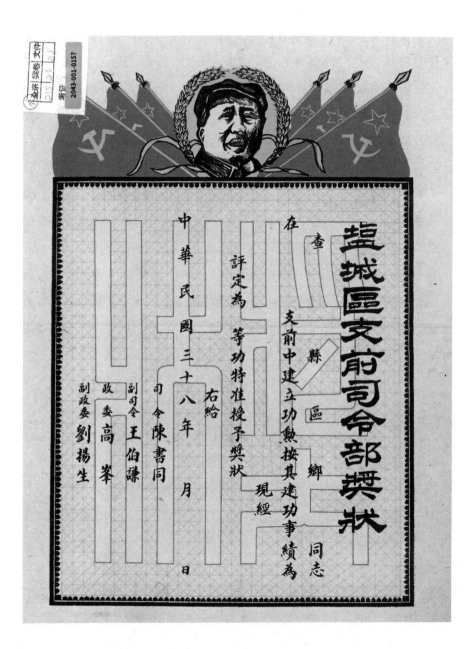

盐城區支前司令部獎狀

查

在　　縣　　區　　鄉　　　　同志

支前中建立功勳按其建功事績為

現經

評定為　等功特准授予獎狀

右給

中華民國三十八年　　月　　日

司令陳書同

副司令王伯謙

政委高峯

副政委劉揚生

第六章
支前！支前！

一　小竹棍三尺三

1

到1947年的6月，中共和国民党在各大战场上的较量已经基本满一年了。这时，解放军兵力已经到了190万人，国民党损兵112万，正规部队骤降到150万。蒋介石怎么也没有想到，国民党的进攻是以每个月平均损兵8个旅为代价进行的。就在刚刚，国民党参谋总长陈诚向蒋总裁报告了国军伤亡的情况，蒋介石阴沉着脸道："辞修（陈诚字辞修），我记得去年10月17日，你曾在中外记者会上宣称：三个月至五个月内就解决共产党解放区的问题！我记得没错吧？"陈诚急忙回道："校长记得没错，我让校长失望了。"蒋介石摆摆手："这不能怪你，今日之共军已经兵强马壮，愈加猖狂了，你我都应该好好反思一下了。"

时隔不久，8月7日，蒋介石乘"美龄号"专机特地到了延安，他要让人们知道，特别是让美国人看看，尽管国民党失利了，可我们一举拿下了中共的首脑驻地延安。这天，延安城里的风沙很大，蒋介石没受丝毫干扰。他一身戎装，挺着腰杆，戴着白手套，以胜利者的姿态，面带着适度的微笑，向欢迎的人群频频挥手致意。之后，蒋介石提出要到毛泽东的住处看看，胡宗南等众将领又陪着总裁来到了毛泽东的住处枣园。蒋介石吃惊地看到，这位与自己斗争了多年的中共领袖，竟然就住在一孔破旧的窑洞里，门窗陈旧不堪，里面的墙体也斑斑驳驳的。靠墙放着一张粗糙的榆木床。蒋介石走到窗前的桌子旁，低头看了看，这张在老百姓家里随处可见的桌子，上面布满了大大小小的坑点和污渍。蒋介石不禁说道："他毛泽东竟是在这样的简陋环境里指挥千军万马的，在这样的破桌子上写文章的。"一边的胡宗南笑笑说："这些共匪头子就差茹毛饮血了。"蒋介石冷冷看了胡宗南一眼，走出了窑洞。他在窑洞前站了许久，一言未发。胡宗南指着另外几处窑洞道："校长，那是周恩来、朱德和刘少奇他们住的窑洞，还进去吗？"蒋介石没有说话，只是哼了一声，就阴沉着脸走开了！

在边区延安外交宾馆，蒋介石特召集了一场高级军官会议，他一扫白天在城里行走的威风，板着脸扫视着胡宗南他们说："诸位，昨天我看了毛泽东的窑洞后，既吃惊又感慨，你们在座的哪一位的住所不是富丽堂皇的？可你们哪一个取得了骄人的战绩了？你们看着毛泽东的窑洞，相比之下不感到汗颜吗？不感到对不起党国吗？"胡宗南他们没想到校长会口出此言，都马上摆出了一副惭愧的样子。蒋介石咳嗽一声，又话锋一转道："陕北是共匪首脑之所在，自然也是国军的主战场。你们一定要打起百倍的精神来，精诚团结，一致对敌，让毛泽东、周恩来插翅难飞。对他们这些首脑人物，如不肃清，就会后患无穷。我本来曾打算7月底彻底消灭他们，可鉴于形势发展，给你们再延长一个月的时间，8月底定当肃清。"胡宗南起身立即表态道："请校长放心，我们定当齐心协力，按时完成校长布置的肃清任务，到时候您再亲临延安视察。"蒋介石唔了一声，说："寿山哪（胡宗南字寿山），你是黄埔一期，外面都传言说你是'天子门生第一人'，你可要拿出百倍的精神来呀！待你们完成肃清任务之日，我当然还会来的。届时，我会慰劳诸位的。"胡宗南啪一个立正，大声喊道："绝不辜负校长对寿山的一片厚望。"

几乎在蒋介石延安之行的同时，在河北平山县西柏坡，中共另一位重要负责人刘少奇，正主持召开着一场与中国广大农民利益紧密相关的重要会议——全国土地会议。就在刘少奇、朱德等人东渡黄河，赶往晋察冀路上的时候，为了更广泛地了解农民对土地的愿望和想法，以及土地改革面临的一些问题，他们专门在晋绥停留了数日进行了深入调查。即将离开晋绥时，刘少奇于4月27日专门给晋绥的领导写了一封信，信中他说："没有一个有系统的普遍的彻底的群众运动，是不能普遍彻底解决土地问题的……目前你们的任务，就是要有计划地去组织这样一个群众运动并正确地把这个运动领导到底……"

时隔不久，1947年10月10日，中共正式颁布了《中国土地法大纲》。蒋介石听到这一消息后，把自己关在房间里很久都没有出来。在这之前，解放区就已经有2/3的农民有了土地，而这之后，解放区更广大的人民群众得到了实惠。中共在与国民党集团的交锋中，即使是在最困难的时候，也一刻没有忘记中国农民的利益。

1948年的初春，晋察冀军区司令员聂荣臻带着众人，在阜平县城南庄的村口，正等候着从陕北远道而来的毛泽东、周恩来一行。城南庄在阜平县城以南，军区的指挥机关就驻扎于此。春风已经染绿了城南庄的杨柳，远远看去，一派生机勃勃的景象。巧合的是，在这个春天，同样在山东渤海区阳信县（现为山东省滨州市阳信县）城南名为张家集的村里，一位叫杨永福的年轻人，在张元林大爷家中的炕头上，挥毫写下了这样一首诗：

> 东头步到西头，
> 犹似走遍五洲。
> 马列主义在手，
> 细水变成洪流。

杨永福是土改工作队的成员，旁边的几个工作队员听了这首诗后，都说写出了每个人的心里话。杨永福笑笑说道："我这是看了土地改革给农民带来的新气象才有感而发的。"杨永福刚来的时候，张大娘开始都喊他杨同志，后来熟了，就开始叫小杨了。张大娘这时一边烧水，一边问杨永福："俺就不明白了，上级不是号召打倒地主吗？现今咋还给他们留着土地呢？应该都给他们分了！前村打死了一个地主，还把咱们自己的同志给处理了，这怎么不分好坏了呢？俺真是不理解。"杨永福道："大娘，咱们共产党号召打倒地主阶级，可目的不是赶尽杀绝他们，是打掉他们的剥削能力，不是打死他们，对一般地主可不能像对待那些民愤极大的恶霸地主一样，打打杀杀的。咱们农民吃上饭了，也不能让地主吃不上饭吧？也得给他们生活的出路呀！还有那些中农，他们不是地主，咱们就更不能欺负他们了。过去咱们有些地方走得有点偏，中央都已经严厉制止了。"张大娘点点头："你这一说俺也觉得有道理，这是在改造他们。你还没来的时候，俺家一下子就分了好几亩地，把你大爷高兴得梦里都笑醒了好几回呢，这下咱老百姓可算是真正地翻身了。说千道万，还是咱们共产党想得周到呀，要是蒋介石这样对老百姓好，咱还能打他吗！你们哪天见了毛主席，替俺庄稼人好好谢谢他。你可别忘了。"工作队的人都笑了，杨永福道："大娘，我忘不了，您还有什么需求，到时候告诉我！"

　　张大娘没有想到，坐在他面前的这位清瘦的年轻人，就是毛泽东的儿子毛岸英。为了让土地改革在全国解放区深入进行，西柏坡全国土地工作会议一结束，解放区的领导机关就向广大农村派出了土地改革工作队。土地改革像春潮一样，席卷了解放区的每一寸土地。犹如任何一场革命一样，在发展中总会或多或少地出现一些偏差，工作队的任务一是把这场土地运动往更深处推动，二是纠正偏差，也就是人们常挂在嘴边的"左"的偏向。

比如像晋察冀平山县下盘松村戎冠秀家被提高了"成分"的事，很快就得到了解决。毛岸英是在1947年的寒冬随着中央土改工作团来到山东的。

也同样在这一年的春天，美国记者韩丁作为观察员，随着工作队来到了山西潞城县张庄。这个季节的巍峨太行，同样也沐浴在一片春光里，韩丁一下子被张庄翻身农民的土地革命热情包裹了。他以美国人的严谨和挑剔的目光，把亲眼所见都一一记录了下来。他的朋友白夜后来说：

> 他同农民一起吃饭，一起学习，一起劳动，身上沾满了泥巴，心中转变了感情。许多农民成了他的知心朋友，在他的耳根说悄悄话，把各种秘密，严肃和荒唐的，都毫无保留地交给了他……那时候，他一个人背着二十斤重的材料，徒步翻过太行山，东下华北平原。蒋介石的飞机来轰炸了，他就伏在材料上，仿佛母亲保护自己的婴儿一样。这些材料被韩丁带到美国后，又被官方查禁了。他为此打了好几年的官司，最后才把材料要了回来。

韩丁听到的一些荒唐事，就有土改发生偏差的事，在张庄他看到了中国共产党的干部有着敢于正视和改正自己错误的勇气。后来，他写下了《翻身：中国一个村庄的革命纪实》。为了方便外国读者对"翻身"一词的理解，这位美国记者专门对"翻身"一词做了注解："每一次革命都创造一些新的词汇，其中一个重要的词语就是'翻身'。它的字面意思就是'躺着反过来'。对中国几亿无地和少地的农民来说，这意味着站起来，打碎地主的枷锁，获得土地、牲畜、农具和房屋。但它的意义远不止于此。它意味着破除迷信，学习科学；意味着扫除文盲，读书识字；意味着不再把妇女视为男人的财产，而建立男女平等关系；意味着废除委派村吏，以选举产生的乡村政权机构。总之，它意味着进入一个新世界……"

蒋介石明显地感到，中共力量愈来愈难以抵挡，他对儿子蒋经国说："中共所谓的土地改革，把民心都收拢了，当年他们即使被我们赶得到处跑的时候，也没忘了打土豪分田地，共产党收买人心这一套可真是不得了哇。"蒋经国道："父亲，我听说，他们的军属除了在政治上被优待外，物质上的待遇也好于一般老百姓。听说在中共的晋冀鲁豫区，参战部队的军人家属每人都能分到5亩的上等地，地方部队参战的军属每人也不低于4亩。日本投降后，在我们和中共开战仅仅一年的时间，就有50多万农民参加了他们的队伍。"蒋介石听了，脸色愈加难看起来。他情绪低落地说："今后我们也得好好借鉴借鉴中共的做法了。经国，今后你一定要记住，民心不可欺呀！"

　　蒋经国从父亲这句话中，听出了他的无奈和消沉。这让蒋经国很吃惊。在他眼中，父亲是从不言败的，在部下面前表现的都是一副胸有成竹的"高大形象"。可蒋经国深知，困扰父亲的不仅仅是在军事上的连连失利，还有国民党日益衰败的经济。自与中共开战以来，国民党的金库几乎消耗殆尽，政府不得不加印纸币。四大家族乘风而上，囤积居奇，大发国难财，令本已是通货膨胀的国统区更是雪上加霜。在军事上不断碰壁的蒋介石，不得不拿出一定的精力整饬经济。在短短时间就责成政府连续颁布了《金圆券发行办法》和《财政经济紧急处分令》。蒋介石明白，上海是他的经济财政中心，上海经济秩序恢复了，就会带动全国其他的国统区。

　　在毛岸英返回延安几个月后，蒋经国肩负蒋介石的使命远赴上海施政。毛岸英是跟随土地改革工作团去检查翻身农民土地分配情况的，而蒋经国是去拯救国民党通货膨胀的。到了上海，蒋经国一面大刀阔斧，一边抽丝剥茧，最后触动了"四大家族"包括自家人宋子文、孔祥熙和陈果夫、陈立夫的利益。尤其是自己继母宋美龄姐妹和兄弟家的利益。当时，宋美龄的姐姐宋霭龄和姐夫孔祥熙长子孔令侃经营的扬子公司囤积紧俏物资尤为严重，蒋经国竟然查到了他的头上，这让宋美龄大为恼火，频频向蒋介石施压。蒋经国前期推动本来就很吃力，他在自己的日记中写道："现在工作是相当吃力的，就犹如骑在虎背上，下来是不可能了，不可不干到底了。"蒋介石敌不过夫人的枕边风，打电话提醒儿子，让他有所为，有所不为。蒋经国开始并没把蒋介石的话放在心里，觉得父亲可能是为了做做样子给宋美龄看罢了。可事实并不这样，他反腐动了太岁头上的土，威胁到了宋氏姐妹的根基。特别是孔令侃，甚至扬言说："谁要是和我过不去，我就和谁过不去，大不了到时候我召开一个新闻发布会，把咱们几家的财产都翻个底朝天。"蒋介石当时正在北平召集重要的军事会议，接到宋美龄的告急电话后，让傅作义接替他主持会议，自己从北平紧急飞到了上海。飞机落下后刚架好舷梯，在机场等候的宋美龄没等蒋介石下来，就带着孔令侃先行一步登了上去。宋美龄先柔柔地喊了声"达令"，随后就用手绢拭了拭眼角，蒋介石连忙拉着夫人的手道："接到你的电话后，我就启程了。夫人不必着急，我自有安排。"说着，蒋介石看了一眼孔令侃，孔令侃特地叫了声姨夫。听完孔令侃的哭诉，又见夫人双眼含泪，梨花带雨，蒋介石不禁勃然大怒。第二天，蒋介石在自己的下榻处，把蒋经国狠狠教训了一顿："你开刀竟然开到自家人头上来了，真是不知天高地厚。你跟了我这么多年，怎么如此不长进呢？！就此收手吧。"蒋介石见儿子面露黯然，有些于心不忍，就轻轻地拍了拍他的肩膀，算是安抚。蒋经国低着头说了声："父亲，我走了，您多保重。"他转身没走几步，就听到了父亲一声轻微的叹息，这让他心中不禁一阵怆然。

蒋经国心底五味杂陈，他知道：一切都无济于事了。

美国联合通讯社曾在1947年7月24日发布了一条对中国国统区的

报道："用法币100元可买的物品，1937年为两头牛，1938年为一头牛，1941年为一头猪，1943年为一只鸡，1947年则为1 / 3盒火柴。"

而在中国共产党领导下的根据地，分到了土地的农民兄弟则是另外一番样子。这一年，毛岸英26岁，蒋经国38岁，二人都曾在苏联待过，毛岸英还参加过苏联的卫国战争。从两人在1948年两个时间段的经历中，会清楚地看出两党所处的优劣局面。

2

1948年秋天的一个日子，山东胶东区莱东县（今山东烟台莱阳市）西陡村的村民唐和恩看着自家地里长势喜人的庄稼，喜不自禁。

还是在前一年的冬天，西陡村的农民都全部分上了土地。那时，抬头看看，满地都是刚刚竖起来的木桩子（插在地里的界桩），就像雨后的春笋一样。村干部指着一块地对唐和恩的父亲唐正德说："叔，往后这片地就是你的了。"唐正德站在那里愣了好一会儿，最后一下子跪在了地上。他俯下身子，脸在冰凉的土地上贴了许久，又突然磕了几个响头，大声喊道："俺的老天爷呀，俺有地了，自己的地，是共产党分给俺的！"喊完放声大哭。站在一边的唐和恩，被从不善于表达感情的父亲这一嗓，喊得泪汪汪的。是啊，从自己记事开始，家里就租种着地主家的地。有一天，正在地里劳作的唐正德，抓了一把土放在手里来回搓揉着，最后自言自语地说道："什么时候哪怕自己能有一块巴掌大的地也好啊。"

西陡村的农民分到土地的热乎劲还没过去，上级又号召村里办冬学了。说光日子好了还不够，还得人人都要识字。村里于是开办了夜校，让学校的老师甚至学生来教村民识字。

唐正德三儿一女，都是党员。儿子唐和恩为大，1911年出生，次子

靠山

唐和忠，三子唐和志，女儿唐淑贞。唐和志年少在外读书，不久就参加了八路军，同部队一起解放了家乡后，又北上打击国民党。队伍出发路过西陡村附近时，唐和志骑着高头大马带着警卫员到村里看望爹娘，临走他对唐和恩说："哥，现在小鬼子投降了，接下来和国民党打了，你可得好好支前呀。"唐和恩说："看你说的，我什么时候落后过？往后咱兄弟俩好好比一比，看谁掉队。"唐和志刚走没几天，他的哥哥唐和忠也穿上了军装。唐和恩的妹妹唐淑贞是支前积极分子，刚嫁到邻村没几天，见哥哥唐和忠参军了，就动员丈夫吕维欣报名。新婚第五天，吕维欣就随着部队开拔了。在后来的济南战役中，吕维欣耳朵被炮弹震聋，最后不得不复员。唐和恩对他说："妹夫，你回来也好，正赶上分了土地，就一门心思好好种地支前吧！"

转年到了春天，西陡村一片片冰封的土地解冻了，男女老少都在地里翻地播种。唐和恩对母亲说："今年秋天一定是个大丰收。"唐和恩的母亲高兴地点点头，说："这可是咱们自己的地打的粮食呀！唉，好日子来了，没承想你爹说没就没了，年前还打算着开春种什么呢！"

唐和恩中等个子，瘦瘦的脸，瘦瘦的身材。眉宇间总是挂着一缕和善。西陡村的老老少少平日里都称唐和恩为"圣人"。唐和恩念过5年书，聪明好学，写得一手好字。打快板，扭秧歌，样样在行。有时候，他出口就能说出一串串顺口溜。去年冬学，唐和恩还给村里的男女老少当过先生。他爱动脑筋也好记，平日里还结合支前写一些小戏。每次参军、支前，他都挥着快板走街串巷进行宣传：

> 吱咯吱，碾儿响，家家碾米忙得慌，
> 推的推来簸的簸，倒的倒来装的装，

快快送到前方去，同志吃饱身强壮，

为了前方打胜仗，人人出力理应当。

在这个即将收获的季节，立在沉甸甸的谷穗前的唐和恩一会儿摸摸这棵，一会儿又托起那株。忽然听到一声喊，是村里的人叫他回去开会，说又来了支前任务，让西陡村出3个民夫。在支部会上，唐和恩提出参加，村长道："你支前刚回来，这次就别去了。"唐和恩说："我家是军属，只要能动，我就要参加。"大家听了，只得依他。唐和恩舞文弄墨是把好手，可不是一个推车子的好把式，他想了想，觉得村里的郭世德和姜学海都人高马大的，虽然年龄和自己差不多，可有一把子好力气，车子推得也好，就叫上了他们二人。在这里需要先提前交代一下的是：

唐和恩他们三个多月平安回来后，唯有郭世德遇上了不幸。郭世德本来有两个十多岁的闺女。出发的时候，妻子又怀孕几个月了。孩子是在郭世德支前路上生的。郭世德回家时，孩子都在炕上，他看到了两个大的，一时根本就没想到还有个小的。由于一路疲惫，又是在晚上，妻子给他倒水的工夫，他一屁股重重地坐在了炕上，把出生没多长时间的闺女一下子坐死了。

很快区里就来了通知，说这次支前要出远门走远路，大家都要准备妥当了。唐和恩是个有心人，平日里有什么新鲜事喜欢往脑子里和小本本上记，他想既然是出远门支前，走的路多，经过的村村镇镇肯定也少不了，应该准备个小本本记下来，可又一想，一路上风风雨雨的，小本本保不准就毁了，怎么办？唐和恩看到墙角下有根小木棍，就在木棍上动了想法，可木头软，不适合刻字。他拍拍脑瓜，突然想到邻村的山坡上有片小竹林。竹棍质地硬又光滑，是刻字的好材料。很快，他就去邻村讨来了一截竹棍。此时的唐和恩当然还想不到，他的这根小竹棍后来作为国家一级文物，摆在了中国人民革命军事博物馆的展厅里。

别看唐和恩还差三年才四十岁，可已经是四个孩子的爹了。最大的孩子女儿唐芝兰1932年出生，14岁就入了党还参加了妇救会。这天一大早，她就开始给爹收拾行装，一边说："爹，你往前线送军粮，俺在后方和姐妹们多磨米磨面，咱们也比赛。"唐和恩笑道："我要和你三叔比赛，你和你爹比赛，好，咱们父女俩就比一比。"1948年9月11日，唐和恩他们来到了莱东县陶漳区集合，一阵锣鼓声又把他们送到了县里。动员会后，唐和恩被任命为第四车队小队长，管着10辆车，二十一号人。第二天，唐和恩就率领着他的车队上路了。

还是在几个月前，华东野战军司令员陈毅、副司令员粟裕远赴阜平县的城南庄参加了中共中央书记处扩大会议。中央决定，陈毅出任中原野战军副司令员，毛泽东让粟裕统领华野，粟裕当面请求保留陈毅司令员在华野的职务。毛泽东点点头道："这样也好，那你在华野就代司令员代政委好了！"

唐和恩一行从莱东县赶到桓台县的时候，济南战役就已经打响了。他们开始的任务是从桓台向张店运送服装，尽管固若金汤的济南城是块难啃的硬骨头，但不到10天时间济南就解放了。驻守在济南的国民党九十六军军长吴化文率部起义。第二绥靖区司令长官、济南战役的总指挥王耀武化装出城后被俘。济南战役一役，国民党损兵84000余人，另外还有2万余人起义，华野伤亡26991人。消灭的国民党的数量，超过了解放战争以来初期全国各战场一个月歼敌的总和。12万国民党军驻守济南，短短数日就灰飞烟灭了。这是解放战争两年后给国民党一次重重的打击。

随着济南的解放，国共双方的较量进入了第三个年头。国民党气势已经今非昔比。解放军的兵力由之前127万人，上升到280余万，国民党由过去的430万兵马，减少至360万，蒋介石不得不改弦更张，由进攻转为防御，解放军则由过去的防御转为战略反攻。为了应对不利局面，蒋介石在南京特地召开了"军事检讨会议"。会上先反思了与中共开战两年以来的种种不足，接着确定了今后的军事方略，蒋介石道："今后，在东北的局面上我们力求稳，而华北我们要巩固再巩固，在华东我们则加强进攻，一手阻止共匪南进，一手攻打共匪的主力。"这次会议，史称"八月会议"。一个月以后，中共在西柏坡也召开了一个会议，史称"九月会议"。会上，毛泽东在讲到新的战略任务时说："军队向前进，生产长一寸。我们接下来的目标是把我们的军队发展到五百万之众，有足够的能力消灭国民党正规军五百个旅，用五年左右的时间，彻底打败国民党。"

蒋介石要是听了毛泽东的这一构想，心里又不知是什么滋味了。他也没有想到，他竭尽全力阻止共匪南进的棋盘，不久就被打乱了。

济南战役结束后，在张店一带的支前民工暂时休息，大家一时都有些不明白，济南都解放了怎么还不回家？姜学海问刚开会回来的唐和恩，唐和恩神秘地说："可能有大动作了！"唐和恩召集大家开了一个会，他说："现在新任务还没明确下来，可我看上级的举动，肯定还有一场比打济南还要大的硬仗。我在会上表态了，小车不倒只管推，不到地头不卸牛。咱们都刚分了地，眼看丰收在望，说不定咱们还没回家粮食就进仓了，想想这样的好日子，咱们就一刻都不能放松。要反蒋、保田、保饭碗。不把国民党彻底消灭，不把他老蒋彻底打趴下，咱们的好日子就不保险。"副队长王桂一听了说道："老唐说得对，他老蒋一天不倒下，咱们就不能捂着被子睡大觉，咱们到手的田就有可能还回到地主手里。"大家都说："对，那就安心听上级的号召了。"姜学海伸着脖子问唐和恩："你说说，什么大动作？"唐和恩说："有什么大动作，那得咱们的毛主席来定啊！"

唐和恩他们自然不知道接下来是什么任务，但远在西柏坡的毛泽东的确正在酝酿着一个"大动作"。9月24日，在济南战役即将落下帷幕的时候，华野代司令代政委粟裕就向中央提出了发起"淮海战役"的建议，他在电文中说：为更好改善中原战局……建议即进行淮海战役……第二天下午，华野和中原野战军负责人就收到了毛泽东起草的军委复电："我们认为举行淮海战役，甚为必要。"

结合粟裕提出的建议，原本之前设想的"小淮海"转化成了"大淮海"。

淮海战役由此拉开了序幕。

这时，中央已经初步估计到了淮海战役的规模。兵马未动，粮草先行，这背后自然需要大量物资和民众的支援。济南战役一役，攻城解放军参战人数也就14万余人。虽然打了很短的时间，可山东解放区就发动了后方临时民工和随军民工93万人之多。支援粮食1.6亿斤，肥猪200余头，蔬菜7万斤，麻袋7万余条，门板接近5万块。淮海战役集合了华东野战军和中原野战军及江淮、苏北、鲁中南、豫西、冀鲁豫军区等各部，兵力达60万人，作战时间将要大大长于济南战役。中央军委致电华东局负责人饶漱石、粟裕、谭震林时就格外强调："这一战役比济南战役规模要大，比睢杞战役的规模也可能要大……"

淮海战役发起是以徐州为中心，东起海州（今属江苏连云港），西至商丘（今属河南省），北起临城（现为薛城，今属山东枣庄市），以及淮河的广大地区，牵扯面大而广。从现行区域上看，就涉及山东、江苏、安徽、河南等地区。中央指示，中共华东、中原、华北三个中央局，以及华中工委及其所属的渤海区、胶东区、豫皖苏、冀鲁豫行政区、连云港等众多的地区，都要行动起来。为了保障战时后勤供应，华东、中原、华北中央局和华中工委都进行了支前动员。1948年10月2日，中共华东局专门召了后勤供给会议。中央还把富有后勤经验，却远在豫皖苏中央分局担任财经办事处主任的刘瑞龙，调到华野担任后勤部的部长。

刘瑞龙既是淮海战役的亲历者，也是人民群众支前的见证者。在前往华野报到的路上，他这样描述道：

> 10月，我奉命调回华东野战军工作。因陇海铁路郑州至徐州段被国民党军队控制，只好经豫西、晋东南、冀南、冀鲁豫解放区回山东。近半个月的行程，沿途见解放区一派积极生产支援前线的生机勃勃的景象。土地改革以后，翻身农民开展劳动互助，突击秋收秋种，踊跃缴纳公粮，浩浩荡荡的民工赶运军需物资上前线……

刘瑞龙来到华野后，风尘未洗，立即组织华东支前委员会主任委员傅秋涛和张雨帆等委员连夜研究支前方案，最后根据华野主力南下情况，制订了7条补给线，条条补给线就像大动脉一样从滨海专署日照县（今山东日照市），以及曲阜、诸城等地伸向淮海战役的主战场徐州等地。到战役发起时，上有支前委员会，下有支前指挥部，直至乡和村，也都设了后勤委员。就犹如人的毛细血管一样，一张支前的大网已经铺开了。

不久以后，在条条补给线上，数百万老百姓将和他们手中原本作为农具的独轮车、扁担、钩担以及耕田用的毛驴、牛等，把各种给养源源不断地送到前线去。

就在中央军委同意发起淮海战役的第三天，唐和恩他们就推着粮食出发了。到了莱芜县的颜庄附近，夕阳的余晖已经铺满了原野，村里也升起了缕缕炊烟。唐和恩见大家累了，就说："咱们先吃饭，也歇口气，争取当晚赶到新泰去。"唐和恩和副队长王桂一、于炳川通常是拉车子，推车子的比较辛苦。为了让他们歇息好，平时做饭大都是唐和恩和两个副队做，这次唐和恩安排了宋殿国、王财起埋锅做饭。他要召集大家开个会，等大家都坐好了，唐和恩说："接下来支前任务就越来越多了，咱们得开个节粮的小会。"唐和恩就指着车上的粮食道："这些粮食都是各解放区的父老乡亲们从嘴里一口口省出来的，咱们不仅一粒也不能动，还要把上级配给咱们民夫的也节约着吃，把省下来的粮食都一起送到前线上去。上级每天每人配给咱们是一斤四两，过去咱们都是按足量吃，这样节省不下来。"桂一吸了口烟说："这话有道理，前线粮食越多，子弟兵就越有力气打仗，可咱们一个个都是壮汉，每天推着车子要走这么远的路，这一斤四两本来就不足，大家伙饭量又这么大，怎么能节省下来呢？"一些人听了都点点头，看着唐和恩。唐和恩笑着说："过去咱们在家中，不干活的时候就是喝点稀饭，凑合凑合也就过去了。现在我们也不是天天都在推车子，有时候还要学习啦，还要休整啦，这样咱们就多少吃点垫补垫补就行了！"王瑞云说："队长，你点子多，就出出主意吧！"唐和恩笑笑说："从现在开始，要做多少吃多少，不能吃多少做多少了。要是吃多少做多少，每人一天二斤也不够吃的。白天不行军时候，咱们一天吃两顿饭，早上喝稀饭（以干粮算），这样五两就够了。"有人问："要是晚上走的话，肚子里东西少了可没力气推车子呀。"唐和恩说："咱们通常都是夜里走，晚上咱们就吃干饭，每人七两。这样一个人每天就能节约二两粮，一个月下来，那就是六斤，二十一个人就是一百二十六斤呀！"大家听了都很振奋，王瑞云说："不算不知道，一算吓一跳，这一百多斤可够咱们一个战士吃两个多月的了。"王桂一道："这贡献可不小哪。"唐和恩笑笑说："是呀！咱们饭量有大有小，饭量小的匀一点给饭量大的。"说着他指指桂一和炳川，接着道："我们几个拉车的出力小，就少吃点。"王瑞云摆摆手道："这样可不行，你们出力一点都不少。除了拉车，你们还要做饭。我们呼呼睡觉的时候，你们还轮班看着粮食呢！"唐和恩摇摇头，看看大家，问："咱们这办法大家同意不同意？"大家都点头说行。唐和恩从腰里解下搪瓷缸子，拿在手里晃了晃，说："咱们这缸子，装满粮大约就是半斤，我这一路上都有数了，咱们就按这个来！"姜学海说："部队在打仗，大米小米和白面都送前方了，咱们吃的基本上都是高粱米，这东西吃时间长了就拉不出屎来了，咱也得想想办法。"唐和恩道："说得是，咱们本着节粮，但也得吃好，吃好了才有力气把粮食送上去。等到了下一站，咱们拿些高粱米找乡亲们换点大豆、胡萝卜、红辣椒，调整着吃，又可口又省粮。"

吃过晚饭，趁大家歇息的时候，唐和恩用铁钉打的小刻刀在竹棍上刻下了颜庄节粮四字。先前，他的竹棍上已经留下了一串地名和村名，唐和恩抚摸了一下上面的文字，对大家喊道："吃饱了，也歇好了，咱们得上路了！"大家答应了一声，往手心里吐了口唾沫（为了握车把不滑），推起车子出发了。暮色中，是一眼望不到头的乡路。这个时候，战役还没打响，山东就已经动员了近百万的民夫。在各条补给线上，都是涌动的人潮。唐和恩他们行至不远，天上下起了小雨。大家都急忙停下车子，有的拿出雨布盖在粮食上，有的干脆就脱下自己的外衣遮在粮上。车队到了目的地后，已是半夜，中队长让人跑来通知：今晚就在刘庄住下了，明天各小队组织学习。

每一个时期，在中国共产党领导下的人民军队后面，都有着众多的民众支持和帮助。随着历史发展的进程，支援的民众也越来越多，支援的力量也越来越大。但在支前的路上，也有些民夫开了小差。在第二天上午学习的时候，唐和恩说："咱们一路走下来，大家的劲头都很大，精神也很高，还没有一个开小差的。过去有因为啥？一是有些人胆子小，再就是村里对他们关心不够，有的村干部不仅自己不带个头，还不让自己的亲戚出夫。"王瑞云说："是这样，前几年我们有支前的，出去后家里的田没有帮

靠山

着种就撂荒了。"还有的说："去年我支前，村长告诉就几天时间，可去了后一下子就待了大半个月，弄得俺爹俺娘都以为俺牺牲了呢，连着哭了好几天。"唐和恩道："这次不同了，上级都下了号召，村干部要带头支前，家里的农活村里有人帮着干，支前路上也设了民站，隔不远就有一个，样样对咱们都照顾得很周到。今天晚上遇到的那个支前队，在日照县就受到了很好的接待，他们还写了个快板书表扬日照呢。我就记下来了，我说给大家听一听。"说着唐和恩拿出快板边打边开了腔：

> 出夫支援淮海战，途中来到日照县；
> 城关镇有民站，样样照顾得真周全；
> 粮秣柴草都不缺，吃得饱住得暖；
> 工具坏了有人修，生了病有医生看；
> 妇救会给俺缝又补，民兵夜间看护安全；
> 到了民站就到了家，民站比家还温暖；
> 这叫俺怎么感谢你，这叫俺心中有话难开言；
> 俺决心推着小车上前线，请等俺立功回来再见面。
> 再见面！

大家听了都禁不住热烈鼓掌。唐和恩又从口袋里摸出一个小本本，边翻边说："这是咱们胶东支前政治部编的，名字是《担架运输队员时事政治读本》，里面讲的是为什么出夫，还有咱们为什么能一定胜利。我先给大家念一念，咱们再讨论讨论……"

3

1948年11月1日，车队一路到了沂水县青驼寺。从唐和恩他们出发那天算起，已经近两个月了。他们从田野上的变化中，也看到了季节的更替。从莱东出发的时候，庄稼地里还都是待收的庄稼，一片片稻谷，都黄澄澄的。进入了10月，原本覆盖在大地上的庄稼几乎都没有了，有些还没来得及推回家的玉米秸，都三三两两地堆在田头上。再往后走，慢慢看到，广阔的土地上已经冒出了绿油油的麦苗，随着天空飞过的大雁，这些离家数月的农民兄弟知道，冬天已经临近眼前了。

支前忙，村村都在忙支前，唐和恩他们看到村庄的墙上，随处都写着鼓舞人心的大标语：

> 咱们运粮多流汗，保证部队吃饱饭；部队同志吃得饱，前方战斗打得好；咱靠部队保家乡，部队靠咱运军粮；男人去支前，妇女后方忙支援。

村村妇女几乎都在通宵达旦地磨米磨面，有些妇女三五成群在一起缝军鞋，一边唱着歌：

> 针儿细，线儿长，识字班的姐妹做鞋忙，双双军鞋送亲人，战士穿上打胜仗！

她们还在鞋帮上都绣上了一个个口号："将革命进行到底；为人民杀敌立功；立功光荣。"

在仅仅半个月的时间里，鲁中南妇女就做了100多万双军鞋。

1948年11月6日，早已集结在临沂等地的主力部队，接到华东野战军代司令员粟裕的命令后，几个纵队一路奔袭，向驻扎在新安镇的黄百韬兵

靠山

团发起了突然攻击，隆隆的炮声顿时响彻了淮海大地。

　　唐和恩他们是在中午接到往邳县（今江苏邳州市）牌庄运送军粮的通知的。出发的时候，天上已经飘下了雪花，他们踏着泥泞的小路，一口气赶到了牌庄的东河岸，问了问附近的老百姓，说要是从桥上过的话还得跑20多里的路，连长（民工按照部队编制）王大强把各小队队长集合在一起，问怎么办？有的说还是走桥吧，这水深得好几尺呢，河宽也得40多步远呢。上面都结冰了，下去人也要冻个半死。唐和恩说："前方急着要粮，咱们不能让解放军饿着肚子打仗吧？解放军枪子都不怕，咱们还怕这点水？"大家听了，都说过河，咬咬牙就过去了。说着，大家都把棉袄脱了放在车上，8个人抬着一辆车下了河，来来往往把车都抬到了对岸。唐和恩冻得直发抖，让大家快穿衣服，衣服还没穿上，远处就传来了飞机声。连长让快跑，大家再也顾不上别的，推起车子就跑，等跑出了半里路，听不到飞机声了，这才停下车来穿上衣服，一个个浑身都冻得又青又紫的。

　　随着季节的深入，天气越来越寒冷。唐和恩是个仔细人，出发的时候，他说要带件厚袄，媳妇就给他找了件厚的。经过河南一地的时候，虽然阴历也就是十月底，可气温骤然下降了。队员张大明年龄大，只穿了单衣，他对唐和恩说："出门的时候老婆还让我带件棉袄呢，我说到时候什么都能发。"因为战斗进展得迅速，部队向前推动得快，后方的供应一时滞后了，棉衣也还没送上来。唐和明就把自己的棉衣脱给了他，张大明不肯。唐和恩道："我才30多岁，火力还大着呢。"豫皖苏一个专区派民工给他们送来了一部分旧棉衣，说供应上来了，就给他们换新的。唐和恩数了数，还不够穿，姜学海和郭世德还有几个年轻人，都说自己还年轻，先让给老的穿。唐和恩对王瑞云道："这里面就咱俩还会些针线活，咱一会儿去找些棉絮，把大家换下来的单衣改成棉袄，剩下那几个没有棉袄的就有的穿了。"

到了下午，两人就找了一些破旧的棉絮，在屋里点起一堆火，先让姜学海把单衣脱了，给他缝棉衣。到了下半夜，才把几件棉衣缝完。趁着大家呼呼大睡的时候，唐和恩又看了看大家的袜子，又掀起被角看大家的脚。连续行军，一些人的袜子都磨破了，脚上也起了泡，唐和恩就把自己的单衣用剪子铰了，和王瑞云又缝起了袜子。

天还没亮，姜学海先醒了，他揉揉眼，看看马灯下的唐和恩和王瑞云，迷迷糊糊地说："你们可真行！"说完一翻身，又睡了过去。

尽管中央军委对淮海战役的规模做了初步估计，但战斗打响没有几天，形势还是发生了一些变化。蒋介石知道，此役一旦失败，长江以北的局面就被中共完全控制了。不仅如此，还使中共华东、中原、华北的根据地连成了一片。"徐蚌会战"（中共称淮海战役）没多久，林彪率领的东北野战军就发动了攻势。在这之前蒋介石"辽沈会战"（中共称辽沈战役），国军以失败告终，损兵40余万，这让蒋介石在"八月会议"上讲的稳定东北局面的话，变为空谈。蒋介石在部下面前反复强调："这次'徐蚌会战'，断不能再让中共得逞。"

还在济南战役发起前不久，蒋介石为了巩固徐州一带广大地区，以防华野南下，蒋介石特地将徐州中华民国陆军总司令部徐州司令部升格为徐州"剿总"。任命刘峙为总司令，副总司令杜聿明、孙震、刘汝明等达六人之多。蒋介石决意一搏，授予刘峙专断之权，供他调动的就有多个主力兵团和两个绥靖区部队。之后，蒋介石紧锣密鼓调兵遣将增援徐州，东有十二兵团司令黄维的4个军驰援，驻扎在汉口的国民党数个军也在赶往徐州的路上。届时，徐州剿匪总司令部总司令刘峙可指挥的主力兵团达7个，加上绥靖部队，共34个军，82个师，兵力达80万之众，一场更大规模的战役已经凸显。

战役发起前，中央军委只是电令华野等方面：需准备两个月至两个半月的粮秣用品；华东、华北、中原三方面应用全力保障我军的供给。

国共双方开战第十六天，中央军委的电令明确提出：中原、华东两军，必须准备在现地区作战3个月至5个月（包括休整时间在内），吃饭人数连同俘虏在内，将达80万人左右，必须由你们会同华东局、苏北工委、中原局、豫皖苏分局、冀鲁豫区党委统筹解决。

为了统一领导这场战役作战和支前，中央专门成立了前敌委员会，中原野战军政委邓小平担任前敌委员会书记，委员有：刘伯承、陈毅、邓小平、粟裕、谭震林。

从11月6日到22日淮海战役第一阶段历时11天，仅华野就歼敌14万人，加上中原野战军消灭的敌人，国民党部队损失了17万之多。第七兵团司令长官黄百韬在麾下第六十四军军长刘镇湘和二十五军副军长杨廷宴簇拥下突围不远，就遇上了解放军，化装成普通一兵的黄百韬万念俱灰，开枪自杀。面对解放军战士的大声询问，杨宴廷脱口说道："俺是伙夫，死了的是伙夫头，俺哥哥！"随后刘镇湘和杨宴廷被俘，在押送中，杨又侥幸逃脱。随着战役规模扩大，1948年11月23日，中央军委又发出了由毛泽东起草的致刘伯乘、陈毅、邓小平等的电令：……必须准备全军部队及民夫130万人左右，3个月至5个月的粮食、草料、弹药，10万至20万伤员的医治……

中共中央考虑到了在大量调动民众的同时，还要充分保障他们的利益，在电令中要求："对人民必须实行耕战互助的方针。"

唐和恩他们明显地感到前方的枪炮声越来越密集，运送任务也越来越繁忙。有时候都顾不上埋锅做饭了，他们饿了就啃一口窝窝头。窝窝头冻得硬邦邦的，咬一口就满嘴的冰渣子，唐和恩因为碰掉了一颗门牙，就吃得格外吃力。这天，唐和恩车队刚返回宿县驻地不久，上级又通知他们往店集送粮。因为一路上都是往来的支前队伍，雪路被踩得又黏又滑，更加泥泞难行。车队歪歪扭扭地在路上走着，姜学海喘着粗气道："这真是推着车子扭秧歌呀。"话还没说完，就一下子陷进了一个大泥潭里。唐和恩说："你这个家伙，我还靠你推车呢，没想到你这一咧咧就进了泥潭，你白长了个人高马大的个子了。"姜学海道："马也有失前蹄的时候啊！"说着，他往手心里吐了几口唾沫："来，我用力推，你用力拉，保险一口气就把它推上去。"唐和恩弯下腰，把拉绳搭右肩上，双脚站稳，猛一用力，只听"嘭"的一声，绳子断了，唐和恩飞扑了出去，一头扎进了泥坑里，顿时感到嘴麻，可没觉得疼。他伸手摸了一把嘴，又咂吧了一下嘴，觉得里面有个硬物，掏出来一看，是颗门牙。后边拉车的桂一急忙跑过来扶起他，又找了根绳子拴在车头，对唐和恩说："看你这牙都碰下来了，先歇口气吧，我来！"唐和恩说："这算啥呀？等解放了我正好去镶颗金牙！"说着他从泥潭里摸出了一块石头来："嘴就碰在这家伙上面了，不摸出来还会糟蹋咱们。"接着他和桂一齐用力，车子拉出来了。车队又向着炮声响的地方赶去。晚上，等大家睡了，唐和恩在竹棍上刻下了"店集磕掉牙"五个字。

靠山

二　风雪路上

1

支援淮海战役粮食的号召刚到董青墩村，全村的男女老少就动了起来。村长董力生挨家挨户走，挨家挨户地看，有的乡亲就说："三妮子，你这是不相信俺咋的？放心吧，解放军打仗是为了咱，俺肯定把最好的麦子给解放军吃，孬的留给自己。"董力生说："俺放心，俺放心！"出了门，董力生又举起铁皮卷的喇叭筒子喊道："乡亲们，兵马未动粮草先行，咱还得加把劲呀！"一会儿工夫，家家户户就把粮袋子扛出了家门，董力生早就做了分工，有记账的，有过秤的，一上午的工夫，全村集中了数千斤的优质小麦。

从孟良崮支前回来后，董力生就剪了短发，更显得精干。村里的妇女说她更像男的了，董力生也不生气。等粮食装上独轮车，马上送到粮站去，她推着车子走在最前面，车子上还插着几面小旗，上面绣着一串串的口号：打倒蒋介石，解放全中国！就是倾家荡产，也要支援前线！

董力生手中的这辆小推车，后来被中国人民革命军事博物馆收藏，一直陈列在展厅里。

送粮回来没几天，区里通知董青墩组织一支毛驴运输队往前方送弹药，董力生把滨海区奖给她的毛驴牵出棚，又找了两个大篓子。董玉文支前很积极，说要是自己没痨病，也报名去，可用驴他有点不舍得，董玉文知道闺女的脾气，不敢明说，就旁敲侧击道："三妮子，这驴你刚牵来的时候没有膘，看俺喂得多好！"说着他摸摸驴又道，"现在是一身的膘，带它支前，可轻点使唤。"董力生笑了："俺明白您的意思，到时候一根毛也少不了地给你牵回来。"听说送弹药，董大明他们也报了名，很快就把各自的毛驴从棚里牵到了大街上。董高兴也来了，在孟良崮抬担架的时候，他伤了膝盖，走路一直一瘸一拐的，董力生说等解放了给他找最好的先生治疗，实在不行，村里照顾他。董力生看到董高兴，让他别去了，董高兴说："俺不就是瘸点吗，走路和小跑都还行。"董力生道："咱们就去十一头毛驴，你不去正好。"董高兴听了，这才作罢。董力生先招呼大家在每头驴身上绑上了篓子，一边一个。接着就带着毛驴运输队出发了，到了莒南县，把一箱一箱的弹药放到篓子里，趁着夜色又出发了。董力生嘱咐大家道："苏北是敌占区，咱们送的是弹药，很危险，到了那里咱们都得走夜路。"雪很深，人困马乏，毛驴越走越不积极，董力生他们就牵着走，前面有条河，有人说绕路走，董力生看看天，说："俗话说，隔河千里远，绕路就耽误大事了。过吧！"大家准备一番，就把毛驴往河里牵，可驴的前脚刚一沾水，就一下子缩了回来，再拉就抬起前蹄抻着脖子嗷嗷地叫。董大明说："这毛驴怕水怕凉呀，可咋办？"董力生说："把毛驴的眼睛蒙上了。"大家听了，都脱下棉衣蒙在了驴脸上。前边拽，后边赶，毛驴总算是下了河。上了岸，风一吹，大家身上的棉裤很快就结冰了，硬邦邦的。走路腿都不好打弯，还磨得皮肉疼。

前方伴随着隆隆的炮声，闪过一道道亮光。董力生就给大家打气："看这样子前方打得很凶，咱们把弹药越早点送到，小国民党就越早完蛋。"大家听了，虽没说话，可脚步一下子快了。前面是国民党的封锁线，

靠山

探照灯扫来扫去的。毛驴冷不丁被灯光一照，一下子受了惊，又蹦又叫的，董力生赶忙让大家把驴脸蒙了，可还不行，只得又把驴嘴绑住了。毛驴很快就安稳下来，几个人差点笑出了声。大家牵着驴，很快就穿过了封锁线。

1948年的12月初，一场大雪覆盖了淮海大地。雪还在下着，天气变得更加寒冷。中原、华东野战军很快就集中到了豫皖苏第三专区一带对敌，作战部队连同支前民工足有150多万人，除了急需弹药和棉衣外，每天消耗粮食就达500万斤。前敌委员会命令："务必确保陈官庄、双堆集、蚌西北三个主战场的一切物资供应。"1948年12月14日，粟裕收到了毛泽东亲自为中央军委起草的电报，报文要求："你们围歼杜、邱、李各纵，提议整个就现阵地态势休息若干天，只作防御，不作攻击，待黄维歼灭后，集中较多兵力，再举行攻击。"

淮海战役胜利在望，作为华野后勤部部长的刘瑞龙尽管心底也泛起了难以抑制的喜悦，可他此时更不敢有丝毫懈怠，谁都没想到战役的进度会如此之快，相比较而言，在对前线供给却有了迟缓。这从刘瑞龙12月24日的日记中得到了印证：

> ……大规模的战争必须有着大规模的粮食供应。初期因前运不及，应着重就地筹集，但必须紧接着大量的后方运输。靠一个地区供应不了，就必须多方面组织供应才行。供应大规模的战争必须有最大决心及充分准备。在运面中要克服两种顾虑，一怕运费大，二怕面袋子费用大……

在这一点上，刘瑞龙是深有体会的，还是在淮海战役第一阶段的时候，随着华野节节胜利，快速南下，粮食供应告急，刘瑞龙带着一干人马四处调度粮食。在宿县地区，恰巧遇上了江淮区委副书记李世农，刘瑞龙顾不上寒暄，急忙问："世农同志，布置给你们的粮食任务完成得怎么样了？"李世农道："刘部长，我们已经超额完成任务了，有些老百姓把自己的麦种稻种都拿出来了！"刘瑞龙舒了一口气，又紧锣密鼓召集了一个华中支前临时会议，华中工委书记陈丕显和华中支前司令员贺希明等人都来了，陈丕显道："老刘，我看你这些天腿也跑细了，嗓子也喊得冒烟了，放心吧，我们华中第一阶段保证5000万斤的粮食供应，只多不少！"贺希明亮着嗓门说："刘部长，我们华中支前司令部绝不放空炮。这里的老百姓支前劲头大着呢！我们一定每天把100万斤的粮食送到前线上去！"刘瑞龙高兴地笑了，说道："你们都拍着胸脯表态了，我还能不把心放到肚子里去吗！"

中央军委也充分考虑到了战役末期支前问题，早在12月20日，就致电刘陈邓粟谭并华东局、中原局、冀鲁豫区党委、华中工委：粟陈张（粟裕、陈士榘、张震）亥删关于战区粮食供应情况电悉。如刘陈（指刘伯承陈毅）尚未动身，请小平同志考虑召开一次总前委会议，讨论今后三个月的粮食供应、弹药补给、交通运输及其他有关后勤支前的工作，等等。从刘瑞龙日记中得知，总前委决定联合支前会议12月26日在徐州召开，特地指定刘瑞龙出席。参加会议的有：华东局代表傅秋涛及华支各部长，华中代表曹荻秋、贺希明、李干臣，中原代表杨一辰，中野苗科长。当天是预备会议，刘瑞龙先行做了报告。在12月28日这天，大家就粮食供应等其他支前问题形成了共同意见。

1949年新年的第三天，刘瑞龙风尘仆仆地赶到了萧县蔡洼村，华野指挥部就设在村中杨家院子里。刘瑞龙端起缸子刚喝了几口热水，就向粟裕等人报告了联合支前会议的支前意见，粟裕请他尽快写个书面的东西报给总前委。夜幕降临，刘瑞龙匆匆吃了几口饭，就伏案动笔了。一直到窗子放亮时，刘瑞龙揉了几下眼睛，最后在给总前委的报告尾后，画上了一个清晰的句号。他顾不上合眼一会儿，就带着警卫员驱车到各地调度粮食了。

　　董力生就是在前线急需要粮食的时候接到任务的，区里让她组织人马上给前线送5000斤白面。小麦在店子庄，要先去把粮食运来，再抓紧磨面，要求6天完成任务。董力生过去干事从没犯愁过，这次却一下子犯了难。青壮年都上了前线支前，村里剩下的都是老弱病残还有一帮子妇女，董力生召集识字班和儿童团开了个会，说："三个臭皮匠，赶上一个诸葛亮，大家都想想办法。"槐花说："庄里的好驴也都被老爷们牵着上前线了，这店子庄离咱们也不近，靠咱们这些人能行？"菊兰道："怎么不行？咱们就来一个蚂蚁大搬家，能推的推，不能推的抬，怎么着也能把粮食运来。"董力生道："行，千难万难，咱们也不能让前线断了顿，一顿饭也不能断。"董玉文和几个老汉也来了，说："推不了200斤，还推不了100斤？"董力生看看董玉文，说："爹，把毛驴也牵上吧。"董玉文一听急了："上次支前，你说保证不让毛驴掉一根毛，可毛驴掉了膘，还病了，现在站还站不稳呢！"董力生道："要是站稳了，早就让它上前线去了。路也不远，驮些粮食没啥！"

　　第二天吃过早饭，董力生带着识字班、儿童团就出发了，后面还跟着几个老汉，董玉文则牵着那头病歪歪的毛驴。到了店子庄，装上粮食，大家抬的抬，推的推，挑的挑，一路又往回赶。董力生一下子推了600多斤。家里的小毛驴也驮了两袋子。运粮队回到董青墩，已经是半夜，董玉文心疼毛驴，放下车子就给它卸下粮食。毛驴出了一口长气，接着倒地而亡，董玉文蹲在驴身旁直抹眼泪，一遍遍地喊着："俺的驴呀，俺的驴呀！"董力生也很难过，可她顾不上，一边招呼大家，一边道："爹，咱现在可顾不上哭驴，先马上把粮食分到各家各户去，明天就得把粮食淘了，等一干就得抓紧磨面。"粮食干了后，家家户户都响起了磨面声，妇女都连轴转，两天两夜没合眼，孩子没有人带，都是儿童团来照看。区里让六天完成的任务，五天就完成了，董力生从别的村借来了几头毛驴组成了送粮队，很快就出发了。

2

在通往陈家庄的路上，就有几十万支前民众，他们身着各种各样的服装，操着南腔北调。队伍中有的肩背，有的扛着，有的挑着，或推着独轮车，或骡马驮，或吆喝着牛车，还有来回穿梭的担架队，像潮水一般涌向前方。陈毅司令员正打马向前，看着滚滚向前的民众，不禁诗兴大发，随口吟道：

几十万，民工走不通。
骏马高车送粮食，
随军旋转逐西东，
前线争立功。

担架队，几夜不睡，
稳步轻行问伤痛：
同志带花最高贵，
疼痛可减退？

唐和恩的小竹棍上有一处地名叫濉溪口（现属于安徽濉溪县），他在旁边特地表明"飞机炸"。这段时间，也真是前线需要粮量最大，也最急的时候。江苏宿迁县（现为宿迁市）大兴区姊妹团团长朱永兰接到送粮任务的时候已经是中午了，她急急赶回家中，对父亲朱寿全说："爹，我们要去前线送粮食了，夜里就走，你给我把车子收拾一下。"朱寿全问："远程还是短程？"永兰道："得好几天的行程呢。"朱寿全看看女儿道："你一个女娃能行？"永兰喝了口水说："在家里我也推过车子，咋就不行？前线急需粮食，现在还分什么男女？"

朱寿全知道女儿的脾气，说一不二，他张张嘴，没说出什么来，就到一边给永兰收拾车子了。

朱永兰这年才18岁，身材高挑，面庞姣好，生了一双明亮清澈的眼睛，是十里八乡的好姑娘，朱寿全很是自豪。朱寿全之所以对女儿格外疼爱，是因为妻子去世早，永兰跟着自己吃了不少苦。那一年，永兰的母亲正在地里劳作，被日军的飞机炸死在地头上，当时永兰才9岁。共产党的队伍到了大兴后，从没进过学堂的永兰在识字班里学到了文化。她能说能干胆子也大，常给村里的穷人打抱不平，连村里的地主都惧她三分。有一次地主对朱寿全说："你一个老实人，怎么就养了这么个张牙舞爪的丫头呢？！"

永兰15岁就当上了大兴乡姊妹团的团长，她带着姐妹经常到各村发动妇女支前，认识了周大专村的青年周德立。周德立一米八高的大个子，是村里的民兵，曾打死过两个鬼子。他喜欢永兰，常常在她眼前晃荡。周大专村的妇救会会长笑着对永兰说："看这小子对你有意思。"永兰听了，没说什么，只是咯咯地笑。永兰的朱专村离周德立的村不远，有时周德立就借口找永兰谈工作，一来二去，永兰对身材挺拔的周德立有了好感。周德立见火候到了，就托妇救会会长去提亲。永兰说："现在男女老少都忙着革命，他急什么？他应该报名参军打老蒋。"周德立早就有当兵的想法，听了永兰的话，一跺脚就到队伍上去了。永兰在向前线送粮的路上，周德立正在东北的战场上呢！

朱寿全收拾好了独轮车，永兰也找出了几双鞋子，说："这雪天泥地的，得多带几双鞋。"朱寿全看看女儿，突然道："我也跟你们去。"永兰说："您就不用去了，中队长说人数足够了！"朱寿全道："这样的天气人越多越好，我年纪四十多了，可力气还够用的。"正说着，村里的刘秀生来了，一进门就道："永兰，我还是要去，发点烧算什么？庄稼人还在乎这个？说什么我也得去，咱们这一片的人都分在你这个小队了，你是小队长，我就找你。"永兰说："你还有眼病，咱们多是走夜路，你能行？"刘秀生急忙说："只要两个眼没瞎就行，再说跟着你们走，我还能翻到沟里去？"

这次上级给大兴区的任务是往前线送9万斤大米，区里很快就发动了1000多个民夫，独轮车907辆，还专门成立了运输大队，大队下设3个中队，一中队队长是李永祥，有民夫370人，独轮车350辆。朱永兰是一中队一分队队长，队伍集结到倪家渡村时，多出了一个人，是王青云的老婆刘英莲，王青云还在赶她："快回去，你一个娘们跟着跑什么？"刘英莲指着永兰道："她是不是娘们？唉，她是不是娘们？这时候谁都出些力，不分爷们娘们！"周围的人一听都笑了，李永祥道："打老蒋都得需要这样的劲头，去吧！"英莲听了，得意地看了丈夫一眼，又拽了一下永兰的衣襟，不好意思地说："妹子，你不算娘们，还是个水灵灵的大姑娘呢，嫂子不该这样说。"永兰笑道："就咱两个女的，正好做个伴儿。"

队伍刚刚上路，天上就飘下了雨，大家都把雨布和外衣盖在粮食上。入冬以后，天上就零零星星地飘过几次小雪，可大兴区运粮队刚到睢宁地界的时候，阴沉的天空就落下了大片大片的雪花，风很大，雪也越来越密集，漫天飞舞着。前几日的雪大都化了，泥路上只冻了表层，脚落在上面，泥水就一下子漫过了鞋子。大家开始试探着往前走，后来也管不了那么多了，都甩开了步子。没走两天，队伍分了三路，各自向战地东南的三个接收站赶去。到了下半夜，朱永兰和中队副队长高全忠带着一路人马到了张湾河，朱永兰说："你们先不要下来，我先试一试。"说着提着马灯就往前走，河岸坡度很陡，被厚厚的积雪覆盖着。朱永兰刚走了几步，就踉跄着滑了下去，河底里的淤泥顿时没过了她的膝盖。永兰深一脚浅一脚地走到对岸，又深一脚浅一脚地走了回来。她大声说："河里没水，就是淤泥太深，我探了探，这段浅，还硬些，我在前边带路，抓紧过吧！"高全忠对大家道："过了这道河，前边还有一段山路，老蒋的飞机一直盯着那地方，三天两头就炸几次。咱们过河后，都要快速跨过那段路去。"他说着，就带着几个拉车的先下到了河底。

大家七手八脚，刚把一辆辆车子滑到了河床，朱寿全的车子也下来了，永兰问他："爹，你能撑得住吗？"朱寿全大口喘着粗气，半天才说："还有年龄比我大的，他们能行我也能行！"朱寿全说的那个年龄大的，是50多岁的李奋。这个奋字，本来就是指行动笨拙的人，李奋又是这个年龄了，确实显得不利索。本来这次是不让他来的，他家里刚分了几亩好地，说什么也要为革命出把子力气。他在河底淤泥里推车，加上前边拉车的，与其说推，还不如说是抬。李奋推到一半，终于坚持不住了，干脆就一屁股坐在了泥地里，前面拉车的大勇一时猝不及防，也坐在了泥里，他站起身一看，灯影里，李奋几乎半躺在泥里，脖子抻得老长。他对大勇说："让——我——喘口气吧。"王青云推着车子，一面吼英莲："老娘们，你使劲，再使使劲！平日里那些能耐呢？！"英莲顾不上回话，只是低着头往前拉，可车子只是摇晃着，还是没能前行。英莲也一下子瘫坐在泥里，摸了一把脸上的泥浆，不禁放声大哭："我吃奶的劲都用上了，腿也冻得不听使唤了，你还这样说，你有没有良心？！"王青云见妻子这样，有些于心不忍，就说："你先等着。"说着从车上扛起一袋子粮食，往对岸送去。来回了几次，车子少了一份重量，终于推到了对岸。永兰举着马灯，来回走动着，一会儿帮帮这边，一会儿又帮帮那边，已经成了一个泥人。

雪花本来是轻飘飘的，可被风赶着，也有了些分量，不时打在脸上，也眯住了大家的眼睛。在上对岸的坡时，刘秀生本来有眼疾，平日里就眯着眼睛，这下更看不清了。他心里着急，脚下打了个滑，车子一下子退了回来，他也摔在了河底里。朱永兰和大勇在前面给他拽车，也跟着跌了下来。大勇火了，吼刘秀生："你是怎么架的车？想腾云驾雾呀？"刘秀生被车把撞了一下脑袋，半天没说出话来。朱永兰手里的马灯也摔在了泥里，幸亏还亮着。她和大勇把刘秀生拉起来，这时又过来了几个人。大家一齐动手，连推带抬的，终于到了岸上。

一条并不宽的河道竟然用去了两个多小时。高全忠在村里当过民兵队长，这一次主要是负责安全的，他见大家都上了岸，就喊道："天快亮了，大家先别松劲，抓紧过了前边那道山梁子。"人们听了，顾不上歇息，又推上车子往前赶。东方已经有了一缕亮色，催得更急。大家上岸后，浑身都冻麻了，只顾上张着大口喘气了，并没有留意自己的双脚，很多人脚上的鞋子已经被淤泥拔掉了，有的剩下一只鞋子。山路上，都是些大大小小的碎石，朱永兰赤着双脚，只觉得脚好像比之前轻快了，并不知道鞋子没了。有的人脚上的鞋子磨破了，走起路吧嗒吧嗒直响，朱永兰一边举着马灯，一面借着这节拍喊着顺口溜："同志们快点赶，不远就是收粮站，前方将士吃饱饭，齐心协力打老蒋！"

天空突然响起了飞机的引擎声，车子大都走进了安全地带，王大强年纪大，跟在后面，高全忠接过他的车子，一边推着一边说："你快跑，跟上大家。"正说着，国民党的轰炸机已经到了上空，飞机打了个盘旋后，就俯冲下来，接着从机头射出了一串串子弹，又扔下了一颗炸弹。那炸弹与空气摩擦，发出瘆人的嘶嘶声。泥地太滑，车子跑不快，这时前面的人喊："快放下车子，快放下车子！"高全忠舍不得放下车子，还是挣扎着往前跑，最后连人带车滑到了路边的一条沟里。飞机又投下了一颗炸弹，高全忠下意识地扑在车子上的粮食上。爆炸声过后，高全忠头部被一块弹片击中了，血流如注。朱永兰他们跑了过来，见高全忠已经不行了，嘴里冒了一股股的血，他眯着眼艰难地说："粮——食，粮食……"永兰急忙道："高队长，你放心，粮食都好好的！"高全忠嘴角嚅动着，点点头，闭上了眼睛。

不远就是黄庄，为了防备飞机轰炸，朱永兰带着一百多号民夫来到了这里，黄庄的乡亲们看到支前的民工，都往家里领。黄庄是个小村，各家各户都住满了，朱永兰让大家在房间歇息，自己和爹住进了乡亲们的牛棚。这时很多人才发现自己还光着脚，脚都肿了，血淋淋的。缓过劲来后，又是一阵阵钻心的疼。英莲抱着脚说："这肯定是过山路的时候被石头片子划的。"乡亲们给大家煮了姜汤，又烧了一锅锅热水洗脚，还找来了一些鞋子。朱永兰这次带了3双鞋，见英莲和几个人没有，就给了英莲一双。给刘秀生时，刘秀生笑着说："你这是女人鞋，穿着大家伙还不笑我？"永兰道："这都啥时候了，你还在乎这些？"刘秀生点点头，看了看还流着血的脚，就一把接了过来。可他穿了几次，怎么也穿不进去，只得作罢。

支前分常备民工和后备民工，常备民工随着队伍行动，后备的随时组织，人数任务不固定，时间也短，一般不给他们配备用品。常备的有严格的组织，军事化管理，全程任务完成后，称"复员"。

永兰向房东借了把剪子，回到牛棚对朱寿全说："爹，把你身上的马褂脱下来吧？"朱寿全一时不知干什么，疑惑地看着女儿。永兰说："好几个人没鞋了，铰几块布给大家包脚，这布经磨。"朱寿全当年在澡堂里给人搓澡，一个有钱的主顾是他的常客，每次他都把主顾伺候得很受用，主顾就把自己的马褂送给了他。朱寿全一直没舍得穿，这次他怕遇上大风雪，觉得马褂压风，就带了出来。听女儿这样一说，他还有些不舍，永兰笑道："爹，等咱们解放了，别说马褂啦，就是牛褂也有的是。"女儿一句话把朱寿全逗笑了，他脱下马褂道："就是不舍也得拿出来，打老蒋的事大，这算啥？"吃饭的时候，朱寿全从粮袋里摸出了两个窝窝头给女儿。永兰道："我这里有。"朱寿全说："你袋子里没几个了，我看你给刘秀生的袋子里偷偷塞了好几个。你自己也不能饿着肚子不是？咱们爷俩匀着吃。"永兰听了，嗯了一声，泪水一下子满了眼睛。

雪还在下，夜色好像来得就早了。为了早日把粮食送到目的地，朱永兰带着队伍又早早上路了。他们像之前一样，走过了一个个泥荡子，车队离粮站也越来越近了。到了半夜，一个更宽的泥荡子挡在了眼前，永兰举着马灯还是先下去探路，河里有水，还结了一层冰，水深淤泥也深，踩到里面没到了腿根。朱永兰告诉大家，这次得抬着过去了。每车5个人，一人架着车把，车头两个，中间两个。岸坡比以往的更陡，推车的都不敢把车绊（指连在车把头上的扁绳，推车子的时候套在脖子上，起稳定和助力作用）套在脖子上。大家来来往往抬了数次。那些破了的冰碴子，在人的脚下、身边来会攒动着，像刀片一样锋利，很多人都被划伤了。在往对岸的坡上推的时候，一辆车子翻了，车把子一下子打在了朱永兰的头上，朱永兰当时就倒下去。大家把她从泥地里抱出来，怎么叫都不应。朱寿全听了，赶忙跑了过来，他一把抱住永兰，连声叫着女儿的小名小兰。喊了几遍后，朱寿全哭出了声："孩子，你不会就这样死了吧？你娘走了，你可不能再扔下我呀！"朱寿全叫着喊着。一会儿，永兰突然道："爹，我又没死，你哭啥？！"

靠山

天刚亮，车队终于到了目的地，很多人脚上的鞋子又没有了，裤子也破烂不堪，有的裤腿还短了一截。朱永兰也是一样，因为她来来回回在树丛里还有河里指挥，还要探路，两个裤腿至大腿根部都挂没了，就露着两条光溜溜的腿，站在冰天雪地里格外明显。恰遇上一辆军车拉粮食，战士们都赶过来帮着卸粮，有的还拿来了棉衣和鞋子给民工穿。粮站也有医生护士，一个女护士看到永兰在寒风里瑟瑟发抖的样子，又见她大腿内侧有清晰的一道血迹，赶忙脱下大衣给她穿在了身上，悄声问："妹妹，你来月经了吧？"永兰点点头，有些疑惑地看着她。那个护士双眼含泪，一下子把永兰拥进了怀里，哽咽着说："你真是受苦了！"说完，她拉着永兰的手，把永兰推进了驾驶室，接着很快给她找来了一身棉衣和一双鞋子，让她换上。英莲也穿上了一身棉衣，正高兴地笑着。正好陈毅司令员从这里经过，他下了车信步走了过来，老远就喊："民工同志们，你们好哇，你们辛苦喽！"过去支前的老百姓都被称为"民夫"的，陈毅司令觉得这个称呼不好，就下令改成了"民工"。

那个女护士把永兰推到陈毅面前，说："首长，她叫朱永兰，是运粮队的队长，还是村里的妇救会会长呢！"陈毅司令一把握住朱永兰的手，大声说道："小姑娘，不简单呀，是我们真正的巾帼英雄！"永兰伸手把英莲拽了过来，说："来了我们两个女的。"陈毅又握了握英莲的手，说："你们都不简单，都是支前路上的巾帼英雄，没有你们，我们的指战员就会饿肚子喽！"随后他对朱永兰说，"你留下来当兵如何？"还没等永兰回答，朱寿全急忙道："首长，我就她一个孩子，真不舍得。"陈毅哈哈一笑说："那就算了，在后方也是一样革命的嘛！"

朱永兰支前回来不久，当了大兴区的副区长，可干着干着，觉得自己没有文化怕耽误事，就让了出来，最后干了妇女主任。后来随战斗负伤的丈夫南下了。那次支前，给她的身体留下了很多的病痛，痛经、关节炎，脚后跟也结成了硬块，每到冬天，裂的口子都深可见骨。晚年朱永兰生活有些拮据，不得不在外面摆地摊。可朱永兰即使再没钱，也忘不了每个月该交的党费。儿子周东波就对朱永兰说："您为革命出了力，总得让组织上照顾照顾吧？"朱永兰听了，坚决不同意。她说："那次和你姥爷去支前，我就没打算能活着回来，能活到现在已经比什么都强了。"接下来几天，朱永兰心事重重，一直欲言又止的样子。后来她终于开口对儿子说："你们兄弟几个过得都很困难，我不能让你们给我养老，可我身体不好，地摊也慢慢摆不了啦，你替我去问问组织，看看能不能给我恢复点待遇，不过咱们说好了，千万别让组织为难。"朱永兰说这番话的时候，就像自己做错了什么事一样。如果没有周东波这次替母亲四处去寻找有关证明，朱永兰的照片连同当年她用的小马灯，会依然在淮海战役纪念馆烈士厅里陈列下去。

　　她原来是一个活着的烈士。

　　周东波是在一个深秋的日子陪着母亲来到徐州淮海战役纪念馆的。朱永兰颠着当年支前冻伤的脚，在儿子的搀扶下一路蹒跚着来到了纪念馆前。夕阳的余晖把"淮海战役纪念馆"几个红体大字映得殷红，犹如烈士鲜血凝成的一样。朱永兰抬眼一遍遍端详着，秋风里，她的一双老眼渐渐模糊了。恍惚中，她看到在泥泞的雪路上，一个英姿勃勃的年轻姑娘，手里摇晃着马灯，正指挥着独轮车队一路前行。

　　这时周东波突然道："妈，看样子人家要下班了，咱们赶紧进去吧。"朱永兰一下子醒了过来，她点点头，最后一步步挪到了纪念馆门前。保安把他们拦下了，说马上就要关门了，不能再进了。朱永兰一下子激动起来，晃着满头银发道："我是支前模范朱永兰，怎么就不让进呢？"保安听了一怔，又细细看了看眼前这位跛脚的老妪，怎么也难以与展厅里挂着的那张朱永兰的照片重叠起来。可他见老人这个样子，又不敢怠慢，急忙给

靠山

馆长打了个电话。一会儿工夫，馆长跑来了，他握着朱永兰的手道："大娘，您就是朱永兰？您还活着呀？"朱永兰笑笑说："我这不还喘气吗？假的包换！当年支前，我跑烂了四双鞋子，还立过支前一等功，陈毅司令员还要留下我当兵呢！"

这位保安对陈列在纪念馆里的故事也是烂熟于心，他听了朱永兰的话，闪身一边，啪地打了个敬礼，大声说道："向大兴区支前大队第一中队副队长朱永兰同志敬礼！"

朱永兰走进烈士纪念厅，她看到了自己的名字，也看到了自己年轻时的照片。还有当年用过的小马灯，以及荣立支前一等功的证书。在她的名字旁，注有生辰年月：1930年10月，破折号后是她牺牲的时间：1948年12月。

朱永兰看着自己的名字，笑了，笑出了一眼的泪水。她又走几步，看到了一串串烈士的名字，里面大都是陌生的，可也有她熟悉的。

熟悉的烈士，当年曾从她的手里接过了热乎乎的白面馒头。朱永兰指着其中的一个名字道："我记得他比我还小一岁呢，一脸的孩子气，从我手里接过馒头的时候，还叫了我一声姐。"

说到这里，朱永兰一下子哽咽了……

三　抬着担架上前线

1

石连生到渤海区乐陵县（今属德州市）城关区区公所找支前负责人李会荣的时候，正是中午。天气很热，石连生跑出了一头的汗，他一见李会荣就喊："李主任，支前任务下来了吗？"李会荣正在纸上写着什么，抬起头说："你别叫石连生了，我看你就叫石积极吧！每次支前都有你，接下来的任务天数多，你这近视眼能行？"石连生一听这话急了："李主任，你可千万别打马虎眼，我这近视眼无大碍，到时候你要漏了我，我拔腿自己去！"李会荣笑道："你是积极分子，又有支前经验，当然先考虑你！"石连生听了，说："打老蒋没说的，咱们是要人出人，要钱出钱，要粮出粮！"

解放战争初期，渤海区黄河以北惠民县（今滨州市惠民县）等众多地区，是唯一没被国民党占领的，分到了土地的农民得以安心耕种。蒋介石对山东解放区发起重点进攻后，中共华东局、华东军区等机关人员约40万人马转移到此，黄河以北地区成了粮仓和稳固的大后方。

石连生1943年就入了党，是抗战积极分子，村里的农会会长。他的眼睛虽近视，可身体很健壮，一百多斤的东西扛在肩上健步如飞，大军来了之后，他给部队来回运物资，也到黄河边抬过伤员，区里对他很满意。

石连生回到家里后，一边准备支前的东西，一边开口唱着《支前三样宝》：

靠山

出门支前三样宝，狗皮褥子蓑衣瓢；

狗皮褥子当被盖，又给伤员顶蒲草；

蓑衣遮雨又遮粮，不让军粮受了潮；

小心饭瓢随身带，吃饭喝水少不了。

　　妻子听了问他，又要支前了？石连生道："有点动静了，估计快了。"
这话说了没几天，支援前线的号召就下来了，李会荣拿了张通知，写上石
连生的名字，对区公所的通信员道："你快去张枝梅村给石连生送去，他
是个急脾气，要不他又跑来问了！"石连生正在家里吃饭，通信员就到
了，一进门他就喊："石会长，支前任务到了，我给你来送通知。"石连生
听了很高兴，道："还有通知？这次还这么正式？我不识字，你快给我念
念。"通信员说："就是让你马上到区里报到，要带着棉衣单衣各一套，还
有一根扁担，两根绳子。"通信员走后，妻子开始给他准备行装。石连生
说："咱也没有狗皮褥子，就把我那件棉长袍带上吧。"石连生的长棉袍过
膝，平日并不舍得穿。妻子听了说："去支前东跑西颠的，干的是力气活，
又不是走亲戚，你还舍得穿它？"石连生说："你看这说的，我用不着，伤
员还用不着？！"

　　到了区里，又从区里到了县里，石连生一看，得有几千号的人。他对
旁边的一个人说："看这阵势，这仗小不了呀，幸亏来了，要不多后悔。"
那人点点头："仗大可也危险哪。"石连生听了有点不高兴，说："再危险还
有打仗的战士危险？"正说着，就听到了点名声，石连生答了声"到"，就
跟着喊他的人走了。后来，石连生被编到了渤海一分区第一担架团二营
六连，连长看看石连生，说："老石呀，你是老支前了，在村里又是干部，
就到三排八班当班长吧。"石连生说："服从命令，我一定把八班带好！"
　　八班负责10副担架，有20个人，石连生看看大家，见那个刚才和自

已说话的人也分到了自己班，就问他叫什么名字，他说叫张墨升，石连生心想，这下坏了，班里来了个胆小的。

同唐和恩他们一样，济南战役结束后，大家也都原地待命，学政治，表决心。在班会上，张墨升说："济南解放了，咱们也该复员回家了。三十亩地一头牛，老婆孩子热炕头，多好！"石连生说："老蒋不完蛋，老蒋能让咱们在炕上睡热乎？能让咱安安心心地种地？咱们要跟着解放军，彻底把老蒋消灭，才能吃上安稳饭。我跟大伙许个愿，等咱们都圆满完成任务了，都到我家里吃饭，让我家那口子包它一锅大包子给你们吃，保证咬一口就淌油。"大家听了很高兴，张墨升说："你将来可别不认账，要多加点猪肉。"石连生拍着胸脯下保证。接着他问："班里谁识字？"李依山道："我认识几个。"石连生说："你替咱们全班写个保证书给连里，就说咱们盟誓，完不成任务不回家！"第二天，房东的墙上就贴出了保证书，其他班也纷纷响应，在南下出发的头一天，八班又向七班发起了挑战：

　　　前方不怕火线，后方不怕流汗，
　　　分开执行任务，更能单独干干。
　　　真金不怕火炼，好货不怕实验，
　　　七班的同志们，八班向你们挑战。

七班见了，也很快就贴出了应战书：

　　　不怕出山东，不怕延期，
　　　不怕上火线，不怕困难。
　　　谁是英雄谁好汉？战场上比着看！

出发的时候，七班长耿依山见了石连生说："你们发出的挑战书，我们应了！你一百多斤，我也一百多斤，咋就不敢。"

石连生说声："好，战场上见！"

2

中原野战军是在1948年11月24日把属于国民党国防部指挥的黄维第十二兵团包围在双堆集的。黄维大为恼火，第二天拂晓，就组织部队开始突围，枪炮声在夜空中格外响亮。小邹庄阵地上三纵七旅十九团十二连到天亮时已经打退了国民党部队的数次进攻，敌人见久攻不下，又增加了兵力，天上有飞机炸，地面部队有坦克掩护，战斗越来越激烈。石连生带着担架队还没跑多远，就钻进了敌人的火力网，大家趴在沟里一时动弹不得。张墨升捂着耳朵叫道："妈呀，这可怎么好呀？这一百多斤今天算是交上了！"过了一会儿，石连生竖起耳朵听了听，子弹嗖嗖响着，他大声说道："子弹要是叭叭地响的话，是打得低，要是嗖嗖响的话，是打得高。一会儿都弯着腰瞅准空子就上去，抢救伤员要紧。"子弹又嗖嗖响了起来，石连生和张墨升一副担架，他拽了张墨升一把，喊道："没事了，快上去！"说着带头跑出了壕沟。

炮弹不断地落在小邹庄的阵地上，石连生带上来3副担架，他看到有一个指挥员被坦克上的炮轰倒在地上，就和张墨升冲上前来，那个指挥员胸部被炸开了，血流了一泥地。石连生难过地说："没救了。"他往前看了看，见掩体里有个战士，右腿被炮弹炸去了一截，还在端着枪摇摇晃晃地射击。石连生跑上前道："同志，快跟我们下去。"说着就和张墨升抬他。伤员看样子年龄不大，哭着说："我们排长牺牲了，好几个战友也牺牲了，我死也要死在阵地上！"伤员说着，一下子昏了过去。石连生和张墨升把他放在担架上，抬起来就跑，其他担架也抬上了伤员，一路跟着石连生他们。离开阵地不多远，一架敌机飞来，子弹像雨点一样打过来。石连生一下子扑在伤员身上，嘴里大声喊道："不能让伤员二次受伤，不能让伤员二次受伤！"子弹打在地上，溅起阵阵泥水，落在了石连生他们身上。石连生把伤员送到战地医院后，原地待命，再随时向后方医院转运重伤员。他们一边吃口饭，一边赶忙整理担架。张墨升对石连生说："刚才咱们抬的那个伤员可真不简单，腿炸掉了还不下火线。"石连生道："跟他们相比咱们是不是还差很远？他们为了啥？还不是为了咱们。伤员为咱流血，咱们要为他们流汗！"张墨升说："是这样，我也豁上了，不就是一条命嘛！"李依山和张明把担架抬到石连生跟前，指着贴在担架上的一张纸说："老石，这是我俩立下的誓言，我念你听听：

> 淮海战役不打完，咱们坚决不复员。
> 消灭将匪立大功，老婆孩子都喜欢！"

一旁的几个护士听了，都笑着鼓起掌来。石连生说："就得有这股劲头，要不老婆孩子都嫌弃咱！"石连生把铺在担架上的草席整了整。草席上贴着他让李依山写下的几句话：

> 小草席，亮光光，祝伤员，早健康。
> 我编草席你打仗，争取全国早解放。

天刚黑下来，运送伤员的八班就出发了，石连生担架上还是那个被炸掉了腿的小战士。小战士说他叫张小华，以前在新四军。石连生问他："听你口音是南方人吧？"小华道："对，就在家门口打仗。也不知我家里人怎么样了，要是我爹我娘看我少了一条腿，他们得多难过啊！"小华说着，有些想哭。石连生马上道："小兄弟，等胜利了回家看看。别难过，你是有功劳的人，往后呀有上级照顾你！"

天开始下起了雨雪，他们停了下来，石连生把自己的棉袍脱下来，盖在了小华身上。张墨升也脱下了棉袄给了小华，最后又把蓑衣搭在了他的身上，小华见他两个人上身只剩下了单衣，就让他们马上把棉衣穿上。石连生道："我们赶路，身上热乎着呢。"走着走着，远处只剩下漆黑一片了，小马灯在担架上晃悠着。又经过眼前这条河，大家脱下棉裤，都下了水。石连生在前面探路，一边用木棍打着冰凌。他们的担架两头都拴着绳索，绳索搭在脖子上，双手抬着担架。到了河中心，水深了，大家又把担架放在了双肩上。过了河，他们就转换了步伐，用"轻步快步法"。这是民工运送伤员中摸索出来的，轻步快步，担架平稳，上下起伏小，能减少伤员的痛苦。前面又是一段山路，高高矮矮的，在前头的石连生又喊开了号子："路不平。"后面的张墨升马上应道："高抬脚喽！"石连生又喊："上崖了。"紧接着他就放低了担架。张墨升马上道："抬高了呀！"张墨升这头就把担架抬高了。开始下坡了，石连生再喊："下坡喽！"随后他抬高了担架，后面的张墨升应着，"放低了。"担架在高高低低的路上，都保持着平衡。

正往前赶着，小华在担架上哼哼起来。石连生放慢脚步，问："小兄弟，伤口疼吗？"小华支支吾吾没说话。石连生道："咱们都是一家人，有事可别憋着，说出来吧。"小华吭哧了半天终于道："我想解手。"石连生扑哧笑了："看把你为难的，人活着这几样都少不了。"说着停了下来。小华道："扶我下去吧。"石连生说："你这一身伤，根本下不来。来，就解到我这瓢里。"小华连忙道："这怎么能行？这是你吃饭的家伙呀！"石连生说："小兄弟，你就不要难为情了！在我们这些抬担架的人中，有这么一个小歌谣。"

小饭瓢，滴溜圆，它随民工来支前，能喝水，能吃饭，有时也帮伤员大小便，民工同志不嫌弃，同志流血为了俺。

　　说完，他把瓢塞到了棉袍的下面。小华大小便完了，石连生从棉袍下端撕下了一块棉絮，给小华擦了擦屁股。小华突然哭着说："大哥，我爹我娘对我又能怎样，我能记你一辈子。"石连生说："你们为了我们，我们也得好好为你们！"说完，他提着马灯到每副担架前看了看伤员。见一个伤员伤口有点渗血，他从棉袍里撕了几团棉絮，又撕下来一块布条，先给伤员擦了血，又把布扎在了他的伤口上。李依山借着马灯看着石连生一番忙活，这才明白他棉袍里为什么短了半截。

　　前面就是村庄了，有些房子还闪着隐隐约约的灯光，他们快步向那里赶去。晚上他们还要用自己的菜金，给伤员们买些鸡蛋和细粮吃呢。

　　石连生再次完成担架任务的时候，淮海战役第二阶段于12月15日结束了，共歼敌20余万人。在中野华野相互配合下，全歼了黄维兵团和企图突围的孙元良第十六兵团。前来增援的李延年第六兵团、刘汝明第七兵团，不仅没解黄维之急，还自损了一万多兵马，最后趁着夜色仓皇撤退了。司令官黄维与副司令吴绍周等将领被俘。

　　值得一提的是，淮海战役结束后，华东支前委员会授予渤海区一分区第一担架团为"模范担架团"。石连生被评为支前特等功。

　　石连生说他一辈子最自豪的是他参加了1951年的国庆观礼。毛主席、刘少奇副主席，还有周恩来总理、朱德总司令都和他握了手，还一起吃了饭呢。

四　不一样的境地

1

唐和恩是在1948年12月24日接到给前线送猪肉、香烟的任务的。还是在本月的17日，华东局、中原局就接到了周恩来为军委起草的电报，电文要求参战部队平均每人能分到5包香烟，猪肉半斤，华东、中原参战部队，前线人员，一律慰劳每人猪肉一斤，香烟5包，凡不吸香烟者，需以其他等价的物品代替。

华东支前委员会接到8天内购买三十万斤猪肉的命令后，马上通过电报、电话下达给了各专区，专区又传达给了县，各解放区家家户户养猪的都被动员起来了。这天上午，在沂蒙山一个农家小院里，已是区委副书记的董文斌，正和李桂芳等众多妇救会的会长商量收猪的问题，会开完了，大家还热烈讨论着。李桂芳一边说着话，一面摆弄着手里的左轮手枪，突然啪的一声，枪走火了。大家一时都惊呆了，过了一会儿，李桂芳见没有倒下的，就放心了。可董文斌发火了，说："你李桂芳胆子可真大，把我的鞋底打穿了，幸亏我的鞋底厚，要不我这脚就挨枪子了。"李桂芳忙上来查看，果然是这个样子。她找了一截绳子，量了量董文斌的鞋长，把绳子装进了口袋里。刘曰梅见了笑道："这下好了，一枪打出个女婿来。"李桂芳回到家里后，拿出绳子对娘说："你照着这个长度，抓紧做双男人棉鞋。"桂芳娘看看闺女，说："咋了？有人给提媒了？"桂芳眼一瞪说："你胡咧咧个啥？"说完，她就把上级号召杀猪的事说了。桂芳娘道："邻居都夸咱们养的猪肥，那就抓紧杀，别耽误部队过年吃大肉，咱们一分钱也不要政府的。"李桂芳看猪回来，娘又忍不住说："闺女呀，你都23了，该有婆家了，前些日子上咱家那些小伙子你就没个满意的？对了，那个脸上有红痣的咱们不能用。"说到这里，她又小心翼翼地问："这棉鞋给谁的？和娘说说。"桂芳又瞪瞪眼，娘赶忙道："俺不说了，不说了行啦吧？"

桂芳没有想到，因为这一枪，后来他真嫁给了董文斌。后来李桂芳的女儿和她开玩笑说："人家是用丘比特之箭获得了爱情，你是用左轮手枪征服了我爸爸。"

李桂芳家的肥猪杀了，刘曰梅家的，还有王换于、李开田、李凤英、王凤兰、梁怀玉等众多支前模范的猪也都杀了，包括石连生家的那头大黑猪。同他们一样，各解放区养猪的老百姓都行动了起来。一车车收拾好的肥猪很快被运到了徐州一带。徐州市民见了，说："解放区可真富，还有这么大的猪。"

新华社华东野战军前线分社记者沈定一在他的战地日记中这样写道：

　　12月18日：日夜都见川流不息的支前民工、民工队伍，赶着大车的粗壮汉子从渤海、冀鲁豫来，推着小车的、扛着担架的、挑着担子的大汉从鲁中南、胶东来，抬着绳床（作担架或者放置支前物资用）、赶着毛驴的从淮北来。粮食、猪肉、被服、弹药……前方所需要的一切都是他们送来的，伤员是他们一路护理一路抬走的，俘虏是他们随解放军押送的。成百万支前大军在保障着这场歼灭战的胜利……战役第一阶段后，后勤供应日益充足。现在更加充足，围困杜聿明集团的前线战士在战壕里经常吃到白面馒头、肉包子和大米饭，而且以此来"招待"对面国民党跑来的士兵……

国民党第十二兵团第十八军军长杨伯涛被几个解放军战士押往指挥部的时候，对一路所见不禁感慨万千。晚上，一个解放军给他端来了香喷喷的米饭，还有一碗红烧肉。杨伯涛见了抽了几下鼻子，不禁脱口道："好久没嗅到荤味了。"一个正在为他生炉子的解放军笑道："你们平日吃香的喝辣的惯了，被我们包围这些日子，可受苦了。这肉是老百姓中午送来的，让你赶上了，算你有口福。"杨伯涛点点头，看了一眼红红的炉膛，说："今晚可以睡个暖和觉了，没想到你们这里还有这么多的炭块。我们这些日子被冻死了，地里的棺材被我们挖出来烤火了。"说到这里他突然意识到了什么，一下收住嘴，蹲在炉边的解放军战士腾地站起身来，大声吼道："你们这是无恶不作！"说完，摔门走了。杨伯涛一时怔在那里，最后叹了口气，连声说道："败军之将，败军之将呀！"这一夜，他本来想好好睡个觉的，也该睡个安稳觉了，可他躺在床上辗转反侧难以入睡，最后披衣下床，借着桌子上的马灯，挥笔写下了这样一段话：

经过几十里的行程，举目回望，不禁有江山依旧，面目全非，换了一个世界之感。但见四面八方，熙熙攘攘，车水马龙，行人如织，呈现出千千万万的人民支援解放军作战的场面。路上我们经过一些市集，我从前也打这些地方经过，茅屋土舍，依稀可辨，只是那时门户紧闭，死寂无人，而这时不仅家家有人，户户炊烟，而且铺面上有馒头、花生、烟酒，身上有钱的俘虏都争着买来吃。押送的解放军亦不禁阻，他们对馒头、花生是久别重逢的，过屠门而大嚼。还看见一辆辆车从面前经过，有的车上装载着宰好刮净的肥猪，想是犒劳解放军的，我以前带着部队经过这地方，连一撮猪毛都没看见，现在怎么有了，真是怪事。通过村庄看见解放军和老百姓住在一起，像一家人那样亲切，有的在一堆聊天欢笑，有的围着一个锅台烧饭，有的同槽喂牲口，除了所穿的衣服，便衣与军装制式不同外，简直分不出军与民的界限……

唐和恩他们出发前，也吃上了猪肉，每人也领了两包香烟。与以往不同的是，他们不用躲避飞机了，不用注意周围的敌情了，一路说说笑笑把猪肉送到了前线，营部一位管伙食的干部让几个战士把各自的猪肉都领回去。很快，战士们就带着车子分头向各连阵地去了。唐和恩被一个小个子战士领到了五连阵地，张连长握着他的手道："老乡，你们辛苦了，这一车子猪肉，够我们连今晚会餐的了，你也别走了，和我们一起过年。"唐和恩道："首长，我们还有任务呢。"五连的阵地上，立着一块大门板，上书几个大字："优待俘虏"。战壕里，新年的气氛已经很浓了，到处都是欢歌笑语，这边是打快板的，那边是扭秧歌的。曲里拐弯的交通沟里，也都竖起了一块块写着字的路标，向左一走是"前进路"，右手就是"胜利路"等等。隐蔽所上方还刻着"出门立功"四个大字。中午吃白菜肉包子，热气腾腾的。战士们也不急着吃，都拿着筷子把碗敲得叮当响，一边齐声朝对面阵地大声喊道："国军兄弟们，过来吃饭了，猪肉包子。蒋介石没饭给你们吃，解放军给你们！"

过了一会儿，对面果然爬过来一个士兵。他跳进战壕，啪的一声打了个敬礼道："报告解放军同志，敌七〇九团三连二排班长张付和前来向你们报到。"礼毕后他接着说，"是我们排长派我前来与你们接洽的。"说完他拿出了一封皱巴巴的信。张连长展开一看，信里写道：

解放军同志们，现在我们前面地堡的一排，愿投降贵部，可是我们后面有上面派来的一挺重机枪看着我们，过来他们就打，再者我们上边还有连长新派来的两个班在此，所以非常艰难，有机会我们一定想办法过来，你们千万不要打炮，我们请贵部保护我们的生命，你们若攻，我们绝不打枪，请你们千万为我们保守秘密要紧，并祝贵军胜利。

七○九团三连二排排长孔繁荫

信是用铅笔写的，一看就是仓促而就。张连长严厉地看了张付和一眼，问："当真？"张付和急忙说："长官，千真万确！我们实在过不下去了，再等几天你们就是不打，我们不饿死就冻死了。"张连长点点头，指着唐和恩对他说："看到那车猪肉了吧？这是这位老乡刚送来的，解放军后面有数不清的老百姓在支援着我们，你们还有啥？！投降是唯一的出路。"张付和连连说是，盯着猪肉看了一会儿，眼睛又很快落到了包子上。刘连长笑着说："吃吧，今天让你吃个够。"张付和早就按捺不住了，抓起包子就狼吞虎咽地吃起来。吃完了，他看看刘连长，不好意思地道："长官，我能不能带回去几个，也让我们排长打打牙祭，要不我们排长看我满嘴的油，就该骂我了。"

谁能想到，在淮海战役的战场上，解放军的米饭、白面馒头、猪肉白菜包子，会成为有力的武器呢？

约定的时间到了，对面还没有动静，刘连长拿起电话呼叫开炮，电话刚放下，炮弹就像雨点一般落在敌方阵地上。对面纷纷喊道："解放军同志，别打了，别打了！紧接着有十几个国民党兵从地堡里钻了出来，又一齐向我方阵地爬来，领头的就是排长孔繁荫。"

张付和回头看看被炮火覆盖的阵地，说："排长，咱们要是不过来，也跟他们一样去摸阎王鼻子了！"孔繁荫如释重负，他后怕地说道："要是那样，共军给咱们的猪肉包子也算是白吃了。"

2

从1948年12月4日起，杜聿明二十多万人马就被解放军围困在了豫皖苏三省间永城东北一块十里见方的地方。毛泽东17日在给中原、华东野战军司令部写的《敦促杜聿明等投降书》的广播稿中就奉劝杜聿明他们："应当体惜你们的部下和家属的心情，爱惜他们的生命，早一点替他们找一条生路，别再叫他们作无谓的牺牲了……"可是，杜聿明对这一苦口婆心的劝降无动于衷，不久他们就落得以马皮和麦苗充饥的地步了。在他们这片狭窄的区域里，已经不见树木，房顶，地里的麦苗也全部被他们吃掉了。周围鸡鸣狗叫，包围圈内却死一般地沉寂。

五　兵民是胜利之本

1

1949年1月6日，也就是支前民工唐和恩在他的小竹棍上刻下"徐州"这天，华野连同冀鲁豫各部向杜聿明集团发起了总攻。双方激战不到5昼夜，杜聿明部被悉数消灭，连同其他兵力，共计17万余人被歼。

在唐和恩刻下"薛城"二字的这天，在作战指挥室的华野参谋长陈士榘，从凳子上一下子跳起来，大声喊道："乌拉，我们胜利了！乌拉，我们胜利了！"随后，大家都拥抱在了一起，有的笑着，有的喊着，还有的流泪了。

很快，人们读到了新华社淮海前线在本月21日电：

……范正国、崔喜云和一个连的战士，把这14个人押回张老庄，转送到某部政治部。政治部陈主任打量那个所谓的"俘虏"：凹鼻梁，唇上有着不整齐的胡根，尽管他穿着士兵的衣服，但一望便知是个国民党高级军官。再看其他13个人，也绝不是普通当兵的。他便看穿是那个"俘虏"带着一群卫兵企图漏网的。于是他便盯住那个所谓的"俘虏"审问："你是干什么的？""我是十三兵团的军需。"他回答。"你们兵团有几大处？"

"六大处。"

"六大处的处长叫什么名字？写给我看。"

他拿了一支钢笔，在纸上写了半天，却写不出来。

"你到底是什么官？老实说。"

陈主任看他神色惊慌不定，继续审问。

"我实在不是一个官，是个军需。"

"你到底是什么人？还是快说出来，你隐瞒不了的，黄维、吴绍周不都查出来了吗？"

他又支支吾吾地说："我确实是个军需，你们以后会查清的。"

这个"军需"被关到另外一间房子休息，给他饭吃他不吃，在屋子里唉声叹气，待了一会儿，故意自己碰破一点头皮，闭上眼睛，躺在地上装死。后来，解放军的战士拿了一张杜聿明的照片和他一对，完全一样，就是少了一簇胡子……经过人民解放军的严厉审讯和对证，那个"军需"最后无法抵赖，才绝望地低下头，胆怯地说："我是……杜聿明！"

这时的杜聿明还不知道，他的第二兵团司令官邱清泉，被解放军击毙在萧县大屯区单庄西北约三里地方，身中七枪。只是我们的战士这时还不知道他是邱清泉罢了。

1949年1月远在苏联莫斯科的斯大林得知中共淮海战役的胜利消息后，不禁大为惊讶。他拿起笔在本子上写道："60万战胜80万，奇迹，真是奇迹！"1953年，苏共中央委员会委员帕维尔·费奥多罗维奇·尤金出任苏联驻中国大使。临行前，斯大林专门对他说："你到了中国后，用点时间研究一下中共发起的淮海战役。他们的淮海战役打得很好，是中国革命战争史上的奇迹，就是放在整个世界战争史上也是罕见的。在兵力如此悬殊的情况下，他们是如何胜利的？这些都值得我们和其他一些国家学习和研究。"

斯大林在他宽大的办公桌上写下那段话后没有几个月，1949年8月，美国国务院在其发表的《美国与中国的关系》白皮书中写道：过去四个半月所发生的已经使国民党政府蒙受巨大的损失，致其军事地位，已经下降到无法补救的地步……

2

淮海战役历时66天，国民党损伤55.5万余人。人民解放军8万余名官兵负伤，登记在册的牺牲官兵连同民工就有3万余人。大约每两分钟就有一位英雄倒在前进的路上。其牺牲总数超过了辽沈和平津两大战役牺牲人数的总和。其中，华东野战军牺牲团一级的指挥员33名，中原野战军18名。而解放军在淮海、辽沈、平津三大战略性的战役中，共歼灭国民党军154万余人。

陈毅说："淮海战役的胜利，是人民群众用小推车推出来的。"他还曾深情地说道："我就是躺在棺材里也忘不了沂蒙山人，他们用小米供养了革命，用小车把革命推过了长江！"

这话一点都不为过。

三十多岁的普通农民唐和恩在支前路上，行程5000多里，走过了山东、江苏、安徽、河南四省中的70多个村庄。有唐和恩的小竹棍为证。他在小竹棍上就清晰地刻下了88个地名。这虽是他一个人的支前记忆，但也见证了543万人民群众的支前壮举。在举世瞩目的这场战役中，民众共出动担架20万副，大小车88万余辆，牲畜76万余头，挑子55000副、船只8500艘，支援粮食96000万斤。待战争结束后，竟还剩下52524万斤粮食。

刘瑞龙后来回忆：

> 我军参战的兵力、装备、物力、财力均不占优势。战役规模之
> 大，时间之长，敌我参战兵力之悬殊，战役发展变化之快，战果之辉
> 煌，均前所未有。加之，徐州之敌能够得到敌后方直接补给。这直接
> 决定了我支前后勤任务比以往任何战役都要艰巨和繁重……战役期
> 间，我一直跟随指挥机关行动，便于及时调度给养。一路上，支前民
> 工人背、肩挑、抬担架、小车推、牛车拉骡马驮……

当年，望着一眼望不到尽头的支前队伍，刘瑞龙对身边的人感叹
道："人民战争，人民支援，人民是革命战争胜利的源泉。"刘瑞龙晚
年说起淮海战役的粮食供给，扳着手指头对女儿刘延东说："这些粮
食要是全部装上小车的话，以每车200斤算，车子从南京到北京能排
成八行呢。"

也就是这次庞大的支前，仅山东解放区，就发动了218.3万民工，小
车33.3万辆，担架5.2万副，挑子19.2万副，牲畜17.9万头，食油72.7
万斤，食盐83.9万斤，猪肉136.2万斤，白糖1100斤，咸鱼7544斤。

蒋介石没有想到，在中共60万人的作战部队背后，还有一支543万人
的民工队伍。屈指算一算，在每一个指战员的后面，平均就有9个民工。

唐和恩还在支前的路上时，他十几岁的大儿子唐振廷就报名参军了。
这位个子还没有枪高的年轻人，与战友们喊着"打过长江去，解放全中
国"的口号，在1949年4月21日坐上了一艘小木船，成为百万雄师过大江

中的一员。唐振廷看到，冒着枪林弹雨为他们二十位解放军摇橹的，是一个留着独辫子的单薄小姑娘。新华社记者邹东健按下快门，为时代留下了这张有名的"渡江背影"。也许她单薄而又努力摇橹的背影格外牵动人心，人们直到今天才找到那位摇橹的小姑娘，她叫颜红英，这一年她才19岁。当时她在泰州江面上跑船贴补家用，听说解放军征船打老蒋，她就把船无偿给了部队，还自告奋勇摇船，解放军见她身材瘦小年纪又不大，就没答应。颜红英道："别看我不大，可我从小就跟着爹摇船。"后来，颜红英就成了5万个送部队渡江的船工的一员，也是500多万渡江战役支前民工的一员。

　　唐和恩回到家里不久，就写了《淮海战役支前纪要》，现收藏在淮海战役纪念馆。1949年10月，当新中国成立的礼炮在北京响起的时候，已经是解放军坦克连连长的刘玉明回到了家中，梁怀玉见了又惊又喜，自丈夫当兵走后，这还是第一次见面。梁怀玉把自己缝的军鞋一双双摆在丈夫面前，足足有二十多双。这都是她在淮海战役即将结束的时候一针一线缝的。梁怀玉说："明天俺就交到区里去！"刘玉明很感动，说："咱们已经解放了，不用送了。"

　　刘玉明的娘听了，撸起儿媳的裤腿让儿子看。刘玉明看到，在梁怀玉的两胫前，都有一道清晰的疤痕。娘说："儿呀，这都是你媳妇搓麻绳（缝军鞋用的）搓的，前前后后缝了几百双哪！剩下这些不都白费了吗？"

　　梁怀玉道："娘呀，可别这么说，都解放了比什么都好。咱们值得！值得！"

　　支前模范梁怀玉与丈夫刘玉明相见不久，二战著名的战地记者西蒙诺夫来到了中国。他对淮海战役中解放军以少胜多的战绩感到不可思议。作为一名苏联著名作家和诗人，西蒙诺夫也听到过斯大林对淮海战役的兴趣和评价，他想一探究竟。在中国期间，他不仅专门赶到了淮海战役的主战场徐州等地进行了实地考察，还采访了国共双方众多的指挥官和普通士兵，以及淮海战役、辽沈战役、平津战役、渡江战役的一个个支前模范。

他后来说："我找到了答案！"

兵民是胜利之本！

2007年10月至2018年8月积累和搜集资料、采访阶段

2019年3月至2021年1月一稿

2021年1月至3月日改毕

靠山